나는
고양이로소이다

나쓰메 소세키

김대환 옮김

잇북
it BOOK

도쿄 자택의 서재에서

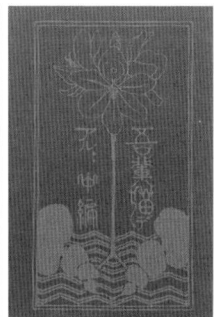

《나는 고양이로소이다》 초판본 상중하 표지

아이치현에 이전 보존되어 있는 소세키 자택의 서재

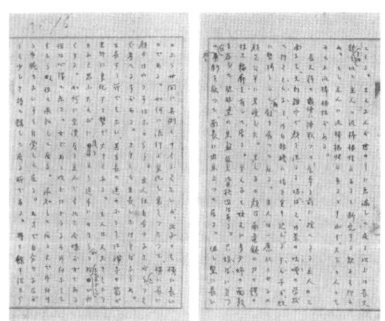

《나는 고양이로소이다》 자필 원고 일부

나쓰메 소세키 우표

《호토토기스》 1905년 1월호에
처음 실린 〈나는 고양이로소이다〉

소세키의 모교인 긴카 소학교 앞에 있는
《나는 고양이로소이다》의 기념비

차례

상
편

1

나는 고양이로소이다. 이름은 아직 없소이다.

어디서 태어났는지는 짐작조차 가지 않는다. 여하튼 어두컴컴하고 질퍽질퍽한 곳에서 야옹야옹 울고 있었던 것만은 기억한다. 나는 거기서 처음으로 인간이라는 것을 봤다. 게다가 나중에 들으니 내가 본 인간은 서생書生(남의 집에서 일을 해주며 공부하는 사람)이라는, 인간 중에서도 가장 영악한 종족이라 한다. 이 서생이라는 놈은 가끔 우리 고양이를 잡아 삶아 먹는다는 이야기도 있다. 그러나 그 당시엔 별생각이 없었기에 딱히 무섭다는 생각은 들지 않았다. 다만 그의 손바닥에 얹혀 쑥 들어 올려졌을 때, 어쩐지 허공에 두둥실 떠 있는 것 같은 기분이 들었을 뿐이다. 손바닥 위에서 조금 마음을 가라앉히고 그 서생의 얼굴을 본 것이 이른바 인간이라는 존재와의 첫 대면이었으리라. 그때 참 묘한 존재구나 했던 느낌이 지금도 남아 있다. 먼저 털로 뒤덮여 있어야 할 얼굴이 맨들맨들하니 흡사 약탕기 같다. 그 후 많은 고양이를 만났지만, 이런 병신 같은 족속과는 한 번도 만난 적이 없다. 그뿐만 아니라 얼굴 한가운데가 너무 불룩하게 튀어나와 있다. 그리고 그 가운데에 뚫린 구멍으로 가끔 연기를 후우후우 내뿜는다. 숨이 막힐 것 같아 정말 난감하다. 이것이 인간이 피우는 담배라는 것을 근래에 비로소 알았다.

이 서생의 손바닥에서 얼마 동안은 기분 좋게 앉아 있었는데, 잠시 후 엄청난 속력으로 움직이기 시작했다. 서생이 움직이는 건지 나만 움직이는 건지는 모르겠지만 눈이 팽팽 돌았다. 속이 메슥거렸다. 정말 죽을 것 같은 순간 털썩 소리가 나면서 눈에서 불꽃이 튀었다. 거기까지는 기억나는데 그다음에 무슨 일이 벌어졌는지 아무리 떠올리려고 해도 모르겠다.

문득 정신을 차리고 보니 서생은 보이지 않았다. 그 많던 형제가 한 마리도 눈에 띄지 않는다. 소중한 어머니마저 온데간데없다. 게다가 지금까지 있던 곳과는 달리 굉장히 환하다. 눈을 뜨고 있을 수 없을 정도다. 어쩐 좀 이상하다 싶어 느릿느릿 기어 나오는데 몸이 몹시 욱신거렸다. 지푸라기 위에 있던 내가 느닷없이 조릿대밭으로 내던져진 것이다.

간신히 조릿대밭에서 기어 나오니 맞은편에 큰 연못이 보인다. 나는 연못 앞에 앉아 어떡하면 좋을지 생각해봤다. 딱히 이렇다 할 생각이 떠오르지 않았다. 잠시 후, 울음소리를 내면 서생이 다시 데리러 와주지 않을까 하는 생각이 들었다. 야옹야옹 시험 삼아 울어보았지만 아무도 오지 않는다. 그러는 사이에 연못 위에 살랑살랑 바람이 불고 날이 저물기 시작했다. 배가 엄청 고팠다. 울고 싶어도 소리가 나오지 않았다. 하는 수 없지, 뭐든 좋으니 먹을 것이 있는 데까지 가보자고 마음먹고 살금살금 연못을 왼쪽으로 돌아갔다. 정말 힘들었다. 꾹 참고 무리해 가며 기어가니 마침내 어찌어찌 인간 냄새가 나는 곳이 나왔다. 그곳으로 들어가면 어떻게든 되겠지 싶어서 대울타리가 망가진 구멍을 통해 어떤 집 안으로 숨어들었다. 인연이란 참 묘한 게 만약 이 대울타리가 망가지지 않았다면 나는 끝내 길바닥에서 굶어 죽었을 것이다. 전세의 깊은 인연이란 이런 걸 두고 하는 말인가 보다. 이 울타리에 생긴 구멍은 지금까지도 내가 이웃집 얼룩이를 찾아갈 때 통로로 쓰고 있다. 그런데 집으로 숨어들기는 했지만 앞으로 어떡하면 될지 몰랐다. 그러는 사이에 날은 어두워지고, 배는 고프고, 추운 데다 비까지 오는 형국이라 이제 한시도 꾸물거리고 있을 수 없었다. 어쩔 수 없었기에 어쨌든 밝고 따뜻해 보이는 쪽으로만 걸어갔다. 지금 생각하니 그때 이미 집 안에 들어와 있었던 것이다. 이곳에서 나는 그 서생 말고 다른 인간을 볼 수 있는 기회를 얻었다. 제일 먼저 만난 것이 하녀다. 그녀는 아까 말한 그 서생보다 훨씬 더 난폭해서 나를 보자마자 느닷없이 목덜미를 움켜쥐더니 밖으로 내동댕이쳤다. 이거 큰일 났다 싶어 눈을 질끈 감고 운명을 하늘에 맡겼다. 그러나 배고픔과 추위는 도저히 견딜 수 없었다. 나는 하녀가 방심한 틈을 타서 다시 부엌으로 기어들었다. 그러자 곧장 또다시 내동댕이쳐졌다. 나는 내동댕이쳐졌다가 기어들었고, 기어들었다가는 다시 내동댕이쳐지고, 그렇게 똑같은 짓을 네댓 번이나 되풀이한 것으로 기억한다. 그때부터 하녀라는 인간이 정말 싫어졌다. 일전에 하녀의 꽁치를 훔쳐 그 앙갚음을 해주었더니 그제야 체증이 가시는 것 같았다. 내가 마지막으로 붙잡혀서 내팽개쳐지려 할 때 이 집 주인이 "웬 소란이냐!"라며 나왔다. 하녀는 나를 거꾸로 들고 주인에게 내보이며 말했다.

"이 주인 없는 새끼 고양이가 아무리 쫓아내도 계속 부엌으로 기어들어 와서 정말 미치겠어요."

주인은 코밑에 난 검은 털(소세키도 코 밑에 수염을 기르고 있었고, 당시 그것을 좌우로 비틀어 올리는 버릇이 있었다고 한다)을 꼬면서 내 얼굴을 잠깐 바라보더니 "그럼,

그냥 우리 집에 두도록 해."라고 말하고는 안으로 들어가 버렸다. 주인은 말수가 그리 많지 않은 사람인 듯했다. 하녀는 분하다는 듯 나를 부엌으로 내던졌다. 그렇게 나는 결국 이 집을 거처로 삼게 되었다.

이 집 주인은 나와 얼굴을 마주치는 일이 좀처럼 없다. 직업은 학교 선생님(1905년 당시 소세키는 제1고등학교와 도쿄제국대학에서 영문학 강의를 했다)이라고 한다. 학교에서 돌아오면 온종일 서재에 틀어박혀서 거의 나오지 않는다. 식구들은 그가 되게 열심히 공부하는 사람인 줄 알고 있다. 당사자도 열심히 공부하는 체한다. 그러나 실제로 그는 식구들이 말하는 것처럼 부지런한 사람이 아니다. 나는 가끔 발소리를 죽이고 그의 서재를 엿보곤 하는데, 그는 대개 낮잠을 잔다. 가끔은 읽다 만 책에 침을 흘리기도 한다. 그는 위장이 약해서 피부가 담황색을 띠고 탄력도 없는 등 병약한 징후를

드러내고 있다. 그런 주제에 대식가다. 배가 터지도록 먹고 나서는 다카디아스타제(다카미네 조키치 박사가 누룩곰팡이 속에서 소화효소를 발견하여 개발한 소화제)를 먹는다. 그다음에 책을 펼친다. 두세 페이지 읽으면 꾸벅꾸벅 존다. 책에 침을 흘린다. 이것이 그가 매일 되풀이하는 일과다. 나는 고양이이지만 때때로 이런 생각을 한다. 학교 선생이란 참 편한 직업이구나. 인간으로 태어난다면 학교 선생이 되는 게 최고다. 이렇게 자면서도 할 수 있는 일이라면 고양이라고 못 할 게 없지 않은가. 그래도 주인은 친구들이 찾아올 때마다 학교 선생만큼 힘든 건 없는 것 같다며 이러쿵저러쿵 불평을 늘어놓는다.

내가 이 집에서 살게 되고 나서 처음 얼마 동안은 주인 외엔 인간 복이 지지리도 없었다. 어디를 가나 걷어차이기 일쑤였고 상대해주는 인간이 없었다. 얼마나 천대했는지는 지금까지 내 이름조차 지어주지 않은 것만 봐도 알 수 있다. 나는 어쩔 수 없어서 될 수 있으면 나를 받아준 주인 곁에 붙어 있으려고 애썼다. 아침에 주인이 신문을 읽을 때면 어김없이 그의 무릎 위에 올라앉는다. 그가 낮잠을 잘 때는 버릇처럼 그의 등에 올라탄다. 그건 꼭 주인이 좋아서 하는 행동은 아니지만, 따로 상대해주는 이가 없으니 나로서도 어쩔 수 없다. 그 후 다양한 경험을 거쳐 아침에는 밥통 위, 밤에는 따뜻한 고타쓰火燵(숯불 같은 열원 위에 틀을 놓고 그 위에 이불을 덮은 일본의 난방 기구) 위, 날씨가 화창한 낮에는 툇마루에서 자기로 했다. 그러나 제일 기분 좋은 건 밤이 되어 이 집 아이들의 잠자리 속으로 기어들어 가 같이 자는 일이다. 다섯 살과 세 살짜리 이집 아이들은 밤이 되면 둘이 한 이불 속에서 잔다. 나는 언제나 그들 사이에서 내 몸이 파고들 만한 틈새를 찾아내 어떻게든 비집고 들어가 자는데, 운수 사납게 아이 중 하나가 눈을 뜨기라도 하는 날엔 아주 난리가 난다. 특히 세 살짜리 아이의 성질이 괴팍한데, 밤중이고 뭐고 "고양이가 왔다, 고양이가 왔다."라고 빽빽 소리를 지르며 울어댄다. 그러면 신경성 위염이 있는 주인은 꼭 잠에서 깨 옆방에서 달려온다. 실제로 먼젓번엔 잣대로 엉덩이를 호되게 얻어맞았다.

나는 인간과 함께 살면서 그들을 관찰할수록 그들이 제멋대로 구는 족속이라고 단언할 수밖에 없게 되었다. 특히 내가 가끔 동침하는 아이들은 말로 설명할 수 없을 정도다. 자기들 멋대로 거꾸로 치켜들기도 하고, 머리에 자루를 씌우기도 하고, 내던지기도 하고, 아궁이 속에 밀어 넣기도 한다. 게다가 내가 조금이라도 뭔가를 만지려고 하면 모든 식구가 쫓아다니며 박해를 해댄다. 일전엔 다다미에 살짝 발톱을 갈았더니 안주인이 불같이 화를 냈고, 그 뒤로는 좀처럼 다다미방엔 들어가게 해주지 않는다. 내가 부엌의 마루방에서 떨고 있어도 그들은 태연한 표정이다. 내가 존경하는 건너편 집 하양이는 만날 때마다 인간만큼 인정머리 없는 족속도 없다고 말씀하신다. 하양이는 며칠 전 옥같이 예쁜 고양이를 네 마리나 낳으셨다. 그런데 사흘째 되는 날 그 집 서생이 그 네 마리를 죄다 뒤뜰에 있는 연못에 버리고 왔다고 한다. 하양이는 눈물을 흘리며 그 사건의 자초지종을 이야기하고는 아무래도 우리 고양이족이 부모와 자식 간의 사랑을 나누며 가족적인 생활을 아름답게 영위하려면 인간과 싸워 그들을 섬멸해야 한다고 말씀하셨다. 다 지당하신 말씀이다. 또 이웃집 얼룩이 등은 인간들이 소유권을 이해하지 못한다며 크게 분개했다. 원래 우리 고양이 사이에서는 말린 정어리 대가리나 숭어 배꼽이라도 제일 먼저 발견한 자에게 먹을 권리가 있다. 만약 상대가 이 규약을 지키지 않으면 완력에 호소해도 무방할 정도다. 그런데 인간에게는 이런 개념이 티끌만큼도 없어서 우리가 발견한 맛난 먹이를 꼭 자기들을 위해 약탈해 간다. 그들은 자신들의 힘을 믿고 마땅히 우리가 먹어야 할 것을 빼앗고도 시치미를 뚝 뗀다. 하양이는 군인 집에 살고 있고, 얼룩이의 주인은 변호사다. 나는 학교 선생 집에 살고 있는 만큼 이런 일에 관해서는 두 고양이보다 오히려 마음이 편하다. 그냥 그날그날을 그럭저럭 지내기만 하면 된다. 아무리 인간이라도 영원히 그렇게 번성할 수는 없을 것이다. 마음을 느긋하게 먹고 고양이의 시대가 오기를 기다리는 게 낫지 싶다.

생각난 김에 잠깐 이 집 주인의 제멋대로인 행동 때문에 겪은 실패담이나 이야기해보려 한다.

이 집 주인은 무슨 일이든 남보다 잘하는 것도 없지만, 무엇이든 손대고 싶어 한다. 하이쿠俳句(5·7·5의 3구句 17음音으로 된 일본 고유의 단시)를 한답시고 《호토토기스ホトトギス》(1897년에 창간된 하이쿠 전문 잡지)에 투고하기도 하고, 신체시를 《묘조明星》에 보내기도 하고, 엉터리 영어 문장을 쓰기도 하고, 때로는 활에 빠지기도 하고, 우타이謠(일본의 전통 가면극인 노能의 가사에 가락을 붙여 노래하는 것)를 배우기도 하고, 때에 따라서는 바이올린을 끼익끼익 켜기도 하는데 딱하게도 어느 것 하나 제대로 하는 게 없다. 그 주제에 뭘 시작하면, 위도 좋지 않은 사람이 징그럽게 열심이다. 뒷간에 들어가서도 우타이를 불러대는 통에 이웃 사람들이 뒷간 선생이라는 별명

을 붙였는데도 태연자약하게 '나는 다이라노 무네모리올시다(요 쿄쿠謠曲 〈유야熊野〉의 첫 구절이다)'라는 첫 구절만 되풀이한다. 저기 무 네모리 온다, 하며 다들 웃음을 터뜨릴 지경이다. 이 주인이 무슨 생각을 했는지 내가 함께 살게 된 지 한 달쯤 뒤인 어느 월급날 큼 지막한 꾸러미를 들고 부랴부랴 돌아왔다. 뭘 사 왔나 봤더니, 수 채화 물감과 붓과 와트만이라는 종이였다. 그날부터 우타이와 하 이쿠는 때려치우고 그림을 그릴 작정인 듯했다. 아나나 다를까 다 음 날부터 한동안은 매일 서재에서 낮잠도 자지 않고 그림만 그렸 다. 그런데 완성된 걸 보니 대체 뭘 그린 건지 아무도 알아볼 수가 없었다. 당사자도 자신의 그림이 신통치 않다고 생각했는지, 어느 날 미학인가를 한다는 친구가 찾아왔을 때 다음과 같이 이야기하 는 걸 들었다.

"아무래도 잘 그려지지가 않아. 남이 그려놓은 걸 보면 아무것 도 아닌 것 같은데, 직접 붓을 들어보니 새삼 어렵게 느껴지더란 말이야."

이건 주인의 술회다. 역시 솔직한 심정이다. 그의 친구는 금테 안경 너머로 주인의 얼굴을 보면서 말했다.

"처음부터 잘 그릴 수야 없겠지. 우선 실내에서 상상만 하는 것 으로는 그림을 잘 그릴 수 없네. 옛날 이탈리아의 대가 안드레아 델 사르토(1486~1531. 이탈리아 피렌체파의 대표적인 화가)가 이런 말을 한 적이 있지. 그림을 그리려면 뭐든지 자연 자체를 그대로 옮겨 라. 하늘에는 별이 있다. 땅에는 영롱한 이슬이 있다. 날아가는 새 가 있다. 달리는 짐승이 있다. 연못에는 금붕어가 있다. 고목에는 겨울 까마귀가 있다. 자연은 그야말로 한 폭의 살아 있는 커다란 그림이다, 라고 말이야. 어떤가? 자네도 그림다운 그림을 그리고 싶다면 사생寫生을 좀 해보는 게 어때?"

"흐음, 안드레아 델 사르토가 그런 말을 한 적이 있었단 말이지. 전혀 몰랐군. 과연 맞는 말이야. 정말 그 말이 맞아."

주인은 물색없이 감탄했다. 금테 안경 너머로 비웃는 듯한 웃음이 보였다.

그다음 날 나는 여느 때처럼 툇마루에 나가 기분 좋게 낮잠을 즐기고 있었는데, 주인이 평소와 달리 서재에서 나오더니 내 뒤에서 무언가를 열심히 하고 있었다. 문득 잠에서 깨어 주인이 뭘 하는지 살짝 실눈을 뜨고 보니, 안드레아 델 사르토가 말한 바를 실천에 옮기느라 여념이 없었다. 나는 그 꼬락서니를 보고 나도 모르게 실소를 금치 못했다. 주인은 친구에게 놀림을 당하고 나서 제일 먼저 나를 사생하고 있었던 것이다. 나는 이미 늘어지게 잤다. 하품하고 싶어서 미칠 지경이었다. 그러나 모처럼 주인이 열심히 붓을 놀리고 있는데 내가 움직이는 것도 미안해서 그냥 꾹 참았다. 그는 내 윤곽을 다 그리고 나서 얼굴 언저리를 색칠하고 있었다. 고백하건대 나는 고양이로서 결코 뛰어난 외모는 아니다. 키도 그렇고, 털이 난 모양도 그렇고, 얼굴 생김새도 그렇고, 결코 다른 고양이보다 낫다고는 생각지 않는다. 하지만 아무리 못난 나라도, 지금 주인이 그리고 있는 것처럼 그렇게 이상한 모습이라고는 생각하지 않는다. 우선 색깔부터가 다르다. 나는 페르시아산 고양이처럼 노란빛이 도는 담회색에 옻칠을 한 것 같은 얼룩이 있는 피부를 갖고 있다. 이것만은 누가 봐도 의심할 수 없는 사실이다. 그러나 지금 주인이 색칠해놓은 것을 보면 노란색도 아니고, 검은색도 아니다. 회색도 아니고, 갈색도 아니고, 그렇다고 그것들을 섞어놓은 색도 아니다. 그저 일종의 색이라는 것 말고는 달리 표현할 방법이 없는 색이다. 게다가 희한하게도 눈이 없다. 하긴 자는 모습을 사생한 것이라 그럴 수도 있다지만, 눈 비슷한 것조차 보이지 않으니 장님 고양이인지 잠자는 고양이인지 분명치 않다. 나는 속으로 제아무리 안드레아 델 사르토라도 이래서는 어떻게 해볼 방법이 없겠다는 생각이 들었다. 하지만 그 열성에는 감복할 수밖에 없었다. 되도록 움직이지 않고 있어주고 싶었지만 아까부터 오줌이 마려웠다. 온몸의 근육이 근질근질했다. 이젠 1분도 더는 참을 수 없는 상태였는지라, 부득이 실례를 무릅쓰고 두 다리를 쭈욱 뻗고 목을 길게 빼며 크게 하품했다. 이렇게 되고 보니 이젠 얌전을 빼고 있어도 별 소용이 없었다. 어차피 주인의 사생을 망쳐버린 셈이니 뒤꼍에 가서 볼일이나 보려고 슬그머니 기어나갔다. 그러자 주인은 실망과 분노가 뒤섞인 목소리로 객실에서 "이런 바보 같은 놈!" 하고 고함을 질렀다. 주인은 남을 욕할 때면 꼭 '바보 같은 놈'이라고 하는 게 버릇이다. 다른 욕을 모르니 어쩔 수 없지만, 이제까지 참아준 남의 마음도 모르고 무턱대고 바보 같은 놈이라고 하는 건 실례가 아닌가. 그것도 평소 내가 그의 등에 올라탈 때 조금이라도 좋아하는 기색을 보였다면 까닭 없이 이렇게 욕하는 것도 감수하겠지만, 나를 편하게 해주는 일은 무엇 하나 흔쾌히 해준 적도 없으면서 오줌 싸러 간다고 바보 같은 놈이라고 하는 건 좀 심하다. 원래 인간이라는 족속은 자신의 역량을 자만하며 다들 거만하게 군다. 인간보다 좀 더 강한 자가 나와 괴롭히지 않으면 앞으로 얼마나 더 거만하게 굴지 모른다.

제멋대로 구는 것도 이 정도라면 참아보겠지만, 나는 인간의 부덕不德에 관해 이보다 몇 배나 더 슬픈 이야기를 들은 적이 있다.

이 집 뒤에는 10평쯤 되는 차밭이 있다. 넓지는 않지만 깔끔하고 햇빛이 잘 드는 기분 좋은 곳이다. 이 집 아이들이 너무 시끄러워서 편안하게 낮잠을 잘 수 없을 때나 너무 따분하고 속이 편치 않을 때 나는 늘 이곳에 와서 호연지기를 기른다. 음력 10월, 어느 따스한 날의 오후 2시쯤이었는데, 나는 점심을 먹은 뒤 기분 좋게 한숨 자고 나서 운동 삼아 이 차밭으로 발길을 옮겼다. 차나무 뿌리의 냄새를 한 그루 한 그루 맡으면서 서쪽의 삼나무 울타리 옆으로 가자, 시들어 떨어진 국화를 깔고 덩치 큰 고양이가 정신없이 자고 있었다. 그는 내가 다가가도 전혀 알아차리지 못한 듯, 아니면 알면서도 무관심한 척하는지 요란하게 코를 골며 몸뚱이를 옆으로 축 늘어뜨리고 있었다. 남의 집 마당에 숨어들어온 자가 어찌 이리도 태평하게 잘 수 있는지, 나는 은근히 그 대담한 배짱에 놀라지 않을 수 없었다. 그는 온몸이 새까만 고양이였다. 정오를 조금 지난 태양의 투명한 햇살을 받은 그의 피부는 반짝이는 솜털 사이로 눈에 보이지 않는 불꽃이라도 타오르는 것 같았다. 그는 고양이 중의 대왕이라고 할 만큼 덩치가 컸다. 족히 내 두 배는 돼 보였다. 감탄과 호기심에 정신을 놓고 그의 앞에서 빌길을 멈추고 바라보고 있노라니 조용한 초겨울의 따스한 바람이 삼나무 울타리 위로 뻗은 오동나무 가지를 가볍게 흔들어 이파리 두세 장이 시든 국화 위로 떨어졌다. 대왕은 둥그런 눈을 번쩍 떴다. 지금도 기억에 생생하다. 그 눈은 인간이 귀히 여기는 호박琥珀보다 훨씬 더 아름답게 반짝이고 있었다. 그는 꿈쩍도 하지 않았다. 두 눈동자에서 나오는 빛을 왜소한 내 이마에 집중시키면서 물었다.

"야 이 새끼야, 너 대체 누구야?"

대왕치고는 말이 좀 상스럽다 싶었지만, 어쨌든 그 목소리에는 개도 꼬리를 감출 만한 힘이 있었기에 나는 적잖이 두려웠다. 하지만 인사를 하지 않으면 더 위험할 것 같았다.

"난 고양이야. 이름은 아직 없어."

가능한 한 태연한 척하며 차분하게 대답했다. 그러나 이때 내 심장은 평소보다 훨씬 더 격렬하게 고동치고 있었다.

"뭐, 고양이라고? 고양이가 들으면 웃겠다. 대체 어디 사는데?"

그는 한껏 경멸하는 듯한 어조로 말했다. 참으로 방약무인한 태도였다.

"난 여기 선생님 집에 살고 있어."

"그럴 줄 알았다. 비쩍 마른 꼬락서니 하고는."

그는 제법 대왕답게 기염을 토했다. 말투로 보면 어째 양갓집 고양이는 아닌 것 같다. 하지만 윤기가 흐르고 토실토실하게 살이 오른 걸 보면 잘 먹으며 풍족하게 사는 듯했다.

"그런 넌 대체 누군데?"

나는 묻지 않을 수 없었다.

"난 인력거꾼네 까망이다."

의기양양했다. 인력거꾼네 까망이라면 이 근방에서 모르는 이가 없을 만큼 난폭한 고양이다. 하지만 인력거꾼네 사는 만큼 힘만 세지 교양이 없어서 아무도 상대하려 하지 않았다. 집단따돌림의 표적인 셈이다. 나는 그의 이름을 듣고 다소 멋쩍기는 했으나 한편으로는 약간 경멸하는 마음도 일었다. 나는 우선 그가 얼마나 교양이 없는지 시험해보려고 다음과 같은 질문을 던졌다.

"인력거꾼과 학교 선생님 중에 누가 더 훌륭할까?"

"인력거꾼이 더 센 거야 말해 뭐 하겠어? 네놈 주인을 봐라. 뼈만 남았잖아."

"너도 인력거꾼네 고양이라서 그런지 힘이 엄청 세 보인다. 인력거꾼네 집에 살면 맛있는 음식을 실컷 먹을 수 있나 보지?"

"나야 뭐 어디를 가나 먹을 것 걱정은 별로 없지. 네놈도 차밭만 돌아다니지 말고 나를 좀 따라다녀봐. 한 달도 되지 않아 몰라보게 살이 오를걸?"

"그건 나중에 부탁하기로 하고. 하지만 집은 선생님 집이 인력거꾼 집보다는 큰 것 같은데?"

"등신 같은 놈. 집이 크다고 밥 먹여주냐?"

그는 비위가 몹시 상했는지, 한죽寒竹을 깎아놓은 듯한 모양의 귀를 연거푸 씰룩거리더니 휙 가버렸다. 내가 인력거꾼네 까망이와 알고 지내게 된 것은 그때부터였다.

그 후 나는 가끔 까망이와 마주쳤다. 우연히 만날 때마다 그는 인력거꾼네 고양이답게 기염을 토했다. 전에 내가 들었다는 부덕한 사건도 실은 까망이에게서 들은 이야기다.

어느 날 나와 까망이는 여느 때처럼 따뜻한 차밭에서 뒹굴며 이런저런 잡담을 하고 있었다. 그는 늘 하던 자랑질을 마치 새로운 자랑거리라도 되는 양 되풀이하고 나서 나에게 물었다.

"넌 지금까지 쥐를 몇 마리나 잡았냐?"

나는 학식은 까망이보다 앞선다고 자부하고 있었지만, 완력이나 용기는 까망이에게 도저히 미치지 못한다는 걸 인정하고 있었다. 하지만 막상 이런 질문을 받고 보니, 여간 창피한 게 아니었다. 그렇다고 사실은 사실이니 거짓말을 할 수도 없는 노릇이었다.

"사실은 잡으려고 생각만 했지 아직 잡아본 적은 없어."

까망이는 그의 코끝에 꼿꼿이 솟은 긴 수염을 부르르 떨면서 과장되게 웃었다. 원래 까망이는 자기 자랑이 심한 만큼 어딘가 모자란 구석이 있어서 기염을 토할 만한 그의 이야기를, 감탄한 듯 목구멍을 그르렁거리며 공손한 태도로 듣고 있기만 하면 정말 다루기 쉬운 고양이였다. 나는 그와 가까워지고 나서 이내 그 요령을 터득했기에, 이번에도 어설프게 자기변호를 해서 형세를 더욱 불리하게 만드는 것은 어리석은 짓이고, 차라리 그에게 자신의 공적을 실컷 자랑하게 하여 어물쩍 넘기는 것이 상책이라고 생각했다. 그래서 슬며시 부추겨보았다.

"넌 나이도 있으니까 꽤 많이 잡았겠네?"

과연 그는 장벽의 약한 곳이라도 찾은 듯 돌격해 왔다.

"많지는 않아도 족히 30~40마리는 잡았을걸?"

그는 득의양양하게 대답하고는 말을 이었다.

"쥐는 100마리, 200마리쯤이야 혼자서 언제든 상대할 수 있는데, 족제비란 놈은 힘들더라고. 한번은 족제비한테 덤볐다가 호되게 당했어."

"그랬구나."

나는 맞장구를 쳐주었다. 까망이는 커다란 눈을 껌벅이며 말했다.

"작년 대청소 때였어. 우리 집 주인이 석회 자루를 가지고 툇마루 밑으로 기어들어 갔는데, 너만 한 족제비란 놈이 당황해서 튀어나왔다고 생각해봐."

"우와."

나는 감탄하는 척했다.

"족제비라고 해도 뭐 그리 큰 편은 아니고, 쥐보다 조금 큰 정도야. '요놈 봐라.' 하는 마음으로 쫓아가서 결국 시궁창 속으로 몰아넣었지."

"멋지다!"

나는 갈채를 보냈다.

"그런데 막상 궁지에 몰리니까 놈이 최후의 발악으로 방귀를 뀌더라니까. 구리고 안 구리고를 떠나서 그때부턴 족제비만 보면 속이 메스꺼워지더라고."

그는 여기서 마치 작년의 그 냄새가 아직도 진동하는 듯 앞발을 들어 콧등을 두세 번 문질렀다. 나도 조금 안됐다는 마음이 들었다. 그래서 기분을 맞춰주려고 이런 질문을 해봤다.

"그런데 쥐 같은 건 너한테 한 번 찍히면 끝장이겠구나. 넌 쥐잡기의 명수라 쥐만 먹으니까 그렇게 살이 토실토실하고 윤기가 자르르 흐르는 거겠지?"

까망이의 비위를 맞추려던 이 질문은 희한하게도 반대의 결과를 불러왔다. 그는 탄식하듯 한숨을 푹 내쉬며 말했다.

"생각하면 짜증 나. 내가 아무리 애를 써서 쥐를 잡아도, 도대체 인간이라는 족속만큼 뻔뻔한 놈들은 세상에 없을 거야. 남이 잡은 쥐를 죄다 빼앗아 파출소로 갖고 간다니까. 파출소에서는 누가 잡은 건지 모르니까, 쥐를 갖고 가기만 하면 그때마다 한 마리에 5전씩 쳐주거든. 우리 집 주인은 내 덕에 1엔 50전쯤 벌어놓고도 제대로 된 먹이를 한 번도 준 적이 없다고. 인간이란 족속은 정말 허

울만 멀쩡한 도둑놈들이야."

무식한 까망이도 그 정도의 이치는 아는지 잔뜩 화가 난 표정으로 등의 털을 곤두세웠다. 나는 기분이 좀 나빠져서 적당히 그 자리를 수습하고 집으로 돌아왔다. 그때부터 나는 결코 쥐를 잡지 않겠다고 결심했다. 그렇다고 까망이의 졸개가 되어 쥐 말고 다른 먹이를 잡으러 다니는 짓도 하지 않았다. 맛있는 걸 먹는 것보다 누워 있는 것이 편하고 좋았다. 학교 선생 집에 있으면 고양이도 학교 선생과 비슷한 성격이 되는가 보다. 조심하지 않으면 언제 위장병에 걸릴지 모른다.

학교 선생이라는 내 주인도 요즘에 와서는 수채화에 가망이 없다는 것을 깨달은 모양인지, 12월 1일 일기에 이렇게 적어놓았다.

○○라는 사람을 오늘 모임에서 처음 만났다. 그는 꽤 방탕한 사람이라고 하는데, 과연 한량다운 풍채다. 이런 종류의 사람은 여자들의 호감을 사기 마련이니 ○○가 방탕했다기보다는 방탕하지 않을 수 없었다는 것이 적당한 말일 것이다.

그의 아내는 게이샤라는데 참 부럽다. 원래 방탕한 사람을 나쁘다고 하는 사람 중 대부분은 방탕할 자격이 없는 자가 많다. 또 방탕한 사람을 자임하는 무리 중에도 방탕할 자격이 없는 사람이 많다. 이들은 어쩔 수 없이 방탕해진 것이 아닌데 무리하게 자진해서 하는 것이다. 마치 내가 수채화를 그리는 것 같은 일인데, 아무리 해도 졸업할 걱정은 없다.

그런데도 자신만은 끝까지 한량인 양 행세한다. 술집에서 술을 마시거나 기생집에 드나든다고 한량이 될 수 있다면 나도 어엿한 수채화

화가가 될 수 있을 것이다. 내가 수채화 따위를 그리지 않는 것이 나은 것과 마찬가지로 우매한 한량보다는 시골 촌뜨기가 되는 편이 훨씬 낫다.

그의 한량론은 좀 수긍하기 어렵다. 또 아내가 게이샤인 것을 부럽다고 하는 건 학교 선생으로서 입에 담아서는 안 되는 어리석은 생각이지만, 자기 수채화에 대한 비평안批評眼만은 확실하다. 주인은 이처럼 자신에 대해 잘 알면서도 자만심은 좀처럼 버리지 못한다. 사흘 뒤인 12월 4일의 일기에는 이런 일을 적어놓았다.

어젯밤에는 내가 수채화를 그렸으나 도저히 작품이 될 것 같지 않아 아무 데나 내팽개쳐두었는데 누가 그 그림을 근사한 액자로 만들어서 문 위의 벽에 걸어놓은 꿈을 꾸었다.

그런데 액자에 넣은 그림을 보니 내가 생각해도 갑자기 솜씨가 늘었다. 정말 기뻤다. 이 정도면 훌륭하다고 혼자 바라보고 있는데 날이 밝았고 잠에서 깨 다시 보니 역시 전과 다름없이 서툰 솜씨라는 사실이 아침 해와 함께 명확해지고 말았다.

주인은 꿈속에서조차 수채화에 대한 미련을 안고 있는 듯했다. 이런 성격으로는 수채화 화가는커녕 주인이 말하는 소위 한량도 될 수 없다.

주인이 수채화 꿈을 꾼 다음 날, 금테 안경을 쓴 그 미학자가 오랜만에 주인을 찾아왔다. 그는 자리에 앉자마자 다짜고짜 물었다.

"그림은 어떻게 되어가는가?"

"자네의 충고에 따라 사생에 힘쓰고 있네만, 과연 사생을 하다 보니 지금까지는 보이지 않던 물체의 형체며 색채의 세밀한 변화 등을 잘 알 것 같네. 서양에선 옛날부터 사생을 중시해서 오늘날처럼 그림이 발달한 것 같네. 역시 안드레아 델 사르토야."

주인은 아무렇지 않은 표정으로 일기 따위는 언급도 하지 않은 채 또다시 안드레아 델 사르토에게 감탄했다.

"이보게 실은 그거 엉터리야."

미학자는 웃으면서 머리를 긁적였다.

"뭐가?"

주인은 아직 자신이 속았다는 사실을 깨닫지 못했다.

"뭐긴, 자네가 연신 감탄하는 안드레아 델 사르토 말이지. 그건 그냥 내가 지어낸 얘기야. 자네가 그렇게 곧이곧대로 믿을 줄은 정말 몰랐네. 하하하하."

미학자는 무척 기뻐하는 모습이다. 나는 툇마루에서 이 대화를 들으며 주인의 오늘 일기에 어떤 내용이 쓰일지 상상하지 않을 수 없었다. 이 미학자는 이런 무책임한 말을 퍼뜨려 사람을 감쪽같이 속이는 걸 유일한 낙으로 삼는 사람이다. 그는 안드레아 델 사르토 사건이 주인의 감정에 어떤 영향을 미쳤는지는 털끝만치도 생각지 않는 듯 의기양양하게 계속 나불댔다.

"아니, 가끔 내가 농담을 하면 사람들이 진담으로 받아들이니까, 그 골계미를 도발하는 것이 정말 재미나거든. 지난번엔 한 학생한테 니콜라스 니클비(영국의 소설가 찰스 디킨스의 소설《니콜라스 니클비의 생애와 모험》의 주인공으로 가공의 인물이다)가 기번(에드워드 기번. 1737~1794. 영국의 역사가로 그의 대표작은《프랑스 혁명사》가 아니라《로마제국 쇠망사〉다.《프랑스 혁명사》는 소세키가 좋아했던 영국의 비평가 토머스 칼라일의 저서다.《로마제국 쇠망사》는 영어로 쓰였지만, 기번은 프랑스어로 쓴 책도 많이 남겼다)에게 당대의 대저작인《프랑스 혁명사》를 프랑스어로 쓰지 말고 영문으로 출판하라고 충고했다는 이야기를 했더니, 그 학생이 무슨 기억력 초능력자라도 되는지, 일본 문학회의 연설 모임에서 내가 했던 이야기를 그대로 반복하더란 말이야. 참 재미있더군. 그런데 100명쯤 되는 방청객들이 다들 그 말을 열심히 경청하지, 뭔가. 재미있는 이야기가 또 있네. 일전에 어떤 문학자가 있는 자리에서 해리슨의 역사소설《테오파노》(영국의 작가 프레데릭 해리슨이 쓴 작품인데, 이 소설에는 여주인공이 죽는 장면이 없다) 이야기가 나왔는데, 내가 그건 역사소설의 백미다. 특히 여주인공이 죽는 장면은 정말 소름이 끼칠 정도라고 평했더니, 내 맞은편에 앉은, 평소에 한 번도 모른다는 말을 한 적이 없는 선생이 '그래요, 그래. 그 장면은 정말 명문이지.'라고 하지 않겠나. 그래서 나는 이 남자도 나처럼 이 소설을 읽지 않았다는 걸 알았네."

신경성 위염을 앓고 있는 주인은 눈을 동그랗게 뜨고 물었다.

"그런 엉터리 이야기를 했다가 상대가 그걸 정말로 읽었다면 어쩔 생각이었나?"

마치 남을 속이는 긴 괜찮지만 속임수가 들통나면 곤란하지 않겠느냐는 투였다. 미학자는 전혀 동요하지 않았다.

"그때는 뭐 다른 책과 착각했다고 둘러대면 되지."

이렇게 말하고 키득키득 웃었다. 이 미학자는 금테 안경을 쓰고 있는데, 성격은 인력거꾼네 까망이와 비슷한 점이 있다. 주인은 말없이 담배 연기로 동그라미를 만들어 내뿜으면서 자신에게는 그런 용기가 없다는 듯한 표정을 짓고 있었다. 미학자는 그러니까 자네는 그림을 그려도 글렀다는 눈빛으로 말했다.

"하지만 농담은 농담이고, 그림이란 정말 어려운 거네. 레오나르도 다빈치는 문하생들에게 사원 벽의 얼룩을 그대로 그려보라고 한 적이 있다더군. 실제로 뒷간 같은 데 들어가서 빗물이 새는 벽을 유심히 쳐다보고 있으면, 꽤 괜찮은 모양의 그림이 자연스럽게 그려질 걸세. 자네도 주의해서 그런 걸 사생해봐. 틀림없이 흥미로운 그림이 나올 테니."

"또 나를 속이려고?"

"아니, 이것만은 확실한 거네. 정말 기발한 생각 아닌가? 다빈치니까 할 법한 말이지."

"음, 기발한 건 틀림없군."

주인은 반쯤 항복한 모습이었다. 하지만 그는 아직 뒷간에서 사생을 할 생각은 없는 듯했다.

인력거꾼네 까망이는 그 후 절름발이가 되었다. 윤기가 흐르던 털은 차츰 색이 바래고 빠졌다. 내가 호박보다도 아름답다고 평한 그의 눈에는 눈곱이 잔뜩 끼어 있었다. 특히 내 주의를 확 끈 것은 의기소침해지고 체격도 왜소해진 그의 모습이었다. 내가 예의 그 차밭에서 그를 마지막으로 만난 날, 요즘 어떻게 지내느냐고 물었더니 까망이는 "궁한 나머지 마지막 비상 수단이라고 생선 장수의 멜대를 노리는 것도 이제 신물이 나."라고 대답했다.

적송 사이로 붉은색을 두세 단 이어가던 단풍은 먼 옛날의 꿈처럼 지고, 툇마루 앞에 놓인 손 씻는 물그릇 언저리에 번갈아 가며 꽃잎을 떨구던 붉은색과 하얀색 동백꽃도 남김없이 지고 말았다.

6미터 남짓한 남향 툇마루에 겨울 햇살이 일찌감치 드리우고, 찬바람이 불지 않는 날이 드문드문해지자 내 낮잠 시간도 줄어든 것 같다.

주인은 매일 학교에 간다. 돌아오면 서재에 틀어박힌다. 누가 오면 선생 노릇이 지겹다고 한다. 수채화도 거의 그리지 않는다. 다카디아스타제도 잘 듣지 않는다며 끊어버렸다. 아이들은 기특하게도 빼먹지 않고 유치원에 다닌다. 돌아오면 창가를 부르고, 공놀이를 하고, 이따금 내 꼬리를 잡고 거꾸로 쳐든다.

나는 맛있는 음식을 먹지 못하니 그다지 살이 찌지도 않지만 그럭저럭 건강했고, 절름발이도 되지 않고 그날그날을 살아가고 있다. 쥐는 절대로 잡지 않는다. 하녀는 여전히 싫다. 이름은 아직도 지어주지 않았지만, 욕심을 부리자면 한이 없으니 그런대로 만족하면서 평생 이 선생 집에서 이름 없는 고양이로 살아갈 작정이다.

2

나는 새해 들어 다소 유명해진 덕에 고양이이지만 조금 우쭐해 할 수 있게 된 것에 감사함을 느낀다(1905년 1월 《호토토기스》에 〈나는 고양이로소이다〉 1장이 단편소설로 발표되어 호평을 얻었다는 뜻이다).

설날 아침 일찌감치 주인 앞으로 한 장의 그림엽서가 날아들었다. 그건 친구인 모 화가가 보낸 연하장이었는데, 위쪽은 빨강, 아래쪽은 짙은 초록색으로 색칠하고 그 한가운데에 동물 한 마리가 웅크리고 있는 모습을 파스텔로 그려놓은 것이었다. 서재에서 주인은 이 그림을 가로로 보기도 하고 세로로 보기도 하면서 "색이 멋지구나."라고 말했다. 일단 감탄했으니 인제 그만두는가 싶었는데 다시 가로로 보기도 하고 세로로 보기도 한다. 몸을 비틀어 보는가 하면, 손을 뻗어 노인네가 《삼세상三世相》(불교의 인과설에 오행五行 사상을 가하여 사람의 생년월일이나 인상人相으로 삼세의 인과·길흉을 판단하는 일. 특히, 그런 통속적인 점책)을 보듯이 보기도 하고, 창 쪽을 향해 엽서를 코끝까지 바짝 들이대고 들여다보기도 한다. 빨리 그만두지 않으면 무릎이 흔들려 몹시 위태로웠다. 겨우 흔들림이 좀 잦아드는가 싶더니 조그만 소리로 중얼거렸다.

"대체 뭘 그린 거야?"

주인은 그림엽서의 색감에는 감탄했지만, 그려진 동물의 정체를 몰라 아까부터 고심한 것으로 보인다. 그 정도로 알쏭달쏭한 그림인가 싶어 나는 감고 있던 눈을 반쯤 우아하게 뜨고 차분히 들여다보니 틀림없는 내 초상이었다. 주인처럼 안드레아 델 사르토를 흉내 낸 것은 아닐 테지만, 화가답게 형태도 색채도 제대로 표현되어 있었다. 누가 봐도 고양이가 틀림없었다. 조금이라도 안목이 있는 사람이라면, 고양이 중에서도 다른 고양이가 아니라 바로 나라는 것을 똑똑히 알 수 있도록 멋지게 그린 그림이었다. 이 정도로 명백한 것을 알아채지 못하고 저렇게 고심하나 싶어 어쩐지 인간이 안쓰러웠다. 할 수만 있다면 그 그림은 바로 나라고 알려주고 싶었다. 나라는 건 그래 모른다 해도, 최소한 고양이라는 사실만은 알려주고 싶었다. 그러나 인간이라는 족속은 도저히 우리 고양이족의 언어를 알아듣지 못할 만큼 하늘의 은총을 받지 못한 동물이니, 유감스럽지만 그대로 놔두었다.

잠깐 독자 여러분에게 미리 양해를 구하자면, 원래 인간들은 무슨 말을 할 때마다 고양이가, 고양이가 하고 아무렇지 않게 경멸하는 듯한 말투로 우리를 평가하는 버릇이 있는데, 이건 정말 좋지 않다. 인간의 찌꺼기에서 소와 말이 생기고, 소와 말의 똥에서 고양이가 만들어진 것처럼 생각하는 것은 자신의 무지도 모르고 오만한 표정을 짓는 선생 따위에게 흔히 있는 일일 텐데, 옆에서 보기에 그리 좋은 꼬라지는 아니다. 아무리 고양이라도 그렇게 조잡하고 쉽게 생기는 건 아니다. 겉으로 보기엔 고양이가 다 똑같고 평등하며 차별이 없고 어떤 고양이도 고유한 특색 같은 건 없

32

나는 고양이로소이다

는 것 같지만, 고양이 사회에 들어가 보면 상당히 복잡하여 십인
십색이라는 인간 세계의 말은 고양이 세계에서도 그대로 응용할
수 있을 정도다. 눈, 코, 털, 발도 모두 제각각이다. 수염이 자란 모
양새나 귀가 선 상태, 그리고 꼬리가 늘어진 정도에 이르기까지
같은 건 하나도 없다. 잘나고 못난 것, 좋아하고 싫어하는 것, 멋
이 있고 없고 등 온갖 것이 천차만별이라고 해도 무방할 정도다.
그렇게 확연한 차별점이 있는데도 인간의 눈은 그저 성공이니 뭐
니 하면서 하늘만 쳐다보고 있으니 우리의 성격은 물론이고 얼굴
조차 식별하지 못하는 것이다. 참으로 안타까운 일이라 하지 않을
수 없다. 예부터 같은 것들끼리는 서로 구한다는 동류상구同類相求
라는 말이 있다고 하는데, 그 말대로 떡장수는 떡장수, 고양이는
고양이가 알아보는 것처럼, 고양이에 대해서는 역시 고양이가 아
니고는 알지 못한다. 아무리 인간이 발달했다고 하나 이것만은 안
된다. 게다가 사실 그들 스스로가 믿고 있는 것처럼 그렇게 뛰어
나지도 않기에 더더욱 곤란하다. 특히 공감력이 결핍된 우리 주인
같은 사람은 서로를 속속들이 아는 것이 사랑의 진정한 의미라는
것마저 이해하지 못하는 사람이니 어쩔 수 없다. 그는 고약한 굴
처럼 서재에 딱 들러붙어서 일찍이 외부 세계를 향해 입을 연 적
이 없다. 그러면서도 자신은 아주 달관한 듯한 낯짝을 하고 있으
니 가소롭기 짝이 없다. 그가 달관하지 못했다는 것은, 실제로 내
초상이 눈앞에 있는데도 전혀 알아챌 기미가 없을뿐더러, 올해는
러시아를 정벌한 지 2년째 되는 해이니 아마 곰 그림일 거라며《나
는 고양이로소이다》가 발표되기 1년 전인 1904년은 러일전쟁이 일어난 해다. 당
시 일본에서는 적국인 러시아를 곰에 비유했는데, 영문학에서 벗어나 독자적인

문학세계를 구축하려는 소세키에게 전쟁은 당연히 큰 영향을 주었다) 도통 영문을 알 수 없는 소리나 해대고 시치미를 떼고 있는 것만 봐도 알 수 있다.

내가 주인의 무릎 위에서 눈을 감고 이런 생각을 하고 있을 때 하녀가 두 번째 그림엽서를 가지고 왔다. 외래종 고양이 네댓 마리가 줄을 지어 펜을 쥐거나 책을 펼치고 공부하고 있는 모습을 활판으로 인쇄한 그림엽서였다. 그중 한 마리는 자리를 떠나 책상 모서리에서 〈고양이, 고양이猫じゃ猫じゃ〉(에도 시대부터 유행한 속요의 가사로 춤도 있었다. '고양이'는 게이샤의 다른 이름이라고 한다)라는 노래에 맞춰 서양 춤을 추고 있다. 그 위에 일본 먹으로 '나는 고양이로소이다'라고 새까맣게 써놓고, 오른쪽 옆에 '봄날, 책을 읽고 춤을 추는 고양이의 하루'라는 하이쿠까지 써놓았다. 이건 주인의 옛 문하생에게서 온 것이니 누가 봐도 단박에 그 의미를 알 수 있을 텐데, 멍청한 주인은 여전히 깨닫지 못한 듯 고개를 갸웃하며 혼잣말을 했다.

"그런데 올해가 고양이의 해였나?"

내가 이 정도로 유명해졌다는 걸 아직 알아채지 못한 것으로 보인다.

그때 하녀가 세 번째 엽서를 가지고 왔다. 이번에는 그림엽서가 아니다. '공하신년恭賀新年'이라고 쓰고 그 옆에 "송구하오나 고양이에게도 안부를 전해주십시오."라고 적어놓았다. 아무리 아둔한 주인이라도 이렇게까지 분명하게 쓰여 있으면 알 수 있겠지 싶었는데 드디어 알아차렸는지 "흠." 하며 내 얼굴을 쳐다보았다. 그 눈빛에는 지금까지와는 달리 다소 존경의 뜻이 담겨 있는 것처럼

34

나는 고양이로소이다

보였다. 이제까지 세상 사람들에게 존재를 인정받지 못한 주인이 갑자기 한 개인의 새로운 면목을 세운 것도 다 내 덕분인 걸 생각하면 이 정도의 눈빛은 지극히 당연한 것이라 생각한다.

때마침 현관 격자문에 달린 종이 딸랑딸랑 울렸다. 아마 손님일 것이다. 손님이라면 하녀가 맞으러 나간다. 나는 생선 장수 우메공이 올 때가 아니면 나가 보지 않기로 했으니, 개의치 않고 주인의 무릎에 그대로 앉아 있었다. 그런데 주인은 빚쟁이라도 들이닥친 양 불안한 얼굴로 현관 쪽을 바라보았다. 신년 인사차 온 손님을 맞아 술 상대를 하기가 어지간히 싫은가 보다. 인간도 이 정도로 융통성이 없거나 고집이 세면 할 말이 없다. 그럴 거면 일찌감치 외출이라도 하면 되었을 텐데, 그만한 용기도 없어 결국 서재에 들러붙어 있는 굴의 근성을 드러냈다. 잠시 후 하녀가 와서 간게쓰(물리학자인 데라다 도라히코가 모델이라고 한다. 데라다는 소세키가 교사일 때의 제자로, 당시에는 도쿄제국대학 대학원에서 물리학을 연구하고 있었는데, 마침 앞니가 부러진 것도 간게쓰와 같다) 씨가 오셨다고 한다. 이 간게쓰라는 사내 역시 주인의 문하생이었다고 하는데, 잘은 모르겠으나 지금은 학교를 졸업하고 주인보다 더 훌륭한 사람이 되었다고 한다. 무슨 이유에선지 이 사내는 주인집에 자주 놀러 왔다. 놀러오면 자신을 사모하는 여자가 있는 것 같기도 하고 없는 것 같기도 하다는 둥, 세상사가 재미있는 것 같기도 하고 없는 것 같기도 하다는 둥, 대단한 것 같기도 하고 시시껄렁한 것 같기도 하다는 둥 불평만 늘어놓다 돌아간다. 쭈그러들기 시작한 주인 같은 인간에게 일부러 이런 얘기를 하러 찾아오는 것부터가 이해가 되지 않지만, 서재에 굴처럼 딱 들러붙어 있는 주인이 그런 이야기를 듣고 가끔 맞장구를 치는 건 더욱 재밌다.

"그동안 격조했습니다. 실은 작년 말부터 정신없이 바쁘게 지내다 보니 와봐야지, 와봐야지 하면서도 이쪽으로 발길이 향하지 않아서요."

하오리羽織(일본 옷 위에 입는 짧은 겉옷)의 끈을 만지작거리면서 아리송한 말을 했다.

"그래, 어느 쪽으로 발길이 향하던가?"

주인은 진지한 표정으로 가문家紋이 새겨진 검은색 하오리의 소맷자락을 잡아당겼다. 무명으로 만든 이 하오리는 소매의 길이가 짧고 그 밑으로 너덜너덜한 견직물이 좌우로 어슷비슷하게 비어져 나와 있다.

"헤헤헤헤, 좀 다른 방향이라."

간게쓰 군은 웃으며 말했다. 보니 오늘은 앞니가 하나 빠져 있었다.

"이보게, 앞니는 어떻게 된 건가?"

주인이 화제를 돌렸다.

"예, 실은 어디서 표고버섯을 먹었는데요."

"뭘 먹었다고?"

"저어, 그러니까 표고버섯을 조금 먹었는데요. 앞니로 버섯 갓을 베어 먹으려다가 그만 이가 쏙 빠져버렸습니다."

"표고버섯 때문에 앞니가 빠지다니, 어째 자넨 꼭 노인네 같군 그래. 하이쿠 소재는 될지 모르겠지만 연애는 잘 안 될 것 같아."

주인은 이렇게 말하며 내 머리를 톡톡 쳤다.

"아아, 이놈이 바로 그 고양이입니까? 제법 살이 올랐네요. 이 정도면 인력거꾼네 까망이한테도 지지 않겠는걸요. 훌륭한 놈입니다."

간게쓰 군은 나를 지나칠 정도로 칭찬했다.

"요즘 들어 부쩍 컸어."

주인은 자랑스럽다는 듯 다시 한번 내 머리를 톡톡 쳤다. 칭찬을 받는 건 기분 좋은 일이지만 머리는 조금 아팠다.

"그제 밤에도 잠시 합주회를 열었는데요."

간게쓰는 다시 화제를 되돌렸다.

"어디서?"

"어디든, 그런 건 모르셔도 됩니다. 바이올린 셋에다 피아노 반주도 꽤 재미있었습니다. 바이올린이 셋쯤 되니까 연주가 좀 서툴러도 들을 만하더군요. 두 명은 여자고 제가 거기 끼었습니다만, 저도 잘 켰다고 생각합니다."

"흠, 그런데 그 여자들은 어떤 사람들이었나?"

주인은 부럽다는 듯이 물었다. 원래 주인은 평소 무위무심無爲無心한 얼굴을 하고 있으나 실은 여성에게 결코 냉담한 편이 아니다. 예전에 주인이 어떤 서양 소설을 읽었는데, 거기에 등장하는 한 인물이 대부분의 여성에게 꼭 빠지고 마는 것이었다. 헤아려보니 길을 오가는 여성의 70퍼센트에는 연모에 빠진다는 내용이 풍자적으로 쓰여 있었는데, 그것을 보고 그게 바로 진리라고 감탄한 그런 사내다. 그렇게 바람기가 많은 사내가 무슨 이유로 굴처럼 서재에만 들러붙어 사는지, 나 같은 고양이 따위에겐 도저히 이해가 되지 않는 일이었다. 어떤 사람은 실연 때문이라고도 하고, 어떤 사람은 신경성 위염 탓이라고도 하고, 또 어떤 사람은 돈이 없고 겁이 많은 성격 때문이라고도 했다. 이유야 어떻든 주인이 메이지 역사에 영향을 끼칠 만한 인물도 아니니 상관없는 일이긴 하다. 그러나 간게쓰 군과 합주를 한 여자들에 대해 부러운 듯 물어본 것만은 사실이다. 간게쓰 군은 재미있다는 듯 차에 곁들여 나온 어묵을 젓가락으로 집어 그 절반쯤을 앞니로 잘랐다. 나는 또 앞니가 빠지지나 않을까 걱정했는데 이번에는 괜찮았다.

"뭐, 둘 다 양갓집 규수들이지요. 선생님께서 아실 만한 사람들은 아닙니다."

간게쓰 군은 쌀쌀맞게 대답했다.

주인은 "과아~" 하고 말꼬리를 길게 끌더니 '연'이라는 말은 생략한 채 생각에 잠겼다. 간게쓰 군은 지금이 화제를 돌리기에 적당할 때라고 생각했는지 이렇게 권했다.

"날씨가 참 좋네요. 시간이 되시면 함께 산책이라도 하시겠어요? 뤼순旅順을 함락했다고 지금 시내는 온통 난리법석입니다(뤼순은 1905년 1월 1일 일본에 함락되었다)."

주인은 뤼순 함락보다 그 여자들이 누군지 묻고 싶은 표정으로 한동안 생각에 잠겨 있다가 마침내 결심했는지 벌떡 일어섰다.

"그럼, 나가 볼까."

역시 가문이 새겨진 검정 무명 하오리에, 죽은 형을 기념한다며 20년이나 입어 낡아빠진 유키쓰무기結城紬(이바라키현茨城縣 유키結城 지방에서 나는 작은 점무늬나 줄무늬가 있는 질긴 명주) 솜옷을 입은 채였다. 유키쓰무기가 아무리 질기다고 해도 그렇게 오래 입으면 배겨낼 재간이 없다. 군데군데 닳아 얇아져서 햇빛에 비춰보니 안쪽에 덧댄 천의 바늘땀이 다 보일 정도였다. 주인의 복장에는 섣달도 설날도 없다. 평상복도 나들이옷도 없다. 달리 입을 옷이 없어서인지, 있어도 귀찮아서 갈아입지 않는 것인지, 나로서는 알 수가 없다. 다만 이런 차림이 실연 때문은 아닌 듯했다.

두 사람이 나간 뒤 나는 간게쓰 군이 먹다 만 어묵을 슬쩍 훔쳐먹었다. 나도 요즘 들어서는 보통 고양이가 아니다. 우선 모모카와 조엔(1832~1898. 19세기 말 일본의 만담가로, 무대에서 고양이 이야기를 잘했기 때문에 고양이 조엔이라고도 불렀다) 이후의 고양이이거나 그레이의 금붕어를 훔쳐 먹은 고양이(이 고양이는 영국의 시인 토머스 그레이가 1747년에 지은 〈금붕어 어항에서 익사한 나의 사랑스러운 고양이의 죽음〉이라는 시에 나온다) 정도의 자격은 충분히 있다고 생각한다. 인력거꾼네 까망이 따위는 애초에 안중에도 없다. 어묵 한 조각쯤 먹어 치웠다고 이러쿵저러쿵 남의 입에 오르내리는 일도 없을 것이다. 게다가 남의 눈을 피해 간식을 먹는 버릇은 우리 고양이 족속에만 해당하는 일이 아니다. 이 집의 하녀는 안주인이 집을 비운 사이 화과자 같은 걸 슬쩍해서 먹고, 먹고는 또 슬쩍한다. 하녀만 그러는게 아니다. 실제로 고상한 가정교육을 받고 있다고 안주인이 동네방네 떠들고 다니는 아이들마저 그런 경향이 있다. 4, 5일 전의일이다. 주인 내외가 아직 잠들어 있는 시간, 너무 일찍 잠에서 깬두 아이가 밥상에 마주 앉았다. 그들은 아침마다 주인이 먹는 빵몇 조각에 설탕을 찍어 먹는 게 보통인데, 이날은 설탕 단지가 밥상 위에 놓여 있고 숟가락까지 놓여 있었다. 평소와 달리 설탕을 나눠주는 사람이 없어서 큰아이가 바로 단지에서 설탕 한 숟가락을 퍼서 자기 접시에 담았다. 그러자 작은아이도 언니가 하는 대로 같은 분량의 설탕을 같은 방법으로 자기 접시에 담았다. 둘은 잠깐 서로를 노려보았고, 큰아이가 다시 한 숟가락을 자기 접시에 보탰다. 작은아이도 곧 한 숟가락을 자기 접시에 보태 언니와 양을 맞췄다. 그러자 언니가 또 한 숟가락을 펐다. 동생도 지지 않고 한 숟가락을 펐다. 언니가 다시 단지에 손을 뻗자 동생도 숟가락을 들었다. 보고 있는 동안 한 숟가락 한 숟가락 한 숟가락 거듭되더니 마침내 두 아이의 접시에는 설탕이 산더미처럼 쌓였고, 단지 안에는 한 숟가락의 설탕도 남지 않았을 때 주인이 잠이 덜 깬 눈을 비비며 침실에서 나오더니 기껏 퍼낸 설탕을 원래대로 다시 단지에 담았다. 이런 것을 보면 인간은 이기주의에서 산출해 낸 공평이라는 개념은 고양이보다 잘 알고 있는지 모르지만, 지혜는 오히려 고양이보다 못한 것 같다. 그렇게 산더미처럼 쌓기만 하지 말고 얼른 핥아먹었으면 되었을 텐데, 여느 때처럼 내가 하는 말은 통하지 않으니 안타깝지만 밥통 위에서 잠자코 구경만 했다.

간게쓰 군과 함께 나간 주인은 어디를 어떻게 돌아다녔는지 그날 밤 이슥해져서 돌아왔고, 이튿날 밥상 앞에 앉은 것은 9시쯤이었다. 밥통 위에 앉아 바라보니 주인은 말없이 떡국을 먹고 있었다. 한 그릇 더 먹고, 한 그릇 더 먹는다. 떡 조각이 작기는 하지만, 하여튼 예닐곱 조각을 먹고, 마지막 한 조각을 그릇에 남기고는 "인제 그만 먹을까." 하고 젓가락을 내려놓았다. 다른 사람이 이런 이기적인 행동을 하면 좀처럼 용납하지 않지만, 주인으로서의 위세를 한껏 뽐내며 득의양양해진 그는 탁한 국물 속에 있는 불어 터진 떡의 잔해를 보고도 태연한 표정이었다. 안주인이 선반에서 다카디아스타제를 꺼내 밥상 위에 놓았다.

"그건 잘 안 들어서 이제 안 먹어."

주인이 말했다.

"하지만 여보, 이건 전분질 음식엔 아주 잘 듣는다니까, 드시는 게 좋을 거예요."

안주인은 어떻게든 먹이려 들었다.

"전분이든 뭐든 안 듣는다니까."

주인도 고집을 피웠다.

"당신은 참 싫증도 잘 내요."

안주인이 혼잣말하듯 말했다.

"싫증 내는 게 아니라 약이 안 듣는 거라니까."

"하지만 얼마 전까지만 해도 정말 잘 듣는다면서 매일 드셨잖아요."

"전에는 잘 들었지. 요즘에는 잘 안 들어."

주인은 대구對句 같은 대답을 했다.

"그렇게 먹다 안 먹다 하면 아무리 효과가 좋은 약이라도 들을 리가 없잖아요. 참을성이 좀 있어야지. 위장병은 다른 병과 달리 잘 낫지 않는단 말이에요."

안주인은 이렇게 말하며, 쟁반을 들고 서 있는 하녀를 돌아보았다.

"참으로 지당하신 말씀이셔요. 좀 더 드셔보시지 않으면 좋은 약인지 나쁜 약인지 알 수가 없지요."

하녀는 두말없이 안주인 편을 들었다.

"어쨌든 안 먹는다면 안 먹는 줄 알아. 여자가 뭘 알겠어. 그 입이나 다물어."

"어차피 여자니까요, 뭐."

안주인은 다카디아스타제를 주인 앞에 내밀며 어떻게든 고집을 꺾으려 들었다. 주인은 아무 말도 않고 서재로 들어가 버렸다.

안주인과 하녀는 마주 보며 키득키득 웃었다. 이럴 때 주인을 따라가 무릎 위에 앉았다가는 험한 꼴을 당할 것이 뻔해 슬그머니 마당을 돌아가서 서재의 툇마루로 올라가 장지문 틈으로 엿보니 주인은 에픽테토스(고대 그리스 스토아학파의 대표적인 철학자)라는 사람의 책을 펼쳐놓고 보고 있었다. 만약 평상시처럼 그 책을 이해하며 읽고 있다면 주인은 조금이나마 훌륭한 면모를 갖춘 사람이다. 5, 6분쯤 지나자 그 책을 내팽개치듯이 책상 위로 내던졌다. 대충 그럴 거라고 생각하면서 쭉 지켜보고 있었더니, 이번에는 일기장을 꺼내 다음과 같이 썼다.

간게쓰와 네즈根津, 우에노上野, 이케노하타池之端, 간다神田 주변을 산책. 이케노하타의 술집 앞에서 옷단에 무늬가 들어간 봄옷을 입은 게이샤가 하네羽根(모감주에 구멍을 뚫어 새의 깃을 몇 개 꽂은 것. 배드민턴의 셔틀콕과 비슷하다)를 치고 있었다. 옷은 아름다웠지만, 얼굴은 정말 못생겼다. 어딘지 우리 집 고양이를 닮았다.

얼굴이 못생긴 예로 굳이 나를 내세우지 않아도 되지 않았을까. 나도 이발소에 가서 얼굴만 면도해도 인간과 크게 다를 게 없지 싶다. 인간은 이렇게 잘난 체하니 제수가 없는 것이다.

호탄宝丹(당시 이케노하타에 있던 모리타 호탄守田宝丹 본점) 약방이 있는 모퉁이를 돌자 또 게이샤 한 명이 더 나왔다. 키가 크고 늘씬한 여자로, 연한 보랏빛 기모노를 순박하게 차려입은 모습이 기품 있게 보였다. 하얀 이를 드러내고 웃으며 "겐짱! 어젯밤엔…… 너무 바빠서."

라고 말했다. 다만 그 목소리가 까마귀처럼 쉬어서 기품 있는 풍채의 격을 뚝 떨어뜨린 것 같았으므로 겐짱이라는 자가 어떤 놈인지 돌아보는 것도 귀찮아져서 양손을 품속에 넣은 채 오나리미치御成道로 나왔다. 간게쓰는 어쩐지 들떠 있는 것 같았다.

인간의 심리만큼 이해하기 어려운 것도 없다. 지금 주인이 화를 내고 있는지, 들떠 있는지, 또는 철학자의 유서에서 일말의 위안을 찾고 있는지 전혀 알 수가 없다. 세상을 향해 냉소를 보내고 있는 건지, 세상에 섞이고 싶은 건지, 사소한 일에 분통을 터뜨리고 있는 건지, 세상사에 초연한 건지 짐작조차 할 수 없었다. 그에 비하면 고양이는 단순하다. 먹고 싶으면 먹고, 자고 싶으면 잔다. 화가 나면 진심으로 화를 내고, 울 때는 절체절명의 심정으로 운다. 우선 일기 같은 쓸데없는 건 절대 쓰지 않는다. 쓸 필요가 없기 때문이다. 주인처럼 겉과 속이 다른 인간은 일기라도 써서 세상에 드러낼 수 없는 자신의 진짜 모습을 어두운 실내에서나마 드러낼 필요가 있을지도 모른다. 하지만 우리 고양이족은 걷고 서고 앉고 눕고, 똥을 싸고 오줌을 누는 등의 일상생활 속 모든 행동이 진정한 일기이니, 특별히 그렇게 성가신 짓을 하면서까지 자신의 참모습을 보존할 필요가 없다. 일기 쓸 시간이 있으면 툇마루에서 잠이나 자겠다.

간다의 모 식당에서 만찬을 했다. 오랜만에 정종을 두세 잔 마셨더니, 오늘 아침에는 속이 아주 편하다. 위가 안 좋은 사람에게는 반주가 그만이다. 다카디아스타제는 물론 아니다. 누가 뭐라 하든 좋지 않다. 하여튼 듣지 않는 것은 듣지 않는 거니까.

덮어놓고 다카디아스타제를 공격한다. 혼자 싸움을 하는 것 같다. 오늘 아침의 울화통이 일기에 슬쩍 꼬리를 내민다. 인간의 일기는 이런 데서 그 본색이 드러나는 건지도 모른다.

지난번에 ○○가 아침밥을 먹지 않으면 위가 좋아진다고 하기에 2, 3일 아침을 걸러보았더니 뱃속에서 자꾸 꼬르륵 소리만 나지 아무 효과가 없었다.

△△는 채소 절임을 절대 먹지 말라고 충고했다. 그의 주장에 따르면 모든 위장병의 원인은 채소 절임이라는 것이다. 채소 절임만 끊으면 위장병의 원인을 근절하는 것이므로 완쾌는 의심할 여지가 없다는 논리였다. 그로부터 일주일간 채소 절임에는 젓가락도 대지 않았으나 별 효과가 없어 요즘에는 다시 먹기 시작했다.

××에게 들으니 위장병에는 배를 문질러주는 치료법이 그만이라고 한다. 다만 일반적인 방법으로는 안 되고, 미나가와식이라는 옛날 방법으로 배를 한두 번 문질러주면 대개의 위장병은 완치된다고 한다. 야스이 솟켄(1799~1876. 에도 시대 말기의 유학자)도 이 안마술을 애용했다고 한다. 사카모토 료마(1836~1867. 에도 시대 말기의 검객, 낭인, 군인, 정치가, 기업가) 같은 호걸도 가끔 이 치료를 받았다고 해서 나는 당장 가미네기시上根岸까지 가서 안마를 받아보았다. 그런데 뼈를 문지르지 않으면 낫지 않는다느니, 오장육부의 위치를 한번 뒤집어놓지 않으면 병을 완치하기 힘들다느니 하면서 잔혹할 정도로 주물러댔다. 나중에는 온몸이 솜처럼 되어 혼수상태에 빠진 것 같아서 그 한

번에 학을 떼고 그만두기로 했다.

　A군은 고형식은 절대 하지 말라고 했다. 그래서 우유만 마시며 하루를 지내보았는데, 이번에는 위장 속에서 홍수라도 난 것처럼 꿀렁꿀렁 심한 소리가 나서 밤새 잠을 이룰 수 없었다.

　B씨는 횡격막으로 호흡하여 내장을 운동시키면 자연스럽게 위장의 기능이 좋아질 것이니 시험 삼아 해보라고 했다. 이 방법 역시 조금 해보았으나 어딘지 모르게 뱃속이 불편했다. 그래도 생각날 때마다 집중해서 그 방법으로 호흡해보기는 하지만 5, 6분이 지나면 잊어버린다. 잊지 않으려고 하면 횡격막이 신경 쓰여 책을 읽을 수도, 글을 쓸 수도 없었다. 미학자 메이테이가 그런 내 꼴을 보고 해산할 기미를 보이는 사내도 아니고 그만하라고 비웃는 통에 요즘에는 하지 않는다.

　C선생은 메밀국수를 먹으면 좋을 거라고 하기에 곧바로 온모밀과 냉모밀로 번갈아 가며 먹어보았으나 웬걸 설사만 할 뿐 아무 효과가 없었다. 나는 몇 해 전부터 시작된 위장병을 고치기 위해 가능한 방법을 다 동원해보았지만 모두 허사였다. 다만 어젯밤 간게쓰와 마신 석 잔의 정종은 확실히 효과가 있었다. 앞으로는 매일 밤 두세 잔씩 마시기로 마음먹었다.

　이것도 결코 오래가지는 못할 것이다. 주인의 마음은 내 눈동자만큼이나 끊임없이 변한다. 뭘 해도 진득하게 하지 못하는 사람이다. 게다가 일기에서는 자신의 위장병을 그렇게나 걱정하면서 겉으로는 아닌 척하며 참고 있으니 참으로 우습다. 일전에 아무개라는 학자 친구가 찾아와서는 어떤 관점에서 보면 모든 병이란 조상과 자기 자신이 저지른 죄악의 결과일 수밖에 없다는 논리를 폈다. 관련 연구를 꽤 많이 했는지 논리가 정연한 것이 훌륭한 주장이었다. 딱하게도 우리 주인 같은 사람은 도저히 이를 반박할 만한 머리도 학식도 없다. 하지만 위장병으로 고생하고 있는 터라 어떻게든 변명이라도 해서 자신의 체면을 지키려고 했다.

"자네의 주장이 재미있기는 하네만, 칼라일(토머스 칼라일. 1795~1881. 영국의 평론가이자 역사학자. 소세키는 런던에 있는 그의 옛집을 방문한 경험을 토대로 〈칼라일 박물관〉을 썼으며, 자신의 소설에서도 종종 칼라일에 대해 언급했다)도 위가 좋지 않았네."

마치 칼라일이 위가 좋지 않았으니 자신의 위가 좋지 않은 것도 명예로운 일이라도 된다는 듯한 엉뚱한 대답이었다.

"칼라일이 위장병을 앓았다고 해서 위장병 환자가 꼭 칼라일이 되란 법은 없지!"

친구가 쏘아붙이자 주인은 입을 다물 수밖에 없었다. 이처럼 허세로 가득 차 있었지만, 실제로는 위장병을 앓는 것이 싫은지, 오늘 밤부터 반주를 시작하겠다고 하니 좀 우습다. 생각해보니 오늘 아침에 떡국을 그렇게 많이 먹은 것도, 어젯밤 간게쓰 군과 정종을 마신 영향인지도 모른다. 나도 떡국을 좀 먹어보고 싶은 마음이 생겼다.

나는 고양이이지만 웬만한 건 다 먹는다. 인력거꾼네 까망이처럼 골목의 어물전까지 원정 갈 기력은 없고, 물론 신작로에 있는 이현금二絃琴(두 줄의 현이 달린 거문고. 소세키 부인의 회고에 따르면 소세키가 활동할 당시 소세키 집 근처에 이현금을 가르치는 선생이 살았다고 한다) 선생네 얼룩이처럼 사치를 부릴 처지도 아니다. 따라서 의외로 싫어하는 것이 적은 편이다. 아이들이 먹다 흘린 빵부스러기도 먹고, 화과자의 팥소도 핥아먹는다. 채소 절임은 정말 맛없지만 경험을 쌓기 위해 단무지 두어 쪽은 맛본 적이 있다. 먹어보면 희한하게도 웬만한 건 다 먹을 수 있다. 이건 싫다, 저건 싫다고 가리는건 배부른 자나 할 소리고, 학교 선생님 집에 사는 고양이 따윈 도저히 입에 담을 수 없는 말이다. 주인의 이야기에 따르면 프랑스에 발자크(오노레 드 발자크. 1799~1850. 프랑스의 소설가, 비평가, 기자, 인쇄업자)라는 소설가가 있었다고 한다. 이 사내가 엄청난 사치를 부렸다고 하는데, 입으로 사치를 즐긴 게 아니고 소설가이니만큼 글로 사치를 부렸다는 것이다. 어느 날 발자크는 집필 중인 소설 속 인물의 이름을 지으려고 이런저런 이름을 붙여보았으나, 아무래도 마음에 들지 않았다. 마침 친구가 찾아왔기에 함께 산책에 나섰다. 친구는 아무것도 모르고 따라나섰지만, 발자크는 진작부터 자신이 고심해 온 이름을 찾아낼 생각이었던지라 거리에 나서자 다른 건 신경도 쓰지 않고 가게 간판만 보면서 걸었다. 그런데 역시마음에 드는 이름이 없었다. 친구를 끌고 무턱대고 걷기만 했다. 친구 역시 영문도 모른 채 따라다녔다. 그들은 결국 아침부터 밤까지 파리 시내를 이 잡듯이 뒤지고 다녔다. 돌아오는 길에 문득어느 바느질 가게의 간판이 발자크의 눈에 들어왔다. 그 간판에는마르퀴스라는 이름이 쓰여 있었다. 발자크는 손뼉을 쳤다.

"이거야, 이거. 바로 이거야. 마르카스, 정말 좋은 이름 아닌가. 마르카스 앞에 Z라는 머리글자를 붙이면 더할 나위 없는 이름이되겠어. 꼭 Z라고 해야 해. Z. Marcas, 정말 괜찮군. 내가 지은 이름도 잘 지었다고는 생각하지만, 어딘가 작위적인 데가 있어서 재미가 없었는데, 드디어 내 마음에 쏙 드는 이름을 찾았어."

친구에게 폐를 끼친 건 까맣게 잊고 혼자 기뻐했다고 하는데, 소설 속 인물의 이름을 짓기 위해 온종일 파리 시내를 뒤지고 다녀야 한다는 건 여간 수고스러운 일이 아니다. 사치도 이 정도 부릴 수 있으면 그나마 다행이지만, 서재에 굴처럼 딱 들러붙어 있는 주인의 신세를 지고 있는 내 처지로는 도저히 그런 일을 벌일 엄두가 나지 않는다. 먹을 수만 있다면 뭐든 괜찮다는 생각이 드는 것도 내 처지 탓이리라. 그러니 지금 떡국이 먹고 싶은 것도 결코 내가 사치를 부려서가 아니다. 뭐든 먹을 수 있을 때 먹어두자는 생각에, 주인이 먹다 만 떡국이 어쩌면 부엌에 남아 있지 않을까 싶었기 때문이다. ……부엌에 가본다.

오늘 아침에 본 떡이 아침 색깔 그대로 그릇 바닥에 들러붙어 있었다. 고백하건대 나는 지금까지 떡이란 걸 한 번도 입에 넣어본 적이 없다. 맛있어 보이기도 하고 또 조금은 기분이 나쁘기도 했다. 앞발로 떡 위에 붙어 있는 채소를 긁어냈다. 발톱을 보니 떡이 들러붙어 끈적였다. 냄새를 맡으니 가마솥의 밥을 밥통에 옮길 때와 같은 냄새가 났다. 먹을지 말지 망설이며 주위를 둘러보았다. 다행인지 불행인지 아무도 없었다. 하녀는 늘 같은 표정으로 하네를 치고 있었다. 아이들은 안쪽 방에서 〈무슨 말씀이세요, 토끼님〉을 부르고 있었다. 먹으려면 바로 지금이 기회다. 만약 이 기회를 놓친다면 내년까지는 떡이란 것의 맛을 모르고 살아야 한다. 나는 고양이이지만 이 찰나에 하나의 진리를 깨달았다.

'얻기 힘든 기회는 모든 동물로 하여금 내키지 않는 일도 굳이 하게 만든다.'

사실 나는 그렇게까지 떡이 먹고 싶지는 않았다. 아니, 그릇 바닥에 들러붙어 있는 떡의 꼬락서니를 볼수록 기분이 나빠지고 먹기 싫어졌다. 그때 만약 하녀가 부엌문이라도 열었다면, 또 안쪽 방에서 놀던 아이들의 발소리가 이쪽으로 다가오는 걸 들었다면, 나는 미련 없이 떡을 포기했을 것이다. 그리고 떡국 같은 건 내년까지 생각나지도 않았을 것이다. 그런데 아무도 오지 않았다. 아무리 망설이고 있어도 아무도 오지 않았다. 어서 먹어, 먹으라니까. 이렇게 재촉하는 것 같았다. 나는 그릇 안을 들여다보며 어서 누군가 와주기를 빌었다. 역시 아무도 오지 않았다. 나는 결국 떡국을 먹지 않을 수 없었다. 끝내 그릇 바닥에 온몸의 체중을 싣듯이 하고 떡의 끄트머리를 한입 덥석 물었다. 이 정도 힘으로 물면 대충 잘리는데, 뭐지, 이게? 이젠 됐다 싶어 이빨을 빼내려고 했으나 빠지지 않았다. 다시 한번 바꿔 물려고 했으나 꿈쩍도 하지 않았다. 떡은 요물이라는 사실을 깨달았을 때는 이미 늦었다. 늪에 빠진 사람이 발을 빼내려고 버둥거릴 때마다 쑥쑥 더 깊이 빠지듯, 떡을 씹으면 씹을수록 입이 무거워졌다. 이빨이 움직이지 않았다. 씹는 맛은 있는데, 그것만 있을 뿐이지 도저히 이 난국을 타개할 수가 없었다. 미학자 메이테이 선생이 일전에 우리 주인을 평하길 "자넨 참 알 수 없는 사람이야."라고 말한 적이 있는데, 역시 일리 있는 말을 한 셈이다. 이 떡도 주인처럼 참 알 수가 없다. 씹어도 씹어도, 3으로 10을 나눌 때와 마찬가지로 영원히 떨어지지 않을 것만 같다. 이런 번민에 빠져 있을 때 나도 모르게 두 번째 진리를 깨달았다.

'모든 동물은 직감적으로 사물의 적합, 부적합을 예견한다.'

이미 두 가지 진리를 발견했지만, 떡이 들러붙어 있어 조금도 유쾌하지 않았다. 이빨이 떡에 박혀 있어 빠질 것처럼 아팠다. 얼른 먹어 치우고 달아나지 않으면 하녀가 온다. 아이들의 노랫소리도 끝난 것 같으니, 이제 곧 부엌으로 들이닥칠 것이다. 번민 끝에 꼬리를 빙빙 휘둘러보았으나 아무 효과도 없고, 귀를 세웠다 눕혔다 해봐도 소용이 없었다. 생각해보니 귀와 꼬리는 떡과 아무 관계도 없다. 요컨대 휘둘러도 허사고, 세우거나 눕혀도 허사라는 걸 깨닫고는 그만두었다. 그제야 이건 앞발의 도움을 받아 떡을 떼어내는 수밖에 없다는 데 생각이 미쳤다. 우선 오른쪽 앞발을 들어 입 주위를 두루 쓰다듬었다. 쓰다듬는다고 떨어질 리 없었다. 이번에는 왼쪽 앞발을 뻗어 입을 중심으로 맹렬하게 원을 그려보았다. 그런 저주로 이 요물이 떨어질 리 만무하다. 조급해하지 않는 게 중요할 것 같아 좌우로 번갈아 가며 움직여보았으나 여전히 이빨은 떡에 박혀 있었다. 아아, 귀찮아, 하면서 이번에는 양쪽 발을 동시에 사용했다. 그러자 신기하게도 이때만은 뒷다리로만 설 수 있었다. 어쩐지 고양이가 아닌 것 같은 기분이었다. 이렇게 된 마당에 고양이든 아니든 무슨 상관이겠는가. 좌우지간 떡이라는 요물이 떨어질 때까지 계속해야 한다는 기세로 얼굴을 닥치는 대로 긁어댔다. 앞발의 동작이 맹렬했기 때문에 자칫하면 중심을 잃고 쓰러질 뻔했다. 쓰러질 뻔할 때마다 뒷발로 균형을 잡아야 했기에 한 곳에만 있을 수 없어서 온 부엌을 이리저리 뛰어다닌다. 내가 생각해도 이렇게 서 있을 수 있는 것이 참 용하다. 세 번째 진리가 득달같이 눈앞에 나타났다.

'위기에 처하면 평소에 불가능한 일도 해낼 수 있다. 이를 하늘의 도움이라 한다.'

다행히 하늘의 도움을 받은 내가 떡이라는 요물과 죽기 살기로 싸우고 있을 때, 안쪽에서 발소리가 나며 누군가 다가오는 기척이 느껴졌다. 이런 상황에서 사람이 오면 큰일이다 싶어 더욱더 필사적으로 부엌을 미친 듯이 뛰어다녔다. 발소리가 점점 다가왔다. 아아, 유감스럽게도 하늘의 도움이 조금 부족했다. 결국 아이들에게 들키고 말았다.

"우와~ 고양이가 떡을 물고 춤을 추고 있다."

아이가 큰 소리로 떠들었다. 이 소리를 제일 먼저 들은 건 하녀였다. 하녀도 하네 채도 집어던지고 부엌문으로 뛰어 들어왔다.

"어머나!"

안주인은 가문이 새겨진 지리멘縮緬(바탕이 오글쪼글한 비단) 기모노 차림으로 나타나 말했다.

"이게 무슨 난리람."

주인까지 서재에서 나와 말했다.

"저, 바보 같은 놈이!"

재미있다고 하는 건 아이들뿐이었다. 그러고는 다들 약속이나 한 것처럼 깔깔거리며 웃었다. 화는 나지, 고통스럽기는 하지, 그렇다고 춤을 멈출 수도 없지, 정말 난감했다. 가까스로 웃음이 잦아들었나 싶었을 때 다섯 살 난 여자아이가 말했다.

"엄마, 고양이도 대단해요."

그러자 기울어지던 형세가 원래대로 돌아가 또다시 낄낄거리며 웃었다. 동정심이 부족한 인간의 행동을 허다하게 보고 들어왔지만, 이때만큼 인간을 원망스럽게 느낀 적은 없었다. 마침내 하늘의 도움도 어디론가 사라져버리고 원래대로 네발로 기며 눈을 희번덕거리는 추태를 보일 만큼 난처했다. 그래도 모르는 체하는 것이 딱해 보였는지 주인이 하녀에게 일렀다.

"그만 떡 좀 떼어줘라."

하녀는 좀 더 춤을 추게 내버려두자는 눈빛으로 안주인을 보았다. 안주인은 고양이의 춤을 보고 싶기는 했으나 죽게 하면서까지 보고 싶은 마음은 없었는지 잠자코 있었다.

"떼어주지 않으면 죽어. 얼른 떼어줘."

주인은 다시 하녀를 돌아보았다. 하녀는 꿈속에서 막 맛난 걸 먹으려는 찰나에 누가 깨워서 일어나기라도 한 사람 같은 못마땅한 표정으로 떡을 쑥 잡아당겼다. 간게쓰 군은 아니지만, 앞니가 다 부러지는 줄 알았다. 정말이지 아프고 안 아프고의 문제가 아니라 떡에 단단히 박혀 있는 이빨을 인정사정없이 잡아당기니 견딜 수가 없었다.

'모든 안락은 인고를 거치지 않을 수 없다.'

이 네 번째 진리를 경험하고 천연덕스럽게 주위를 둘러보았을 때, 집안사람들은 이미 안쪽 방으로 들어가 버리고 아무도 없었다.

이런 실수를 했을 때는 괜히 집 안에 있다가 하녀 따위와 얼굴이라도 마주치면 왠지 거북하다. 차라리 기분 전환이라도 할 겸 신작로의 이현금 선생네 얼룩이를 찾아가 볼까 하고 부엌에서 뒤뜰로 나갔다. 얼룩이는 이 근방에서 미모가 뛰어나기로 유명하다. 나는 고양이임이 틀림없지만, 이성 간의 연정에 대해서는 대충 알고 있다. 집에서 주인의 언짢은 얼굴을 보거나 하녀의 핀잔을 들어 기분이 좋지 않을 때는 반드시 이 이성 친구를 찾아가 이런저런 이야기를 나눈다. 그러면 어느새 마음이 풀리며 지금까지의 걱정이나 고생은 말끔히 잊히고 마치 새로 태어난 듯한 기분이 된다. 여성의 영향력이란 실로 막대하다. 삼나무 울타리 틈으로 집에 있나 들여다보니, 얼룩이는 설날이라 새 목걸이를 하고 툇마루에 얌전히 앉아 있었다. 그 동그스름한 등이 이루 말할 수 없을 만큼 아름다웠다. 곡선미의 극치였다. 구부러진 꼬리의 곡선, 다리를 접은 모양, 나른한 듯 이따금 귀를 쭈뼛거리는 모습은 도저히 형용할 수 없을 정도다. 특히나 볕이 잘 드는 곳에 따스하다는 듯 우아하게 앉아 있으니, 정숙하고 단정한 자세를 취하고 있음에도 벨벳을 무색케 할 만큼 부드러운 온몸의 털은 봄의 햇살을 반사하여 바람이 불지 않아도 살랑살랑 미세하게 움직이는 것 같았다. 나는 잠시 황홀한 마음으로 바라보다가 이윽고 정신을 차리고 나직한 목소리로 그녀를 부르며 앞발을 흔들었다.

"얼룩이 씨! 얼룩이 씨!"

"어머나, 선생님."

얼룩이는 툇마루에서 내려왔다. 빨간 목걸이에 달린 방울이 딸랑딸랑 울렸다.

'아하, 설날이라고 방울까지 달았구나. 소리 참 좋네.'

내가 감탄하고 있는 사이에 얼룩이는 내 옆으로 바싹 다가와 꼬리를 왼쪽으로 흔들며 말했다.

"선생님! 새해 복 많이 받으세요."

우리 고양이족은 인사를 나눌 때 꼬리를 막대기처럼 곧추세워 왼쪽으로 빙글 돌린다. 이 동네에서 나를 선생님으로 불러주는 건 얼룩이뿐이다. 이미 말한 것처럼 나는 아직 이름이 없지만, 선생님 집에 살고 있으니 얼룩이만은 존경의 뜻을 담아 선생님, 선생님 하고 불러준다. 나도 선생님이라는 말을 듣는 것이 아주 싫은 것도 아니어서 "예, 예." 하고 대답했다.

"새해 복 많이 받으십시오. 참 예쁘게 단장하셨네요."

"네. 지난 세밑에 저희 선생님께서 사주셨어요. 괜찮지요?"

얼룩이가 방울을 딸랑딸랑 흔들어 보였다.

"정말 소리가 좋네요. 나 같은 놈은 평생 그렇게 멋진 방울을 본 적이 없습니다."

"어머, 별말씀을. 다들 달고 있는걸요."

다시 방울이 딸랑딸랑 울렸다.

"소리 예쁘죠? 전 정말 기뻐요."

딸랑딸랑, 딸랑딸랑. 방울이 연거푸 울렸다.

"댁네 선생님은 당신을 참 어여삐 여기는 것 같군요."

나는 내 신세에 빗대 부럽다는 듯한 마음을 넌지시 내비쳤다. 얼룩이는 순수하기 그지없다.

"정말이에요. 마치 친자식처럼요."

얼룩이는 이렇게 말하며 천진난만하게 웃었다. 고양이라고 웃지 않는 건 아니다. 인간들은 자기들 말고 다른 동물들은 웃지 못하는 줄 아는데, 그건 잘못된 생각이다. 나는 콧구멍을 세모꼴로 하고 목젖을 진동시켜 웃는데, 인간들은 모를 것이다.

"대체 댁의 주인은 어떤 사람입니까?"

"어머나, 주인이라뇨? 이상하네요. 선생님이세요. 이현금을 가르치는 선생님이요."

"그건 저도 알고 있습니다만, 신분이 어떻게 되나요? 아무튼 옛날엔 훌륭한 분이셨겠죠?"

"네."

"그대를 기다리는 동안의 섬잣나무……."

장지문 너머로 선생님이 이현금을 타는 소리가 들려왔다.

"목소리 좋죠?"

얼룩이가 자랑했다.

"좋은 것 같기는 한데 저로선 잘 모르겠네요. 도대체 어떤 곡인가요?"

"저거요? 저건 뭐라 뭐라 하는 건데, 선생님은 저 곡을 무척 좋아하세요. ……우리 선생님은 저래 뵈도 예순둘이랍니다. 정말 정정하시죠?"

예순둘에 아직 살아 있으니 정정하다고 해야 할 것이다.

나는 "예에." 하고 대답했다. 다소 맥이 빠지는 대답 같지만, 명답이 떠오르지 않았으니 어쩔 수 없다.

"저래 뵈도, 원래는 신분이 아주 높으셨대요. 늘 그렇게 말씀하시거든요."

"흐음, 원래 뭐였는데요?"

"잘은 모르나 덴쇼인(1836~1883. 가고시마 번주藩主의 양녀로, 나중에 13대 쇼군將軍 도쿠가와 이에사다에게 시집갔다가 남편이 죽자 불교에 귀의했다) 님의 문서를 관장했던 사람의 누이동생의 시어머님의 조카딸이었다나 봐요."

"뭐라고요?"

"그러니까 덴쇼인 님의 문서를 관장했던 사람의 누이동생의 시어머님의……."

"아하, 잠깐만요. 그러니까 덴쇼인 님의 누이동생의 문서를 담

당했던······."

"어머, 그게 아니라, 덴쇼인 님의 문서를 관장했던 사람의 누이 동생의······."

"아, 알았습니다. 그러니까 덴쇼인 님의, 맞죠?"

"네."

"문서를 담당하는 사람이죠?"

"그래요."

"시집을 갔다?"

"누이동생이 시집을 간 거예요."

"그래요, 그래. 제가 틀렸군요. 누이동생이 시집을 간 곳의."

"시어머니의 조카딸이라고요."

"시어머니의 조카딸인가요?"

"네. 이제 아시겠지요?"

"아뇨. 너무 복잡해서 요령부득이네요. 결국 덴쇼인 님의 뭐가 되는 거죠?"

"당신도 참 말귀를 못 알아듣네요. 그러니까 덴쇼인 님의 문서를 관장했던 사람의 누이동생의 시어머님의 조카딸이라고, 아까부터 그렇게 말했잖아요."

"그건 정확히 알겠는데요."

"그것만 알면 되잖아요."

"네에."

별수 없어서 나는 두 손 들고 말았다. 우리는 어쩔 수 없이 거짓말을 하지 않으면 안 될 때가 있다.

장지문 너머로 들려오던 이현금 소리가 뚝 그치더니 선생님의 목소리가 들려왔다.

"얼룩아! 얼룩아! 밥 먹으렴."

얼룩이는 기쁜 듯이 말했다.

"어머, 선생님이 부르시네. 저 가봐야 해요. 괜찮죠?"

괜찮지 않다고 해봐야 어쩔 수 없다.

"그럼, 또 놀러 오세요."

얼룩이는 딸랑딸랑 방울을 울리며 툇마루 쪽까지 달려가더니 갑자기 돌아와서는 걱정스럽다는 듯이 물었다.

"당신 안색이 많이 안 좋네요. 무슨 일 있었어요?"

그렇다고 떡국을 먹다 춤을 추었다는 말은 할 수 없었다.

"아니, 별일 없습니다. 생각을 좀 했더니 두통이 나서요. 실은 당신과 이야기라도 나누면 낫지 않을까 싶어 찾아온 겁니다."

"그렇군요. 그럼 몸조심하시고, 안녕히 가세요."

조금은 헤어지기 섭섭해하는 것으로 보였다. 이제 떡국으로 잃었던 기운도 말끔히 회복되었다. 기분도 상쾌해졌다. 돌아가는 길에 차밭을 지나가려고 녹기 시작한 서릿발을 밟으며 겐닌지建仁寺의 망가진 대울타리 사이로 얼굴을 내밀고 보니, 인력거꾼네 까망이가 시든 국화꽃 위에서 등을 산처럼 둥글게 말고 하품을 하고 있었다. 요즘은 까망이를 보고 겁을 먹지는 않지만, 말을 걸어오면 귀찮아서 못 본 척 지나가려고 했다. 까망이는 성격상 남이 자신을 모욕했다는 사실을 알면 결코 가만히 있지 않았다.

"야! 거기 이름도 없는 촌놈, 요즘 너무 우쭐대는 거 아냐? 아무리 네가 선생 집 밥을 먹는다고 그렇게 건방진 낯짝을 할 건 또 뭐야? 날 바보 취급하면 재미없을 텐데?"

까망이는 내가 유명해진 걸 아직 모르는 것 같았다. 설명해주고 싶지만, 도저히 알아들을 놈이 아니니 우선 인사나 하고 가능한 한 빨리 실례하는 것이 상책이라는 생각이 들었다.

"이야, 까망이 군. 새해 복 많이 받아. 여전히 기운이 넘치네."

이렇게 말하며 꼬리를 세워 왼쪽으로 빙글 돌렸다. 까망이는 꼬리만 세울 뿐 인사도 하지 않았다.

"뭐, 복 많이 받으라고? 설이라서 복 받는다면, 네놈은 1년 내내 복 많이 받아야겠다. 조심해, 이 숨만 죽어라 쉬는 놈아."

숨만 죽어라 쉬는 놈이라는 말은 욕인 것 같은데, 나는 무슨 뜻인지 알 수 없었다.

"좀 묻겠는데, 숨만 죽어라 쉬는 놈이라는 건 무슨 뜻이지?"

"흥, 지 욕을 하는데도 그 뜻을 묻는 만사 편한 놈이군. 그래서 만인의 호구라는 거야."

만인의 호구라는 말은 시적인 표현 같기는 하지만, 숨만 어쩌고 하는 말보다는 훨씬 더 불분명한 말이다. 참고삼아 좀 더 물어보고 싶었지만 물어봤자 명확한 답변은 듣지 못할 게 뻔하기에 얼굴만 마주한 채 아무 말 없이 서 있었다. 좀 따분했다. 그때 돌연 까망이네 아주머니의 고함이 들렸다.

"어머나, 선반에 올려놓은 연어가 없어졌네. 큰일 났다. 또 그놈의 까망이가 물어갔을 거야. 정말 미워 죽겠어. 어디 돌아오기만 해봐, 가만 놔두나."

초봄의 한가로운 공기를 멋대로 휘저으며 경사스럽고 한갓진 초봄의 분위기를 한순간에 속되게 만들어버렸다. 까망이는 고함을 지르고 싶으면 마음껏 질러보라는 듯 뻔뻔한 표정으로 네모난 턱을 앞으로 쑥 내밀고는 저 소릴 들었느냐는 듯한 신호를 보낸다. 지금까지는 까망이와 옥신각신하느라 미처 몰랐는데, 그의 발밑에는 한 토막에 2전 3리에 상당하는 연어의 가시가 흙투성이가 된 채 나뒹굴고 있었다.

"넌 참 여전하구나."

지금까지의 실랑이는 잊고, 그만 감탄사를 던지고 말았다. 까망이는 그 정도로는 기분이 풀리지 않는 듯했다.

"뭐가 여전하다는 거야? 이 자식이. 연어 한두 토막 갖고 여전하다니 뭐니 씨불여? 누굴 무시하냐? 이래 봬도 난 인력거꾼네 까망이란 말이야."

까망이는 소매를 걷어붙이는 대신 오른쪽 앞발을 어깨까지 들어 올렸다.

"네가 까망이라는 건 처음부터 알고 있었어."

"안다면서 여전하다는 건 또 뭔 소리야? 무슨 소리냐고?"

까망이는 계속 열불을 토했다. 인간이라면 멱살을 잡혀 들볶일 참이었다. 조금은 기가 죽어서 한발 물러나 내심, 이거 참 난감하게 되었구나, 하고 있는데 다시 그 아주머니의 고함이 들렸다.

"저기요, 푸줏간 사장님! 푸줏간 사장님! 볼일이 있다고요, 이양반아! 쇠고기 한 근만 얼른 좀 갖다줘요. 알았어요? 질기지 않은 부위로 한 근요. 알았죠?"

쇠고기를 주문하는 소리가 사방의 적막을 깼다.

"흥. 고작 1년에 한 번 쇠고기를 주문하는 주제에 시끄럽게 소리치기는. 쇠고기 한 근 먹는다고 저렇게 동네방네에 자랑질이니, 정말 어쩔 도리가 없는 여편네라니까."

까망이는 이렇게 비아냥거리면서 네 다리로 힘껏 버티고 섰다. 나는 뭐라 말해야 할지 몰라 잠자코 보고만 있었다.

"한 근 정도로 성에 차지는 않지만, 할 수 없지, 뭐. 알았으니까 받아놓기나 해. 지금 먹으러 갈 테니까."

까망이는 마치 자신을 위해 주문한 쇠고기라도 되는 양 말했다.

"이번엔 진짜로 맛있는 걸 먹을 수 있겠네. 잘됐구나, 잘됐어."

나는 어떻게든 그를 집으로 돌려보내려고 했다.

"네놈이 상관할 일이 아니야. 시끄러우니까 입 좀 닥치고 있어!"

까망이는 이렇게 말하면서 느닷없이 뒷발로 서릿발이 뭉개진 흙무더기를 내 머리에 휙 끼얹었다. 화들짝 놀란 내가 몸에 묻은 흙을 떨어내는 사이에 까망이는 울타리를 기어나가 어디론가 모습을 감추었다. 필시 푸줏간에서 가져온 쇠고기를 노리고 갔을 것이다.

집에 돌아와 보니 전에 없이 봄기운이 완연해진 집 안에서 주인의 웃음소리가 활기차게 들려왔다. 웬일인가 싶어 활짝 열어놓은 툇마루로 올라가 주인 곁에 다가가 보니 낯선 손님이 와 있었다. 머리를 반듯하게 양쪽으로 가르고, 가문이 새겨진 무명 하오리에 고쿠라산小倉産 하카마袴(일본 옷의 겉에 입는 주름 잡힌 하의)를 입은, 꽤 성실해 보이는 서생풍의 사내였다. 주인이 손을 쬐고 있는 조그만 화로의 귀퉁이를 보니, 칠기 궐련갑과 나란히 '오치 도후 군을 소개합니다. 미즈시마 간게쓰'라고 쓰인 간게쓰 군의 명함이 있는 것으로 보아 이 손님이 오치 도후라는 사람이며 간게쓰 군의 친구라는 것을 알 수 있었다. 주인이 손님과 한창 대화를 나누고 있을 때 들어왔으니 전후 사정은 잘 모르겠지만, 어쩐지 내가 앞에서 소개한 미학자 메이테이와 관련된 이야기인 것 같았다.

"그래서 재미있는 일이 있으니 꼭 함께 오라 하시기에."

손님은 차분하게 말했다.

"그 서양 요릿집에 가서 점심을 먹는 데 무슨 재미있는 일이라도 있단 말인가?"

주인은 찻잔에 차를 더 따라 손님 앞으로 내밀었다.

"글쎄요, 그 재미있는 일이라는 게 뭔지 그때는 저도 몰랐지만, 어쨌든 그분이 하시는 일이니 뭔가 재미있는 일이 있을 거라는 생각이 들어서……."

"역시 같이 갔다는 말이군."

"네. 그런데 깜짝 놀랐습니다."

주인은 그럴 줄 알았다는 듯 무릎 위에 앉아 있는 내 머리를 툭 쳤다. 좀 아프다.

"또 엉뚱한 수작을 부렸겠지? 그게 그 사람 버릇이니까."

주인은 불현듯 안드레아 델 사르토 사건을 떠올렸다.

"헤헤. 이보게, 이번에는 좀 특별한 걸 먹어보지 않겠냐고 하시기에."

"뭘 먹었는데?"

"우선 메뉴판을 보면서 요리에 관해 이런저런 이야기를 하셨습니다."

"주문도 하지 않고?"

"네."

"그러고는?"

"그러고는 고개를 갸우뚱하시더니 웨이터 쪽을 보며, 어째 색다른 것이 없는 것 같군, 하니까 웨이터도 지지 않겠다는 듯 오리 로 스나 송아지 갈비는 어떠신가요? 하고 묻더군요. 그러자 선생님 이 그런 항다반사恒茶飯事 같은 음식을 먹으러 여기까지 온 것이 아 니라고 하자, 웨이터는 '항다반사'라는 말의 의미를 몰라 묘한 표 정으로 입을 다물고 있었습니다."

"그랬겠지."

"그러고는 저를 보더니, 여보게, 프랑스나 영국에 가면 덴메이 초天明調나 만요초萬葉調(덴메이초와 만요초 모두 《호토토기스》가 하이쿠의 모본으로 삼은 것으로 와카의 이상으로 중시되던 것이다)를 먹을 수 있는데, 일본에서는 어딜 가나 판에 박은 듯하니 아무래도 서양 요릿집에 들어갈 마음이 일어야 말이지, 하고 기염을 토하셔서…… 대체 그 분은 서양에 가보시긴 한 건가요?"

"메이테이가 무슨 서양을 가봤겠나? 하긴 돈도 있고 시간도 있 으니 가려고 마음만 먹으면 언제든지 갈 수야 있었겠지만, 아마 앞으로 갈 생각인 것을 과거의 일로 가정해서 농을 친 거겠지."

주인은 자신이 보기에도 재치 있게 말했다고 생각하는지 상대 의 웃음을 유도하듯이 웃었다. 손님은 별다른 감흥이 없는 듯했다.

"그런가요? 저는 또 어느새 서양엘 갔다 오셨나 하고 그만 진지 하게 듣고만 있었습니다. 게다가 실제로 보고 온 것처럼 달팽이 수프 얘기며 개구리 스튜가 어땠다는 얘기까지 구체적으로 하시 니까……."

"그거야 누군가에게 들었겠지. 거짓말에는 명수니까."

"아무래도 그런 것 같습니다."

손님은 꽃병의 수선화를 바라보았다. 다소 아쉬워하는 기색도 보였다.

"그럼, 재미있는 일이란 게 그거였나 보군."

주인은 확실히 하고 넘어가려고 했다.

"아뇨. 그건 그저 시작일 뿐이고, 본론은 이제부터입니다."

"흐음."

주인은 호기심 어린 감탄사를 덧붙였다.

"그러고는 달팽이나 개구리는 먹고 싶어도 도저히 먹을 수 없으니까 뭐 도치멘보橡面坊(하이쿠 시인 안도 렌자부로의 필명인 도치멘보를 서양 요리의 이름처럼 사용한 말장난) 정도로 하는 게 어떻겠나, 하시기에 저는 별생각 없이, 그게 좋겠네요, 하고 말았거든요."

"허어, 도치멘보는 좀 이상하군."

"네. 정말 이상하긴 합니다만, 선생님이 너무 진지하게 나오는 바람에 전 그만 눈치조차 채지 못했습니다."

손님은 마치 주인에게 자신의 부주의를 사죄하는 것처럼 보였다.

"그러고 나선 어찌 되었나?"

주인은 무덤덤하게 물었다. 손님의 사죄에는 아무런 공감도 표하지 않았다.

"그러고는 웨이터에게 이보게, 도치멘보 2인분 가져오게, 라고 하자 웨이터가 멘치보 말씀입니까, 하고 되묻더군요. 그러자 선생님은 더욱더 진지한 표정으로 멘치보가 아니라 도치멘보라고 정정해주었습니다."

"그렇군. 그런데 그 도치멘보라는 요리는 진짜 있는 건가?"

"글쎄요. 저도 좀 이상하다고는 생각했습니다만, 선생님이 너무나도 침착하고, 게다가 아시다시피 서양통이시고, 특히 그때는 서양에 다녀오신 것으로 철석같이 믿고 있었으니, 저도 거들어서 도치멘보야, 도치멘보, 하고 웨이터한테 가르쳐주기까지 했습니다."

"웨이터는 뭐라던가?"

"웨이터가 말이죠, 지금 생각해보면 참 웃긴 일인데요, 잠깐 생각해보더니, 대단히 죄송합니다만 오늘은 도치멘보가 안 되고 멘치보라면 2인분을 금방 해드릴 수 있다고 하더군요. 그러자 선생님은 몹시 아쉽다는 표정으로, 그렇다면 모처럼 여기까지 온 보람이 있겠느냐, 어떻게든 도치멘보를 먹게 해줄 수 없겠느냐며 웨이터한테 20전짜리 은화를 주셨지요. 웨이터는 그렇다면 어찌 되었든 요리사와 의논은 해보겠노라며 안으로 들어갔습니다."

"도치멘보가 정말 먹고 싶었나 보군."

"좀 있다가 웨이터가 나오더니, 진심으로 죄송합니다만 주문을 받을 수는 있는데 다소 시간이 걸릴 것 같다고 하더군요. 그러자 메이테이 선생님은 차분하게 어차피 우린 설 연휴라 한가한 사람들이니 좀 기다렸다가 먹고 가지 않겠느냐고 하시면서, 호주머니에서 엽궐련을 꺼내 뻐끔뻐끔 피우기 시작하셨습니다. 저도 별도리가 없어 품속에서 《닛폰日本》(1889년에 창간한 일간 시사신문. 《호토토기스》 등이 하이쿠 혁신운동의 거점으로 삼았다) 신문을 꺼내 읽기 시작했습니다. 그러자 웨이터는 상의하러 다시 안으로 들어가더군요."

"참 손이 많이 가는 사람이군."

주인은 러일전쟁 통신문이라도 읽는 것처럼 의욕적으로 자리를 앞으로 당겨 앉았다.

"그런데 웨이터가 다시 와서, 요즘은 도치멘보의 재료가 다 떨어져서 가메야龜屋(당시 교바시京橋에 있던 식료품, 술, 담배 등의 직수입 전문 소매점)나 요코하마橫浜 15번(원래 거류지인 야마시타초山下町에 모여 있던 외국인이 경영하는 은행이나 식료품·잡화 등의 수출입품을 취급하는 상관商館 등은 그 위치에 따라 번호로 불렸다)에 가도 살 수 없기에 당분간은 안 되겠다며 미안하다는 듯 말했습니다. 그러자 선생님은, 거참 난감하군, 모처럼 왔는데 말이야, 하고 저를 바라보며 자꾸 같은 말을 되풀이하시기에 저도 가만히 입을 다물고 있을 수만은 없어서, 유감입니다, 정말 유감입니다, 라고 맞장구를 쳐주었습니다."

"당연하지."

주인도 맞장구를 쳤다. 뭐가 '당연하다'는 것인지 나로서는 이해할 수 없었다.

"그러자 웨이터도 우리가 안돼 보였는지, 조만간 재료가 들어오게 되면 어떻게든 부탁해보겠다고 하더군요. 선생님이 재료는 뭘 쓰느냐고 묻자, 웨이터는 헤헤헤헤 하고 웃기만 하고 대답은 안 했습니다. 재료는 닛폰파日本派(마사오카 시키를 중심으로《닛폰》신문을 통해 하이쿠 혁신운동을 펼친 하이쿠 시인들)의 하이진俳人(하이쿠 시인)이겠지? 라고 선생님이 재차 묻자, 웨이터는 그렇다고 하면서 요즘에는 요코하마에 가도 살 수 없으니 정말 죄송하게 되었다고 말하더군요."

"아하하하, 그게 결론인가? 거참 재미있군."

주인은 전에 없이 큰 소리로 웃었다. 그 바람에 무릎이 흔들려 나는 하마터면 바닥으로 떨어질 뻔했다. 그런데도 주인은 아랑곳하지 않고 웃었다. 안드레아 델 사르토에 속은 것이 자기 혼자만이 아니라는 걸 알고는 갑자기 유쾌해진 듯했다.

"그러고 나서 둘이 밖으로 나왔는데, 여보게, 어떤가? 제대로 먹혔지? 도치멘보라는 걸 소재로 삼은 점이 재미있었을 걸세, 하며 의기양양해하시더군요. 고개가 절로 숙여진다고 말하고 헤어졌는데, 실은 점심때가 지난 터라 어찌나 배가 고프던지 아주 혼났습니다."

"그 점은 난처했겠군."

주인은 처음으로 동의를 표했다. 나 역시 거기에는 이견이 없었다. 잠시 이야기가 끊기고, 입맛을 쩝쩝 다시는 내 소리가 주인과 손님의 귀에 들어갔다.

도후 군은 다 식은 차를 쭉 들이켜고는 말했다.

"실은 오늘 이렇게 선생님을 찾아뵌 건 부탁드릴 게 있어섭니다."

"허어, 무슨 일일까?"

주인도 점잔을 빼며 말했다.

"아시다시피 제가 문학과 미술을 좋아해서……."

"바람직한 일이지."

주인은 기운을 북돋웠다.

"얼마 전에 뜻 맞는 사람들끼리 모이는 낭독회라는 걸 조직했는데, 매달 한 번씩 모임을 하며 이 방면의 연구를 계속할 생각입니다. 첫 모임은 이미 작년 연말에 가졌습니다."

"좀 물어보겠는데, 낭독회라면 시가나 글 같은 것에 무슨 가락이라도 붙여 읽는 것처럼 들리네만, 대체 어떤 식으로 한다는 건가?"

"일단 처음에는 옛사람의 작품으로 시작했다가 차츰 동인들이 창작한 것도 해볼까 합니다."

"옛사람의 작품이라면 백낙천의 《비파행琵琶行》 같은 걸 말하는가?"

"아닙니다."

"그럼, 부손의 《춘풍마제곡春風馬堤曲》(하이쿠 시인 요사 부손의 시편) 같은 종류?"

"아닙니다."

"그럼, 어떤 걸 했다는 건가?"

"지난번에는 지카마쓰의 정사물情死物(에도 시대의 조루리, 가부키 작가로 유명한 지카마쓰 몬자에몬의 작품으로 정사情死 사건을 소재로 한 것을 말한다)을 했습니다."

"지카마쓰? 조루리浄瑠璃(음곡에 맞춰 이야기를 낭창하는 장르)의 그 지카마쓰를 말하는가?"

지카마쓰라면 한 사람밖에 없다. 지카마쓰라고 하면 희곡 작가 지카마쓰를 말한다는 건 누구나 아는 사실이다. 그런 걸 되묻는 주인도 어지간히 어리석은 사람이구나, 하는 생각을 하고 있는데, 주인은 아무것도 모른 채 내 머리를 정성스럽게 쓰다듬었다. 자신을 자꾸 곁눈질하는 것 같은 사팔뜨기를 보고 자신에게 반한 게 틀림없다고 생각하는 인간도 있는 세상이니, 이 정도의 착각은 결코 놀랄 일이 아니라고 생각하며 쓰다듬는 대로 내버려두었다.

"네."

도후는 그렇게 대답하고 주인의 안색을 살폈다.

"그럼 혼자 낭독하는가? 아니면 역할을 정해서 하는가?"

"역할을 정해서 번갈아 가며 해봤습니다. 되도록 작중인물의 감정에 동화되어 그 성격을 제대로 표현하는 것에 주안점을 두었고, 거기에 손짓과 몸짓을 보탰습니다. 대사는 되도록 그 시대 사람들의 말투를 그대로 살리는 것이 핵심이어서 양갓집 규수든 아랫것이든 마치 그 인물이 등장한 것처럼 합니다."

"그럼, 뭐 연극 같은 것이 아닌가?"

"네, 의상과 무대장치가 없을 뿐이죠."

"실례지만, 잘했나?"

"글쎄요, 처음 한 것치고는 그런대로 성공적이었다고 생각합니다."

"그런데 그전에 했다고 한 정사물이라는 건?"

"그러니까, 뱃사공이 손님을 태우고 요시와라芳原(에도 시대에 도쿄에 있던 유곽. 보통은 요시와라吉原라고 쓴다)로 가는 대목이었습니다."

"대단한 장면이었겠군."

학교 선생인 주인은 고개를 살짝 갸웃했다. 코에서 내뿜은 담배 연기가 귓가를 스치고 얼굴 옆으로 돌아나갔다.

"뭐 그리 대단치도 않았습니다. 등장인물은 손님과 뱃사공, 유녀, 여급, 할멈, 권번뿐이었으니까요."

도후 군은 아무렇지도 않은 표정이었다. 주인은 유녀라는 말을 듣고 약간 씁쓸한 표정을 지었지만, 여급, 할멈, 권번이라는 용어에 대해 분명한 지식이 없었는지 우선 질문부터 하고 나섰다.

"여급이라면 유곽의 하녀를 말하는 건가?"

"아직 제대로 연구해본 적은 없습니다만, 여급은 요정의 하녀이고 할멈이 유곽에서 보조하는 역할을 하는 사람일 거라고 생각합니다."

조금 전 도후 군은 바로 그 인물이 나온 것처럼 말투나 몸짓을 흉내 낸다고 해놓고 할멈이나 여급의 특징조차 잘 모르는 것 같았다.

"그렇군. 여급은 요정에 예속된 사람이고, 할멈은 유곽에서 사는 사람이겠군. 그럼 권번이라는 건 사람인가 아니면 어떤 장소를 가리키는 것인가? 또 만약 사람이라면 남자인가, 여자인가?"

"권번은 아무래도 남자인 것 같습니다."

"무슨 일을 하는 사람인가?"

"글쎄요, 아직 거기까진 알아보지 못했습니다. 곧 알아보도록 하겠습니다."

이런 식의 대화가 오가는 날에는 엉뚱한 말이 튀어나올 거라는 생각에 나는 주인의 얼굴을 슬며시 올려다보았지만, 주인은 의외로 진지했다.

"그래, 낭독자는 자네 말고 또 어떤 사람이 가담했나?"

"여러 사람이 있었지요. 유녀 역을 법학사인 K군이 맡았는데, 콧수염을 기른 남자가 여자의 아양 떠는 대사를 늘어놓으니 좀 묘한 느낌이 들더군요. 게다가 그 유녀가 심한 복통을 일으키는 대목이 있었는데……."

"낭독할 때도 실제로 복통을 일으켜야 한단 말인가?"

주인이 걱정스럽다는 듯 물었다.

"네, 어쨌든 표정이 중요하니까요."

도후 군은 어디까지나 문예가의 마음이었다.

"그래 제대로 복통을 일으키던가?"

주인이 빈정거리는 투로 물었다.

"처음에는 복통만은 좀 무리더군요."

도후 군도 빈정거리는 투로 응수했다.

"그런데 자네는 어떤 역할을 맡았나?"

주인이 물었다.

"저는 뱃사공이었지요."

"허어, 자네가 뱃사공이라."

자네 같은 사람이 뱃사공을 할 수 있다면 나도 권번 정도는 할 수 있겠다는 투였다.

"뱃사공은 무리였을 텐데?"

주인은 인사치레가 아닌 속엣말을 했다. 도후 군은 별로 화난 기색도 없다. 여전히 차분한 어조로 말을 이었다.

"그 뱃사공 때문에 기껏 마련한 모임도 용두사미로 끝나고 말았습니다. 실은 낭독회장 근처에 여학생 네다섯 명이 하숙하고 있었는데, 그날 낭독회가 있다는 걸 어디선가 알아내고 창문 밑에 와서 듣고 있었나 봅니다. 제가 뱃사공의 말투와 표정을 흉내 내다 신이 나서 이 정도면 됐다 싶어 우쭐해하고 있는데…… 그러니까 몸짓이 좀 과장되었나 봅니다. 그때까지 참고 있던 여학생들이 그만 까르르르 하고 일제히 웃음을 터뜨렸으니까요. 놀라기도 했고 창피하기도 했습니다. 게다가 도중에 할 기분마저 잡쳐버렸으니 아무래도 계속할 수가 없어서 결국 그걸로 모임을 끝내고 말았습니다."

첫 모임치고는 성공이라던 낭독회가 이렇다니 실패했으면 과연 어땠을지 상상하자 웃지 않을 수 없었다. 나도 모르게 목구멍에서 캬르릉 소리가 났다. 주인은 더욱 부드러운 손길로 내 머리를 쓰다듬어주었다. 남을 비웃어 귀여움을 받는 건 고마운 일이지만 어쩐지 기분이 좀 나쁘다.

"그야말로 봉변을 당했군."

주인은 정월 초부터 조사弔詞를 했다.

"두 번째 모임부터는 더욱 분발해서 성대하게 할 생각입니다. 오늘 이렇게 선생님을 찾아뵌 것도 바로 그 때문인데, 실은 선생님께서도 모임에 입회해주십사 하는 말씀을 드리려고요."

"나는 절대로 복통을 일으키지 못하네."

소극적인 성격의 주인은 바로 거절하려고 했다.

"아니, 복통 같은 건 일으키지 않아도 되니, 여기 찬조원 명부가……."

이렇게 말하며 보라색 보자기에서 소국판 크기의 작은 장부를 조심스레 꺼냈다.

"여기에 서명하신 뒤 날인을 부탁드리고 싶습니다."

그는 장부를 주인의 무릎 앞에 펼쳐놓았다. 거기에는 현재 이름이 널리 알려진 문학박사와 문학사 등의 이름이 가지런히 적혀 있었다.

"허어, 찬성자야 못 될 것도 없지만, 어떤 의무가 따르는가?"

굴처럼 서재에만 틀어박혀 있는 선생은 자못 걱정스러운 눈치였다.

"의무라고 해봐야 특별히 꼭 해야 할 것이 있는 건 아니고, 그저 성함만 기입해주시고 찬성의 뜻만 표해주시면 그걸로 충분합니다."

"그렇다면 입회하기로 하지."

의무가 없다는 걸 알자마자 주인은 마음이 홀가분해졌다. 책임이 없다는 것만 알면 모반의 연판장에라도 이름을 올리겠다는 표정이었다. 더군다나 그렇게 저명한 학자들의 이름이 쭉 적혀 있는 곳에 자신의 이름도 써넣는 일은, 지금까지 이런 경험이 없었던 주인으로서는 다시없는 영광인지라 대답에 힘이 들어간 것도 무리는 아니었다.

"잠깐 실례하겠네."

주인은 도장을 가지러 서재로 들어갔다. 그 바람에 나는 다다미 위로 툭 떨어졌다. 그사이에 도후 군은 접시에 담긴 카스텔라를 집어 입안에 쑤셔 넣었다. 우물우물 한동안 괴로운 표정이다. 나는 잠깐 오늘 아침의 떡국 사건을 떠올렸다. 주인이 서재에서 도장을 가지고 나왔을 때는 카스텔라가 이미 도후 군의 위 속에 자리를 잡았다. 주인은 접시의 카스텔라 한 조각이 없어진 사실을 알아채지 못하는 것 같았다. 만약 알게 되면 제일 먼저 나를 의심할 것이다.

도후가 돌아가고 나서 주인이 서재에 들어가 보니 어느새 메이테이 선생의 편지가 와 있었다.

새해 복 많이 받길 기원하네.

주인은 유달리 서두가 진지하다고 생각했다. 평소 메이테이 선생의 편지에서 진지한 내용이라곤 거의 찾아볼 수 없다. 일전엔 이런 편지가 왔을 정도다.

그 후로는 특별히 연모하는 여성도 없고, 누구한테 연애편지가 날아드는 일도 없고, 그런대로 무탈하게 지내고 있으니 걱정하지 말기를.

그에 비하면 이번 연하장은 예외라 할 만큼 상식적이다.

잠깐 찾아가 볼까도 했으나 대형大兄의 소극주의에 반해 가능한 한 적극적인 방침으로 이 천고 미증유의 신년을 맞이할 계획이라 매일매일 눈이 팽팽 돌 정도로 다망하니 너그러이 헤아려주기를…….

하긴 그런 사람이니 설 연휴에는 놀러 다니느라 바쁠 게 분명하다고 주인은 내심 메이테이의 말에 동조한다.

어제는 잠시 짬을 내서 도후 군에게 도치멘보를 사주려고 했으나 공교롭게도 재료가 없다 하여 그 뜻을 이루지 못해 유감 천만이네.

이제 슬슬 본래의 모습을 드러낸다 싶어 주인은 잠자코 미소를 지었다.

내일은 모 남작의 가루타歌留多(문장이 적힌 카드와 그에 맞는 그림이 그려진 카드를 찾는 카드 게임) 모임. 모레는 심미학협회의 신년 연회, 글피는 도리베 교수 환영회. 또 그다음 날은…….

뭔 사설이 이렇게 길어, 하며 주인은 건너뛰고 읽었다.

이처럼 요코쿠 모임, 하이쿠 모임, 단카 모임, 신체시 모임 등 모임의 연속이라 당분간은 쉴 새 없이 출동해야 해서 부득이 연하장으로 인사를 대신하니 부디 언짢게 생각하지 말고 너그러이 양해해주게.

딱히 올 것까지는 없는데, 하고 주인은 편지에 대고 대답했다.

다음에 왕림할 때는 오랜만에 만찬이라도 대접할까 하네. 가난한 살림이라 특별히 대접할 만한 것은 없지만 하다못해 도치멘보라도 대접할까 하는 마음을 먹고 있네.

여전히 도치멘보를 들먹이다니 무례한 놈 같으니, 하고 주인은 약간 화를 냈다.

그러나 도치멘보는 요즘 재료가 동이 나 어쩌면 안 될지도 모르니 그때는 공작의 혀라도 대접하겠네……

양다리를 걸치시겠다? 주인은 다음 대목이 읽고 싶어졌다.

알다시피 공작 한 마리에서 얻을 수 있는 혀의 고기는 새끼손가락의 절반도 안 되는지라 잘 먹기로 소문난 대형의 배를 채우려면…….

거짓말 좀 작작해! 라고 주인은 내뱉듯이 말했다.

적어도 공작 20~30마리는 포획해야 하겠지. 그런데 공작은 동물원이나 아사쿠사淺草 정원(도쿄 아사쿠사 공원 내에 있고, 원래는 분재 화초를 전시하던 곳이었으나 1895년 무렵부터 대유람장으로 바뀌어 동물원, 수족관, 공연장 등이 있었다) 같은 곳에서는 간혹 볼 수 있으나 새를 파는 가게에서는 전혀 찾아볼 수 없어서 고심 중이네.

혼자 멋대로 고심하는 거 아니냐며 주인은 털끝만치도 감사의 뜻을 표하지 않았다.

이 공작의 혀 요리는 옛날 로마가 전성기를 구가하던 시절 한때 크게 유행한 것으로 호사와 풍류의 극치라 하여 평소 은근히 식욕이 동하던 것이니 이 점 헤아려주기를…….

헤아리긴 뭘 헤아려? 어이가 없군, 하고 주인은 몹시 냉담한 태도다.

그로부터 16~17세기 무렵까지 전 유럽에서 공작은 연회에서는 빠질 수 없는 진미였다고 하네. 레스터 백작(로버트 더들리 레스터 백작. 16세기 영국의 정치가이자 군인으로 여왕 엘리자베스 1세의 총애를 받았다)이 엘리자베스 여왕을 케닐워스(영국 중남부의 워릭셔에 있는 한 지방으로 레스터 백작이 엘리자베스 여왕에게 하사받은 성이 있었다)로 초대했을 때도 분명히 공작 요리를 대접한 것으로 기억하고 있네. 그 유명한 렘브란트가 그린 향연 그림에도 공작이 꼬리를 펼치고 식탁 위에 누워 있고(렘브란트의 작품 중에 식탁에 공작이 놓인 것으로는 〈선술집의 탕아〉, 〈돌아온 탕자의 옷을 입고서 사스키아와 함께 있는 자화상〉 등이 있다).

공작 요리의 역사를 쓰고 있을 정도면 그리 다망한 것도 아니지 않으냐고 주인은 투덜댔다.

아무튼 요즘처럼 계속해서 진수성찬을 먹다가는 건강한 나도 머지않아 대형처럼 위가 약해지는 것도 뻔한 이치라…….

대형처럼은 쓸데없는 말이다. 특별히 나를 위가 약한 사람의 표준으로 삼지 않아도 되잖아, 하고 주인은 중얼거렸다.

역사가의 주장에 따르면 로마인은 하루에 두세 번이나 연회를 열었다고 하네. 하루에 두세 번이나 사방이 3미터가 넘는 식탁에 가득 차려진 요리를 먹는다면 아무리 위장이 튼튼한 사람이라도 소화 기능이 버티지 못할 테고, 따라서 자연히 대형처럼······.

또 대형처럼이야? 무례한 놈.

그런데 사치와 위생을 양립시키기 위해 연구에 연구를 거듭한 그들은 맛있는 음식을 과도하게 탐하는 동시에 위장을 정상 상태로 유지할 필요성을 인정하고 하나의 비법을 생각해 내기에 이르렀네······.

그래? 하고 주인은 갑자기 관심을 보였다.

그들은 식후엔 꼭 목욕을 한다고 하네. 목욕 후 일종의 방법에 따라 목욕 전에 삼킨 것을 모조리 토해내 위를 청소한 거지. 위가 깨끗해지면 다시 식탁에 앉아 질릴 때까지 맛있는 음식을 먹고, 다 먹으면 다시 욕실로 들어가 이를 토해냈고. 이렇게만 하면 맛있는 음식을 실컷 탐하더라도 내장이 고장을 일으키지 않으니 일거양득이란 바로 이를 말함이 아닐까 하는 어리석은 생각을 했다는 거야······.

과연 일거양득임엔 틀림없다. 주인은 부러운 듯한 표정을 지었다.

20세기인 오늘날 교통의 발달이나 연회의 증가는 말할 것도 없고, 군사軍事와 국사國事가 다망하고 러시아를 정벌한 지 2년째가 되는 때이니 우리 전승국 국민은 반드시 로마 사람들을 본받아 이 입욕 구토술을 연구해야 할 때에 이르렀다고 자신하네. 그렇게 하지 않으면 애써 대국민이 된 우리도 가까운 장래에 모두 대형처럼 위장병 환자가 되지 않을까 은근히 걱정되는 바일세…….

또 대형처럼이야? 정말 짜증 나는 인간이군, 하고 주인은 생각했다.

이런 때에 서양 사정에 정통한 우리 같은 사람들이 고사전설古史傳說을 연구하여 이미 폐기된 비법을 찾아 이를 메이지 사회에 응용한다면, 이른바 재앙을 미연에 방지하는 공덕이 되기도 하고, 평소에 마음껏 편하게 놀고 즐겨온 것에 대한 보은도 되리라 생각하네…….

왠지 좀 이상하다고 고개를 갸웃한다.

그리하여 얼마 전부터 기번, 몸젠(테오도어 몸젠. 1817~1903. 독일의 역사가로 《로마사》로 노벨 문학상을 받았다), 스미스(윌리엄 스미스. 1813~1893. 영국의 역사가이자 평론가) 등 여러 사람들의 저술을 섭렵했는데, 아직 발견의 단서조차 찾아내지 못한 것은 참으로 유감스러운 일이네. 하지만 알다시피 나는 한번 마음먹은 것은 성공할 때까지 절대로 중단하지 않는 성질이니 구토술을 부활시킬 날도 그리 멀지 않을 것이라 믿고 있네. 이는 발견하는 대로 알려줄 터이니 그리 알아주기를 바라네. 그러므로 앞에서 얘기한 도치멘보와 공작 혀 요리도 가능한 한 이를 발견한 후에 대접할 생각이네. 그리하면 나에게는 물론이고, 이미 위장병에 시달리고 있는 대형을 위해서도 좋을 것이라 생각하네. 그럼 이만 줄이겠네.

뭐야, 결국 속은 건가, 글이 너무 진지해서 그만 끝까지 진심으로 읽고 말았는데, 새해 벽두부터 이 따위 장난이나 치는 메이테이도 어지간히 한가한 놈이군, 하고 주인은 웃으며 중얼거렸다.

그로부터 4, 5일은 별일 없이 지나갔다. 백자에 꽂혀 있는 수선화가 서서히 시들고, 푸른 가지의 매화가 꽃병에서 꽃을 피우기 시작하는 것을 바라보며 시간만 보내는 것도 따분하여 두 번이나 얼룩이를 찾아갔으나 만나지 못했다. 처음에는 집에 없는 것으로 생각했는데, 두 번째 갔을 때 병에 걸려 앓아누웠다는 걸 알았다. 장지문 안에서 이현금 선생님과 하녀가 나누는 이야기를 손 씻는 돌그릇 옆 엽란 그늘에 숨어 듣고 있으니 이렇게 말하는 것이었다.

"얼룩이는 밥을 좀 먹었니?"

"아뇨, 오늘 아침부터 아직 아무것도 안 먹었어요. 그래서 따뜻하게 있으라고 고타쓰에 눕혀주었어요."

어째 고양이답지 않다. 마치 인간처럼 대우받고 있다.

한편으로는 내 처지와 비교하니 부럽기도 하지만, 다른 한편으로는 내가 사랑하는 고양이가 이렇게까지 후대를 받고 있다고 생각하니 기쁘기도 했다.

"참 걱정이구나. 밥을 안 먹으면 몸만 자꾸 쇠약해질 텐데."

"암요, 저는 하루만 굶어도 다음 날은 도저히 일을 할 수 없거든요."

하녀는 자기보다 고양이가 고등동물이라도 되는 양 대답했다. 실제로 이 집에서는 하녀보다 고양이가 더 소중할지도 모른다.

"의사한테는 데려가 봤느냐?"

"네, 그런데 그 의사가 정말 이상했어요. 제가 얼룩이를 안고 진찰실로 들어갔더니, 감기라도 들었느냐고 제 맥을 짚으려고 하지 뭐예요. 환자는 제가 아니라 바로 이 고양이예요, 하고 얼룩이를 무릎 위에 앉혔더니, 히죽히죽 웃으면서 고양이 병은 나도 몰라, 내버려두면 곧 나을 거라는 거예요. 너무 심한 거 아닌가요? 화가 나서 그럼 안 봐주셔도 돼요, 이래 봬도 아주 소중한 고양이란 말이에요, 하고 얼룩이를 안고 돌아와버렸어요."

"정녕 그랬단 말이냐?"

'정녕'이라는 말은 우리 집 같은 데서는 도저히 들을 수 없는 말이다. 역시 덴쇼인 님의 무엇의 무엇이 되지 않고서는 쓸 수 없는, 아주 우아한 말이라며 감탄했다.

"그런데 어째 코를 훌쩍이는 것 같구나……."

"네, 분명 감기에 걸려 목이 아픈 거지요. 감기에 걸리면 누구나 기침이 나오니까요."

덴쇼인 님의 무엇의 무엇이 되는 사람의 하녀인지라 무척 공손한 말을 썼다.

"게다가 요즘엔 폐병인지 뭔지 하는 병도 생겼다는데."

"정말, 요즘처럼 폐병이니 페스트니 그런 새로운 병만 잔뜩 늘어나서 마음을 놓을 수 없다니까요."

"옛날 막부幕府 시대에 없었던 것치고 제대로 된 것이 없으니 너도 조심해야 한다."

"그런가요?"

하려는 자기까지 걱정해주는 주인마님에게 무척 감동했다.

"감기에 걸렸다지만 별로 돌아다니지도 않은 것 같던데……."

"아니에요, 선생님. 요즘 나쁜 친구가 생겼거든요."

하려는 국가 기밀이라도 털어놓을 때처럼 의기양양했다.

"나쁜 친구?"

"네. 저 대로변의 학교 선생님 집에 좀 지저분한 수고양이가 살거든요."

"학교 선생님이라면, 매일 아침 그 상스러운 소리를 내는 사람 말이냐?"

"네. 세수할 때마다 목이 졸린 거위가 꽥꽥거리는 소리 같은 걸 내는 사람이요."

목이 졸린 거위가 꽥꽥거리는 소리라, 참 적당한 표현이다. 우리 주인은 매일 아침 욕실에서 양치질을 할 때 이쑤시개로 목구멍을 쿡쿡 찔러 괴상한 소리를 질러대는 버릇이 있다. 기분이 나쁠 때는 유난히 꽥꽥거린다. 기분이 좋을 때는 힘이 나서 더욱 심하게 꽥꽥거린다. 결국 기분이 좋을 때나 나쁠 때나 쉼 없이 기세 좋게 꽥꽥거린다. 안주인의 말에 따르면 이곳으로 이사 오기 전까지는 그런 버릇이 없었다는데, 어느 날 갑자기 소릴 내기 시작하더니 오늘까지 멈춘 적이 없다고 한다. 좀 민폐가 되는 버릇인데, 왜 그런 짓을 끈질기게 계속하는지, 우리 고양이로서는 도저히 상상조차 할 수 없다. 그건 그렇다 쳐도 '좀 지저분한 고양이'라니 참 심한 혹평이구나 하며 귀를 쫑긋하고 계속 듣기로 했다.

"그런 소리가 무슨 주문이라도 되는지 모르겠구나. 메이지 유신 전에는 무가에서 하인이든 노복이든 그에 걸맞은 예법을 알았지. 무가의 거리에서 그런 식으로 세수하는 사람은 한 명도 없었어."

"그렇고말고요."

하녀는 덮어놓고 동의하고, 덮어놓고 '말고요'를 쓴다.

"그런 주인의 고양이이니까 어차피 도둑고양이일 수밖에. 다음에 오면 좀 때려주거라."

"때려주고말고요. 얼룩이가 아픈 것도 다 그놈 탓인 게 분명한걸요. 반드시 복수해주고 말 거예요."

제대로 누명을 썼다. 이래서는 쉽게 접근할 수 없을 것 같더니, 끝내 얼룩이를 만나지 못하고 돌아왔다.

돌아와 보니 주인은 서재 안에서 무언가를 골똘히 생각하는 표정으로 붓을 쥐고 있었다. 이현금 선생 집에서 들은 주인에 대한 평판을 얘기하면 필시 화를 낼 테니 모르는 게 약이라고 속을 끓이면서 짐짓 신성한 시인인 양 행세했다.

당분간 바빠서 찾아올 수 없다며 일부러 연하장을 보냈던 메이테이가 그때 홀연히 나타났다.

"무슨 신체시라도 짓고 있나 보네? 재미난 게 완성되면 보여주게."

"응, 제법 괜찮은 글 같아서 지금 번역해보려고."

주인은 무겁게 입을 뗐다.

"글? 누구 글인데?"

"누구 건지는 모르겠네."

"무명씬가? 무명씨의 작품 중에도 꽤 괜찮은 게 있으니 함부로 무시할 순 없지. 대체 그게 어디 있었나?"

"제2독본(1900년대 초 일본 중학교 영어 교과서는 대개 다섯 권으로 편성

되었는데, 그중에서 두 번째 권을 말한 것으로 보인다)."

주인은 태연자약하게 대답했다.

"제2독본? 제2독본이 어쨌단 말인가?"

"내가 번역하고 있는 명문이 제2독본에 수록되어 있다는 말일세."

"농담하지 말게. 어떻게든 공작 혀 요리에 대해 복수하겠다는 속셈이지?"

"난 자네 같은 허풍쟁이가 아니야."

주인은 콧수염을 꼬면서 말했다. 제법 태연했다.

"옛날 어떤 사람이 산요(라이 산요. 1780~1832. 에도 후기의 유학자이자 역사가. 명문장가로 유명했으나 소세키는 그에 대해 비판적이었다)에게 선생님! 요즘 명문은 없습니까? 하고 물었더니 산요는 마부가 쓴 빚 독촉장을 보여주며 요즘 명문은 아마도 이것일 거라고 했다는 이야기가 있네. 그러니 자네의 심미안도 의외로 믿을 수 있을지도 모르지. 어디 좀 읽어보게나. 내가 비평해줄 테니."

메이테이 선생은 자신이 심미안의 대가라도 되는 양 말한다. 주인은 선승이 다이토 국사(1282~1337. 가마쿠라 시대의 선승으로 임제종 다이토쿠지大德寺를 창건했다. 《다이토 국사 어록》을 남겼다)의 유훈이라도 읽는 듯한 소리로 읽기 시작했다.

"거인巨人, 인력引力."

"뭔가, 그 거인, 인력이라는 게?"

"거인 인력이라는 제목일세."

"묘한 제목이로군그래. 난 무슨 의미인지 통 모르겠는걸."

"인력이라는 이름을 가진 거인을 말하는 거겠지."

"좀 억지스러운 데가 있지만, 제목이니까 일단 넘어가기로 하지.

그럼 어서 본문을 읽어보게. 자넨 목소리가 좋아서 꽤 재미있어."

"괜히 끼어들지나 마."

주인은 미리 다짐을 받고 다시 읽기 시작했다.

"케이트는 창밖을 바라본다. 아이들이 공을 던지며 놀고 있다. 그들은 하늘 높이 공을 던진다. 공은 위로 위로 올라간다. 잠시 후에 떨어진다. 그들은 다시 공을 높이 던진다. 두 번, 세 번, 던질 때마다 공은 떨어진다. '왜 떨어지는 거야? 왜 위로만 위로만 올라가지 않는 거야?' 케이트가 물었다. '거인이 땅속에 살기 때문이지.' 어머니가 대답했다. '그는 거인 인력이야. 힘이 세. 그는 만물을 자기 쪽으로 잡아당겨. 그는 집을 땅으로 잡아당겨. 잡아당기지 않으면 날아가 버릴 거야. 아이들도 날아가 버려. 잎이 떨어지는 거 봤지? 그건 거인 인력이 불러서야. 책을 떨어뜨릴 때가 있지? 거인 인력이 오라고 해서야. 공이 하늘로 올라가. 거인 인력이 불러. 그러면 떨어져.'"

"그게 단가?"

"으음, 훌륭하지 않은가?"

"이야, 이거 놀라운걸, 엉뚱한 데서 도치멘보의 답례를 받았군."

"답례도 뭐도 아닐세. 정말 훌륭해서 번역해본 거야. 자넨 그렇게 생각하지 않나?"

주인은 금테 안경 너머를 들여다보았다.

"정말 놀랐네. 자네한테 이런 재주가 있을 줄이야. 이번만은 내가 완전히 당했네. 항복이야, 항복."

혼자 양해하고 혼자 떠든다. 하지만 주인에게는 전혀 통하지 않는다.

"자네를 항복시키겠다는 생각 따윈 없네. 그저 재미있는 글이다 싶어 번역해봤을 뿐이야."

"아니네. 정말 재미있어. 그렇게 나오지 않으면 진짜가 아니지. 대단해. 두 손 들었어."

"그렇게 두 손 들 것까지야 없고. 나도 요즘은 수채화를 그만뒀으니, 대신에 글이라도 써볼까 해서 말이야."

"허 참, 원근에 차별이 없고 흑백이 일정한 수채화에 비할 바가 아니지. 감탄이 나오지 않을 수가 없군."

"그렇게 칭찬해주니 나도 힘이 나네."

주인은 어디까지나 착각하고 있었다.

그때 간게쓰 군이 들어왔다.

"지난번에는 실례가 많았습니다."

"아니, 실례랄 것까지야. 지금 대단한 명문을 듣고 도치멘보의 망령을 퇴치하던 참일세."

메이테이 선생은 영문을 알 수 없는 말을 넌지시 비쳤다.

"허어, 그렇습니까?"

간게쓰 역시 영문 모를 인사말을 했다. 주인만은 별로 들뜬 기색이 아니었다.

"일전엔 자네가 소개했다면서 오치 도후越智東風라는 사람이 찾아왔었네."

"아아, 찾아왔었습니까? 그 오치 고치越智東風라는 사내는 매우 정직한 사람입니다만, 좀 별난 데가 있어서 혹 폐가 되지 않을까 싶었는데, 꼭 소개시켜달라고 해서 말이지요……."

"딱히 폐가 되지는 않았네만……."

"여기 와서 자기 이름에 대해 뭐라고 떠들지 않았습니까?"

"아니, 그런 얘기는 없었던 것 같은데."

"그렇군요. 어딜 가든 처음 만나는 사람에게 자기 이름을 설명하는 게 버릇이거든요."

"어떤 설명을 한단 말인가?"

무슨 일이 있기를 기대하고 있던 메이테이 선생이 끼어들었다.

"그 고치東風라는 걸 도후(뜻으로 읽으면 고치, 음으로 읽으면 도후가 되는데, 도후とうふう는 두부とうふ의 일본어 발음과 비슷하다)라고 음독할까 봐 무척 신경쓰고 있거든요."

"그거참."

메이테이 선생은 금박 무늬가 들어간 가죽 담배쌈지에서 담배를 꺼냈다.

"제 이름은 오치 도후가 아니라 오치 고치입니다, 라고 반드시 정정합니다."

"희한하군."

메이테이 선생은 구모이雲井(1900년대 초 일본에서 판매된 담배 이름. 종이로 만 담배가 아니라 잘게 썬 쌈지 담배로 곰방대를 이용해 피운다) 담배 연기를 뱃속 깊숙이 들이마셨다.

"그것이 전적으로 문학에 대한 열정에서 나온 것인데, 고치로 읽으면 오치 고치(오치고치遠近 彼方此方는 여기저기, 미래와 현재라는 뜻이다)라는 성어成語가 되고, 뿐만 아니라 그 이름이 운을 맞추고 있다는 게 그의 자랑거리랍니다. 그러니 고치를 도후로 음독하면 자신의 고심苦心을 평가해주지 않는 거라며 불평하는 거죠."

"참으로 별난 사람이군."

메이테이 선생은 뜻대로 되어 으쓱하며 담배 연기를 뱃속에서 콧구멍으로 다시 내뿜었다. 도중에 연기가 길을 잃고 목구멍에 걸리자 선생은 곰방대를 쥔 채 콜록콜록 기침을 해댔다.

"지난번에 와서는 낭독회에서 뱃사공 역을 맡았다가 여학생들에게 웃음거리가 되었다고 하더군."

주인이 웃으면서 말했다.

"그래, 그거였어."

메이테이 선생이 곰방대로 무릎을 두드렸다. 나는 위험을 감지하고 옆으로 살짝 비켰다.

"그 낭독회 말일세. 일전에 도치멘보를 대접했을 때 말이지, 그 얘기가 나왔네. 확실치는 않으나 두 번째 모임에는 저명한 문사를 초대해 대회를 치를 생각이니, 나도 꼭 참석해주길 바란다더군. 그래서 내가 이번에도 지카마쓰의 세태물을 할 생각이냐고 물었더니, 다음엔 전혀 새로운 것을 골라《곤지키야샤金色夜叉》(오자키 고요의 장편소설로 우리나라에는《장한몽》또는《이수일과 심순애》로 번안되어 소개되었다)로 정했다는 거야. 그래 자네는 어떤 역할을 맡았느냐고 물었더니, 자기는 여주인공 오미야御宮를 맡았다지 뭔가. 도후가 연기하는 오미야는 재미있을 걸세. 나도 꼭 참석해서 박수갈채를 보내줄 생각이네."

"재미있겠네요."

간게쓰 군이 묘한 웃음을 흘렸다.

"그런데 그 사람은 참 성실하고 경박한 데가 없어서 좋아. 메이테이하곤 완전 딴판이지."

주인은 안드레아 델 사르토와 공작 혀와 도치멘보의 복수를 한 방에 해냈다. 메이테이는 신경조차 쓰지 않는다는 듯 웃으며 말했다.

"나야 어차피 교토쿠行德의 도마(바보스러운데 순수하지 않고 닳고 닳은 사람을 가리키는 은어. 지바현千葉県 교토쿠는 개량조개[馬鹿貝]의 산지로 "교토쿠의 도마는 개량조개로 닳는다."라는 말에서 나온 표현이다. 여기서 개량조개의 한자는 바보 조개라는 뜻이다)인걸, 뭐."

"일단 그쯤 되겠지."

주인이 말했다. 사실 주인은 교토쿠의 도마가 무슨 말인지 잘 몰랐지만, 오랫동안 학교 선생 노릇을 해오면서 모르는 걸 이런 식으로 얼버무려왔던 터라 이런 때 그 경험을 사교에 응용한 것이다.

"교토쿠의 도마는 또 무슨 말인가요?"

간게쓰 군이 솔직하게 물었다. 주인은 도코노마床の間(일본식 다다미방의 한쪽 바닥을 한 층 높게 만들어 벽에는 족자를 걸고 바닥에는 꽃이나 장식물을 꾸며놓은 곳) 쪽을 바라보며 다른 화제로 교토쿠의 도마를 덮어버렸다.

"저 수선화는 지난 세밑에 내가 목욕탕에 다녀오는 길에 사다가 꽂아놓은 건데 참 오래도 가는구면."

"세밑이라고 하니까 말인데, 작년 세밑에 난 참으로 신기한 경험을 했네."

메이테이가 곡예사처럼 곰방대를 손가락 끝으로 돌렸다.

"어떤 경험이었는지 말해보게."

주인은 교토쿠의 도마를 뒤쪽으로 멀리 내던져버렸다는 생각에 안도의 한숨을 내쉬었다. 메이테이 선생의 신기한 경험이란 다음과 같은 것이었다.

"분명히 세밑인 27일이었다고 기억하네. 도후에게서 찾아뵙고 아무쪼록 문예에 대한 고견을 듣고자 하오니 댁에 계셔주시길 바란다고 미리 연락이 왔더군. 그래서 아침부터 내심 기다리고 있었는데, 이 사람이 좀처럼 와야 말이지. 점심을 먹고 난로 앞에서 배리 페인(1864~1928. 영국의 유머 작가)의 유머집을 읽고 있는데, 시즈오카靜岡에 계시는 어머니한테서 편지가 왔네. 노인네라 아직도 나를 어린애로만 여기시거든. 편지에도 추운 날 밤에는 외출하지 말라느니, 냉수욕도 좋지만 난로를 켜서 방 안을 따뜻하게 해주지 않으면 감기에 걸린다느니 하며 이런저런 주의를 주셨더군. 과연 부모란 감사한 존재야. 타인이라면 절대로 그렇게는 못 할 거라고, 천하태평인 나도 그때만은 무척 감동했네. 그래서 더욱 이렇게 빈둥빈둥해서는 송구하다, 뭐든 대작이라도 써서 가문을 빛내야겠다, 어머니가 살아 계실 때 메이지 문단에 메이테이 선생이 있다는 걸 만천하에 알려주고 싶다, 뭐 이런 생각이 들더군. 그러고 나서 그다음 대목을 읽어가노라니, 너는 참 행복한 애다, 러시아와 전쟁이 벌어져 젊은 사람들이 갖은 고생을 하며 나라를 위해 헌신하고 있는데, 지금이 섣달인데도 너는 설 연휴처럼 무사태평하게 놀고 있으니 말이다, 라고 쓰여 있지 뭔가. 이래 봬도 난 어머니가 생각하고 있는 것처럼 놀고만 있는 건 아니잖은가. 그다음에는 이번 전쟁에 나가 죽거나 다친 초등학교 시절 친구들 이름이 열거되어 있었네. 하나씩 그 이름들을 보니 어쩐지 이 세상이 따분해지고 인간이란 존재도 하찮다는 생각이 들더군. 맨 끝에는 이제 나이를 먹었으니 설날 떡국을 먹는 것도 이번이 마지막이 아닐까 싶다는…… 어쩐지 쓸쓸한 내용이 쓰여 있어서 기분이 더 울적해진 나는 도후라도 빨리 왔으면 좋겠다 싶었는데, 이 사람이 통

오지 않는 걸세. 그러다가 저녁때가 되고 말아서, 어머니께 답장이나 쓰자 싶어서 열두세 줄을 썼네. 어머니가 보낸 편지는 두루마리로 2미터 가까이 되었는데, 나는 도저히 그런 재주가 없어서 늘 열 줄 안팎으로 끝나고 말거든. 그런데 하루 종일 꼼짝도 하지 않고 있었던 탓인지 뱃속이 이상하게 더부룩하더군. 도후가 오면 기다려달라고 해두면 되겠다 싶어 편지도 부칠 겸 산책에 나섰네. 평소에는 후지미초富士見町 쪽으로 가는데 그때는 나도 모르게 도테산반초土手三番町 쪽으로 발길이 향하고 말았네. 마침 그날 밤은 날도 약간 흐렸고 해자 쪽에서 강바람이 세차게 불어오더군. 엄청 추웠어. 가구라자카神樂坂 쪽에서 온 기차가 뿌우 하고 경적을 울리며 둑 아래로 지나가는데, 참 쓸쓸한 기분이었네. 세밑, 전사戰死, 노쇠, 세월의 덧없음이라는 말이 머릿속을 맴돌더군. 흔히 사람들이 목을 맨다고 하는데, 바로 이런 때에 문득 죽고 싶은 마음에 사로잡히는 게 아닐까 하는 생각이 들었네. 살짝 고개를 들어 둑 위를 올려다보니 어느새 예의 그 소나무 바로 아래에 와 있지 않겠나.”

“그 소나무라니, 그게 뭔가?”

주인이 한마디 하며 끼어들었다.

“목매다는 소나무 말이야.”

메이테이는 목을 움츠렸다.

“목매다는 소나무는 고노다이鴻の台에 있지 않나요?”

간게쓰가 파문을 일으켰다.

“고노다이 것은 종을 달아매는 소나무고, 도테산반초 것이 목을 매다는 소나무지. 도대체 왜 이런 이름이 붙었느냐 하면, 옛날부터 전해오는 이야기가 있는데 누구나 그 소나무 아래로 지나가면 목을 매고 싶어지기 때문일세. 둑 위에 소나무가 수십 그루 서 있는데, 누가 목을 매 죽었다고 해서 가보면 어김없이 그 소나무에 매달려 있더라는 거야. 한 해에 두세 번은 꼭 매달려 있었다는데, 아무래도 다른 소나무에서는 죽을 생각이 들지 않았던 거지. 자세히 보니 가지가 한길 쪽으로 멋지게 뻗어 있더군. 아아, 멋진 가지구나. 저대로 그냥 놔두기가 아까운걸. 어떻게든 저기다 사람을 한번 매달아보고 싶은데, 누가 안 오나, 하고 주위를 둘러봤지만 공교롭게도 아무도 오지 않았네. 할 수 없지, 내가 매달려볼까. 아니지, 아니야, 내가 매달렸다가는 목숨이 날아가지, 위험하니 그만두자. 그런데 옛날 그리스 사람들은 연회석상에서 목을 매다는 시늉을 하여 여흥을 돋우었다는 이야기가 있네. 한 사람이 받침대 위에 올라가 밧줄로 둥글게 만든 매듭에 목을 들이미는 순간 다른 사람이 받침대를 걷어찬다네. 그러면 목을 들이민 당사자는 받침대가 빠지는 것과 동시에 밧줄을 느슨하게 풀고 뛰어내렸다는 거야. 과연 그게 사실이라면 별로 두려워할 필요는 없다, 어디 나도 한번 시도해볼까, 하고 손을 뻗어 가지를 잡아보니 정말이지 알맞게 휘어지더군. 휘어지는 모양이 실로 미적이야. 목이 공중에 매달려 둥둥 떠 있는 모습을 상상해보니 정말 기분이 짜릿하더군. 꼭 해보고 싶었네만, 만약 도후가 와서 기다리고 있으면 미안하다는 생각이 들어서 일단 도후를 만나 약속한 대로 이야기를 나눈 뒤에 다시 오리라 생각하고 결국 집으로 돌아가고 말았네."

"그래서 해피엔드라는 건가?"

주인이 물었다.

"재미있네요."

간게쓰가 키득키득 웃으며 말했다.

"집에 돌아와 보니 도후는 오지 않았더군. 그 대신, 오늘은 부득이한 사정이 있어서 못 갑니다, 가까운 시일 내에 찾아뵙고 천천히 이야기를 나누고자 합니다, 라는 엽서가 와 있었네. 겨우 안심하고 그렇다면 이제 홀가분하게 목을 맬 수 있겠다는 생각에 기뻐서 곧장 나막신을 신고 잰걸음으로 그곳으로 돌아가 보니……."

메이테이는 그렇게 말하고 주인과 간게쓰의 얼굴을 보며 잠시 뜸을 들였다.

"돌아가 보니 어떻던가?"

주인은 조금 몸이 달았다.

"점입가경이네요."

간게쓰는 하오리의 끈을 만지작거렸다.

"가서 보니 벌써 누가 와서 먼저 매달려 있지 않겠나. 간발의 차이였는데 정말 유감스러운 일이었지. 지금 생각해보면 그때는 귀신에게 홀렸던 것 같아. 제임스(윌리엄 제임스. 1842~1910. 미국의 철학자이자 심리학자. 의식의 추이성이나 자발적 선택 작용을 인정한 그의 심리학은 소세키의 문학 이론에 적지 않은 영향을 주었다)가 말하는 잠재의식에 존재하는 유명계幽冥界와 내가 실제로 존재하는 현실계가 일종의 인과법에 의해 서로 감응한 것일 테지. 정말 신기한 일도 다 있지 뭔가."

메이테이는 짐짓 진지한 표정이다.

주인은 또 당했구나 싶었지만 아무 말도 하지 않고 모나카를 한 입 가득 넣고 오물거렸다.

간게쓰는 고개를 숙인 채 화로의 재를 조심스럽게 고르며 히죽히죽 웃다가 이윽고 입을 열었다. 무척 차분한 어조였다.

"과연 듣고 보니 신기한 일이네요. 좀처럼 있을 것 같지 않습니다만, 저 같은 사람도 바로 얼마 전에 비슷한 경험을 했기 때문에 의심할 생각은 추호도 없습니다."

"아니, 자네도 목을 매달고 싶었다는 말인가?"

"아닙니다. 저는 목이 아닙니다. 새해가 밝았으니, 이미 작년 연말의 일이네요. 그것도 선생님과 같은 날 같은 시각쯤에 일어난 사건이라 더더욱 신기한 느낌입니다."

"그거 재미있구먼."

메이테이도 모나카를 한입 가득 넣었다.

"그날은 무코지마向島에 사는 지인의 집에서 송년회를 겸한 합주회가 있었는데 저도 바이올린을 갖고 참석했지요. 열대여섯 명의 숙녀와 부인들이 모인 아주 성대한 모임이었는데, 근래에 보기 드문 유쾌한 행사로 여겨질 만큼 모든 게 잘 갖춰져 있더군요. 만찬과 합주가 끝나고 이런저런 이야기가 나와 시간도 꽤 늦어졌기 때문에 저는 작별 인사를 하고 집으로 돌아가려고 했습니다. 그런데 모 박사의 부인이 제 옆으로 오더니, 당신은 ○○코 씨가 아프다는 사실을 알고 계신가요? 하고 나직한 목소리로 물어왔습니다. 실은 그 2, 3일 전에 만났을 때는 평소와 다름없이 아프게는 보이지 않았던 터라 저도 놀라 구체적인 상태를 물어봤습니다. 그랬더니 저와 만난 그날 밤부터 갑자기 열이 오르고 연신 헛소리를 한다더군요. 그뿐이라면 다행이겠지만, 그 헛소리 중에 제 이름이 가끔 나온다는 것이었습니다."

주인은 물론이고 메이테이 선생도 '보통 사이가 아니군.' 같은 상투적인 맞장구도 치지 않고 조용히 듣고만 있었다.

"의사를 불러 진찰을 받아보니, 병명은 뭔지 알 수 없으나 어쨌든 열이 심해서 뇌까지 침범했으니 만약 수면제가 생각대로 듣지 않으면 위험하다는 진단이 나왔다고 합니다. 저는 그 말을 듣자마자 어쩐지 좋지 않은 느낌이 들었습니다. 마치 꿈을 꾸다 가위에 눌렸을 때처럼 울적한 느낌이었고, 주위의 공기가 순식간에 단단한 물체가 되어 사방에서 제 몸을 조여오는 것만 같았습니다. 돌아오는 길에도 그 일만 머릿속에서 맴돌아 괴로워 미칠 지경이었습니다. 그 예쁘고 쾌활하고 건강하던 ○○코 씨가⋯⋯."

"잠깐 실례하겠네. 아까부터 듣고 있자니 ○○코 씨라는 이름이 두어 번 들린 것 같은데, 혹시 별 지장이 없다면 누구인지 알고 싶은데."

메이테이가 이렇게 말하고 주인을 돌아보니 주인도 "으음." 하고 그냥 건성으로 대답했다.

"아니, 그것만은 당사자에게 실례가 될지도 모르는 일이니 밝히지 않는 게 좋겠습니다."

"모든 걸 그냥 애매하고 모호한 상태로 두고 갈 생각인가?"

"비아냥거리시면 안 됩니다. 아주 진지한 이야기니까요⋯⋯. 어쨌든 그 여성이 갑자기 그런 병에 걸렸다고 생각하니 실로 인생이 무상하다는 생각에 가슴이 답답하고 온몸의 기운이 일시에 파업이라도 일으킨 것처럼 빠져나갔습니다. 제대로 몸을 가누지 못하고 비틀거리며 겨우 아즈마바시吾妻橋에 다다랐습니다. 난간에 기대어 아래를 보니 밀물인지 썰물인지는 모르겠으나 검은 물이 모여 그저 움직이고만 있는 것처럼 보이더군요. 하나카와도花川戸 쪽에서 인력거 한 대가 달려와 다리 위를 지나갔습니다. 그 초롱 불빛을 바라보는데, 불빛이 점차 작아지더니 삿포로札幌 맥주 공장이 있는 데서 사라졌습니다. 저는 다시 강물을 내려다보았습니다. 그러자 저 아래 물 위에서 제 이름을 부르는 소리가 들리는 겁니다. 어, 이런 시간에 날 부를 사람이 없을 텐데 누굴까, 하고 수면을 내려다보았으나 어두워서 아무것도 보이지 않았습니다. 잘못 들은 거겠지, 하고 얼른 집으로 돌아가려고 한 발 두 발 걸음을 떼기 시작하자 다시 희미한 목소리로 멀리서 제 이름을 부르는 것이었습니다. 저는 다시 발걸음을 멈추고 귀를 쫑긋 세우고 들어보았습니다. 세 번째 불렀을 때는 난간을 붙잡고 있었는데도 무릎이 후들후들 떨리기 시작했습니다. 그 소리는 멀리서, 아니면 강바닥에서 들려오는 것 같았습니다만, 틀림없이 ○○코 씨의 목소리였습니다. 저는 무의식중에 네, 하고 대답하고 말았습니다. 제 대답 소리가 얼마나 컸던지 잔잔하던 물에 반향하여 저 자신도 그 소리에 놀라 주위를 둘러보았습니다. 사람도 개도 달도 아무것도 보이지 않았습니다. 그때 전 문득 이 '밤' 속으로 끌려 들어가 그 목소리가 나는 곳으로 가고 싶다는 생각이 들었습니다. 다시 ○○코 씨의 목소리가 고통스러운 듯, 호소하듯, 구원해달라는 듯 제 귀를 찔러와서, 지금 당장 가겠습니다, 하고 대답하고는 난간에서 상반신을 내밀고 검은 물을 바라보았습니다. 아무래도 저를 부르는 소리가 물결 아래에서 억지로 새어 나오는 것 같았으니까요. 이 물밑이구나 싶어 저는 급기야 난간 위로 올라갔습니다. 다시 그녀가 부르면 뛰어들 결심을 하고 물결을 응시하고 있었더니 다시 가련한 목소리가 실낱같이 떠올랐습니다. 바로 이때다 싶어 온몸에 힘을 주고 일단 뛰어올라서 마치 자갈처럼 미련 없이 몸을 던졌습니다."

"결국 뛰어들었단 말인가?"

주인이 눈을 깜박이며 물었다.

"그렇게까지 할 줄은 몰랐네."

메이테이가 자기 코끝을 가만히 쥐었다.

"뛰어들고 나서는 정신이 아득해지면서 한동안 정신을 잃었습니다. 얼마 후 눈을 떠보니 춥기는 한데 어디 한 군데 젖은 데도 없고 물을 마신 것 같지도 않았습니다. 분명히 뛰어들었는데 참 신기했습니다. 이거 정말 이상하다며 정신을 차리고는 주위를 둘러보고 저는 깜짝 놀랐습니다. 물속으로 뛰어든 줄로만 알았는데, 그만 다리 한복판으로 잘못 뛰어내렸던 겁니다. 그때는 정말 안타까웠습니다. 앞과 뒤를 착각한 탓에 그 목소리가 나는 곳으로 갈 수가 없었던 겁니다."

간게쓰는 히죽히죽 웃으면서 여느 때처럼 하오리의 끈을 거추장스럽다는 듯 만지작거리고 있었다.

"하하하하, 그거참 재미있군. 내 경험과 똑 닮은 게 기이해. 역시 제임스 교수의 소재가 될 수 있겠어. 인간의 감응이라는 제목으로 사생문을 쓰면 필시 문단을 깜짝 놀라게 할 걸세……. 그런데 그 ○○코 씨의 병은 어찌 되었나?"

메이테이 선생이 캐물었다.

"2, 3일 전에 새해 인사를 갔는데 대문 안에서 하녀와 하네를 치고 있더군요. 병은 다 나은 것 같았습니다."

주인은 조금 전부터 뭔가 골똘히 생각하는 듯하더니 자기도 질수 없다는 듯이 그제야 말했다.

"나한테도 있네."

"있다니, 뭐가 말인가?"

물론 메이테이의 안중에는 주인이 있을 리 없었다.

"내가 겪은 것도 지난 연말의 일이네."

"모두가 작년 연말이라니 우연의 일치치고는 참 묘하군요."

간게쓰가 웃었다. 빠진 앞니 사이에 모나카가 끼어 있었다.

"역시 같은 날, 같은 시각이 아닌가?"

메이테이가 말참견하며 훼방 놓았다.

"아니, 날짜는 다른 것 같네. 아마 20일쯤이었을 거야. 아내가 연말 선물 대신에 셋쓰다이조(1836~1917. 조루리의 한 유파인 기다유부시義太夫節의 명인. 소세키도 직접 들어본 적이 있다고 한다)의 공연을 구경시켜달라고 하더군. 못 데리고 갈 것도 없어서 오늘은 무슨 공연을 하느냐고 물었는데, 아내는 신문을 뒤적이더니 '우나기다니鰻谷(조루리 〈사쿠라쓰바우라미노사메자야桜鍔恨鮫鞘〉의 한 대목)'라는 대목이라더군. '우나기다니'는 내가 싫어하니까 그날은 그만두고 다음에 가기로 하고 넘어갔네. 이튿날 마누라가 다시 신문을 가지고 와서 오늘은 '호리카와堀川(조루리 〈지카고로카와라노타테히키近頃河原達引〉의 한 대목)'니까 괜찮지요? 하더군. '호리카와'는 샤미센三味線(일본의 대표적인 현악기로 산겐三絃이라고도 한다. 네 개의 상자를 합친 통에 긴 지판指板을 달고 그 위에 비단실로 꼰 세 줄을 연결한 악기) 반주로 공연하는 것이라 시끄럽기만 하고 내용이 없으니 그만두자고 하니, 불만스러운 얼굴로 물러갔네. 그다음 날이 되자 마누라가 말하기를, 오늘은 〈산주산겐도三十三間堂)(조루리 〈산주산겐도무나기노유라이三十三間堂棟由来〉의 약칭)를 한대요. 전 셋쓰다이조의 '산주산겐도'를 꼭 듣고 싶어요. 당신은 '산주산겐도'도 싫어할지 모르지만, 저에게 들려주는 것이니 함께 가도 되지 않겠어요? 하고 담판을 지으려는 듯 사정없이 몰아붙이는 게 아니겠나. 그래서 당신이 정 그렇게 가고 싶다면 가도 좋다, 그러나 일생일대의 공연이라 매우 혼잡하다고 하니 무턱대고 가봐야 입장이 가능할 것 같지 않다, 원래 그런 데를 가면 찻집(공연장에 딸린 찻집으로 손님을 위해 공연 좌석을 예약해주고 식사를 제공하는 등의 일을 했다) 같은 곳이 있는데 그곳에 부탁해서 적당한 자리를 예약하는 것이 정당한 절차다, 그런데 그런 절차를 밟지 않고 상식을 벗어난 일을 하는 건 좋지 않다, 그러니 아쉽지만 오늘은 그만두자, 라고 했더니 매서운 눈초리로 날 쏘아보며 말하더군. 전 여자라서 그따위 까다로운 절차는 알지 못해요, 오하라네 어머니와 스즈키네 기미요는 정당한 절차를 밟지 않고도 잘만 보고 왔어요, 당신이 아무리 학교 선생이라고 해도 이건 너무해요, 당신이야 그렇게 성가신 구경거리를 보지 않아도 되겠지요, 정말 당신 너무해요, 하면서 우는소리를 하더군. 그럼, 헛걸음이 되더라도 가보자, 저녁을 먹은 뒤에 전차를 타고 가자고 두 손 들었더니, 가기로 했으면 4시까지 거기에 도착해야 해요, 그렇게 꾸물대다가는 못 들어가요, 하면서 갑자기 활기가 넘치더군. 왜 4시까지 가야 하느냐고 물으니, 스즈키네 기미요한테 들으니 그렇게 빨리 가야 자리를 잡을 수 있다는 걸세. 그럼 4시가 지나면 볼 수 없는 거냐고 다시 한번 확인해보았더니, 그렇다고 대답하더군. 그런데 신기하게도 그때부터 갑자기 오한이 나기 시작하더란 말이야."

"사모님께서 말인가요?"

간게쓰가 물었다.

"무슨, 마누라는 팔팔하기만 하고, 내가 그랬다는 거지. 어쩐 일인지 구멍 뚫린 풍선처럼 한꺼번에 온몸이 쭈그러드는 느낌이 들고 눈이 어질어질하면서 꼼짝할 수가 없더란 말일세."

"급병이었구먼."

메이테이가 주석을 달았다.

"아아, 참 난처하게 되었구나. 1년에 한 번뿐인 아내의 부탁이라 꼭 들어주고 싶었는데. 항상 야단만 치고 아내의 말이라면 귓등으로도 안 듣고 몸고생은 물론 아이들 뒷바라지에 온갖 집안일까지 고생만 시키고 호강 한 번 시켜주지 못했건만. 오늘은 다행히 시간도 있고, 지갑에는 지폐도 네댓 장 있겠다, 데리고 가자면 얼마든지 데려갈 수 있는데, 아내도 가고 싶어 하고, 나도 데리고 가고 싶은데, 꼭 데리고 가고 싶은데, 이렇게 오한이 들어 어질어질하니 전차를 타는 건 고사하고 신발도 신지 못할 지경이다. 아아, 안타깝다, 안타까워, 라고 생각하자 오한은 더욱 심해지고 어질어질한 것도 점점 심해지더군. 어서 의사에게 보이고 약이라도 먹으면 4시까지는 다 낫겠지 싶어 아내와 의논해서 의사인 아마키 선생을 부르러 보냈더니, 하필이면 전날 밤 당직이라 대학에서 돌아오지 않았다지, 뭔가. 2시쯤 돌아올 테니 돌아오는 대로 보내겠다고 했다는 거네. 난감하구나, 당장 행인수杏仁水(살구씨에서 뽑아낸 물약. 휘발성의 투명한 액체로 살구씨의 향기가 나는데, 진정제로서 호흡 중추와 운동 중추를 안정시키며 기침을 그치게 하는 작용이 있어서 기침, 기관지염, 백일해 따위를 치료하는 데에 쓴다)라도 마시면 4시 전에는 나을 텐데, 재수가 없을 때는 생각대로 되는 일이 없다고 모처럼 아내가 좋아하며 웃는 얼굴 좀 보려고 했더니 그것도 다 틀려먹게 생겼지, 뭔가. 아내는 원망스러운 표정으로 도저히 못 가겠느냐고 묻더군. 갈 거라고, 꼭 가겠다고, 4시까지는 무슨 일이 있어도 다 나을 테니 안심해도 된다, 어서 세수하고 옷이라도 갈아입고 있으라고 했지만 속으로는 오만 가지 생각이 다 들더군. 오한은 점점 더 심해지고 눈앞은 점점 더 어질어질해졌네. 만약 4시까지 다 낫지 않아 약속을 지키지 못하게 되면, 속 좁은 여자라 무슨 짓을 할지 모르는데, 정말 한심한 처지가 되었구나, 어쩌면 좋을까, 만일의 경우를 생각한다면 지금이라도 유위전변有爲轉變(세상의 모든 사물은 인연에 의하여 이루어지고 항상 변천하여 잠시도 가만히 있지 아니한다는 뜻으로, 세상사의 덧없음을 이르는 말)의 이치, 생자필멸生者必滅의 도리를 설명하여, 혹시 모를 변고가 일어났을 때 당황하지 않을 정도로 각오하게 하는 것도 아내에 대한 남편의 의무가 아닐까 하는 생각이 들었네. 그래서 얼른 아내를 서재로 불렀네. 불러서 아무리 당신이 여자라도 many a slip 'twixt the cup and lip(에라스무스의 《우신예찬》에 나오는 일화에서 유래한 말로, 직역하면 '가까워 보이는 잔과 입술 사이에도 많은 실수가 있다', 즉 사람의 일이란 한 치 앞을 내다볼 수 없다는 뜻)이라는 서양 속담 정도는 알고 있겠지? 하고 물었더니, 그따위 서양 꼬부랑말을 누가 안단 말이에요? 당신은 제가 영어를 모른다는 걸 뻔히 알면서도 일부러 영어를 써서 저를 놀리시는 거죠? 좋아요, 어차피 전 영어를 모르니까요, 그렇게 영어가 좋으면 왜 야소학교耶蘇學校(미션스쿨. 1900년대 초 일본 여학교 중에는 영어 교육에 힘을 쏟는 미션스쿨이 많았다) 졸업생을 신부로 맞지 않았어요? 당신처럼 매정한 사람도 없을 거예요, 라며 서슬이 퍼레서 대드는 바람에 모처럼 생각했던 계획도 중단되고 말았네. 자네들한테도 해명하자면 난 절대 악의로 말한 게 아니네. 전적으로 아내를 사랑하는 마음에서 나온 말인데, 그걸 아내처럼 해석한다면 내 체면이 뭐가 되겠나. 게다가 오한과 현기증으로 정신이 혼란스러운 데다 유위전변, 생자필멸의 이치를 이해시키려고 서두르다 보니 그만 아내가 영어를 모른다는 사실을 잊고 아무 생각 없이 지껄이고 만 것이라네. 생각해 보니 내가 잘못한 거였네. 전적으로 내 실수였어. 그 실수로 오한은 점점 심해지고 눈앞은 더욱 어질어질해졌네. 아내는 내가 말한대로 욕실로 가서 정성을 다해 화장하고는 옷장에서 기모노를 꺼내 갈아입었네. 언제든지 나갈 준비가 됐다는 모습으로 기다리고 있었던 거지. 난 제정신이 아니었네. 어서 아마키 선생이 와주었으면 하고 시계를 보니 벌써 3시더군. 4시까지는 한 시간밖에 남지 않았지. 아내가 서재 문을 열고 '이제 슬슬 나갈까요?'라며 얼굴을 내밀더군. 자기 아내를 칭찬하는 건 팔불출이나 하는 우스운 짓이지만, 난 이때만큼 아내가 예뻐 보인 적이 없었네. 정성을 다해 비누로 깨끗이 씻어낸 피부가 검은색 비단 하오리와 대비되어 반짝반짝 빛나더군. 비누로 깨끗이 씻은 얼굴과 셋쓰다이조의 공연을 보려는 희망이라는 두 가지가 유형무형의 양 방면에서 빛을 낸 거지. 어떻게든 그 희망을 충족시켜주려면 나가야겠다는 마음이 들더군. 그럼, 힘을 내서 나가 볼까 하고 담배를 한 대 피우고 있는데 그제야 아마키 선생이 나타났네. 잘되었다 싶어서 내 상태를 이야기했더니, 아마키 선생은 내 혀를 보고, 손을 잡아보고, 가슴을 두드려보고, 등을 쓰다듬고, 눈가를 뒤집어보고, 두개골을 문질러보더니 잠시 생각에 잠기더군. '아무래도 좀 위험한 것 같아서요.' 내가 이렇게 말하자 선생은 침착하게 대답했네. '아닙니다. 별일 아닐 겁니다.' '저어, 잠시 외출해도 지장은 없겠지요?' 아내가 묻자 선생은 '네.' 하고는 다시 생각에 잠기더군. '속이 불편하시지만 않다면⋯⋯.' '속은 안 좋아요.' '그럼, 어쨌든 조제약과 물약을 드릴 테니까.' '어? 어쩐지 위험해질지도 모른다는 말 같은데요?' '아뇨, 절대로 걱정하실 정도는 아닙니다. 신경을 너무 쓰시는 게 오히려 해롭습니다.' 선생은 이렇게 말하고 돌아갔네. 3시 30분이 지났더군. 약을 받아오라고 하녀를 보냈네. 하녀는 아내의 엄명을 받고 부리나케 뛰어갔다가 다시 부리나케 뛰어서 돌아왔네. 4시 15분 전이더군. 4시까지는 아직 15분이 남은 거지. 그런데 4시 15분 전쯤부터 그때까지 아무렇지 않았는데 갑자기 구역질이 나기 시작했네. 아내가 물약을 사발에 따라 내 앞에 놓기에 그 사발을 들고 마시려고 하자 뱃속에서 우웩 하고 올라오더군. 어쩔 수 없이 사발을 내려놓았는데, 아내는 '어서 마셔요.'라며 재촉했네. 어서 마시고 당장 출발하지 않으면 아내한테 체면이 서지 않으니 마음을 단단히 먹고 마시려고 다시 그릇에 입을 댔는데 또 우웩 하고 올라오며 끈질기게 발목을 잡더군. 마시려다가 내려놓고 다시 마시려다가 내려놓고 하는 사이에 거실의 괘종시계가 땡, 땡, 땡, 땡, 하고 네 번이 울렸네. 자, 이제 4시다. 우물쭈물하고 있을 때가 아니라며 다시 사발을 들었는데, 참 이상한 일도 다 있지, 정말 신기하다는 건 이런 걸 두고 하는 말일 걸세. 4시를 알리는 소리와 함께 구역질이 싹 가시고, 물약이 아무렇지도 않게 목구멍으로 쑥 넘어가더란 말이야. 그러고 나서 4시 10분쯤 되자 아마키 선생이 명의라는 사실을 비로소 실감할 수 있었네. 등이 오슬오슬하던 것도, 눈앞이 어질어질하던 것도 거짓말처럼 싹 사라지고, 당분간은 일어서지도 못하리라 생각했던 병이 순식간에 다 나았지, 뭔가. 정말 기쁘더군."

"그래서 가부키 극장에 같이 갔나?"

메이테이가 요령부득이라는 표정으로 물었다.

"가고 싶었네만 4시가 지나면 못 들어간다고 아내가 그러기에 할 수 없이 그만뒀네. 아마키 선생이 15분만 일찍 와주었으면 내 체면도 서고 아내도 만족했을 텐데, 겨우 15분 차이로 말이지. 정말 안타까운 일이었네. 지금 생각해보면 좀 위험한 상황이었지."

이야기를 마친 주인은 드디어 자신의 의무를 다했다는 표정이었다. 이것으로 두 사람에게 체면이 섰다는 생각인지도 몰랐다.

간게쓰는 여느 때처럼 빠진 앞니를 드러내고 웃으면서 말했다.

"거참, 안타까운 일이었네요."

"자네처럼 친절한 남편을 둔 아내는 참 행복하겠어."

메이테이는 짐짓 시치미를 떼는 표정으로 혼잣말하듯 말했다. 장지문 너머에서 "흐흠." 하고 부인의 헛기침 소리가 들려왔다.

나는 얌전히 앉아 세 사람의 이야기를 차례로 들었는데, 우습지도 슬프지도 않았다. 인간이라는 족속은 시간을 보내기 위해 애써 입을 놀리고, 우습지도 않은 이야기에 웃고, 재미있지도 않은 이야기에 기뻐하는 것 말고는 별 재주가 없는 자들이라고 생각했다. 내 주인이 방자하고 속 좁은 인간이라는 것은 전부터 알고 있었지만, 평소에는 말수가 적어 뭔가 이해할 수 없는 점이 있는 것 같았다. 이해하기 어렵다는 점 때문에 다소 두려움도 느꼈으나, 지금

이야기를 듣고 나자 갑자기 경멸하고 싶어졌다. 그는 왜 두 사람의 이야기를 가만히 듣고만 있을 수 없었단 말인가. 지고 싶지 않은 마음에 얼토당토않은 잡담을 지껄여댄들 무슨 소득이 있을까. 에픽테토스의 책에 그렇게 하라고 쓰여 있기라도 한 걸까. 요컨대 주인도 간게쓰도 메이테이도 속세를 벗어나 태평한 시대를 멋대로 살아가는 사람들이다. 그들은 수세미외처럼 바람에 흔들리면서도 초연한 척하고 있지만, 실은 그들 역시 명예나 이익에 집착하는 속된 마음도 있고 욕심도 있다. 그들이 일상적으로 나누는 담소에서도 경쟁심이나 승부욕은 언뜻언뜻 내비치는데, 한 발짝만 더 나아가면 그들이 평소에 욕을 해대던 속물들과 한통속이 되고 말 터이니 고양이인 내가 봐도 딱하기 짝이 없다. 다만 그 언동이 보통의 어설픈 지식을 과시하는 사람들처럼 판에 박은 듯한 불쾌감을 주지 않는 것은 그나마 장점이라 할 만하다.

이런 생각을 하다 보니 세 사람의 대화가 갑자기 따분해졌다. 그래서 얼룩이나 보고 올까 하고 이현금 선생네 마당 입구로 갔다. 정월도 열흘이나 지났으니 설날 대문을 장식했던 소나무 가지는 이미 치워지고 없었지만, 구름 한 점 보이지 않는 화창한 봄날의 해가 깊은 하늘에서 온 세상을 한꺼번에 비추니 채 열 평이 안 되는 마당도 새해 첫날의 햇볕을 받았던 때보다 더 산뜻한 활기를 띠고 있었다. 툇마루에 방석이 하나 놓여 있고 인기척은 없었다. 장지문도 굳게 닫혀 있는 것으로 보아 선생은 목욕이라도 하러 간 것 같았다. 선생이 집에 없는 거야 상관없지만, 얼룩이는 좀 나았는지 그게 걱정이었다. 쥐 죽은 듯이 조용하고 인기척도 없기에 흙발로 툇마루에 올라 방석 한가운데에 아무렇게나 드러누웠더니 기분이 참 좋았다. 이내 꾸벅꾸벅 졸다가 얼룩이도 잊고 어느새 선잠에 빠져들었는데, 장지문 안에서 갑자기 사람 소리가 났다.

"수고했구나. 다 되었더냐?"

선생은 역시 집에 있었다.

"네, 좀 늦었습니다. 불구점佛具店에 갔더니 마침 다 되었다고 해서요."

"어디 좀 볼까, 이야 그거참 예쁘게 잘 만들었다. 이제 얼룩이도 좋은 데로 갈 수 있겠구나. 금박이 벗겨지지는 않겠지?"

"네, 확인차 물어보니 고급품을 썼으니까 사람의 위패보다 더 오래갈 거라고 하던데요. ……그리고 묘예신녀猫譽信女의 예譽 자는 흘려 쓰는 게 좋을 것 같아서 획을 좀 바꿨다고 했어요."

"어디 보자. 그럼, 당장 불단에 올리고 향불이라도 피우자꾸나."

얼룩이에게 무슨 일이라도 생긴 걸까, 어쩐지 상황이 좀 이상하다 싶어 방석에서 일어섰다. 땡, 나무묘예신녀, 나무아미타불, 나무아미타불, 하는 선생의 목소리가 들렸다.

"너도 불공을 드리렴."

땡, 나무묘예신녀, 나무아미타불, 나무아미타불, 하고 이번에는 하녀의 목소리가 들렸다. 나는 갑자기 가슴이 요동치기 시작했다. 방석 위에 선 채 목각 고양이 인형처럼 눈동자도 움직이지 않았다.

"정말 안타까워요. 처음에는 그냥 감기에 걸렸을 뿐이었는데 말이에요."

"아마키 선생이 약이라도 주었으면 좋았을 텐데."

"그 아마키 선생님이 나빠요. 얼룩이를 너무 무시했잖아요."

"사람을 그렇게 나쁘게 말하는 게 아니다. 이것도 다 운명이겠지."

얼룩이도 아마키 선생에게 진찰을 받은 모양이었다.

"결국 대로변의 학교 선생 집 도둑고양이가 함부로 꾀어냈기 때문이라는 생각이 드는구나."

"맞아요, 바로 그놈의 새끼가 우리 얼룩이의 원수예요."

뭐라고 변명이라도 하고 싶었지만, 지금은 참아야 할 때라고 생각하고 침을 삼키며 듣고 있었다. 이야기는 자주 끊겼다.

"세상일이란 게 마음대로 되지 않는 법이지. 얼룩이같이 예쁜 고양이는 일찍 죽고, 못난 도둑고양이는 건강하게 장난이나 치고 있으니 말이야……."

"맞아요. 얼룩이같이 귀여운 고양이는 백방으로 찾아다녀도 두 명은 없을 테니까요."

두 마리 대신 두 명이라고 했다. 하녀는 고양이와 인간이 같은 종족이라 생각하는 듯했다. 그러고 보니, 이 하녀의 얼굴은 우리 고양이족과 무척 닮았다.

"가능하다면 얼룩이 대신……."

"그 선생 집의 도둑고양이가 죽었더라면 바라던 대로 되었을 텐데요."

바라던 대로 되어서는 좀 곤란하다. 죽는다는 게 어떤 건지 아직 경험한 적이 없으니 좋다 싫다 말할 수는 없지만 얼마 전에 너무 추워서 뜬숯 만드는 항아리에 기어들어 가 있었는데, 하녀가 내가 있는 줄도 모르고 위에서 뚜껑을 덮어버린 일이 있었다. 그때의 고통은 생각만 해도 몸서리가 쳐질 정도였다. 하양이의 설명에 따르면 그런 고통이 조금만 더 계속되면 죽는다고 한다. 얼룩이 대신 죽는 것이라면 불만이 없지만, 그런 고통을 당하지 않고

南無阿彌陀佛

는 죽을 수 없다면 그 누구를 위해서도 죽고 싶지 않다.

"하지만 고양이라도 스님이 독경도 해주었고, 또 계명戒名도 지어주었으니 세상에 미련은 없을 거다."

"그럼요. 정말 행운이였지요. 다만 욕심을 좀 부리자면 그 스님의 독경이 너무 짧은 것 같았다는 거예요."

"그래. 나도 너무 짧은 것 같아서, 너무 빨리 끝난 거 아니냐고 물었더니 겟케이지月桂寺의 스님이 영험이 있는 대목만 읊었다면서 고양이니까 그 정도만 해도 충분히 극락에 갈 수 있을 거라고 하더구나."

"어머…… 그래도 그 도둑고양이는……."

나는 이름이 없다고 자주 말해두었는데도, 이 하녀는 나를 자꾸 도둑고양이라고 부른다. 예의라고는 없는 인간이다.

"죄가 많아서 아무리 은혜로운 독경이라도 성불할 일은 없을 거예요."

나는 그 뒤로도 도둑고양이라는 말을 수백 번이나 들었다. 끝날 줄 모르는 이야기를 더는 듣지 못하고 방석에서 미끄러져 내려와 툇마루에서 뛰어내렸을 때 나는 8만 8,880개의 털을 한꺼번에 곤두세우고 몸서리를 쳤다. 그 후로는 이현금 선생네 집 근처에는 얼씬도 하지 않았다. 지금쯤 선생 본인이 겟케이지 스님의 짤막한 불공을 받고 있겠지.

요즘은 외출할 용기도 나지 않는다. 어쩐지 세상사가 다 귀찮게만 느껴졌다. 이 집 주인 못지않게 게으른 고양이가 되었다. 주인이 서재에만 틀어박혀 있는 것을 보고 사람들이 실연 때문이다, 실연 때문이다, 하는 것도 무리는 아니라고 생각하게 되었다.

아직 한 번도 쥐를 잡아본 적이 없기에 한때는 하녀가 나를 내쫓자며 추방론을 펼친 적도 있었다. 하지만 주인은 내가 보통 고양이가 아니라는 걸 알고 있기에 나는 여전히 빈둥거리며 이 집에 기거하고 있다. 이 점에 대해서는 주인의 은혜에 깊이 감사함과 동시에 그 혜안에 경의를 표하는 데 주저하지 않을 생각이다. 하녀가 나를 몰라보고 학대하는 것은 이제 별로 화도 나지 않는다. 조만간 히다리 진고로(에도 시대 초기에 활약했다는 전설적인 조각 장인. 실존 인물인지는 불분명하다)가 나타나 내 초상을 누각 기둥에 새기고, 일본의 스탱랑(테오필 스탱랑. 1859~1923. 프랑스의 풍속화가로 고양이 그림을 잘 그린 것으로 유명하다)이 기꺼이 내 얼굴을 캔버스 위에 그리게 된다면, 그들 같은 우둔한 자들은 비로소 자신들의 어리석음을 부끄러워할 것이다.

3

얼룩이는 죽고 까망이는 상대가 되지 않으니 조금은 적막함을 느끼지만, 다행히 인간 중에 친구가 생겨 그리 따분하지는 않다. 며칠 전에는 주인 앞으로 내 사진을 보내달라는 편지를 보낸 남자가 있었다. 또 얼마 전에는 오카야마의 특산품인 수수경단을 일부러 내 앞으로 보낸 사람도 있었다. 인간으로부터 조금씩 공감을 사게 되자 내가 고양이라는 사실을 점차 망각하게 된다. 고양이보다는 어느새 인간 쪽에 가까워진 기분이 들면서 이제 고양이라는 동족을 규합하여 두 발로 다니는 선생들과 자웅을 겨뤄보겠다는 생각 따위는 털끝만큼도 없다. 그뿐 아니라 때로는 나도 인간세계의 일원이라는 생각이 들 때조차 있을 만큼 진화한 것은 믿음직스럽기까지 하다. 감히 동족을 경멸하는 것은 아니다. 다만 성정이 비슷한 것에서 일신의 편안함을 찾는 것은 자연스러운 일인바, 이를 변심이니 경박이니 배신이니 하는 것은 좀 곤란하다. 이런 말을 지껄이며 남을 매도하는 자 중에는 융통성이 없고 쩨쩨한사람이 많은 것 같다. 이렇게 고양이의 습성을 벗어나고 보니 얼룩이나 까망이에게 연연하고 있을 수만은 없었다. 역시 인간과 같은 마음가짐으로 그들의 사상과 언행을 평가하고 싶어진다. 이것도 무리는 아닐 것이다. 다만 이 정도의 식견을 갖춘 나를 여전히 털이 난 새끼 고양이쯤으로 여기고, 주인이 나에게 한마디 말도 없이 수수경단을 제 것인 양 먹어 치운 것은 유감스러운 일이다. 아직 사진도 찍어 보내지 않은 모양이다. 이것도 불만이라면 불만이지만, 주인은 주인이고 나는 나이니 서로 견해가 다른 것은 어쩔 수 없다. 나는 어디까지나 인간 행세를 하고 있으니 내가 교류하지 않는 고양이의 동태에 대해 쓰기에는 좀 무리가 따른다. 메이테이, 간게쓰 등을 평하는 것만으로 양해해주기 바란다.

오늘이 화창한 일요일이라 그런지 주인이 어슬렁어슬렁 서재에서 나오더니 내 옆에 붓과 벼루와 원고지를 늘어놓고 배를 깔고 엎드려서는 자꾸 뭐라고 구시렁거리고 있다. 아마 초고의 서두를 쓰기 위해 묘한 소리를 내나 싶어 주시하고 있자니 잠시 후 굵직한 글씨로 '향일주香一炷(한 줄기의 향 연기라는 뜻)'라고 썼다. 글쎄 시가 될지, 하이쿠가 될지, 향일주라니. 우리 주인치고는 너무 심하게 멋을 부린 게 아닌가 하는 생각을 할 겨를도 없이 그는 '향일주'라고 써놓은 건 내버려둔 채 새로 줄을 바꿔 '얼마 전부터 천연거사天然居士(제1고등중학교 예과 시절부터 소세키와 친구였던 요네야마 야스사부로의 호다. 도쿄제국대학 대학원에서 '공간론空間論'이라는 주제로 철학을 연구했으며, 참선에 열심이었던 그는 1897년 티푸스로 죽었다)에 대해 써볼 생각을 하고 있다.'라고 붓을 놀렸다. 붓은 거기서 뚝 멈춘 채 움직이지 않는다. 주인은 붓을 들고 고개를 갸우뚱거렸지만, 딱히 묘안이 떠오르지 않는지 붓끝을 핥기 시작했다. 입술이 새까매졌네, 하고 보고 있었더니 이번에는 방금 쓴 글귀 아래에 조그맣게 동그라미를 그렸다. 동그라미 안에 점 두 개를 찍어 눈을 그려 넣었다. 그 한가운데에 콧방울이 벌어진 코를 그리고, 한일자로 쭉 그어 입을 그렸다. 이래서는 글도 아니고 그림도 아니다. 주인도 흥미가 떨어졌는지 얼른 얼굴을 까맣게 칠해 지워버렸다. 주인은 다시 줄을 바꾸었다. 그는 줄을 바꾸기만 하면 시詩든 찬贊이든 어語든 녹錄이든 뭐든 다 될 거라고 생각하는 것 같다. 이윽고 주인은 줄을 바꾸어 "천연거사는 공간을 연구하고 《논어》를 읽으며 군고구마를 먹고 콧물을 흘리는 사람이다."라고 언문일치체로 단숨에 휘갈겼다. 어째 좀 어수선한 글이다. 그리고 나서 주인은 이를 거침없이 낭독하더니 평소와 달리 "하하하하! 재밌다, 재밌어." 하고 웃었지만, "콧물을 흘리게 하는 건 좀 가혹하니 지울까?"라며 그 구절에만 선을 그었다. 하나만 그어도 될 것을 두 개, 세 개 깔끔하게 평행선을 그었다. 선이 다른 줄로 넘어가도 아랑곳하지 않고 그었다. 선이 여덟 개나 그어져도 다음 구절이 떠오르지 않는지, 이번에는 붓을 버리고 수염을 비틀어본다. 글을 수염에서 비틀어 짜내 보여주겠다는 무서운 얼굴로 맹렬히 비틀어 올렸다가 비틀어 내리고 있을 때, 거실에서 안주인이 나와 주인의 코앞에 바짝 다가앉았다.

"여보, 잠깐만요."

"왜?"

주인은 물속에서 징을 치는 듯한 소리를 냈다. 대답이 마음에 들지 않았는지 다시 안주인이 주인을 불렀다.

"여보, 잠깐만요."

"왜, 자꾸?"

이번에는 콧구멍에 엄지와 검지를 넣어 코털을 쑥 뽑는다.

"이번 달엔 생활비가 좀 부족해서요……."

"부족할 리가 있나. 의사에게 약값도 다 치렀고, 책방에도 지난 달에 지불했잖소. 이번 달엔 남아야 할 텐데."

주인은 시치미를 떼며 자신이 뽑아 든 코털을 세상 신기한 것이라도 되는 양 바라보았다.

"그래도 당신이 밥은 안 드시고 빵을 드시는 데다 잼까지 발라 드시니까요."

"아니, 내가 잼을 먹어봐야 얼마나 먹었다고 그래?"

"이번 달엔 여덟 병이에요."

"여덟 병? 그렇게 많이 먹은 기억이 없는데."

"당신만이 아니고 아이들도 먹잖아요."

"아무리 먹어봤자, 고작 5, 6엔 정도일 거 아니오."

주인은 태연한 표정으로 코털 하나하나를 정성껏 원고지 위에 심었다. 모근에 살점이 붙어 있어서 바늘을 세운 것처럼 똑바로 섰다. 주인은 뜻하지 않은 발견을 했다고 감동했는지 훅 불어보았다. 접착력이 강해 한 올도 날아가지 않는다.

"이야, 대단한데?"

주인은 열심히 불어댔다.

"잼만이 아니에요. 그것 말고도 사야 할 게 있단 말이에요."

안주인은 불만스러운 기색을 양 볼에 잔뜩 드러냈다.

"있을지도 모르지."

주인은 다시 손가락을 쑤셔 넣어 코털을 쑥 뽑았다. 붉은 것, 검은 것 등 여러 색깔이 뒤섞인 가운데 새하얀 것이 하나 있었다. 사뭇 놀란 표정으로 뚫어져라 내려다보고 있던 주인은 코털을 손가락 끝으로 집은 채 안주인의 얼굴 앞으로 쑥 내밀었다.

"뭐예요, 더럽게!"

안주인은 얼굴을 찡그리며 주인의 손을 밀쳤다.

"좀 봐, 코털 새치야."

주인은 무척 감동했다는 표정이었다. 성화를 부리던 안주인도 남편의 모습에 결국 웃으면서 거실로 돌아갔다. 살림 문제는 단념한 듯했다. 주인은 다시 천연거사에 매달렸다.

코털로 안주인을 몰아낸 주인은 일단 안심했다는 듯 코털을 뽑으며 원고를 쓰려고 안달하지만, 붓은 좀처럼 움직이지 않는다.

'군고구마를 먹는 것도 사족이니 지우자.'

끝내 이 구절도 지웠다.

'향일주도 너무 느닷없으니까 지우자.'

주저하지 않고 지웠다. 이제 남은 것은 "천연거사는 공간을 연구하며 《논어》를 읽는 사람이다."라는 한 구절이다. 주인은, 이것만으로는 너무 간단하다는 생각이 들었지만, "에이 귀찮아, 글은 집어치우고 그림이나 그리자." 하고 붓을 종횡으로 휘둘러 원고지 위에 서툰 문인화文人畵로 힘차게 난을 쳤다. 모처럼 고심해서 쓴 것이 한 글자도 남지 않고 사라졌다. 그러고는 종이를 뒤집어 "공간에서 태어나 공간을 탐구하고 공간에서 죽다. 공空이며 간間인 천연거사, 아아."라는 영문을 알 수 없는 말을 늘어놓고 있는데, 여느 때처럼 메이테이가 들어왔다. 메이테이는 남의 집을 제집처럼 아는지 안내도 청하지 않고 서슴없이 방으로 들어왔다. 뿐만 아니라 때로는 부엌문으로 표연히 들어올 때도 있다. 걱정, 사양, 눈치, 고생 따위는 세상에 나올 때 어딘가에 떨궈버린 사내다.

"또 거인 인력 타령인가?"

메이테이는 선 채로 주인에게 물었다.

"언제까지고 그렇게 거인 인력만 쓰고 있을 순 없지. 천연거사의 묘비명을 짓고 있던 참이네."

주인은 허세를 부렸다.

"천연거사라는 것이 그러니까 우연동자偶然童子 같은 계명戒名인가?"

메이테이는 여전히 아무렇게나 말한다.

"우연동자라는 것도 있나?"

"뭐 그런 건 없지만 있을 법도 해서 말이야."

"우연동자에 대해선 내 알 바 아니지만, 천연거사는 자네도 아는 남잘세."

"대체 누가 천연거사라는 이름을 달고도 그렇게 태연할 수 있단 말인가?"

"왜 그 소로사키라고 있지 않나. 대학을 졸업하고 대학원에 들어가 공간론이라는 제목으로 연구했는데, 공부를 너무 많이 해서 복막염으로 죽은 이 말이야. 그래도 소로사키는 내 친구였으니까."

"친구라니 나쁜 뜻으로 하는 말은 아니네만, 그 소로사키를 천연거사로 바꾼 건 대체 누구 짓인가?"

"바로 나야. 내가 그 이름을 붙여줬지. 원래 스님이 붙여주는 계명만큼 속된 것도 없어서 말이야."

주인은 천연거사라는 이름이 대단히 우아한 것이라도 되는 양 자랑했다.

"그럼, 어디 그 묘비명이라는 것 좀 보세."

메이테이는 웃으면서 말하고는 원고를 집어 들더니 큰 소리로 읽었다.

"뭐야…… 공간에서 태어나 공간을 탐구하고 공간에서 죽다. 공_空이며 간間인 천연거사, 아아. 음, 과연 괜찮군. 천연거사와 잘 어울려."

"그렇지?"

주인은 무척 기뻐하며 되물었다.

"이 묘비명을 단무지 누르는 돌에 새겨 본당本堂 뒤꼍에 지카라이시力石(신사神社의 경내에 있는 돌로 힘을 시험하는 데 쓴다)처럼 던져두면 되겠군. 운치가 있어서 좋아. 천연거사도 성불할 거야."

"나도 그럴 생각이었네."

주인은 사뭇 진지하게 대답하고는 "난 잠깐 실례하겠네. 곧 돌아올 테니 그때까지 고양이랑 놀고 있게."라며 메이테이의 대답도 기다리지 않고 바람처럼 나가 버렸다.

생각지도 않게 메이테이 선생의 접대를 맡게 되었으니 무뚝뚝한 표정으로만 있을 수도 없는 노릇이라 야옹야옹 하고 애교를 떨면서 선생의 무릎 위에 올라앉아보았다.

"이야, 살이 제법 올랐는걸. 어디 보자."

메이테이는 본데없이 내 목덜미를 움켜쥐고 공중으로 치켜들었다.

"뒷발이 이렇게 늘어진 걸 보니 쥐를 잡기는 틀렸군……. 어떤가요? 제수씨, 이 고양이가 쥐 좀 잡나요?"

나만으로는 부족했는지 옆방의 안주인에게 말을 건넸다.

"쥐를 잡아요? 떡국 먹고 춤이나 출 줄 알지."

안주인은 뜬금없이 지나간 과오를 들추었다. 나는 공중에 매달린 채 좀 창피했다. 메이테이는 아직 나를 내려놓지 않았다.

"역시 춤깨나 출 얼굴이네요. 제수씨, 이 고양이는 방심해서는 안 될 상이군요. 옛날 구사조시草雙紙(에도 중기 이후에 유행한, 삽화가 들어간 대중적인 이야기물의 총칭. 대체로 히라가나로 썼다)에 나오는 네코마타猫又(변신에 능하며 꼬리가 둘로 갈라진 고양이)를 닮았네요."

메이테이는 엉뚱한 말을 하면서 안주인에게 자꾸 말을 걸었다. 안주인은 성가신 듯 바느질하던 손을 멈추고 아예 객실로 나왔다.

"심심하시죠? 곧 돌아오실 거예요."

안주인이 다시 차를 따라 메이테이 앞으로 내밀었다.

"어딜 간 거죠?"

"어딜 간다고 말하고 간 적이 없는 양반이라 알 수는 없습니다만, 아마 의사 선생님한테 갔을 거예요."

"아마키 선생 말인가요? 아마키 선생도 그런 환자에게 걸렸다면 정말 골치깨나 썩겠어요."

"네에."

안주인은 대꾸를 하려는 건지 아닌 건지 짧게 대답했다. 메이테이 선생은 전혀 개의치 않았다.

"요즘은 좀 어떻던가요? 속은 좀 괜찮아졌답니까?"

"좋은지 나쁜지 도무지 알 수가 있어야지요. 아무리 아마키 선생님한테 진료를 받는다고 해도 그렇게 잼만 먹어대니 위장병이 나을 리 있겠어요?"

안주인은 아까 자신이 하다 만 불평을 은근슬쩍 메이테이에게 털어놓았다.

"그렇게 잼을 많이 먹나요? 꼭 애들 같군요."

"어디 잼뿐이겠어요? 요즘엔 위에 좋은 약이라면서 무즙만 줄 기차게 먹어대니……."

"그거 놀랄 일이네요."

메이테이는 어이가 없었다.

"그게 다 무즙에 디아스타제가 들어 있다는 이야기를 신문에서 읽고부터랍니다."

"그럼, 잼으로 손상된 위장을 그걸로 보호하겠다는 꿍꿍이란 말이군요. 머리는 참 좋아. 하하하하."

메이테이는 안주인의 호소를 듣고 꽤 유쾌한 기색이었다.

"일전엔 갓난아기한테까지 먹였지 뭐예요……."

"잼을 말인가요?"

"아뇨, 무즙을요……. 아가야, 아버지가 맛난 걸 줄 테니까, 이리 온, 하면서요. 어쩌다 애를 귀여워해주는구나 싶으면 꼭 그런 바보 같은 짓을 한다니까요. 2, 3일 전에는 둘째 딸아이를 안아서 옷장 위에 올려놓았지, 뭐예요."

"무슨 꿍꿍이로요?"

메이테이는 무슨 얘기를 들어도 온통 꿍꿍이라는 관점에서 해석한다.

"꿍꿍이가 뭐 있겠어요? 그냥 그 위에서 한번 뛰어내려보라는 거였지요. 서너 살짜리 여자애한테요. 그 어린 애가 말괄량이나 하는 짓을 어떻게 할 수 있겠어요?"

"저런, 그거야 정말 꿍꿍이가 너무 없었네요. 그래도 마음속엔 악의가 없는 선량한 사람이지요."

"거기다 마음속에 악의까지 있었다면 더 어떻게 참고 살겠어요?"

안주인은 기염을 토했다.

"뭐, 그렇게까지 불평하지 않아도 되지 않을까요? 이렇게 부족함 없이 하루하루를 보낼 수 있으면 되는 거죠. 구샤미苦沙彌(일본어로 '재채기'를 뜻하는 구샤미嚔와 같은 발음으로 주인의 이름이다) 같은 사람은 도락도 모르고 옷차림에도 관심이 없고, 그저 수수한 가정에 적합한 사람이니까요."

메이테이는 활기에 찬 어조로 격에 맞지 않는 설교를 늘어놓았다.

"그게 영 모르시는 말씀이에요……."

"몰래 뭐 하는 거라도 있나 보군요. 방심할 수 없는 세상이니까."

메이테이는 가볍게 흘려넘기듯 대답한다.

"특별한 도락은 없는데, 읽지도 않는 책만 무턱대고 사들여서요. 그것도 적당히 골라서 사들이면 될 텐데, 마루젠丸善(소세키가 애용했던 서점으로 일본 책뿐만 아니라 일찍부터 외국 서적과 외래 물품을 수입해서 팔았다)에 가서 내키는 대로 몇 권이나 가져와서는 월말이 되면 시치미를 뚝 떼고 있다니까요. 지난 연말에는 다달이 밀린 책값 때문에 얼마나 고생했는데요."

"뭐, 책 같은 거야 얼마든지 가져와도 상관없지요. 책값을 받으러 오면 곧 주겠다, 곧 주겠다고 하면, 그냥 돌아가게 돼 있거든요."

"그래도 언제까지고 미룰 수는 없는 일이잖아요."

안주인은 망연한 모습이었다.

"그럼, 자초지종을 말하고 책값을 줄이겠다고 하세요."

"아이고, 그런 소릴 한다고 어디 들을 사람인가요? 얼마 전만 해도, 당신은 학자의 아내에 어울리지 않는다, 이렇게나 책의 가치를 모른다, 옛날 로마에는 이런 얘기가 있다면서 후학을 위해 들어두라고 하지 않겠어요?"

"그거참 재미있군요. 어떤 얘긴가요?"

메이테이는 흥미를 보였다. 안주인에게 동조하는 것이 아니라 단지 호기심이 동한 것이다.

"확실한 건 모르겠지만, 옛날 로마에 다루킨樽金이라는 왕이 있었는데……."

"다루킨? 다루킨이라, 뭔가 좀 이상한데요?"

"전 외국인 이름 같은 건 어려워서 잘 기억하지 못해요. 듣자니 7대 왕이라고 하던데요."

"아하, 7대 왕 다루킨이라, 좀 이상한데요? 흠, 그래 그 7대 왕 다루킨이 어쨌다는 건데요?"

"어머, 선생님까지 절 놀리시면 제가 얼굴을 들 수 없잖아요. 알면 가르쳐주시면 좋을 텐데. 짓궂네요……."

안주인은 메이테이를 물고 늘어졌다.

"놀리다니요? 전 그렇게 짓궂은 사람이 아닙니다. 다만 7대 왕이 다루킨이라는 게 좀 이상한 것 같아서요……. 음, 잠깐만요. 로마의 7대 왕이라고 했죠? 정확히 누구라고 기억하고 있지는 않지만, 타르퀸 더 프라우드(재위 기원전 534년~기원전 510년의 고대 로마 최후의 7대 왕 타르퀴니우스. 영어로는 타르퀸 더 프라우드Tarquin the Proud. 브루투스 등의 반란으로 로마에서 추방되었다)일걸요? 뭐 누구든 상관없겠지요. 그런데 그 왕이 어쨌는데요?"

"어떤 여자가 책 아홉 권을 그 왕한테 가져가 사달라고 했다는 거예요."

"그랬군요."

"왕이 얼마면 팔겠느냐고 물었더니, 엄청 비싼 가격을 부르더래요. 너무 비싸서 좀 깎아줄 수 없겠느냐고 물었더니 그 여자가 느닷없이 아홉 권 중에서 세 권을 불태워버렸다네요."

"아깝게 왜 그런 짓을."

"그 책에는 예언인지 뭔지, 다른 데서는 볼 수 없는 것이 쓰여 있었대요."

"저런."

"왕은 아홉 권이 여섯 권으로 줄었으니 가격도 조금은 내렸겠다 싶어서 여섯 권이 얼마냐고 물었더니, 여전히 원래 그대로 한 푼도 깎지 않았다는 거예요. 그건 말이 안 된다고 하자, 그 여자는 다시 세 권을 불태웠대요. 왕은 아직 미련이 남았던지, 남은 세 권을 얼마에 팔겠느냐고 물으니, 여전히 아홉 권 치 책값을 달라고 했대요. 아홉 권이 여섯 권이 되고 여섯 권이 세 권이 되어도 책값은 원래대로 한 푼도 깎아주지 않고, 그걸 깎으려고 들면 남은 세 권도 불태워버릴지 모르니까, 왕은 결국 비싼 값을 치르고 불타지 않은 세 권을 샀다는 거예요(그리스 신화에 나오는 무녀 시빌레가 타르퀴니우스 왕에게 예언집을 팔았다는 이야기. 로마의 운명에 관한 예언이 적혀 있었다는 이 책들은 카피톨리노 언덕의 유피테르 신전에 보관되어 특정한 관리에게만 열람이 허용되었으며, 국가의 중대사가 생겼을 때 책에 적힌 신탁을 해석하여 국민들에게 전달했다고 한다). 그러면서 어때, 이 얘기를 듣고 나니 조금은 책의 고마움을 알았겠지? 하고 득의양양해하는데, 저로서는 뭐가 고맙다는 건지 통 알 수가 있어야지요."

안주인은 장광설을 늘어놓고는 메이테이의 대답을 재촉했다.

그 대단한 메이테이도 대답이 좀 궁했는지, 옷소매에서 손수건을 꺼내 잠시 나를 재롱부리게 하더니, 갑자기 무슨 생각이라도 났는지 큰 소리로 말을 꺼냈다.

"하지만 제수씨, 그렇게 책을 사서 마구잡이로 쌓아놓고 있으니까 남들한테 그나마 학자 소리라도 듣는 겁니다. 저번에 어떤 문학잡지를 봤더니 구샤미에 관해서 이런 평이 실렸더군요."

"정말이요?"

안주인은 메이테이 쪽으로 돌아앉았다. 남편에 대한 평판에 신경 쓰는 걸 보면 역시 두 사람이 부부는 부부인 듯했다.

"뭐라고 쓰여 있던가요?"

"뭐, 두세 줄의 짤막한 것이었는데, 구샤미의 글은 행운유수行雲流水 같다고 하더라고요."

안주인은 살짝 미소를 띠며 물었다.

"그게 단가요?"

"그다음에는, 나타났다 싶으면 홀연히 사라지고, 가고 나면 돌아오는 것을 영원히 잊는다고 쓰여 있더군요."

묘한 표정의 안주인은 어쩐지 불안한 모습이다.

"칭찬일까요?"

"뭐, 칭찬으로 봐야겠지요."

메이테이는 시치미를 떼고 손수건을 내 눈앞에 드리웠다.

"책은 돈벌이 수단이라니 어쩔 수 없다지만, 성격이 여간 괴팍해야지요."

"좀 괴팍하기는 하지요. 학문하는 사람은 대개 그렇거든요."

메이테이는 안주인이 또 다른 방면에서 치고 들어왔구나 싶어

맞장구를 치는 것 같기도 하고 변호하는 것 같기도 한, 이도 저도 아닌 애매한 대답을 했다.

"얼마 전에는 글쎄 남편이 학교에서 돌아오자마자 또 나가 봐야 한다며 옷을 갈아입는 게 귀찮다고 외투도 벗지 않고 책상에 걸터앉아 밥을 먹고 있는 게 아니겠어요? 밥상을 고타쓰 틀 위에 올려놓고 말이에요. 전 밥통을 안고 앉아서 보고 있었는데, 어찌나 우습던지……."

"어째 하이칼라(양복의 'high collar'에서 온 말로 메이지 시대에 서양풍의 복장이나 세련된 도시적인 모습을 가리키는 말로 사용되었다)가 적의 수급을 확인하는 장면(전장에서 벤 적의 수급首級을 대장 앞에서 확인받는 일. 여기서는 구샤미가 양복을 입고 책상 앞에 앉아 부인을 시중들게 하는 모습을 그렇게 표현한 것이다) 같군요. 그러나 그런 점이 바로 구샤미다운 점이라…… 아무튼 진부하진 않군요."

궁색하게 칭찬한다.

"진부한지 아닌지 여자인 저로서는 알 수 없지만, 아무리 그래도 그건 너무 심하잖아요."

"하지만 진부한 것보다는 낫지요."

메이테이가 무턱대고 구샤미 편을 들자 안주인은 불만스러운 듯했다.

"다들 진부하다, 진부하다 하시는데 대체 어떤 게 진부한 건가요?"

안주인이 정색하고 진부하다는 것의 정의를 물었다.

"진부 말인가요? 진부라 하면…… 그게 좀 설명하기가 쉽지는 않습니다만……."

"그런 애매한 것이라면 진부한 것이라도 괜찮은 거 아닌가요?"

안주인은 여성 특유의 논리로 따지고 들었다.

"애매한 건 아닙니다. 분명히 알고는 있지만 설명하기가 어려울 따름이지요."

"아무튼 자신이 싫어하는 건 뭐든 진부하다고 하는 거 아닌가요?"

안주인은 무심코 정곡을 찔렀다. 이렇게 되자 메이테이도 어떻게든 '진부'를 설명해야 하는 처지가 되고 말았다.

"제수씨, 진부하다는 건 말이지요, 우선 묘령의 아가씨들에게 둘러싸여 나뒹굴다가 날이 화창하다 싶으면 꼭 술을 들고 스미다가와 강둑으로 꽃놀이하러 가는 사람들을 말하는 거지요."

"그런 사람들도 있나요? 뭐가 뭔지 복잡해서 저는 잘 모르겠네요."

안주인은 자신이 알지 못하는 것이라 적당히 응대하며 결국 고집을 꺾었다.

"그럼, 바킨(교쿠테이 바킨. 1767~1848. 소세키는 에도 시대 말기의 소설가인 바킨의 사상과 문체에 대해 비판적이었다)의 몸통에 펜더니스 소령(윌리엄 메이크피스 새커리의 소설 《펜더니스 이야기》에 등장하는 인물로 소세키는 그를 '소위 세속적인 인물, 또는 속물'로 평가한다)의 머리를 달아서 1, 2년쯤 유럽의 공기로 싸두는 겁니다."

"그렇게 하면 진부한 것이 만들어질까요?"

메이테이는 대답하지 않고 웃기만 한다.

"뭐, 그렇게 번거로운 일을 하지 않아도 만들어집니다. 중학교 학생에다 시로키야白木居(에도 시대부터 있던 도쿄의 포목전으로 메이지 시대에 들어와 서양 백화점의 영업 방식을 채택했다)의 지배인을 보태서 그걸 둘로 나누면 훌륭한 진부함이 만들어지지요."

"그런가요?"

안주인은 고개를 갸웃거리며 도통 알 수 없다는 표정이었다.

"자네 아직도 있었나?"

어느새 돌아온 주인이 메이테이의 곁에 앉으며 말했다.

"아직도 있냐니 말이 좀 심하군. 금방 돌아올 테니 기다리라고 하지 않았나?"

"매사가 저런 식이라니까요."

안주인은 메이테이를 돌아봤다.

"자네가 없을 때 자네 이야기를 속속들이 다 들었네."

"여자란 아무튼 말이 많아서 탈이라니까. 인간들도 이 고양이만큼 침묵을 지키면 좋을 텐데 말이야."

주인이 내 머리를 쓰다듬었다.

"자네, 아이한테 무즙을 먹였다며?"

"흠, 요즘은 갓난아기들도 꽤 영리하더군. 그 후로 아가야, 매운 건 어디 있지? 하고 물으면 꼭 혀를 쑥 내미니, 신통방통하지 않은가."

주인은 이렇게 말하며 웃었다.

"마치 개한테 재주를 가르치는 것 같은 것이 너무 잔혹하지 않은가. 그건 그렇고 간게쓰가 올 때가 되었는데."

"간게쓰가 온다고?"

주인은 의아한 표정을 지었다.

"올 거네. 오후 1시까지 자네 집으로 오라고 엽서를 부쳤으니까."

"남의 사정도 묻지 않고 멋대로 하는군. 간게쓰는 불러서 뭘 하려고?"

"아니, 오늘은 내 뜻이 아니라 간게쓰 선생 본인의 요청이네. 선생이 잘은 모르나 이학理學 협회에서 연설을 한다든가 해서 말이야. 그 연습을 해본다고 나한테 들어달라고 해서, 그거 마침 잘되었다고 자네한테도 들려주자고 했지. 그래서 자네 집으로 부르게된 걸세. 자네야 늘 한가한 사람이니까 마침 잘됐지, 뭐. 못할 사정이 있는 것도 아니고, 들어두면 좋아."

메이테이는 저 혼자 설명하고 저 혼자 납득한다.

"물리학 연설 같은 걸 듣는다고 내가 뭘 알아야지."

주인은 메이테이의 전횡에 다소 부아가 난 듯이 말했다.

"그런데 그 문제가 '자기체磁器體화된 노즐에 대하여' 같은 무미건조한 것이 아니라네. '목매달기의 역학'이라는 초범탈속超凡脫俗한 제목이라 경청할 만한 가치가 있을 거야."

"자넨 목을 매달다가 실패한 사람이라 경청하는 게 좋겠지만, 나 같은 사람이야……."

"가부키 극장에서 오한이 날 정도의 사람이라 들을 수 없다는 결론을 내지는 않겠지."

메이테이는 여느 때처럼 농담을 했다. 안주인은 호호호 웃으며 주인을 돌아다보고는 옆방으로 물러갔다. 주인은 말없이 내 머리를 쓰다듬었다. 이때만은 아주 정성껏 쓰다듬었다.

그로부터 약 7분쯤 지나 약속대로 간게쓰 군이 찾아왔다. 오늘밤에는 연설을 한다고 평소와 달리 멋진 프록코트를 차려입고, 갓세탁한 와이셔츠의 옷깃을 빳빳이 세워 남자다움을 2할쯤 더한 채 아주 침착한 태도로 인사했다.

"좀 늦었습니다."

"아까부터 둘이서 목이 빠지게 기다리던 참이네. 어디 당장 해보게."

메이테이는 말하고 주인을 쳐다보았다.

"으음."

주인은 어쩔 수 없이 건성으로 대답했다. 간게쓰 군은 서두르지 않았다.

"컵에 물 한 잔 좀 가져다주실 수 있을까요?"

"정말 정식으로 하겠다는 말이군. 다음엔 박수라도 청하시려는가?"

메이테이는 혼자 호들갑을 떨었다. 간게쓰 군은 안주머니에서 초고를 꺼내 천천히 입을 열었다.

"연습이니까 기탄없는 비평을 바랍니다."

간게쓰 군은 이렇게 전제하고 드디어 연설 연습을 시작했다.

"죄인을 교수형에 처한다는 것은 주로 앵글로·색슨족 사이에서 행해진 방법인데, 그보다 고대로 거슬러 올라가 생각해보면 목을 매는 것은 주로 자살의 한 방법으로 행해진 것입니다. 유대인 중에는 죄인에게 돌을 던져 죽이는 관습이 있었다고 합니다.《구약성서》를 연구해보면, 이른바 '행잉hanging'이라는 단어는 죄인의 시신을 매달아 들짐승이나 육식조肉食鳥의 먹이로 삼는다는 의미였습니다. 헤로도토스의 설에 따르면, 유대인은 이집트를 떠나기 전부터 밤중에 시신을 사람들의 눈에 띄게 하는 것을 몹시 싫어했던 것으로 보입니다. 이집트인은 죄인의 목을 베어 몸뚱이만 십자가에 못질해 밤중에 구경거리가 되게 했다고 합니다. 페르시아인은……."

"간게쓰 군, 목매달기와는 점점 멀어지는 것 같은데 괜찮겠나?"

메이테이가 끼어들었다.

"이제 본론으로 들어갈 참이니 조금만 참고 들어주십시오. 그런데 페르시아인은 어땠는가 하면, 이들 역시 처형할 때는 책형磔刑을 이용한 것 같습니다. 단 죄인이 살아 있을 때 못을 박았는지 죽고 나서 못을 박았는지에 대해서는 잘 모르겠습니다……."

"그런 건 몰라도 되잖아."

주인은 따분하다는 듯 하품을 했다.

"아직 말씀드리고 싶은 것이 여러 가지로 많습니다만, 불편해하옵는 것 같아서……."

"'하옵는'보다는 '하시는'이라고 하는 게 듣기 편하지 않을까, 구샤미?"

"그거나 그거나."

메이테이가 다시 지적하자 주인은 별 관심이 없다는 듯이 대답했다.

"이제 본론으로 들어가 입 좀 털겠습니다."

"'입을 털다' 같은 말은 야담가들이나 하는 말투야. 연설가라면 좀 더 고상한 말투를 써주면 좋겠군."

메이테이 선생이 다시 끼어들었다.

"'입을 털다'가 천박한 말투라면, 어떻게 말하는 게 좋을까요?"

간게쓰 군이 조금 발끈해서 물었다.

"메이테이는 이야기를 듣는 건지, 아니면 괜한 트집이나 잡으려고 하는 건지 잘 모르겠군. 간게쓰 군, 이런 구경꾼은 신경 쓰지 말고 어서 이야기하게."

주인은 되도록 빨리 난관을 타개하려고 했다.

"불끈 화가 나서 입을 터니 버드나무인가(에도 중기의 하이쿠 시인 오시마 료타의 하이쿠 '불끈 화가 치밀어 돌아오니 뜰에 버드나무인가'를 비튼 것. 화가 나는 일이 있어서 불끈한 마음으로 돌아오니 뜰의 버드나무가 바람이 부는 대로 흔들리고 있어 뭔가 배운 것 같다는 뜻이다)라는 건가?"

메이테이는 여전히 태평한 소리를 했다. 간게쓰는 무심코 웃음을 터뜨렸다.

"제가 조사한 바에 따르면 실제로 처형 방법으로 교수형이 이용된 것은《오디세이》22권에 나와 있습니다. 텔레마코스가 페넬로페의 열두 시녀를 교살하는 대목입니다. 그리스어로 본문을 낭독해도 좋겠습니다만, 좀 잘난 체하는 것 같아 그만두겠습니다. 465행부터 473행을 보시면 아실 겁니다."

"그리스어 운운하는 건 그만두는 게 나아. 마치 그리스어를 할 줄 안다고 자랑하는 꼴이 아닌가. 그렇지 않나, 구샤미?"

"그 말에는 나도 동감이네. 그렇게 있어 보이려고 하는 듯한 말은 하지 않는 게 고상해 보이고 좋지."

주인은 전에 없이 바로 메이테이의 의견에 동조했다. 두 사람은 그리스어를 전혀 알지 못한다.

"그러면 이 두세 구절은 오늘 밤엔 빼기로 하고, 그다음 입을…… 아니, 말씀드리겠습니다. 여기서 교살에 대해 상상해보면, 이를 집행하는 데는 두 가지 방법이 있습니다. 첫째는 텔레마코스가 에우마이오스 및 필로이티오스의 도움을 받아 밧줄의 한쪽 끝을 기둥에 묶습니다. 그리고 그 밧줄 군데군데에 고리 매듭을 만들어 그 고리에 여자의 머리를 하나씩 넣고 한쪽 끝을 바싹 잡아당겨 달아 올린 것으로 보입니다."

"그러니까 서양식 세탁소에서 셔츠를 널 듯이 여자를 달아맸다고 보면 되겠군."

"바로 그겁니다. 그리고 둘째는 밧줄의 한쪽 끝을 아까처럼 기둥에 묶고, 다른 한쪽 끝도 처음부터 천장에 높이 달아매는 것입니다. 그리고 그 높은 밧줄에서 다른 밧줄을 몇 개 늘어뜨리고 거기에 고리 매듭을 만들어 여자의 목을 집어넣은 다음, 여차할 때 여자가 밟고 있던 받침대를 치우는 구조입니다."

"비유해 말하자면 새끼발 끝에 알전구를 달아맨 것 같은 풍경이라고 생각하면 틀림없겠군."

"알전구를 보지 못해 뭐라 말씀드릴 수는 없지만, 만약 그런 게 있다면 그쯤 되지 않을까 싶습니다. 그러면 지금부터 역학적으로 첫 번째 방법이 도저히 성립할 수 없다는 걸 증명해 보이도록 하겠습니다."

"재미있군."

메이테이가 말했다.

"응, 재미있어."

주인도 동의했다.

"먼저 여자가 같은 간격으로 매달린다고 가정합니다. 또 땅바닥에서 가장 가까운 두 여자의 목과 목을 연결한 밧줄이 수평한 상태라고 가정합니다. 여기에 a_1, a_2…… a_6를 새끼줄이 지평선과 형성하는 각도로 하고, T_1, T_2…… T_6를 새끼줄의 각 부분이 받는 힘으로 간주하고, $T_7 = X$는 밧줄의 가장 낮은 부분이 받는 힘으로 합니다. W는 물론 여자의 체중이라 생각하면 됩니다. 어떻습니까? 아시겠습니까?"

"대충 알겠네."

메이테이와 주인은 마주 보며 대답했다. 다만 이 '대충'이라는 정도는 두 사람이 멋대로 정한 것이니 다른 사람의 경우에는 적용되지 않을지도 모른다.

"그런데 아시는 바와 같이 다각형에 관한 평균성 이론에 따르면, 다음과 같은 열두 가지 방정식이 성립합니다. $T_1 \cos \alpha_1 = T_2 \cos \alpha_2$ ……(1), $T_2 \cos \alpha_2 = T_3 \cos \alpha_3$ ……(2)."

"방정식은 그쯤 해두지."

주인이 거칠게 말했다.

"실은 이 방정식이 연설의 백미인데요."

간게쓰 군은 몹시 서운해하는 눈치였다.

"그럼, 백미만은 차차 듣기로 하면 되지 않을까."

메이테이도 조금 지겨워하는 눈치였다.

"이 식을 생략해버리면 애써 한 역학적 연구가 완전히 헛수고가 되고 마는데요……."

"뭐, 그런 염려는 할 필요가 없으니 대충 생략하게."

주인은 아무렇지 않게 말했다.

"그럼, 말씀하신 대로 무리이기는 하지만 생략하기로 하겠습니다."

"그게 좋겠지."

메이테이가 묘한 대목에서 손뼉을 쳤다.

"그리고 영국으로 옮겨 논하자면,《베오울프》(고대 영어로 된 가장 긴 영웅 서사시. 8세기 무렵의 작품으로 주인공 베오울프가 용과 괴물을 퇴치한 무용담)에 교수대, 즉 '갈가galga(오늘날의 영어로는 gallows)'라는 글자가 보이는 걸 보면, 교수형은 이 시대부터 이미 행해진 것으로 보입니다. 블랙스톤(윌리엄 블랙스톤. 1723~1780. 영국의 법학자로 옥스퍼드 대학 교수를 역임했다)의 주장에 따르면 만약 교수형을 당하는 죄인이 밧줄이 잘못되어 숨이 끊기지 않았을 때는 다시 전과 같은 형벌을 받아야 한다고 되어 있습니다만, 묘한 것은《농부 피어스의 꿈》(윌리엄 랭글런드의 작품으로 전해지는 14세기 영국의 종교적 우의시寓意詩)이라는 책에는 비록 흉악범이라도 두 번에 걸쳐 목을 매다는 일은 없다는 구절이 있습니다. 어느 게 진실인지는 저도 잘 모르겠습니다만, 한 번에 죽지 않은 예가 실제로 종종 있었거든요. 1786년에 피츠제럴드라는 유명한 악한을 교살한 적이 있었습니다. 그런데 어찌 된 일인지 첫 번째 발판에서 떨어뜨릴 때 밧줄이 그만 끊어져버렸답니다. 다시 시도했더니 이번에는 밧줄이 너무 길어서 발이 땅에 닿는 바람에 역시 죽지 않았답니다. 마침내 세 번째에 구경꾼들의 도움을 받아 죽였다는 이야기입니다."

"아이고, 맙소사."

메이테이는 이런 대목에 이르면 갑자기 활기를 띤다.

"정말로 죽일 놈이었네."

주인마저 신이 난 모습이다.

"더 재미난 이야기가 있습니다. 목을 매달면 키가 3센티미터쯤 늘어난다고 합니다. 이건 실제로 의사가 재어봤으니 틀림없는 사실입니다."

"그건 새로운 발견이군. 어때, 구샤미 자네도 목을 좀 매달아보는 건? 3센티미터쯤 늘어나면 보통 사람 정도는 될지도 모르잖아?"

메이테이가 주인을 보고 말하자 주인은 의외로 진지하게 물었다.

"간게쓰 군! 3센티미터쯤 키가 커지고 되살아나는 경우가 있을까?"

"그야 당연히 없지요. 매달리면 척추가 늘어나기 때문이라는데, 결론부터 말하면 척추가 늘어나는 게 아니라 못 쓰게 되는 것이니

130

나는 고양이로소이다

까요."

"그렇다면 그만두겠네."

주인은 단념했다.

아직도 연설할 내용은 꽤 많이 남았고 간게쓰 군은 목매달기의 생리작용까지 언급할 예정이었으나 메이테이가 물색없이 변덕쟁이처럼 엉뚱한 소리를 해대는 데다 주인이 가끔 거리낌 없이 하품을 해대는 통에 결국 도중에 그만두고 돌아가 버렸다. 그날 밤 간게쓰 군이 어떤 태도로 어떤 웅변을 토했는지, 먼 데서 일어난 일이었으니 나로서는 알 도리가 없다.

2, 3일은 별일 없이 지났지만, 어느 날 오후 2시쯤 메이테이 선생이 여느 때와 마찬가지로 홀연히 우연동자처럼 찾아왔다. 자리에 앉자마자 불쑥 묻는다.

"이보게, 오치 도후의 다카나와 사건이라고 들어봤나?"

뤼순을 함락했다는 호외라도 알리러 온 듯한 기세였다.

"아니, 요즘엔 통 만나지 못해서."

주인은 여느 때처럼 울적했다.

"오늘은 그 도후 공의 실수담을 전할까 해서 바쁜 와중에도 일부러 찾아왔네."

"또 그렇게 허풍을 떠는군. 자네는 참 못된 사람이야."

"아하하하, 못된 게 아니라 종잡을 수 없다고 해야겠지. 그것만은 좀 구별해줘야 하지 않겠나? 명예에 관한 일이니까."

"그게 그거지."

주인이 시치미를 뗐다. 천연거사의 완벽한 재림이다.

"지난 일요일에 도후 공께서 다카나와의 센가쿠지泉岳寺(도쿄

미나토구港区에 있는 절.《주신구라忠臣藏》로 유명한 아코赤穗 낭인 47명의 묘가 있다)에 갔다더군. 이 추위에 그런 곳엔 가지 않는 게 좋았을 텐데……. 우선 이 무렵에 센가쿠지 같은 델 가는 건 도쿄를 전혀 모르는 촌뜨기 같지 않은가?"

"그거야 도후 마음이지, 자네한테 그걸 말릴 권리는 없네."

"그야, 물론 그럴 권리는 없지. 권리야 아무래도 좋은데, 그 절에 의사義士 유물보존회라는 구경거리가 있을 걸세."

"그런가?"

"몰랐나? 그래도 센가쿠지에 가본 적은 있겠지?"

"없어."

"없다고? 이거 놀랄 일이군. 어쩐 도후를 변호한다 했네. 도쿄 토박이가 센가쿠지를 모르다니, 한심하기 짝이 없군."

"그런 건 몰라도 선생 노릇은 얼마든지 할 수 있으니까."

주인은 드디어 천연거사가 되었다.

"그건 그렇고, 그 전시장에 도후가 들어가 구경하고 있는데, 독일인 부부가 들어왔다고 하더군. 그들이 처음에는 일본말로 도후에게 뭘 물어본 모양이야. 그런데 도후는 늘 그렇듯이 독일어를 써보고 싶어서 환장한 사람이 아닌가. 그래서 독일어로 두세 마디 유창하게 나불거려봤는데, 뜻밖에도 잘되더라는 거야. 나중에 생각하니 그게 재앙의 시작이었던 거지."

"그래서 어떻게 되었는데?"

주인은 끝내 낚이고 말았다.

"독일인이 오타카 겐고(1672~1703. 센가쿠지에 묻힌 아코 낭인 47명 중 한 사람)의 그림이 그려진 인롱印籠을 보고 이걸 사고 싶은데 파는 거냐고 묻더라는 거야. 그때 도후가 한 대답이 걸작이지 뭔가. 일본인은 모두 청렴한 군자들이라 절대 팔지 않을 거라고 말했다는군. 그래도 거기까지는 분위기가 좋았는데, 그때부터 독일인이 제대로 된 통역이라도 구했다고 생각했는지 자꾸 묻더라는 거야."

"뭘?"

"그게 말이지, 그게 무슨 말인지 알았다면 걱정이 없겠지만, 빠른 말로 질문을 해대는 통에 알아들을 수가 있어야지. 어쩌다가 알아들은 말이라는 게 쇠갈고리나 큰메(아코 낭인들이 문과 벽을 부수고 주군의 원수 기라 요시나카의 집으로 공격해 들어갈 때 사용한 도구)가 뭐냐고 묻는 거였는데, 쇠갈고리나 큰메를 뭐라고 통역해야 하는지 배운 적이 없으니 난감할 수밖에."

"그랬겠지."

주인은 선생인 자신의 처지와 비교해 도후에게 동감을 표했다.

"그런데 한가한 사람들이 신기한 구경거리라도 생긴 양 하나둘 모여들기 시작했다는군. 나중에는 도후와 독일인을 빙 둘러싸고 구경하더라는 거야. 도후는 얼굴이 빨개져서 쩔쩔맸네. 처음의 기세와는 달리 아주 난감한 상황이었지."

"그래서 어떻게 되었는가?"

"결국 도후가 더는 버틸 수 없었는지 '안녕히 가이소.' 하고 일본말로 인사하고 허겁지겁 돌아왔다더군. 그런데 '안녕히 가이소.'가 좀 이상하다, 자네 고향에선 '안녕히 가세요.'를 '안녕히 가이소.'라고 하느냐고 물었더니, 자기 고향에서도 '안녕히 가세요.'라고 하는데, 상대가 서양인이라 조화를 꾀하려고 '안녕히 가이소.'라고 했다지 뭔가. 도후 공은 난처할 때도 조화를 잊지 않는 사람이라는 걸 알고 정말 감탄했다네."

"'안녕히 가이소.'는 그렇다 치고, 그래 그 서양인은 어땠나?"

"그는 어안이 벙벙해서는 멍하니 보고만 있었다더군. 하하하하, 재미있지 않은가?"

"그다지 재미있는 것 같지는 않군. 그 얘길 해주려고 일부러 찾아온 자네가 더 재미있네."

주인은 담뱃재를 화로에 떨었다. 때마침 현관 벨 소리가 놀라 자빠질 만큼 요란하게 울렸다.

"실례합니다."

여자의 카랑카랑한 목소리가 들렸다. 메이테이 선생과 주인은 얼떨결에 얼굴을 마주 보고 입을 다물었다.

주인집에 여자 손님이 찾아오는 건 매우 드문 일이라 내다봤더니, 그 카랑카랑한 목소리의 주인공은 겹쳐 입은 비단 기모노 자락으로 다다미를 쓸면서 들어왔다. 나이는 마흔 살을 살짝 넘었을 것이다. 훤한 이마에는 앞머리가 제방 공사라도 한 것처럼 높이 솟구쳐 있었는데, 적어도 얼굴 길이의 절반쯤은 하늘로 밀려 올라가 있었다. 눈은 깎아지른 고개 정도의 각도로 직선으로 올라가 좌우로 대립하고 있다. 여기서 직선이란 가느다란 눈을 표현한 것이다. 그런데 코만큼은 엄청나게 크다. 남의 코를 훔쳐다 얼굴 한복판에 붙여놓은 것처럼 보인다. 세 평 남짓한 조그마한 뜰에 쇼콘샤招魂社(1879년에 야스쿠니靖国 신사로 개칭되었다)의 석등을 옮겨놓은 것처럼 혼자 위세를 떨치고 있는 것이 어쩐지 불안정해 보인다. 이런 코를 소위 매부리코라 하는데, 일단 한껏 높이 올라가 보았으나 도중에 이건 너무했다 싶어 겸손한 마음에 끝으로 가면서 처음의 기세와는 달리 처지기 시작해 밑에 있는 입술을 내려다보고 있다. 이처럼 눈에 확 띄는 코 때문에 이 여자가 말할 때는 입이 말한다기보다 코가 말하는 것 같았다. 나는 이 위대한 코에 경의를 표하기 위해 앞으로는 이 여자를 '코주부'라 부를 생각이다. 코주부는 우선 첫인사를 마치고는 집 안을 둘러보며 말했다.

"집이 참 좋네요."

주인은 속으로 '거짓말 마.'라고 말하며 뻐끔뻐끔 담배를 피워 댔다. 메이테이는 천장을 올려다보며 넌지시 주인을 재촉했다.

"여보게, 저건 비가 샌 얼룩인가, 아니면 널빤지의 나뭇결인가? 참 묘한 무늬로군."

"물론 비가 샌 걸세."

주인이 대답했다.

"근사하군."

메이테이가 새침한 표정으로 대답했다. 코주부는 이들 두 사내가 사교를 통 모르는 사람들이라고 속으로 분개했다. 잠시 세 사람은 마주 앉은 채 말이 없었다.

"드릴 말씀이 좀 있어서 찾아뵈었습니다만."

코주부가 다시 말문을 열었다.

"네에."

주인은 쌀쌀맞은 어조로 대답했다. 이래서는 안 되겠다 싶었는지 코주부가 말을 이었다.

"사실 저는 바로 요 앞, 건너편 길모퉁이에 있는 집에서 왔는데요……."

"그 창고가 딸린 커다란 양옥집 말인가요? 거기 가네다라는 문패가 달려 있는 것 같던데."

주인은 그제야 가네다의 양옥집과 창고를 인식한 듯했지만, 그렇다고 가네다 부인을 대하는 존경의 정도가 달라진 건 아니었다.

"실은 바깥양반이 직접 말씀드려야 하는데, 회사 일이 너무 바빠서요."

부인은 이번엔 좀 효과가 있겠지 하는 눈치였다. 그러나 주인은 전혀 동요하지 않았다. 아까부터 초면의 여자치고 코주부의 말투가 너무 무례해 이미 불만이었다.

"회사도 하나가 아니에요. 두세 군데나 된답니다. 게다가 어느 회사에서나 중역이거든요. 아마 아실 테지만."

부인은 이래도 공손해지지 않겠느냐는 표정이었다. 원래 이 집 주인은 '박사'라든가 '대학교수'쯤 돼야 공손해지는 사람이지만, 이상하게도 실업가에 대한 존경심은 무척 낮았다. 실업가보다는 중학교 선생이 더 훌륭하다고 믿고 있었다. 설령 그렇게 믿고 있지 않더라도 융통성이 없는 성격이라 실업가나 부자들 덕을 보는 일은 결코 없을 거라고 단념하고 있었다. 상대가 아무리 세력가나 자산가라도 자신이 신세를 질 가능성이 없다고 단정한 사람들과의 이해관계에는 지극히 무관심했다. 그러므로 학자 사회를 제외한 다른 방면의 일에는 매우 어두웠으며, 특히 실업계에서는 누가 어디서 무슨 일을 하는지 전혀 알지 못했다. 설령 그걸 안다고 해도 털끝만치의 경외심도 갖지 않았다. 코주부는 같은 하늘 아래에 이런 괴짜가 역시 같은 햇빛을 받으며 살고 있으리라고는 꿈에도 생각하지 못했다. 지금까지 수많은 사람을 만나왔지만, 가네다의 아내라고 말했을 때 자신을 대하는 태도를 황급히 바꾸지 않은 경

우는 없었다. 어떤 모임에 나가도, 아무리 지체가 높은 사람 앞에
서도 가네다의 부인이라고 하면 다 통했다. 하물며 이렇게 퇴물이
되어버린 늙다리 서생쯤이야, 건너편 길모퉁이에 있는 게 자기 집
이라고만 하면 직업 같은 건 듣기도 전에 놀랄 것이라고 예상하고
있었다.

"이보게, 가네다란 사람을 아나?"

주인은 메이테이에게 대수롭지 않게 물었다.

"알다마다. 가네다 씨는 우리 큰아버님의 친구분이네. 지난번
원유회에도 오셨어."

메이테이가 진지하게 대답했다.

"그래? 자네 큰아버님은 누군데?"

"마키야마 남작일세."

메이테이는 꽤 진지했다. 주인이 뭐라고 대꾸하기도 전에 코주
부가 갑자기 돌아앉으며 메이테이를 보았다. 메이테이는 비백 무
늬가 들어간 사라사(다섯 가지 빛깔을 이용해 인물, 새와 동물, 꽃과 나무 또
는 기하학적인 무늬를 물들인 피륙)인지 뭔지 하는 걸 겹쳐 입고 점잔을
빼고 있었다.

"어머, 댁이 마키야마 남작님의 뭐가 되신다고요? 그런 줄도
모르고 그만 실례를 범했습니다. 마키야마 남작님께는 항상
신세를 지고 있다고 바깥양반이 늘 얘기하고 있답니다."

갑자기 정중한 말투로 말하며 고개를 숙여 인사까지 했다.

"아아, 뭐, 하하하하."

메이테이가 웃었다. 주인은 어처구니없다는 듯 말없이 두 사람
을 쳐다보았다.

"딸아이의 혼담 때문에 여러 가지로 마키야마 남작님께 심려를 끼쳐드렸다고 하던데요……."

"아아, 그렇습니까?"

메이테이도 이 일만은 전혀 예상하지 못했는지 살짝 놀란 기색이었다.

"실은 여기저기서 잘 부탁한다는 말은 해옵니다만, 저희 쪽 신분도 있고 하니 아무 데나 보낼 수도 없는 처지라……."

"그야, 그렇겠지요."

메이테이는 그제야 안심했다.

"그 일에 관해 댁한테 좀 물어볼 게 있어서 찾아온 겁니다만."

코주부는 주인 쪽을 보고 갑자기 원래의 상스러운 말투로 돌아갔다.

"이 댁에 미즈시마 간게쓰라는 남자가 종종 들른다고 하던데요. 그 사람은 대체 어떤 사람인가요?"

"간게쓰에 대한 얘기를 들어서 뭘 하시게요?"

주인은 떨떠름한 어조로 물었다.

"역시 따님 혼사 문제로 간게쓰 군의 전반적인 성품을 알고 싶으시다는 게 아니겠나?"

메이테이가 눈치 빠르게 대응했다.

"그 얘길 들을 수 있다면 정말 좋겠는데요."

"그러면 댁의 따님을 간게쓰에게 주고 싶으시다는 말씀인가요?"

"주고 싶다는 건 아니고요."

코주부는 갑자기 주인을 곤혹스럽게 했다.

"여기저기 다른 데서도 자꾸 얘기가 들어오니까 무리해서 데려가지 않아도 곤란할 건 없어요."

"그렇다면 간게쓰 얘긴 듣지 않아도 상관없겠군요."

주인도 오기가 났다.

"하지만 숨길 이유도 없잖아요?"

코주부도 약간 시비조가 되었다. 메이테이는 두 사람 사이에 앉아 은 곰방대를 스모 심판이 쓰는 부채라도 되는 양 들고 싸워라, 싸워라, 하고 마음속으로 외치고 있었다.

"그럼, 간게쓰가 신부로 데려가겠다는 말이라도 했단 말이오?"

주인이 코주부에게 정면에서 밀어내기 공격을 했다.

"데려가겠다고 한 건 아닙니다만……."

"그럼, 데려가고 싶어 한다고 생각하시는 겁니까?"

주인은 이 여성에게는 밀어내기 공격이 효과적이라는 걸 깨달은 듯했다.

"혼담이 그만큼 진행되고 있는 건 아닙니다만…… 간게쓰 씨도 기분 나빠할 일은 아니겠지요."

코주부가 씨름판 가장자리에서 아슬아슬하게 기세를 회복했다.

"간게쓰가 댁의 따님에게 애착을 보인 일이라도 있었습니까?"

있다면 말해보라는 기세로 주인이 반격을 가했다.

"뭐, 그럴걸요."

이번엔 주인이 건 기술이 전혀 먹혀들지 않았다. 지금까지 자기가 무슨 스모 심판이라도 되는 양 흥미롭게 구경하고 있던 메이테이도 코주부의 한마디에 호기심이 동했는지 곰방대를 내려놓고 몸을 앞으로 쑥 내밀었다.

"간게쓰가 따님한테 연애편지라도 보냈단 말인가요? 이거 유쾌

한 일이군. 새해 들어 에피소드가 하나 늘었어. 좋은 얘깃거리가
되겠는걸."

메이테이는 혼자 신이 났다.

"연애편지가 아니에요. 더 심한 거였는데, 두 분께서도 잘 아시
지 않나요?"

코주부는 묘하게 생트집을 잡고 나왔다.

"이보게, 뭔지 아나?"

주인은 여우에게 홀린 사람 같은 표정으로 메이테이에게 물었
다. 메이테이도 얼빠진 표정으로 쓸데없는 데서 겸손을 떨었다.

"난 모르지. 안다면 자네겠지."

"아니에요. 두 분 다 아시는 일이에요."

코주부만이 득의양양했다.

"허어, 참."

두 사람은 동시에 감탄사를 내뱉었다.

"잊으셨다면 제가 말씀드리지요. 작년 연말에 무코지마의 아베
씨 댁에서 연주회가 있었는데, 간게쓰 씨도 참석하지 않았나요?
그날 밤 돌아오는 길에 아즈마바시에서 무슨 일이 있었죠. ……자
세한 말씀은 드리지 않겠어요. 당사자한테 실례가 될지도 모르니
까요. ……이 정도 증거면 충분할 것 같은데, 아닌가요?"

코주부는 다이아몬드 반지를 낀 손을 무릎 위에 가지런히 올려
놓고 뚱한 표정으로 자세를 고쳐 앉았다. 위대한 코가 더욱 이채
를 띠어 메이테이와 주인은 있어도 없는 듯한 형국이었다.

주인은 물론이고 메이테이도 이 불의의 기습에는 얼이 빠졌는
지 잠시 학질에 걸린 병자처럼 멍하니 앉아 있었다. 그러나 놀란

마음이 진정되면서 차츰 타고난 본능이 회복되자 왠지 우습다는 느낌이 한꺼번에 밀려왔다. 두 사람은 약속이나 한 듯이 "하하하하." 하고 배꼽을 잡고 웃었다. 코주부만은 좀 어이가 없었는지 이런 경우에 웃는 건 큰 실례가 아니냐는 듯 두 사람을 흘겨보았다.

"그 사람이 따님이었습니까? 이야, 그럼 잘됐네. 말씀하신 대로야. 그렇지 않은가, 구샤미? 진심으로 간게쓰가 따님을 사모하고 있는 게 틀림없어⋯⋯. 더는 숨겨봤자 소용없으니 이쯤에서 다 털어놓는 게 어떤가?"

"으흠."

주인은 헛기침만 할 뿐이었다.

"이제는 정말 숨기셔도 소용없습니다. 증거가 다 드러났으니까요."

코주부는 다시 의기양양해졌다.

"이제는 어쩔 수 없군. 간게쓰 군과 관계된 사실이라면 뭐든지 참고가 되도록 말씀드리게. 이보게, 구샤미. 자네가 주인인데 그렇게 싱글싱글 웃고만 있어서는 아무것도 해결되지 않을 게 아닌가. 비밀이란 정말 무서운 것이군. 아무리 숨긴다고 해도 어디에선가 꼭 드러나게 되니 말이야. ⋯⋯그런데 좀 이상하기는 하네요. 가네다 부인, 이 비밀을 어떻게 아셨지요? 정말 놀랍군요."

메이테이는 혼잣말처럼 주절거렸다.

"저도 빈틈이 없거든요."

코주부는 의기양양한 표정이었다.

"너무 빈틈이 없는 것 같군요. 대체 누구한테 들으셨습니까?"

"바로 이 뒷집 인력거꾼네 아주머니한테서요."

"그 시커먼 고양이가 있는 인력거꾼네 말인가요?"

주인은 눈을 동그랗게 뜨고 물었다.

"네, 간게쓰 씨 때문에 돈도 많이 썼습니다. 간게쓰 씨가 이 집에 올 때마다 어떤 얘기를 하는지 알아볼까 해서 인력거꾼네 아주머니한테 부탁해 일일이 알려달라고 했지요."

"그건 너무 심하잖아!"

주인이 큰 소리로 말했다.

"아니, 댁이 뭘 하시든, 무슨 말씀을 하시든 거기엔 관심이 없어요. 제 관심은 간게쓰 씨에 관한 일뿐이거든요."

"간게쓰에 관한 일이든 아니든, 그 인력거꾼네 여편네는 영 마음에 안 든다니까."

주인은 혼자 화를 냈다.

"그러나 댁네 울타리 밖에 와서 서 있는 건 그 사람 마음 아닌가요? 이야기가 밖으로 새 나가는 게 기분 나쁘셨다면, 목소리를 낮추시든지 좀 더 큰 집으로 이사 가면 되죠."

코주부는 전혀 부끄러워하는 기색이 없었다.

"인력거꾼네만이 아니에요. 신작로의 이현금 선생님한테서도 꽤 여러 이야기를 들었습니다."

"간게쓰에 관해서요?"

"간게쓰 씨에 관한 것만은 아니더군요."

코주부의 말이 왠지 좀 무섭게 들렸다. 주인은 조금 두려워하는가 싶더니 이렇게 말했다.

"그 선생이란 사람은 아주 고상한 체하며 자기만 인간답다는 표정을 짓고 있지. 바보 같은 놈이오."

"유감스럽지만, 여잡니다. 놈이라니요, 한참 잘못 짚으셨네요."

코주부의 말투는 점점 더 본색을 드러냈다. 이건 마치 싸움을 하러 찾아온 것 같은데, 이 상황에서 메이테이는 역시 메이테이답게 이 담판을 흥미롭다는 듯 듣고 있었다. 철괴선인鐵拐仙人(중국 팔선인八仙人 중 한 명인 이철괴, 즉 이홍수를 가리킨다. 일본 가노파狩野派 그림의 주요 소재가 되었다)이 닭싸움을 구경하는 듯한 표정으로 태연하게 듣고만 있었다.

험담 맞대결로는 도저히 코주부의 적수가 되지 못한다는 걸 자각한 주인은 어쩔 수 없이 한동안 입을 다물고 있을 수밖에 없는 처지에 내몰렸지만, 그제야 무슨 생각이 났는지 메이테이에게 구원을 청했다.

"부인은 간게쓰가 따님한테 애착을 보인다고 말씀하시는데, 제가 들은 바로는 좀 다릅니다. 그렇지 않나, 메이테이?"

"그래, 그때 얘기로는 따님이 먼저 무슨 병에 걸려 헛소릴 했다고 들었는데."

"그런 일은 절대 없습니다."

가네다 부인은 분명하게 잘라 말했다.

"그래도 간게쓰는 분명히 ○○박사의 부인한테 들었다고 하던데요."

"그게 바로 저희 쪽에서 쓴 수였어요. ○○박사의 부인한테 부탁해서 간게쓰 씨의 의향을 타진해본 거였지요."

"○○의 부인은 그걸 알고도 맡았다는 거요?"

"네. 맡기는 것도 공짜론 어림없지요. 이래저래 여러 가지 것들이 많이 들었으니까요."

"무슨 수를 써서라도 간게쓰에 관한 일이라면 꼬치꼬치 캐묻지 않고는 돌아가지 않겠다고 작심하셨군."

메이테이도 언짢아졌는지 전에 없이 거친 어조였다.

"그까짓 것 얘기한다고 손해 보는 것도 아니고, 얘기해주지 않겠나 구샤미? ……부인! 저나 구샤미나 간게쓰에 관한 사실 중에서 말해도 별 지장이 없는 건 다 얘기할 테니까, 그래요, 순서대로 하나하나 질문하면 되겠네요."

코주부는 그제야 납득하고 질문을 던지기 시작했다. 한때 거칠었던 어조도 메이테이에게만은 아까처럼 정중한 태도로 돌아와 있었다.

"간게쓰 씨도 이학사라던데, 대체 뭘 전공하고 있는 거죠?"

"대학원에서는 '지구의 자기磁氣에 대한 연구'를 하고 있지요."

주인이 진지하게 대답했다. 불행하게도 그 의미를 전혀 이해할 수 없는 코주부는 "네에." 하고 대답하기는 했으나 의아하다는 표정이다.

"그런 공부를 하면 박사가 될 수 있나요?"

"박사가 못 되면 따님을 줄 수 없다는 말씀입니까?"

주인이 불쾌하다는 듯이 물었다.

"네, 그냥 학사라면 널려 있으니까요."

코주부는 아무렇지 않게 대답했다. 주인은 메이테이를 보며 몹시 언짢다는 표정을 지었다.

"박사가 될지 안 될지는 우리도 보장할 수 없는 일이니까, 다른 걸 물어보시지요."

메이테이도 그다지 기분 좋은 표정은 아니었다.

"요즘에도 그 지구의 뭔가 하는 공부를 하고 있나요?"

"2, 3일 전에는 이학협회에서 '목매달기의 역학'이라는 연구 결과를 발표했습니다."

주인은 아무렇지도 않은 표정으로 말했다.

"어머, 망측해라. '목매달기'라니요, 참 특이한 사람이네요. '목매달기'인가 뭔가를 연구했다면 도저히 박사가 될 수는 없겠네요."

"본인이 목을 맨다면 어렵겠지만, '목매달기의 역학'으로 박사가 되지 못한다고 단정할 수는 없지요."

"그럴까요?"

이번에는 주인 쪽을 바라보며 안색을 살폈다. 안타깝게도 코주부는 '역학'이라는 단어의 의미를 몰라 안정을 찾지 못하고 있었다. 그러나 이까짓 단어를 물어서는 자신의 체면이 서지 않는다 싶었던지, 그저 상대방의 안색으로 추측해볼 뿐이었다. 주인은 떨떠름한 표정이었다.

"그거 말고 뭔가 이해하기 쉬운 걸 공부하고 있지는 않나요?"

"글쎄요. 지난번에 〈도토리의 안정성을 논하고 아울러 천체의 운행에 이르다〉라는 논문을 쓴 적이 있습니다."

"도토리라는 것도 대학에서 공부하는 것인가요?"

"글쎄요, 저도 그쪽은 생소해서 잘은 모르겠지만, 어쨌든 간게쓰가 할 정도라면 연구할 가치가 있는 것이겠지요."

메이테이는 시치미를 뚝 떼고 놀렸다. 코주부는 학문에 관한 질문은 힘에 겨워 단념했는지 이번에는 화제를 바꿨다.

"다른 이야깁니다만, 지난 설날 표고버섯을 먹고 앞니 두 개가 부러졌다고 하던데요."

"네. 그 빠진 자리에 모나카가 달라붙어 있더군요."

메이테이는 이 질문이야말로 자신의 전문 영역이라고 생각했
는지 갑자기 신이 나서 말했다.

"재미없는 사람이군요. 왜 이쑤시개를 사용하지 않았을까요?"

"다음에 만나면 주의를 주지요."

주인이 키득키득 웃었다.

"표고버섯을 먹다가 이가 부러질 정도라면 이가 어지간히 안 좋
은 모양이군요. 어떤가요?"

"좋다고는 할 수 없겠지요. 그렇지 않나, 메이테이?"

"좋다고는 할 수 없지만, 그래도 애교는 좀 있는 편이지. 그 후로
아직 새로 해 넣지 않은 걸 보면 이상하단 말이야. 아직도 빈자리
에 모나카가 끼일 정도라니, 정말 가관이라니까."

"이를 해 넣을 돈이 없어서 내버려두는 건가요? 아니면 유별난
사람이라서 그대로 내버려두는 건가요?"

"뭐, 영원히 그렇게 놔둘 생각은 없는 듯하니 안심하세요."

메이테이의 기분은 차차 회복되었다. 코주부는 이제 다른 문제
로 넘어갔다.

"이 댁에 간게쓰 씨가 직접 쓴 편지 같은 게 있다면 좀 보고 싶
군요."

"엽서라면 많습니다. 얼마든지 보세요."

주인이 서재에서 30~40장의 엽서를 가져왔다.

"그렇게 많이 보지 않아도…… 그중에서 두세 장만 볼 게요."

"어디, 제가 좋은 걸 골라드리지요."

메이테이 선생이 한 장의 그림엽서를 내밀었다.

"이게 재미있겠네요."

"어머, 그림도 그리나 보네요. 꽤 재주가 좋군요. 어디 좀 볼까요……. 어머나, 징그러워라. 너구리잖아요? 왜 하필이면 너구리를 그렸을까요? 그래도 너구리로 보이니 신기하기는 하네요."

코주부는 은근히 감탄한 듯했다.

"그 글귀를 좀 읽어보시지요."

주인이 웃으면서 말했다. 코주부는 하녀가 신문이라도 읽듯이 읽어 내려갔다.

섣달그믐날 밤, 산에 사는 너구리가 원유회를 열어 신나게 춤을 춥니다. 그 노랫말 한 구절은, 오늘 밤, 섣달그믐날 밤, 산길을 올라오는 사람은 없겠지, 둥둥둥둥.

"이게 뭐죠? 사람을 바보 취급하고 있잖아요."

코주부는 불만스럽다는 태도였다.

"이 선녀는 마음에 들지 않습니까?"

메이테이가 또 한 장을 내밀었다. 선녀가 날개옷을 걸치고 비파를 타고 있었다.

"이 선녀는 코가 너무 작은 것 같은데요."

"뭐, 그 정도면 보통이죠. 코보다는 글귀를 읽어보시지요."

글귀는 이랬다.

옛날 어느 곳에 한 천문학자가 살았습니다. 어느 날 밤 평소처럼 높은 곳에 올라가 별을 바라보고 있노라니 하늘에서 아름다운 선녀가 나타나 이 세상에서는 들을 수 없는 신묘한 음악을 연주하기 시작하

는지라, 천문학자는 살을 에는 추위도 잊은 채 넋을 잃고 듣고 있었습니다. 아침에 보니 그 천문학자의 시신에 하얗게 서리가 내려 있었습니다. 이것은 정말 있었던 이야기라고, 그 거짓말쟁이 할아범이 말해주었습니다.

"이건 또 뭐죠? 의미고 뭐고 없잖아요. 이러고도 이학사로 인정받나요?《문예구락부文藝俱樂部》(1895년에서 1933년까지 하쿠분칸博文館에서 간행한 문예 잡지로 당시 일본에서 널리 읽혔다)에서나 읽어야 할 것 같은 얘기네요."

간게쓰 군만 된통 당했다. 메이테이는 반쯤 재미로 세 번째 엽서를 꺼냈다.

"이건 어떤가요?"

이번에는 돛단배가 활판으로 인쇄되어 있고, 그 밑에 어지럽게 뭐라고 쓰여 있었다.

어젯밤 묵은 열여섯 살 소녀, 부모가 없다고, 거친 바다의 물떼새, 한밤중에 잠이 깨 물떼새에 울었네, 뱃사공 부모는 바닷속.

"잘 썼네요. 이건 감동적이에요. 말이 되네요."

"말이 되나요?"

"네, 이 정도면 말이 맞아요."

"말이 맞다면 진짜지요. 이건 또 어떻습니까?"

메이테이는 들입다 내놓았다.

"아니요, 이 정도면 됐어요. 이제 충분합니다. 그리 촌스러운 사람이 아니라는 것만은 알았으니까요."

코주부는 혼자 고개를 끄덕였다. 이로써 간게쓰에 대한 질문은 대충 마무리된 것 같았다.

"실례가 참 많았습니다. 부디 제가 찾아뵌 일은 간게쓰 씨한테 비밀로 해주시기 바랍니다."

코주부는 멋대로 요구한다. 간게쓰에 관한 것이라면 뭐든지 들어야 하지만, 자신에 관한 일은 간게쓰에게 일절 알리지 않겠다는 방침으로 보인다. 메이테이도 주인도 "예, 예." 하고 내키지 않은 대답을 했다. 코주부는 다짐을 받듯 말하며 일어섰다.

"가까운 시일 안에 인사는 드릴 테니까요."

배웅하러 나갔던 두 사람이 자리에 돌아오자마자 메이테이가 "저 사람 뭐야?"라고 하자 주인도 "저 사람 뭐지?"라고 두 사람은 동시에 같은 질문을 던졌다. 안쪽 방에서 안주인이 웃음을 더는 참지 못했는지 킥킥거리는 소리가 들려왔다. 메이테이가 큰 소리로 말했다.

"제수씨, 제수씨, 진부함의 표본이 왔었네요. 진부함도 저 정도면 보통이 아닌데요. 자, 괘념치 마시고 얼마든지 웃으세요."

주인은 불만스러운 어조로 코주부가 밉살스럽다는 듯이 말했다.

"무엇보다 얼굴이 마음에 안 들어."

"코가 얼굴 한복판에 묘하게 진을 치고 있더군."

메이테이가 바로 그 말을 받아 덧붙였다.

"게다가 휘어지기까지 했어."

"약간 새우등 같아. 새우등 코라, 참 기발하군."

메이테이는 재미있다는 듯 웃었다.

"남편을 이겨 먹을 상이야."

주인은 아직도 분이 풀리지 않은 듯 말했다.

"19세기에 팔리지 않고 남아서 20세기의 진열대에서 마주칠 상판이지."

메이테이는 이상한 말만 했다. 그때 안주인이 안쪽 방에서 나와 주의를 주었다.

"그렇게 욕만 하시면 또 인력거꾼네 아주머니가 일러바칠지도 몰라요."

"이런 욕도 좀 들어야 약이 되죠."

"하지만 얼굴 갖고 험담하는 건 천박한 짓이에요. 누군들 좋아서 그런 코를 갖고 태어나는 건 아닐 테니까요. 게다가 상대는 여성이잖아요. 너무 심해요."

안주인이 코주부의 코를 변호함과 동시에 자신의 용모도 간접적으로 변명했다.

"심하긴 뭐가 심하다는 거야? 그런 사람은 여성이 아니라 그냥 어리석은 사람일 뿐이야. 그렇지 않나, 메이테이?"

"어리석은지 어떤지는 잘 모르겠지만 대단한 사람이긴 하지. 우리도 이렇게 당한 걸 보면."

"도대체 학교 선생을 뭘로 아는 건지."

"뒷집의 인력거꾼쯤으로 알고 있을 걸세. 그런 사람에게 존경을 받자면 박사가 되는 수밖에 없어. 무엇보다 박사가 되지 않은 게 자네의 불찰이지. 그렇지요, 제수씨?"

메이테이는 웃으면서 안주인을 돌아다보았다.

"박사는 아무나 되나요."

주인은 아내에게조차 버림을 받았다.

"그래도 앞으로 어떻게 될지 모르는데 그렇게 무시하면 안 되지. 당신은 모르겠지만, 옛날 이소크라테스라는 사람은 아흔네 살에 대작을 완성했어. 소포클레스가 걸작을 내놓아 세상을 놀라게 한 것은 거의 백 살의 고령이었고. 시모니데스는 여든 살에 아주 절묘한 시를 지었는데, 나라고……."

"정말 어이가 없네요. 당신 같은 위장병 환자가 그렇게 오래 살 수나 있겠어요?"

안주인은 주인의 수명까지 정확히 계산하고 있다.

"무례하기는……. 아마키 선생한테 가서 물어봐. 애초에 당신이 이런 쭈글쭈글한 검정 무명 하오리에 덕지덕지 기운 옷을 입혀놓으니까 저런 여자한테까지 무시당하는 거라고. 내일부터는 나도 메이테이가 입고 있는 옷 같은 걸 입을 테니까 꺼내줘."

"꺼내두라고요? 그렇게 좋은 옷이 어디 있는데요? 가네다 부인이 메이테이 씨한테 정중한 태도를 보인 것은 큰아버님의 성함을 듣고 나서예요. 옷 때문이 아니라고요."

안주인은 교묘하게 자신의 책임을 회피했다.

주인은 '큰아버님'이라는 말을 듣고 갑자기 생각난 듯 메이테이에게 물었다.

"자네한테 큰아버님이 계신다는 말은 오늘 처음 들었네. 지금까지 그런 얘기를 들은 적이 한 번도 없는데, 진짜 계시기는 한 건가?"

메이테이는 기다렸다는 듯 주인 내외를 번갈아 보며 말했다.

"아, 큰아버님 말인가? 그 큰아버님이 지독하게 완고하신 분인데, 19세기부터 지금 이 순간까지 연명하고 계시네."

"호호호호, 정말 재미있게 말씀하시네요. 그래, 지금은 어디에 계시나요?"

"시즈오카에 계시는데, 그냥 단순히 살아 계시는 게 아닙니다. 아직 머리에 상투를 틀고 있으니 정말 두 손 들 일이지요. 모자를 쓰시라고 하면, 당신은 이 나이가 되도록 아직 모자를 쓸 정도로 추위를 느낀 적이 없다며 우기지 뭡니까. 추우니까 좀 누워 계시라고 하면, 인간은 네 시간만 자면 충분하고 네 시간 이상 자는 건 사치스러운 일이라면서 꼭두새벽부터 일어나 계신답니다. 그런데 말이지요, 당신께서도 수면 시간을 네 시간으로 줄이기 위해 여러 해 동안 수련을 했다고 하는데, 젊었을 때는 아무래도 졸려서 잘 안되었지만, 근래에 이르러서야 비로소 어디에서든 마음 먹은 대로 행동할 수 있는 경지에 들어 무척 기쁘다고 자랑하십니다. 예순일곱 살이 되어 밤잠이 줄어든 건 당연한 일인데도 말이지요. 수련이고 나발이고 다 소용없는 일인데도 당신께서는 극기의 힘으로 극복했다고 생각하고 계시니까요. 그리고 외출할 때는 반드시 철선鐵扇(쇠로 만든 부채로 무기로 사용되었다)을 들고 나가신답니다."

"그걸 어디 쓰시려고?"

"어디에 쓰는지는 몰라. 그냥 가지고 나가시는 거야. 뭐, 지팡이 대용쯤으로 생각하시는지도 모르지. 그런데 얼마 전에 아주 묘한 일이 있었어요."

이번에는 안주인을 보고 말했다.

"네에."

안주인은 건성으로 대답했다.

"올봄에 갑자기 편지를 보내서 중산모와 프록코트를 빨리 보내 달라는 거예요. 좀 놀라 우편으로 그 이유를 여쭤보니, 당신께서 입으시려고 그런다는 답장이 오더군요. 23일에 시즈오카에서 승전(뤼순 함락)을 축하하는 모임이 있으니 그때까지 받아볼 수 있도록 시급히 조달하라는 명령이었지요. 그런데 웃기는 건 그런 명령 끝에 이런 말이 있는 거예요. 모자는 적당한 크기로 사고 양복도 치수를 가늠해서 다이마루 포목점에 주문하라고요……."

"요즘에는 다이마루에서도 양복을 맞출 수 있나?"

"아니지, 노인네가 아마 시로키야와 헷갈렸을 거네."

"치수를 가늠하라는 것도 무리 아닌가."

"바로 그 점이 큰아버님다운 점이지."

"그래서 어떻게 했나?"

"뭐 별수 없어서 적당히 가늠해서 보내드렸네."

"자네도 참 무모하군. 그래, 날짜에는 맞췄고?"

"뭐, 그럭저럭 맞추기는 한 모양이야. 지방 신문을 보니, 행사 당일 마키야마 옹은 보기 드물게 프록코트를 입고 예의 그 철선을 들고……."

"철선만은 손에서 놓지 않았나 보군."

"그렇지, 그래서 돌아가시면 관에 철선만은 꼭 넣어드릴 생각이네."

"그래도 모자하고 양복을 제때 착용할 수 있어서 다행이었구먼."

"그런데 그게 큰 착각이었네. 나도 무사히 넘어가서 내심 다행이라고 생각하고 있었더니 얼마 후 고향에서 소포를 보내왔기에 무슨 답례품이라도 보냈나 하고 열어보았더니 바로 그 중산모인 거야. 편지가 함께 들어 있었는데, 애써 구해주었는데 다소 큰 것 같으니 모자점에 보내 줄여주기를 바란다, 줄이는 비용은 이쪽에서 송금할 테니…… 뭐, 그런 내용이더군."

"역시 세상 물정에 어두우시군."

주인은 자기보다 더 세상 물정에 어두운 사람이 있다는 사실을 발견하고 크게 만족한 듯했다. 그리고 곧 이렇게 물었다.

"그래서 어떻게 했나?"

"어떡하긴, 하는 수 없이 내가 쓰기로 하고 쓰고 있네만."

"그 모자를?"

주인이 히죽히죽 웃었다.

"그분이 남작이란 말씀인가요?"

안주인이 이상하다는 듯 물었다.

"누가요?"

"철선을 들고 다니신다는 그 큰아버님이요."

"아뇨, 한학자인걸요. 젊었을 땐 사당에서 주자학인가 뭔가에 푹 빠져 계시더니 전깃불 밑에서도 경건한 자세로 상투를 틀고 계셨다고 합니다. 달리 방법이 없었겠지요."

메이테이는 턱을 거칠게 쓰다듬었다.

"그래도 자넨, 아까 그 여자한테 마키야마 남작이라고 했던 것 같은데."

"그렇게 말씀하셨어요. 저도 거실에서 들었어요."

안주인도 이것만은 주인의 의견에 동조했다.

"그랬나, 아하하하하."

메이테이가 실없이 웃었다.

"그건 거짓말이네. 나한테 남작인 큰아버님이 계셨다면 지금쯤 국장 정도는 돼 있었겠지."

여전히 태연한 표정이었다.

"어째 좀 이상하다 싶더라니."

주인은 기뻐하는 것 같기도 하고 걱정하는 것 같기도 한 묘한 표정을 지었다.

"어머, 어쩜 그렇게 진지한 표정으로 그런 거짓말을 다 하실까? 허풍이 참 대단하시네요."

안주인은 어이가 없었다.

"나보단 그 여자가 한 수 위더군요."

"선생님도 절대 지지 않아요."

"하지만 제수씨, 내 허풍은 그저 단순한 허풍에 불과하답니다. 그 여자의 허풍은 다 무슨 속셈이 있는, 까닭이 있는 거짓말이지요. 질이 안 좋아요. 얕은꾀로 짜낸 술수와 타고난 해학적 취향을 혼동 하면, 코미디의 신도 이 세상에 사물의 본질을 꿰뚫어 볼 줄 아는 안목 있는 사람이 없음을 한탄하지 않을 수 없게 될 테니까요."

"글쎄, 어떨지."

주인은 눈을 내리깐 채 말했다.

"그게 그거예요."

안주인은 웃으면서 이렇게 말했다.

나는 지금까지 건너편 골목에 발을 들여놓은 적이 없다. 물론

모퉁이에 있다는 가네다의 집이 어떻게 생겼는지도 본 적이 없다. 들은 것도 이번이 처음이다. 주인집에서 실업가가 화제에 오른 적이 한 번도 없었기 때문에, 주인집 밥을 먹는 나도 그 방면에는 전혀 관심이 없었을 뿐만 아니라 지극히 냉담했다. 그런데 조금 전에 뜻밖에도 코주부의 방문을 받고 멀리서나마 그들이 나누는 대화를 듣게 되자, 그 따님의 농염한 아름다움을 상상하고 또 그 부와 권세를 떠올려보니, 내가 아무리 고양이라고 해도 한가하게 툇마루에서 뒹굴뒹굴할 수만은 없었다. 그뿐 아니라 나는 간게쓰 군에게도 심히 동정을 금할 수 없었다. 그쪽에서는 ○○박사의 부인과 인력거꾼네 아주머니, 이현금 선생까지 매수해서 아무도 모르게 앞니 빠진 것까지 정탐하고 있는데, 간게쓰 군은 그저 싱글거리며 아무 생각 없이 하오리 끈에만 신경 쓰고 있으니 아무리 갓 학교를 졸업한 이학사라 해도 너무 무능하다. 그렇다고 그렇게 위대한 코를 얼굴 한가운데에 안치하고 있는 여자인지라 웬만한 사람은 쉽게 접근할 수 있을 것 같지 않다. 이런 사건에 대해 주인은 오히려 무관심하고 또 돈이 너무 없다. 메이테이는 그다지 돈에 쪼들리는 상황은 아니지만, 그런 '우연동자'라서 간게쓰에게 도움을 주는 편의는 적을 것이다. 그러고 보면 가엾은 것은 '목매달기의 역학'을 연설하는 간게쓰 선생뿐이다. 나라도 분발해서 적의 성에 잠입해 그 동정을 정찰해주지 않는다면 이건 너무 불공평하다. 나는 고양이지만 에픽테토스를 읽다가 책상 위에 내팽개칠 정도의 학자 집에서 기거하는 고양이인지라 세상에 일반적으로 존재하는 어리석고 멍청한 고양이와는 차원이 좀 다르다. 이런 모험을 굳이 실행에 옮길 만한 의협심을 꼬리 끝에 접어 넣어 소중하게 간직했음은 말할 것도 없다. 내가 평소에 간게쓰 군에게 특별히 은혜를 입은 일은 없지만, 이번 일은 단지 개인을 위해 혈기가 뻗쳐서 미쳐 날뛰는 어리석은 행동이 아니다. 거창하게 말하자면 공평을 선호하고 중용을 사랑하는 하늘의 뜻을 현실화하려는 장한 의거다. 본인의 허락도 받지 않고 아즈마바시 사건 등을 여기저기에 떠벌리고 다닌 이상, 남의 집 처마 밑에 개를 잠입시켜 거기서 얻은 정보를 만나는 사람에게 득의양양하게 떠벌린 이상, 인력거꾼과 마부, 무뢰한, 건달 서생, 날품팔이 노파, 산파, 요괴 같은 할망구, 안마사, 얼뜨기에 이르기까지 죄다 이용하여 국가에 유용한 인재에게 누를 끼치고도 반성하지 않는다면, 고양이인 나도 각오할 수밖에 없다. 다행히 날씨도 좋다. 서릿발이 녹아 질척이는 땅은 질색이지만, 도리를 위해서는 이 한목숨 바치겠다. 발바닥에 진흙이 묻어 툇마루에 매화 도장을 찍는 것 정도는 하녀에게 폐가 될지 모르지만, 나의 고통이라 할 건 못 된다. 내일까지 기다릴 것도 없이 지금 당장 나서리라 마음먹고 용맹정진의 큰 결심을 일으켜서 부엌까지 뛰어나갔는데 '잠깐만' 하는 생각이 들었다. 나는 고양이로서 진화의 최고 단계에 도달해 있을 뿐만 아니라 두뇌 발달에서도 중학교 3학년 학생에게 뒤떨어지지 않는다고 생각하지만, 불행하게도 어디까지나 고양이인지라 목구멍의 구조로 인해 인간의 말을 할 수 없다. 내가 용케 가네다의 집에 잠입하여 적의 동태를 충분히 살폈다고 하더라도 정작 간게쓰 군에게 알려줄 방법이 없다. 주인에게도 메이테이 선생에게도 말해줄 수 없다. 말해줄 수 없다면, 흙 속에 묻힌 다이아몬드가 햇빛을 받아도 반짝이지 못하는 것과 같이 애써 얻은 지식도 무용지물이 되어버린다. 이는 어리석은 짓일 터, 그만둘까 하는 생각에 문턱에서 잠시 멈춰 섰다.

그러나 한번 마음먹은 일을 중도에 포기하는 건, 소나기가 오기를 기다리고 있는데 먹구름이 이웃 지방으로 지나가 버린 것처럼 어쩐지 아쉬움이 남는다. 그것도 잘못이 이쪽에 있다면 또 모르겠으나 이른바 정의와 인도주의를 위해서라면 비록 개죽음을 당하더라도 앞으로 당당하게 나아가는 것이 의무의 참뜻을 아는 남아의 본마음일 것이다. 헛수고와 헛걸음으로 발을 더럽히는 것쯤 고양이로서는 감당할 만한 일이다. 고양이로 태어난 탓에 간게쓰, 메이테이, 구샤미 등 여러 선생과 세 치 혀로 서로의 사상을 나눌 재주는 없지만, 고양이인 만큼 잠입하는 기술은 여러 선생보다 낫다. 다른 사람이 할 수 없는 일을 성취하는 것은 그 자체만으로도 유쾌한 일이다. 나 하나만이라도 가네다 집안의 내막을 아는 것은 아무도 모르는 것보다 유쾌한 일이다. 다른 사람에게 전달하지 못하더라도 그들로 하여금 남에게 알려졌다는 자각을 갖게 하는 것만으로도 유쾌한 일이다. 이처럼 유쾌함이 속속 드러나고 보니 가지 않을 수 없었다. 역시 가기로 하자.

건너편 골목에 와서 보니 들은 바와 같이 양옥집이 모퉁이를 제 것인 양 다 차지하고 있었다. 집주인도 이 양옥집처럼 오만하게 버티고 있겠지 하는 마음으로 대문으로 들어서서 그 건축물을 바라보았는데, 그저 사람을 위압하기 위해 2층으로 무의미하게 우뚝 솟아 있는 것 말고는 아무런 기능도 없는 구조였다. 메이테이가 말한 '진부함'이란 바로 이런 게 아닌가 싶었다. 현관을 오른쪽으로 보며 정원수 사이를 빠져나가 부엌문으로 돌아갔다. 역시 부엌은 넓었다. 구사미 선생네 부엌의 열 배는 되어 보였다. 얼마 전 《닛폰》 신문에 자세히 실렸던 오쿠마 백작의 부엌(메이지 시대의 정치가로 총리까지 지내고 와세다 대학의 설립자인 오쿠마 시게노부의 부엌은 당시 상류사회의 모범으로 불렀다) 못지않을 만큼 번듯하고 번쩍번쩍했다.

'모범적인 부엌이야.'

나는 감탄하며 부엌으로 기어들었다. 회벽으로 쳐올린 두 평 남짓한 봉당에서 예의 그 인력거꾼네 아주머니가 식모와 이 집의 전속 인력거꾼에게 뭔가 열심히 지껄여대고 있었다. 위험하겠다 싶어 얼른 물통 뒤로 숨었다.

"그 학교 선생이란 작자가 우리 주인 나리 이름을 모르는 걸까요?"

식모가 물었다.

"모를 리가 있겠어? 이 근방에서 가네다 씨네 저택을 모른다면 눈과 귀가 없는 병신이지."

이건 전속 인력거꾼의 목소리였다.

"뭐라고 말할 수가 없네요. 그 선생은 책 말고는 정말 아무것도 모르는 아주 별난 사람이니까요. 우리 주인 나리에 대해 조금이라도 안다면 두려워할지 모르지만, 가망 없어요. 제 자식의 나이조차 모르는 인간이니까요."

인력거꾼네 아주머니가 말했다.

"가네다 씨가 무섭지도 않은가, 정말 짜증 나는 벽창호야. 그딴 건 무시하고 우리가 다 같이 가서 겁박을 좀 하는 건 어떨까?"

"그게 좋겠어요. 마님 코가 너무 크다느니, 얼굴이 마음에 안 든다느니…… 그런 심한 말을 했으니까요. 자기 낯짝은 질그릇으로 만든 너구리 같은 주제에. 그 꼴에 자기가 잘난 줄 아니 봐줄 수가 있어야지요."

"얼굴뿐만 아니라 수건을 늘어뜨리고 목욕탕에 가는 꼴을 보면 오만함이 정말 하늘을 찌른다니까. 자기만큼 훌륭한 인간은 없다는 맘보지 뭐."

구샤미 선생은 이 집 식모에게조차 인망을 잃었다.

"하여튼 여럿이서 그 집 울타리 가까이에 가서 실컷 욕이나 해 주자고."

"그러면 분명 성질이 나겠지."

"하지만 누가 우리를 보면 안 되니까 목소리만 들리게 해서 공부를 방해하고, 되도록 약만 올려주라고 아까 마님께서 분부하셨어요."

"그야 말하나 마나지."

인력거꾼네 아주머니는 자신이 욕설의 3분의 1을 떠맡겠다는 뜻을 비쳤다.

'그래, 이자들이 구샤미 선생을 놀리러 가는구나.'

나는 살금살금 세 사람 옆을 지나 안쪽으로 들어갔다.

고양이의 발은 있어도 없는 것이나 같다. 어디를 걸어도 서툴게 소리를 내는 일이 없다. 하늘을 밟는 듯, 구름 위를 가는 듯, 물속에서 경罄(중국의 고대 타악기)을 치는 듯, 동굴 속에서 슬瑟(중국의 고대 발현악기)을 타는 듯, 불교의 심오한 가르침을 말로 설명해서가 아니라 스스로 깨우치는 것과 같다. 진부한 양옥집도 없고, 모범적인 부엌도 없고, 인력거꾼네 아주머니도, 하인도, 식모도, 따님도, 하녀도, 코주부 부인도, 부인의 바깥양반도 없다. 가고 싶은 곳에 가서 듣고 싶은 이야기를 듣고, 혀를 내밀고 꼬리를 흔들며 수염을 바짝 세우고 유유히 돌아올 뿐이다. 특히 이런 방면에서 나는 일본에서 제일 능숙하다. '구사조시草雙紙(에도 시대에 성행한 삽화가 들어 있는 대중적인 일본 소설을 통칭하는 말)'에 나오는 네코마타라는 늙은 고양이의 혈통을 이어받은 것이 아닐까 스스로 의심이 들 정도다. 두꺼비의 이마에는 야광 구슬이 있다는데, 내 꼬리에는 모든 인간사는 물론이고, 만천하의 인간들을 무시할 수 있는 집안 대대로 전해오는 묘약이 잔뜩 들어 있다. 가네다네 집 복도를 들키지 않고 마음껏 돌아다니는 것쯤은 금강역사가 우무묵을 짓뭉개는 것보다 쉬운 일이다. 이때 나는 스스로도 나의 역량에 감탄하며, 이 역시 평소 소중히 여겨온 꼬리 덕분이라고 깨닫고 보니 가만히 있을 수가 없었다. 내가 존경하는 꼬리 신神께 예배하고 고양이의 운이 영원하기를 기원하려고 잠깐 고개를 숙여보았으나 어쩐지 방향이 좀 빗나간 것 같았다. 되도록 꼬리 쪽을 보고 삼배해야 한다. 꼬리 쪽을 보려고 몸을 돌리자 꼬리 역시 저절로 돌아갔다. 쫓아가려고 목을 비틀었더니 꼬리 역시 같은 간격을 두고 앞으로 달려 나갔다. 과연 천지현황天地玄黃을 세 치 속에 담을 만한 영물이라 도저히 내 능력으론 감당할 수가 없다. 꼬리를 쫓아 일곱 바퀴 반을 돌고 나자 지쳐서 그만두었다. 눈이 좀 어질어질했다. 내가 어디 있는지 잠깐 방향을 잃었다. 그게 무슨 상관이냐며 무턱대고 돌아다녔다. 장지문 안에서 코주부의 목소리가 들렸다. 여기다 싶어 멈춰 서서 좌우의 귀를 비스듬히 세우고 숨을 죽였다.

"가난한 학교 선생 주제에 건방지지 않나요?"

예의 그 카랑카랑한 목소리가 공기를 찢었다.

"음, 건방진 놈이로군. 따끔한 맛을 보여줘야겠어. 그 학교엔 고향 사람도 있으니까 말이야."

"누가 있는데요?"

"쓰키 핀스케랑 후쿠치 기샤고가 있으니까 부탁해서 혼 좀 내주라고 해야지."

나는 가네다의 고향이 어딘지 모르지만, 묘한 이름을 가진 사람들만 모인 곳이구나 하고 약간 놀랐다. 가네다가 물었다.

"그놈이 영어 선생이라고 했나?"

"네. 인력거꾼네 아주머니 말로는 영어의 리더Reader(1900년대 초 일본 중학교에서 사용하던 영어 강독용 교과서)인지 뭔지를 전문으로 가르친대요."

"어차피 제대로 된 교사도 아닐 테고."

'아닐 테고'라는 말에 몹시 어이가 없었다.

"일전에 핀스케를 만났더니, 자기 학교에 기묘한 놈이 있다는 게야. 선생님 반차番茶를 영어로 뭐라고 합니까, 라고 어떤 학생이 물었는데 '반차'는 '새비지 티savage tea(야만인, 미개인을 의미하는 '반진番人'이라는 말에서 질 낮은 엽차를 뜻하는 '반차番茶'를 야만인의 차인 'savage tea'라고 한 것이다)'라고 사뭇 진지하게 대답한 일로 교원들 사이에서 웃음거리가 되었다면서, 그런 교사 때문에 다른 교사들까지 피해를 본다고 매우 난처하다던데, 아마 바로 그놈일 게야."

"그놈일 게 분명해요. 그런 말을 할 만한 낯짝이더군요. 지저분하게 수염까지 기르고."

"괘씸한 놈이군."

수염을 기른 게 괘씸하다면, 괘씸하지 않은 고양이는 이 세상에 한 마리도 없다.

"게다가 메이테이인지 고주망태인지 하는 놈은 또 얼마나 엉뚱하고 경망스러운지, 자기 백부가 마키야마 남작이라나 뭐라나, 하긴 그런 낯짝에 백부 남작이 있을 리가 없다 싶긴 했지만요."

"어디서 굴러온 말 뼈다귀인지도 모를 놈이 하는 소리를 진지하게 받아들인 당신도 잘못했어."

"잘못했다니요? 사람을 너무 무시하는 거 아니에요?"

무척 서운하게 생각하는 것 같았다. 희한하게도 간게쓰에 관한 이야기는 한마디도 나오지 않았다. 내가 이곳으로 숨어들기 전에 인물평이 끝난 것인지, 아니면 이미 낙제 판정이 나서 안중에도 없는 것인지, 마음에 걸리기는 했지만 어쩔 수 없다. 잠시 서성거리고 있었더니 복도 건너편 방에서 이상한 소리가 났다.

'아하, 저기에서도 무슨 일이 벌어진 모양이다. 늦기 전에 가보자.'
그쪽으로 발길을 옮겼다.

가서 보니, 여자 혼자 큰 소리로 말하고 있었다. 그 목소리가 이집 안주인인 코주부를 쏙 빼닮은 것을 보면, 이 집의 따님, 즉 미수에 그치기는 했으나 간게쓰 군으로 하여금 강물에 투신하게 한 장본인일 것이다. 안타깝게도 장지문 너머라 옥과 같은 자태를 볼수는 없었다. 따라서 얼굴 한가운데에 커다란 코를 모셔두고 있는지 어떤지는 확인할 수 없었다. 그러나 대화를 나눌 때 콧김이 거친 점 등을 종합해서 생각해보면, 남의 이목을 전혀 끌지 못하는 들창코는 아닌 듯했다. 여자는 계속 말하고 있지만 상대의 목소리가 전혀 들리지 않으니, 아마도 소문으로 들은 전화를 하고 있는 모양이다.

"거기 야마토大和(이치무라市村 극장에 있던 찻집의 이름. 당시 관객에게 안내와 휴식, 식사 등의 시중을 들었다)지? 내일 갈 거니까, 메추라기 3번 (극장의 관람석 이름인 메추라기는 가장 상등석의 이름으로 특히 3번이면 무대 가 제일 잘 보이는 자리)으로 잡아놔. 알았지? ……알았어? ……뭐, 모르겠다고? 어머, 안 돼. 메추라기 3번으로 잡아놓으라니까……. 뭐라고? ……안 된다고? 못 잡을 리가 없어. 잡아야 해……. 헤헤 헤헤, 농담하지 말라고? ……뭐가 농담이야? ……짜증 나게 사람 놀리는 거니? 대체 너 누구야? 조키치라고? 조키치가 누군지는 내 알 바 아니고, 지금 당장 마담한테 전화 받으라고 해…… 뭐? 네가 뭐든지 알아서 한다고? ……너 참 버릇없구나. 내가 누군지 나 알아? 가네다야……. 헤헤헤헤 잘 알고 있다고? 정말 바보구 나, 너……. 가네다라니까……. 뭐? ……늘 이용해주셔서 감사하 다고? ……뭐가 감사한데? 그런 형식적인 인사말 같은 건 듣고 싶 지 않아……. 어머, 너 또 웃었니? 너 정말 바보구나……. 말씀하 신 대로라고? ……너 그렇게 사람 놀리면 전화 끊는다, 알았어? 곤란하지 않을까? ……잠자코 있으면 모르잖아. 무슨 말이든 좀 해보란 말이야."

조키치 쪽에서 전화를 끊었는지 아무 대답도 없는 듯했다. 따님 은 발끈 화를 내며 띠리릭띠리릭 전화기를 마구 돌려댔다. 발치에 있던 친狆(일본산 애완견으로 몸집이 작고 이마가 튀어나왔으며 털이 길다. 실 내에서 기름)이 놀라 갑자기 짖어대기 시작했다. 멍하니 있다가는 큰일 나겠다 싶어 급히 뛰어내려 툇마루 밑으로 기어들었다.

때마침 복도에서 다가오는 발소리가 들리고 장지문을 여는 소 리가 났다. 누가 왔구나 싶어 귀를 쫑긋 세웠다.

"아가씨, 나리와 마님께서 부르십니다."

잔시중을 드는 하녀로 보이는 여자의 목소리가 들렸다.

"몰라."

따님이 짜증스럽게 대답했다.

"잠깐 볼일이 있으니까 아가씨를 불러오라고 하셨습니다."

"시끄러워, 난 모른다니까."

따님은 또다시 짜증스럽게 대답했다.

"……미즈시마 간게쓰 씨 일로 좀 보자고 하셨습니다."

하녀가 재치 있게 따님의 기분을 바꿔보려고 했다.

"간게쓰寒月든, 스이게쓰水月든 모른다니까……. 정말 싫어. 당황한 수세미외같이 생겨서."

가엾게도 그 자리에 있지도 않은 간게쓰 군에게 세 번째 짜증이 향했다.

"어머, 너 언제 트레머리했니?"

"오늘이요."

하녀는 휴우 하고 가볍게 한숨을 내쉬고는 되도록 짧게 대답했다.

"건방지게, 몸종 주제에."

네 번째 짜증은 다른 쪽을 향했다.

"그리고 새 깃을 달았네?"

"네에. 요전에 아가씨께서 주신 거예요. 너무 예뻐서 아끼느라 고리짝에 넣어두었는데, 쓰던 것이 심하게 지저분해져서 바꿔 달았어요."

"내가 언제 그런 걸 줬지?"

"지난 설에요. 시로키야에 가셨다가 샀는데…… 녹갈색에 스모 선수들의 순위표 무늬를 새겨 넣은 거예요. 너무 수수해서 싫다며 저한테 준다고 하셨던 바로 그거예요."

"어머, 그러니? 잘 어울리네. 얄미울 정도야."

"감사합니다."

"칭찬하는 게 아냐. 얄밉다는 거지."

"네."

"그렇게 잘 어울리는 걸 왜 아무 말도 않고 받은 거지?"

"네?"

"너한테 그렇게 잘 어울리면, 내가 해도 이상하지 않을 거 아냐."

"분명 잘 어울리시겠죠."

"잘 어울릴 줄 알면서 왜 아무 말 않은 거야? 그러고서 시치미 뚝 떼고 그걸 달고 있다니, 정말 못돼 먹었네."

짜증은 그칠 줄 모르고 이어졌다. 앞으로 이 일이 어떻게 발전 할까 하고 귀를 기울이고 있을 때 건너편 방에서 큰 소리로 딸을 부르는 가네다의 목소리가 들렸다.

"도미코! 도미코!"

"네에."

따님은 하는 수 없이 전화가 있는 방에서 나왔다. 나보다 덩치 가 조금 큰 친이 얼굴 중앙에 눈과 입을 끌어다 모아놓은 듯한 낯 짝을 하고 따님의 뒤를 따라갔다. 나는 여느 때처럼 소리를 죽이 며 살금살금 다시 부엌을 통해 한길로 나와 서둘러 주인집으로 돌 아왔다. 탐험 성적은 일단 100점 만점에 120점이다.

돌아와 보니 깨끗한 집에서 갑자기 지저분한 곳으로 옮겨왔기 때문인지 양지바른 산꼭대기에서 어둑어둑한 동굴 속으로 들어 온 듯한 기분이었다. 탐험할 때는 다른 일에 정신이 팔려 방 안의 장식, 맹장지나 장지문의 상태에는 눈길조차 준 적이 없었다. 하지만 집에 돌아오자 내가 거처하는 곳의 저급함이 느껴짐과 동시에 이른바 '진부함'이 그리워졌다. 학교 선생보다는 역시 실업가가 훌륭한 것 같았다. 나도 좀 이상하다 싶어 예의 꼬리를 통해 점을 쳐보았더니, 그 말이 맞다, 맞아, 하고 꼬리 끝에서 신탁을 내려주었다. 방으로 들어가 메이테이 선생이 아직도 돌아가지 않은 것을 보고 놀랐다. 담배꽁초를 벌집처럼 화로에다 마구 꽂아놓은 채거만하게 책상다리를 하고 앉아 뭔가 이야기를 나누고 있었다. 어느 틈에 간게쓰 군도 와 있었다. 주인은 팔베개하고 누워 천장에 비가 새서 생긴 얼룩을 하염없이 바라보고 있었다. 여전히 태평한 서민들의 모임이다.

"간게쓰 군, 자네 때문에 잠꼬대까지 했다는 여성의 이름을 그때는 비밀로 한 것 같은데 지금은 말해도 되지 않나?"

메이테이가 놀려대기 시작했다.

"저한테만 관계되는 일이라면 말해도 상관없지만, 상대에게 폐가 될지도 모르는 일이라서요."

"아직도 안 되나?"

"더욱이 ○○박사의 부인께 약속드린 일이라서……."

"다른 사람한테 말하지 않겠다는 약속인가?"

"네."

간게쓰 군은 여느 때처럼 하오리 끈을 만지작거리면서 대답했다. 그 끈은 시중에서 잘 팔지 않는 보라색이었다.

"그 끈 색깔이 다소 덴포天保(1830~1844. 에도 후기의 연호. 여기서는 취향이 고리타분하다는 것을 말한다. 원래는 덴포 시대의 하이쿠가 진부하고 신선미가 부족하다는 것을 가리킬 때 쓰는 말이다) 취향이로군."

주인이 누운 채 말했다. 주인은 가네다 따위엔 별 관심이 없었다.

"그렇구먼. 도저히 러일전쟁 시대 것은 아니야. 전립에 접시꽃 문양이 들어간, 등솔의 아래쪽을 터놓은 하오리라도 입어야 어울리는 끈이지. 오다 노부나가(1534~1582. 일본 전국 시대의 무장으로 무로마치 막부를 궤멸시키고 일본 통일을 꾀했으나 전투 중 부하의 습격을 받고 자결했다)가 데릴사위로 들어갈 때 머리를 짧게 자르고 끝이 뭉툭하게 뒤에서 묶었다는데, 그 시절에 사용한 것이 아마 그런 끈이었을 거야."

메이테이의 불평은 여전히 장황했다.

"사실 이건 할아버지가 조슈長州 정벌(1864년, 에도 막부와 조슈번 사이의 전쟁) 때 썼던 겁니다."

간게쓰 군은 자못 진지했다.

"이제 그냥 박물관에라도 기증하는 게 어떤가? '목매달기의 역학'을 연설하는 이학사 미즈시마 간게쓰 군쯤 되는 사람이 영락한 하타모토旗本(에도 시대 쇼군의 직속 무사) 같은 차림을 해서야 체면이 서겠나."

"충고하신 대로 해도 됩니다만, 이 끈이 저에게 아주 잘 어울린다고 말해준 사람도 있어서요."

"누군가? 그런 멋대가리 없는 소리를 한 자가?"

주인은 몸을 뒤치면서 목소리를 높였다.

"모르시는 분이라……."

"몰라도 괜찮아. 대체 누구야?"

"어떤 여성입니다."

"하하하하. 제법 풍류를 아는 여성인가 보군. 맞혀볼까? 역시 스미다가와의 강바닥에서 자네 이름을 부른 그 여자겠지? 그 하오리를 걸치고 다시 한번 투신하는 건 어떤가?"

메이테이가 옆에서 끼어들었다.

"하하하하, 더는 물속에서 부르지 않습니다. 여기서 서북쪽의 청정한 세계에서……."

"그다지 청정하지는 않은 것 같고 표독스러운 코던데."

"네?"

간게쓰는 의아한 표정을 지었다.

"건너편 골목의 코가 아까 쳐들어왔었네. 여기로 말이지. 우리 두 사람은 무척 놀랐네. 그렇지 않나, 구샤미?"

"놀랐지."

주인은 누운 채 차를 마시며 대답했다.

"코라니요? 도대체 누굴 말씀하시는 겁니까?"

"자네가 친애하는 영원한 여성의 어머님 말이야."

"네?"

"가네다의 마누라라는 여자가 자네에 관해 물어보러 왔었어."

주인은 진지한 태도로 설명해주었다. 놀라는 건지, 기뻐하는 건지, 아니면 부끄러워하는 건지 간게쓰 군의 기색을 살폈으나 별다른 점은 없었다. 여느 때와 마찬가지로 조용한 어조로 보랏빛 끈을 만지작거리며 말했다.

"저에게 부디 따님을 데려가달라는 부탁이었겠죠?"

"영 딴판이던걸. 그 어머님이라는 사람이 워낙 위대한 코의 소유자라서……."

메이테이가 반쯤 말했을 때 주인이 엉뚱한 소리를 했다.

"어이, 이보게, 내가 아까부터 그 코에 관한 하이타이시俳体詩(소세키와 다카하마 교시가 하이쿠의 연이은 구에서 힌트를 얻어 새롭게 시도한 시형식. 두 사람이 주고받은 작품이 잡지《호토토기스》에 소개되었다)를 생각 중인데 말이야."

옆방에서 안주인이 키득키득 웃었다.

"자네는 참 한가하기도 하군. 그래, 완성은 했나?"

"조금은 했네. 첫 번째 구절이 '이 얼굴에 코 제사'라는 걸세."

"그리고?"

"다음이 '이 코에 신주神酒를 붓고'라네."

"다음 구절은?"

"아직 거기까지밖에 짓지 못했네."

"재미있군요."

간게쓰 군은 히죽히죽 웃었다.

"그다음에 '구멍 두 개 보일락말락 하네'라고 붙이면 어떨까?"

메이테이가 바로 그다음을 지었다. 그러자 간게쓰가 뒤를 이었다.

"'속 깊어 털도 보이지 않고'는 어떨까요?"

이렇게 각자가 되는대로 늘어놓고 있는데 울타리 너머에서 네댓 사람이 왁자지껄 떠드는 소리가 들렸다.

"질그릇으로 만든 너구리야! 질그릇으로 만든 너구리야!"

주인과 메이테이도 순간 놀라 울타리 틈새로 밖을 내다보자 "깔깔깔깔." 웃는 소리가 들리더니 멀리 흩어지는 발소리가 났다.

"질그릇으로 만든 너구리라는 게 뭐지?"

메이테이가 이상하다는 듯 주인에게 물었다.

"뭔지 모르겠네."

주인이 대답했다.

"제법인데요."

간게쓰 군이 비평했다. 메이테이는 무슨 생각이 났는지 갑자기 자리에서 일어나 연설하는 흉내를 냈다.

"저는 몇 년 전부터 미학적인 견지에서 이 코에 관해 연구한 적이 있는지라 그 일부분을 피력할 터이니 두 분은 귀찮으시더라도 경청해주시기 바랍니다."

주인은 너무나 갑작스러운 일이라 아무 말 없이 멍하니 메이테이를 바라보고 있었다.

"꼭 들어보고 싶습니다."

간게쓰가 작은 소리로 말했다.

"여러모로 조사해보았습니다만, 코의 기원은 아무래도 확실히 알 수 없었습니다. 첫 번째 의문은, 만약 코를 실용상의 도구라고 가정한다면 두 개의 구멍이 있는 것만으로도 충분합니다. 이렇게까지 건방지게 얼굴 한복판에 툭 불거져 있을 이유가 없다는 겁니다. 그런데 보시는 바와 같이 왜 이렇게 튀어나왔는지……."

메이테이는 자신의 코를 쥐어 보였다.

"그렇게 튀어나온 것도 아니지 않나."

주인은 빈말이 아닌 말을 했다.

"어쨌든 푹 들어가지는 않았으니까요. 그냥 두 개의 구멍이 나란히 뚫려 있는 상태와 혼동하면 오해를 낳게 될지도 모르는 일이니 미리 주의를 해두겠습니다. 그런데 제 어리석은 견해로는, 코의 발달은 우리 인간이 코를 푸는 미세한 행위의 결과가 자연스럽게 축적되어서 이렇게 현저한 현상을 나타낸 것이라는 겁니다."

"틀림없이 어리석은 견해로군."

주인이 다시 촌평하며 끼어들었다.

"아시는 바와 같이 코를 풀 때는 반드시 코를 손가락으로 잡습니다. 코를 손가락으로 잡고, 특히 이 부분에만 자극을 주면 진화론의 대원칙에 의해 그 부분이 자극에 반응하기 때문에 다른 부분에 비해 유난히 발달하게 되는 겁니다. 자연스럽게 피부도 단단해지고, 살도 점차 딱딱해지고, 결국에는 굳어 뼈가 되는 겁니다."

"그건 좀…… 그렇게 자유자재로 단계도 밟지 않고 살이 뼈로 변화하는 건 불가능할 텐데요."

간게쓰 군이 이학사다운 항의를 했다. 메이테이는 시치미를 뚝떼고 말을 이었다.

"아니, 미심쩍어하는 것도 당연합니다만, 이론보다 증거라고 이렇게 뼈가 있으니까 어쩔 수 없지요. 이미 뼈가 만들어져 있습니다. 뼈가 있어도 여전히 콧물은 나옵니다. 나오면 풀지 않고서는 견딜 수 없습니다. 이런 작용으로 뼈의 좌우가 깎여나가 가늘고 높게 융기된 것으로 변하는 겁니다. 실로 가공할 만한 작용 아닙니까. 물방울이 바위에 구멍을 뚫는 것처럼, 빈두로賓頭盧(석가모니의 부촉附囑을 받들어 열반에 들지 아니하고, 천축 마리지산에 살면서 중생을 제도濟度하는 아라한. 머리가 하얗고 눈썹이 길다. 우리나라에서는 독성獨聖, 나반존자那畔尊者라고 하여 절마다 봉안한다)의 머리가 스스로 빛을 내는 것처럼, 신기한 향초의 신기한 향내라는 비유처럼, 이렇게 콧날이 우뚝 서고 단단해지는 겁니다."

"그래도 자네 코는 통통한데."

"연사 본인의 신체 부위는 엄호의 우려가 있기 때문에 여기서는 구태여 논하지 않겠습니다. 가네다 씨 부인의 코는 가장 발달한, 가장 위대한 천하의 진품으로 두 분에게 소개해두고자 하는 바입니다."

"옳소, 옳소."

간게쓰 군이 무심코 말했다.

"그러나 어떠한 것도 극에 달하면 장관임이 틀림없다지만, 어쩐지 무서워서 다가가기 어려워지는 법입니다. 그 콧마루가 근사한 것만은 틀림없습니다만, 너무 험준하지 않나 싶습니다. 선인 중에서도 소크라테스, 골드스미스(올리버 골드스미스. 1728~1774. 영국의 시인, 소설가, 극작가. 소설 《웨이크필드의 목사》가 대표작이다), 혹은 새커리(윌리엄 메이크피스 새커리. 1811~1863. 영국의 소설가로 대표작은 《허영의 도시》이다. 소크라테스, 골드스미스, 새커리는 모두 용모가 뛰어나지 않았던 것으로 전해진다) 등의 코는 구조적인 면에서 보자면 부족한 데가 꽤 많겠지만, 그 부족한 데에 애교가 있습니다. 코는 높아서 고귀한 것이 아니라 기이해서 고귀하다 함은 그 때문이 아닐까요? '코보다 경단(금강산도 식후경이라는 뜻의 '꽃보다 경단'이라는 말을 비튼 것. 여기서 꽃을 코로 바꾼 것은 꽃과 코의 일본어가 '하나'로 같기 때문이다)'이라는 속담도 있습니다만, 미적 가치에서 말씀드리면 우선 메이테이의 코 정도가 적당하지 않을까 생각합니다."

"후후후후."

간게쓰와 주인이 동시에 웃기 시작했다. 메이테이도 유쾌한 듯 웃었다.

"그런데 지금까지 제가 입을 턴 것은……."

"선생님, '입을 턴 것'이라는 말은 어째 야담가 같아서 천박해 보이니 쓰지 말아주시지요."

간게쓰 군이 지난번의 복수를 했다.

"그럼 세수하고 처음부터 다시 시작할까. ……에에 ……이제부터 코와 얼굴의 균형에 대해 한마디 논급하고자 합니다. 다른 것과 관계없이 단독으로 코론(鼻論)을 펼치자면, 가네다 부인은 어디에 내놓아도 부끄럽지 않은 코, 구라마야마鞍馬山(구라마야마에는 구라마 덴구가 산다고 한다. 덴구天狗는 상상의 동물로 얼굴이 붉고 코가 높으며 신통력이 있어 하늘을 자유로이 날아다닌다고 한다)에서 전시회가 열린다고 해도 아마 1등을 할 만한 코를 소유하고 계십니다. 그러나 슬프게도 그 코는 눈, 입, 그 밖의 여러 선생과 아무런 의논도 없이 생겨난 것입니다. 율리우스 카이사르의 코는 대단한 것임이 틀림없습니다. 그러나 카이사르의 코를 가위로 잘라, 이 댁의 고양이 얼굴에 붙이면 어떻게 될까요? 예를 들어 고양이의 이마만큼 좁은 지면에 영웅의 콧대가 우뚝 솟아 있다면, 바둑판 위에 나라奈良의 대불大佛을 올려놓은 것처럼 균형이 깨져서 그 미적 가치가 떨어질 것입니다. 가네다 부인의 코는 카이사르의 그것처럼 참으로 늠름하고 씩씩한 용기임이 틀림없습니다. 그러나 그 주위를 둘러싼 안면의 조건은 어떨까요? 물론 이 댁의 고양이처럼 열등하지는 않습니다. 그러나 간질병을 앓는 오카메おかめ(둥근 얼굴에 광대뼈가 불거지고 코가 납작한 여자 또는 그런 얼굴의 탈)처럼 미간에 여덟 팔 자를 새기고 가느다란 눈을 달고 있는 것은 사실입니다. 여러분, 그 얼굴에 그 코라고 감탄하지 않을 수 있겠습니까?"

메이테이의 말이 잠시 끊기자마자 뒤쪽에서 수군거리는 소리가 들렸다.

"아직도 코 얘기를 하고 있네. 정말 끈질긴 작자들이야."

"인력거꾼네 여편네네."

주인이 메이테이에게 알려주었다. 메이테이는 다시 시작했다.

"생각지도 않게 뒤쪽에서 새로 이성異性의 방청자를 발견한 것은 이 연사에게 큰 명예라 아니할 수 없습니다. 더욱이 구슬이 구르듯이 매끄럽고 아름다운 목소리로 건조하기 그지없는 본 강연에 풍미를 더해주신 것은 실로 뜻밖의 행운이 아닐 수 없습니다. 연설 내용을 되도록 통속적으로 바꿔 가인숙녀佳人淑女의 기대에 부응하는 연설을 기약하는 바입니다만, 이제부터는 조금 역학상의 문제로 접어들게 되기에 자연히 여성분들에게는 다소 이해하기 어려우실지도 모르니 모쪼록 인내하시기를 부탁드립니다."

간게쓰 군은 역학이라는 말을 듣고 다시 빙긋이 웃었다.

"제가 증명하려는 것은 이 코와 이 얼굴은 전혀 조화롭지 않다. 즉, 차이징(아돌프 차이징. 1810~1876. 독일의 미학자. 《황금분할》이라는 저서가 있다)의 황금비율(하나의 선 또는 일정한 양을 둘로 나눌 때 작은 부분과 큰 부분의 비율이 큰 부분과 전체의 비율과 같아지는 비율, 즉 1:1.618. 가장 균형미가 있는 비율이라 한다)을 잃었다는 것인데, 그것을 엄격하게 역학상의 공식으로부터 연역하여 보여드리려는 것입니다. 먼저 H를 코의 높이라 합니다. α는 코와 얼굴 평면의 교차에 의해 생기는 각도입니다. W는 물론 코의 중량이라고 알고 계시면 됩니다. 어떻습니까? 대충 아시겠습니까?"

"어떻게 알겠나?"

주인이 말했다.

"간게쓰 군은 어떤가?"

"저 역시 조금 이해하기 힘드네요."

"거참 난감하군. 구샤미는 그렇다 쳐도 자네는 이학사니까 이해할 줄 알았는데. 이 공식이 연설의 핵심이라 이걸 생략하면 지금까지 연설한 보람이 없는데…… 뭐, 어쩔 수 없지. 공식은 생략하고 결론만 애기하기로 하지."

"결론이 있나?"

주인이 의아한 듯 물었다.

"당연하지. 결론 없는 연설은 디저트 없는 서양 요리 같은 거니까. 자, 그럼, 두 사람은 잘 들어보게. 이제부터가 결론이니까. ……자, 이상의 공식에 루돌프 피르호(1821~1902. 독일의 병리학자), 아우구스트 바이스만(1834~1914. 독일의 진화생물학자) 같은 여러 사람의 이론을 참작하여 생각해보건대, 선천적 형체의 유전은 말할 것도 없이 허용되어야 합니다. 또 형체에 따라서 일어나는 이런 심의적心意的 상황은, 비록 후천성이 유전되지 않는다는 유력한 이론이 있음에도 불구하고, 어느 정도까지는 필연적인 결과라고 인정할 수밖에 없습니다. 따라서 이처럼 신분에 맞지 않는 코의 소유자가 낳은 자식의 코에도 뭔가 이상이 있을 것이라 사료됩니다. 간게쓰 군 같은 사람은 아직 젊으니 가네다 씨 댁 따님의 코 구조에서 특별한 이상을 발견하지 못할지도 모르겠습니다만, 이러한 유전은 잠복기가 길어서 언제 어느 때에 기후의 격변과 함께 갑자기 발달하여 모친의 코처럼 눈 깜빡할 사이에 팽창할지도 모릅니다. 그러므로 저 메이테이의 학리적 논증에 따르면, 이번 혼담은 지금 당장 단념하는 것이 안전하리라 사료됩니다. 이 점에 대해서는 이

집의 주인은 물론이거니와 저기 누워 계시는 늙은 고양이님께서도 이의가 없을 것으로 생각합니다.”

그제야 천천히 몸을 일으킨 주인은 “그야, 물론이지. 그런 작자의 딸을 누가 아내로 맞이하겠는가? 간게쓰 군, 아내로 맞이하면 안 되네!”라고 열변을 토했다. 나도 그 견해에 어느 정도 찬성의 뜻을 표하기 위해 야옹야옹 두 번 울었다. 간게쓰 군은 그다지 동요하는 기색도 없이 말했다.

“두 분 선생님의 의향이 그러하다면 저야 단념해도 상관없지만, 만약 당사자가 그것에 마음이 쓰여 병이라도 걸린다면 죄를 짓게 되는지라…….”

“하하하하, 염죄艶罪(억울한 죄라는 뜻의 원죄寃罪와 엔자이로 일본어 발음이 같으면서 연애와 관련된 죄라는 의미를 띠게 만든 언어유희)라 그 말인가?”

하지만 주인은 정색하고 나섰다.

“그런 바보가 어디 있나? 그런 여자의 딸이라면 변변치 못할 게 뻔하다고. 처음 온 남의 집에서 나를 몰아붙인 여자란 말이야. 오만방자한 여편네라고.”

주인은 혼자서 분통을 터뜨렸다. 그러자 다시 울타리 옆에서 서너 명이 “깔깔깔깔.” 웃는 소리가 났다. 그중 한 명이 말했다.

“오만한 벽창호 같으니.”

그러자 다른 한 사람이 말했다.

“좀 더 큰 집으로 들어가 살고 싶겠지.”

그중에서 또 다른 사람이 크게 소리를 질렀다.

“안됐지만 아무리 잘난 척해봐야 집 안 호랑이지 뭐.”

주인이 툇마루로 나가 그들에게 질세라 큰 소리로 고함을 질렀다.

"시끄러! 남의 집 담장 밑에 와서 뭐 하는 짓이야!"

"하하하. 새비지 티다, 새비지 티."

저마다 욕을 퍼부었다. 주인은 잔뜩 화가 난 표정으로 벌떡 일어나더니 지팡이를 들고 밖으로 달려 나갔다.

메이테이는 손뼉을 쳤다.

"재미있군. 잘한다, 잘해."

간게쓰는 하오리 끈을 만지작거리며 키득키득 웃었다. 나는 주인의 뒤를 따라 울타리가 망가진 곳을 통해 한길로 나갔다. 주인은 길가 한복판에 지팡이를 짚고 망연자실하게 서 있었다. 길에는 개미 새끼 한 마리 보이지 않았다. 잠깐 여우에게 홀린 듯한 모습이었다.

4

여느 때처럼 가네다네 저택으로 숨어들었다.

'여느 때처럼'이란 말은 인제 와서 특별히 해석할 필요가 없다. '종종'을 제곱한 것만큼을 나타내는 말이다. 한 번 한 일은 두 번 해보고 싶고, 두 번 한 일은 세 번 해보고 싶은 것은 인간에게만 허락된 호기심이 아니다. 고양이도 이런 심리적 특권을 가지고 세상에 태어났다는 것을 인정해주어야 한다. 세 번 이상 같은 행동을 되풀이할 때 비로소 '습관'이라는 말이 붙고, 이 행위가 생활상의 필요로 진화하는 것 또한 인간과 다를 바 없다. 무엇 때문에 이렇게까지 뻔질나게 가네다네 저택을 드나드느냐는 의아한 생각이 든다면, 그전에 잠깐 인간들에게 되묻고 싶은 것이 있다. 왜 인간은 입으로 담배 연기를 들이마셨다가 코로 토해내는 것인가. 포만감을 가져오는 것도 아니고, 혈액순환에 도움이 되는 것도 아닌 것을 부끄러워하지도 않고 들이마셨다가 내뱉는 것을 꺼리지 않는 이상, 내가 가네다네 저택에 드나드는 것을 너무 큰 소리로 책망하지 않았으면 좋겠다. 가네다네 저택은 나의 담배 같은 것이다.

'숨어들었다'고 하면 어폐가 있다. 어쩐지 도둑질이나 서방질이라도 하는 것 같아 듣기에 괴롭다. 내가 가네다네 저택으로 가는 것은 물론 초대를 받지는 않았으나 결코 다랑어 한 토막을 슬쩍하거나, 눈과 코가 얼굴의 한가운데에 몰려 있는 친과 밀담을 나누기 위해서가 아니다. 뭐, 정탐꾼이냐고? 당치도 않다. 무릇 이 세상에서 아무리 천한 가업家業이라 해도 정탐꾼과 고리대금업만큼 천한 직업은 없다고 생각한다. 정말 간게쓰 군을 위해 고양이로서는 흔히 가질 수 없는 의협심으로 가네다네 저택의 동정을 멀리서나마 살펴본 적은 있지만, 그건 단 한 번이었다. 그 후로는 결코 고양이의 양심에 꺼릴 만한 비열한 행동을 한 적이 없다. 그렇다면 왜 '숨어들었다'와 같은 수상한 말을 사용했느냐고? 글쎄, 그건 대단히 의미 있는 일이다. 원래 내 생각에 따르면 하늘은 만물을 덮기 위해, 대지는 만물을 받치기 위해 생겨난 것이다. 아무리 집요한 논의를 좋아하는 인간이라도 이 사실을 부정할 수는 없을 것이다. 그런데 이 하늘과 대지를 만들어내기 위해 그들 인류가 얼마큼의 노력을 했는가. 조금의 도움도 주지 않지 않았는가. 자신이 만들지 않은 물건을 자신의 소유로 정하는 법은 없을 것이다. 자기 소유로 정하는 것이야 별 지장이 없겠지만, 다른 사람의 출입을 금할 이유는 없을 것이다. 이 드넓은 대지에 빈틈없이 울타리를 치고 말뚝을 세워 누구누구의 소유지로 구획하는 것은, 마치 창공에 새끼줄을 치고 여기는 나의 하늘, 저기는 그의 하늘이라고 신고하는 것이나 마찬가지다. 만일 토지를 잘라내어 한 평에 얼마를 받고 소유권을 매매한다면, 우리가 호흡하는 공기를 한 $30\,m^3$로 나눠 팔아도 된다는 말이 된다. 그러나 공기는 나누어 팔 수 없고 하늘에 새끼줄을 치는 일이 불가능하다면 토지의 사유 역시 불합리하지 않은가. 이러한 관점에 따라 이러한 법칙을 믿고 있는 나는, 그렇기에 어디에든 들어간다. 하긴 가고 싶지 않은 곳에는 가지 않지만, 내가 가고 싶으면 동서남북을 따지지 않고 아무렇지 않은 표정으로 어슬렁어슬렁 걸어간다. 가네다 같은 자를 꺼릴 이유가 없다. 그러나 고양이의 슬픔은, 힘만으로는 도저히 인간을 당할 수 없다는 데 있다. 이 덧없는 세상에 강한 힘이 권리(영어의 'Might is right'라는 격언)라는 격언까지 존재하는 이상, 아무리 우리의 논리가 이치에 맞다고 해도 고양이의 주장이 통하지는 않는다. 무리하게 관철하려다가는 인력거꾼네 까망이처럼 불시에 생선 장수의 멜대에 얻어맞을 우려가 있다. 이치로 따지자면 이쪽이 맞지만 저쪽이 권력을 쥐고 있는 경우, 자신의 뜻을 굽히고 두말없이 굴종할 것이냐, 아니면 권력의 눈을 피해 자신의 뜻을 관철할 것이냐는 선택의 기로에 선다면, 나는 물론 후자를 선택할 것이다. 멜대를 어떻게든 피해야 하기 때문에 숨어들 수밖에 없다. 남의 집 안으로 들어가도 별 지장이 없기 때문에 들어가지 않을 수 없다. 그러므로 나는 가네다네 저택에 숨어드는 것이다.

숨어드는 횟수가 거듭됨에 따라 정탐할 생각이 없어도 자연스럽게 가네다 일가의 사정이 보고 싶지 않은 내 눈에 들어오고, 기억하고 싶지 않은 내 뇌리에 인상을 남기는 것은 어쩔 수 없는 일이다. 코주부 부인은 세수할 때마다 정성껏 코를 닦고, 딸 도미코는 아베카와 떡(구운 떡을 더운물에 담갔다가 콩가루와 설탕을 묻힌 떡)을 게걸스럽게 먹어대고, 가네다는—마누라와 달리 가네다는 코가 낮은 편이다—코뿐만 아니라 얼굴 전체가 낮다. 어렸을 때 싸움을 하다 골목대장에게 목덜미를 붙잡힌 상태에서 토담에 제대로 힘껏 눌렀을 때의 얼굴이 40년 후인 오늘날까지 영향을 미치고 있지나 않은지 의심스러울 정도로 평탄한 얼굴이다. 지극히 온화하고 위험할 것이 없는 얼굴임은 틀림없지만 어쩐지 변화가 없다. 아무리 화를 내도 평평한 얼굴이다. ……그 가네다가 참치회를 먹으며 손으로 자신의 대머리를 찰싹찰싹 두드리는 일, 얼굴만 밋밋한 것이 아니라 키도 작아 터무니없이 높은 모자와 높은 나막신을 신는 일, 인력거꾼이 그것이 우스워서 서생에게 이야기하는 일, 서생이 인력거꾼에게 자네의 관찰력은 기민하다고 감탄하는 일 등 일일이 헤아릴 수가 없다.

요즘에는 부엌문 옆을 지나 마당으로 나가 가산假山(정원 따위에 돌을 모아 쌓아서 조그마하게 만든 산 모형)의 뒤편에서 건너편을 내다보고는, 장지문이 꼭 닫혀 있고 조용한 것을 확인하면 살금살금 기어든다. 만약 사람 소리가 시끄럽게 들려온다든가 방 안에서 내다보일 염려가 있다 싶으면 연못 동쪽으로 돌아가서 뒷간 옆을 지나 슬쩍 툇마루 밑으로 들어간다. 나쁜 짓을 한 기억이 없으니 숨거나 두려워할 것도 없지만 인간이라는 무법자를 만났다가는, 재수가 없었다고 체념하는 수밖에 다른 도리가 없다. 만약 구마사카 조한(헤이안 시대의 전설적인 도둑. 일설에 따르면 160센티미터나 되는 거대한 칼을 사용했다고 한다) 같은 악한만의 세상이 된다면, 그 어떤 성덕盛德 군자도 나와 같은 태도를 취할 것이다. 가네다는 어엿한 실업가라서 당연히 구마사카 조한처럼 160센티미터나 되는 칼을 휘두를 염려는 없겠지만, 듣자 하니 사람을 사람으로 보지 않는 병이 있다고 한다. 사람을 사람으로 보지 않을 정도라면 당연히 고양이도 고양이로 보지 않을 것이다. 그렇다면 아무리 성덕 고양이라도 그의 집 안에서는 결코 방심할 수 없다. 그러나 그 방심할 수 없다는 점이 고양이에게는 조금 흥미롭게 느껴지기에 내가 이렇게까지 가네다네 저택을 드나드는 것도 단지 그 위험을 무릅쓰고 싶다는 마음 때문인지도 모른다. 그것은 시간을 두고 차분히 생각해본 뒤 고양이의 뇌를 남김없이 해부할 수 있을 때 다시 말하기로 하자.

오늘은 과연 어떤 모습일까, 하고 그 가산의 잔디 위에 턱을 밀착시키고 전방을 둘러보니 다다미 열다섯 장짜리 널찍한 객실은 춘삼월 봄을 향해 활짝 열려 있고, 방 안에는 가네다 부부가 한 손님과 한창 이야기꽃을 피우고 있었다. 공교롭게도 코주부 부인의 코가 이쪽을 향해 연못 너머의 내 이마를 똑바로 노려보고 있었다. 코가 그렇게 노려보는 것은 태어나서 처음 당하는 일이었다. 가네다는 다행히 얼굴을 옆으로 돌린 상태에서 손님을 상대하고 있었던지라 그 평평한 부분은 절반쯤 가려 보이지 않았지만, 그 대신 코가 어디에 있는지 분명하지 않았다. 다만 희끗희끗한 콧수염이 아무렇게나 자라 있어서 그 위에 구멍 두 개가 있을 것이라는 결론만은 쉽게 내릴 수 있었다. 아울러 봄바람도 저런 매끄러운 얼굴에만 분다면 무척 편할 거라는 상상을 해보았다. 세 사람 중에서 손님이 가장 평범한 용모다. 다만 평범한 만큼 특별히 내세워 소개할 만한 데가 하나도 없다. 평범이라고 하면 제법 괜찮은 것 같지만, 지극히 평범한 것은 오히려 가련하기 그지없다. 이런 무의미한 낯짝을 가져야 할 숙명을 안고 태평성대인 메이지 시대에 태어난 이 사람은 대체 누구일까? 여느 때처럼 툇마루 밑으로 가서 그들의 대화를 들어보지 않고서는 알 수 없다.

"……그래서 마누라가 일부러 그자의 집까지 가서 사정을 알아봤는데 말이야⋯⋯."

가네다는 여느 때처럼 거만한 말투였다. 거만하기는 하나 위엄이라고는 전혀 없다. 말도 그의 안면처럼 단조롭고 방대하기만 하다.

"역시 그가 미즈시마 씨를 가르친 적이 있으니까⋯⋯. 역시 생각 잘하셨네요. 역시."

손님은 '역시'만 연발했다.

"그런데 어쩐지 요령부득이라서."

"네네, 구샤미가 요령부득이지요⋯⋯ 그 사람은 제가 같이 하숙할 때부터 우유부단했으니까⋯⋯ 그거참, 난감하셨겠네요."

손님은 코주부 쪽을 보고 이렇게 말했다.

"난감하고 말고가 어디 있겠어요? 제가 말이죠, 이 나이가 될 때까지 남의 집에 가서 그런 푸대접을 받기는 처음이라고요."

코주부는 여느 때처럼 거친 콧김을 내뿜었다.

"무슨 무례한 말이라도 지껄이던가요? 옛날부터 완고한 성격이라⋯⋯. 어떻든 10년을 하루같이 리더 전문 선생을 하는 걸 보면 대충 아실 만할 겁니다."

손님은 적당히 맞장구를 쳐주었다.

"아니, 말도 통하지 않는 작자라 마누라가 뭘 물으면 아주 쌀쌀맞게 대했다니까⋯⋯."

"그거참 괘씸한 일이군요. 대체로 가방끈이 좀 길다 싶으면 자만심이 생기기 십상이고, 게다가 가난하면 억지를 부리기도 하니까⋯⋯. 정말이지, 세상엔 무례한 놈들이 참 많습니다. 자신이 무능한 걸 깨닫지 못하고, 무턱대고 재산이 있는 사람한테 들이댄다니까요. 마치 자기 재산이라도 빼앗긴 것 같은 기분이 드는 모양인지 참, 경악할 일입니다. 하하하하."

손님은 아주 신이 난 것 같았다.

"이건, 정말 언어도단이야. 그런 건 필경 세상 물정을 모르고 제멋대로 굴기 때문에 생기는 거니까 따끔한 맛을 봐야 정신을 차릴 것 같아서 혼 좀 내줬지."

"그렇다면 분명 정신을 차렸겠지요. 그 사람 본인을 위해서도 좋은 일이니까요."

손님은 어떤 방법으로 혼을 내줬다는 말도 듣기 전에 이미 가네다의 의견에 동조하고 있었다.

"그런데 스즈키 씨, 그 사람 정말 완고한 사내더라고요. 학교에 나와서도 후쿠치 씨나 쓰키 씨한테는 말도 걸지 않는다는 거예요. 미안하게 생각해서 잠자코 있나 했더니, 글쎄 지난번에는 지팡이를 들고 죄도 없는 우리 집 서생을 쫓아오더랍니다. ……서른이나 되는 낯짝으로 그따위 미련한 짓을 하다니. 정말 자기 생각대로 되지 않는다고 정신이 좀 이상해졌나 봐요."

"허어, 왜 또 그런 난폭한 짓을 했을까……."

이 말에는 손님도 약간 미심쩍은 마음이 든 것 같았다.

"아니, 그냥 그 사람 집 앞을 뭐라고 하면서 지나갔다나 봐요. 그러자 느닷없이 지팡이를 들고 맨발로 뛰어나오더랍니다. 설사 뭐라고 좀 했기로서니, 아직 애잖아요. 수염이 난 다 큰 어른이, 게다가 학교 선생이잖아요."

"그렇지요, 학교 선생이지요."

손님이 이렇게 말하자 가네다도 덧붙였다.

"아무렴, 선생이지."

선생인 이상 어떤 모욕을 당하더라도 목상처럼 얌전히 있어야 한다는 것이, 뜻밖에 일치된 이 세 사람의 논점인 것 같았다.

"게다가 그 메이테이라는 사람은 정말 별난 사람이던데요. 도움도 되지 않는 새빨간 거짓말만 늘어놓고. 저는 그렇게 이상한 사람은 처음 봤다니까요."

"아아, 메이테이 말인가요? 여전히 허풍이 심한가 보네요. 역시 구샤미 집에서 만나셨습니까? 그자한테 걸리면 정말 당할 수가 없지요. 그자 역시 옛날에 같이 자취하던 동료였습니다만, 어찌나 사람을 무시하던지 자주 싸웠습니다."

"누구든 화가 나겠지요, 그렇게 하면. 물론 거짓말이야 할 수도 있지요. 의리상 어쩔 수 없을 때라든가 분위기를 맞추어야 할 때라든가……. 그럴 때는 누구든 마음에 없는 말을 하게 되지요. 그런데 그 사람은 안 해도 될 거짓말을 마구 해대니까 감당할 수가 있어야지요. 뭘 바라고 그런 엉터리 같은 소리를 하는지……. 정말 그런 뻔한 거짓말을 해대는 게 참 용하다니까요."

"지당한 말씀입니다. 다 자기 재밌자고 하는 거짓말이라서 더 난감하거든요."

"기껏 미즈시마 씨에 대해 진지하게 알아보러 간 것도 엉망진창이 되고 말았어요. 저는 정말 부아가 치밀고 분해서……. 그래도 남의 집에 물어보러 갔는데 모른 척하는 것도 도리가 아니어서 우리 집 전속 인력거꾼을 시켜 맥주 한 다스를 보냈습니다. 그런데 어떻게 된 줄 알아요? 이런 걸 받을 이유가 없으니 도로 가져가라고 했다지 뭐예요? 아니, 이건 단순한 답례품이니까 아무쪼록 받아달라고 인력거꾼이 말했더니, 자기는 매일 잼은 먹지만 맥주같이 쓴 건 마신 적이 없다면서 안으로 들어가 버리더래요. 할 소리가 따로 있지. 어떤가요? 실례 아닌가요?"

"거, 너무했네요."

손님도 이번에는 정말 너무했다고 느낀 듯했다.

"그래서 오늘 일부러 자넬 부른 걸세."

잠시 이야기가 끊겼다가 가네다의 목소리가 들렸다.

"그런 병신 같은 놈은 안 보이는 데서 놀려주기만 하면 그만인데, 이번에는 좀 곤란한 사정이 있어서……."

가네다는 참치회를 먹을 때처럼 자신의 대머리를 톡톡 두드렸다. 아니 나는 지금 툇마루 밑에 있기 때문에 실제로 두드렸는지 어쨌는지 볼 순 없지만, 그 대머리를 때리는 소리가 근래 꽤 귀에 익었다. 비구니가 목탁 소리를 구별하듯 툇마루 밑에서도 소리만 확실하다면, 이건 대머리에서 나는 소리군, 하고 쉽게 감정할 수 있다.

"그래, 자네한테 부탁할 일이 좀 있어서 말이야……."

"제가 할 수 있는 일이라면 뭐든지 괘념치 마시고 말씀하십시오. 이번에 도쿄에서 근무하게 된 것도 여러 가지로 배려해주신 덕분이고 하니까요."

손님은 기꺼이 가네다의 부탁을 받아들였다. 말하는 걸로 보건대, 이 손님 역시 가네다의 신세를 진 듯했다.

'이야, 사건이 점점 재미있게 흘러가는구나.'

오늘은 날씨가 너무 좋아서 아무 생각 없이 왔는데, 이렇게 좋은 정보를 얻으리라고는 전혀 생각하지 못했다. 이건 우연히 참배하러 절을 찾았다가 주지의 방에서 찹쌀떡을 얻어먹은 격이었다.

가네다는 손님에게 무슨 일을 의뢰할까, 라고 생각하며 툇마루 밑에서 귀를 쫑긋하고 듣고 있었다.

"무슨 이유에서인지는 모르겠지만 그 구샤미라는 괴짜가 미즈시마에게 가네다의 딸을 아내로 맞이하면 안 된다고 넌지시 말하곤 한다는 거야. 그렇지, 여보?"

"넌지시 말한 게 아니에요. 그런 놈의 딸을 아내로 맞이하는 등신이 이 세상에 어디 있겠나, 간게쓰 군! 절대로 아내로 맞이하면 안 되네, 라고 했대요."

"그런 놈이라는 건 또 뭐야, 버르장머리 하고는. 그런 무례한 말까지 했다는 거야?"

"그렇고말고요. 인력거꾼네 아주머니가 일부러 와서 알려주었다니까요."

"스즈키! 어떤가? 들은 대로인데, 꽤 골치 아프겠지?"

"난감하군요. 다른 일과 달리 이런 일에는 제삼자가 함부로 끼어들기도 어려우니까요. 아무리 구샤미라고 해도 그 정도는 알 텐데, 대체 어떻게 된 일인지 원."

"그래서 말인데 자넨 학창 시절부터 구샤미와 같이 하숙도 했고, 지금이야 어떻든 옛날에는 친한 사이였다고 하니까 부탁하는 걸세. 그 사람을 만나서 말이지, 이번 일의 이해득실을 그에게 깨우쳐주지 않겠나? 뭣 때문인지 무척 화가 나 있는 것 같은데, 화를 내는 건 그쪽 잘못 때문이다, 그쪽이 얌전히만 있어준다면 일신상의 편의도 얼마든지 도모해줄 수 있고 또 비위를 상하게 하는 일도 하지 않을 것이라고 말일세. 하지만 그쪽이 계속 그런 식으로 나온다면 우리도 가만히 있을 수 없지 않겠나? 다시 말해서 그렇게 고집을 부리면 본인만 손해라는 걸 잘 타일러주게."

"예예, 정말이지 말씀하신 대로 어리석게 저항해봐야 본인만 손해일 뿐 아무 도움도 안 되는 일이니까요. 잘 타일러보도록 하지요."

"그리고 우리 딸은 여러 곳에서 청혼이 들어오고 있으니 꼭 미즈시마에게 준다고 결정한 것은 아니지만, 이것저것 들어보니 미즈시마의 학식이나 인품도 그리 나쁘지는 않은 것 같으니, 만약 본인이 공부해서 가까운 장래에 박사라도 된다면 사위로 맞이할 수도 있다는 것쯤은 넌지시 비쳐도 상관없네."

"그렇게 말해두면 본인도 더 분발해서 공부하겠죠. 잘 알겠습니다."

"그리고 이건 좀 묘한 이야긴데…… 미즈시마에게도 어울리지 않는다고 생각하지만, 그 괴짜인 구샤미를 선생님, 선생님 하면서 그가 하는 말은 대체로 듣는 것 같아서 참 난감하더군. 그야 뭐 내 딸을 꼭 미즈시마에게 시집보내려는 건 물론 아니니까 구샤미가 무슨 말로 방해하든 우리 쪽에 특별히 지장이 있는 건 아니지만……."

"미즈시마 씨가 불쌍하니까요."

코주부 부인이 끼어들었다.

"미즈시마라는 사람을 만나본 적은 없습니다만, 어쨌든 이 댁과 연이 맺어진다면 그 사람한테는 일생일대의 행복이니 본인이야 물론 이의가 없겠지요."

"네. 미즈시마 씨는 데려오고 싶지만, 구샤미와 메이테이 같은 괴짜들이 이러쿵저러쿵 말이 많아서요."

"그건 옳지 못한 일이지요. 고등 교육을 받은 자에게는 걸맞지 않은 행동입니다. 제가 구샤미의 집으로 가서 이야기를 한번 해보겠습니다."

"아아, 아무쪼록 성가시더라도 잘 부탁하네. 그리고 실은 미즈시마에 관한 일도 구샤미가 가장 잘 알고 있겠지만, 지난번에 마누라가 갔을 땐 아까 이야기한 것과 같은 그런 상황이라 제대로 물어보지 못했으니까, 자네가 다시 한번 그의 성품이나 학문적 재능 같은 걸 면밀히 물어봐주면 좋겠네."

"네, 알겠습니다. 오늘은 토요일이니까 지금 찾아가면 집에 있겠지요. 요즘은 어디 사나요?"

"요 앞에서 오른쪽으로 돌아 쭉 가면 막다른 길인데, 거기서 왼쪽으로 100미터쯤 가면 망가진 검은 울타리가 있는 집이에요."

코주부가 가르쳐주었다.

"그럼, 바로 근처네요. 문제없습니다. 돌아가는 길에 잠깐 들러보지요. 뭐 대충 알 수 있을 겁니다. 문패를 보면……."

"문패는 있을 때도 있고 없을 때도 있어요. 대문에 명함을 밥풀로 붙여놓거든요. 비가 오면 떨어지고, 그러면 갠 날 다시 붙여놓는답니다. 그러니까 문패는 믿을 게 못 돼요. 그런 성가신 일을 하느니 차라리 나무 문패라도 걸면 좋으련만. 정말 속을 알 수 없는 사람이라니까요."

"참 황당하네요. 하지만 망가진 검은 울타리 집이라고 물어보면 대충 알겠지요."

"네. 그런 지저분한 집은 이 동네에 한 채밖에 없으니까 금방 찾을 수 있을 거예요. 아참, 그래도 찾을 수 없을 때는 좋은 방법이 있어요. 어쨌든 지붕에 풀이 난 집만 찾아가면 틀림없습니다."

"상당히 특색 있는 집이로군요. 아하하하."

스즈키가 주인집에 왕림하기 전에 돌아가지 않으면 곤란하다. 이야기도 이 정도 들었으면 충분하고도 남는다. 툇마루 밑을 따라 뒷간을 서쪽으로 돌아서 가산 아래를 지나 큰길로 나가 종종걸음으로 서둘러 지붕에 풀이 난 집으로 돌아왔다. 그러고는 시치미를 뚝 뗀 표정으로 객실 툇마루로 갔다.

주인은 툇마루에 흰 담요를 깔고 엎드려서 화사한 봄볕에 등짝을 말리고 있었다. 햇빛은 의외로 공평해서 지붕에 풀이 날 만큼 황폐한 집이라도 가네다네 객실만큼 밝고 따뜻해 보인다. 그러나 가엾게도 담요만은 봄날답지 않다. 제조공장에서는 흰 것이라 생각하고 짰고, 양품점에서도 흰 것이라 생각하고 팔았을 뿐 아니라 주인 역시 흰 것을 주문해 사 왔을 것이다. 그러나 열두세 해 전의 일이라 흰색의 시대는 이미 지나갔고, 지금은 짙은 회색으로 변색하는 시기를 맞고 있다. 이 시기를 지나 다른 암흑색으로 변할 때까지 담요의 생명이 유지될지 어떨지 심히 의심스러울 따름이다. 지금도 이미 전체적으로 닳고 닳아 씨줄 날줄의 실오라기가 뚜렷이 드러날 정도이니 이제 '담요'라 부르는 것도 분에 넘칠 지경이다. 오히려 '담'은 생략하고 그저 '요'라고 하는 것이 타당할 것이다. 하지만 주인은 1년을 쓰고 2년을 쓰고 5년을 쓰고 10년을 썼으니 평생 쓸 수 있다고 생각하는 것 같다. 만사태평이다. 그런데 그런 내력이 있는 담요 위에 엎드린 채 주인은 두 손으로 툭 불거진 턱을 괴고 있고, 오른손 손가락 사이에는 담배가 끼워져 있다. 그저 그뿐이다. 하긴 그의 비듬투성이 머릿속에서는 우주의 대진리가 불타는 수레처럼 회전하고 있을지도 모르지만, 외부에서 보기에는 전혀 그런 생각이 들지 않는다.

담뱃불은 점점 입가로 타들어 가고, 3센티미터쯤 탄 재가 담요 위로 툭 떨어지는 것도 아랑곳하지 않고 주인은 유심히 담배에서 피어오르는 연기의 행방을 응시하고 있었다. 그 연기는 봄바람에 떴다 가라앉으며 몇 겹의 고리를 만들면서 방금 머리를 감은 안주인의 짙은 가지색 머리카락을 향해 흘러가고 있었다. ……아차, 안주인에 관한 얘기를 하려고 했는데 깜빡 잊고 있었다.

안주인은 주인에게 엉덩이를 향하고…… 뭐, 예의를 모르는 여편네라고? 딱히 실례되는 자세는 아니다. 예의가 있고 없고는 서로 어떻게 해석하느냐에 따라 달라지는 문제다. 주인은 아무렇지 않게 마누라의 엉덩이 쪽으로 턱을 괴고 있고, 안주인 역시 아무렇지 않게 남편의 얼굴 앞에 장엄한 엉덩이를 깔고 앉았을 뿐 무례고 나발이고 없다. 이 둘은 결혼하고 채 1년도 되지 않아 예의 범절이라는 거북한 관계를 벗어던진 초연한 부부다. 그건 그렇고, 이렇게 남편에게 자신의 엉덩이를 향한 안주인은 무엇을 예감했는지 오늘의 화창한 날씨를 틈타 청각채와 날달걀로 박박 감은 것으로 보이는 30센티미터가 넘는 삼단 같은 머리카락을 보란 듯이 어깨에서 등까지 늘어뜨리고 말없이 어린애의 민소매 옷을 열심히 꿰매고 있었다. 실은 감은 머리카락을 말리기 위해 모슬린 이불과 반짇고리를 툇마루에 내다 놓고 공손히 엉덩이를 주인에게 향했던 것이다. 아니면 주인이 엉덩이가 있는 쪽으로 얼굴을 들이댔는지도 모른다. 그래서 조금 전에 이야기한 담배 연기가 풍성하게 나부끼는 검은 머리카락 사이를 흐르고 흘러 때아닌 아지랑이로 피어오르는 장면을 주인은 물끄러미 바라보고 있었던 것이다. 그러나 연기는 본디 한곳에 머무르지 않는다. 그 성질상 위로

만 올라가니 주인도 연기가 머리카락과 뒤엉키는 기괴한 광경을 놓치지 않고 보려면 반드시 눈을 움직여야 한다. 주인의 눈은 먼저 허리께에서부터 시작해 서서히 등줄기를 따라 어깨에서 목덜미로 움직였고, 그곳을 지나 마침내 정수리에 이르렀을 때 주인은 자신도 모르게 앗 하고 놀랐다. ……주인과 백년해로를 기약한 안주인의 정수리 한복판에 동그랗고 커다랗게 머리가 빠진 부분이 보였다. 게다가 그 부분이 따스한 햇살을 반사하며 이제야 때를 만났다는 듯 득의양양하게 반짝이고 있었다. 생각지도 못한 데서 이런 신기한 모습을 발견한 주인의 눈은 눈부심 속에서 충분한 놀라움을 나타내며 강렬한 햇빛에 동공이 열린 것도 아랑곳하지 않고 일심불란하게 그곳만 응시하고 있었다. 주인이 안주인의 머리가 벗어진 부분을 보았을 때 제일 먼저 그의 뇌리에 떠오른 것은 집안 대대로 내려오는 불단을 장식하고 있는 등잔이었다. 그의 집안은 진종眞宗이라는 종파에 속해 있는데, 진종에서는 불단에 자기 분수에 맞지 않은 과도한 돈을 들이는 게 예로부터 전해 내려오는 관례였다. 주인이 어렸을 때는 집 곳간에 어둑어둑하게 꾸며진, 두껍게 금박을 한 감실龕室이 있었다. 그 감실 안에는 놋쇠로 만든 등잔이 매달려 있었는데, 거기에는 대낮에도 늘 희미하게 불이 켜져 있었던 것을 기억하고 있다. 주위가 어두워도 이 등잔만은 비교적 밝게 빛나고 있었기에 어린 마음에 몇 번이고 그 불을 보았을 때의 인상이 안주인의 벗어진 머리에서 환기되어 느닷없이 떠오른 것이리라. 등잔에 대한 기억은 채 1분도 지나지 않아 사라졌다. 이번에는 관음보살상의 비둘기가 떠올랐다. 관음보살상의 비둘기와 안주인의 벗어진 머리는 아무 관계가 없는 것처럼 보이지만, 주인의 머릿속에서 이 두 가지는 밀접한 관계가 있었다. 마찬가지로 어렸을 때 아사쿠사에 가면 반드시 콩을 사서 비둘기에게 주곤 했다. 콩은 한 접시에 엽전 두 닢이었는데 붉은 질그릇에 들어 있었다. 질그릇의 색깔이랑 크기가 모두 그 부분과 닮았다.

"역시 닮았어."

주인이 자못 감탄한 듯 말하자 안주인은 고개를 돌리지도 않고 물었다.

"뭐가요?"

"뭐냐고? 당신 머리에 커다랗게 탈모된 부분이 있었군그래. 알고 있었어?"

"네."

안주인은 여전히 바느질하던 손을 멈추지 않고 대답했다. 그다지 놀란 기색도 없었다. 초연한 모범 안주인이다.

"시집올 때부터 있었나? 아니면 결혼하고 나서 생긴 건가?"

주인이 물었다. 만약 시집오기 전부터 있었다면 속인 게 아니냐고 입 밖으로 내뱉지는 않지만 속으로는 생각했다.

"언제 생겼는지 모르겠어요. 머리 빠진 거야 아무려면 어때요?"

도통한 모습이다.

"아무려면 어떻다니? 자기 머리잖아?"

주인의 목소리는 다소 노기를 띠었다.

"제 머리니까 괜찮다니까요."

대답은 했지만, 역시 신경이 쓰이는지 오른손을 그 자리에 대고 이리저리 만져본다.

"어머나, 더 많이 커졌네? 이 정도는 아니었는데."

이렇게 말하는 것을 보면 머리가 빠진 부분이 나이에 비해 너무 크다는 것을 이제야 알아차린 듯했다.

"여자가 머리를 틀게 되면 여기를 바싹 당겨서 올리니까 누구나 벗어져요."

안주인은 은근슬쩍 변호하려 들었다.

"그런 속도로 다들 빠지다간 마흔쯤 되면 속 빈 주전자가 되어야 할 텐데. 그건 틀림없이 병이야. 전염될지도 모르니까 한시라도 빨리 아마키 선생한테 가봐."

주인은 자꾸만 자기 머리를 이리저리 만져보았다.

"그렇게 자꾸 남 얘기만 하시는데, 당신도 콧구멍에 흰 털이 나지 않았나요? 대머리가 전염된다면 흰 털도 전염되겠지요."

안주인도 조금 파르르한다.

"콧속의 흰 털은 보이지 않으니까 해가 되지 않지만 정수리, 특히 젊은 여자의 정수리가 그렇게 빠지면 보기 흉하다고. 그건 불구야, 불구."

"불구라면 결혼은 왜 했어요? 자기가 좋아서 장가들어놓고선 인제 와서 불구라니⋯⋯."

"그땐 몰랐으니까. 지금까지도 전혀 몰랐거든. 그렇게 당당하다면 시집올 때는 왜 머리를 안 보여준 건데?"

"그런 어이없는 말이 어디 있어요? 세상 어디에 머리 시험을 보고 합격해야 결혼할 수 있다는 사람이 있다고 그래요?"

"머리 빠진 거야 뭐 참을 만하지만, 당신은 다른 사람들에 비해 키가 너무 작아. 보기 흉해서 못쓴다고."

"키야 보면 바로 알 수 있지 않나요? 키가 작은 건 처음부터 알고도 장가든 거잖아요?"

"그건 알았지. 알긴 알았지만 더 클 줄 알고 데려온 거지."

"스무 살이나 돼서 키가 자라다니……. 당신도 참 사람을 바보로 만드네요."

안주인은 바느질하던 아이의 겉옷을 내팽개치고 주인 쪽으로 몸을 틀었다. 주인의 대응 여하에 따라 가만있지 않겠다는 사나운 태도였다.

"스무 살이 되었다고 키가 자라지 말라는 법은 없어. 시집온 다음에 영양가 좋은 음식을 먹으면 조금이라도 자랄 가망이 있는 줄 알았지."

주인이 진지한 표정으로 그런 기묘한 논리를 펴고 있을 때 대문의 벨이 힘차게 울리면서 계시냐는 소리가 들려왔다. 드디어 스즈키가 잡초가 우거진 황폐한 지붕을 보고 구샤미 선생의 와룡굴臥龍窟(세상에 알려지지 않은 큰 인물이 사는 집. 보통은《삼국지》에 등장하는 제갈공명의 은거지를 말한다)을 찾아낸 듯했다.

안주인은 말다툼을 일단 뒤로 미루고 허둥지둥 반짇고리와 아이의 민소매 옷을 안고 거실로 피했다. 주인은 쥐색 담요를 말아 서재로 집어 던졌다. 이윽고 하녀가 가져온 명함을 보고 주인은 약간 놀란 듯한 표정을 지었는데, 이리로 안내하라고 말하고는 명함을 쥔 채 뒷간으로 들어갔다. 무슨 이유로 갑자기 뒷간에 갔는지는 모르겠고, 무슨 이유로 스즈키 도주로 군의 명함까지 뒷간으로 가져갔는지는 더욱 설명하기가 어렵다. 아무튼 괴로운 것은 고약한 냄새가 나는 곳까지 끌려가게 된 명함이다.

하녀가 사라사로 만든 방석을 도코노마 앞에 놓으며 여기 앉으시라 권하고 물러난 뒤 스즈키는 일단 방 안을 빙 둘러보았다. 도코노마에 걸린 '화개만국춘花開万國春'이라 쓴 모쿠안(1611~1648. 명나라에서 일본으로 귀화한 황벽종黃檗宗의 승려로 달필로 유명했다)의 가짜 족자와 교토京都에서 생산한 싸구려 청자에 꽂혀 있는 히간자쿠라彼岸桜(벚나무의 일종으로 봄의 춘분 무렵에 피는 벚꽃이라고 해서 이런 이름이 붙었다. 일본어 히간彼岸이 춘분이나 추분의 전후 각 3일간을 합한 7일간이나 그즈음의 계절을 가리킨다) 등을 하나하나 순서대로 점검하고 나서 문득 하녀가 권한 방석 위를 보자 어느 틈에 고양이 한 마리가 시치미를 뚝 떼고 앉아 있었다. 말할 것도 없이 그 고양이는 지금 이렇게 말하고 있는 나다. 이때 스즈키의 가슴속에 잠깐 낯빛에도 나타나지 않을 만큼의 풍파가 일었다. 이 방석은 의심할 것도 없이 스즈키를 위해 깔아놓은 것이다. 자신을 위해 깔아놓은 방석 위에 자신이 앉기도 전에 양해도 구하지 않고 이상한 동물이 태연히 웅크리고 있다. 이것이 스즈키의 평정심을 잃게 한 첫 번째 요인이었다. 만약 누군가 권한 방석이 임자 없이 봄바람에 맡겨져 있었더라면 스즈키는 짐짓 겸손의 뜻을 표하며 주인이 "자아, 어서 앉으세요."라고 말할 때까지 딱딱한 다다미 위에서 참고 있었을지도 모른다. 그런데 곧 자신이 소유해야 할 방석 위에 인사도 없이 올라앉은 저놈은 누구일까? 인간이라면 양보할 수도 있겠지만, 고양이라니 정말 괘씸하다. 올라앉은 놈이 고양이라는 것이 한층 더 불쾌감을 자극했다. 이게 스즈키의 평정심을 잃게 한 두 번째 요인이었다. 마지막으로 그 고양이의 태도가 가장 비위에 거슬렸다. 조금은 미안하다는 뜻인지, 앉을 권리도 없는 방석 위에 거만하게 앉아 애교라고는 없는 동그란 눈을 깜빡이며 '넌 누구야?'라고 묻듯이 스즈키의 얼굴을 빤히 보고 있었다. 이것이 마음의 평정심을 잃게 한 세 번째 요인이었다. 그토록 불만이라면 내 목덜미를 잡아 끌어내면 될 텐데, 스즈키는 말없이 보고만 있었다. 당당한 인간이 고양이가 무서워 손을 대지 못할 일은 없을 텐데, 왜 얼른 나를 처리하고 자신의 불만을 해소하지 않는 걸까? 이는 전적으로 스즈키가 일개 인간으로서 자신의 체면을 유지하려는 자존심 때문이라 짐작되었다. 만약 완력에 호소한다면 삼척동자라도 나를 마음대로 들었다 놨다 할 수 있겠지만, 체면을 중시한다는 점에서 생각하면 제아무리 가네다의 충복인 스즈키 도주로라는 이 사람도 사방이 60센티미터가 조금 넘는 방석 한가운데에 자리 잡은 고양이 대명신大明神을 어쩌지는 못하는 것이었다. 아무리 보는 사람이 없는 곳에서라도 고양이와 자리다툼을 해서는 인간의 위엄이 말이 아니다. 고양이를 상대로 진지하게 시비를 다투는 것은 너무나도 어른스럽지 못한 일이다. 우스꽝스러운 일이다. 이 불명예를 피하려면 다소간의 불편은 참아야 한다. 그러나 참지 않으면 안 되는 만큼 고양이에 대한 증오심은 심해질 뿐일 테니 스즈키는 이따금 내 얼굴을 보고 씁쓰레한 표정을 지었다. 나는 스즈키의 불만스러운 표정을 보는 게 재미있어서 우스꽝스럽다는 생각을 억누르고 되도록 시치미를 뚝 떼고 있었다.

나와 스즈키 사이에 이런 무언극이 펼쳐지는 동안, 주인은 옷매무시를 고치며 뒷간에서 나왔다.

"어, 왔나?"

주인은 자리에 앉았다. 그런데 손에 쥐고 있던 명함의 그림자조차 보이지 않는 걸 보니, 스즈키 도주로의 이름은 고약한 냄새가 나는 곳에서 무기도형無期徒刑을 당한 것으로 보였다. 명함만 엉뚱하게 액운을 만났다는 생각을 할 겨를도 없이 주인이 난데없이 "요놈이!" 하면서 내 목덜미를 움켜쥐고는 툇마루로 획 내던졌다.

"자, 이리 앉게. 자네가 날 다 찾아오고 별일이군. 도쿄에는 언제 올라왔나?"

주인은 옛 친구에게 방석을 권했다. 스즈키는 방석을 뒤집더니 그 위에 앉았다.

"아직 바빠서 미처 연락을 못 했네만, 실은 얼마 전에 도쿄 본사로 돌아오게 되었네."

"그거 잘됐군. 정말 오랫동안 격조했네. 자네가 시골로 가고 나서 처음 아닌가?"

"그래. 벌써 10년 가까이 되는군. 뭐, 그 후로 가끔 도쿄로 나오기는 했지만 일이 많아서 늘 연락을 하지 못했네. 나쁘게 생각지는 말게. 자네 직업과는 달리 회사 일이 너무 바빠서 말이야."

"10년 동안 많이 변했군."

주인은 스즈키를 위아래로 훑어보았다. 스즈키는 머리를 단정하게 가르고 영국제 트위드 양복을 입었는데, 화려한 옷깃 장식에다 가슴에는 번쩍이는 금줄까지 달고 있는 모습이 아무래도 구샤미의 옛 친구처럼 보이지는 않았다.

"음, 이런 것까지 매달고 다녀야만 하는 처지가 되었네."

스즈키는 자꾸 금줄에 신경을 썼다.

"그거 진짜가?"

주인은 무례한 질문을 던졌다.

"18케이 금이네. 자네도 이제 꽤 나이를 먹었군. 애가 있을 텐데, 하난가?"

스즈키가 웃으며 물었다.

"아니."

"둘?"

"아니."

"또 있나, 그럼 셋?"

"응, 셋이네. 앞으로 또 몇 명이 생길지는 모르지."

"여전히 맘 편한 소리를 하는군. 제일 큰앤 올해 몇 살인가? 이
제 꽤 컸겠지?"

"음, 정확하게 몇 살인지는 잘 모르겠지만 예닐곱 살쯤일 걸세."

"하하하. 선생은 참 태평해서 좋군. 나도 학교 선생이나 할 걸 그
랬어."

"해봐, 사흘 만에 싫어질 테니."

"그럴까? 어쩐지 고상하고 마음도 편하고 한가한 데다 자신이
좋아하는 공부도 할 수 있으니 좋을 것 같은데. 실업가도 나쁘진
않지만 우리는 틀렸네. 실업가가 되면 계속 위로 위로 올라가야만
하지. 아래에 머물러 있으면 쓸데없이 알랑거려야 한다거나 좋아
하지도 않는 술을 마셔야 하거든. 정말 구차한 일이야."

"나는 학교에 다닐 때부터 실업가가 아주 질색이었네. 돈만 벌
수 있으면 무슨 짓이든 하거든. 옛말로 하자면 장사치 아닌가."

주인은 실업가를 앞에 두고 태평한 소리를 늘어놓았다.

"설마……. 꼭 그렇게만은 말할 수 없지. 좀 천박한 구석이 있기
는 하지만, 아무튼 돈과 함께 죽을 각오가 없으면 해낼 수 없는 일
이니까. 그런데 그 돈이라는 놈이 괴물이라서 말이야. 지금도 어

떤 실업가한테 이야기를 듣고 왔는데, 돈을 버는 데도 삼무술을 써야만 한다는 거야. 의리가 없고 인정이 없고 부끄러움이 없는 것, 이것으로 삼무가 된다는 거네. 재미있지 않은가? 아하하하.”

“누군가, 그런 바보 같은 소리를 한 사람이?”

“바보가 아니라 꽤 똑똑한 사람이네. 실업계에선 좀 유명한데, 자넨 모르나? 바로 요 앞 골목에 사는데.”

“가네다 말인가? 뭐 그런 자식이 다 있어!”

“심하게 화를 내는군. 그야 뭐 농담으로 한 소리겠지. 그 정도로 하지 않으면 돈이 모이지 않는다는 비유 아니겠나. 자네처럼 그렇게 진지하게 해석하면 곤란하네.”

“삼무술이야 농담이라도 되지만, 그 집 여편네의 코는 그게 뭔가? 자네 그 집에 갔다면 보고 왔겠지? 그 코 말일세.”

“부인 말인가? 부인은 세상 물정에 참 밝은 사람이던데.”

“코 말이야. 그 거대한 코를 말하는 걸세. 지난번에 나는 그 코를 소재로 하이타이시까지 지었네.”

“하아타이시라는 건 또 뭔가?”

“하이타이시도 모른단 말인가? 자네도 세상사에 어지간히 둔감하군.”

“나처럼 바쁜 사람이 어찌 문학을 알겠나. 게다가 원래부터 문학을 좋아하는 편도 아니었고.”

“자네 샤를마뉴 대제(742~814. 서로마 제국의 황제)의 코가 어떻게 생겼는지 아나?”

“하하하하. 참 할 일도 없는 사람이군. 난 몰라.”

“웰링턴 장군(아서 웰즐리 웰링턴. 1769~1852. 영국의 군인이자 정치가.

워털루 전투에서 나폴레옹을 격파하며 전쟁 영웅이 되었다)은 부하들이 화살코라는 별명을 붙여줬는데, 자넨 그 사실을 아나?"

"코에만 신경 쓰고, 무슨 일인가? 코 같은 게 동그랗든 뾰족하든 무슨 상관이라고."

"절대로 그렇지 않네. 자네, 파스칼에 관해서는 아나?"

"또 아냐고 묻는가? 꼭 시험 치러 온 것 같군. 파스칼이 어쨌단 말인데?"

"파스칼이 이런 말을 했네."

"무슨 말?"

"만약 클레오파트라의 코가 조금만 낮았다면 세계사에 큰 변화를 초래했을 거라고."

"그렇군."

"그러니까 자네처럼 코를 대수롭지 않게 여기고 무시해서는 안 돼."

"그래 알았네, 앞으로 소중히 여길 테니까. 그건 그렇고, 오늘 찾아온 것은 자네한테 좀 볼일이 있어서네. 그러니까 자네가 전에 가르쳤다는 미즈시마, 그래 미즈시마…… 기억이 잘 안 나는군. 그래, 지금도 자네한테 자주 찾아온다고 하던데?"

"간게쓰 말인가?"

"그래 맞아, 간게쓰. 그 사람에 관해 좀 물어볼 게 있어서 왔네."

"결혼 문제 아닌가?"

"뭐 그 비슷한 일이지. 오늘 가네다 씨 댁에 갔더니……."

"일전에는 코가 제 발로 찾아왔었네."

"그래, 부인도 그랬다고 하더군. 구샤미 자네한테 뭐 좀 물어보려고 찾아갔더니 공교롭게도 그 자리에 있던 메이테이가 훼방을 놓는 바람에 뭐가 뭔지 모르게 돼버렸다고 말이야."

"그런 코를 달고 온 사람이 잘못이지."

"아니, 자네 얘길 하는 게 아닐세. 메이테이가 있어서 자세한 걸 물어보지 못해 아쉬웠다며 나더러 한번 가서 물어봐주지 않겠느냐고 부탁하더군. 나도 지금까지 이런 일은 해본 적이 없지만, 만약 당사자끼리 싫지만 않다면 중간에 서서 성혼시키는 것도 그리 나쁜 일이 아닐 거라 생각해서 찾아왔네."

"수고가 많군."

주인은 냉담하게 대답했지만, 마음속으로는 '당사자끼리'라는 말을 듣고 무슨 영문인지는 모르겠으나 마음이 조금 움직였다. 무더운 여름밤에 한줄기 시원한 바람이 소맷부리를 스치고 지나간 듯한 기분이었다. 주인은 원래 무뚝뚝하고 완고한 데다 흥을 깨는 것이 특기인 사내지만, 그렇다고 냉혹하고 인정머리 없는 문명의 산물과는 스스로 그 궤를 달리한다. 그가 왜 발끈해서 씩씩거리는지로도 그동안의 소식은 알 수 있다. 일전에 코와 싸운 것은 코가 마음에 들지 않았기 때문이지, 코의 딸에게는 아무 죄도 없다는 말이다. 실업가를 싫어하니 실업가인 가네다 아무개가 싫은 것은 틀림없지만, 이 또한 딸과는 상관없는 일이다. 가네다의 딸에게는 은혜를 입은 일도 원한을 품은 일도 없고, 간게쓰는 친동생보다 아끼는 자신의 문하생이다. 만약 스즈키의 말처럼, 당사자끼리 좋아하는 사이라면 간접적으로라도 이를 방해하는 것은 군자가 할 만한 일이 아니다. 이래 봬도 구샤미 선생은 자신을 아직 군자라고 생각하고 있었다. 만약 당사자들끼리 좋아하는 사이라면? ……그러나 그것이 문제다. 이 사건에 대해 자신의 태도를 바꾸려면 우선 진상을 확인해야 한다.

"여보게, 그 아가씨는 간게쓰와 결혼하고 싶어 하는 것 같나? 가네다나 코는 아무래도 상관없지만, 그 아가씨의 의향은 어떤가?"

"그야, 그…… 뭐랄까. 어쨌든, 음, 하고 싶어 하지 않을까?"

스즈키의 대답은 다소 애매했다. 사실 간게쓰에 관한 이야기만 듣고 그 결과만 알려주면 되는 줄 알고 딸의 의향까지는 확인하지 않았다. 따라서 무슨 일이든 원활하게 잘 처리하는 스즈키도 약간 당황한 기색이었다.

"'않을까'는 애매한 말이잖아!"

주인은 무슨 일이든 정면에서 호통치지 않고는 못 배기는 성미다.

"아니, 그건 내가 말을 잘못했네. 딸도 아마 마음이 있을 걸세. 아니, 꼭…… 어…… 부인이 나한테 그랬네, 뭐 가끔은 간게쓰 군 험담을 할 때도 있지만 말이야."

"그 아가씨가?"

"응."

"괘씸한 아가씨군. 험담을 하다니. 그렇다면 무엇보다 간게쓰에게 마음이 없다는 거 아닌가?"

"그게 말이지. 사람 마음이라는 게 이상해서 자기가 좋아하는 사람을 일부러 험담하는 경우도 있거든."

"그런 어리석은 사람이 어디 있나?"

주인은 인간의 이런 미묘한 심리에 대해 무슨 말을 들어도 아무 느낌이 없는 사람이다.

"그런 어리석은 사람이 이 세상에 꽤 있으니 어쩌겠는가? 실제로 가네다 부인도 그렇게 해석하고 있다네. 갈피를 잡지 못하는 수세미외 같다고 종종 간게쓰 군의 험담을 해대는 걸 보면 그만큼 마음속으로 생각하고 있는 게 틀림없다고 말일세."

주인은 이런 묘한 해석을 듣고는 그다지 생각지 못했던 일이라 눈을 휘둥그레 뜨고 대답도 하지 못한 채 스즈키의 얼굴을 길거리 점쟁이처럼 물끄러미 바라보았다. 스즈키는 이대로 가다가는 자칫 일을 그르칠지도 모르겠다 싶었는지 주인에게도 판단이 설 만한 것으로 말머리를 돌렸다.

"자네가 생각해봐도 알 수 있을 텐데? 그만한 재산에 그만한 미모라면 어디든 그에 상응하는 집안에 보낼 수 있지 않겠나? 간게쓰 군도 훌륭한 사람이겠지만 신분으로 보면, 아니, 신분이라고 하면 실례가 될지도 모르겠군. ……재산이라는 점에서 보면, 뭐, 누가 보든 한쪽으로 기우니까 말이네. 그런데 내가 일부러 걸음을 할 만큼 양친이 애를 태우고 있는 것은, 본인이 간게쓰 군한테 마음이 있기 때문이 아니겠나?"

스즈키는 제법 그럴싸한 이유를 갖다 붙이며 설명했다. 이번에는 주인도 납득한 듯해서 겨우 마음을 놓았지만, 이런 상황에서 우물쭈물하다가는 언제 또 공격이 들어올지 모르기 때문에 빨리 이야기를 진척시켜서 한시라도 빨리 사명을 완수하는 편이 상책이라는 데 생각이 미쳤다.

"그래서 말인데, 지금 말한 바와 같은 이유니까, 저쪽 말로는 뭐 금전이나 재산 같은 건 필요하지 않고, 그 대신 간게쓰 본인에게 뭔가 그에 상응하는 자격이 있었으면 좋겠다는 걸세……. 자격이라면 뭐, 직함 같은 거겠지……. 박사가 되면 딸을 주겠다고 거들먹거리는 건 아닐세……. 오해해선 안 돼. 지난번에 부인이 왔을 때는 메이테이가 이상한 말을 하는 바람에……. 아니, 자네가 잘 못했다는 건 아니야. 부인도 자네에 대해서는, 빈말을 하지 않는 정직하고 좋은 분이라고 칭찬하더군. 전적으로 메이테이가 잘못한 것이겠지. ……그래서 말인데, 본인이 박사라도 돼준다면 저쪽에서도 세상에 떳떳하고 체면도 설 것 같다고 하는데, 어떤가? 조만간 미즈시마 군이 박사 논문이라도 제출해서 박사학위를 딸 것 같지는 않은가? 뭐, 가네다 씨 댁만의 문제라면 박사도 학사도 필요 없겠지만, 세상에서 보는 눈이라는 게 있으니까 일이 그렇게 간단한 건 아닐 걸세.”

이런 설명을 듣고 보니, 저쪽에서 박사가 되기를 요구하는 것도 꼭 무리한 요구라고 할 수는 없다는 생각이 들었다. 무리한 요구가 아니라면 스즈키의 부탁대로 해주고 싶었다. 주인을 살리는 것도 죽이는 것도 스즈키의 뜻대로였다. 역시 주인은 단순하고 순진한 사람이다.

“그럼, 다음에 간게쓰가 오면 박사 논문을 쓰도록 권유해보겠네. 그러나 본인이 가네다의 딸을 맞을 생각인지 어떤지, 먼저 그것부터 따져봐야 하지 않겠나?”

“따져보다니? 여보게, 그렇게 정색하고 물어본다고 해서 일이 성사되는 건 아니네. 그냥 평소처럼 이야기하다가 넌지시 마음을 떠보는 게 가장 빠른 길이야.”

“마음을 떠본다고?”

“그래, 마음을 떠본다 하면 좀 어폐가 있을지도 모르지만. ……뭐 마음을 떠보지 않더라도, 얘기를 나누다 보면 자연스럽게 알게 되겠지.”

"자네야 그걸 알 수 있을지 모르지만, 나는 분명하게 듣지 않으면 몰라."

"모른다면 뭐 됐네. 하지만 메이테이처럼 쓸데없는 훼방을 놓아 일을 그르치는 건 좋지 않다고 생각하네. 설사 권하지는 않더라도, 이런 일은 당연히 당사자들 의사에 따라야 하는 거니까. 다음에 간게쓰 군이 오거든 되도록 훼방을 놓지 않도록 해주게. 아니, 자네 얘기가 아니네. 메이테이를 말하는 거야. 그 친구 입에 오르는 순간 도저히 살아남을 수가 없으니까."

주인을 대신해 메이테이에 관한 험담을 듣고 있었는데, 호랑이도 제 말 하면 온다더니 메이테이 선생이 봄바람을 타고 여느 때처럼 부엌문으로 표연히 들어왔다.

"이야, 이거 귀한 손님이 와 계셨군. 나같이 허물없는 손님이 되면 홀대하려고 해서 안 된다니까. 하여간 구샤미한테는 10년에 한 번쯤 찾아와야 해. 과자부터가 벌써 평소보다 고급지지 않은가."

메이테이는 이렇게 말하며 서양 과자점인 후지무라의 양갱을 볼이 미어지게 집어먹었다. 스즈키는 머뭇거리고 있고, 주인은 히죽히죽 웃고 있으며, 메이테이는 입을 우물거리고 있다. 나는 툇마루에서 이 광경을 바라보면서 무언극이라는 것이 충분히 성립할 수 있겠구나 싶었다. 선가禪家에서 무언의 문답을 하는 것이 이심전심이라면, 이 무언의 연극 또한 이심전심의 무대였다. 매우 짧지만 굉장히 날카로운 무대였다.

"자넨 평생 정처 없이 떠도는 나그네일 줄 알았더니 어느새 이렇게 돌아왔군그래. 오래 살고 볼 일이라니까. 어떤 요행을 만날지 모르니까 말이야."

메이테이는 스즈키에 대해서도 주인을 대하는 것처럼 털끝만
치도 조심할 줄을 몰랐다. 아무리 자취 생활을 함께한 친구라 해
도 10년이나 만나지 못했다면 서먹서먹해질 법도 한데, 메이테이
에게서는 전혀 그런 기색을 찾아볼 수 없었다. 메이테이가 훌륭해
서인지, 아니면 바보여서인지 짐작할 수가 없었다.

"비꼬기는. 그렇게 바보 취급할 건 없지 않나."

스즈키는 두루뭉술하게 대답하기는 했지만, 어쩐지 마음이 안
정되지 않은 듯 금줄을 신경질적으로 만지작거렸다.

"자네, 전기 철도(전차를 말한다. 1903년 8월 도쿄의 시나가와—신바시
구간에서 최초의 전차가 운행을 개시했다)는 타봤나?"

주인은 갑작스럽게 스즈키에게 이상한 질문을 던졌다.

"오늘은 자네들한테 놀림을 당하러 온 거나 다름없다는 생각이
드는군. 아무리 내가 촌놈이라도……. 이래 봬도 가철街鐵(전철회사
인 도쿄 시가철도 주식회사의 약칭. 1903년 9월 스키야바시—간다바시 구간을
시작으로 운행에 들어갔다) 주식을 60주나 갖고 있네."

"이런 얕볼 수가 없겠군. 난 그 주식을 888주 반을 갖고 있었는
데 말이야. 안타깝게도 길쭉벌레라는 놈이 갉아 먹어서 이젠 반
주밖에 남지 않았네. 자네가 조금만 더 일찍 도쿄에 올라왔다면
벌레 먹지 않은 것을 10주쯤 줬을 텐데, 아쉽게 됐군."

"여전히 입이 걸군. 하지만 농담은 농담이고 그런 주식은 가지고
있다고 해도 손해 볼 일이 없네. 해마다 오르기만 하니까 말이야."

"그렇지, 비록 반 주라고 하더라도 한 천 년쯤 갖고 있으면 곳간
을 셋쯤은 지을 테니까. 자네나 나나 그런 점에서는 빈틈없는 당
대의 재사지만, 그런 문제에서 보면 구샤미 같은 사람은 가엾기

짝이 없지. 주식이라고 하면 무의 형제(주식의 일본어인 카부株와 무의 한 종류인 순무의 일본어 카부蕪의 발음이 같아서 나온 말이다)쯤으로 여기고 있으니 말일세.”

메이테이가 다시 양갱을 집어 들고는 주인 쪽을 힐끗 보자 주인 역시 메이테이의 먹성에 전염되었는지 저절로 과자 접시 쪽으로 손이 갔다. 인간 세상에서는 모든 면에 적극적인 자가 모방꾼을 거느릴 권리를 갖는다.

“주식 같은 건 아무래도 상관없네만, 나는 소로사키한테 한 번이라도 좋으니 전차를 태워주고 싶었네.”

주인은 먹다 만 양갱의 이빨 자국을 망연히 바라보았다.

“소로사키가 전차를 탔다면, 탈 때마다 시나가와까지 가고 말았을 걸세. 그보단 역시 천연거사가 되어 단무지 누름돌에 새겨져 있는 게 무사해서 좋지.”

“그러고 보니 소로사키가 죽었다면서? 참 안됐어. 머리가 비상한 사람이었는데 애석한 일이야.”

스즈키가 말하자 메이테이가 곧바로 말을 이었다.

“머리는 좋았지만, 밥 짓는 건 젬병이었지. 소로사키가 식사 당번인 날에는 난 항상 외출해서 메밀국수로 끼니를 때웠거든.”

“정말, 소로사키가 지은 밥은 탄내가 나고 하도 꼬들꼬들해서 나도 참 힘들었네. 게다가 반찬으로 항상 날두부를 내놓는데, 차가워서 먹을 수가 있어야지.”

스즈키도 10년 전의 불만을 기억 속에서 끄집어냈다.

“구샤미는 그 시절부터 소로사키와 밤마다 팥죽을 먹으러 나갔는데, 그 벌로 지금은 만성 위장병으로 고생하는 중이라네. 실은 구샤미가 팥죽을 더 많이 먹었으니 소로사키보다 먼저 죽었어도 할 말이 없을 텐데 말이지."

"세상에 그런 논리가 어디 있나? 내가 팥죽을 먹은 건 그렇다 치고, 자네는 운동을 한답시고 밤마다 죽도를 들고 집 뒤쪽에 있는 묘지에 가서 석탑을 두드리다 스님한테 들켜서 혼이 나지 않았나?"

주인도 지지 않고 메이테이의 예전 악행을 폭로했다.

"아하하하, 그래 맞아. 스님이 부처님의 머리를 두드리면 안면安眠에 방해가 되니까 그만두라고 했었지. 그런데 나는 죽도였지만, 스즈키 장군은 훨씬 더 난폭했어. 석탑과 씨름을 해서 크고 작은 것을 세 개쯤 넘어뜨렸으니까."

"그때 스님이 노발대발하던 모습은 정말 불같더군. 무슨 수를 써서라도 원래대로 일으켜 세우라고 해서 인부를 고용할 때까지 기다려달라고 했더니, 인부는 안 되고 참회의 뜻을 표하려면 당사자가 직접 일으켜 세워야지 그렇지 않으면 부처님의 뜻에 위배된다고 하지 않았나."

"그때 자네의 꼬락서니가 참 가관이었지. 옥양목 셔츠에 훈도시褌(일본의 전통적인 남성용 속옷) 차림으로 빗물 고인 웅덩이 속에서 끙끙대는 꼴이라니……."

"그걸 자네가 시치미 뚝 떼고 그림으로 그렸으니 정말 너무했지, 뭔가. 난 별로 화를 낸 적이 없는 사람이지만, 그땐 정말 자네가 너무하다 싶더군. 그때 자네가 댄 핑계를 난 지금도 기억하고 있는데, 자넨 생각나나?"

"10년 전에 댔던 핑계를 누가 기억한단 말인가? 하지만 그 석탑에 '기센인덴歸泉院殿 고카쿠다이코지黃鶴大居士 안에이安永 5년 진辰 정월'이라 새겨져 있었던 것만은 지금도 기억하고 있네. 그 석탑은 정말 고아한 품격이 느껴졌지. 이사할 때 훔쳐 가고 싶을 정도였어. 실로 미학상의 원리에 딱 들어맞는 고딕 양식의 석탑이었거든."

메이테이 선생은 다시 엉터리 미학론을 펼쳤다.

"그거야 아무래도 상관없지만, 그때 자네의 핑계는 이런 내용이었네. 나는 미학을 전공할 생각이라 세상에서 일어나는 재미있는 사건을 되도록 많이 스케치해두었다가 장래에 그걸 참고로 삼아야 한다, 안됐다느니 가엾다느니 하는 사사로운 감정 따위는 학문에 충실한 나 같은 사람이 입에 담아서는 안 된다, 라고 아주 태연한 표정으로 말하더군. 나도 자네가 너무 몰인정한 놈이구나 싶어 흙투성이 손으로 자네의 스케치북을 갈기갈기 찢어버렸지."

"유망했던 내 그림 솜씨가 좌절되어 전혀 그릴 수 없게 된 것도 바로 그때부터였네. 자네한테 예봉이 꺾인 걸세. 그래서 나는 자네가 원망스러워."

"사람을 우습게 보면 안 되지. 내가 오히려 원망스러울 정도네."

"메이테이는 그때부터 이미 허풍선이였군그래."

주인은 양갱을 다 먹고 다시 두 사람의 대화에 끼어들었다.

"약속 따윈 지킨 적이 없고 추궁을 당해도 결코 사과한 적도 없고, 이러쿵저러쿵 변명만 늘어놓지. 언젠가 사찰 경내에 백일홍이 피었을 때였는데, 이 백일홍이 질 때까지 '미학원론'이라는 책을 쓰겠다고 하더군. 그래서 못 쓴다, 도저히 가능한 일이 아니라고 했지. 그랬더니 메이테이가 대답하기를, 난 이래 봬도 겉보기와는 달리 의지가 강한 사내다, 그렇게 의심스러우면 내기를 하자고 하기에 난 그 말을 곧이곧대로 믿고 간다의 서양 요리 내기를 했네. 책 같은 걸 쓸 마음이 없다고 생각했으니까 내기에 응하기는 했지만 내심 걱정은 되더군. 나한테는 서양 요리를 사줄 만한 돈이 없었으니까 말이야. 그런데 예상했던 대로 원고를 쓸 기색이 전혀 보이지 않더군. 이레가 지나도 스무 날이 지나도 한 장도 쓰지 않는 거야. 마침내 백일홍이 지고 꽃 한 송이 남지 않게 되어도 본인은 태연하기만 하더라니까. 그래서 드디어 서양 요리를 얻어먹게 됐나 싶어 계약을 이행하라고 했더니 시치미를 뚝 떼지 뭔가."

"또 핑계를 대던가?"

스즈키가 장단을 맞췄다.

"응, 참으로 뻔뻔한 인간이야. '나는 달리 능력이 없지만 의지 하나만큼은 결코 너한테 뒤지지 않아'라면서 배짱을 부리더군."

"한 장도 쓰지 않고?"

이번에는 메이테이 본인이 질문을 했다.

"물론이지. 그때 자네는 이렇게 말했네. 나는 의지라는 한 가지 면에서는 그 누구한테도 한 발짝도 양보하지 않는다, 그러나 유감스럽게도 기억력은 남보다 배는 부족하다, '미학원론'을 저술하려는 의지는 충분히 있었으나 그런 내 의지를 너한테 말해버린 다음 날부터 그만 책을 써야 한다는 걸 잊어버리고 말았다, 그러니 백 일홍이 질 때까지 책을 완성하지 못한 것은 기억력 탓이지 의지 탓이 아니다, 의지 탓이 아닌 이상, 서양 요리 따위를 낼 이유가 어디 있느냐고 되레 큰소리를 치더군."

"과연 메이테이만의 특색을 발휘하니 재미있군."

스즈키는 어쩐 일인지 재미있어했다. 메이테이가 없을 때의 말투와는 사뭇 달랐다. 이것이 영리한 사람의 특색인지도 모른다.

"뭐가 재미있다는 건가?"

주인은 아직도 화가 치미는 듯했다.

"그건 미안하게 됐네. 그래서 그걸 벌충하려고 공작 혓바닥 요리 같은 걸 야단법석을 떨며 찾고 있지 않은가. 뭐 그렇게 화만 내지 말고 기다려보게. 그런데 이보게, 책이라고 해서 하는 말인데, 오늘은 아주 희귀한 소식을 가지고 왔네."

"자네는 올 때마다 희귀한 소식을 가져오니 어디 마음을 놓을 수가 있어야지."

"그런데 오늘은 정말 희귀한 소식이네. 액면 그대로 한 푼의 에누리도 없는 진짜일세. 이보게, 간게쓰가 박사 논문을 쓰기 시작했다는 걸 알고 있나? 간게쓰는 묘하게 잘난 체하는 사내라서 박사 논문을 쓰는 것 같은 몰취미한 노력은 하지 않을 거라고 생각했는데, 그래도 역시 여자에게 관심이 있으니 우습지 않은가. 이보게, 그 코한테 꼭 알려주는 게 좋을 걸세. 요즘은 도토리 박사라도 되는 꿈을 꾸고 있는지 모르니까."

스즈키는 간게쓰라는 이름을 듣고 주인에게 턱과 눈으로 얘기하면 안 된다는 신호를 보냈다. 그러나 주인에게는 그 의미가 전혀 전달되지 않았다. 조금 전에 스즈키를 만나 설교를 들었을 때는 가네다의 딸만 안되었다는 생각뿐이었다. 그러나 지금 메이테이로부터 코, 코 하는 소리를 들으니 다시 얼마 전에 코와 다투었던 일이 생각났다. 그 생각을 하니 우습기도 하고 또 조금은 밉살스럽기도 했다. 그러나 간게쓰가 박사 논문을 쓰기 시작했다는 소식은 무엇보다도 반가운 선물이고, 이것만은 메이테이 선생이 자화자찬한 것처럼 어쨌든 근래 최고의 '희귀한 소식'이었다. 단순히 희귀한 소식일 뿐만 아니라 기쁘고 유쾌한 소식이었다. 가네다의 딸을 아내로 맞이하든 아니든, 그런 것은 아무래도 좋았다. 어쨌든 간게쓰가 박사가 된다는 건 좋은 일이었다. 자기처럼 되다만 목상은 불구점 구석에서 벌레가 먹을 때까지 칠도 하지 않은 채 그대로 썩어가도 유감은 없지만, 잘 만들어졌다고 생각하는 조각에는 하루빨리 금박을 입혀주고 싶었다.

"정말 논문을 쓰기 시작했나?"

스즈키의 신호는 거들떠보지도 않고 주인은 진지하게 물었다.

"남이 하는 말을 잘 믿지 못하는 사람이군……. 하긴 주제가 도토리인지, 목매달기의 역학인지 확실히 알지는 못하겠지만 말이야. 아무튼 간게쓰의 일이니 코가 황송해할 것은 틀림없겠지."

조금 전부터 메이테이가 코, 코 하고 함부로 말하는 것을 들을 때마다 스즈키는 불안한 기색을 감추지 못했다. 메이테이는 이를 전혀 알아채지 못했기에 태연하기만 했다.

"그 후에 코에 대해 다시 연구했는데, 요즘《트리스트럼 샌디》
(영국의 소설가 로렌스 스턴의 소설로 원래 제목은《신사 트리스트럼 샌디의 일

생과 의견》이다)라는 책에 코론[鼻論]이 등장하는 걸 찾아냈네. 가네다 부인의 코도 스턴에게 보여주었더라면 좋은 재료가 되었을 텐데 정말 유감스러운 일이지. 비명鼻名을 후세에 남길 자격을 충분히 갖추고도, 저렇게 썩히고 있으니 가엾기 짝이 없는 일이 아니겠나. 다음에 코가 이곳에 오면 미학상 참고하기 위해 스케치라도 해둬야겠어."

메이테이는 여전히 입에서 나오는 대로 지껄여댔다.

"그런데 그 아가씨가 간게쓰한테 시집오고 싶다는데."

주인이 조금 전에 스즈키에게 들은 대로 이야기하자 스즈키는 좀 곤혹스럽다는 표정으로 주인에게 눈짓을 해 보였다. 그러나 마치 절연체라도 되는 양 주인에게는 전혀 전기가 통하지 않았다.

"참 묘하군. 그런 자의 자식도 사랑을 한다는 게 말이야. 하지만 대단한 사랑은 아닐 거야. 아마 코 사랑쯤 되겠지."

"코 사랑이라도 간게쓰가 아내로 맞으면 좋을 텐데."

"아내로 맞으면 좋겠다니, 얼마 전까지만 해도 자넨 크게 반대하지 않았나? 오늘은 태도가 많이 누그러졌군그래."

"누그러지긴, 누가? 난 절대 누그러지지 않네. 그러나······."

"그러나 어쩌다 보니 그리된 거겠지. 어이, 스즈키, 자네도 실업가의 말석을 더럽히는 사람 중 하나이니 참고나 하도록 들려주겠네. 그 가네다 아무개란 자 말일세, 그자의 여식 따위를 천하의 수재 미즈시마 간게쓰의 부인으로 맞이하는 것은 마치 제등과 범종 같은 관계로 붕우인 우리가 이를 매정하게 묵과할 수만은 없는 일이지 싶네만, 비록 자네가 실업가라도 여기에 이의는 없을 걸세."

"여전히 활기가 넘치는군. 좋아, 자넨 10년 전과 조금도 변함이 없으니 정말 훌륭하네."

스즈키는 유연하게 받아넘기며 어물쩍 넘어가려 했다.

"훌륭하다는 칭찬도 들었으니 박식함을 좀 더 보여드려야겠군. 옛날 그리스인들은 체육을 중요시해서 온갖 경기에 귀중한 상을 내걸고 다양한 장려책을 강구했다고 하네. 그런데 희한하게도 학자의 '지식'에 대해서만은 어떤 포상도 주었다는 기록이 없으니 지금까지도 참 이상하다고 여기던 참이네."

"과연 좀 이상하긴 하군."

스즈키는 그저 장단을 맞출 뿐이었다.

"그런데 바로 2, 3일 전에 미학 연구를 하다가 문득 그 이유를 발견하고는 다년간에 걸쳐 품고 있던 의문이 단박에 풀렸네. 칠통漆桶(무명, 불법에 무지한 승려를 비유하는 불교 용어)에서 빠져나와 득도한 것 같은 통쾌한 깨달음을 얻어 환천희지歡天喜地의 경지에 이르렀지."

메이테이의 이야기가 너무 과장되어 입담 좋은 스즈키도 감당하지 못하겠다는 표정을 지었다. 주인은 또 시작이군, 하는 표정으로 상아 젓가락으로 과자 접시의 가장자리를 톡톡 두드리면서 바닥을 바라보고 있었다. 메이테이만은 득의양양하게 말을 이어갔다.

"그런데 이 모순된 현상에 대한 설명을 명기하여 암흑의 심연에서 우리의 의혹을 먼 옛날에 꺼내준 사람이 누구라고 생각하나? 학문이 시작된 이후로 가장 위대한 학자로 칭송받는 그리스의 철학자, 소요학파의 원조인 아리스토텔레스가 바로 그 사람일세. 그의 설명에 따르면…… 이보게, 과자 접시만 두드리지 말고 내 말 좀 경청해. ……그리스인들이 경기에서 받는 상은 그들이 하는 기예보다 귀한 것이었다네. 그래서 포상이 되기도 하고 장려의 수단이 되기도 했다는 거지. 그러나 지식 자체라면 어떨까? 만일 지식에 대한 보수로 무언가를 주려고 한다면, 지식보다 더 가치 있는 것을 주어야만 하네. 그러나 지식 이상의 보물이 이 세상에 존재하겠는가? 물론 있을 리가 없지. 어설픈 것을 주었다가는 지식의 위엄만 손상시킬 뿐이니까. 그들은 천 량 돈 상자를 올림포스산만큼 쌓아놓고 크로이소스(고대 리디아 왕국의 마지막 왕. 기원전 560년부터 기원전 546년까지 재위했고, 소아시아 지방을 정복하여 거대한 부를 쌓은 크로이소스의 이름은 부자와 동의어가 되었다) 왕의 재물을 모두 털어 '지식'에 상응하는 보수를 주려고 했는데, 아무리 생각해도 도저히 균형을 맞출 수 없다는 것을 간파하고 그 후에는 아예 아무것도 주지 않기로 했네. 이제 아무리 많은 돈이라도 지식에 필적하지 못함은 이로써 충분히 이해가 되었을 걸세. 이제 이 원리를 명심하고 시사 문제에 임해보면 되네. 가네다 아무개가 누구인가? 지폐에 눈과 코를 붙여놓았을 뿐인 작자 아닌가? 좀 기발한 말로 표현하자면 일개 '활동 지폐'에 불과한 인간이라는 거지. 활동 지폐의 딸이라면 활동 우표쯤 되겠고. 그렇다면 간게쓰 군은 어떻게 보아야할까? 고맙게도 그는 최고 학부를 1등으로 졸업하고 조금의 권태로움도 느끼는 기색 없이 조슈 정벌 시대의 하오리 끈을 늘어뜨린 채 밤낮 구별도 없이 도토리의 안정성을 연구하고 있네. 그런데도 여전히 만족하는 기색도 없이 조만간 물리학자 켈빈 경(영국의 물리학자인 윌리엄 톰슨의 칭호)을 압도할 만한 대논문을 발표하려고 하고 있지 않은가? 우연히 아즈마바시를 지나가다가 강물에 투신하는 재주를 부리다 실패한 적은 있으나, 이 역시 열정적인 청년한테서 흔히볼 수 있는 발작적인 행위로서 그가 지식의 도매상이 되기에 지장을 줄 정도의 사건은 아니네. 나 메이테이 특유의 비유법으로 간게쓰 군을 평한다면, 그는 활동 도서관이네. 지식으로 빚어 만들어낸 28센티미터짜리 포탄이지. 이 포탄이 때를 만나 학계에서 한번 폭발한다면…… 만약 폭발해보라지…… 폭발할 거야……."

여기에 이르자 메이테이는 메이테이 특유의 것이라고 자칭하는 형용사가 뜻대로 나오지 않아, 속된 말로 용두사미라는 느낌으로 다소 기가 꺾인 듯했으나 곧바로 다시 말을 이었다.

"활동 우표 따위야 수천만 장 있어봤자 한 장 한 장 흩어져버리네. 그러니 간게쓰한테는 급이 맞지 않는 그런 여자는 안 되는 걸세. 내가 허락할 수 없어. 모든 동물 중에서 가장 총명한 코끼리와 가장 탐욕스러운 돼지가 결혼하는 거나 마찬가질세. 안 그런가, 구샤미?"

주인은 다시 잠자코 과자 접시를 톡톡 두드리기 시작했다.

"그럴 리가 있나."

스즈키는 약간 기가 죽은 기색으로 몹시 난감해하며 대꾸했다. 조금 전까지 메이테이에 관한 험담을 꽤 했는데, 여기서 다시 함부로 말했다가는 주인과 같은 무법자가 또 무슨 일을 폭로할지 몰랐다. 지금은 되도록 적당히 메이테이의 예봉을 피해 무사히 빠져나가는 것이 상책이었다. 스즈키는 영리한 사람이다. 지금 세상에서는 되도록 쓸데없는 저항은 피할 수 있는 만큼 피해야 하고, 불필요한 입씨름은 봉건 시대의 유물이라 생각하고 있었다. 인생의 목적은 말이 아니라 실천에 달려 있다. 자신의 생각대로 일이 착착 진행된다면 그것으로 인생의 목적은 달성된 것이다. 고생과 걱정과 논쟁을 하지 않고 일이 진척된다면, 인생의 목적은 극락주의라는 방법으로 달성되는 것이다. 스즈키는 대학을 졸업한 후 이 극락주의로 성공을 거두었고, 이 극락주의를 통해 금시계를 늘어 뜨리게 되었고, 또 이 극락주의로 가네다 부부의 의뢰를 받았고, 마찬가지로 이 극락주의로 감쪽같이 구샤미를 성공적으로 설득하여 이 사건이 십중팔구까지 성취되려는 마당에 메이테이라는, 상식이 통하지 않고 보통의 인간과는 다른 심리를 가진 게 아닌지 의심스러운 변덕쟁이가 뛰어들었다는 그 갑작스러움에 다소 당황하고 있었다. 극락주의를 발명한 이는 메이지의 신사이고, 극락주의를 실천한 이는 스즈키 도주로 군이며, 지금 이 극락주의로 곤경에 처한 사람 역시 스즈키 도주로 군이다.

"자넨 아무것도 모르니까 '그럴 리가 있나'라는 말만 하고 여느 때와 달리 과묵하게 점잔을 빼고 앉아 있지만, 지난번에 그 코 임자가 왔을 때의 광경을 봤다면 아무리 실업가 편을 드는 자네라도 분명히 질색했을 걸세. 안 그런가 구샤미? 자네도 그땐 엄청 분투했잖아."

"그래도 자네보다는 내 평판이 낫다고 하더군."

"아하하하, 자넨 역시 자신감이 센 사람이야. 그렇지 않고서야 어떻게 학생들과 동료 교사들이 새비지 티라고 놀려대는데도 모른 척하고 학교에 나갈 수 있겠는가. 나도 의지만큼은 남들에게 뒤지지 않네만, 그렇게 뻔뻔하지는 않지. 어쨌든 탄복할 따름이네."

"학생들이나 선생들이 좀 수군거린다고 해서 두려울 게 뭐 있겠는가? 생트뵈브(샤를 오귀스탱 생트뵈브. 1804~1869. 프랑스의 시인, 소설가, 비평가. 근대 비평의 아버지라 불린다)는 고금을 막론하고 아주 독보적인 평론가지만, 파리 대학에서 강의할 때는 평판이 아주 나빴다고 하네. 그래서 그는 학생들의 공격에 대응하기 위해 외출할 때는 반드시 호신용으로 비수를 소매 속에 넣어 다니곤 했지. 브륀티에르(페르디낭 브륀티에르. 1849~1906. 프랑스의 평론가, 문학사가. 고전주의 입장을 취했고 《프랑스 문학사의 비평적 연구》 등의 저서를 남겼다) 역시 파리 대학에서 에밀 졸라의 소설을 공격했을 때는……."

"하지만 자넨 대학교수도 뭐도 아니잖아? 고작 리더 전문 선생 주제에 그런 대가들을 예로 드는 건 잡어가 자신을 고래에 비유하는 것이나 다름없네. 그런 소리를 했다간 놀림만 더 받을 거야."

"그 입 다물게. 생트뵈브나 나나 같은 수준의 학자야."

"대단한 자부심이야. 하지만 호신용 칼을 가지고 다니는 것만은 따라 하지 않는 게 좋을 걸세, 위험하니까. 대학교수가 호신용 칼을 가지고 다닌다면, 리더 전문 선생은 주머니칼쯤일까? 그러나 역시 칼 같은 건 위험하니까 상점가에 가서 장난감 공기총을 사서 메고 다니는 게 좋겠군. 애교가 있어서 좋아. 안 그런가, 스즈키?"

스즈키는 드디어 화제가 가네다 사건에서 벗어났구나 싶어 몰래 한숨을 돌리면서 말했다.

"여전히 순수하고 유쾌하군. 10년 만에 자네들을 만나니 어쩐지 답답한 골목에서 넓은 들판으로 나온 기분이네. 지금 내 동료들과의 대화는 조금도 방심할 수가 없거든. 무슨 말을 하든 신경을 써야 하니까 걱정스럽고 답답하고 정말 괴롭다고. 이야기는 부담이 없는 게 좋지. 그리고 옛날 학창 시절 친구들과 얘기하는 것이 스스럼이 없어 가장 좋네. 오늘은 정말 뜻하지 않게 메이테이를 만나 정말 즐거웠네. 난 볼일이 있어서 이만 실례하겠네."

스즈키가 일어서려고 하자 메이테이도 일어섰다.

"나도 갈게. 난 이제부터 연예교풍회演藝矯風會(1888년에 발족한 연극 개량 단체. 1889년 일본연예협회로 개칭되었다) 일로 니혼바시日本橋에 가야 하니까. 거기까지 함께 가세."

"그거 잘됐군. 오랜만에 함께 산책이나 하자고."

두 사람은 뜻이 맞아 돌아갔다.

5

24시간 동안 일어난 일을 빠짐없이 적고 또 빠짐없이 읽자면 적어도 24시간은 걸릴 것이다. 내가 아무리 사생문을 고취하고 있다고 해도, 고양이가 시도하기에 이런 일은 무척 힘든 일이라고 자백하지 않을 수 없다. 따라서 아무리 집주인이 밤낮으로 묘사할 만한 기언과 기행을 보여준다 해도, 이를 내가 일일이 독자에게 보고할 능력도 끈기도 없음은 심히 유감스러운 일이다. 유감스럽지만 어쩔 수 없다. 아무리 고양이라 해도 휴식이 필요하다. 스즈키와 메이테이가 돌아가자 찬바람이 딱 멎고 소복소복 눈이 내리는 겨울밤처럼 조용해졌다. 주인은 여느 때처럼 서재에 틀어박혔고, 아이들은 다다미 여섯 장짜리 방에서 베개를 나란히 하고 자고 있다. 한 칸 반짜리 장지문을 사이에 둔 남향의 방에는 안주인이 올해 세는 나이로 세 살이 되는 여자아이 멘코에게 젖을 물리고 누워 있다. 벚꽃 필 무렵의 흐릿한 하늘에 황혼을 재촉하던 해는 이미 졌고, 집 밖을 오가는 나막신 소리마저 손에 잡힐 듯 거실까지 들려왔다. 이웃 동네 하숙방에서 명적明笛(피리의 한 가지로 명나라 때의 악기. 길이 약 66센티미터쯤 되는 횡적으로 구멍은 6~8개다)을 부는 소리가 끊어졌다 이어졌다 하면서 졸린 귓전에 가끔 둔감한 자극을 주었다. 바깥은 아마 어둑어둑할 것이다. 어묵탕으로 밥그릇을 비운 터라 아무래도 휴식이 필요하다.

어렴풋이 들려오는 바에 따르면 항간에 고양이의 사랑(하이카이에서는 고양이의 사랑이 봄의 계절로 취급되고 있다)이라 불리는 하이카이 俳諧(일본에서 와카와 렌가를 이어받아 발전한 시의 형식. 단시의 형태로 웃음과 해학의 요소가 포함되어 있다)를 즐기는 현상이 생겼다는데, 이른 봄날엔 동네의 우리 고양이 종족이 꿈자리가 편치 않을 만큼 들떠서 돌아다니는 밤도 있다고 한다. 하지만 나는 아직 그런 정신적인 변화와 마주한 적이 없다. 무릇 연애란 우주적인 활력이다. 위로는 하늘의 신 유피테르로부터 아래로는 땅속에서 울어대는 지렁이와 땅강아지에 이르기까지 연애라는 길에서 애태우는 것이 만물의 속성이므로 우리 고양이들이 어둑어둑해지는 것을 기뻐하며 뒤숭숭한 바람기를 드러내는 것도 무리가 아닌 것이다. 돌이켜보면 이렇게 말하는 나 역시 얼룩이를 몹시 그리워한 적이 있다. 삼무주의의 장본인인 가네다의 딸 도미코조차 간게쓰 군을 연모한다는 소문이 돌지 않았는가. 그러므로 천금 같은 봄밤에 마음이 들떠 온 천하의 암고양이와 수고양이가 미쳐 돌아다니는 것을 번뇌의 미망이라 경멸할 생각은 추호도 없지만, 나는 아무리 유혹을 받아도 그런 마음이 일지 않으니 어쩔 수 없다. 지금 내 상태는 오로지 휴식이 필요할 따름이다. 이렇게 잠이 쏟아져서야 연애도 할 수 없지 않은가. 느릿느릿 아이들의 이불자락으로 기어들어 기분 좋게 잠을 잔다…….

문득 눈을 떠보니 주인은 어느새 서재에서 침실로 들어와 안주인 옆에 깔아놓은 이불 속에 들어가 있었다. 주인은 잠을 잘 때 반드시 영문으로 된 작은 책을 서재에서 들고 오는 버릇이 있다. 그러나 자리에 누워 두 페이지를 계속해서 읽은 적이 없다. 책을 가지고 와 머리맡에 놓은 채 손도 대지 않을 때도 있다. 한 줄도 읽지 않을 거면 굳이 들고 올 필요도 없을 텐데, 이것이 바로 주인의 주인다운 점이다. 안주인이 아무리 비웃어도, 그만두라고 해도 절대 말을 듣지 않는다. 매일 밤 읽지도 않는 책을 수고롭게도 침실까지 가지고 온다. 어떤 때는 욕심을 부려 서너 권이나 안고 온다. 얼마 전에는 매일 밤 웹스터 대사전까지 안고 왔을 정도다. 생각건대 이는 주인의 병이다. 사치스러운 사람이 류분도龍文堂(쇠주전자의 이름. 에도 말기에서 메이지 초기에 활동한 교토의 유명한 주물공인 시카타 류분이 만들었다)에서 나는 솔바람 소리(쇠주전자에서 물이 끓는 소리를 비유한 것)를 듣지 않으면 잠이 오지 않는 것처럼, 주인 역시 머리맡에 책을 놓지 않으면 잠들지 못하는 것이리라. 그러고 보면 주인에게 책이란 읽는 것이 아니라 잠을 자게 해주는 도구다. 활판 수면제인 셈이다.

오늘 밤 역시 주인 옆에 뭔가 있겠지 싶어서 슬쩍 보니, 아니나 다를까 붉고 얇은 책이 주인의 콧수염이 닿을락 말락 한 위치에 반쯤 펼쳐진 상태로 놓여 있었다. 주인의 왼손 엄지손가락이 책 사이에 끼인 것을 보니, 기특하게도 오늘 밤엔 대여섯 줄은 읽은 모양이다. 붉은 책과 나란히 예의 니켈 회중시계가 봄철에 어울리지 않는 차가운 빛을 발하고 있다.

안주인은 젖먹이를 30센티미터쯤 앞쪽으로 밀쳐놓은 채 입을 벌리고 코를 골며 베개도 베지 않고 잠들어 있다. 무릇 인간에게 가장 꼴불견인 것은 입을 벌리고 자는 모습이다. 고양이들은 평생 이렇게 창피한 짓을 저지르지 않는다. 원래 입은 소리를 내기 위한 것이고, 코는 공기를 뱉고 삼키기 위한 도구다. 하긴 북쪽으로 가면 인간들이 게을러져서 되도록 입을 벌리지 않으려고 노력한 결과 코로 말하듯이 드르렁 소리를 내지만, 코를 막고 입으로만 호흡 작용을 하는 것은 드르렁 소리를 내는 것보다 더욱더 꼴불견이지 싶다. 무엇보다 천장에서 쥐똥이라도 떨어질 때는 정말 위험하다.

아이들 쪽은 어떤가 보니 역시 부모에 못지않은 꼬락서니로 자빠져 자고 있다. 언니인 돈코는 언니의 권리란 바로 이런 것이라는 듯 오른손을 뻗어 여동생의 귀 위에 올리고 있다. 여동생인 슨코는 그 복수라도 하려는 듯 언니의 배 위에 자신의 한쪽 다리를 떡하니 올려놓고 있다. 처음에 둘이 자리에 누웠을 때의 자세에서 족히 90도는 회전한 상태다. 게다가 이 부자연스러운 자세를 유지하면서 둘 다 짜증도 내지 않고 얌전히 깊은 잠에 빠져 있다.

역시 봄날의 등불은 각별하다. 천진난만하기는 해도 정취라고는 딱히 찾아볼 수 없는 이런 광경 속에서 이 좋은 밤이 지나가는 것을 아쉬워하듯 그윽하게 빛나고 있다. 몇 시나 되었을까 하고 방 안을 둘러보니, 사위는 조용하기만 하고, 다만 들리는 것은 벽시계 소리와 안주인의 코 고는 소리, 그리고 먼 데서 들려오는 하녀의 이 가는 소리뿐이다. 이 하녀는 다른 사람들이 그녀가 이를 간다는 소리만 하면 한사코 부정하는 여자다. 자기는 태어나서 입때껏 이를 간 적이 없다며 꼭 고치겠다고도 미안하다고도 말하지 않고, 그저 그런 기억이 없다고 억지만 부렸다. 하긴 잠을 자면서 부리는 재주이니 기억에 없을 것이 틀림없다. 하지만 실제로는 기억에 없어도 있을 수 있는 것이니 난감하다. 세상에는 나쁜 짓을 하고도 자신은 어디까지나 선량한 사람이라고 믿는 사람이 있다. 이는 자신에게 죄가 없다고 자신하는 일이니 순수해서 좋기는 하지만, 남이 난처해하는 사실은 아무리 그것이 순수하다고 해도 없는 일이 될 수는 없다. 이러한 신사숙녀는 이 하녀와 같은 계통에 속하는 사람들이다. ……밤이 꽤 이슥해진 듯하다.

부엌 덧문을 똑똑 가볍게 두 번 두드리는 자가 있었다. 이 시간에 누가 찾아올 리가 없다. 아마 예의 그 쥐일 것이다. 쥐는 잡지 않기로 마음먹었으니 멋대로 뛰어놀게 놔두면 된다. ……다시 똑똑 두드린다. 아무래도 쥐 같지가 않다. 쥐라면 조심성이 무척 많은 쥐일 것이다. 그런데 주인집의 쥐는 주인이 나가는 학교의 학생들처럼 한낮이나 한밤중이나 난폭한 행패를 부리는 연습에 여념이 없으며 불쌍한 주인의 꿈을 깨뜨리는 걸 천직으로 여기는 무리인지라 이렇게 조심성이 있을 리가 없다. 이번 건 분명히 쥐가 아니다. 일전에는 주인의 침실까지 느닷없이 들어와 높지도 않은 주인의 콧등을 깨무는 개가를 올리고 물러갔을 정도의 쥐치고는 너무 겁이 많다. 결코 쥐가 아니다. 이번에는 덧문을 끼익 하고 들어 올리는 소리가 들렸다. 그와 동시에 부엌 미닫이문을 문틀에 따라 최대한 천천히 밀고 있었다. 정말 쥐가 아니다. 인간이다. 이렇게 야심한 시간에 인간이 실례한다는 말도 없이 닫힌 문을 열고 왕림했다면, 이건 메이테이 선생이나 스즈키가 아닌 것은 분명했다. 존함만큼은 익히 들어 알고 있는 도선생인지도 모른다. 정말 도선생이라면 어서 그 존귀한 얼굴을 보고 싶었다. 도선생은 이제 커다란 흙발을 쳐들고 부엌으로 두 걸음쯤 들어온 듯했다. 세 걸음째를 내디뎠을 때 발이 마루 밑의 뚜껑 널판에 걸렸는지 쿵 하고 어둠을 뒤

흔드는 소리가 들렸다. 내 등의 털을 누가 구둣솔로 거꾸로 문지르는 듯한 기분이었다. 잠시 숨막히는 정적이 흘렀다. 안주인을 바라보니 아직 입을 벌린 채 태평하게 공기를 뱉고 삼키느라 정신이 없다. 주인은 붉은 책에 엄지손가락이 끼인 꿈이라도 꾸고 있을 것이다. 이윽고 부엌에서 성냥을 긋는 소리가 들렸다. 도선생도 나만큼 밤눈이 어두운가 보다. 움직이기가 여의찮았을 것이다.

이때 나는 몸을 웅크린 채 생각했다. 도선생은 부엌에서 거실쪽으로 모습을 드러낼까, 아니면 현재의 위치에서 왼쪽으로 틀어 현관을 지나 서재로 빠져나갈까. ……발소리는 미닫이 소리와 함께 툇마루로 나갔다. 도선생은 마침내 서재로 들어갔다. 그 후로는 아무 소리도 들리지 않았다.

나는 그사이에 재빨리 주인 부부를 깨워야겠다는 데 생각이 미쳤으나, 요령부득한 생각만 물레방아처럼 머릿속을 빙빙 돌 뿐 막상 어떻게 해야 깨울 수 있을지 뾰족한 방안이 떠오르지 않았다. 이불자락을 물고 흔들어보면 어떨까 싶어 두세 번 흔들어보았으나 아무 소용이 없었다. 차가운 코를 뺨에 비벼대면 어떨까 싶어 주인 얼굴 앞으로 코를 내밀었더니 주인은 잠이 든 채 손을 쭉 뻗어 나의 콧등을 힘껏 밀쳐냈다. 코는 고양이에게도 급소다. 고통이 이만저만이 아니었다. 이번엔 달리 방법이 없어 야옹야옹 하고 두어 번 울어 깨워보려고 했으나 어쩐 일인지 이때만은 목구멍에 뭐가 걸렸는지 마음대로 소리가 나오지 않았다. 주저주저하면서 간신히 낮은 소리를 냈으나 이번에는 내가 놀랐다. 정작 중요한 주인은 눈을 뜰 기미도 없는데 갑자기 도선생의 발소리가 들렸던 것이다. 삐걱삐걱 툇마루를 지나 다가왔다. 드디어 올 것이 왔구나, 이러면 이제 모든 게 글렀다고 체념한 채 미닫이와 버들고리 사이에 잠시 몸을 숨기고 동정을 살폈다.

도선생의 발소리는 침실 장지문 앞에서 뚝 멈췄다. 나는 숨을 죽이고 이제 무슨 짓을 하려는지 주의 깊게 살폈다. 나중에 생각한 일이지만, 쥐를 잡을 때도 바로 이런 마음이면 문제 될 게 없겠다 싶었다. 두 눈에서 영혼이 튀어 나갈 것만 같은 기세였다. 도선생 덕분에 두 번 다시 얻기 어려운 깨달음을 얻은 것은 참으로 고마운 일이었다. 순식간에 장지문의 세 번째 문살이 한가운데만 비에 젖은 것처럼 색깔이 변했다. 그것을 통해 불그스름한 것이 차츰 짙게 비치는가 싶더니 어느새 종이가 뚫리고 빨간 혀가 불쑥 나타났다가 어둠 속으로 사라졌다. 그리고 그 대신 뭔가 무시무시하게 반짝이는 것 하나가 뚫린 구멍 너머로 나타났다. 의심할 것도 없이 그건 도선생의 눈이었다. 묘하게도 그 눈은 방 안에 있는 다른 것은 보지 않고 오직 버들고리 뒤에 숨어 있는 나만 응시하는 것 같았다. 채 1분도 되지 않은 시간이었지만, 이렇게 노려보는 시선을 받아서는 수명이 줄어들 것만 같았다. 더는 참을 수가 없어서 버들고리 뒤에서 뛰어나가려고 결심했을 때, 침실 장지문이 스르륵 열리더니 기다리던 도선생이 마침내 눈앞에 나타났다.

나는 이 이야기의 서술 순서에 따라 불시에 등장한 도선생을 독자 여러분에게 소개하는 영예를 차지한 셈인데, 그전에 잠깐 내 개인적인 소견을 개진하려 하니 부디 양해를 부탁드린다. 고대의 신은 전지전능한 존재로 숭상받았다. 특히 그리스도교의 신은 20세기인 오늘날까지도 전지전능함이라는 가면을 쓰고 있다. 그러나 속인들이 생각하는 전지전능함이란 때에 따라서는 무지무능함으로도 해석할 수 있다. 이렇게 말하면 분명히 모순이다. 그런데도 천지가 개벽한 이래 이 모순을 깨달은 자로는 내가 유일하다고 생각하면, 내가 생각해도 내가 아주 형편없는 고양이는 아니라는 허세도 생긴다. 그러므로 여기서 꼭 그 이유를 밝혀 고양이도 얕볼 수 없는 존재라는 사실을 오만한 인간들의 뇌리에 각인시키고자 한다. 신이 천지 만물을 만들었다고 하는데, 그렇다면 인간 역시 신의 피조물일 것이다. 실제로 성서인가 하는 책에 그렇게 명기되어 있다고 한다. 그런데 이 인간을 인간 스스로 수천 년 동안 관찰한 결과 대단히 현묘하고 신기하게 여기게 된 동시에 점점 더 신의 전지전능함을 인정하는 쪽으로 기울어진 사실이 있다. 그건 다름 아니라 인간도 이처럼 우글우글 많지만, 똑같은 얼굴을 가진 자는 전 세계에 한 사람도 없다. 얼굴을 만드는 도구는 물론 정해져 있다. 크기도 비슷비슷하다. 바꿔 말하면 그들은 모두 같은 재료로 만들어졌다. 같은 재료로 만들어졌지만 한 사람도 같은 결과에 이르지 않았다. 그렇게 단순한 재료로 이만큼 다양한 얼굴을 구상한 자라면, 그 제조자의 기량에 감탄하지 않을 수 없다. 매우 독창적인 상상력이 없다면 이런 변화는 불가능하다. 한 시대를 풍미한 화가가 혼신의 힘을 쏟아 변화를 추구한 얼굴이라도 열두세 가지 이상은 만들어내기 힘들다는 점을 미루어 생각하면, 인간의 제조를 한 손에 떠맡은 신의 솜씨는 각별한 것이라고 경탄하지 않을 수 없다. 도저히 인간 사회에서는 찾아볼 수 없는 무한한 기량이기에 이를 전지전능한 기량이라고 해도 무방할 것이다. 인간은 이 점에서 신에게 몹시 놀라고 있는 것 같다. 하기야 인간의 관점에서 보면 이는 당연하다. 그러나 고양이의 처지에서 보면 똑같은 사실이 도리어 신의 무능력을 증명한다고도 해석할 수 있다. 설령 완벽하게 무능하지는 않더라도 인간 이상의 능력은 절대 없다고 단정할 수도 있을 것이다. 신이 인간의 수만큼 많은 얼굴을 만들어냈다고 하는데, 처음부터 마음속에 무슨 계획이 있어 그만큼의 변화를 준 것인지, 아니면 어중이떠중이 모두 다 똑같은 얼굴로 만들어내려고 했는데 도저히 자기 뜻대로 되지 않아 만들어내는 족족 잘못되어 이런 난잡한 상태에 빠진 것인지는 알 수 없다. 인간의 제각기 다른 안면 구조는 신이 성공했다는 증거일 수도 있고 동시에 실패의 흔적이라고도 볼 수 있지 않겠는가. 전능이라고도 할 수 있겠지만, 무능이라 평해도 별 지장은 없다. 인간의 눈은 평면상에 나란히 두 개가 있어서 좌우를 동시에 볼 수가 없다. 그러므로 사물의 반쪽밖에 시야에 들어오지 않는 것은 참으로 딱한 일이다. 처지를 바꿔 생각하면 이처럼 단순한 사실은 그들의 사회에서 밤낮으로 끊임없이 일어나는 일인데, 우쭐한 채 신에게 휩쓸려 깨닫지 못할 뿐이다. 제작 과정에서 변화를 꾀하는 것이 어렵다면, 철두철미하게 모방하는 것 또한 똑같이 어려운 일이다. 라파엘에게 완벽히 똑같은 성모상을 두 장 그리라고 요구하는 것은 전혀 닮지 않은 성모 마리아를 한 쌍 그려보라는 것과 마찬가지로 곤혹스러운 일일 것이다. 고보 대사(774~835. 헤이안 시대 초기의 고승이었던 구카이의 시호諡號. 글씨로는 일본의 3대 명필로 꼽힌다)에게 어제 썼던 필법으로 대사의 이름인 구카이空海를 써달라고 하는 것이, 서체를 완전히 바꿔서 써달라는 주문보다 곤혹스러운 일일지도 모른다. 인간이 사용하는 언어는 전적으로 모방주의를 통해 후세에 전해진다. 그들 인간이 어머니로부터, 유모로부터 그리고 타인으로부터 실용적인 언어를 배울 때는 그저 자신이 들은 대로 되풀이하는 것 외에 털끝만큼의 야심도 없다. 가능한 한 모든 능력을 동원해 남의 흉내를 내는 게 고작인 것이다. 이처럼 남의 흉내 내기를 통해 성립된 언어가 10년, 20년이 지나는 동안 발음에 자연스러운 변화가 생기는 것은 그들에게 완전한 모방 능력이 없다는 걸 증명한다. 순수한 모방은 이처럼 어려운 것이다. 따라서 신이 그들 인간을 구별할 수 없도록 죄다 소인燒印으로 찍어낸 탈처럼 똑같이 만들어낼 수 있었다면 신의 전능함을 표명할 수 있었을 것이고, 동시에 오늘날처럼 제각각 다른 얼굴을 햇볕에 드러내 눈이 팽팽 돌아갈 정도로 변화를 보여준 것은 오히려 그 무능력을 추측할 수 있는 근거가 될 수도 있는 것이다.

내가 무엇 때문에 이런 격론을 펼치게 되었는지 잊어버렸다. 기원을 망각하는 것은 인간에게도 흔한 일이니 고양이에게는 당연한 일이라고 너그러이 봐주기를 바란다. 아무튼 침실 장지문을 열고 문턱 위에 불쑥 나타난 도선생을 얼핏 보았을 때, 앞에서 말한 것 같은 감상이 자연스레 내 가슴속에 일었던 것이다. 왜 그런 생각이 들었을까? 그런 질문을 받는다면 일단 생각해보아야 한다. 그러니까 그 이유는 이렇다.

내 눈앞에 유유히 나타난 도둑의 얼굴을 보니 그 얼굴이, 평소 신의 제작에 관해 그 솜씨가 어쩌면 신의 무능함을 말해주는 것이 아닐까 의심하고 있었는데, 그 의심을 일시에 떨쳐버리기에 충분할 만큼의 특징을 갖고 있었기 때문이다. 특징이란 다른 게 아니었다. 그의 이목구비가 나의 친애하는 호남아 미즈시마 간게쓰군을 쏙 빼닮았다는 사실이다. 물론 내가 아는 도둑이 많지는 않지만, 그 행위가 난폭하다는 점에서 평소 은밀히 마음속에 그려온 모습이 없는 것도 아니다. 조그마한 코의 좌우로 1전짜리 동전만 한 눈이 두 개 붙어 있고, 머리는 밤송이처럼 짧게 깎았을 게 뻔하다고 멋대로 생각하고 있었는데, 실제로 보니 생각한 것과는 하늘 과 땅의 차이였다. 상상이란 결코 마음대로 해서는 안 된다. 이 도 선생은 훤칠한 키에 거무스름한 일자형 눈썹을 가진 기개 있고 멋 진 도둑이다. 나이는 스물예닐곱쯤으로 보인다. 그것도 간게쓰 군 을 빼닮았다. 이토록 닮은 두 개의 얼굴을 제조할 솜씨가 있다면 신도 결코 무능하다고만은 볼 수 없을 것이다. 아니, 사실을 말한 다면 간게쓰 군 본인이 머리가 좀 이상해져서 심야에 뛰쳐나온 게 아닐까 하고 생각할 만큼 닮았다. 다만 코밑에 거무스레한 수염이 없는 것으로 보아 다른 사람이라는 것은 알 수 있었다. 간게쓰 군 은 옹골차고 야무진 호남아로 메이테이로부터 활동 우표라 불리 는 가네다 도미코 양을 충분히 흡수하고도 남을 만큼 정성을 들 인 제작물이다. 그러나 인상으로부터 관찰하건대 이 도선생도 여 인네를 끌어들이는 작용에서 볼 때 결코 간게쓰 군에게 한 발짝도 양보하지 않았다. 만약 가네다의 딸이 간게쓰 군의 눈매나 입꼬리 에 반했다면, 그와 똑같은 열정으로 이 도선생에게도 반해야지 그 렇지 않다면 이치에 맞지 않는다. 아니, 이치야 어떻든 논리에 맞 지 않는다. 그렇게 재기가 넘치고 무슨 일에서든 이해가 빠른 성 미니 이 정도 일쯤은 남에게 듣지 않더라도 알 수 있을 것이다. 그 러고 보니 간게쓰 군 대신 이 도선생을 내놓더라도 필시 온몸을 바쳐 사랑하여 금실 좋은 부부가 될 수 있을 것이다. 만약 간게쓰 군이 메이테이 등의 설득에 넘어가 이 천고千古의 연분이 깨진다

하더라도 이 도선생이 건재하는 한 문제는 없을 것이다. 나는 앞으로 전개될 사건을 여기까지 예상하고는 도미코 양을 위해 겨우 안심했다. 천지간에 이 도선생이 존재하는 것은 도미코 양의 삶을 행복하게 하는 중요한 요건이다.

도선생은 옆구리에 뭔가를 끼고 있었다. 아까 주인이 서재로 집어 던진 낡은 담요다. 줄무늬 무명 겉옷에 쥐색을 띤 남색 띠를 엉덩이 위로 묶었고 무릎 아래로는 희멀건 정강이를 그대로 드러낸 채 한쪽 발을 들어 다다미 위로 들여놓는다. 아까부터 붉은 책에 손가락을 물린 꿈을 꾸고 있던 주인이 이때 몸을 휙 뒤치면서 크게 소리를 질렀다.

"간게쓰다!"

도선생은 담요를 떨어뜨리고 내밀었던 발을 황급히 거둬들였다. 가늘고 긴 정강이 두 개가 선 채 살짝 움직이는 그림자가 장지문에 비쳤다. 주인은 으음, 음냐, 음냐 하고 웅얼거리면서 그 붉은 책을 밀쳐버리고 옴이라도 옮은 것처럼 시커먼 팔을 벅벅 긁어댔다. 그런 뒤에는 다시 조용해지더니 베개를 밀어내고 잠들어버린다. '간게쓰다!'라고 소리를 지른 건 잠결에 내뱉은 잠꼬대인 것 같았다. 도선생은 잠시 툇마루에 선 채 방 안의 동정을 살피다가 주인 부부가 깊이 잠든 것을 확인하고는 다시 한쪽 발을 다다미 위로 들여놓는다. 이번에는 '간게쓰다!'라는 소리도 들리지 않는다. 이윽고 나머지 한 발도 들여놓는다. 봄밤의 등불 하나로 넉넉히 비추던 다다미 여섯 장짜리 방은 도선생의 그림자로 선명하게 둘로 나뉘고 버들고리 언저리에서부터 내 머리 위를 넘어 벽 절반쯤이 시커메졌다. 돌아보니 도선생의 얼굴 그림자가 정확히 벽의 3분의 2 지점에서 흐릿하게 움직이고 있었다. 호남이라고 해도 그림자만 보면 머리가 여덟 개 달린 요괴처럼 참으로 기묘한 모습이었다. 도선생은 안주인의 잠든 모습을 위에서 내려다보고는 무슨 까닭인지 씨익 웃었다. 웃는 모습까지 간게쓰 군을 빼닮아 나도 놀랐다.

안주인의 머리맡에는 가로 12센티미터가량에 높이 45~50센티미터쯤 되는, 못을 친 상자가 소중한 물건인 양 놓여 있었다. 히젠肥前 가라쓰唐津 출신의 다타라 산페이 군이 지난번에 고향에 내려갔다 오면서 선물로 가지고 온 참마가 든 상자였다. 참마를 머리맡에 두고 자는 건 그다지 흔한 일이 아니지만, 이 집의 안주인은 조림 요리를 할 때 쓰는 백설탕을 장롱에 넣어둘 정도로 물건을 둬야 할 합당한 장소 개념이 부족한 여자였으므로, 안주인에게는 참마는 말할 것도 없고 단무지가 침실에 있어도 아무렇지 않을지도 모른다. 하지만 신이 아닌 도선생으로서는 안주인이 그런 여자라는 걸 알 리 없었다. 이렇게까지 애지중지하며 곁에 두고 있는 이상 귀중한 물건일 거라고 감정하는 것도 무리는 아니다. 도선생은 참마 상자를 살짝 들어보더니 그 무게가 자신이 예상했던 대로라고 느꼈는지 몹시 만족한 눈치였다. 결국 참마를 훔치는구나 하고 생각하니, 게다가 이런 호남아가 참마를 훔치는구나 하고 생각하니, 갑자기 우스워졌다. 하지만 함부로 소리를 내면 위험하기에 꾹 참았다.

이윽고 도둑은 참마 상자를 낡은 담요에 정성스레 싸기 시작했다. 그러고는 뭔가 묶을 게 없나 하고 주위를 둘러보았다. 다행히 주인이 잘 때 풀어놓은 무명 띠가 눈에 띄었다. 도선생은 참마 상자를 그 띠로 단단히 묶어 힘들이지 않고 둘러멨다. 여자들이 좋아할 만한 몰골은 아니다. 그러고 나서 아이들의 민소매 옷 두 벌을 주인의 내복 바지 속에 밀어 넣자 가랑이가 둥그렇게 부풀어 구렁이가 개구리를 잡아먹은 것 같은, 아니 산달이 된 구렁이 같다고 하는 것이 나을지도 모르겠다. 어쨌든 그런 이상한 꼴이 되었다. 내 말이 거짓말 같으면 어디 시험 삼아 한번 해보시라. 도선생은 내복 바지를 목에 둘둘 감았다. 그다음에는 어떻게 하나 봤더니 주인의 명주 윗옷을 보자기처럼 크게 펼치고 거기에 안주인의 오비帯(기모노를 입을 때 허리 부분을 감고 조여 묶는 좁고 긴 천), 주인의 하오리와 속옷, 그 밖의 온갖 잡동사니를 곱게 개어 챙겨 넣었다. 그 숙련되고 재빠른 솜씨에도 조금은 감탄했다. 그러고 나서 안주인의 오비 끈과 허리띠를 잇대어 꾸러미를 묶고는 한 손에 들었다. 또 가져갈 건 없나 하고 주위를 두리번거리더니 주인의 머리맡에서 '아사히' 담뱃갑을 찾아내고 그걸 얼른 소매 속에 집어넣는다. 그리고 그 주머니에서 담배 한 개비를 꺼내 남폿불에 대고 불을 붙였다. 맛있다는 듯 깊이 빨아들였다가 뱉어낸 연기가 젖빛 등갓을 맴돌다 미처 사라지기도 전에 도선생의 발소리는 툇마루에서 점점 멀어지더니 이내 들리지 않게 되었다. 주인 부부는 여전히 잠에 곯아떨어져 있었다. 인간은 의외로 우둔한 존재다.

나는 잠깐의 휴식이 필요했다. 마냥 지껄이고만 있다가는 몸이 견디지 못할 것이다. 잠을 푹 자고 눈을 떴을 때는 음력 3월의 하늘이 화창하게 개어 있었고, 부엌문 쪽에서 주인 내외가 순사와 이야기를 나누고 있었다.

"그렇다면 이곳으로 들어와 침실 쪽으로 돌아간 것이군요. 당신들은 잠을 자고 있어서 전혀 몰랐다는 말이지요?"

"예."

주인은 다소 언짢은 듯했다.

"그래서 도난당한 건 몇 시쯤이었습니까?"

순사는 무리한 걸 물었다. 시간을 알 정도면 물건을 도난당하지도 않았을 것이다. 그걸 모르는 주인 부부는 이 질문에 답하기 위해 서로에게 묻고 또 묻는다.

"몇 시쯤이었지?"

"글쎄요."

안주인은 생각에 잠겼다. 생각하면 그걸 알 수 있다고 여기는가보다.

"당신은 어젯밤 몇 시에 주무셨어요?"

"내가 잠든 건 당신보다는 나중이었어."

"네. 제가 자리에 누운 건 당신보다 먼저였어요."

"잠이 깬 건 몇 시였지?"

"7시 반이었을 거예요."

"그럼, 도둑이 들어온 건 몇 시쯤이 되지?"

"아마도 밤중이었겠지요."

"밤중인 거야 당연한 거고, 몇 시쯤이었느냐고?"

"확실한 건 잘 생각해보지 않으면 모른단 말이에요."

안주인은 아직도 생각할 요량이다. 순사는 그저 형식적으로 물어본 것이니 도둑이 언제 들어왔든 상관없었다. 거짓말이든 뭐든 적당히 대답해주면 된다고 생각했는데, 주인 내외가 요령부득한 말만 늘어놓자 순사는 조금 조바심이 난 듯했다.

"그럼, 도난 시간은 분명하지 않다는 거군요?"

"뭐, 그런가 보네요."

주인은 예의 말투로 대답했다. 순사는 웃지도 않고 다시 물었다.

"그럼 말이죠, 1905년 몇 월 며칠, 문단속을 하고 잠자리에 들었는데 도둑이 어디어디의 덧문을 열고 어디어디로 침입해서 물건을 몇 점 훔쳐 갔으므로 이에 고소하고자 한다는 것을 서면으로 제출해주십시오. 단순한 신고가 아니라 고소입니다. 수취인은 쓰지 않는 게 좋습니다."

"도난당한 물건도 일일이 적어야 합니까?"

"네. 하오리 몇 벌, 가격이 얼마, 이런 식으로 표를 만들어서 제출하십시오. 뭐 집 안에 들어가 봤자 아무 소용이 없겠네요. 이미 도난당한 후니까요."

순사는 태평한 소리를 하고는 돌아갔다.

주인은 붓과 벼루를 객실 한가운데로 가지고 나와 안주인을 앞에 불러놓고 마치 싸움이라도 하는 듯한 어조로 말했다.

"이제 도난 고소장을 쓸 테니 도난당한 걸 하나씩 말해봐. 자, 말해."

"어머, 싫어요. 자 말해, 라니. 그렇게 위압적으로 물으면 누가 말하겠어요?"

안주인은 가는 띠를 두른 채 털썩 주저앉았다.

"그 꼴은 또 뭐야? 칠칠치 못한 술집 작부 같잖아. 오비는 또 왜 안 멘 거야?"

"이런 꼴 보기 싫으면 좀 사줘봐요. 술집 작부고 뭐고, 오비를 훔쳐 갔으니 뾰족한 수가 없잖아요."

"오비까지 훔쳐 갔나? 지독한 놈이로군. 그렇다면 오비부터 쓰도록 하지. 그건 어떤 오빈데?"

"어떤 오비라뇨? 오비가 그렇게 많은 줄 알았어요? 검정 공단과 오글쪼글한 비단을 안팎으로 댄 거예요."

"검정 공단과 오글쪼글한 비단을 안팎으로 댄 오비 하나라…… 값은 얼마나 되지?"

"6엔쯤일걸요."

"주제도 모르고 그동안 비싼 오비를 맸군. 다음부턴 1엔 50전쯤 하는 걸로 매."

"그런 오비가 어디 있어요? 그래서 당신이 몰인정하다는 말을 듣는 거예요. 마누라 따위는 아무리 추레한 꼴을 하고 있어도 자기만 좋으면 상관없다는 심보잖아요."

"그만 따지고, 그다음엔 뭐야?"

"명주 하오리예요. 그건 고노 숙모님한테서 유품으로 받은 건데, 똑같은 명주라도 요즘 명주와는 질이 달라요."

"그런 설명은 필요 없어. 값은 얼만데?"

"15엔."

"15엔짜리 하오리를 입다니. 분수에 안 맞게."

"무슨 상관이죠? 당신이 사준 것도 아닌데."

"그다음엔 뭐지?"

"검정 버선이 한 켤레."

"당신 건가?"

"당신 거예요. 값은 27전."

"그리고?"

"참마 한 상자."

"참마까지 가지고 갔어? 쩌서 먹을까, 아니면 갈아서 즙으로 만들어 먹을까?"

"뭘 할지 어떻게 알아요? 도둑놈한테 가서 물어보시던가요."

"얼마나 할까?"

"참마 가격까지는 몰라요."

"그럼 12엔 50전쯤으로 해두지."

"그게 말이 돼요? 아무리 가라쓰에서 캐왔다고 해도 참마가 어떻게 12엔 50전이나 하겠어요?"

"하지만 당신이 모른다고 했잖아."

"그건 그랬죠. 모르긴 해도 12엔 50전이라는 건 말도 안 돼요."

"모르긴 해도 12엔 50전은 말도 안 된다는 건 또 뭐야? 전혀 앞뒤가 안 맞잖아. 그러니까 당신을 오탄친 팔레올로고스('얼간이'를 의미하는 에도 시대의 속어인 '오탄친'을 동로마제국의 마지막 황제 콘스탄티노스 11세 팔레올로고스와 연관시킨 말장난. 결혼 초인 제5고등학교 교사 시절에 소세키가 아내에게 자주 사용하던 말)라는 거야."

"뭐라고요?"

"오탄친 팔레올로고스라고."

"그 오탄친 팔레올로고스라는 게 뭔데요?"

"아무것도 아니야. 그다음은? 내 옷은 통 나오지 않는군."

"다음이야 아무려면 어때요? 오탄친 팔레올로고스가 무슨 뜻인지나 말해주세요."

"뜻이고 뭐고 할 게 어딨어?"

"가르쳐줘도 되잖아요? 당신은 저를 완전히 무시하고 있다고요. 제가 영어를 모른다고 욕한 거 맞죠?"

"쓸데없는 소리 하지 말고, 어서 그다음이나 말해봐. 지금 빨리 고소하지 않으면 물건을 회수하지 못할 수도 있어."

"어차피 인제 와서 고소해보았자 이미 늦었어요. 그보다는 오탄친 팔레올로고스가 무슨 뜻인지나 가르쳐달라니까요."

"정말 성가시게 구는군. 아무 뜻도 없다니까."

"그럼, 적을 것도 더는 아무것도 없어요."

"똥고집은. 어디 맘대로 해봐. 나도 도난 고소장을 쓰지 않을 테니까."

"저도 도난당한 물품 수는 못 가르쳐줘요. 고소는 당신이 알아서 하는 거니까, 적지 않아도 전 곤란할 게 없지요."

"그렇다면 그만두지, 뭐."

주인은 여느 때처럼 훌쩍 자리에서 일어나 서재로 들어갔다. 안주인은 거실로 물러가 반짇고리 앞에 앉았다. 두 사람 모두 10분쯤 아무것도 하지 않고 말없이 장지문만 노려보고 있었다.

그때 기세 좋게 현관문을 열고 참마의 기증자인 다타라 산페이 군이 들어왔다. 다타라 산페이 군은 원래 이 집의 서생이었는데, 지금은 법과대학을 졸업하고 어느 회사의 광산부에 다니고 있었다. 그도 막 실업가의 길에 들어선 셈인데, 이를테면 스즈키 도주로의 후배라 할 수 있었다. 산페이 군은 예전의 관계도 있고 해서 가끔 옛 선생의 초라한 거처를 찾아왔다. 일요일 같은 날은 종일 놀다 돌아갈 정도로 주인의 가족과는 스스럼없는 사이였다.

"사모님! 날씨가 참 좋습니다."

그는 가라쓰 사투리 같은 말로 인사하고는 양복바지 차림으로 안주인 앞에 앉았다.

"어머, 다타라 씨!"

"선생님은 어디 출타 중이십니까?"

"아니요, 서재에 계세요."

"사모님, 선생님은 공부가 오히려 독입니다. 모처럼 일요일인데."

"저한테 말해봐야 소용없으니까, 선생님한테 직접 말하세요."

"하지만 그게……."

다타라 군은 무슨 말을 하려다가 객실을 쓰윽 둘러보았다.

"오늘은 따님들도 안 보이네요."

다타라 군이 이렇게 묻자마자 옆방에서 돈코와 슨코가 달려 나왔다.

"다타라 아저씨! 오늘은 초밥 사 왔어요?"

언니인 돈코는 지난번에 한 약속을 기억하고 있다가 다타라 군의 얼굴을 보자마자 재촉했다. 다타라 군은 머리를 긁적이며 자백했다.

"용케 기억하고 있구나. 다음엔 꼭 사 올게. 오늘은 그만 깜빡했다."

"쳇."

"쳇."

언니가 말하자 동생도 따라 했다. 안주인은 그제야 마음이 풀렸는지 살짝 웃는 얼굴이 되었다.

"초밥은 못 사 왔지만, 참마라는 건 보내줬었잖아. 아가씨들! 그건 먹어봤니?"

"참마가 뭔데?"

"참마가 뭔데?"

언니가 묻자 동생도 언니를 따라 다타라 군에게 물었다.

"아직도 안 먹었구나? 어서 엄마에게 삶아달라고 하렴. 가라쓰 참마는 도쿄 것과 달라서 아주 맛나거든."

다타라 군이 고향 자랑을 하자 안주인은 그제야 생각났다는 듯 감사 인사를 전했다.

"다타라 씨! 지난번엔 친절하게도 그렇게 많이 보내주셔서 정말 고마웠어요."

"어땠습니까? 드셔보셨나요? 부러지지 말라고 특별히 상자를 짜서 단단히 채웠는데 상하지는 않았지요?"

"그런데 애써 가져온 참마를 어젯밤에 도둑맞고 말았어요, 글쎄."

"도둑이요? 등신 같은 놈도 다 있군. 그렇게 참마를 좋아한답니까?"

다타라 군이 어이없다는 듯 말했다.

"엄마, 어젯밤에 도둑놈이 들어왔어?"

언니가 물었다.

"응."

안주인이 짧게 대답했다.

"도둑놈이…… 그래서…… 도둑놈이…… 어떤 얼굴로 들어왔어?"

이번에는 동생이 물었다. 이 기발한 질문에는 안주인도 뭐라 대답해야 좋을지 몰랐다.

"무서운 얼굴로 들어왔지."

이렇게 대답하고는 다타라 군 쪽을 바라보았다.

"무서운 얼굴이란 다타라 아저씨 같은 얼굴이야?"

언니가 미안한 기색도 없이 되물었다.

"뭐라고? 어떻게 그런 실례되는 말을."

"하하하하. 제 얼굴이 그렇게 무섭습니까? 난감하군."

다타라 군이 머리를 긁적였다. 다타라 군의 뒷머리에는 지름 3센티미터쯤 머리가 빠진 자국이 보였다. 한 달 전부터 생겨 의사의 진단을 받아보았으나 지금으로서는 쉽게 나을 것 같지 않았다. 머리가 빠진 것을 제일 먼저 발견한 건 언니인 돈코였다.

"어머, 다타라 아저씨 머리도 엄마 머리처럼 반짝거리네."

"입 다물고 있으라니까."

"엄마, 어젯밤에 왔던 도둑놈 머리도 반짝였어요?"

이건 동생의 질문이었다. 안주인과 다타라 군은 무심코 웃음을 터뜨렸다. 그러나 아이들이 너무 성가시게 굴어 아무것도 할 수 없었기에 안주인은 결국 아이들을 밖으로 내보냈다.

"자아 자, 너희들은 뜰에 나가 놀아라. 엄마가 맛있는 과자 줄 테니까."

그러고는 다타라 군을 돌아보고 진지하게 물었다.

"그런데 다타라 씨, 머리는 어떻게 된 거예요?"

"벌레가 파먹었어요. 좀처럼 낫지를 않네요. 사모님도 이런 게 있습니까?"

"징그러워라, 벌레가 파먹다니요. 여자들은 머리를 틀어 올리니까 그 부분이 조금씩 빠지기는 해요."

"머리가 빠지는 건 모두 박테리아에 감염된 겁니다."

"전 박테리아 때문이 아니에요."

"그건 사모님의 고집 같은데요."

"아무튼 박테리아는 아니에요. 그런데 대머리를 영어로 뭐라고 하지요?"

"대머리는 아마 '볼드bald'라고 할 겁니다."

"아니, 그거 말고요. 좀 더 긴 이름 있잖아요."

"선생님께 여쭤보면 금방 알 수 있을 텐데요."

"선생님은 절대 가르쳐주지 않아서 지금 이렇게 묻고 있는 거예요."

"저는 '볼드'밖에 모르는데……. 길다면 얼마나 긴데요?"

"오탄친 팔레올로고스라고 하던데요. 오탄친이란 것이 '대'라는 글자이고, 팔레올로고스가 '머리'를 뜻할 거예요."

"그럴지도 모르지요. 당장 선생님 서재에 가서 웹스터 사전을 찾아보겠습니다. 그런데 선생님도 참 별나시네요. 이렇게 날씨가 좋은데 집에만 틀어박혀 계시고. 사모님! 그러니 위장병이 낫지 않는 겁니다. 우에노에 잠깐 꽃구경이라도 가자고 권해보세요."

"다타라 씨가 모시고 나가세요. 선생님은 여자가 하는 말은 절대 안 듣는 사람이니까요."

"요즘에도 잼을 자주 드시나요?"

"네. 여전하지요, 뭐."

"지난번엔 선생님께서 푸념을 늘어놓으시더라고요. 어째 아내가 나더러 잼을 너무 많이 먹는다고 해서 좀 곤란하다, 난 그다지 많이 먹는 것 같지 않은데, 뭔가 셈을 잘못했을 거라고 하시기에, 그건 따님과 사모님도 같이 먹어서 그런 게 아니겠느냐고 제가 말씀드렸지요."

"짓궂네요, 다타라 씨도. 무슨 말을 그렇게 하세요?"

"그렇지만 사모님도 드실 것 같은 얼굴인데요."

"얼굴만 보고 그런 걸 어떻게 알아요?"

"아는 수가 있지요. 그럼, 사모님은 조금도 드시지 않습니까?"

"그야, 뭐 조금은 먹지요. 먹어도 되잖아요. 어차피 우리 건데."

"하하하하. 그럴 줄 알았습니다. ……그런데 도둑을 맞다니. 정말 뜻밖의 변을 당하셨네요. 참마만 가져갔습니까?"

"참마만 가져갔다면 그리 곤란할 게 없겠지만, 평소에 입는 옷가지까지 몽땅 털어갔어요."

"당장 곤란한 상황인가요? 다시 빚을 내야 합니까? 이 고양이가 개였으면 좋았을 텐데, 아쉽네요. 사모님! 큰 놈으로 개 한 마리 꼭 키우세요. 고양이는 쓸모없어요. 밥만 축내고……. 쥐라도 좀 잡나요?"

"한 마리도 잡은 적 없어요. 정말 교활하고 뻔뻔한 고양이라니까요."

"아니, 그럼 다른 도리가 없겠네요. 얼른 내다 버리세요. 제가 가져가서 삶아 먹을까요?"

"어머, 다타라 씨는 고양이도 드세요?"

"먹어봤습니다. 꽤 맛있더군요."

"정말 호걸이시네요."

저속한 서생들 중에 고양이를 잡아먹는 야만인이 있다는 이야기는 일찍이 들은 적이 있지만, 평소에 나를 좋아해줘서 고맙게 여겨왔던 다타라 군이 그런 종류의 인간일 줄은 이제껏 꿈에도 몰랐다. 하물며 그는 이제 서생도 아니다. 대학을 졸업한 지는 얼마 되지 않았지만, 이제 당당한 법학사고 무쓰이 물산회사의 직원인지라 나의 경악 또한 예사로운 게 아니었다. 모르는 사람을 보면 도둑인 줄 알라는 격언은 간게쓰 닮은 꼴의 행위를 통해 이미 입증되었지만, 사람을 보면 고양이를 잡아먹는 사람인 줄 알라는 건 다타라 덕분에 비로소 깨닫게 된 진리다. 세상을 살다 보면 세상 이치를 알게 된다. 세상 이치를 알게 된다는 건 기쁜 일이지만, 그와 동시에 나날이 위험이 많아져서 방심할 수 없게 된다. 교활해지는 것도 비열해지는 것도, 표리 두 겹으로 된 호신용 옷을 걸치는 것도 모두 세상 이치를 아는 결과이며, 세상 이치를 안다는 것은 결국 나이를 먹는 죗값이다. 노인 중에 변변한 자가 없다는 것도 같은 이치다. 나 같은 자도 어쩌면 머지않아 다타라 군의 냄비 속에서 양파와 함께 성불하는 것이 득책일지도 모른다고 생각하며 구석 쪽에 웅크리고 앉아 있으니, 조금 전에 안주인과 말다툼을 하고 일단 서재로 물러났던 주인이 다타라 군의 목소리를 알아듣고는 어슬렁어슬렁 거실로 나왔다.

"선생님! 도둑맞으셨다면서요? 뭐, 그런 어리석은 일이."

처음부터 꼼짝 못 하게 나왔다.

"들어온 놈이 어리석은 거지."

주인은 어디까지나 현인을 자처하고 있었다.

"들어온 놈도 어리석지만, 도둑맞은 사람도 별로 현명하지는 못하지요."

"아무것도 도둑맞을 게 없는 다타라 씨 같은 사람이 제일 현명하겠지요."

안주인이 이번에는 남편 편을 들었다.

"하지만 제일 어리석은 건 이 고양이입니다. 정말 무슨 생각일까요? 쥐는 안 잡지, 도둑이 와도 모른 체하고 있지. 선생님! 이 고양이 저한테 주시지 않겠습니까? 이렇게 둬봤자 아무짝에도 쓸모없을 텐데요."

"가져가도 되네. 어디에 쓰려고?"

"삶아 먹으려고요."

주인은 거침없는 이 한마디를 듣고 으흐흐 하고 위가 약한 사람 특유의 기분 나쁜 웃음만 흘렸을 뿐 딱히 뭐라고 대꾸하지는 않았다. 다타라 군 역시 꼭 먹고 싶다는 말은 하지 않았으니 나에게는 천만다행이었다.

이윽고 주인이 말머리를 돌렸다.

"고양이는 아무래도 좋은데, 옷을 도둑맞은 바람에 추워서 못 살겠군."

무척 의기소침한 모습이었다. 하긴 춥기도 할 것이다. 어제까지 솜옷을 두 벌이나 껴입었는데, 오늘은 겹옷에 반소매 셔츠만 입고 아침부터 운동도 안 하고 가만히 앉아 있기만 하여 불충분한 혈액은 모조리 위로만 몰리고 손발로는 전혀 돌지 않았으니 말이다.

"선생님! 학교 선생 같은 것만 해서는 도저히 안 됩니다. 도둑 한 번 맞았다고 이렇게 금방 곤란해지니까요. 그러니 이제부터 생각을 달리 먹고 사업이라도 해보시지 않겠습니까?"

"저이는 실업가라면 질색하시니까 그런 소릴 해봐야 아무 소용이 없어요."

안주인이 옆에서 다타라 군에게 대답했다. 물론 안주인은 남편이 실업가가 되기를 바라고 있었다.

"선생님! 학교 졸업하시고 몇 년이나 되었죠?"

"올해로 9년째일걸요."

안주인이 대신 대답하고 주인을 돌아보았다. 주인은 그렇다고도 그렇지 않다고도 말하지 않았다.

"9년이 지나도록 월급 한 푼 오르지 않고 아무리 공부해도 칭찬해주는 사람 하나 없으니, 그야말로 '낭군 홀로 적막강산'이로군요."

다타라가 중학교 시절에 배운 시구를 안주인을 위해 읊었지만, 안주인은 들어도 영 이해가 되지 않아 아무 대꾸도 하지 않았다.

"학교 선생도 물론 싫지만, 실업가는 더 싫네."

주인은 무엇을 좋아하는지 마음속으로 생각하고 있는 듯했다.

"저이는 뭐든 다 싫어하시니까……."

"싫어하시지 않는 건 사모님뿐입니까?"

다타라 군은 격에 맞지 않은 농담을 던졌다.

"제일 싫지."

주인의 대답은 간단명료했다. 안주인은 고개를 돌리고 잠깐 새침한 표정을 지었으나 다시 주인 쪽을 보고 코를 납작하게 해줄 요량으로 말했다.

"살아 계신 것도 싫겠지요."

"별로 좋지는 않아."

의외로 태연하게 대답했다. 이러면 할 말이 없다.

"선생님! 좀 활동적으로 산책이라도 하지 않으면 몸이 망가집니다. 그리고 실업가가 되세요. 돈 버는 건 정말 식은 죽 먹기입니다."

"잘 벌지도 못하는 주제에."

"그야 작년에 겨우 회사에 들어갔으니까요. 그래도 선생님보단 저축한 게 많습니다."

"어머, 얼마나 저축했어요?"

안주인이 진심으로 묻는다.

"지금은 50엔 정도 됩니다."

"월급은 대체 얼마나 받는데요?"

역시 안주인의 질문이었다.

"30엔입니다. 그중에서 매달 5엔씩 회사에서 모아두었다가 필요로 할 때 내어줍니다. 사모님! 여윳돈이 있으면 소토보리선外濠線

(도쿄전기철도 주식회사가 경영하던 황거皇居 외곽을 일주하는 노선으로 1905년에 개통했다) 주식을 좀 사두시지 않겠습니까? 앞으로 3, 4개월만 있으면 두 배 가까이 오를 겁니다. 조금만 있으면 정말 돈을 곧 두세 배로 쉽게 불릴 수 있다니까요."

"그런 돈이 있다면 도둑을 맞더라도 곤란해질 일은 없겠지요."

"그래서 실업가가 최고라는 겁니다. 선생님도 법과대학이라도 가서 회사나 은행에 취직하셨다면, 지금쯤 한 달 수입이 300~400엔은 되었을 텐데 정말 안타까운 일입니다. 선생님, 스즈키 도주로라는 공학사 아시지요?"

"응, 어제 왔었네."

"그렇습니까? 지난번 어떤 연회에서 만나 선생님 얘길 했더니, 그런가, 자네가 구샤미 집에서 서생으로 있었나? 나도 예전에 고이시카와小石川의 절간에서 구샤미와 함께 자취를 한 적이 있지. 이번에 가거든 안부 좀 전해주게, 라며 조만간 찾아오겠다고 하시더군요."

"최근에 도쿄로 올라왔다더군."

"네. 지금까진 규슈의 탄광에 계셨는데, 얼마 전에 도쿄에서 근무하게 되셨답니다. 말주변이 참 좋으시던데요. 저 같은 사람한테도 마치 친구처럼 말씀하시더군요. ……선생님, 그분이 얼마나 받을 것 같습니까?"

"그야 모르지."

"월급이 250엔이고 연말에는 배당이 붙으니까, 못해도 평균 400~500엔은 될 겁니다. 그런 분이 그 정도 받는데 선생님은 영어강독으로 10년을 입에 풀칠만 하고 계시니, 이건 정말 어이가 없지 않습니까?"

"정말 어이없군."

주인 같은 초연한 사람이라도 금전 관념은 보통 사람과 다르지 않다. 아니, 곤궁한 만큼 금전욕이 남들의 배가 될지도 모른다. 다타라 군은 실업가가 얼마나 돈을 잘 버는지 충분히 떠들었는지 이제 더는 할 말이 없는 눈치였다.

"사모님! 미즈시마 간게쓰라는 사람이 자주 옵니까?"

"네. 자주 와요."

"어떤 인물입니까?"

"학문에 조예가 깊은 분이라 하더군요."

"잘생겼나요?"

"호호호. 다타라 씨 정도는 되겠지요."

"그렇습니까? 저 정도라는 말씀이지요?"

다타라는 자못 진지한 표정이었다.

"간게쓰라는 이름은 어떻게 아나?"

주인이 물었다.

"얼마 전에 어떤 사람한테 좀 알아봐달라고 부탁받았습니다. 정말 알아볼 만한 가치가 있는 인물입니까?"

다타라는 대답을 듣기도 전에 이미 자신이 간게쓰보다 낫다는 태도였다.

"자네보다 훨씬 뛰어난 사내지."

"그렇습니까? 저보다 뛰어나다고요?"

웃지도 않고 화도 내지 않았다. 이런 점이 바로 다타라 군의 특색이다.

"조만간 박사가 될 것 같습니까?"

"지금 논문을 쓰고 있다더군."

"역시 바보네요. 박사 논문을 쓰다니, 얘기가 좀 통하는 사람인 줄 알았더니."

"여전히 대단한 식견이네요."

안주인이 웃으며 말했다.

"박사가 되면 누구네 딸을 준다느니 어쩐다느니 하는 말이 있더군요. 그래서 제가 그런 바보가 어디 있느냐, 고작 남의 딸을 얻으려고 박사가 되려고 한다니. 그런 인물한테 딸을 주느니 저한테 주는 게 훨씬 나을 거라고 말해줬습니다."

"누구한테?"

"제게 미즈시마에 대해 알아봐달라고 부탁한 사람한테요."

"스즈키 말인가?"

"아니요. 그 사람한테는 감히 그런 식으로 말하지 못하죠. 그쪽은 높은 사람이니까요."

"다타라 씨는 집 안 호랑이인가 보네요. 우리 집에 와서는 제법 으스대지만, 스즈키 씨 같은 사람 앞에서는 기도 못 펴죠?"

"네. 안 그러면 위험하니까요."

"다타라, 산책이나 하세."

느닷없이 주인이 말했다. 겹옷 한 벌만 입고 있어서인지 아까부터 몹시 추웠던지라 운동이라도 하면 몸이 좀 녹을 것 같다는 생각에 주인은 전례 없이 다타라의 제의에 동의를 표한 것이다. 아무 계획 없이 사는 다타라 군은 물론 주저할 까닭이 없었다.

"가시죠. 우에노로 가시겠습니까? 이모자카芋坂에 가서 경단을 먹을까요? 선생님은 거기 경단을 드셔보신 적이 있습니까? 사모님도 한 번 가서 드셔보세요. 싸고 말랑말랑합니다. 술도 마실 수 있고요."

여느 때처럼 쓸데없는 잡담을 두서없이 늘어놓고 있는 사이에 주인은 벌써 모자를 쓰고 신발 신는 곳으로 내려섰다.

나는 또 약간의 휴식이 필요하다. 주인과 다타라 군이 우에노 공원에서 무슨 짓을 하고, 이모자카에서 경단을 얼마나 먹는지, 그런 일은 탐색할 필요도 없고 또 미행할 용기도 없으니 모두 생략하고 그동안 좀 쉬어야겠다. 휴식은 만물이 하늘에 마땅히 요구해야 할 권리다. 이 세상에서 살아 숨 쉬어야 하는 의무를 가지고 움직이는 자는 그 의무를 다하기 위해 휴식을 취해야 한다. 가령 신이 있어 너희는 일하기 위해 태어났지 잠자기 위해 태어난 것이 아니라고 한다면, 나는 이렇게 답할 것이다. 나는 그 말씀대로 일하기 위해 태어났다. 그러므로 일하기 위해 휴식을 원하는 거라고. 주인처럼 기계에까지 불평을 해대는 고집불통조차 때로는 일요일이 아닌 날에도 자진해서 쉬지 않는가. 다감다한多感多恨하고 밤낮없이 마음을 쓰며 애쓰는 나 같은 자는 비록 고양이라 할지라도 주인 이상으로 휴식이 필요하다는 것은 말할 것도 없다. 다만 조금 전에 다타라 군이 나를 지목해 휴식을 취하는 것 말고는 아무 능력도 없는 것처럼 매도한 것이 좀 마음에 걸렸다. 아무튼 물질적인 것에 의해서만 움직이는 속인들은 오감을 자극하는 일 말고는 이렇다 할 활동도 하지 않기 때문에 다른 것을 평가하는 데도 육체적인 것만 고려하니 짜증 난다. 무슨 일이든 소매를 걸어붙이고 땀이라도 내지 않으면 일하지 않는 것으로 치부한다. 달마라는 스님은 발이 썩을 때까지 좌선하고도 끄떡하지 않았다는데, 가령 벽 틈으로 넝쿨이 비집고 들어와 대사의 눈과 입을 막을 때까지 꼼짝하지 않는다 해도 그건 잠든 것도 죽은 것도 아니다. 머릿속은 항상 움직여 확연무성廓然無聖(모든 분별이 끊어져 텅 비어 있는 상태에서는 성스러운 것이 없다는 뜻의 불교 용어) 같은 오묘한 이치를 곰똘히 생각하고 있는 것이다. 유가에도 정좌 수행이라는 것이 있다고 한다. 이 수행 또한 방 안에 틀어박혀 아무 일도 하지 않고 편안하게 앉아 있는 것이 아니다. 뇌 속의 활력은 다른 사람의 배 이상으로 활활 타오르고 있다. 다만 겉으로 보기에는 축 가라앉아서 조용하고 단정하며 엄숙한 상태인지라 평범한 세상 사람들은 이들 지식의 거장을 혼수상태나 가사 상태에 빠진 범인凡人으로 간주하여 쓸모없는 존재니 밥벌레니 하며 비방의 목소리를 높이는 것이다. 이들 평범한 사람들은 모두 겉모습만 보고 내면은 보지 못하는 불구의 시각을 갖고 태어난 자들이다. 게다가 다타라 산페이 같은 자는 겉모습은 볼 수 있지만 마음은 읽지 못하는 대표적인 인물인지라 그가 나를 마른 똥 막대기(부처가 무엇이냐는 물음에 운문 선사가 마른 똥 막대기라고 답했다는 데서 나온 공안 가운데 하나다)로 여기는 것도 놀랄 일은 아니다. 하지만 유감스러운 것은, 고금의 서적을 어느 정도 읽어 다소나마 사물의 진상을 이해했음 직한 주인마저 천박한 다타라 군에게 두말없이 동조하고 고양이 요리를 막아보려는 기색이 없다는 점이다. 그러나 한 발짝 물러나 생각해보면 그들이 이렇게까지 나를 경멸하는 것도 꼭 무리라고는 할 수 없다. 고상한 논의는 범인에겐 이해가 되지 않으며 〈양춘백설陽春白雪〉의 시에는 화답하는 자가 적다(양춘백설은 중국 초나라에서 가장 고상하다고 알려졌던 가곡. 훌륭한 사람의 말과 행동은 보통 사람이 이해하기 어렵다는 것을 비유한 말이다)는 오래된 비유처럼, 겉모습 이외의 활동을 볼 수 없는 자들에게 내 영혼의 광휘를 보라고 강요하는 것은, 중에게 머리를 묶으라고 강요하는 것과 같고 참치에게 연설을 해보라고 하는 것과 같고 전철에 탈선을 요구하는 것과 같고 주인에게 사직을 권고하는 것과 같고 다타라에게 돈에 대해 생각하지 말라고 하는 것과 같다. 필시 무리한 주문이다. 하지만 고양이도 사회적 동물이다. 사회적 동물인 이상 자신의 뜻이 아무리 높다 하더라도 어느 정도까지는 사회와 조화를 꾀해야 한다. 주인이나 안주인, 하녀 그리고 다타라 군이 나를 제대로 평가해주지 않는 것은 유감스럽지만 어쩔 수 없는 일이다. 하지만 그 어리석음 때문에 내 가죽을 벗겨 샤미센 가게에 팔아넘기고 고기를 토막 내어 다타라 군의 밥상에 올리는 분별없는 짓을 당한다면, 이는 중대한 일이 아닐 수 없다. 나는 머리로 활동해야 할 천명을 받고 이 속세에 출현했을 정도로 고금에 존재한 적이 없는 고양이인지라 매우 귀한 몸이다. '천금 같은 자식은 신중하여 마루 끝에 앉지 않는다(千金之子, 坐不垂堂,《사기》에 나오는 말이다)'는 속담도 있듯이, 자신이 다른 존재보다 뛰어나다고 생각하여 쓸데없이 내 몸에 위험을 초래하는 일은 자신에게 재앙일 뿐만 아니라 하늘의 뜻을 거역하는 일이기도 하다. 사나운 호랑이도 동물원에 들어가면 똥 묻은 돼지 옆에 자리를 잡으며, 기러기도 산 채로 잡혀 닭장에 들어가면 병아리나 닭과 같은 도마 위에 오른다. 평범한 사람과 상종하는 이상 몸을 낮추어 평범한 고양이가 되는 수밖에 없다. 평범한 고양이고자 한다면 쥐를 잡지 않을 수 없다. 그래서 나는 마침내 쥐를 잡기로 결심했다.

얼마 전부터 일본은 러시아와 큰 전쟁을 벌이고 있다고 한다. 나는 일본에 태어난 고양이니 물론 일본 편이다. 가능하다면 혼성 고양이 여단混成猫旅團(혼성여단은 보병여단을 중심으로 포병은 물론 식량 조달까지 가능하게 편성한 독립 부대. 여기서 쥐잡기는 러일전쟁을 비유한 표현이다)을 조직해 러시아 병사들을 할퀴어주고 싶은 심정이다. 이렇게까지 원기 왕성한 나인지라 쥐 한두 마리쯤 잡으려고 마음만 먹으면 누워서 떡 먹기처럼 쉽게 잡을 수 있다. 옛날에 어떤 사람이 유명한 선사에게 어떻게 하면 깨달음을 얻을 수 있는지 물었다. 선사는 그때 고양이가 쥐를 노리듯이 하라고 대답했다고 한다. 고양이가 쥐를 잡듯이 하라고 함은, 그렇게 하기만 하면 일에 어긋남이 없다는 의미다. 여자는 약아도 소를 믿지고 판다는 관용구는 있지만, 고양이가 약아서 쥐를 잡지 못한다는 격언은 아직 들어보지 못했다. 그러고 보면 아무리 약은 나 같은 고양이라도 쥐를 잡지 못할 리가 없다. 못 잡을 리 없기는커녕 잡다가 놓치는 일도 없을 것이다. 지금까지 잡지 않은 것은 잡고 싶지 않았기 때문이다. 봄날은 어제처럼 저물고 때때로 바람에 흩날리는 벚꽃들이 부엌에 있는 낮은 장지문의 찢어진 틈새로 날아들어 와 들통 속에 뜨는 그림자가 흐릿한 부엌용 등불에 하얗게 보였다. 오늘 밤에야말로 큰 공을 세워 온 집안사람들을 깜짝 놀라게 해주리라고 결심한 나는 미리 전쟁터를 둘러보고 지형을 알아둘 필요가 있었다. 물론 전선戰線은 그리 넓지 않을 것이다. 다다미로 치면 넉 장쯤 될까? 그중 한 장의 절반이 개수대고, 나머지 절반은 단골로 드나드는 술장수나 채소 장수를 상대하는 봉당이다. 부뚜막은 가난한 부엌살림에 어울리지 않게 근사해서, 붉은 구리 가마가 번

찍거리고, 뒤로는 벽에 붙인 널빤지에서 60센티미터쯤 떨어진 지점에 내 밥그릇이 놓여 있다. 거실 근처의 1미터 80센티미터쯤 되는 공간에는 밥상이며, 공기, 접시, 작은 주발 등을 넣어두는 찬장이 그렇지 않아도 좁은 부엌을 더욱 좁게 나누고 있다. 찬장은 옆으로 튀어나온 선반과 비슷한 높이다. 그 밑에는 절구가 나자빠져 있고, 그 절구 안에 들어 있는 작은 통의 밑바닥이 내 쪽을 향하고 있다. 강판과 나무 공이가 나란히 걸려 있고, 그 옆에는 뜬숯 만드는 항아리만 덩그러니 놓여 있다. 시꺼멓게 그을린 서까래가 엇갈려 있고, 그 한가운데에서 갈고리 하나가 내려뜨려져 있으며 그 끝에는 넓적하고 큼직한 바구니가 걸려 있다. 그 바구니가 가끔 바람에 흔들려 천천히 움직였다. 이 집에 처음 왔을 때는 이 바구니를 왜 걸어두는지 전혀 알지 못했는데, 고양이의 손이 닿을 수 없기 때문에 일부러 이곳에 먹을 것을 넣어둔다는 사실을 알고 나서는 인간이 얼마나 고약한 존재인지 뼈저리게 느꼈다.

이제부터 작전 계획이다. 쥐와 전쟁을 벌이는 곳은 물론 쥐가 나오는 곳이어야 한다. 아무리 이쪽에 유리한 지형이라고 해도 혼자 기다리고만 있어서는 아예 싸움이 되지 않는다. 이런 점에서 쥐가 나오는 출구를 연구할 필요가 생긴다. 부엌 한가운데에 서서 쥐가 어느 쪽에서 나타날 것인지 사방을 둘러보았다. 어쩐지 도고 대장(도고 헤이하치로. 1848~1934. 1905년 러일전쟁 당시 일본연합함대의 사령관으로 러시아의 발트 함대를 물리쳤다)이라도 된 기분이었다. 하녀는 아까 목욕탕에 가서 아직 돌아오지 않았다. 아이들은 이미 잠이 들었다. 주인은 이모자카에서 경단을 먹고 돌아와 여전히 서재에 틀어박혀 있다. 안주인은…… 안주인은 뭘 하고 있는지 모르겠다.

아마 졸면서 참마 꿈이나 꾸고 있으리라. 가끔 인력거가 대문 앞을 지나가는데, 지나간 다음에는 더욱 쓸쓸했다. 나의 결심도 의기도 부엌의 광경도 주위의 적막도 모두 비장하기만 했다. 아무래도 고양이 중의 도고 장군이라고밖에는 생각할 수 없다. 이런 지경에 이르면 누구나 무서움 속에서 일종의 유쾌함을 느끼겠지만, 나는 이런 유쾌함의 근저에 가로놓인 커다란 걱정거리를 발견했다. 쥐와 전쟁을 벌이는 것은 이미 각오한 일이니 몇 마리가 와도 두렵지 않지만, 나타나는 방향이 분명하지 않은 것이 찜찜했다. 주도면밀한 관찰로 얻은 재료를 종합해보니 쥐들이 나타나는 데는 세 가지 길이 있었다. 그들이 만일 시궁쥐라면 배수관을 따라 개수대로 들어와 부뚜막 뒤로 돌아 나올 것이다. 그때는 뜬숯 만드는 항아리 뒤에 숨어 있다가 돌아가는 길을 차단하면 된다. 또는 목욕물을 도랑으로 버리는 구멍으로 들어와 목욕탕을 우회하여 부엌으로 불쑥 뛰어들지도 모른다. 그렇다면 솥뚜껑 위에 진을 치고 있다가 쥐가 시야에 들어왔을 때 위에서 뛰어내려 간단히 해치우면 된다. 그리고 그다음에는, 하고 주위를 둘러보니 찬장 문 오른쪽 아래 구석진 곳에 반달 모양으로 뜯긴 데가 있었다. 쥐가 드나들기에 편하지 않을까 하는 의심이 들었다. 코를 대고 냄새를 맡아보니 흐릿하게 쥐 냄새가 났다. 만약 이곳으로 함성을 지르며 돌격해오면 기둥을 방패 삼아 그냥 지나치게 했다가 옆쪽에서 휙 하고 발톱으로 일격을 가하면 된다. 혹시 천장에서 내려오지 않을까 하고 올려다보니 새까만 그을음이 등불에 반짝이며 지옥을 뒤집어 늘어뜨려놓은 것만 같아서 내 재주로는 올라갈 수도 내려갈 수도 없다. 설마 저렇게 높은 데서 뛰어내리는 일은 없을 거라고 생각하고 이 방면만은 경계를 늦추기로 했다. 그래도 세 방면에서 공격당할 염려가 있었다. 한 구멍이라면 한쪽 눈을 감고도 퇴치할 수 있다. 두 구멍이라면 그럭저럭 퇴치할 자신이 있다. 그러나 세 구멍이라면 아무리 본능적으로 쥐를 잡도록 준비된 나라도 손쓸 방도가 없다. 그렇다고 인력거꾼네 까망이 같은 녀석에게 도움을 청하는 것은 나의 위엄이 허락하지 않는다. 어떻게 하면 좋을까, 어떻게 하면 좋을까, 아무리 생각해도 묘안이 떠오르지 않을 때는 그런 일이 일어날 염려가 없다고 단정해버리는 것이 안심할 수 있는 가장 좋은 방법이다. 또한 대책이 서지 않는 일은 일어나지 않을 거라고 생각하고 싶어지는 법이다. 우선 세상을 둘러보자. 어제 시집온 새색시가 오늘 죽지 않는다는 보장도 없지 않은가. 그런데 신랑은 검은 머리가 파 뿌리가 될 때까지 행복하게 살자는 둥 듣기 좋은 말만 늘어놓으며 걱정하는 기색이 전혀 없지 않은가. 걱정하지 않는 것은 걱정할 가치가 없어서가 아니다. 아무리 걱정한들 뾰족한 수가 없기 때문이다. 내 경우에도 삼면에서의 동시 공격은 절대 일어나지 않을 거라고 단언할 만한 근거는 없지만, 일어나지 않을 거라고 생각하는 것이 안심하는 데는 편리하다. 안심은 만물에 필요하다. 나도 안심을 바란다. 따라서 삼면에서의 동시 공격은 일어나지 않을 거라고 단정한다.

그래도 여전히 걱정을 떨칠 수 없어 어찌 된 일인가 하고 여러모로 생각해보고야 겨우 알 수 있었다. 세 가지 전략 중에서 어느 것을 택하는 것이 가장 나은 선택인가 하는 문제에 대해 스스로 명료한 답변을 얻지 못해서 생긴 걱정이었다. 찬장에서 나올 때는 내게도 대응할 방법이 있다. 목욕탕에서 나타날 때는 이에 대비한 계획이 있다. 또 개수대에서 기어 나올 때도 이에 대처할 방책이 있다. 그런데 그중 하나를 정해야만 하자니 당혹스러웠다. 도고 장군은 발트 함대가 대한 해협을 지날지, 쓰가루 해협을 지날지, 아니면 멀리 소야 해협을 우회할지 깊이 고민했다고 하는데, 지금의 내 처지에서 상상해보건대 무척 난감했을 것으로 사료된다. 나는 전체적인 상황에서 도고 각하와 비슷할 뿐만 아니라 이 각별한 지위에서도 도고 각하와 아주 비슷한 고심을 하는 자다.

내가 이렇게 지략을 짜느라 집중하고 있는데 찢어진 장지문이 열리더니 하녀의 얼굴이 불쑥 나타났다. 얼굴만 나타났다는 것은 팔다리가 없다는 뜻이 아니다. 밤눈에 다른 부분은 잘 보이지 않았는데, 얼굴만은 뚜렷하게 강렬한 색이어서 분명하게 보였기 때문이다. 하녀는 그렇지 않아도 붉은 얼굴을 더욱 붉게 하여 목욕탕에서 돌아오자마자 어젯밤 일도 있어서인지 일찌감치 부엌 문단속을 했다.

"내 지팡이 좀 머리맡에 갖다 놔라."

서재에서 주인이 말하는 소리가 들렸다. 무엇 때문에 지팡이를 머리맡에 두려는 것인지 나는 이해할 수 없었다. 설마 역수易水의 대장부(중국 전국 시대의 자객 형가를 말한다. 역수는 중국 허베이성에 있는 강 이름. 형가가 연나라 태자 단의 의뢰로 진시황을 암살하려고 떠날 때 역수에서 단과 헤어지며 "바람은 소슬하고 역수는 차갑구나. 대장부 한번 떠나면 다시는 돌아오지 못하리."라고 노래했다는 고사에 근거한다)인 체하며 용이 우는 소리를 들으려는 취광醉狂도 아닐 것이다. 어제는 참마, 오늘은 지팡이, 내일은 또 뭐가 놓이려나.

밤이 아직 깊지 않아서인지 쥐는 좀처럼 나타날 기미가 없었다.

나는 대전을 치르기에 앞서 잠깐 휴식을 취할 필요가 있었다.

주인집 부엌에는 들창이 없다. 방에는 폭이 30센티미터쯤 되는 교창이 뚫려 있어 여름과 겨울에는 바람이 통하는 들창 구실을 한다. 미련 없이 지는 벚꽃을 꾀어 휙 불어오는 바람에 놀라 눈을 뜨니 어느새 어스름한 달빛까지 비쳐 드는지 부뚜막 그림자가 비스듬히 널빤지 위에 걸쳐 있었다. 너무 오래 잔 것이 아닌가 하고 두세 번 귀를 털고 집 안의 동정을 살폈다. 어젯밤처럼 벽시계 소리만 괴괴히 들려왔다. 이제 쥐가 나타날 시간이다. 어디에서 나타날까.

찬장 안에서 달그락달그락 소리가 나기 시작했다. 작은 접시의 가장자리를 밟으며 안을 헤집고 있는 듯했다. 이곳으로 나오겠군, 하고 구멍 옆에서 웅크리고 기다렸다. 좀처럼 나올 기미가 없었다. 접시가 달그락거리는 소리는 곧 멎었고, 이번에는 사발인가 뭔가에 걸린 듯 묵직하게 덜그럭거리는 소리가 이따금 들렸다. 게다가 문을 사이에 두고 바로 뒤에서 소리가 났다. 내 코끝과 불과 10센티미터밖에 떨어져 있지 않았다. 때로는 발소리가 쪼르르 구멍 입구까지 다가왔지만, 다시 멀어지고 한 마리도 얼굴을 내밀지 않았다. 바로 문짝 너머에서 적이 지금 멋대로 만행을 저지르고 있는데, 나는 가만히 구멍 앞에서 기다리고만 있어야 하는 참으로 답답한 상황이었다. 쥐는 뤼순 밥그릇[椀](뤼순만을 비튼 말. 만灣과 밥그릇 완椀의 일본어 발음이 모두 '완'으로 같아서 만들어진 말이다) 안에서 떠들썩하게 무도회를 개최하고 있었다. 하녀가 적어도 내가 들어갈 수 있을 만큼만 이 문을 열어놓았으면 좋았을 텐데 정말 눈치 없는 시골뜨기다.

이번에는 부뚜막 그림자 속에서 내 밥그릇이 뎅그렁 하고 울렸다. 적이 이쪽으로도 나타났구나 싶어 살금살금 다가가자 들통 사이에서 꼬랑지만 살짝 보이고는 이내 개수대 밑으로 숨어버렸다. 잠시 후 목욕탕에서 양치질할 때 쓰는 그릇이 놋대야에 짤랑 부딪혔다. 이번에는 뒤구나 하고 돌아보자마자 15센티미터쯤 되는 큼지막한 놈이 날쌔게 치약을 떨어뜨리고 툇마루 밑으로 뛰어들었다. 어디 놓칠쏘냐, 하고 뒤따라 뛰어내렸더니 이미 흔적도 없이 사라졌다. 쥐를 잡는 것은 생각보다 어려운 일이었다. 나는 선천적으로 쥐를 잡는 능력이 없는지도 모른다.

내가 목욕탕으로 돌아가면 적은 찬장에서 튀어나왔고 찬장을 경계하면 개수대에서 튀어나왔으며 부엌 한가운데에 버티고 있으면 세 방면에서 모두 조금씩 소란을 피웠다. 건방지다고 할까 비겁하다고 할까 그들은 도저히 군자의 적이 아니었다. 나는 열대여섯 번이나 이쪽저쪽으로 분주히 뛰어다니며 몸과 마음이 지칠 만큼 애를 써보았지만 끝내 한 번도 성공하지 못했다. 아쉽기는 하지만 이런 소인배가 적이어서는 아무리 도고 장군이라도 손 쓸 방도가 없다. 처음에는 용기도 있었고 적개심도 있었으며 비장감이라는 숭고한 미감조차 있었지만, 결국 귀찮고 바보 같기도 한데다 졸리고 지쳐서 부엌 한가운데에 앉아 움직이지 않기로 했다. 그러나 움직이지 않아도 사방팔방을 쏘아보고 있기만 하면 적은 소인배라 이렇다 할 일을 벌이지 못한다. 노리고 있는 적이 의외로 비열한 놈이라면 전쟁이 명예라는 느낌은 사라지고 얄밉다는 생각만 남는다. 얄밉다는 생각이 사라지면 긴장이 풀리며 멍해진다. 멍해진 뒤에는 멋대로 해라, 어차피 생각대로 되는 일은 없으니까, 하고 경멸의 극에 달해 자고 싶어진다. 나는 이상의 과정을 거쳐 마침내 자고 싶어졌다. 나는 잠을 잤다. 휴양은 적진에 있어도 필요하다.

햇빛을 향해 옆으로 열린 들창에서 또 꽃잎 한 줌을 뿌리며 세찬 바람이 나를 에워싸는가 싶더니 찬장 문에서 총알처럼 튀어나온 놈이 피할 새도 없이 바람을 가르며 내 왼쪽 귀를 물었다. 이어서 검은 그림자가 뒤로 돌아가나 싶더니 생각할 틈도 없이 내 꼬리를 물고 늘어졌다. 순식간에 일어난 일이었다. 나는 아무런 목적도 없이 기계적으로 뛰어올랐다. 온몸의 힘을 모공에 모아 이 괴물을 떨쳐내려고 했다. 귀를 물고 늘어졌던 놈은 중심을 잃고 내 옆얼굴에 매달렸다. 고무관처럼 부드러운 놈의 꼬랑지 끝이 예기치 않게 내 입으로 들어왔다. 이게 웬 떡이냐 싶어 끊어져라 꼬랑지를 물고 좌우로 흔들자 앞니 사이에 꼬랑지만 남고 몸통은 헌 신문지를 붙인 벽에 부딪히더니 뚜껑 널판 위로 떨어졌다. 일어날 틈을 주지 않고 덮치려고 하자 놈은 걷어찬 공처럼 튀어 올라 내 코끝을 스치고는, 달아맨 선반 가장자리에 발을 오므리고 섰다. 놈은 선반 위에서 나를 내려다본다. 나는 널빤지 마룻바닥에서 놈을 올려다본다. 거리는 1미터 50센티미터 남짓. 그 사이로 공중에 넓은 띠를 펼쳐놓은 것처럼 비스듬히 달빛이 들어왔다. 나는 앞발에 힘을 모아 얍 하고 선반 위로 뛰어오르려고 했다. 앞발만은 성공적으로 선반 가장자리에 닿았지만, 뒷발은 허공에서 버둥거렸다. 게다가 조금 전의 그 검은 놈이 죽을 때까지 놓지 않을 기세로 내 꼬리를 물고 늘어졌다. 위험했다. 앞발을 바꿔 걸치며 뒷발을 디딜 데를 찾았다. 앞발을 바꿔 걸칠 때마다 꼬리의 무게 때문에 뒤로 밀려났다. 20~30퍼센트만 더 뒤로 미끄러지면 떨어질 수밖에 없었다. 나는 점점 더 위태로워졌다. 이래서는 안 되겠다 싶어 왼쪽 앞발을 바꿔 걸치려다가 발톱을 걸치지 못하고 보기 좋게 놓치는 바람에 오른쪽 발톱 하나로 선반에 매달리는 꼴이 되고 말았다. 나와 꼬리를 물고 늘어진 놈의 무게로 내 몸이 빙글빙글 돌았다. 이때까지 꼼짝도 하지 않고 노려만 보고 있던 선반 위의 괴물이 이때다 하고 내 이마를 노리고 선반 위에서 돌을 내던지듯이 뛰어내렸다. 내 발톱은 마지막 남은 발판마저 잃어버렸다. 세 덩어리가 한 덩어리가 되어 달빛을 세로로 가르며 아래로 떨어졌다. 선반 아랫단에 놓여 있던 절구와 절구 안에 들어 있던 작은 통과 빈 잼 통이 한 덩어리가 되어 그 아래에 있는 뜬숯 만드는 항아리와 함께 절반은 물독으로, 절반은 마룻바닥 위로 떨어져 나뒹굴었다. 모든 것이 한밤중에 예사롭지 않은 소리를 내며, 필사적으로 몸부림을 치고 있던 내 영혼마저 얼어붙게 만들었다.

"도둑이야!"

주인이 굵고 거친 소리를 내지르며 침실에서 뛰어나왔다. 한 손에는 등불을, 다른 손에는 지팡이를 들었고, 잠에 취한 멍한 눈에서는 신분에 걸맞은 형형한 빛이 뿜어져 나왔다. 나는 내 밥그릇 옆에 얌전히 웅크리고 앉아 있었다. 두 마리의 괴물은 찬장 안으로 모습을 감추었다. 주인은 갈 곳 잃은 노기를 띠며 들을 사람도 없는데 물었다.

"뭐야, 누가 이렇게 시끄럽게 군 거야?"

달이 서쪽으로 기울어 흰빛의 띠는 절반쯤 가늘어졌다.

상편 자서自存

《나는 고양이로소이다》는 하이쿠 잡지인 《호토토기스》에 연재한 연재물이다. 애초에 완성된 이야기의 줄거리가 있는 일반적인 소설이 아니기에 어느 부분에서 끊어 한 권의 책으로 내도 흥미 면에서는 그다지 영향이 없을 것이다. 그러나 내 생각엔 조금 더 쓴 다음에 책으로 펴내고 싶었으나 출판사가 자꾸 재촉하는 데다 바빠서 뜻대로 원고를 계속 쓸 여유가 없기에 우선 이것만 출판하기로 했다.

내가 잡지에 이미 연재한 것을 다시 단행본으로 발표하는 것이니, 발표할 만한 가치가 있어서라는 뜻으로 해석될지도 모르겠다. 《나는 고양이로소이다》가 과연 그만큼의 가치가 있는지 없는지는 작가 본인으로서 뭐라 말할 처지는 아니라고 생각한다. 다만 내가 쓴 글이 내가 생각한 체재로 세상에 나가는 것은 내용의 가치 여부와 상관없이 나로서는 기쁜 일이다. 나에게는 이 사실이 출판을 앞당기게 된 충분한 동기가 되었다.

이 책을 발간할 때 나카무라 후세쓰中村不折 씨가 여러 장의 삽화를 그려주었다. 하시구치 고요橋口伍葉 씨는 표지와 그 밖의 여러 가지 모양을 디자인해주었다. 두 사람 덕분에 글만으로는 느낄 수 없었던 일종의 정취를 더할 수 있었던 것은 내가 가장 중요하다고 가치를 두고 있는 점이다.

내가 지금까지 《나는 고양이로소이다》를 쓰는 동안 일면식도 없는 사람들이 때때로 서신 또는 그림엽서 등을 보내 뜻밖의 칭찬을 해준 적이 있다. 내가 쓴 글이 이렇게 생면부지의 사람들로부터 공감을 사고 있다는 것을 알게 된 것은 너무나 감사한 일이다. 이 책을 출판하게 된 기회를 이용하여 그분들께 진심으로 감사의 뜻을 표한다.

이 책은 취향도 없고 구조도 없고 머리와 꼬리를 구별할 수 없는 해삼 같은 문장이어서, 설사 이 한 권이 나오고 나서 사라진다고 한들 아무런 지장이 없다. 또 실제로 사라질지도 모른다. 그러나 앞으로 바쁜 와중에도 잠깐의 짬을 내 벼루에 먹을 갈 기회가 있다면 다시 원고를 이어갈 생각이다. 고양이가 살아 있는 동안은—고양이가 건강한 동안은—고양이의 마음이 내킬 때는—나도 다시 붓을 잡아야 한다.

1905년 10월 6일

중
편

6

이렇게 더운 날씨는 아무리 고양이라도 견딜 재간이 없다. 영국의 시드니 스미스(1771~1845. 영국의 목사이자 저술가)라는 사람이 껍질을 벗어던지고 살도 다 떼어 내고 뼈만 남긴 채 시원한 바람을 쐬고 싶다며 괴로워했다는 이야기가 있는데, 설사 살은 남겨도 되니 적어도 이 옅은 회색의 얼룩 털옷만이라도 잠시 벗어 빨아 말리든가 당분간 전당포에라도 맡기고 싶은 심정이다. 인간의 눈에 고양이 따위는 사시사철 같은 얼굴을 하고 춘하추동 단벌옷으로 버티는 지극히 단순하고 무탈하며 돈이 들지 않는 생애를 보내는 것으로 보일지도 모르겠지만, 아무리 고양이라도 그에 상응하는 더위와 추위를 느낀다. 가끔은 목욕이라도 한번 하고 싶지 않은 것도 아니지만, 어쨌든 이 털옷을 입은 채 목욕을 하면 말리는 게 쉽지 않아 땀 냄새를 참으며 이날이 될 때까지 목욕탕 문턱을 넘은 적이 없다. 때로는 부채라도 사용하고 싶은 마음이 일지 않은 건 아니나 어쨌든 쥘 수 없으니 어쩔 수 없는 일이다. 그런 생각을 하면 인간은 참으로 사치스러운 자들이다. 날것으로 먹어도 될 것을 굳이 삶고 굽고 식초에 절이고 된장을 바르는 둥 기꺼이 쓸데없는 수고를 하며 서로 기뻐한다. 옷만 해도 그렇다. 고양이처럼 1년 내내 같은 옷을 입으라는 것은 불완전하게 태어난 그들에게는 좀 무리일지도 모르지만, 아무리 그래도 그렇게 잡다한 것을 피부 위에 걸치고 살지 않아도 될 것이다. 양에게 폐를 끼치거나 누에의 신세를 지거나 목화밭의 온정까지 받기에 이르면, 그들의 사치는 무능의 결과라고 단언해도 될 정도다. 일단 입고 먹는 것은 너그러이 봐준다 하더라도, 생존에 직접적인 이해관계가 없는 것까지 이런 식으로 하는 것은 털끝만큼도 이해가 되지 않는다. 우선 머리털 같은 것은 자연스럽게 자라는 것이니 내버려두는 것이 가장 간편하고 또 당사자에게도 도움이 될 것 같은데, 그들은 불필요한 궁리를 하여 갖가지 잡다한 모양을 하고는 우쭐해한다. 중을 자처하는 자는 언제 봐도 머리를 박박 밀고 있다. 더우면 그 위에 삿갓을 쓴다. 추우면 두건을 두른다. 그럴 거면 뭐 때문에 머리를 박박 밀고 다니는지 알 수가 없지 않은가. 그런가 하면 빗이라는 무의미한, 톱같이 생긴 도구를 이용하여 머리를 좌우로 등분해놓고 기뻐하는 자도 있다. 등분하지 않으면 7대3의 비율로 두개골 위에 인위적인 구획을 만든다. 개중에는 이 구획이 가마를 지나 뒤쪽까지 밀고 나간 경우도 있다. 마치 가짜로 만든 파초 잎 같다. 그다음에는 정수리를 평평하게 자르고 좌우는 똑바로 깎아내린다. 둥근 얼굴에 사각 틀을 끼우고 있으니 정원사가 손질한 삼나무 울타리를 그대로 베긴 것으로밖에 보이지 않는다. 그 외에 머리를 1.5센티미터 길이로 깎는 것, 1센티미터 길이로 깎는 것, 약 3밀리미터 길이로 깎는 것까지 있다고 하니, 종국에는 머릿속까지 깎아 마이너스 3밀리미터, 마이너스 1센티미터 등 기발한 것이 유행할지도 모르겠다. 하여튼 그런 일에 그렇게 열중해서 어쩌자는 것인지 알 수가 없다. 먼저 다리가 네 개나 있는데 두 개밖에 쓰지 않는다니 사치스러울 뿐이다. 네 발로 걸으면 그만큼 잘 걸을 수 있을 텐데 늘 두 개로 걷고 나머지 두 개는 선물 받은 대구포처럼 하릴없이 내려뜨리고 있으니 정말 어처구니가 없다. 이렇게 보면 인간은 고양이보다 더 한가로운 존재로, 너무 무료한 나머지 그런 장난을 고안하여 즐기고 있는 것으로 여겨진다. 다만 웃기는 것은 이 한가로운 사람들이 모이기만 하면 으레 바쁘다며 떠들고 다닐 뿐만 아니라 그 안색도 무지 바쁜 것으로 보인다는 점이다. 자칫하면 그 분주함에 잡아먹히는 게 아닌가 싶을 정도로 곰상스럽게 행동한다. 그들 중 어떤 자는 나를 보고 "나도 고양이 신세라면 얼마나 마음이 편할까?"라는 말을 하는데, 마음 편한 게 좋아 보이면 그렇게 하면 될 일이다. 그렇게 좀스럽게 굴어달라고 누가 부탁한 것도 아니다. 자기가 멋대로 감당할 수 없을 만큼 일을 벌여놓고 괴롭다고 연발하는 것은 자기가 불을 활활 지펴놓고 덥다고 하는 것과 같은 일이다. 고양이도 머리 깎는 방법을 스무 가지나 생각해내는 날에는 이렇게 마음 편히 있을 수 없을 것이다. 마음 편히 있고 싶다면 나처럼 여름에도 털옷을 입고 돌아다닐 수 있을 만큼 수련을 하는 게 좋다. ……말은 이렇게 해도 좀 덥긴 하다. 털옷은 정말 더워도 너무 덥다.

이래서는 나의 전매특허인 낮잠도 잘 수 없다. 좋은 수가 없을까. 오랫동안 인간 사회의 관찰을 게을리했으니 오늘은 오랜만에 그들이 별난 취향에 안달하는 모습이나 볼까 하는 생각도 해봤지만, 공교롭게도 주인은 이 점에서 고양이와 무척 비슷한 성품을 지녔다. 낮잠은 나 못지않을 만큼 자고, 특히 여름방학이 끝난 뒤부터는 무엇 하나 인간다운 일을 하지 않으니 아무리 관찰해야 보람이 없다. 이럴 때 메이테이라도 오면 위장병에 시달린 주인의 피부도 얼마간 반응을 보이며 잠깐이라도 고양이와 좀 멀어질 텐데, 그렇게 메이테이가 와도 좋을 때라고 생각하고 있는데, 누구인지 모르겠지만 목욕탕에서 물을 쫙쫙 끼얹는 소리가 들렸다. 물을 끼얹는 소리뿐만이 아니라 이따금 우렁찬 소리로 추임새까지 넣는다.

"아아, 좋다."

"아, 정말 기분 좋다."

"한 바가지 더."

온 집 안에 이런 목소리가 울려 퍼졌다. 주인집에 와서 이렇게 큰 소리로 무례한 짓을 하는 자는 달리 없다. 메이테이가 틀림없었다.

드디어 왔구나. 이제 오늘 한나절은 때울 수 있겠다고 생각하고 있는데 메이테이가 물기를 닦고 옷을 입고는 여느 때처럼 객실까지 성큼성큼 들어왔다.

"제수씨, 구샤미 어디 갔습니까?"

메이테이는 큰 소리로 이렇게 말하고는 모자를 다다미 위로 획 던졌다. 옆방에서 반짇고리 옆에 엎드려 한창 기분 좋게 자고 있던 안주인이 고막을 울릴 만큼 시끄러운 소리에 깜짝 놀라 잠이 덜 깬 눈을 일부러 부릅뜨고 객실로 나가자 메이테이가 삼베옷을 입고 멋대로 자리를 잡고 앉아 연신 부채질을 하고 있었다.

"어머, 어서 오세요. 까맣게 모르고 있었네요."

다소 당황해하는 기색의 안주인은 콧등에 땀이 밴 얼굴로 인사했다.

"아니, 지금 막 왔습니다. 방금 목욕탕에서 하녀한테 물을 끼얹어달라고 했는데 이제야 좀 살 것 같네요. ……너무 덥지 않습니까?"

"요 2, 3일은 가만히 있기만 해도 땀이 날 정도로 정말 덥네요. ……그래도 한결같으세요."

안주인은 여전히 콧등의 땀을 닦지 않았다.

"예, 고맙습니다. 이 정도 더위에 뭐 그리 변하겠습니까? 하지만 이 더위는 정말 각별하네요. 몸이 축축 늘어집니다."

"저도 낮잠을 자는 일이 없는데 어찌나 덥던지 그만……."

"잘하셨어요. 좋습니다. 낮에도 자고 밤에도 잘 수 있다면 그보다 좋은 일은 없지요."

여전히 한가한 소리를 늘어놓았는데, 그것만으로는 부족하다 싶었는지 말을 이었다.

"나 같은 사람은 잠을 못 자는 체질이라서요. 내가 올 때마다 자고 있는 구샤미 같은 사람을 보면 참 부럽습니다. 하긴 위장병에는 이런 더위가 해로울 테니까요. 튼튼한 사람도 오늘 같은 날에는 어깨 위에 머리를 얹고 있는 것이 힘든데, 그렇다고 어디다 떼어 낼 수도 없는 노릇이고."

메이테이는 전에 없이 목을 어찌해야 좋을지 난감해했다.

"제수씨는 머리 위에 또 얹고 있는 게 있으니 앉아 있기도 힘들 겁니다. 틀어 올린 머리의 무게만으로도 눕고 싶겠지요."

안주인은 틀어 올린 머리 탓에 지금까지 누워 있던 것이 들켰다고 생각하며 머리를 매만졌다.

"호호호호. 말씀이 짓궂으시네요."

메이테이는 그런 말에는 신경도 쓰지 않고 묘한 말을 했다.

"제수씨, 어제는 말이지요, 지붕 위에서 달걀프라이를 만들어봤습니다."

"프라이를 어떻게요?"

"지붕 기와가 햇빛에 제대로 달궈졌길래 그냥 내버려두는 것이 아깝다는 생각이 들어서요. 버터를 바르고 달걀을 탁 깨뜨렸지요."

"어머나."

"그런데 역시 햇빛으로는 생각대로 되지 않더군요. 좀처럼 반숙이 되지 않아서 아래로 내려와 신문을 읽고 있는데 손님이 와서 그만 깜빡 잊고 말았습니다. 오늘 아침에야 문득 생각나서 이제 됐겠지 하고 올라가 봤더니 말이지요."

"어떻게 됐는데요?"

"반숙은커녕 깨끗이 흘러내려 갔더군요."

"어머나, 저런."

안주인은 눈살을 찌푸리며 탄식했다.

"그런데 삼복 무렵에는 그렇게 시원하더니 이제 와서 더워지는 건 무슨 조환지."

"정말 그래요. 얼마 전에는 홑옷만 입고 있으면 추울 정도였는데 그저께부터 갑자기 더워졌어요."

"게라면 옆으로 기어간다지만 올해 날씨는 뒷걸음질을 치고 있네요. 도행역시倒行逆施(《사기》〈오자서伍子胥 열전〉에서 유래한 말로, 어떤 일을 다급하게 처리하고자 거꾸로 행한다는 뜻으로 일상의 도리에서 벗어난 일을 의미한다)라 해도 좋지 않겠느냐고 말하는 건지도 모릅니다."

"그게 무슨 말이에요?"

"아니, 아무것도 아닙니다. 아무래도 날씨가 거꾸로 가는 게 꼭 헤라클래스의 소 같습니다."

메이테이가 뜻대로 되어 우쭐대며 더욱 이상한 말을 하자 아니나 다를까 안주인은 영문을 알 수가 없었다. 하지만 조금 전에 나온 '도행역시'라는 말 때문에 다소 넌더리가 났기에 이번에는 그저 "네에."라고만 말하고 더는 되묻지 않았다. 메이테이는 안주인이 되묻지 않자 애써 그 말을 꺼낸 보람이 없었다.

"제수씨, 헤라클레스의 소라는 말을 아십니까?"

"그런 소는 몰라요."

"모르십니까? 그럼, 잠깐 설명해드릴까요?"

안주인은 그럴 필요 없다고 말할 수도 없었기에 "네."라고만 말했다.

"옛날에 헤라클레스가 소를 끌고 왔습니다."

"그 헤라클레스라는 사람은 소를 치는 사람인가요?"

"소를 치는 사람은 아닙니다. 소를 치는 사람도 푸줏간 주인도 아닙니다. 그때는 그리스에 아직 쇠고기 푸줏간이 한 집도 없던 시절이었으니까요."

"어머, 그리스 이야긴가요? 그럼 그렇다고 말해주면 됐을 텐데."

안주인은 그리스라는 나라 이름만은 알고 있었다.

"그래도 헤라클레스 아닙니까?"

"헤라클레스라면 그리스 사람인가요?"

"네, 헤라클레스는 그리스의 영웅이니까요."

"어쩐지 모르겠다 싶더니. 그런데 그 남자가 어쨌는데요?"

"그 남자가 제수씨처럼 잠이 와서 쿨쿨 자고 있는데……."

"아이, 또 그 소리."

"자는 동안 헤파이스토스(그리스 신화에 나오는 불과 대장간의 신. 로마 신화의 불카누스와 동일시된다)의 아들이 와서 말이지요."

"헤파이스토스는 또 누군가요?"

"헤파이스토스는 대장장이입니다. 이 대장장이의 자식이 그 소를 훔쳐 갔지요. 그런데 소꼬리를 잡고 거꾸로 끌고 가버려서, 헤라클레스가 잠에서 깨 소야, 소야 하고 부르며 다녀도 어디 있는지 알 수 없는 겁니다. 알 턱이 없지요. 소의 발자국을 쫓아간다고 해도 앞쪽으로 끌고 간 것이 아니었거든요. 뒤로, 거꾸로 끌고 갔으니까요. 대장장이의 자식치고는 아주 제법이었지요."

메이테이 선생은 이미 날씨 이야기는 잊고 있었다.

"그런데 구샤미는 어떻게 된 겁니까? 여전히 낮잠인가요? 낮잠도 중국 시에 나오면 풍류지만, 구샤미처럼 일과로 낮잠을 자면 다소 속되게 느껴지지요. 아무 일도 없는 매일, 조금씩 죽어보는 것 같은 일입니다. 제수씨, 수고롭겠지만 좀 깨워주세요."

메이테이 선생이 재촉하자 안주인은 같은 생각을 하고 있었는지 이렇게 말하며 일어섰다.

"네, 정말 저래서 큰일이에요. 무엇보다 건강만 나빠지니까요. 이제 막 밥을 먹었는데."

"제수씨, 밥이라고 하시니, 저는 아직 밥을 먹지 못했습니다."

메이테이 선생은 태연한 얼굴로 묻지도 않은 말을 했다.

"어머나, 끼니때인데 전혀 모르고 있었네요. ……그럼, 아무것도 없으니 오차즈케(밥에 녹차를 부은 요리)라도."

"아니, 오차즈케는 사양하겠습니다."

"그래도 어차피 입에 맞을 만한 게 없는데."

안주인은 슬쩍 싫은 내색을 했다. 메이테이가 눈치를 챘는지 바로 덧붙였다.

"아니, 오차즈케든 오유즈케(밥에 뜨거운 물을 부은 것)든 사양하겠습니다. 오는 길에 맛있는 음식을 주문해놓고 왔으니 여기서 그걸 먹겠습니다."

보통 사람이라면 도저히 할 수 없는 말이다.

"어머!"

안주인은 짧게 한마디를 내뱉었는데, 그 한마디에는 놀랍다는 뜻과 언짢다는 의미, 그리고 수고를 덜어주어 고맙다는 뜻이 모두 담겨 있었다.

그때 구샤미가 서재에서 비틀거리며 나왔다. 여느 때와 달리 너무 시끄러워서 막 든 잠에서 억지로 깬 듯 하품을 하며 무뚝뚝한 표정으로 말했다.

"여전히 참 시끄러운 사내야. 모처럼 기분 좋게 자던 참이었건만."

"이야, 일어나셨나? 단잠을 방해해서 진심으로 미안하네. 하지만 가끔은 괜찮지 않은가? 자, 이리 앉게."

메이테이 선생은 누가 손님인지 알 수 없는 인사를 했다. 주인은 아무 말 없이 자리에 앉아 쪽매붙임 궐련상자에서 '아사히' 담배 한 개비를 꺼내 뻐끔뻐끔 피우기 시작했는데, 문득 맞은편 구석에 굴러다니고 있는 메이테이의 모자에 눈을 주고 물었다.

"자네, 모자 샀나?"

메이테이는 즉각 자랑스럽게 주인과 안주인 앞으로 모자를 내밀었다.

"어떤가?"

"어머, 예쁘네요. 정말 쫀쫀하고 부드러워요."

안주인은 모자를 들고 여기저기 만졌다.

"제수씨, 이 모자는 아주 귀한 물건입니다. 무슨 말이든 잘 듣거든요."

메이테이가 주먹을 쥐고 파나마모자의 옆구리를 툭 치자 과연 의도한 대로 주먹만 한 구멍이 뚫린 것처럼 움푹 들어갔다.

"어머나!"

안주인이 놀랄 틈도 없이 이번에는 주먹을 안쪽으로 넣어 힘껏 밀자 모자 위쪽이 뾰족하게 튀어 올라왔다. 다음에는 모자를 잡고 양쪽에서 차양을 눌러 찌부러뜨렸다. 찌부러진 모자는 국수방망이로 민 메밀 반죽처럼 평평해졌다. 그것을 한쪽 끝에서 멍석을 말 듯이 둘둘 말았다. 그러고는 둥글게 뭉친 모자를 품속에 넣으며 말했다.

"보시는 대롭니다. 어떻습니까?"

"신기하네요."

안주인이 기텐사이 쇼이치(메이지 초 파리로 건너가 서양 마술을 배운 뒤 1876년 무렵부터 일본에서 서양 마술을 공연해 인기를 얻었다)의 마술이라도 구경한 것처럼 감탄하자 메이테이도 자신이 무슨 마술사라도 되는 양 오른쪽에서 품에 넣었던 모자를 일부러 왼쪽 소맷부리로 빼냈다.

"상처 한 군데 없습니다."

모자를 원래 모양대로 돌려놓고 엄지손가락 끝을 모자 속에 넣

어 빙빙 돌렸다. 인제 그만
두나 싶었더니 마지막으로
뒤로 툭 던지고는 그 위로
털썩 엉덩방아를 찧으며 앉
았다.

"자네, 괜찮은가?"

주인조차 걱정스러운 표
정이었다. 안주인도 걱정스
러운 듯 주의를 주었다.

"애써 구한 근사한 모자
인데 망가뜨리기라도 하면
안 되니까 이제 그만하시는

게 좋지 않을까요?"

의기양양한 것은 모자 주인뿐이었다.

"그런데 망가지지 않으니 신기한 거지요."

메이테이는 엉망이 된 모자를 엉덩이 밑에서 끄집어내 그대로
머리에 올려놓았다. 그러자 신기하게도 순식간에 머리 모양으로
돌아갔다.

"정말 튼튼한 모자네요. 어떻게 하신 거죠?"

안주인이 더욱 감탄했다.

"뭐, 제가 어떻게 한 게 아닙니다. 원래 이런 모자인 거지요."

메이테이는 모자를 쓴 채 안주인에게 대답했다.

"당신도 이런 모자를 사면 좋겠어요."

잠시 후 안주인이 주인에게 권했다.

"그런데 구샤미는 근사한 밀짚모자를 갖고 있지 않습니까?"

"얼마 전에 아이들이 그걸 밟는 바람에 망가지고 말았거든요."

"아이고 저런, 아깝게 되었네요."

"그러니 이번에는 선생님 것처럼 튼튼하고 멋진 걸 사면 좋을 것 같은데."

안주인은 파나마모자의 가격도 모르면서 주인에게 자꾸 권했다.

"당신도 이런 걸로 사세요, 네?"

메이테이는 이번엔 오른쪽 소매 안에서 빨간 케이스에 든 가위를 꺼내 안주인에게 보여주었다.

"제수씨, 모자는 이쯤 해두고 이 가위 좀 보세요. 이게 또 굉장히 귀한 물건인데, 열네 가지 용도로 쓸 수 있습니다."

가위 이야기가 나오지 않았다면 주인은 안주인의 파나마모자 공세에 시달릴 뻔했는데, 다행히 여자로서 타고난 안주인의 호기심 때문에 이 액운을 면했다. 나는 그것이 메이테이의 재치라기보다는 요행이었다는 걸 간파했다.

"그 가위를 어떻게 열네 가지 용도로 쓸 수 있다는 거죠?"

안주인이 묻자마자 메이테이는 의기양양한 어조로 말했다.

"지금부터 하나하나 설명해드릴 테니 잘 들으세요. 알겠지요? 여기 초승달 모양으로 좀 들어간 부분이 있지요? 여기에 궐련을 넣고 끄트머리를 싹둑 자릅니다. 그리고 여기 뿌리 쪽에 세공한 데가 있지 않습니까? 이것으로는 철사를 툭툭 자릅니다. 다음으로는 종이 위에 이렇게 평평하게 가로로 놓으면 자로 쓸 수 있고, 또 날 뒷면에는 눈금이 새겨져 있어서 줄자 대신 쓸 수 있답니다. 여기 곁에는 줄처럼 되어 있어 손톱을 다듬을 수도 있습니다. 그리고 이

끝을 나사못 머리에 끼워 넣고 돌리면 드라이버(원문은 쇠망치金づち로 되어 있으나 실수로 보임)로도 쓸 수 있습니다. 못질이 된 상자 같은 것도 그 틈에 이걸 쑥 집어넣고 비틀어 열면 대부분 힘들이지 않고 덮개를 열 수 있습니다. 또 여기 날 끝은 송곳으로 되어 있습니다. 이걸로는 잘못 쓴 글자를 깎아낼 수 있고, 이걸 해체하면 칼이 됩니다. 마지막으로, 제수씨, 이 마지막이 제일 재미있습니다. 여기 파리 눈알만 한 구슬이 있지요? 자, 한번 들여다보세요."

"싫어요. 또 분명히 무시당할 테니까요."

"그렇게 믿음이 없으시면 곤란하지요. 하지만 속는 셈 치고 잠깐 들여다보세요. 네? 싫으세요? 잠깐이면 되는데."

메이테이는 가위를 안주인에게 건넸다. 안주인은 미심쩍다는 듯 가위를 들고 파리 눈알만 한 구슬에 눈을 대고 주의 깊게 들여다보았다.

"어떻습니까?"

"그냥 새까만데요."

"새까맣기만 하면 안 되는데. 좀 더 장지문 쪽으로 하고, 가위를 그렇게 눕히지 말고…… 예, 예, 이제 보이지요?"

"어머, 사진이네요. 이런 조그마한 사진을 어떻게 붙인 거지요?"

"그게 흥미로운 점이지요."

안주인과 메이테이는 티키타카하듯 대화를 주고받았다. 아까부터 잠자코 있던 주인은 그제야 갑자기 사진이 보고 싶어진 듯했다.

"어디 나도 좀 보세."

그러자 안주인은 가위에 얼굴을 바짝 들이댄 채 좀처럼 내놓지 않았다.

"정말 예쁘네요. 나체의 미인이에요."

"나도 좀 보자니까."

"좀 기다려봐요. 참 예쁜 머리네요. 허리까지 내려와요. 살짝 위를 보고 있는, 정말 키가 큰 여자예요. 그런데 미인이네요."

"이봐, 좀 보자고 하면 보여줄 줄도 알아야지."

주인은 안달이 나서 안주인에게 달려들었다.

"아 네, 오래 기다리게 해서 미안하네요. 실컷 보세요."

안주인이 가위를 주인에게 건넬 때 부엌에서 하녀가 손님이 주문한 것이 왔다며 메밀국수 두 그릇을 방으로 가지고 왔다.

"제수씨, 이것이 제가 말한 맛있는 음식입니다. 잠시 실례를 무릅쓰고 여기서 좀 먹겠습니다."

메이테이는 정중하게 고개를 숙였다. 진지한 것 같기도 하고 장난 같기도 한 동작이어서 안주인도 어떻게 대응해야 할지 모르는 것 같았다.

"어서 드세요."

가볍게 대답하고 보고 있었다. 주인은 그제야 사진에서 눈을 떼고 말했다.

"이보게, 이렇게 더운 날 메밀국수는 독이나 다름없네."

"아니, 괜찮아. 좋아하는 건 좀처럼 탈이 나지 않으니까."

메이테이 선생이 그릇의 뚜껑을 열었다.

"갓 뽑은 면이라 다행이군. 불어 터진 메밀국수와 얼빠진 인간은 원래 미덥지가 못하거든."

메이테이 선생은 국물에 양념을 넣고 이리저리 마구 휘저었다.

"자네, 고추냉이를 그렇게 많이 넣으면 매울 텐데."

주인은 걱정스럽다는 듯 주의를 주었다.

"메밀국수는 국물과 고추냉이 맛으로 먹는 걸세. 자네는 메밀국수 싫어하지?"

"난 우동이 좋아."

"우동은 마부들이나 먹는 거지. 메밀국수의 맛을 모르는 사람만큼 딱한 이도 없네."

이렇게 말하면서 삼나무 젓가락을 푹 찔러넣고 최대한 많은 양을 6센티미터쯤 높이로 건져 올렸다.

"제수씨, 메밀국수를 먹는 데도 여러 방식이 있는데 말이지요. 초보자들은 무턱대고 국물에 찍어 입안에 넣고 씹어 먹지 않습니까. 그렇게 하면 메밀국수의 맛이 안 나지요. 무엇보다 이렇게 단번에 건져 올려야 합니다."

그러면서 젓가락을 들어 올리자 긴 국수 가락이 30센티미터쯤 낚여 올라갔다. 메이테이 선생도 이제 됐겠지 싶어 아래를 보자 아직 열두세 가락이 그릇 바닥을 떠나지 않고 발에 들러붙어 있었다.

"이놈 참 길군. 어떻습니까, 제수씨? 이 길이가."

다시 안주인에게 장단을 맞춰달라고 청했다.

"참 기네요."

안주인은 자못 감탄한 듯이 대답했다.

"이 긴 놈을 국물에 3분의 1쯤 적셔서 한입에 후루룩 삼키는 거지요. 씹으면 안 됩니다. 씹으면 메밀국수의 맛이 사라지거든요. 주르륵 목구멍을 타고 넘어가는 그 맛이 별미입니다."

젓가락을 한껏 높이 들어 올리자 들러붙어 있던 국숫발마저 마침내 바닥을 떠났다. 왼손에 든 국물 그릇에 젓가락을 조금씩 내리자 맨 끝에서부터 잠기기 시작했고, 아르키메데스의 원리에 따라 면이 잠긴 분량만큼 국물의 양이 늘어났다. 그런데 그릇 안에는 원래부터 국물이 80퍼센트쯤 들어 있었던지라 메이테이의 젓가락에 걸린 국수가 4분의 1도 채 잠기지 않았는데도 국물은 벌써 그릇에 가득 차고 말았다. 메이테이의 젓가락은 그릇에서 15센티미터쯤 위에 딱 멈춘 채 한동안 움직이지 않았다. 움직이지 않는 것도 무리가 아니었다. 조금이라도 내리면 국물이 넘칠 판국이었으니까. 여기에 이르자 메이테이도 다소 주저하는 듯했는데, 순식간에 아주 빠른 기세로 입을 젓가락 쪽으로 가져갔다. 후루룩후루룩 소리를 내며 목울대가 한두 번 아래위로 무리하게 움직이는가 싶더니 젓가락 끝의 국수는 어느새 다 사라지고 없었다. 메이테이의 두 눈초리에서 눈물 같은 것이 한두 방울 볼을 타고 흘러내렸다. 고추냉이 때문이었는지, 삼키는 데 애를 먹어서였는지는 분간할 수 없었다.

"대단하군. 단번에 그렇게 후루룩 삼키다니."

주인이 감탄했다.

"정말 멋지네요."

안주인도 메이테이의 솜씨를 격찬했다. 메이테이는 아무 말도 하지 않고 젓가락을 내려놓고는 가슴을 두세 번 두드렸다.

"제수씨, 메밀국수는 대체로 세 입 반이나 네 입에 먹습니다. 그보다 손이 많이 가면 맛있게 먹을 수 없습니다."

메이테이는 손수건으로 입을 닦고 잠깐 한숨을 돌렸다.

그때 간게쓰 군이 무슨 생각인지 이렇게 더운 날에 고생스럽게도 겨울 모자를 뒤집어쓰고 두 발이 먼지투성이인 채 들어왔다.

"이야, 미남께서 납시셨는데, 식사 중이라 잠깐 실례하겠네."

메이테이는 사람들이 빙 둘러앉아 보고 있는데도 넉살 좋게 남은 메밀국수를 먹어 치웠다. 이번에는 아까처럼 한껏 멋을 부리며 먹는 방법 대신, 손수건으로 입을 닦고, 도중에 한숨 돌리는 등의 꼴사나운 짓거리 없이 메밀국수 두 판을 편안하게 먹어 치운 것은 다행스러운 일이었다.

"간게쓰 군, 박사 논문은 이제 탈고했는가?"

주인이 묻자 메이테이도 이어서 말했다.

"가네다 씨네 여식이 학수고대하고 있으니 어서 제출하게."

간게쓰 군은 여느 때처럼 살짝 기분 나쁜 웃음을 흘리며 대답했다.

"저도 못 할 짓이니 되도록 빨리 제출해서 안심시켜드리고 싶습니다만, 어쨌든 주제가 주제인지라 상당한 노력을 요하는 연구니까요."

진담 같지 않은 말을 진담처럼 했다.

"그럼, 주제가 주제인 만큼 그 코가 말하는 대로 되지는 않겠지. 하지만 그 코라면 콧김을 살필 만한 가치는 충분히 있겠지만 말이야."

메이테이도 간게쓰식으로 인사했다. 비교적 진지한 사람은 주인이다.

"자네 논문의 주제가 뭐라고 했지?"

"개구리 눈동자의 전동電動 작용에 대한 자외선의 영향입니다."

"거참 기발하군. 과연 간게쓰 선생이야. 개구리의 눈동자는 흔들리지. 어떤가, 구샤미 군, 논문을 탈고하기 전에 그 주제만이라도 가네다 씨 댁에 알려주는 건."

주인은 메이테이의 말에는 상대도 하지 않고 간게쓰 군에게 물었다.

"이보게, 그게 힘들다던 연구인가?"

"예, 꽤 복잡한 문제입니다. 우선 개구리 눈동자의 렌즈 구조가 그리 간단한 게 아니니까요. 그래서 여러 가지 실험을 해야 하는데, 먼저 동그란 유리구슬을 만드는 일부터 시작하려고 합니다."

"유리구슬이라면 유리 가게에 가면 될 일 아닌가?"

"천만의 말씀을요."

간게쓰 군은 몸을 약간 뒤로 젖히며 말했다.

"원래 원이라든가 직선이라는 건 기하학적인 것이라 어떤 정의에 딱 맞는 이상적인 원이나 직선은 현실 세계에 존재하지 않습니다."

"없는 거라면 그만두면 되지."

메이테이가 참견했다.

"그래서 우선 실험에 지장이 없을 정도의 구슬을 만들어보자 싶어서 얼마 전부터 시작했습니다."

"그래, 만들었나?"

주인이 간단한 일처럼 물었다.

"그럴 리가요."

간게쓰 군은 이렇게 말했지만, 다소 모순이라고 생각했는지 거짓인지 참인지 짐작할 수 없는 말을 장황하게 늘어놓았다.

"정말 어렵더군요. 조금씩 갈다가 이쪽 반지름이 좀 길다 싶어서 약간 더 갈면 이번에는 저쪽이 좀 길어집니다. 그걸 고생해가며 겨우 갈아냈나 싶으면 전체적인 모양이 일그러지고 맙니다. 일그러진 것을 가까스로 바로 잡으면 다시 지름이 엉망이 됩니다. 처음에는 사과만 했는데 점점 작아져서 딸기만 해집니다. 그래도 끈기를 갖고 갈다 보면 콩알 정도가 됩니다. 콩알 정도가 되어도 아직 완전한 원이 만들어진 것은 아닙니다. 저도 꽤 열심히 갈았는데…… 지난 정월부터 크고 작은 유리구슬을 여섯 개나 갈았습니다."

"어디서 그렇게 가는가?"

"물론 학교 실험실에서지요. 아침에 갈기 시작해서 점심때 잠깐 쉬고 나서 어두워질 때까지 갑니다만, 쉽지 않습니다."

"그럼, 자네가 요즘 바쁘다고 노래를 부르면서 매일, 일요일에도 학교에 가는 건 그 구슬을 갈러 가는 거로군."

"지금은 정말이지 아침부터 밤까지 구슬만 갈고 있습니다."

"구슬 만들기의 박사가 되어 나타났다, 뭐 이런 거군. 하지만 그렇게 열심히 한다는 말을 들으면 아무리 코라도 조금은 고마워할 걸세. 실은 지난번에 내가 볼 일이 있어서 도서관에 갔는데 돌아오려고 문을 나서다가 우연히 로바이 군과 마주쳤네. 그가 졸업한 후에 도서관에 발길을 한다는 게 참 이상한 일이다 싶어서 열심히 공부하는군, 했더니 묘한 얼굴로, 선생님, 뭐 책을 보러 온 건 아닙니다, 문 앞을 지나다가 오줌이 마려워서 잠깐 화장실에 들른 겁니다, 라고 해서 크게 웃었네만, 로바이 군과 반대되는 좋은 예로 《신찬몽구新撰蒙求》(《몽구》는 옛사람의 흥미로운 언행을 모은 당나라 때의 책이다. 《신찬몽구》는 그 현대판이라는 의미로 쓰였을 뿐 실재하지 않는 책이다)에 자네 이야기를 꼭 싣고 싶군."

메이테이는 여느 때처럼 장황한 주석을 달았다. 주인은 조금은 진지하게 물었다.

"자네가 그렇게 매일 구슬만 가는 것도 좋지만, 완성은 대체 언제쯤 되는 건가?"

"지금으로선 한 10년은 걸릴 것 같습니다."

간게쓰 군은 주인보다 느긋하게 받아들였다.

"10년이라…… 좀 더 빨리 갈면 좋겠군."

"10년이면 빠른 편입니다. 어쩌면 20년도 걸릴 수 있습니다."

"그것참 큰일이군. 그렇다면 쉽게 박사가 될 수 없는 게 아닌가."

"예, 하루라도 빨리 박사가 되어 안심시켜드리고 싶지만, 어쨌든 구슬을 갈지 않으면 중요한 실험을 할 수 없으니……."

간게쓰 군은 잠시 말을 끊었다가 의기양양한 얼굴로 말을 이었다.

"뭐, 그리 걱정하지 않으셔도 됩니다. 가네다 씨 댁에서도 제가 구슬만 갈고 있다는 걸 잘 알고 있습니다. 실은 2, 3일 전에 갔을 때 사정을 잘 말씀드렸습니다."

그러자 지금까지 세 사람의 대화를 잘 알아듣지는 못해도 경청하고 있던 안주인이 미심쩍다는 듯이 물었다.

"그런데 그 집 사람들은 지난달에 모두 오이소에 가지 않았나요?"

간게쓰 군도 이 말에는 다소 난처해하는 것 같았지만 짐짓 시치미를 뗐다.

"거참 이상하군요, 어떻게 된 거지?"

이런 때 요긴한 사람이 메이테이인데, 이야기가 끊겼을 때, 멋쩍을 때, 잠이 쏟아질 때, 난처할 때, 그 어느 때를 막론하고 반드시 옆에서 튀어나온다.

"지난달에 오이소에 간 사람들을 2, 3일 전에 도쿄에서 만났다니 신비로워서 좋군. 이것을 이른바 영적 교류라 하지. 상사의 정이 애틋할 때는 흔히 그런 현상이 일어나는 법. 잠깐 들으니 꿈같기는 한데, 꿈이라고 해도 현실보다 더 또렷한 꿈이군. 제수씨처럼 딱히 마음을 주지도 받지도 않는 구샤미에게 시집와서 평생을 사랑이 뭔지도 모르고 사는 사람에게는 미심쩍은 것도 당연하겠지만……."

"어머, 무슨 근거로 그런 말씀을 하시는 거죠? 저를 너무 쉽게 보시는군요."

안주인은 메이테이의 말을 끊고 그를 향해 발끈했다.

"자네도 상사병 같은 걸 앓은 적이 없지 않은가?"

주인도 정면으로 안주인을 거들고 나섰다.

"그야 내 염문 따위는 아무리 길어봐야 75일 이상 지나면 자네의 기억에 남아 있지 않을지도 모르네만('소문이 나도 75일이 지나면 모두 잊어버린다.'라는 일본 속담에 빗대 하는 말)…… 이래 봬도 실은 실연의 아픔을 겪고 이 나이가 될 때까지 독신으로 지내는 걸세."

메이테이는 이렇게 말하고 둘러앉은 사람들을 일일이 죽 둘러보았다.

"호호호호, 재미있네요."

안주인이 이렇게 말하자 주인은 뜰 쪽을 향한 채 말했다.

"가당치도 않은 소리."

다만 간게쓰 군만은 여전히 싱글거리며 말했다.

"아무쪼록 후학을 위해 그 추억담이나 들려주시지요."

"내 얘기도 워낙 신비로워서 돌아가신 고이즈미 야쿠모(1850~1904. 그리스에서 태어나 일본으로 귀화한 메이지 시대의 작가 라프카디오 헌의 일본 이름. 소세키가 부임하기 전에 도쿄 대학에서 영문학을 가르쳤다. 괴기 전설을 취재한 《괴담》이 유명하다) 선생에게 들려드렸다면 무척 좋아하셨을 텐데, 안타깝게도 영면하시고 말았으니 사실 이야기할 맛이 나지는 않지만, 모처럼 말이 나왔으니 털어놓지. 그 대신 끝까지 경청해야 하네."

메이테이는 이렇게 못을 박고 드디어 본론으로 들어갔다.

"돌이켜보니 지금으로부터…… 으음, 몇 년 전이었더라…… 뭐 번거로우니까 대충 15, 6년 전이라고 해두세."

"허튼소리 말고."

주인은 콧방귀를 뀌었다.

"기억력이 참 안 좋으시네요."

안주인이 놀렸다 간게쓰 군만은 약속을 지켜 한마디도 하지 않고 어서 얘기가 듣고 싶다는 표정이었다.

"아무튼 어느 해 겨울이었네. 내가 에치고越後의 간바라군蒲原郡 다케노코다니筍谷를 지나 다코쓰보蛸壺 고개에 당도하여 드디어 아이즈会津로 들어서려던 참이었지."

"묘한 곳이군."

주인이 또 참견하고 나섰다.

"잠자코 듣기나 하세요. 재미있으니까."

안주인이 제지했다.

"그런데 날은 저물지, 길은 모르겠지, 배는 고프지, 어쩔 수 없이 고갯마루 한가운데에 있는 어느 집 문을 두드렸네. 여차저차해서 그러니 하룻밤만 묵어갈 수 없겠느냐고 그랬더니, 뭐가 어려워서요, 어서 들어오세요, 라면서 촛불을 내 얼굴 가까이 들이댄 아가씨의 얼굴을 보고 난 심장이 덜컥 내려앉고 말았네. 그때부터 난 사랑이라는 요물의 마력을 절실히 자각했지."

"어머 이를 어째. 그런 산골짜기에도 아름다운 여인이 있던가요?"

"산이든 바다든, 제수씨, 그 아가씨를 한번 보여드리고 싶을 정도입니다. 신부가 올림머리를 한 것처럼 머리를 틀어 올리고 있었거든요."

"네에?"

안주인은 어안이 벙벙했다.

"들어가 보니, 여덟 장짜리 다다미방 한가운데에 커다란 이로리 囲炉裏(일본의 전통적인 난방 장치. 방바닥의 일부를 사각형으로 도려 파고 난방이나 취사를 위해 재를 깔아 불을 피웠다)가 있었는데, 아가씨와 아가씨의 할아버지와 할머니 그리고 나, 이렇게 넷이 빙 둘러앉았네. 시장하시지요? 라고 묻기에 뭐든 좋으니 빨리 좀 먹게 해달라고 청했지. 그러자 할아버지가 모처럼 오신 손님이니 뱀밥이라도 지어주겠다고 하지 뭔가. 자, 이제 드디어 실연 이야기로 들어가니까 잘 듣게나."

"선생님, 잘 듣기는 하겠습니다만, 아무리 에치고 지방이라도 겨울에는 뱀이 없을 텐데요."

"음, 그것참 일리 있는 질문이군. 그러나 이런 시적인 이야기에서는 그런 이치에만 얽매일 수는 없는 법이니까. 이즈미 교카의 소설에서는 눈 속에서 게가 나오지 않던가(이즈미 교카의 소설 〈긴탄자쿠銀短册〉에 눈과 게 이야기가 나온다)?"

"아, 그렇군요."

간게쓰 군은 이렇게 말하고 다시 경청하는 자세로 돌아갔다.

"그 시절의 나는 남들이 먹지 않는 것도 곧잘 먹는 사람이었는데, 마침 메뚜기, 민달팽이, 송장개구리 같은 것에는 질렸던 터라

나는 고양이로소이다

뱀밥이 꽤 특이했지. 즉각 잘 먹겠다고 할아버지한테 대답하자 할아버지는 이로리 위에 냄비를 걸고 그 안에 쌀을 넣고는 부글부글 끓이기 시작한 거야. 그런데 그 냄비의 뚜껑을 보니 이상하게도 크고 작은 구멍이 열 개쯤 뚫려 있더군. 그 구멍으로 김이 모락모락 올라오는 걸 보고 시골 사람들치고 머리를 참 잘 썼구나, 하고 감탄하며 보고 있었는데, 할아버지가 벌떡 일어나 어딘가로 나가더니 잠시 후에 커다란 바구니를 옆구리에 끼고 돌아왔네. 그 바구니를 아무렇지 않게 이로리 옆에 놓아서 안을 들여다보았더니…… 있었네, 길쭉한 놈이. 추위 탓인지 서로 엉겨서 똬리를 튼 채 한 덩어리가 되어 있더군."

"그런 이야기는 이제 그만하세요. 징그러워서 정말."

안주인이 눈살을 찌푸렸다.

"이게 실연의 큰 원인이 되었는데 그리 쉽게 그만둘 수 있나요. 할아버지는 곧 왼손으로 냄비 뚜껑을 열고 오른손으로 덩어리가 된 그 길쭉한 것을 아무렇지 않게 잡더니 냄비 속에 휙 넣고 뚜껑을 닫았네. 정말이지 그때는 나도 숨이 콱 막히는 것 같았어."

"이제 그만하세요. 기분이 정말 나쁘다고요."

안주인은 계속 무서워했다.

"곧 실연 이야기로 넘어가니 조금만 참으세요. 그런데 1분이 될까 말까 할 때 뚜껑에 난 구멍으로 뱀 대가리 하나가 쑥 나오지 뭔가. 간이 떨어지는 줄 알았네. 어라? 나왔네? 하고 생각하는데 옆 구멍에서도 또 뱀 대가리가 쑥 나오더군. 또 나왔네? 하고 말하는 사이에 여기서도 쑥, 저기서도 쑥. 결국에는 냄비 뚜껑이 온통 뱀 대가리로 가득 차고 말았지."

"왜 그렇게 대가리를 내미는 건가?"

"냄비 속이 뜨거워서 고통스러운 나머지 기어나가려고 한 거지. 이윽고 할아버지가 이제 다 됐으니 당기라던가 뭐라고 하니까 할머니와 아가씨가 네, 하고 대답하고는 각자 뱀 대가리를 잡고 쑥 당기는 거네. 대가리를 잡아당기니까 재미있게도 길쭉한 것이 살은 냄비 속에 남고 뼈만 깨끗이 발라져서 빠져나오더군."

"뱀 뼈 발라내긴가요?"

간게쓰 군이 웃으며 물었다.

"그렇지, 뼈 발라내기지. 재주가 참 용하지 않은가? 그리고 나서 뚜껑을 들고 주걱으로 밥과 살을 마구 뒤섞더니 나를 보고 자, 드세요, 하더군."

"먹었나?"

주인이 냉담하게 묻자 안주인은 언짢은 얼굴로 투덜거렸다.

"이제 그만두라니까요. 속이 메슥거려서 밥이고 뭐고 먹지를 못하겠어요."

"제수씨는 뱀밥을 먹어보지 않았으니까 그런 말을 하겠지만, 일단 한번 먹어보세요. 그 맛은 평생 잊을 수 없을 겁니다."

"아아, 징그러워. 누가 먹겠대요?"

"그래서 배불리 먹었겠다, 추위도 가셨겠다, 아가씨 얼굴도 거리낌 없이 볼 수 있겠다, 이제 아쉬울 게 없다고 생각하고 있는데, 안녕히 주무시라는 말에 여독도 있던 참이라 벌렁 드러눕자마자 실례인 줄 알면서도 세상모르고 곯아떨어지고 말았네."

"그 뒤에는 어떻게 되었나요?"

이번에는 안주인이 채근했다.

"그러고는 다음 날 아침이 되어 눈을 떴더니 실연이었지요."

"무슨 일이 있었나요?"

"아니, 특별한 건 없었어요. 아침에 일어나 담배를 피우면서 뒤쪽 창문을 내다보니 물이 흘러나오는 맞은편 홈통 옆에서 한 대머리가 세수를 하고 있더군요."

"할아버지던가, 할머니던가?"

주인이 물었다.

"그게 말이네, 나도 식별이 안 되어서 잠시 보고 있었는데 그 대머리가 내 쪽을 볼 때 깜짝 놀라고 말았지, 뭔가. 바로 나의 첫사랑이었던 전날 밤의 그 아가씨였다네."

"아까는 그 아가씨가 신부처럼 올림머리를 하고 있었다고 하지 않았나?"

"전날 밤에는 올림머리를 하고 있었지, 그것도 우아하게. 그런데 다음 날 아침에는 대머리였고."

"지금 누굴 놀리나?"

주인은 여느 때처럼 천장으로 눈을 돌렸다.

"나도 너무 이상한 나머지 내심 살짝 겁이 나기도 해서 몰래 지켜보고 있었네. 그랬더니 대머리가 드디어 세수를 마치고 옆에 있는 돌 위에 놓아둔 틀어 올린 머리 가발을 아무렇지 않게 쓰고는 태연하게 안으로 들어오기에, 아하 역시 그랬군, 하고 생각했다네. 그렇게 생각은 했지만 그때부터 결국 실연의 덧없는 운명을 한탄하는 신세가 되고 말았지."

"별 시답잖은 실연도 다 있군. 그렇지 않나, 간게쓰 군? 그러니 실연하고도 이렇게 밝고 활력이 넘치는 거겠지."

주인은 간게쓰 군에게 메이테이의 실연을 이렇게 평했다.

"하지만 그 아가씨가 대머리가 아니어서 순조롭게 도쿄로 데리고 왔다면 선생님이 더 활력이 넘쳤을지도 모르지요. 어쨌든 어렵게 만난 아가씨가 대머리였다는 게 천추의 한이네요. 그런데 그렇게 젊은 아가씨의 머리가 어쩌다 다 빠져버렸을까요?"

"나도 그 점에 대해서는 여러 가지로 생각해봤는데, 역시 뱀밥을 너무 많이 먹은 탓이 틀림없을 걸세. 뱀밥이라는 건 피가 머리로 쏠리게 하거든."

"하지만 선생님은 아무렇지 않으시잖아요."

"난 대머리가 되지는 않았지만, 그 대신 보다시피 그때부터 근시가 되고 말았네."

이렇게 말하며 메이테이는 금테 안경을 벗어 정성껏 닦았다. 잠시 후 주인이 그제야 생각났다는 표정으로 확인을 받아야겠다는 듯 물었다.

"그런데 대체 어디가 신비롭다는 건가?"

"그 가발을 어디서 샀는지, 주운 것인지, 아무리 생각해도 아직 모르겠으니 그게 신비로운 거지."

메이테이는 다시 안경을 원래대로 코 위에 걸쳤다.

"마치 만담가의 이야기를 들은 것 같네요."

안주인의 비평이었다.

메이테이의 쓸데없는 잡담도 이것으로 일단락을 고했으니 이제 끝났구나 싶었는데, 재갈이라도 물리기 전에는 도저히 잠자코 있지 못하는 성미인지라 또다시 이런 이야기를 꺼냈다.

"내 실연도 쓸쓸한 경험이지만, 그때 만약 대머리인 줄 모르고 데려왔다면 평생 눈엣가시가 되었을 테니, 깊이 생각하지 않으면 위험한 걸세. 결혼은 말이야, 순식간에 뜻밖의 허물이 숨어 있다는 것을 발견하게 되기도 하니까. 간게쓰 군도 그렇게 동경하거나 다급한 마음에 어찌할 바를 모르거나 혼자서 난감해하지 말고 차분히 마음을 가라앉히고 구슬이나 가는 게 좋을 걸세."

메이테이는 이상한 방식으로 이견을 표했다.

"예, 되도록 구슬만 갈고 싶은데, 저쪽에서 가만 놔두지 않으니 난처해 죽겠습니다."

간게쓰 군은 일부러 질렸다는 표정을 지었다.

"그렇겠지, 자네 같은 경우에는 상대가 부추기는 거지만, 개중에는 우스꽝스러운 일도 있네. 도서관에 소변을 보러 들어왔다는 로바이 군 같은 경우도 참 기이하니까 말이야."

"무슨 일이 있었는데 그러나?"

주인이 관심을 보이며 물었다.

"뭐, 이런 얘기지. 로바이 군이 옛날에 시즈오카의 도자이칸東西館이라는 여관에 묵은 적이 있었네. 딱 하룻밤이었지. 그런데 그날 밤에 바로 그 여관의 하녀에게 청혼한 거야. 나도 꽤 한가한 사람이긴 하지만 아직 그 정도까지는 진화하지 않았거든. 하긴 그 무렵 그 여관에 오나쓰라는 유명한 미인이 있었는데, 로바이 군의 방에 들어온 이가 마침 그 오나쓰였으니 무리도 아니었지만 말이야."

"무리는 무슨, 자네의 어디 고갯마룬가 하는 얘기랑 똑같지 않은가."

"다소 비슷하기는 하지. 사실 나와 로바이 군은 그다지 다르지 않으니까 말일세. 어쨌든 그 오나쓰한테 청혼했는데, 답변도 듣기 전에 수박이 먹고 싶어졌다더군."

"뭐라고?"

주인이 해괴한 표정을 지었다. 주인만이 아니라 안주인도, 간게 쓰도 약속이라도 한 듯 고개를 갸웃하며 잠시 생각에 잠긴 듯했다. 메이테이는 개의치 않고 바로 이야기를 이어 나갔다.

"오나쓰를 불러 시즈오카에 수박이 없느냐고 물었더니, 아무리 시즈오카라고 해도 수박은 있다며 쟁반에 수박을 수북이 담아 와서 로바이 군이 먹었다고 하더군. 그렇게 산더미 같은 수박을 모조리 먹어 치우고 오나쓰의 답변을 기다리고 있는데, 그 답변도 듣기 전에 배가 아프기 시작하더라는 거야. 끙끙거리며 앓는 소리를 냈지만 전혀 나을 기미가 없자 다시 오나쓰를 불러 이번에는 시즈오카에 의사가 없느냐고 물었더니, 아무리 시즈오카라고 해도 의사가 없겠느냐며 덴치 겐코天地玄黃라는, 천자문에서 훔쳐 온 듯한 이름의 의사를 데리고 왔다더군. 이튿날 아침, 떠나기 15분 전에 오나쓰를 불러 덕분에 복통도 나아 고맙다며 어제 청혼한 것의 가부를 물었더니 그녀는 웃으면서 시즈오카에는 수박도 있고 의사도 있지만, 하룻밤 사이에 구할 수 있는 신부는 없다며 나가서는 두 번 다시 얼굴을 보이지 않았다는 거야. 그리고 나서 로바이 군도 나처럼 실연을 당해 도서관에는 소변을 보러 가는 것 말고는 가지 않게 되었다더군(도서관의 일본어 발음인 도쇼칸과 로바이가 묵은 도자이칸의 발음이 비슷한 데서 온 이야기). 생각해보면 여자는 참 죄가 많은 존재야."

그러자 여느 때와 달리 주인이 동의하며 힘주어 묘한 말을 했다.

"정말 그래. 지난번에 뮈세(알프레드 드 뮈세. 1810~1857. 프랑스의 시인, 소설가, 극작가)의 희곡을 읽었더니 거기에 나오는 한 인물이 로마 시인의 시를 인용하여 이런 말을 하더군. '날개보다 가벼운 것은 먼지다. 먼지보다 가벼운 것은 바람이다. 바람보다 가벼운 것은 여자다. 여자보다 가벼운 것은 무無다.' 핵심을 찌르는 말 아닌가. 여자들은 정말 어쩔 수가 없다니까."

이 말을 들은 안주인은 동의하지 않았다.

"여자가 가벼우면 안 된다고 하시지만, 남자가 무거운 것도 좋은 일은 아니지요."

"무겁다니, 무슨 말이야?"

"무겁다는 건 그냥 무겁다는 거죠. 당신처럼 말이에요."

"내가 왜 무거워?"

"무겁잖아요."

묘한 논쟁이 벌어졌다. 메이테이는 재미있다는 듯 듣고 있다가 드디어 입을 열었다.

"그렇게 흥분해서 서로를 공격하는 점이 부부의 진짜 모습인지도 모르지. 아무래도 옛날 부부라는 것은 완전히 무의미한 것이었음이 틀림없네."

놀리는 건지 칭찬하는 건지 애매한 말을 했다. 그것으로 그만두었으면 좋았을 텐데, 예의 태도로 이렇게 덧붙였다.

"옛날에는 남편에게 말대꾸한 여자가 한 명도 없었다는데, 그러면 벙어리를 아내로 둔 것이나 같아서 나 같은 사람은 전혀 달갑지가 않네. 역시 제수씨처럼 당신은 무겁잖아요니 뭐니 하는 말을 듣고 싶은 마음이야. 어차피 아내가 있어야 한다면, 가끔 다투기라도 해야지 심심하지 않고 좋지 않겠나. 우리 어머니 같은 경우는 아버지 앞에서 '예'라는 말만 하고 살았는데, 그렇게 20년이나 같이 살면서 절에 갈 때 말고는 외출한 적이 없다고 하니 너무 비참하지 않은가. 하긴 그 덕에 조상님들의 법명은 모조리 외우고 계시네. 남녀 간의 교제도 그래. 내가 어렸을 때는 간게쓰 군처럼 마음에 두고 있는 사람과 합주를 한다거나 영적인 교류를 하며 몽롱체朦朧體(시문회화詩文繪畫 등에서 명확한 의미나 윤곽이 없는 것. 소세키가 활동할 당시의 비평 용어다)로 만나거나 하는 일은 도저히 불가능했지."

"참 안됐네요."

간게쓰 군이 고개를 숙이며 말했다.

"정말 딱한 일이지. 게다가 그 시절의 여자가 지금 여자보다 반드시 품행이 방정했다고는 말할 수도 없으니까. 제수씨, 요즘 여학생이 타락했네 어쩌네 말들이 많은데, 옛날에는 이보다 더 심했답니다."

"그런가요?"

안주인은 진지했다.

"그럼요, 허튼 말이 아닙니다. 확실한 증거가 있으니까 빼도 박도 못하지요. 구샤미, 자네도 기억하고 있을지 모르겠지만, 우리가 열대여섯 살 때까지는 호박처럼 여자를 바구니에 넣어 멜대로 메고 다니며 팔지 않았나?"

"난 그런 기억이 없는데."

"자네 고향에서는 어땠는지 모르겠네만, 시즈오카에서는 분명히 그랬네."

"설마요."

안주인이 작은 소리로 말했다.

"정말입니까?"

간게쓰 군이 그럴 리가 없다는 표정으로 물었다.

"정말이야. 실제로 우리 아버지가 값을 매긴 적이 있네. 그때 나는 여섯 살쯤 되었을 걸세. 아버지와 함께 아부라마치油町에서 도리초通町로 산책을 가는데 맞은편에서 큰 소리로 여자아이 팝니다, 여자아이 팝니다, 하고 외치는 소리가 들리지, 뭔가. 마침 2초메町目(한국의 동에 해당하는 일본의 행정구역 명칭) 모퉁이를 돌아 이세겐伊勢源이라는 포목점 앞에서 우리는 그 남자와 마주쳤네. 이세겐은 폭이 18미터나 되고 창고가 다섯 개나 되는, 시즈오카에서 제일 큰 포목점이지. 다음에 가면 꼭 한 번 보고 오게. 지금도 여전히 남아 있으니까. 참으로 당당한 건물이야. 거기 지배인은 진베라는 사람인데, 늘 사흘 전에 어머니가 돌아가신 것 같은 얼굴로 계산대에 앉아 있네. 진베 옆에는 하쓰라는 스물네다섯 살쯤 되는 젊은이가 앉아 있는데, 이 하쓰라는 사람이 또 운쇼 율사(1827~1909. 진언종의 승려. 메이지 초기의 폐불훼석廢佛毀釋에 반대하여 불교의 부흥에 힘쓰고 진언종의 통일을 꾀했다)에게 귀의하여 삼칠일 동안 메밀당수만 먹고 지낸 것 같은 파리한 얼굴을 하고 있지. 하쓰 옆에는 또 조돈이라는 자가 있는데, 이 사람은 어제 집에 불이 나 길거리에 나앉은 사람처럼 수심에 잠겨 주판을 향해 몸을 숙이고 있네. 조돈과 나란히……."

"자네는 포목점 얘기를 하자는 건가, 사람 파는 이야기를 하자는 건가?"

"아, 그렇지. 사람 파는 얘기를 하고 있었지. 사실 이 이세겐에 대해서도 무척 기이한 이야기가 있는데, 그건 생략하기로 하고 오늘은 사람 파는 이야기만 하기로 하겠네."

"내친김에 아예 그 사람 파는 이야긴지 뭔지도 하지 않으면 어떤가."

"천만의 말씀. 이게 20세기인 오늘날과 메이지 초기 여자의 품성 비교에 참고가 되는 좋은 재료인데, 그리 쉽게 그만둘 수야 없지. 아무튼, 그래서 내가 아버지와 이세겐 앞까지 갔더니 그 사람 장수가 아버지를 보고, 손님, 팔다 남은 여자아이가 있는데 어떻습니까, 싸게 드릴 테니 하나 들여가시지요, 하면서 멜대를 내려놓고 땀을 닦더란 말이지. 앞뒤에 있는 바구니를 들여다보니 두 살쯤 된 여자아이가 한 명씩 들어 있었네. 아버지가 그 남자한테 싸게 주면 살 수도 있는데 이거밖에 안 남았나, 하고 물었더니, 공교롭게도 오늘은 다 팔리고 둘밖에 안 남았다면서 누구든 좋으니 하나 사시라고 여자아이를 양손에 들고 마치 호박이라도 되는 것처럼 아버지의 코앞으로 들이밀더군. 아버지는 머리를 톡톡 두드려보고 허허, 꽤 괜찮은 소리군, 이라고 했지. 그러고 나서 드디어 흥정이 시작되었는데, 값을 실컷 깎고 나서 아버지가 사도 좋은데 품질은 틀림없겠지? 라고 묻자, 아무렴요, 앞에 있는 놈은 시종 보고 있으니까 틀림없습니다만, 뒤에 메고 온 놈은 뒤통수에 눈이 달린 것도 아니니까 어쩌면 금이 갔을지도 모른다고 하더니, 그거라면 보증할 수 없으니 대신 값을 더 깎아주겠다고 하더군. 나는 그 대화를 아직도 생생하게 기억하고 있는데, 그때는 어린 마음에도 여자라는 건 역시 방심하면 안 되는 것이라고 생각했네, 하지만 1905년인 오늘날 그런 바보 같은 짓을 흉내 내어 여자를 팔러 다니는 사람도 없고, 눈에 안 보이는 뒤쪽에 멘 것은 위험하다는

300

나는 고양이로소이다

따위의 말도 들을 수 없네. 그러니 내 생각에는 역시 서양 문명 덕분에 여자의 품행도 상당히 진보했을 거라고 단정하는데, 어떻게 생각하나, 간게쓰 군?"

간게쓰는 대답하기 전에 우선 의젓하게 한 번 헛기침을 하고는 일부러 차분하고 나직한 목소리로 이런 이야기를 했다.

"요즘 여자들은 학교를 오가는 길이나 합주회, 자선 모임이나 원유회 등에서 저 좀 사주세요, 어머, 싫으세요? 따위로 스스로 자신을 팔고 다니니까, 채소 장수 같은 사람을 고용해서 여자아이를 판다는 그런 천박한 위탁 판매를 할 필요가 없지요. 인간에게 독립심이 발달하게 되면 자연스레 그렇게 되는 법입니다. 노인들은 쓸데없는 걱정을 하며 이런저런 말을 합니다만, 사실상 이게 문명의 추세라서 저 같은 사람은 아주 반가운 현상이라고 남몰래 경하의 뜻을 표하고 있습니다. 사는 쪽도 머리를 두드려가며 품질을 확인하는 촌뜨기는 한 명도 없으니까, 그런 점은 안심할 수 있습니다. 또 이런 복잡한 세상에서 그런 수고를 하다가는 끝이 없으니까요. 쉰이 되든 예순이 되든 남편을 얻는 것도 시집가는 것도 불가능할 겁니다."

간게쓰 군은 20세기의 청년답게 지극히 현대적인 사고를 개진하고 담배 연기를 메이테이 선생의 얼굴 쪽으로 후우 내뿜었다. 메이테이는 담배 연기 정도에 물러설 사람이 아니다.

"자네 말대로 요즘 여학생이나 아가씨들은 자존심과 자신감을 온몸으로 발산하며 뭐든지 남자한테 지지 않으려고 하는 점은 경탄할 따름이네. 우리 집 근처에 있는 여학교 학생들도 참 대단해. 통소매 옷을 입고 철봉에 매달리니 놀랄 따름이지. 나는 2층 창으로 그들이 체조하는 모습을 볼 때마다 고대 그리스의 여성들을 떠올리네."

"또 그리스 타령인가?"

주인이 냉소하듯 내뱉었다.

"아무래도 아름다운 느낌이 드는 것은 대개 그리스에서 발원한 것이니 어쩔 수 없지 않은가. 미학자와 그리스는 도저히 떨어질 수가 없네. ⋯⋯특히 피부가 까무잡잡한 여학생이 체조에 몰두하고 있는 모습을 보면 나는 늘 아그노디케의 일화(가이우스 율리우스 히기누스의 작품으로 전해지는 《이야기》에 나오는 삽화)가 떠오르네."

메이테이가 박식한 체하는 얼굴로 말했다.

"또 어려운 이름이 나왔네요."

간게쓰 군은 여전히 미소를 머금고 있다.

"아그노디케는 참 대단한 여자야. 나는 정말 감탄했네. 당시 아테네의 법률로는 여자가 산파 영업을 하는 것이 금지되어 있었거든. 당연히 불편했지. 아그노디케도 그 불편함을 느꼈을 것이 아니겠나."

"뭔데? 그 뭐라 뭐라 하는 게?"

"여자네, 여자 이름이야. 이 여자가 곰곰이 생각해보니 아무래도 여자가 산파가 될 수 없다는 게 한심하고 불편하기 짝이 없는 거지. 어떻게든 산파가 되고 싶은데 방법이 없을까, 하고 사흘 밤낮으로 골똘히 생각했는데, 사흘째 되는 날 동틀 무렵, 이웃집에서 응애 하는 갓난아이의 울음소리를 듣고, 음, 그렇지, 하고 불현듯 크게 깨달았네. 그러고 나서 즉각 긴 머리를 자르고 남자 옷을 입고 헤로필로스의 강의를 들으러 갔지. 강의를 끝까지 다 듣고 이제 됐다 싶었을 때 드디어 산파 일을 시작했는데 제수씨, 손님이 많았답니다. 여기서도 응애, 저기서도 응애 하고 태어났어요. 그 아이들을 모두 아그노디케가 받았으니 떼돈을 벌었지요. 그런데 인간만사 새옹지마, 칠전팔기, 설상가상이라고 그 비밀이 결국들통이 났고, 나라의 법도를 어겼다는 이유로 무거운 처벌을 받게되었답니다."

"꼭 야담 같네요."

"꽤 잘하지요? 그런데 아테네의 여자들이 모두 연서하여 탄원서를 내자 당시의 관리도 그냥 무시할 수만은 없어서 결국 무죄로방면되었네. 그때부터는 아무리 여자라도 산파 영업을 할 수 있다는 포고령까지 나왔으니 경사스러운 해결을 맞게 된 셈이지."

"별걸 다 알고 계시네요. 감탄했습니다."

"예, 대개의 것들은 알고 있지요. 모르는 것은 제가 바보라는 것정도입니다. 하지만 그것도 어렴풋이는 알고 있습니다."

"호호호호, 정말 재미있게 말씀하시네요……."

안주인이 재미있다는 듯 웃고 있는데, 격자문에 달린 벨이 처음달았을 때와 같은 소리를 내며 울렸다.

"어머, 또 손님이 오셨나 봐요."

안주인은 안방으로 물러갔다. 안주인과 엇갈려서 방으로 들어온 사람이 누구인가 했더니 예의 오치 도후 군이었다.

이 자리에 도후 군까지 왔으니 주인집에 드나드는 괴짜가 모조리 망라되었다고까지는 할 수 없으나 적어도 나의 무료함을 달래주기에 충분한 머릿수는 채워졌다고 하지 않을 수 없었다. 그런데도 부족하다고 하면 배부른 소리다. 운 나쁘게 다른 집에 살게 되었다면 평생 인간 중에 이런 선생이 한 명이라도 있다는 걸 모른 채 죽었을지도 모른다. 다행히 구샤미 선생 문하의 고양이가 되어 아침저녁으로 귀인을 가까이서 모실 수 있어, 주인은 물론이고 메이테이, 간게쓰나 도후 등 넓은 도쿄에서도 그다지 예를 찾아보기 힘든 일당백 호걸들의 행동거지를 드러누워 볼 수 있는 것은 나에게는 천재일우의 광영이다. 덕분에 이렇게 더운데도 털옷을 뒤집어쓰고 있는 괴로움도 잊고 재미있게 한나절을 보낼 수 있다는 것이 감사할 따름이다. 어쨌든 이 정도만 모이면 예사로 지나가지는 않을 것이다. 무슨 일이든 일어날 것이라고 생각하며 장지문 뒤에서 조심스레 지켜보고 있었다.

"정말 오랜만에 찾아뵙습니다."

인사하는 도후 군의 머리를 보니 얼마 전처럼 역시 말끔하게 빛나고 있다. 머리만 평한다면 삼류 배우처럼 보이기도 하지만, 뻣뻣하고 두꺼운 하얀 무명 하카마가 버거울 텐데도 짐짓 점잔을 빼고 있는 모습은 사카키바라 겐키치(1830~1894. 에도 말기의 검객)의 제자로밖에 보이지 않는다. 따라서 도후 군의 몸에서 보통 사람다운 부분은 어깨에서 허리까지뿐이다.

"이야, 날도 더운데 용케 나왔군. 자, 이쪽으로 오게."

메이테이 선생은 마치 자기 집이라도 되는 양 맞이했다.

"선생님도 정말 오랜만에 뵙는군요."

"그렇지, 지난봄 낭독회 때 보고 처음이지, 아마. 낭독회는 요즘에도 성황이고? 그 후로 오미야 역은 해봤는가? 그땐 참 잘하더군. 내가 박수를 크게 쳤는데, 자네도 알았나?"

"예, 덕분에 용기가 나서 결국 끝까지 해냈습니다."

"다음에는 또 언제 열리나?"

주인이 끼어들었다.

"7, 8월은 쉬고 9월에는 좀 다채롭게 해보려고 합니다. 뭐 재미있는 거 없을까요?"

"글쎄."

주인이 성의 없이 대답했다.

"도후 군, 내가 창작한 걸 해보지 않겠나?"

이번에는 간게쓰 군이 상대했다.

"자네가 창작한 거라면 재미있겠지만, 어떤 건가?"

"각본이지."

간게쓰 군이 너무 당당하게 나오자 아니나 다를까 세 사람은 아연하여 약속이라도 한 듯 간게쓰의 얼굴을 쳐다보았다.

"각본이라니, 대단하군. 희극인가 비극인가?"

도후 군이 이야기를 진척시키자 간게쓰 군은 여전히 시치미를 뗀 채 대답했다.

"뭐, 희극도 비극도 아니네. 요즘에는 구극이라느니 신극(구극은 가부키극, 신극은 신파극을 가리킨다. 서양 연극의 영향을 많이 받은 오늘날의 신극과는 다른 것이다)이라느니 상당히 떠들썩한 모양이어서 나도 새롭게 하나 고안해서 배극이라는 걸 만들어봤네."

"배극이라는 건 뭔가?"

"하이쿠俳句 취향의 극이라는 말을 줄여서 배극俳劇이라는 두 글자로 한 거네."

그러자 주인도 메이테이도 다소 얼떨떨한 표정으로 듣고만 있었다.

"그리고 그 취향이라는 건?"

이렇게 물은 것은 역시 도후 군이었다.

"뿌리가 하이쿠 취향에서 온 것이니 너무 장황하거나 악랄한 것은 좋지 않을 것 같아서 단막극으로 해놓았네."

"그렇군."

"먼저 무대장치부터 말하자면, 이것도 지극히 간단한 게 좋네. 무대 한가운데에 큰 버드나무 하나를 심어놓는 거네. 그러고는 그 버드나무 줄기에서 가지 하나가 오른쪽으로 쭉 뻗게 하고, 거기에 까마귀 한 마리를 앉혀놓는 거지."

"까마귀가 가만히 앉아 있을까?"

주인이 걱정스럽게 혼잣말처럼 중얼거렸다.

"그건 간단한 일입니다. 까마귀의 다리를 실로 가지에 묶어두면 됩니다. 그리고 그 아래에 목욕통을 내놓고 아름다운 여인이 옆으로 돌아앉아 수건으로 몸을 씻고 있는 거지요."

"그건 좀 퇴폐적이군. 그런데 우선 누가 그 여자 역할을 맡으려고 하겠나?"

메이테이가 물었다.

"뭐, 그것도 쉽게 구할 수 있습니다. 미술학교의 모델을 쓰면 되거든요."

"그럼, 경시청이 성가시게 굴 것 같은데."

주인이 또 걱정했다.

"그야, 흥행만 되지 않으면 상관없지 않을까요? 그런 걸 갖고 이러쿵저러쿵 말한다면 학교에서 나체화 사생 같은 건 아예 할 수 없겠지요."

"그러나 그건 실습을 위해서니까 그냥 보는 것과는 좀 다르지."

"선생님이 그런 말씀을 하시다니 일본도 아직 멀었습니다. 회화나 연극이나 다 똑같은 예술입니다."

간게쓰 군이 기염을 토했다.

"아니, 논쟁은 나중에 하고 그다음은 어떻게 되나?"

도후는 어쩌면 대본으로 쓸 수도 있을 것 같아 줄거리를 듣고 싶어 했다.

"그때 하나미치(가부키 극장에서 객석을 가로질러 무대로 이어진 좁은 통로로, 배우가 등장하거나 퇴장하는 데 쓰이는데 무대의 일부로 간주된다)로 지팡이를 든 하이쿠 시인 다카하마 교시가 하얀 골풀 모자를 쓰고 얇은 견직 하오리에 감색 바탕의 비백 무늬 옷자락을 걷어 올려 허리띠에 끼우고 단화를 신은 차림으로 등장하지. 차림새는 육군에 물품을 납품하는 장사치 같지만 하이쿠 시인이니 되도록 여유롭게, 마음속으로는 시구를 떠올리느라 여념이 없는 모습이 아니면 안 되네. 그래서 교시가 하나미치를 걸어 드디어 무대에 이르렀을 때 문득 시구를 떠올리던 눈을 들어 앞을 보니 커다란 버드나무가 있고 그 아래에서 백옥 같은 여자가 목욕하고 있는 거지. 깜짝 놀라 위를 쳐다보니 기다란 버드나무 가지에 까마귀 한 마리가 앉아 목욕하는 여자를 내려다보고 있다네. 그래서 교시 선생이 하이쿠 특유의 흥취에 크게 감동한 모습이 50초쯤 이어지고, 목욕하는 여자에게 반한 까마귀이런가, 하고 큰 소리로 읊는 것을 신호로 딱따기를 치고 막이 내리는 거야. ……어떤가, 이런 취향은? 마음에 들지 않나? 자네는 오미야 역보다 교시 역이 훨씬 어울릴 걸세."

"너무 밋밋한 것 같군. 좀 더 감정이 실린 사건이었으면 좋겠어."

도후는 어딘가 좀 부족하다는 듯한 표정으로 진지하게 말했다.

지금까지 비교적 얌전히 있던 메이테이는 그러나 언제까지고 그렇게 잠자코만 있을 사람이 아니었다.

"겨우 그것뿐이라면 배극이라는 건 좀 어이가 없군. 우에다 빈(1874~1916. 시, 영문학자. 번역 시집 《해조음海潮音》으로 유명하다. 소세키와는 도쿄제국대학 영문과 동급생이다) 군의 주장에 따르면, 하이쿠 특유의 정취라든가 해학이라는 것은 소극적이어서 망국의 소리라고 하는데, 역시 우에다 군답게 훌륭한 말을 했어. 그렇게 시시한 걸 해보게. 그야말로 우에다 군에게 비웃음만 살 뿐이지. 무엇보다 너무 소극적이어서 연극인지 익살극인지 알 수가 없지 않나. 미안하네만 간게쓰 군은 역시 실험실에서 구슬이나 가는 게 낫겠네. 배극 같은 건 100편이든 200편이든 지어봐야 망국의 소리라면 아닌 거지."

"그렇게 소극적인가요? 저는 꽤 적극적이라 생각하는데요. 교시 선생이 말이지요. 여자에게 반한 까마귀이런가, 라고 까마귀를 가지고 여자에게 반했다고 표현한 부분이 아주 적극적이라 생각합니다."

간게쓰 군은 다소 울컥하여 이도 저도 아닌 변명을 했다.

"그것참 새로운 설이로군. 꼭 그 설명을 듣고 싶네."

"이학사로서 생각해보면 까마귀가 여자에게 반한다는 건 불합리한 일이지요."

"그렇지."

"그렇게 불합리한 일을 아무렇게나 말하는데도 전혀 억지스럽게 들리지 않습니다."

"그런가?"

주인이 미심쩍다는 듯 끼어들었으나 간게쓰 군은 전혀 개의치 않았다.

"왜 억지스럽게 들리지 않는가 하면, 심리적으로 설명하면 쉽게 알 수 있습니다. 사실 반한다거나 그렇지 않다는 것은 하이쿠 시인 본인에게 존재하는 감정이지 까마귀와는 전혀 상관없는 일입니다. 그러니까 그 까마귀가 반했다고 느끼는 것은, 다시 말해 까마귀가 이러니저러니 하는 게 아니라 결국 자신이 반했다는 것이지요. 교시 본인이 아름다운 여인이 목욕하는 모습을 보고 깜짝 놀라는 순간 반했음이 틀림없습니다. 그러니까, 자신도 반한 눈으로 가지 위에서 꼼짝하지 않고 아래를 내려다보고 있는 까마귀를 본 것이니까, 허허, 저놈도 나처럼 반했구나, 하고 착각한 것이지요. 착각임은 틀림없지만, 그 부분이 문학적이고 또 적극적인 점입니다. 자신만이 느낀 일을 한 마디 양해도 구하지 않고 까마귀에게 확장하고는 시치미를 뚝 떼고 있는 점은 상당히 적극적이지 않습니까? 어떻습니까, 선생님?"

"역시 뛰어난 논리군. 교시 선생이 들으면 놀라겠어. 설명만은 적극적이지만 실제로 그 극을 무대에 올리면 관객은 분명히 소극적이 될 걸세. 그렇지 않나, 도후 군?"

"네, 너무 소극적일 것 같습니다."

도후 군은 진지한 얼굴로 대답했다. 주인은 대화의 국면을 다소 진척시키고 싶은 듯 도후 군에게 물었다.

"어떤가, 도후 군? 요즘은 걸작이 없나?"

"아니, 이렇다 하게 보여드릴 만한 것은 없습니다만, 조만간 시집을 내볼까 하는데, 마침 교정본을 가지고 왔으니 비평 좀 부탁드립니다."

도후 군은 품에서 보라색 보자기를 꺼내 50~60매쯤 되는 원고 뭉치를 주인에게 내밀었다. 주인이 그럴싸한 표정으로, 그럼 좀 볼까, 하고 훑어보니 첫 페이지에 다음과 같은 두 줄이 쓰여 있었다.

세상 사람 같지 않게 섬약해 보이는
도미코 양에게 바치노라

주인이 다소 묘한 표정으로 잠시 첫 페이지를 잠자코 바라보고 있자 메이테이가 옆에서 들여다보더니 크게 칭찬했다.

"뭐야, 신체신가? 이야, 바쳤군. 도후 군, 도미코 양에게 과감히 바친 것은 훌륭하네."

주인은 여전히 이상하다는 듯 물었다.

"도후 군, 이 도미코라는 사람은 실제로 존재하는 여성인가?"

"예, 얼마 전에 메이테이 선생님과 함께 낭독회에 초대한 여성 중 한 명입니다. 바로 이 근처에 살고 있지요. 실은 조금 전에 시집을 보여줄 생각으로 잠깐 들렀다 왔습니다만, 하필이면 지난달에 오이소로 피서를 가서 없다는군요."

도후 군은 자못 진지한 표정으로 말했다.

"구샤미, 이게 20세기라네. 그런 얼굴 하지 말고 어서 걸작이나 낭독하게. 그런데 도후 군, 이렇게 바치는 방식이 좀 그런 것 같군. '섬약'하다는 말은 대체 무슨 뜻으로 쓴 건가?"

"가냘프고 연약하다는 뜻으로 쓴 겁니다."

"음, 그렇게 해석할 수 없는 건 아니네만, 원래 뜻은 위태롭다는 말일세. 그러니 나라면 이렇게 쓰지 않았을 걸세."

"그럼, 어떻게 써야 더 시적인 표현이 될까요?"

"나라면 이렇게 쓰겠네. 세상 사람 같지 않게 섬약해 보이는 도미코 양의 '입술에' 바치노라, 라고 말이야. 고작 세 글자 차이이지만, '입술에'라는 말이 있는 것과 없는 것은 느낌이 전혀 다르지."

"그렇군요."

도후 군은 이해할 수 없었지만 억지로 납득한 체했다.

주인은 말없이 첫 페이지를 그제야 넘기고 드디어 권두 제1장을 읽기 시작했다.

지긋지긋하게 감도는 향기 속에 그대의
넋인가 상사相思의 연기 길게 뻗치고
오오 난, 아아 난, 쓰디쓴 이 세상에
달콤하게 받고 싶구나, 뜨거운 입맞춤

"나는 무슨 말인지 도통 모르겠네."

주인은 탄식하면서 메이테이에게 건넸다.

"이건 좀 지나치게 멋을 부렸군."

메이테이는 간게쓰에게 건넸다.

"음, 그렇네요."

간게쓰는 이렇게 말하며 도후에게 돌려주었다.

"선생님께서 이해하시기 어려운 건 당연합니다. 10년 전의 시세계와 지금의 시 세계는 몰라볼 정도로 변했으니까요. 요즘 시는 드러누워 읽거나 정거장에서 읽어서는 도저히 이해할 수 없습니다. 지은 본인조차 질문을 받으면 답변이 궁할 때가 자주 있습니다. 인스피레이션inspiration(영감, 창조적 자극 따위를 이르는 말)만으로 쓰기 때문에 시인은 그 외에는 아무 책임도 없습니다. 주석이나 뜻풀이는 학자들이 하는 일이고, 저희와는 전혀 상관없는 일이지요. 얼마 전에도 소세키送籍라는 제 친구가 〈하룻밤―夜〉(나쓰메 소세키도 1905년 9월 《주오코론中央公論》에 〈하룻밤―夜〉이라는 단편을 발표했다. 《나는 고양이로소이다》를 발표하기 한 달 전이다)이라는 단편을 썼는데, 누가 읽어도 몽롱하고 종잡을 수가 없어서 당사자를 만나, 대체 주장하는 바가 뭐냐고 자세히 물어봤습니다만, 본인도 그런 건 모른다며 상대해주지 않았습니다. 바로 그런 부분이 시인의 특색이 아닐까 싶습니다."

"시인인지는 모르겠지만 참 묘한 사람이군."

주인이 말하자 메이테이가 소세키 군을 한마디로 정리했다.

"바보지."

도후 군은 이것만으로는 아직 설명이 부족하다 싶었나 보다.

"소세키는 우리 친구들 중에서도 예외입니다만, 제 시도 아무쪼록 그런 마음으로 읽어주셨으면 합니다. 특히 주의해야 할 부분은, 쓰디쓴 이 세상과 달콤한 입맞춤을 대구로 표현한 것이 제가 고심한 부분입니다."

"꽤 고심한 흔적이 보이는군."

"'쓰디쓰다'와 '달콤하다'를 대조시킨 것은 열일곱 가지 맛 조미료(열일곱 글자로 된 하이쿠와 시치미토가라시七味唐辛子라는 고추·깨·진피·양귀비씨·평지씨·삼씨·산초 등 일곱 가지 향신료를 빻아서 섞은 조미료를 조합한 말장난) 같아서 재미있군. 도후 군 특유의 기량이 느껴져서 탄복할 따름이네."

메이테이가 자꾸 농담으로 정직한 사람의 말을 흐려놓으며 기뻐하고 있었다.

주인은 무슨 생각을 했는지, 벌떡 일어나 서재 쪽으로 가더니 반지半紙 한 장을 들고 나왔다.

"도후 군의 작품도 봤으니까 이번에는 내가 쓴 단문을 읽을 테니 비평 좀 해주게."

적이 진지한 모습이었다.

"천연거사의 묘비명이라면 이미 두세 번 들었네."

"거, 좀 조용히 있게. 도후 군, 이건 그리 자신 있는 글은 아니네만, 좌중의 흥을 돋우기 위한 것이니 들어주게."

"꼭 듣고 싶습니다."

"이왕 하는 것이니 간게쓰 군도 들어주게."

"이왕 하는 게 아니라도 듣겠습니다. 길지는 않지요?"

"기껏해야 60여 자야."

구샤미 선생은 드디어 손수 지은 명문을 읽기 시작했다.

"야마토다마시大和魂(일본 민족의 고유한 정신)! 하고 외치며 일본인이 폐병 앓는 환자처럼 기침을 했다."

"서두부터가 어마어마하네요."

간게쓰 군이 칭찬했다.

"야마토다마시! 하고 신문팔이가 외친다. 야마토다마시! 하고 소매치기가 외친다. 야마토다마시가 일약 바다를 건넜다. 영국에서 야마토다마시 연설을 한다. 독일에서 야마토다마시 연극을 한다."

"이거야말로 천연거사 이상의 작품이군."

메이테이 선생이 이렇게 말하며 몸을 뒤로 젖혀 보였다.

"도고 대장이 야마토다마시를 갖고 있다. 생선 장수인 긴 씨도 야마토다마시를 갖고 있다. 사기꾼, 투기꾼, 살인자도 야마토다마시를 갖고 있다."

"선생님, 간게쓰도 갖고 있다고 덧붙여주시지요."

"야마토다마시가 어떤 것인지 물었더니 야마토다마시라고 대답하고 지나갔다. 10미터쯤 가더니 에헴 하는 소리가 들렸다."

"그 구절은 썩 잘되었네. 자네는 꽤 글재주가 있구먼. 다음 구절은?"

"세모난 것이 야마토다마시인가, 네모난 것이 야마토다마시인가. 야마토다마시는 말 그대로 혼(다마시)이다. 혼이라서 늘 흔들흔들한다."

"선생님, 꽤 재미있습니다만, 야마토다마시가 너무 많은 거 아닙니까?"

도후 군이 지적했다.

"찬성이오."

이렇게 말한 것은 물론 메이테이였다.

"입에 담지 않은 사람은 없지만 본 사람은 아무도 없다. 누구나 들은 적은 있지만 만난 사람은 아무도 없다. 야마토다마시는 덴구天狗(깊은 산에 산다는 상상의 괴물로, 얼굴이 붉고 코가 높으며 신통력이 있어 하늘을 자유로이 난다고 한다) 같은 것인가."

주인은 여운이 남게 할 생각으로 끝까지 다 읽었지만, 아무리 명문이라도 너무 짧은 데다 뭘 말하고자 하는지 몰라서 세 사람은 아직 남은 줄 알고 기다리고 있었다. 아무리 기다려도 일언반구가 없어 결국 간게쓰 군이 물었다.

"그게 다인가요?"

"응."

주인이 대답했다. '응'이라는 건 너무 태평한 대답이었다.

신기하게도 메이테이는 이 명문에 대해 여느 때처럼 그다지 쓸데없는 사족을 달지 않았는데, 잠시 후 돌아앉으며 물었다.

"자네도 단편을 한 권으로 모아 누군가에게 바치는 게 어떤가?"

"자네에게 바칠까?"

주인은 아무렇지 않다는 듯 태연하게 물었다.

"싫어."

메이테이는 이렇게 대답하고는 아까 안주인에게 자랑했던 가위로 손톱을 싹둑싹둑 잘랐다. 간게쓰 군이 도후 군에게 물었다.

"자네는 가네다 씨 댁 아가씨를 알고 있나?"

"올봄 낭독회에 초대한 뒤로 친해져서 쭉 교제하고 있네. 난 그 아가씨 앞에만 서면 어쩐지 감격에 겨워서 한동안은 시를 짓든 노래를 부르든 유쾌하니 흥이 절로 난다네. 이 시집에도 연애시가 많은 것은 바로 그런 이성 친구한테 인스피레이션을 받기 때문일 걸세. 그래서 난 그 아가씨에게 심심한 감사의 뜻을 표해야 하는데, 이 기회를 이용해서 내 시집을 바치기로 한 걸세. 옛날부터 여자 친구가 없는 사람이 훌륭한 시를 짓는 경우는 없다고 하더군."

"그럴까?"

간게쓰 군은 속으로 웃으면서 되물었다. 수다쟁이가 아무리 모여 있어도 그 수다는 그리 오래 지속되지 않는지 이야기의 불길이 상당히 사그라졌다. 나도 그들의 무료한 잡담을 종일 들어야 하는 의무도 없으므로, 이만 실례하고 사마귀를 찾으러 뜰로 나섰다.

서쪽으로 기우는 해가 오동나무 잎사귀 사이로 군데군데 새어들고, 줄기에 붙은 애매미가 줄기차게 울어대고 있었다. 밤에는 어쩌면 한바탕 비가 쏟아질지도 모르겠다.

7

나는 요즘 들어 운동이란 걸 하기 시작했다. 고양이 주제에 무슨 운동이냐며 시건방지다고 덮어놓고 비웃으며 욕부터 해대는 놈들에게 좀 물어보겠는데, 그러는 인간들도 바로 얼마 전까지 운동이 뭔지도 모른 채 먹고 자는 걸 천직으로 알고 있지 않았는가. '무사시귀인無事是貴人(임제 선사의 《임제록臨濟錄》에 나오는 말로, 일 없는 이가 귀한 사람이라는 뜻이다)'이라며 팔짱을 끼고 엉덩이가 썩어 문드러지도록 방석에 앉아 있는 것을 가장의 명예라 여기고 우쭐거리며 살아온 것을 기억하고 있을 것이다. 운동해라, 우유 마셔라, 냉수욕을 해라, 바다로 뛰어들어라, 여름이 되면 산속에 틀어박혀 한동안 안개를 먹어라. 이런 쓸데없는 주문을 연발하게 된 것은 서양에서 신국神國(일본을 가리키는 말)으로 전염된 새로운 병으로, 역시 페스트, 폐병, 신경쇠약과 일족이라 여겨도 될 정도다. 하기야 나는 작년에 태어나 올해 한 살이니 인간이 이런 병에 걸리기 시작한 당시의 모습은 기억에 없을 뿐만 아니라 그 시절에는 이 뜬세상의 풍랑 속에 있지도 않았음이 틀림없다. 하지만 고양이의 1년은 인간의 10년에 해당한다고 해도 좋다. 우리의 수명은 인간의 2분의 1에서 3분의 1에 불과하지만, 그 짧은 시간에 한 마리의 고양이로 충분히 성장하는 것으로 추론하건대, 인간의 세월과 고양이의 세월을 같은 비율로 계산하는 것은 심각한 오류다. 첫째, 한 살 몇 개월밖에 안 된 내가 이 정도의 식견을 갖추고 있는 것으로도 알 수 있을 것이다. 주인의 셋째 딸은 올해 세는 나이로 세 살이라고 하는데, 지식의 발달에서 보면 어이가 없을 정도로 둔하다. 우는 일과 요에 지도 그리는 일, 그리고 젖 먹는 일 말고는 아무것도 모른다. 세상을 걱정하고 시대에 분개하는 나 같은 고양이에 비하면 정말 미덥지가 못하다. 그러므로 내가 운동, 해수욕, 전지요양轉地療養(기후나 환경이 좋은 곳으로 옮겨 다니며 쉬면서 병을 치료하는 것)의 역사를 마음속에 간직하고 있다고 한들 전혀 놀랄 일이 아니다. 이 정도 일에 만약 놀라는 자가 있다면 그건 인간이라는 다리가 두 개 모자란 아둔패기일 게 뻔하다. 인간은 옛날부터 아둔패기였다. 그러니 요즘 들어 점점 운동의 효능을 선전하거나 해수욕의 이점을 떠들며 엄청난 발명이나 되는 것처럼 여기는 것이다. 우리는 태어나기 전부터 그 정도는 충분히 알고 있다. 첫째로 해수욕이 왜 약이 되는가 하면, 잠깐 해안에 가보기만 해도 금방 알 수 있지 않은가. 그렇게 드넓은 곳에 물고기가 몇 마리나 있는지 모르겠으나 그중 한 마리도 병에 걸려 의사의 진료를 받은 적이 없다. 다들 건강하게 헤엄치고 있다. 병에 걸리면 몸이 말을 듣지 않게 된다. 죽으면 반드시 물 위로 떠오른다. 그러니 물고기가 죽으면 '떠올랐다'고 말하고, 새가 죽으면 '떨어졌다'고 말하며 인간이 죽으면 '떠났다'고 하는 것이다. 서양으로 가려고 인도양을 횡단한 사람에게, 자네, 물고기가 죽은 걸 본 적이 있나, 하고 물어봐도 된다. 누구든 없다고 대답할 게 뻔하다. 그렇게 대답하는 것도 무리는 아니다. 아무리 바다를 왕복한다 한들 파도 위에서 막 숨을 거둔─숨이 아니라 물고기이니 바닷물을 거뒀다고 해야 한다─바닷물을 거두고 떠 있는 걸 한 마리도 본 사람이 없기 때문이다. 망망하고 끝없이 이어지는 대해를 석탄을 때며 밤낮없이 계속해서 찾아다녀도 예부터 지금까지 떠오른 물고기가 한 마리도 없는 것으로 추론해보면, 물고기는 상당히 건강한 것임이 틀림없다는 단정을 금방 내릴 수 있다. 그렇다면 물고기는 왜 그렇게 건강할까? 이 또한 인간이라 모르는 것이지 다른 이유는 없다. 바로 알 수 있다. 바닷물을 마시고 시종 해수욕을 하기 때문이다. 이처럼 물고기에게 해수욕의 효능은 현저하다. 물고기에게 현저한 이상 인간에게도 현저하지 않으면 안 된다. 1750년에 리처드 러셀 (1687~1759. '수치요법Water Cure'으로 유명한 영국의 의사. 해수욕 이야기는 소세키의 《문학평론》에도 나온다) 박사가 브라이튼의 바닷물에 뛰어들면 404가지의 병이 그 자리에서 완쾌된다는 과장된 광고를 냈는데, 그것도 늦은 거라며 비웃어도 좋다. 비록 고양이이지만 적당한 때가 오면 다 같이 가마쿠라鎌倉 근처로 가볼 생각이다. 하지만 지금은 안 된다. 모든 일에는 때가 있다. 메이지 유신 전의 일본인이 해수욕의 효능을 경험해보지 못하고 죽은 것처럼 오늘날의 고양이는 아직껏 알몸으로 바닷물에 뛰어들 기회를 얻지 못했다. 서둘다가는 오히려 다 망치고 만다. 오늘날처럼 매립지에 내팽개쳐진 고양이가 무사히 돌아오지 못하는 동안에는 함부로 뛰어들 수 없다. 진화의 법칙으로도 우리 고양이족의 기능이 미처 날뛰는 파도에 저항할 수 있는 힘을 기를 때까지는, 바꿔 말하면 고양이가 죽었다는 말 대신 고양이가 떠올랐다는 말이 일반적으로 사용될 때까지는, 쉽게 해수욕을 할 수는 없다.

해수욕은 머지않아 실행하기로 하고, 우선 운동만은 하기로 결심했다. 아무래도 20세기인 오늘날 운동을 하지 않으면 영락없이 빈민 같고 평판도 좋지 않다. 운동을 하지 않으면, 운동을 하지 않는 게 아니라 못하는 것이고, 할 시간이 없는 것이다. 여유가 없는 것으로 여겨진다. 옛날에는 운동을 하면 천하다고 비웃음을 샀지만, 지금은 운동을 하지 않으면 오히려 천한 존재로 간주된다. 세상 사람들의 평가는 때와 장소에 따라 우리 고양이의 눈동자처럼 변한다. 우리 고양이의 눈동자는 단지 작아지거나 커질 뿐이지만, 인간의 품평은 완전히 거꾸로 뒤집힌다. 뒤집혀도 별문제는 없다. 사물에는 양면이 있고 양 끝이 있다. 양 끝을 뒤집어 흑백을 백흑으로 바꿀 수 있는 것이 인간의 융통성이다. 방촌方寸(사방 한 치의 넓이, 즉 사람의 마음을 말할 때 쓰인다)을 거꾸로 하면 촌방寸方(치수를 뜻한다)이 되는 점에 애교가 있다. 몸을 숙이고 가랑이 사이로 아마노하시다테天橋立(일본의 3대 절경 중 하나로 교토 북부 해안에 있는 모래톱)를 보면 또 각별한 느낌이 든다. 셰익스피어도 옛날 그대로의 셰익스피어라면 재미가 없다. 가끔은 가랑이 사이로 햄릿을 보고, 자네, 이거 안 되겠군, 하는 자가 없으면 문학도 발전하지 못할 것이다. 그러므로 운동을 나쁘게 말한 이들이 갑자기 운동을 하고 싶다며 여자까지 라켓을 들고 길거리를 다닌다 한들 전혀 이상하지 않다. 다만 고양이가 운동하는 것을 시건방지다며 비웃지만 않으면 된다. 그런데 내가 하는 운동이 어떤 종류의 운동인지 궁금해하는 사람이 있을지 모르니 일단 설명부터 하려고 한다. 알다시피 고양이는 불행히도 기구를 들 수 없다. 그러므로 공이나 배트를 다루기가 곤란하다. 다음으로 돈이 없으니 기구를 살 수도 없다. 이 두 가지 이유로 우리가 선택한 운동은 돈 한 푼 들지 않고 기구가 없어도 할 수 있는 종목이다. 그렇다면 어슬렁어슬렁 돌아다니거나 참치 토막을 물고 도망치는 일이라고 생각할지 모르지만, 단지 네 다리를 역학적으로 운동시켜 지구의 인력에 따라 대지를 오가는 일은 너무 단순하여 흥미가 일지 않는다. 아무리 운동이라는 이름이 붙었다고는 하나 주인이 때때로 실행하는, 문자 그대로의 운동은 아무래도 운동의 신성함을 더럽히는 것이라고 본다. 물론 단순한 운동이라도 어떤 자극이 가해진다는 점에서는 하지 않는다고도 할 수 없다. 가다랑어포 쟁탈전, 연어 찾기 등은 괜찮지만, 이는 중요한 대상물이 있어야 할 수 있는 것이고, 그 자극이 없으면 흥미가 없고 따분한 것이 되고 만다. 포상과 같은 흥분제가 없다면, 뭔가 재미라도 있는 운동을 해보고 싶다. 나는 여러모로 생각해봤다.

부엌 차양에서 지붕으로 뛰어오르기.

지붕 꼭대기에 있는 매화 모양의 기와 위에 네 발로 서 있기.

바지랑대 타기. 이건 아무리 해도 성공하지 못한다. 대나무가 반들반들 미끄러워서 발톱이 걸리지 않는다.

어린아이를 뒤에서 불시에 덮치기. 이는 굉장히 흥미로운 운동 중 하나지만 함부로 했다가는 혼쭐이 나기 때문에 기껏해야 한 달에 세 번밖에 시도하지 않는다.

종이봉투 머리에 뒤집어쓰기. 이건 답답하기만 할 뿐 재미는 영 없는 운동이다. 특히 인간이라는 상대가 없으면 성공하지 못하니 안 된다.

다음으로는 책 표지를 발톱으로 긁어대기. 이는 주인에게 들키면 꼼짝없이 봉변을 당할 위험이 있을 뿐만 아니라 발끝으로만 재주를 부리면 되니 몸 전체의 근육을 쓰지 못한다.

이상 열거한 것들은 이른바 나의 구식 운동이다. 신식 운동 중에는 꽤 고상한 취향의 운동이 있다.

첫째로 사마귀 사냥. 사마귀 사냥은 쥐 사냥만큼 격렬한 운동이 아닌 대신 그만큼의 위험도 없다. 한여름에서 초가을까지 할 수 있는 유희로는 안성맞춤인 운동이다. 그 방법을 말하자면, 우선 뜰로 나가 사마귀 한 마리를 찾는다. 제철이면 한두 마리쯤 찾는 것은 일도 아니다. 그러고는 찾아낸 사마귀 옆으로 바람을 가르며 쌩 달려간다. 그러면 사마귀가, 이크, 하며 낫 모양으로 머리를 치켜든다. 사마귀라 해도 꽤 씩씩해서 상대의 역량을 모르는 동안에는 저항할 낌새를 보이니 재미있다. 치켜든 머리를 오른쪽 앞발로 툭 친다. 치켜든 목은 연약해서 맥없이 옆으로 휘어진다. 이때 사마귀의 표정이 가히 압권이다. 아차! 하는 표정이 역력하다. 그때 모두뜀을 하여 사마귀 뒤로 돌아 이번에는 등 쪽에서 날개를 가볍게 긁는다. 그 날개는 평생 소중히 접고 있던 것인데, 세게 긁으면 확 펼쳐지며 그 안에서 얇은 종이 같은 옅은 색 속옷이 나타난다. 사마귀는 여름인데도 고생스럽게 두 겹으로 겹쳐 입고 있어 아주 별스럽다. 이때 사마귀는 긴 목을 반드시 뒤로 돌린다. 어떤 때는 대들지만, 대개의 경우는 목만 쑥 내밀고 서 있다. 이쪽에서 먼저 공격하기를 기다리는 것으로 보인다. 상대가 언제까지고 그런 자세로 있으면 운동이 되지 않기 때문에 대치 상태가 너무 길어진다 싶으면 다시 한번 건드린다. 이렇게 건드리면 분별력이 있는 사마귀는 반드시 꽁무니를 뺀다. 그런데 다짜고짜 대드는 놈은 무식하기 이를 데 없고 야만스러운 사마귀. 만약 상대가 이렇게 야만스러운 행동으로 나오면, 대드는 순간을 노려 힘껏 발로 후려갈긴다. 대개는 1미터쯤 나가떨어진다. 그러나 적이 얌전히 뒤로 물러나면, 안됐다는 생각에 나는 뜰의 나무를 새처럼 두세 바퀴 돈다. 사마귀는 아직 15센티미터나 20센티미터밖에 도망가지 못한 상태다. 이제 내 역량을 알았으니 대들 용기가 나지 않는 것이다. 단지 허겁지겁 내빼느라 정신이 없다. 그러나 나도 끈질기게 쫓아다니기 때문에 사마귀는 결국 힘들어하며 날개를 펼치고 도약을 시도한다. 원래 사마귀의 날개는 긴 목에 어울리게 아주 가늘고 길게 생겼는데, 듣자 하니 그저 장식용일 뿐 인간의 영어, 프랑스어, 독일어처럼 전혀 쓸 데가 없다고 한다. 그러니 쓸데없이 길쭉한 것을 이용하여 기운차게 뛰어보려고 한들 나에게는 효과가 있을 리 없다. 말이 뛰는 것이지 사실은 땅바닥 위로 다리를 질질 끌며 걸어 다니는 것에 지나지 않는다. 이렇게 되면 좀 딱하기는 하지만 운동을 위해서니 어쩔 수 없다. 실례를 무릅쓰고 순식간에 앞쪽으로 달려간다. 사마귀는 관성 때문에 급회전을 못 하니 어쩔 수 없이 전진하는데, 그 코를 또 갈긴다. 이때 사마귀는 어김없이 날개를 펼친 채 쓰러진다. 그러면 앞발로 꾹 누르고 잠시 휴식을 취한다. 그러고 나서 다시 놓아준다. 놓아주었다가 다시 누른다. 제갈량의 칠금칠종七擒七縱(《삼국지》에 나오는 고사로, 제갈량이 남방 정벌에서 맹획을 일곱 번 잡고 일곱 번 풀어주며 자유자재로 농락한 일. 보통은 '칠종칠금'이라고 한다)이라는 전략으로 공격한다. 한 30분쯤 이런 과정을 되풀이하고, 놈이 몸을 움직일 수 없게 된 것을 확인하면 살짝 입에 물고 흔들어본다. 그러고 나서 다시 뱉어낸다. 이번에는 땅바닥 위에 엎어진 채 꿈쩍도 하지 않기 때문에 앞발로 쿡 찌르면, 그 반사 작용으로 날아오르려는 것을 다시 꾹 누른다. 이것도 싫증이 나면 마지막 수단으로 우적우적 씹어 먹는다. 이왕 말이 나왔으니 사마귀를 먹어본 적이 없는 인간에게 이야기해두는데, 사마귀는 그리 맛있는 게 아니다. 그리고 의외로 영양가도 적은 것 같다.

　사마귀 사냥에 이어서 매미 잡기라는 운동을 한다. 그냥 매미라고 해서 다 같은 매미가 아니다. 인간 중에도 기름진 놈, 참한 놈, 시끄러운 놈이 있듯이 매미 중에도 기름매미, 참매미, 애매미가 있다. 기름매미는 끈덕져서 못 쓰고, 참매미는 건방져서 곤란하다. 잡아서 재미있는 것은 애매미다. 이는 늦여름이 되어서야 나온다. 겨드랑이 아래로 가을바람이 예고 없이 살갗을 어루만져 에취 하고 감기에 걸리는 무렵이면 꼬리를 곤두세우고 맹렬히 운다. 정말 잘 우는 놈인데, 내가 볼 때 우는 재주와 고양이에게 잡히는 재주만은 타고났다고 여겨질 정도다. 초가을에는 이놈들을 잡는다. 이를 매미 잡기 운동이라고 한다. 잠깐 여러분께 말해두겠는데, 적어도 매미라는 이름이 붙은 이상 땅바닥을 굴러다녀서는 안된다. 땅바닥에 떨어져 있는 것에는 반드시 개미가 들끓는다. 내가 잡는 것은 개미의 영역에서 굴러다니는 놈이 아니다. 높은 나뭇가지에서 쓰츠스츠스츠호오시 하고 우는 놈들을 잡는 것이다. 이왕 말이 나온 김에 박학한 인간에게 묻고 싶은데, 쓰츠스츠스츠호오시 하고 우는 건지, 호오시쓰츠스츠 하고 우는 건지, 그 해석에 따라 매미 연구에 적잖은 영향이 있을 것이라 생각한다. 인간이 고양이보다 나은 점은 이런 데에 있고, 인간 스스로 자랑하는 것도 이런 점에 있으니 지금 바로 대답할 수 없다면 잘 생각해두길 바란다. 하기야 매미 잡기 운동에는 어느 쪽이든 상관없다. 나는 단지 소리를 따라 나무로 올라가 우는 데 정신이 팔린 놈을 잡을 뿐이다. 이는 아주 간단한 운동으로 보여도 꽤 힘든 운동이다. 나는 네 다리를 갖고 있으니 대지를 활보하는 데 감히 다른 동물에게 뒤지지 않는다고 생각한다. 적어도 두 개와 네 개라는 숫자적 지식으로 판단할 때 인간에게는 지지 않는다고 생각한다. 그러나 나무 오르기는 나보다 뛰어난 놈이 꽤 있다. 나무 오르기가 본업인 원숭이는 별도로 하고, 원숭이의 후예인 인간 중에도 쉽게 무시할 수 없는 자들이 있다. 원래 인력을 거스르는 무리한 일이라 잘하지 못한다고 해서 딱히 치욕스럽다고는 생각하지 않지만, 매미 잡기 운동에는 이만저만 불편한 게 아니다. 다행히 발톱이라는 편리한 도구가 있으니 어떻게든 오르기는 하지만, 옆에서 보는 것만큼 쉬운 일은 아니다. 게다가 매미는 날아다니는 놈이다. 사마귀와 달리 일단 날아오르면 모든 게 허사다. 애써 나무에 올랐어도 오르지 않은 것과 조금도 다를 바가 없는 비운에 처하지 말란 법도 없다. 마지막으로 때로는 매미의 오줌을 뒤집어쓸 위험이 있다. 꼭 내 눈을 노리고 오줌을 갈기는 것 같다. 도망치는 것은 어쩔 수 없는 일이지만, 제발 오줌만은 갈기지 말았으면 한다. 날아오르기 직전에 오줌을 싸는 것은 대체 어떤 심리적 상태가 초래하는 생리 현상일까. 역시 괴로운 나머지 어쩔 수 없이 그리되는 걸까. 아니면 적을 당황하게 하고 잠시 도망칠 시간을 버는 방편인지도 모른다. 그렇다면 오징어가 먹물을 뿜고, 폭력배가 문신을 드러내고, 주인이 라틴어를 지껄이는 것과 같은 항목에 넣어야 할 사항이다. 이 또한 매미학에서 소홀히 다뤄서는 안 될 문제다. 연구만 충분히 한다면 이것만으로도 박사 논문감일 것이다. 이는 여담이니 그 정도로 하고 다시 본론으로 돌아가자. 매미가 가장 잘 꼬이는 곳은 — 꼬인다는 말이 이상하면 모인다고 해야 하는데, 모인다고 하면 진부하니까 그냥 꼬인다로 한다 — 오동나무다. 한문투로 하면 벽오동이라 한다. 그런데 이 오동나무는 잎이 매우 많고, 게다가 그 잎이 모두 부채만큼 크기 때문에 서로 겹쳐서 나면 줄기가 전혀 보이지 않을 정도로 무성하다. 매미 잡기 운동에는 이것이 큰 방해가 된다. '소리는 나는데 보이지 않는다.'는 속요는 특별히 나를 위해 만든 게 아닐까 의심이 들 정도다. 어쩔 수 없어서 나는 그저 소리를 따라간다. 오동나무는 땅에서 2미터가 채 안 되는 곳에서 어김없이 두 갈래로 갈라지는데, 거기에서 잠깐 숨을 돌리며 나뭇잎 사이로 매미가 어디에 있는지 탐색한다. 그런데 거기까지 오르는 동안 바스락거리는 소리가 나서 날아가는 성미 급한 놈이 있다. 한 놈만 날아가도 끝장이다. 부화뇌동하는 점에서 매미는 인간 못지않을 정도로 바보다. 한 놈이 날아가면 줄줄이 날아간다. 줄기가 갈라지는 지점까지 간신히 올라갔는데 우는 소리가 뚝 그치고 나무 전체가 적막해지는 경우가 있다. 얼마 전에는 거기까지 올라가 아무리 둘러봐도, 아무리 귀를 쫑긋해봐도 매미가 있는 기미가 보이지 않아 나중에 다시 올라오는 것도 귀찮고 해서 갈라지는 지점에 진을 치고 잠시 쉬면서 두 번째 기회를 노린 적이 있다. 그런데 어느새 낮잠에 빠져들고 말았다. 이크, 하고 눈을 떴을 때는 마당에 깔린 자갈 위에 떨어져 있었다. 하지만 대개는 나무에 오를 때마다 한 마리는 잡아 온다. 다만 나무 위에서는 입에 물고 있어야 하니 재미가 덜하다. 그래서 물고 내려오면 뱉을 때 대개 죽어 있다. 아무리 장난을 치고 할퀴어도 이렇다 할 반응이 없다. 매미 잡기의 묘미는 눈에 띄지 않게 살며시 다가가 꼬리를 부리나케 늘였다 줄였다 하는 놈을 앞발로 꽉 누르는 순간이다. 이때 놈은 비명을 지르며 얇고 투명한 날개를 종횡무진 퍼덕인다. 그 재빠르고 멋진 동작은 말로 표현할 수 없는, 실로 매미 세계의 장관이다. 나는 놈을 잡을 때마다 늘 녀석에게 요청하여 이 예술적 공연을 구경한다. 그것도 싫증이 나면 실례를 무릅쓰고 입안에 넣어버린다. 매미에 따라서는 입안에 들어가서도 공연을 계속하는 놈이 있다.

매미 잡기 다음으로 하는 운동은 소나무 미끄럼이다. 이는 길게 쓸 필요도 없으니 짧게 말하겠다. 소나무 미끄럼이라고 하면, 소나무에서 미끄럼을 타는 것으로 생각할지 모르겠지만, 그런 게 아니다. 역시 나무 타기의 일종이다. 다만 매미 잡기는 매미를 잡기 위해 오르는 거지만, 소나무 미끄럼은 오르는 것 자체를 목적으로 한다. 이것이 두 운동의 차이다. 소나무는 본디부터 상록수로, 호조 도키요리를 위한 땔감(요쿄쿠謠曲 〈하치노키鉢木〉의 한 구절. 권좌에서 물러나 사이묘지最明寺를 창건하고 출가한 가마쿠라 막부 시대의 집권자 호조 도키요리가 사노佐野에서 대설을 만나 사노 겐자에몬의 집에 묵게 되었는데, 사노가 그에게 밤밥을 대접하고 소나무를 비롯하여 화분에 심은 나무까지 땔감으로 썼다는 이야기다)이 된 이래 오늘에 이르기까지 심하게 울퉁불퉁하다. 따라서 소나무 줄기만큼 미끄러지지 않는 것은 없다. 그래서 앞발로 매달리기에도 좋고 뒷발로 디디기에도 좋다. 바꿔 말하면 발톱을 걸기에 소나무만큼 좋은 게 없다는 것이다. 발톱을 걸기에 좋은 줄기에 단숨에 뛰어오른다. 뛰어올랐다가 뛰어내린다. 뛰어내리는 데는 두 가지 방법이 있다. 머리를 땅 쪽으로 하고 거꾸로 내려오는 방법과 올라간 자세 그대로 꼬리를 아래로 향한 채 내려오는 방법이다. 인간에게 묻겠는데, 어느 게 더 어려울 것 같은가. 인간의 좁은 소견으로는 어차피 내려가는 것이니 아래쪽을 향하고 내려가는 것이 편할 거라고 생각할 것이다. 그러나 그건 잘못된 생각이다. 인간들은 미나모토노 요시쓰네(1159~1189. 헤이안 시대 말기, 가마쿠라 시대 초기의 무장으로 일본인들에게는 비극적 영웅으로 추앙받고 있다)가 히요도리고에鵯越를 함락했다는 사실을 알고, 요시쓰네조차 가파른 비탈을 아래쪽을 향해 내려갔으니 고양이도 당연히 아래쪽을 향해 내려간다고 생각할 것이다. 그러나 그렇게 가볍게 볼 일이 아니다. 고양이의 발톱이 어느 쪽을 향하고 있다고 생각하는가. 다 뒤쪽으로 휘어 있다. 그러니 쇠갈고리처럼 뭔가에 걸어 끌어당기는 것은 가능해도 밀어내는 힘은 없다. 지금 내가 소나무를 기세 좋게 뛰어 올라갔다고 치자. 그러면 나는 원래 땅바닥에 사는 자이니 자연의 섭리에서 보자면 내가 오랫동안 소나무 꼭대기에 머무는 것을 허락하지 않을 것이다. 그냥 놔두면 반드시 떨어지게 되어 있다. 그러나 덮어놓고 떨어지면 너무 빠르다. 그러므로 어떤 수단을 써서 이 자연의 섭리를 얼마간 완화해야 한다. 이것이 바로 내려가는 일이다. 떨어지는 것과 내려가는 것은 엄청나게 다른 것 같지만, 실은 생각만큼 다르지 않다. 떨어지는 속도를 늦추면 내려가는 것이고, 내려가는 속도를 빨리하면 떨어지는 것이다. 떨어지는 것과 내려가는 것은 속도의 차이일 뿐이다. 나는 소나무 위에서 떨어지는 것이 싫기 때문에 떨어지는 속도를 늦춰서 내려가야 한다. 다시 말해 무언가를 이용해서 떨어지는 속도에 저항하지 않으면 안 되는 것이다. 내 발톱은 앞에서 말한 대로 모두 뒤쪽을 향하고 있기에 만약 머리를 위로 하고 발톱을 세우면 이 발톱의 힘을 온전히 떨어지는 힘에 거스르는 것으로 이용할 수 있다. 따라서 떨어지는 것이 내려가는 것으로 변한다. 너무나 쉽게 알 수 있는 이치다. 반면 몸을 거꾸로 하여 요시쓰네처럼 소나무에서 내려가 보라. 발톱이 있어도 아무 도움이 되지 않는다. 자신의 체중을 지탱할 수 없어서 줄줄 미끄러질 뿐이다. 내려가려고 애쓰지만 결국 떨어지는 것으로 변한다. 이처럼 요시쓰네가 히요도리고에를 내려오듯 하기는 어렵다. 고양이 중에 이런 재주를 부릴 줄 아는 자는 아마 나뿐일 것이다. 그래서 나는 이 운동을 소나무 미끄럼이라 부르는 것이다.

마지막으로 울타리 돌기에 대해 한마디 하겠다. 주인집 마당은 대울타리로 네모나게 구획되어 있다. 툇마루와 평행한 한쪽은 15미터 남짓일 것이다. 좌우는 모두 7미터밖에 되지 않는다. 지금 내가 말한 울타리 돌기라는 운동은 이 울타리 위에서 떨어지지 않고 한 바퀴 빙 도는 것을 말한다. 이는 가끔 실패할 때도 있지만 순조롭게 돌면 큰 위로가 된다. 특히 군데군데 통나무를 박아놓아 잠깐 쉬는 데 편리하다. 오늘은 성적이 좋아 아침부터 낮까지 세 번을 해봤는데 할 때마다 실력이 늘었다. 실력이 늘 때마다 재미있어진다. 결국 네 번을 반복했는데, 네 번째로 절반쯤 돌았을 때 옆집 지붕에서 까마귀 세 마리가 날아와 2미터쯤 앞에 열을 지어 앉았다. 무례한 놈들이다. 남이 운동하는 걸 방해하다니. 특히 어디서 굴러온 까마귀인지도 모르는 존재가 남의 울타리에 앉는 법이 어디 있나 싶어, 지나갈 테니 물렀거라,

하고 소리를 질렀다. 맨 앞의 까마귀는 나를 보고 히죽히죽 웃고 있다. 다음 놈은 주인집 마당을 내려다보고 있다. 세 번째 까마귀는 부리를 대울타리에 닦고 있다. 뭔가 먹고 온 것이 틀림없다. 나는 그들의 대답을 기다리는 데 3분의 말미를 주고 울타리 위에 서 있었다. 까마귀를 통칭 간자에몬勘左衛門(까마귀烏의 일본어 발음인 가라쓰의 첫음절로 사람 이름처럼 지은 것)이라 한다는데, 과연 간자에몬이다. 아무리 기다려도 인사도 하지 않을 뿐 아니라 날아가지도 않는다. 하는 수 없이 나는 살금살금 걷기 시작했다. 그러자 맨 앞의 간자에몬이 살짝 날개를 펼쳤다. 드디어 내 위엄에 겁을 먹고 도망가려나 싶었는데, 오른쪽을 보고 있다가 왼쪽으로 방향만 바꾸었을 뿐이다. 이놈들! 땅바닥 위에서라면 가만두지 않았겠지만, 어쩌랴, 안 그래도 힘겨운 운동을 하는 도중이라 간자에몬 따위를 상대하고 있을 여유가 없다. 그렇다고 다시 멈춰 서서 세 마리가 물러날 때까지 마냥 기다리는 것도 싫다. 무엇보다 그렇게 기다리고 있어서는 다리가 버티지 못한다. 놈들은 날개가 있는 몸이라 이런 데 앉아 있을 수 있다. 따라서 마음만 내킨다면 얼마든지 머물러 있을 것이다. 하지만 나는 이번이 네 번째다. 그렇지 않아도 몹시 지쳐 있다. 게다가 줄타기에 못지않은 기예 겸 운동을 하고 있다. 아무런 장애물이 없다고 해도 떨어지지 않으리란 보장이 없는데, 시커먼 옷차림을 한 세 놈이 앞길을 가로막고 있으니 사정이 영 좋지 못하다. 궁하면 스스로 운동을 중단하고 울타리에서 내려갈 수밖에 없다. 귀찮으니 차라리 그렇게 할까? 적은 여러 놈이고, 특히 이 동네에서는 그다지 눈에 익지 않은 녀석들이다. 부리가 유난히 뾰족하여 어쩐지 덴구의 자손 같다. 어차피 성깔이 좋은 놈들이 아닐 게 뻔하다. 퇴각하는 게 안전할 것이다. 함부로 나섰다가 괜히 떨어지기라도 한다면 그 이상의 치욕은 없다. 이런 생각을 하고 있는데 왼쪽을 보고 있던 까마귀가 갑자기 바보라고 말했다. 다음 까마귀도 그대로 흉내 내어 바보라고 했다. 마지막 놈은 아주 정중하게 바보, 바보, 하고 두 번이나 소리쳤다. 아무리 온화한 성격

의 나라도 이것만은 그냥 넘어갈 수 없다. 무엇보다 자기 집 안에서 까마귀들에게 모욕을 당한 이상, 내 이름에 먹칠을 한 셈이다. 이름이 아직 없으니 먹칠할 수도 없다고 한다면 체면에 먹칠을 한 것이다. 결코 물러설 수 없다. 옛말에 오합지졸烏合之卒이라고 했듯이 세 마리라 해도 의외로 약할지 모른다. 나아갈 수 있을 만큼 나아가서는 배짱 있게 어슬렁어슬렁 걷기 시작한다. 까마귀는 시치미를 떼고 뭔가 이야기를 나누고 있는 모습이다. 점점 울화통이 터진다. 울타리의 폭이 15센티미터만 되었어도 혼쭐을 내주겠는데, 안타깝게도 아무리 화가 나도 살금살금 갈 수밖에 없다. 가까스로 녀석들과 15센티미터 거리까지 다가가 앞으로 한 걸음이라고 생각했을 때 간자에몬은 약속이나 한 듯이 느닷없이 날개를 퍼덕이며 50센티미터쯤 날아올랐다. 놈들이 일으킨 바람이 돌연 내 얼굴에 불어닥쳤고, 아차 하는 순간 그만 발을 헛디뎌 쿵 하고 땅

바닥에 떨어지고 말았다. 낭패를 당했다며 울타리 밑에서 올려다보니, 세 마리는 원래 자리에 앉아 부리를 나란히 하고 위에서 내 얼굴을 내려다보고 있다. 뻔뻔한 놈들이다. 째려보았지만 씨알도 먹히지 않는다. 등을 둥글게 말고 잠시 캬르릉거려보았지만 아무 소용이 없었다. 속인이 영묘靈妙한 상징시를 이해할 수 없듯이, 내가 그들을 향해 보여주는 분노의 표시에도 아무 반응을 보이지 않는다. 생각해보면 무리도 아니다. 나는 지금까지 그들을 고양이로 취급하고 있었다. 그게 잘못이다. 고양이는 이쯤 하면 분명히 반응을 보이지만, 하필 상대는 까마귀다. 간자에몬 공☆ 까마귀니 어쩔 수 없는 일이다. 실업가가 주인 구샤미 선생을 압도하려고 안달하는 것이나, 사이교(헤이안 시대의 승려이자 가인인 사이교에게 당대의 권력자인 미나모토노 요리토모가 은제 고양이를 선물했는데, 사이교는 밖에서 놀고 있는 아이들에게 줘버렸다고 한다)에게 은제 고양이를 선물한 것이나, 사이고 다카모리의 동상(메이지 유신을 이끈 에도 시대 말기의 정치가 사이고 다카모리의 동상은 우에노 공원에 있다)에 간자에몬 공이 똥을 싸지르는 것이나 마찬가지다. 눈치 빠른 나는 도저히 안 되겠다고 판단하고 깨끗이 툇마루로 물러났다.

벌써 저녁 먹을 시간이다. 운동도 좋지만 도가 지나치면 좋지 않다. 어쩐지 온몸이 나른하고 녹초가 된 느낌이다. 그뿐만 아니라 아직 가을 문턱이라 운동할 때 햇볕을 받은 털옷은 석양까지 한껏 흡수한 듯 화끈거려서 견딜 수가 없다. 모공에서 배어 나온 땀이 흐르면 좋으련만 모근에 기름처럼 들러붙는다. 등짝이 근질근질하다. 땀으로 근질근질한 것과 벼룩이 기어다녀서 근질근질한 것은 확실히 구별할 수 있다. 입이 닿는 데라면 깨물 수 있고,

발이 닿는 데라면 긁을 수 있는데 척추를 따라 이어진 한가운데는 자력으로 어떻게 해볼 도리가 없다. 이런 때는 인간을 찾아 마구 비벼대거나 아니면 소나무 껍질에 힘껏 마찰을 일으키는 기술이라도 쓰지 않으면 불쾌해서 편히 잘 수가 없다. 인간은 어리석은 존재라 아양 떠는 소리를 내며 무릎 옆으로 다가가면 대개 그 또는 그녀를 좋아하는 것이라 착각하여 내가 하는 대로 내버려두거나 때로는 머리를 쓰다듬어주기도 한다. 그런데 요즘엔 내 털 속에 벼룩이라 칭하는 일종의 기생충이 번식했다 하여 함부로 다가가면 반드시 목덜미를 움켜쥐고 멀리 내던진다. 눈에 보일까 말까 한 하찮은 벌레 때문에 정나미가 떨어진 모양이다. 손바닥을 뒤집으면 비, 다시 뒤집으면 눈이라더니 이렇게 인간의 마음이란 참으로 쉽게 변한다. 자신의 이익에 반한다고 기껏해야 벼룩 1,000마리나 2,000마리에 어쩌면 이렇게도 쉽게 태도를 바꿀 수 있단 말인가. 인간 세상에서 이루어지는 사랑의 법칙 제1조에는 이런 것이 있다고 한다.

'자신에게 이익이 되는 동안에는 모름지기 남을 사랑해야 한다.'

인간의 태도가 갑자기 돌변했으니 아무리 가려워도 인간의 힘을 이용할 수 없다. 그러므로 두 번째 방법인 소나무 껍질 마찰법을 쓸 수밖에 없다. 그렇다면 잠시 비비고 올까 하고 다시 툇마루에서 내려가려고 했으나 이 또한 수지가 맞지 않는 어리석은 방법이라는 걸 깨달았다. 그 이유는 다른 게 아니다. 소나무에는 송진이 있다. 이 송진이라는 놈은 굉장히 집착이 강해서 한번 털끝에 묻으면 벼락이 치든 발트 함대가 전멸하든 절대 떨어지지 않는다. 그뿐 아니라 털 다섯 개에 들러붙자마자 열 개로 늘어난다. 열 개에 들러붙었나 싶으면 어느새 서른 개로 번진다. 나는 담백함을 사랑하는 다인茶人풍의 고양이다. 이렇게 끈질기고 악독하고 끈적끈적하고 집념이 강한 놈은 정말 싫다. 설사 세상에서 가장 아름다운 고양이라도 이런 성격이면 사양하겠다. 하물며 송진임에랴. 인력거꾼네 까망이의 두 눈에서 북풍을 타고 흘러내리는 눈곱이나 진배없는 주제에 옅은 회색의 이 털옷을 망쳐놓는 건 괘씸하기 짝이 없는 일이다. 조금은 생각해보는 게 낫다. 그렇긴 한데 이게 또 좀처럼 생각할 마음이 들지 않는다. 그 껍질 언저리로 가서 등을 대자마자 들러붙을 게 뻔하다. 이런 무분별한 얼간이를 상대로 해서는 내 체면이 말이 아닐 뿐만 아니라 적어도 내 털 체면까지 말이 아닌 것이다. 아무리 근질근질해도 참는 수밖에 없다. 그러나 이 두 방법을 모두 쓸 수 없게 되자 마음이 심히 불안하다. 당장 무슨 수를 생각해 내지 않으면, 근질근질하고 끈적끈적하여 결국에는 병에 걸릴지도 모른다. 무슨 수가 없을까 하고 뒷다리를 접고 생각에 잠겼는데, 문득 한 가지 수가 떠올랐다. 우리 집 주인은 때때로 수건과 비누를 들고 어디론가 훌쩍 나가곤 한다. 30~40분쯤 지나 돌아오는 걸 보면 그의 몽롱한 안색이 조금은 활기를 띠고 환해진 것처럼 보인다. 주인 같은 추레한 남자에게 이 정도의 영향을 준다면 나에게는 좀 더 효과가 있을 것이다. 나는 그렇지 않아도 이 정도의 용모이니 더는 미남이 될 필요는 없겠지만, 만약 병에 걸려 한 살 몇 개월에 요절하는 일이라도 생긴다면 세상의 모든 사람에게 면목이 서지 않는다. 듣자 하니 이 또한 인간이 소일거리로 생각해 낸 공중목욕탕이라는 것이라 한다. 어차피 인간이 만든 것이니 제대로 된 것이 아닐 게 뻔하지만, 상황이 이러하니 시험 삼아 들어가 보는 것도 괜찮지 싶다. 일단 들어가 보고 효험이 없으면 나오면 그만이다. 그러나 인간이 자신들을 위해 설비한 공중목욕탕에 다른 족속인 고양이를 들어가게 해줄 만한 아량이 있을지는 의문이다. 주인이 태연히 들어갈 정도의 장소이니 설마 나를 제지하는 일은 없겠지만, 만약 딱한 일을 당해 소문이라도 나는 날엔 곤란하다. 그렇다면 우선 상황을 살피러 가는 것이 좋을 것이다. 눈으로 확인한 뒤, 이거라면 괜찮겠구나 싶을 때는 수건을 물고 뛰어들어보자. 여기까지 생각하고 어슬렁어슬렁 공중목욕탕을 향해 걸어갔다.

골목을 왼쪽으로 꺾어 들자 저만치에 대나무 홈통 같은 것이 우뚝 서 있고, 그 끝에서 엷은 연기가 피어오르고 있었다. 바로 공중목욕탕이다. 나는 뒷문으로 살그머니 기어들어 갔다. 뒷문으로 몰래 들어가는 것을 비겁하다거나 미숙하다고 하는데, 그건 정문으로밖에는 드나들 수 없는 자들이 반은 질투로 떠들어대는 푸념이다. 옛날부터 영리한 사람은 늘 뒷문을 통해 불의의 기습을 했다. 〈신사 양성법〉 제2권 제1장 5페이지에 그렇게 나와 있다고 한다. 그다음 페이지에는 "뒷문은 신사의 유서遺書이자 자신이 덕을 얻는 문이다."라고 쓰여 있을 정도다. 나는 20세기의 고양이라 이 정도의 교양은 있다. 함부로 얕보지 마시라. 그런데 숨어들고 보니 왼쪽에 30센티미터쯤 되는 크기로 잘라놓은 소나무 장작이 산더미처럼 쌓여 있고, 그 옆에는 석탄이 언덕처럼 쌓여 있다. 왜 소나무 장작이 산 같고 석탄이 언덕 같으냐고 묻는 사람이 있을지 모르지만, 특별한 의미는 없다. 그저 산과 언덕으로 구분했을 뿐이다. 쌀을 먹고, 새를 먹고, 물고기를 먹고, 짐승을 먹고, 여러 가지

나쁜 것도 먹어온 인간이 끝내는 석탄까지 먹을 정도로(당시 정부에서 민간 기업에 탄광을 불하하던 것을 고양이의 시선에서 보고 인간들을 비꼬는 말) 타락한 것은 가여운 일이다. 막다른 곳을 보자 2미터쯤 되는 입구가 열려 있어 안을 들여다보니 휑뎅그렁하고 조용하다. 그 맞은편에서는 끊임없이 사람 소리가 들렸다. 소리가 나는 곳이 이른바 공중목욕탕이 틀림없다고 단정하고, 소나무 장작과 석탄 사이의 골짜기를 빠져나가 왼쪽으로 돌아 전진하자 오른쪽에 유리창이 있고, 그 너머에는 조그맣고 동그란 통이 삼각형, 즉 피라미드 모양으로 쌓여 있다. 둥근 것이 삼각으로 쌓여 있는 것은 본의가 아니었을 거라고, 속으로 작은 통의 마음을 헤아렸다. 작은 통의 남쪽으로 1미터 50센티미터쯤 간격을 두고 널빤지가 튀어나와 있는데, 마치 나를 마중 나온 것처럼 보였다. 널빤지의 높이는 바닥에서 1미터쯤이어서 뛰어오르기에 안성맞춤이다. 좋았어, 하고 폴짝 뛰어올랐더니, 소위 공중목욕탕이라는 곳이 바로 코앞, 눈 아래, 얼굴 앞에 펼쳐져 있었다. 세상에서 가장 재미있는 것이 무엇이냐고들 하는데, 아직 먹어보지 못한 것을 먹고, 아직 보지 못한 것을 보는 것만큼 유쾌한 것은 없다. 여러분도 우리 주인처럼 일주일에 세 번쯤 이 공중목욕탕이라는 세상에서 30분 내지 40분을 산다면 좋겠지만, 만약 나처럼 공중목욕탕을 보지 못했다면 하루빨리 구경하는 게 좋을 것이다. 부모의 임종을 지키지 못해도 좋으니 이것만은 꼭 보는 게 좋다. 세상이 넓다고 하지만 이처럼 기괴한 광경은 다시없을 것이다.

뭐가 기괴한 광경이냐고? 뭐가 기괴한 광경이라고 내 입으로 말하기가 꺼려질 정도로 기괴한 광경이다. 이 유리창 안에서 득시글득

시글, 꽥꽥 시끄럽게 구는 인간은 죄다 알몸이다. 대만의 생번生蕃(대만의 고사족高砂族 가운데 숲속에 살며 원시적인 생활을 하던 야만스러운 원주민. 소설의 배경이 된 1905년 당시 대만은 일본의 식민지였다)이다. 20세기의 아담이다. 무릇 의상 역사책을 펼쳐 보면—긴 이야기가 될 테니 이는 토이펠 스드뢰크(토머스 칼라일의 《의상철학》에 등장하는 가공의 인물이다) 군에게 맡기기로 하고 책을 펴서 읽는 것만은 그만두겠지만—인간은 전적으로 복장으로 유지되고 있다. 18세기경 대영제국 바스(로마 시대부터 온천장으로 유명한, 잉글랜드의 서머싯 카운티 북동부에 위치한 도시다)의 온천장에서 보 내시(리처드 내시. 1674~1762. 도박사였다가 온천지 바스의 의전장이 되어 풍속을 개량하고 바스를 사교장의 대명사로 만들었다. 유행의 선구자로도 이름을 날려 멋쟁이를 뜻하는 보Beau 내시라고도 불렸다)가 엄중한 규칙을 제정했을 때만 해도 목욕탕 안에서는 남녀 모두 어깨에서 발끝까지 옷으로 가렸을 정도다. 지금으로부터 60년 전, 역시 영국의 어느 도시에서 디자인학교를 설립한 일이 있다. 디자인학교라서 나체화, 나체상의 모사, 모형을 사들여 여기저기에 전시한 것까지는 좋았는데, 막상 개교식이 임박하자 당국자를 비롯한 학교 직원들이 매우 곤란한 처지에 빠졌다. 개교식을 하려면 지역의 숙녀들을 초대해야 한다. 그런데 당시 귀부인들의 사고에 따르면 인간은 복장의 동물이다. 살갗을 씌운 원숭이의 자손이 아니라고 생각하고 있었던 것이다. 인간으로서 옷을 입지 않는 것은 코 없는 코끼리, 학생 없는 학교, 용기 없는 군인처럼 완전히 본체를 잃어버린 것이라 여겼다. 본체를 잃어버린 이상 적어도 인간으로 통용되지 않는다. 짐승이다. 설령 모사나 모형이라 하더라도 짐승에 속하는 인간과 자리를 함께하는 것은 귀부인의 품위를 손상시키는 일이다. 이런 이유로 숙녀들은 참석을 거부하겠다고 했다. 그래서 직원들은 얘기가 통하지 않는 사람들이라고 생각했지만, 어쨌든 동서를 막론하고 여자는 일종의 장식품이다. 방아를 찧을 수도 없고 지원병도 될 수 없으나 개교식에는 빼놓을 수 없는 화장 도구인 셈이다. 그래서 어쩔 수 없이 포목점에 가서 검은 천을 서른여섯 마쯤 사 와서 그 짐승 같은 인간에게 모조리 옷을 입혔다. 실례가 되어서는 안 된다며 주의에 주의를 거듭한 끝에 얼굴에도 천을 씌웠다. 이렇게 하여 가까스로 순조롭게 개교식을 마쳤다는 일화가 있다. 그만큼 의복은 인간에게 중요한 것이다. 요즘엔 나체화, 나체화 하면서 자꾸 나체를 주장하는 선생도 있는데, 그것은 잘못된 주장이다. 태어나서 오늘에 이르기까지 하루도 나체가 된 적이 없는 내가 볼 때 그건 아무래도 잘못된 생각이다. 나체는 그리스, 로마의 유풍이 문예 부흥 시대의 음탕하고 문란한 풍조에 영향을 받아 유행하기 시작한 것이다. 그리스인이나 로마인은 평소에 늘 나체를 보아 익숙했기에 그것이 풍속이나 교화와 어떤 관계가 있으리라고는 털끝만치도 생각하지 않았겠지만, 북유럽은 추운 곳이다. 일본조차 벌거벗고 나다닐 수 없는 날씨인데, 독일이나 영국에서 알몸으로 있다가는 죽게 된다. 죽어버리면 그걸로 끝이니 옷을 입는다. 모두가 옷을 입으면 인간은 복장의 동물이 된다. 일단 복장의 동물이 된 후에 갑자기 나체의 동물을 만나면 인간이라고 인정하지 않고 짐승이라 여긴다. 그러므로 유럽인, 특히 북유럽 사람들은 나체화, 나체상을 짐승으로 취급해도 되는 것이다. 고양이보다 못한 짐승이라 인정해도 되는 것이다. 아름답다고? 아름다워도 괜찮으니 아름다운 짐승이라 간주할 수 있으면 된다. 이렇게 말하면 서양 부인의 예복을 봤느냐는 사람이 있을지도 모르는데, 나는 고양이이니 서양 부인의 예복을 본 적이 없다. 듣기로 그들은 가슴을 드러내고 어깨를 드러내고 팔을 드러낸 옷을 입는다는데, 이를 예복이라 하는 모양이다. 통탄할 일이다. 14세기 무렵까지 그들의 차림새는 그렇게 우스꽝스럽지 않았다. 역시 보통 사람들이 입는 옷을 입었다. 그런데 어쩌다가 그렇게 천박한 곡예사 같은 옷을 입게 되었는지는 번거로우니 말하지 않겠다. 아는 사람은 알고 모르는 사람은 그냥 모르는 대로 있어도 될 것이다. 역사는 그렇다 치고, 그들은 그렇게 이상한 옷차림을 하고 밤중에는 득의양양하게 굴지만 그래도 내심 인간다운 면도 갖추었는지 해가 뜨면 어깨를 움츠리고 가슴을 가리고 팔을 감싸 여기저기 모두 보이지 않게 할 뿐만 아니라 발톱 하나라도 다른 사람에게 보이는 걸 굉장한 치욕이라 생각한다. 이런 점에서 생각해도 그들의 예복은 일종의 엉뚱한 작용으로 바보와 바보가 의논하여 만들어낸 결과물이라는 걸 알 수 있다. 그게 분하다면 낮에도 어깨와 가슴과 팔을 드러내놓고 다니면 된다. 나체 신봉자도 마찬가지다. 그만큼 나체가 좋으면 딸을 발가벗기고, 이왕 하는 김에 자신도 알몸이 되어 우에노 공원이라도 산책하면 될 일이다. 못한다고? 못하는 게 아니다. 서양인이 하지 않으니 자신도 하지 않는 거겠지. 실제로 불합리하기 짝이 없는 예복을 입고 으스대며 데이코쿠帝國 호텔(1890년에 도쿄에 세워진 본격적인 서양식 호텔로 지금도 일본 각지에서 운영되고 있다) 같은 곳을 드나들지 않는가. 그 이유를 물으면 별것도 아니다. 그저 서양인이 입으니까 입는다고 할 뿐이다. 서양인은 강하니까 무리해서라도, 바보 같긴 해도, 따라 하지 않으면 견딜

수 없으리라. 긴 것에는 감겨라, 강한 것에는 굽혀라, 무거운 것에
는 눌려라. 이런 명령을 다 따라 하는 것은 촌스러운 일이 아닌가.
촌스럽다고 해도 어쩔 수 없다고 한다면, 제발 부탁이니 일본인을
훌륭하다고 생각해서는 안 된다. 학문의 경우에도 마찬가지인데,
이건 복장과 관계없는 일이니 이하 생략.

　옷은 이처럼 인간에게도 중요한 것이다. 인간이 옷인가, 옷이
인간인가 할 정도로 인간에게 옷은 중요한 조건이다. 인간의 역사
는 살의 역사도, 뼈의 역사도, 피의 역사도 아니며, 단지 옷의 역사
라고 말하고 싶을 정도다. 그러니 옷을 입지 않은 인간을 보면 인
간다운 느낌이 들지 않는다. 마치 요괴를 만난 느낌이다. 요괴라
도 모두가 요괴가 되면 이른바 요괴는 사라지는 셈이니 상관없지
만, 그렇게 되면 인간 자신이 몹시 난처해질 뿐이다. 먼 옛날, 자연
은 인간을 평등한 존재로 만들어 세상에 내보냈다. 그러므로 어떤
인간이라도 태어날 때는 벌거숭이인 것이다. 만약 인간의 본성이
평등에 만족하는 존재라면, 마땅히 벌거숭이인 채 살아야 할 것
이다. 그런데 벌거숭이 중 한 사람이 말하길, 이렇게 모두가 똑같
다면 공부할 이유가 없다, 애써 노력한 대가가 없다, 어떻게든 나
는 나다, 누가 봐도 나라는 점을 눈에 띄게 하고 싶다, 그러니 누
군가가 보고 앗 하고 깜짝 놀랄 만한 것을 몸에 걸치고 싶다, 뭔가
좋은 게 없을까, 하고 10년간 생각한 끝에 드디어 잠방이를 발명
했다. 곧바로 잠방이를 입고는 어떠냐, 놀랐지? 하고 자랑하며 근
방을 돌아다녔다. 이 사람이 오늘날 인력거꾼의 조상이다. 이 간
단한 잠방이를 발명하는 데 10년이라는 긴 세월을 보냈다는 것이
좀 이상하기도 하지만 이는 오늘날로부터 고대로 거슬러 올라가

몸을 무지몽매한 세계에 두고 단정한 결론일 뿐, 그 당시에는 이만한 대발명이 없었다. 데카르트는 "나는 생각한다, 고로 존재한다."라는 세 살배기도 알 수 있는 진리를 생각해 내는 데 십몇 년인가를 허비했다고 한다. 무릇 뭔가를 생각해 낼 때는 고생하는 법이니 잠방이를 발명하는 데 10년을 허비했다고 해도 인력거꾼의 지혜는 대단한 것이라고 해야 할 것이다. 그런데 잠방이가 생겨나자 인력거꾼만이 세력을 떨치는 세상이 되었다. 인력거꾼이 잠방이를 입고 천하의 대로를 제집인 양 활보하는 것을 못마땅하게 생각하여 오기가 난 요괴가 6년간 궁리한 끝에 하오리라는 쓸데없이 길기만 한 옷을 발명했다. 그러자 잠방이 세력은 급격히 쇠퇴하고 하오리의 전성시대가 되었다. 채소 가게, 한약방, 포목점 등 모두가 이 대발명가의 후예다. 잠방이 시대, 하오리 시대 뒤에 온 것이 하카마 시대다. 이는, 뭐야 하오리 주제에, 하며 부아가 난 요괴가 고안한 것인데, 예전의 무사나 지금의 관원 등이 모두 그 후손이다. 이처럼 요괴들이 앞다투어 서로 다르다는 것을 뽐내며 새로운 것을 만들면서 경쟁한 끝에 제비 꼬리를 본뜬 기형(연미복을 말한다)까지 출현했지만, 잠시 비켜서서 그 유래를 생각해보면 억지로, 엉터리로, 우연히, 막연히 생겨난 게 결코 아니라는 걸 알 수 있다. 다들 이기고 싶다는 용맹스러운 마음이 모여 다양하게 새로운 형태가 된 것으로, 나는 너와 달라, 하며 활보하는 대신에 옷을 뒤집어쓰고 있는 것이다. 그리고 보면 이러한 심리에서 일대 발견이 이루어진다. 그건 다른 게 아니다. 자연은 진공을 꺼리는 것처럼, 인간은 평등을 싫어한다는 것이다. 이미 평등을 싫어하여 어쩔 수 없이 옷을 골육처럼 이렇게 걸치고 다니는 오늘날, 본질의 일부분인이 점을 내버려두고 원래의 좋지 않은 공평 시대로 돌아가는 것은 미치광이나 하는 짓이다. 좋다, 미치광이라는 명칭을 감수하더라도 도저히 돌아갈 수는 없다. 개명인의 눈으로 보면, 돌아간 이들이 요괴다. 가령 전 세계 수억 명에 달하는 인구를 모조리 요괴의 영역으로 끌어내려놓고, 자 이제 평등하다, 모두 요괴가 되었으니 부끄러울 것이 없다고 안심하라 해도 역시 안 될 일이다. 전 세계의 인구가 모두 요괴가 된 다음 날부터 다시 요괴의 경쟁이 시작될 것이다. 옷을 입고 경쟁할 수 없으면 요괴 차림으로 경쟁할 것이다. 벌거숭이는 벌거숭이대로 어디까지나 차별성을 내세울 것이다. 이 점에서 봐도 옷은 도저히 벗을 수 없는 것이다.

그런데도 지금 내가 눈 아래로 내려다본 한 무리의 인간들은 벗어서는 안 될 잠방이, 하오리, 하카마까지 몽땅 벗어서 선반 위에 올려놓고 거리낌 없이 원래의 광태를 중목환시衆目環視에 드러내며 태연자약하게 담소를 즐기고 있다. 내가 앞에서 기괴한 광경이라고 한 것은 바로 이것을 말한다. 나는 문명인인 여러분들을 위해 여기에 삼가 그 사람들을 소개하는 영광을 누리고자 한다.

어쩐지 어수선하고 복작복작한 상황이라 어디서부터 말해야 좋을지 모르겠다. 요괴가 하는 일에는 규칙이 없으니 논리적으로 증명하기가 굉장히 힘들다. 우선 욕조부터 말하기로 하자. 욕조인지 뭔지 잘 모르겠으나 아마 욕조일 것이다. 1미터 정도의 폭에 3미터가 안 되는 길이인데, 그것을 둘로 나눠 하나에는 허연 물이 들어 있다. 확실히는 모르나 약탕이라고 한다는데, 석회를 풀어놓은 것처럼 뿌옇다. 그것도 그냥 뿌연 게 아니다. 번들번들 기름기가 돌고 묵직한 느낌으로 탁하다. 썩은 것처럼 보인다고 해도 이상하지 않은 것이, 얘기를 들어보니 일주일에 한 번밖에 물을 갈지 않는다고 한다. 그 옆에는 보통의 뜨거운 물이 들어 있다고 하는데, 이것 역시 맑고 투명하다고는 도저히 말할 수 없다. 그 색은 빗물받이에 받은 물을 뒤섞어놓은 정도의 가치를 충분히 띠고 있다. 이제부터는 요괴에 관한 기술이다. 꽤 힘든 작업이 될 것이다. 그 빗물통에 젊은 녀석 둘이 서 있다. 마주 보고 선 채 배에 물을 쫙쫙 끼얹고 있다. 기분 전환에 좋은 수단이다. 둘 다 피부가 검다는 점에서는 흠잡을 데 없을 만큼 발달해 있다. 저 요괴는 꽤 늠름하구나, 하고 보고 있었더니 이윽고 한 사람이 수건으로 가슴께를 문지르며 물었다.

"긴 씨, 여기가 좀 아픈데 어디가 안 좋은 걸까?"

"거긴 위야. 위란 게 잘못하면 목숨까지 앗아간다니까. 조심하지 않으면 위험해."

긴 씨는 진심으로 충고했다.

"여기, 왼쪽이라니까."

말하며 왼쪽 폐를 가리킨다.

"거기가 위야. 왼쪽이 위고, 오른쪽이 폐야."

"그런가, 난 또 위가 여기쯤인 줄 알았는데."

이번에는 허리 근처를 두드려 보이자 긴 씨가 말했다.

"거기라면 산증疝症이야."

그때 스물대여섯쯤 되어 보이는, 성글게 수염을 기른 사내가 탕으로 풍덩 뛰어들었다. 그러자 몸에 묻어 있던 비누 거품이 때와 함께 떠올랐다. 철분이 있는 물이 햇빛을 받았을 때처럼 반짝반짝 빛났다. 그 옆에 머리가 벗어진 할아버지가 머리를 짧게 깎은 사내를 붙잡고 뭐라 떠들고 있다. 두 사람 모두 머리만 물 위에 동동

떠 있다.

"으흠, 이 나이가 되니 힘들구먼. 사람도 늙고 쇠하면 젊은 애들한테는 안 된다니까. 그런데 탕만큼은 지금도 뜨겁지 않으면 개운하지가 않아."

"어르신은 아직 정정하신데요 뭘. 그 정도만 건강하셔도 괜찮습니다."

"건강한 것도 아닐세. 그저 병치레를 안 한다 뿐이지. 사람은 나쁜 짓만 하지 않으면 백스무 살까지는 사는 법이니까."

"우와, 그렇게 오래 산다고요?"

"그럼 살고말고. 백스무 살까지는 내 보장함세. 메이지 유신 전에 우시고메牛込라는 곳에 마가리부치라는 무사가 살았는데, 그 집 하인이 백서른 살이었거든."

"그 사람, 참 오래 살았네요."

"음, 너무 오래 살아서 그만 자기 나이를 까먹었다더군. 백 살까지는 기억하는데 그 후로는 잊어먹었다는 거야. 내가 알던 때가 백서른 살이었는데, 그때도 죽은 게 아니었어. 그다음에는 어떻게 되었는지 모르겠군. 어쩌면 아직 살아 있을지도 모르지."

대머리 할아버지는 이렇게 말하면서 탕에서 나왔다. 수염을 기른 사내는 자기 주위에 운모雲母 같은 것을 뿌리면서 혼자 싱글벙글 웃고 있었다. 그들과 교대라도 하듯이 탕으로 뛰어든 이는 다른 요괴와는 달리 등짝에 무늬가 새겨져 있었다. 이와미 주타로(일본 전국시대의 전설적인 무사로 스스키다 하야토의 이전 이름이라는 설도 있다)가 큰 칼을 휘둘러 이무기를 퇴치하는 장면 같은데, 아쉽게도 아직 완성되지 않아서인지 이무기는 어디에도 보이지 않았다. 따라서 주타로 선생도 다소 맥이 빠진 것처럼 보였다. 그 주타로 선생이 물에 뛰어들면서 투덜거렸다.

"뭐가 이렇게 미지근해!"

그러자 또 한 사람이 이어서 뛰어들었다.

"이거야 원…… 좀 더 뜨거워야지."

얼굴을 찡그리면서 뜨거운 것을 참는 모습으로도 보였는데, 주타로 선생과 얼굴이 마주치자 인사를 건넸다.

"아아, 형님."

주타로는 "어 그래." 하고 대답하고 나서 바로 물었다.

"다미 씨는 요즘 좀 어떤가? 사람이 노름에 미쳐서, 원."

"노름뿐이겠습니까……."

"그렇지, 그 사람도 심성이 좋지는 않으니……. 어찌 된 게 사람들에게 그렇게 미움을 사고…… 신뢰도 받지 못하니, 원. 직인이란 사람이 그래서는 안 되는데."

"맞습니다. 다미 씨는 사람이 겸손할 줄 모르고 거만하지요. 그러니까 도무지 신뢰를 받지 못하는 거죠."

"정말 그래. 그런데도 자기가 제법 수완이 좋다고 여기니까……. 결국 자기만 손해지."

"시로가네초白銀町에도 이제 어르신들은 다 돌아가시고 나무통 가게 모토 씨하고, 기와 가게 주인과 형님 정도밖에 남지 않았네요. 우리야 이렇게 여기서 나고 자랐지만, 다미 씨는 어디서 굴러온 사람인지도 모르지 않습니까."

"그래. 그래도 용케 저만큼 되었어."

"으음. 어떻게 된 게 사람들이 좋아하질 않아요. 사람들과 어울리질 않으니까요."

다미를 철저하게 공격한다.

빗물통은 이쯤 하고, 하얀 탕 쪽을 보니 거기에도 득시글한 것이 탕 속에 사람이 들어가 있다기보다 사람 사이에 탕이 들어가 있다고 하는 편이 나아 보인다. 게다가 그들은 무척 유유자적한 모습인데, 아까부터 들어가는 사람은 있어도 나오는 사람은 한 명도 없다. 이렇게 많은 사람이 들어가는데 일주일이나 물을 갈지 않았으니 더러워지는 것도 당연하다고 어이없어하며 다시 탕 안을 둘러보았다. 구샤미 선생이 벌건 얼굴로 왼쪽 구석에 처박혀서 웅크리고 있었다. 불쌍하게도 누군가 길을 터주면 좋으련만 아무도 움직일 기미를 보이지 않을 뿐 아니라 주인도 나올 기미를 보이지 않는다. 그저 벌게진 얼굴로 가만히 있을 뿐이다. 고생스러운 일이다. 2전 5푼인 목욕료를 최대한 뽑고자 하는 정신에서 저렇게 벌겋게 되었겠지만, 어서 나오지 않으면 뜨거운 김에 붙어 터질 텐데, 하고 주인을 생각하는 나는 창 너머 널빤지 위에서 적잖이 걱정했다. 그때 주인 옆에 한 사람 건너 몸을 담그고 있던 사내가 얼굴을 찡그리며 죽 늘어앉은 요괴들에게 넌지시 동의를 구했다.

"이거 너무 뜨거운 거 아냐? 등 쪽에서 뜨거운 것이 찌릿찌릿 끓어오르는 것 같은데."

그러자 이렇게 자랑을 늘어놓은 이가 있었다.

"아니, 이게 딱 적당하지요. 약탕은 이쯤 되지 않으면 효험이 없구만요. 우리 고향에서는 이보다 두 배는 더 뜨거운 탕에 들어가는뎁쇼."

"이 탕은 대체 어디에 효험이 있답니까?"

수건을 접어 울퉁불퉁한 머리를 덮은 사내가 모두에게 물었다.

"여러 가지에 좋지요. 무슨 병에든 다 좋다고 하니 굉장하지 않아요?"

이렇게 말한 이는 모양이나 색깔이 꼭 오이 같은 얼굴에 깡마른 사람이다. 그렇게 효험이 좋은 탕이라면 좀 더 건강해질 법도 한데.

"약을 넣고 나서 사흘이나 나흘째가 제일 좋답니다. 오늘이 그런 날이지요."

박식한 체하며 이렇게 말하는 사람을 보니 팅팅 불어 터진 사내다. 아마 때가 불어 터진 것이리라.

"마셔도 듣습니까?"

어디에선지 모르지만 새된 목소리로 모두에게 묻는다.

"몸이 찰 때는 한 잔 마시고 자면 신기하게도 소변 때문에 깨지 않아도 된다니까 어디 한번 마셔보시지요."

누가 이런 대답을 했는지는 모르겠다.

탕 쪽은 이쯤 해두고 탈의장으로 가는 쪽을 둘러보니, 있다, 있어. 볼썽사나운 아담들이 저마다 방자한 자세로 죽 늘어앉아 민망한 부위를 거리낌 없이 씻고 있다. 그중에 가장 놀랄 만한 것은 천장을 보고 드러누워 높은 데 난 들창을 바라보고 있는 아담과 엎드린 채 물고랑을 들여다보고 있는 아담이다. 이들은 어지간히 한가한 아담으로 보인다. 석벽을 향해 쭈그리고 앉은 중과 그 뒤에서 열심히 어깨를 두드리고 있는 새끼 중도 보인다. 사제 관계상 때밀이 역할을 대신하고 있는 것이리라. 그런가 하면 진짜 때밀이도 있다. 감기에 걸렸는지, 옷은 옷대로 다 껴입고 타원형의 통으로 손님의 어깨에 뜨거운 물을 쫙쫙 끼얹고 있다. 오른발을 보니 엄지발가락과 둘째발가락 사이에 조잡한 털실로 짠 때수건이 끼워져 있다. 또 이쪽에서는 욕심을 부려 작은 통을 세 개나 끼고 앉은 사내가 옆 사람에게 비누를 쓰라고 권하면서 열심히 긴 이야기를 늘어놓고 있다. 무슨 얘기인가 하고 들어보니 이런 얘기였다.

"소총은 외국에서 건너온 거야. 옛날에는 칼싸움만 했거든. 외국 사람들은 비겁하니까, 그런 게 생긴 거지. 아무래도 중국은 아닌 것 같고, 역시 외국 같단 말이야. 와토나이(일본 근세의 작가 지카마쓰 몬자에몬의 작품 《고쿠센야 전투國性命戰》의 주인공. 명나라 말기의 지사 정성공이 모델인데, 정지룡의 아들로 어머니는 일본인이다. 청나라와 싸워 명나라의 부흥을 도모했으나 그 뜻을 이루지 못하고 병사했다. 목욕탕 손님의 이야기는 이와 일치하지 않는다) 시절에는 없었거든. 와토나이는 역시 세이와 겐지(세이와 일왕에서 나와 미나모토源라는 성을 받은 일족. 미나모토노 요리토모 등이 여기에 속한다. 스스로 그 후예라고 주장하는 무가武家도 많은데, 소세키의 다른 작품 《도련님》의 주인공도 그렇게 주장한다)야. 확실히는 모르나 요시쓰네가 에조蝦夷(아이누족이 살았던 홋카이도의 옛 이름. 세이와 겐지의 먼 후손인 미나모토노 요시쓰네가 에조에서 만주로 건너갔다는 이야기는 요시쓰네가 칭기즈칸과 동일인이라는 근거 없는 설에서 나온 것이다)에서 만주로 건너갔을 때, 학식이 대단히 높은 에조 남자가 따라갔다는 거야. 그리고 요시쓰네의 아들이 대국 명나라를 공격했는데, 명나라가 어려운 상황이라 3대 쇼군에게 사자를 보내 병사 3,000명을 빌려달라고 하자 3대 쇼군은 그 사자를 붙잡아두고 돌려보내지 않았지. 이름이 뭐였다더라. 아무튼 아무개라는 사자였어. 그 사자를 2년간 붙잡아두고 마지막에는 나가사키長崎에서 유녀를 붙여주었는데, 그 유녀한테서 생긴 아들이 와토나이야. 그러고 나서 고향으로 돌아가 보니 대국 명나라는 국적에게 멸망하고 사라진 뒤였다, 그런 얘기지…….”

무슨 말을 하는지 전혀 모르겠다. 그 뒤에 스물대여섯 살쯤 되는 음침한 표정을 한 사내가 멍하니 사타구니에 허연 물을 연신 끼얹으며 찜질을 하고 있다. 종기인지 뭔지 때문에 괴로워하고 있는 것으로 보인다. 그 옆에는 '네'가 어떻다느니 '내'가 어떻다느니 하며 건방진 말을 나불대고 있는 열일고여덟 살쯤 되어 보이는 자가 있는데, 아마 이 근방에 사는 서생일 것이다. 또 그 옆에는 이상한 등이 보인다. 한죽寒竹을 박아놓은 것처럼 엉덩이 위에서부터 등뼈의 마디마디가 또렷하게 튀어나와 있다. 그리고 그 좌우에 뜸을 뜬 자리가 고누판과 비슷한 형태로 네 개씩 가지런히 늘어서 있다. 그 자리는 붉게 짓물러 있고 주위에 고름이 차 있는 것도 있다. 이렇게 순서대로 쓰자니 쓸 것이 너무 많아 내 솜씨로는 도저히 그 일부분조차 제대로 형용할 수 없다. 참 성가신 일을 시작했구나, 하고 슬슬 손을 들려고 하는데 입구 쪽에 옥색 무명옷을 입은 일흔 살쯤 되어 보이는 목욕탕 주인장이 불쑥 나타났다. 주인장은 그 나체 요괴들에게 공손히 인사하고는 거침없이 지껄였다.

“예, 여러분, 오늘도 변함없이 찾아주셔서 감사합니다. 오늘은 날이 좀 춥습니다. 모쪼록 느긋하게…… 약탕에도 들락거리면서 편하게 몸을 녹이시기 바랍니다. 지배인! 물 온도 좀 잘 챙기게.”

“네.”

지배인이 대답했다.

“참 붙임성이 좋아. 저렇게 해야 장사가 되지.”

와토나이 운운하던 사내가 주인장을 격찬했다. 나는 갑작스럽게 등장한 이 이상한 영감을 보고 다소 놀란 터라 하던 이야기는 이대로 놔두고 잠시 영감을 집중적으로 관찰하기로 했다. 영감은 지금 막 탕에서 나온 네 살쯤 되어 보이는 사내아이에게 손을 내밀며 말했다.

"애야, 이리 온."

아이는 찹쌀떡을 짓밟아놓은 듯한 영감의 얼굴을 보고 큰일 났다 싶었는지 "으앙!" 하고 비명을 지르며 울음을 터뜨렸다. 영감은 본의가 아니었다는 듯 다소 당혹해했다.

"아니, 울긴 왜 우니? 할아버지가 무서워? 나 이거, 참."

어쩔 도리가 없어서 예봉을 순식간에 아이의 아버지에게 돌렸다.

"아이고, 이거 겐 씨 아닌가. 오늘은 좀 쌀쌀하군그래. 어젯밤 오우미야近江屋에 들었던 도둑놈 말이야, 그놈 참 멍청하더군. 그 집 문에 개구멍을 네모나게 뚫었다는 거야. 결국 그놈은 아무것도 가져가지 못했다는데, 순사나 야경꾼이라도 보였던 게지."

이렇게 도둑놈의 무모함을 비웃고는 또 다른 사람을 붙들고 주절거렸다.

"아이고, 춥네, 추워. 자네는 젊어서 그리 느끼지 못하는 게야."

노인네라 그런지 혼자서만 추워했다.

한동안 영감에게 정신이 팔려 다른 요괴들은 완전히 잊고 있었을 뿐만 아니라 괴로운 듯 웅크리고 있던 주인조차 기억에서 사라졌을 때, 갑자기 몸 씻는 곳과 탈의장 사이에서 큰 소리를 지르는 이가 있었다. 누군가 봤더니 틀림없는 구샤미 선생이었다. 주인의 목소리가 유달리 크다는 것과 걸걸하여 듣기 괴롭다는 것은 오늘에야 알게 된 일은 아니지만, 장소가 장소인 만큼 나는 적잖이 놀랐다. 뜨거운 탕 안에 몸을 담그고 너무 오랫동안 참고 있었기에 버럭한 것이 틀림없다고 나는 순식간에 판단했다. 그것도 병 때문 이라면 타박할 일이 아니겠지만, 그가 버럭하면서도 이성을 잃지 않은 것이 분명한 것은 무엇 때문에 이처럼 목욕탕 안이 쩌렁쩌렁 하게 울릴 정도로 거친 소리를 내었는지를 금방 알 수 있었기 때 문이다. 그는 건방을 떠는 한심한 서생을 상대로 어른스럽지 못하 게 시비를 걸었던 것이다.

"좀 더 뒤로 물러나란 말이야! 내 물통에 물이 튀잖아."

이렇게 고함을 지른 이는 물론 주인이다. 모든 일은 보기에 따 라 다른 것이니 이런 고함을 단지 화가 치민 결과라고만 판단할 필요는 없다. 만 명 중 한 명쯤은 다카야마 히코쿠로(1747~1793. 에 도 후기의 존황尊皇 사상가. 여러 고장을 돌아다녔으며 극단적인 존황론과 기행 으로 유명하다)가 산적을 호되게 꾸짖는 것 같다는 정도로 해석해줄 지도 모른다. 당사자도 그런 생각으로 한 연극인지도 모르겠지만, 상대가 스스로를 산적이라 생각하지 않는 이상 기대하는 결과가 나오지 않는 것은 당연하다.

"저는 아까부터 여기 있었는데요."

서생은 뒤를 돌아보며 공손히 대답했다. 지극히 평범한 대답이 었다. 그 자리에서 물러나지 않겠다는 뜻을 드러낸 만큼 주인의 생각대로 되지 않은 것이었다. 그 태도며 말투로 보건대 산적이라 여기고 욕해야 할 정도의 일이 아니라는 것은 아무리 버럭하길 잘 하는 성향의 주인이라도 알 터였다. 하지만 주인이 고함을 지른 것은 서생이 앉아 있는 자리 때문이 아니라 아까부터 이 두 사람 이 어린 나이에 어울리지 않게 너무나 거만하고 건방진 이야기만 늘어놓자, 시종 그 이야기를 듣고 있어야 했던 주인은 바로 그 점에 부아가 치민 것으로 보인다. 그래서 상대가 공손하게 말했어도 잠자코 탈의장으로 가지 않고, "이런 바보 같은 놈! 남의 물통에 왜 자꾸 더러운 물을 튀겨?"라고 일갈한 뒤에야 물러났던 것이다. 나도 이 어린놈들이 좀 얄밉다고 생각하던 터라 그때는 마음속으로 쾌재를 불렀는데, 학교 교원인 주인의 언동으로는 온당하지 않다고 생각했다. 주인은 원래 융통성이 없어서 문제다. 석탄재처럼 푸석푸석한 데다 너무 딱딱하다. 옛날 한니발이 알프스산맥을 넘을 때 길 한가운데에 커다란 바위가 있었다. 아무래도 군대가 통과하는 데 불편하고 방해가 되었다. 그래서 한니발은 그 거대한 바위에 식초를 뿌리고 불을 붙여 부드럽게 한 다음 어묵처럼 톱으로 잘라 지체 없이 통과했다고 한다. 효험 있는 약탕에 불어 터지도록 들어가 있어도 전혀 효과를 보지 못한 주인과 같은 사람은 역시 식초를 뿌리고 불을 붙여야 제격일 터다. 그렇지 않으면 저런 서생이 수백 명 태어나고 수십 년이 지난다 한들 주인의 완고함은 고쳐지지 않을 것이다. 이 탕에 몸을 담그고 머리만 내밀고 있는 자들, 몸 씻는 곳에 우글거리고 있는 자들은 문명인에게 필요한 복장을 벗어 던진 요괴 집단이니 일반적인 규칙이나 도덕으로 다룰 수는 없다. 무슨 짓을 하든 상관없다. 폐가 있어야 할 자리에 위가 진을 치고, 와토나이가 세이와 겐지가 되고, 다미가 신뢰를 얻지 못해도 좋다. 그러나 일단 몸 씻는 곳을 나가 탈의장으로 가면 더는 요괴가 아니다. 보통의 인간들이 살아가는 사바세계로 나온 것이다. 그러니 문명에 필요한 옷을 입는 것이다. 따라서 인간다운 행동을 해야 할 것이다. 지금 주인이 밟고 있는 곳은 문지방이다. 몸 씻는 곳과 탈의장의 경계에 놓인 문지방을 밟고 선 채로, 교언영색巧言令色과 원전활탈圓轉滑脫(말이나 일 처리에 모나지 않고 능숙함)의 세계로 되돌아가려는 참이다. 그 찰나에서조차 이렇게 완고하다면 그 완고함은 빠져나와야 할 감옥이자, 고쳐야 할 병임이 틀림없다. 병이라면 쉽게 고칠 수는 없을 것이다. 나의 어리석은 생각에 따르면 이 병을 치유하는 방법은 딱 하나다. 교장에게 면직시켜달라고 부탁하는 것이다. 주인은 융통성이 없으니 면직되면 길거리에 나앉게 될 것이다. 길거리에 나앉게 되면 객사할 수밖에 없다. 바꿔 말하면 주인에게 면직은 죽음의 먼 원인이 된다. 주인은 곧잘 병을 앓으면서도 기뻐하지만, 죽는 것은 끔찍이 싫어한다. 죽지 않을 정도의 병이라는 일종의 사치를 즐기고 싶은 것이다. 따라서 그렇게 병을 앓고 있으면 죽이겠다고 위협하면, 주인은 겁쟁이라서 무서워 벌벌 떨 것이다. 이렇게 벌벌 떨 때 병은 깨끗이 나을 것이다. 그래도 낫지 않으면 어쩔 수 없지만.

아무리 바보라도, 아무리 병을 앓고 있어도 주인임은 변함이 없다. 한 끼 식사도 주군의 은혜라는 시인도 있으니 고양이도 주인의 신상을 생각하지 않을 수 없다. 안됐다는 생각에 가슴이 먹먹해져서 그만 그쪽에 정신을 팔고 있다가 몸 씻는 곳의 관찰을 게을리했더니 갑자기 허연 탕 쪽을 향해 입을 모아 욕을 해대는 소리가 들렸다. 거기서도 싸움이 일어났나 하고 돌아보니 비좁은 욕탕 입구에 입추의 여지가 없을 만큼 요괴들이 따닥따닥 붙어 있었다. 털이 난 정강이와 털이 없는 허벅지가 뒤섞여 움직이고 있었다. 마침 초가을 해는 저물어가고 있고, 몸 씻는 곳은 천장까지 온통 수증기로 자욱했다. 요괴들이 득시글거리는 모습이 그 사이로 희미하게 보였다. 앗 뜨거 하는 소리가 내 귀를 관통하여 좌우로 빠져나가려고 머릿속에서 어지럽게 움직인다. 그 소리에는 노란 것, 파란 것, 빨간 것, 검은 것이 있는데, 서로 겹쳐서 뭐라 부를 수 없는 음향을 욕탕 안에 흩뿌린다. 그저 혼잡하고 혼란스럽다고 형용하기에 적합한 소리일 뿐, 그 외에는 아무 도움도 안 되는 소리다. 나는 멍하니 그 광경에 홀린 채 꼼짝하지 못했다. 얼마 후 와와 하는 소리가 극도의 혼란에 달해 더는 한 발짝도 나아갈 수 없는 지경까지 퍼졌을 때, 엉망진창으로 서로 밀고 밀리는 무리 가운데서 한 거한이 불쑥 일어섰다. 그의 키를 보니 다른 선생들보다 10센티미터쯤 더 컸다. 그뿐 아니라 얼굴에 수염이 났는지 수염에 얼굴이 동거하고 있는지 모르는 벌건 얼굴을 뒤로 젖히고 한낮에 깨진 종을 치는 듯한 소리로 외쳤다.

"찬물 좀 타. 너무 뜨겁다고!"

어수선하게 뒤엉켜 있는 군중들 위로 그 목소리와 얼굴만 툭 튀어나와서 그 순간만은 욕탕 전체를 이 사내가 독차지한 것처럼 생각될 정도였다. 초인이다. 이른바 니체가 말한 초인이다. 악마 중의 대왕이다. 도깨비의 두령이다. 이렇게 생각하며 보고 있었더니 욕조 뒤에서 예에, 하고 대답하는 자가 있었다. 누구지? 하고 그쪽으로 눈길을 돌리자 부예서 뭐가 뭔지 분간할 수 없는 가운데 예의 그 때밀이가 석탄 덩어리를 부서져라 하고 아궁이 속으로 던져넣는 것이 보였다. 아궁이에 들어간 석탄 덩어리가 탁탁 소리를 내며 탈 때 때밀이의 얼굴 반쪽이 환하게 밝아졌다. 동시에 때밀이 뒤에 있는 벽돌 벽이 어둠 속에서 타오르듯이 빛났다. 분위기가 점점 험악해지기에 나는 얼른 창에서 뛰어내려 집으로 돌아왔다. 돌아오면서 생각했다. 하오리를 벗고, 잠방이를 벗고, 하카마를 벗고 평등해지려고 애쓰는 벌거숭이들 중에서 또 벌거숭이의 호걸이 나와 다른 군소 벌거숭이들을 제압한다. 아무리 벌거숭이가 되더라도 평등을 얻을 수 있는 것은 아니다.

집에 돌아와 보니 세상은 태평하기 그지없다. 주인은 목욕하고 막 나온 번들번들한 얼굴을 빛내며 저녁을 먹고 있다.

"참 한가한 고양이로다. 지금껏 어디를 그렇게 싸돌아다니다 온 건지."

내가 툇마루에서 방으로 들어가는 것을 보고 주인이 중얼거렸다. 밥상 위를 보니 돈도 없는 주제에 반찬이 두세 가지나 놓여 있다. 그중에 구운 생선 한 마리가 있다. 무슨 생선인지는 모르겠으나 어제쯤 오다이바御台場 근처에서 잡힌 것이 분명하다. 생선은 건강하다는 설명도 있지만, 아무리 건강해도 이렇게 굽고 찌는 데는 당해낼 재간이 없다. 자주 병치레하더라도 얼마 남지 않은 목숨을 부지하는 것이 오히려 낫다. 이런 생각을 하며 밥상 옆에 앉아 기회가 생기면 뭔가 먹어볼까 하고 보는 척 안 보는 척 시치미를 떼고 있었다. 이렇게 시치미를 떼는 요령을 모르는 자는 맛있는 생선을 먹겠다는 생각을 접어야 한다. 주인은 생선을 잠깐 뒤적거리더니 맛없다는 표정을 지으며 젓가락을 내려놓았다. 정면에 역시 말없이 앉아 있는 안주인은 젓가락을 아래위로 움직이는 모습과 주인의 양악이 붙었다 떨어짐에 따라 입이 벌어졌다 다물어지는 것의 정도를 열심히 연구하고 있다.

"여보, 그 고양이 머리를 한 번 쥐어박아봐."

주인이 느닷없이 안주인에게 요구했다.

"쥐어박아서 뭐 어쩌게요?"

"그냥 한번 쥐어박아보라니까."

"이렇게요?"

안주인은 손바닥으로 내 머리를 한 번 톡 때렸다. 전혀 아프지 않았다.

"안 울잖아."

"그러게요."

"다시 한번 때려봐."

"몇 번을 때리나 마찬가지잖아요."

안주인은 또 손바닥으로 내 머리를 톡 쳤다. 역시 하나도 아프지 않아서 가만히 있었다. 그러나 무엇 때문에 그러는지 지혜로운 나로서도 도무지 알 수가 없었다. 그걸 알 수 있다면 어떻게 해볼 방도가 있겠지만, 그냥 때려보라니까 때리는 안주인도 난감하고 맞는 나도 난감하기는 마찬가지다. 주인은 두 번이나 생각대로 되지 않자 조금 안달이 난 듯 이렇게 말했다.

"거 울게 좀 세게 때려봐."

"울려서 뭐 하게요?"

안주인은 귀찮다는 표정으로 이렇게 물으면서 다시 한번 내 머리를 찰싹 때렸다. 이렇게 상대의 목적을 알면 별문제 없다. 울어주기만 하면 주인을 만족시킬 수 있는 것이다. 주인이 이렇게 우둔한 사람이니 정나미가 떨어진다. 울게 만들 목적이라면 처음부터 그렇다고 말해주어야 두 번 세 번 쓸데없는 수고를 하지 않아도 될 것이고, 나도 한 번에 벗어날 일을 두 번 세 번 당하지 않아도 되었을 것 아닌가. 그저 때려보라는 명령은 때리는 일 자체가 목적이 아닌 경우에는 해서는 안 되는 것이다. 때리는 것은 그쪽 일이고, 우는 것은 내 일이다. 처음부터 울 거라고 예상하고, 내 자의에 속하는 우는 행위까지 때리라는 명령에 포함된다고 생각하는 것은 무례하기 짝이 없는 일이다. 타인의 인격을 존중하지 않는 처사다. 고양이를 무시하는 짓이다. 주인이 사갈시하는(뱀이나 전갈을 보듯 어떤 대상을 매우 싫어하다) 가네다라면 할 법한 짓이지만 꾸밈없는 적나라함을 자부하는 주인으로서는 대단히 비열한 짓이다. 그러나 실상 주인은 그렇게 쩨쩨한 사내가 아니다. 그러므로 주인의 이 명령은 그가 교활해서 나온 게 아니다. 지혜가 부족한 데서 뀐 장구벌레 같은 것이라 생각한다. 밥을 먹으면 배가 부르는 게 당연하다. 베이면 피가 나는 게 당연하다. 죽이면 죽는 게 당연하다. 그러니 때리면 우는 게 당연하다고 속단했을 것이다. 딱한 노릇이지만 그것은 다소 논리에 맞지 않는다. 그런 식으로 하자면 강에 떨어지면 반드시 죽어야 한다. 튀김을 먹으면 반드시 설사해야 한다. 월급을 받으면 반드시 출근해야 한다. 책을 읽으면 반드시 훌륭해져야 한다. 반드시 그렇게 된다면 다소 곤란한 사람이 생긴다. 때리면 반드시 울어야 한다면 나는 귀찮다. 메지로目白의 종(에도 시대, 시각을 알리기 위해 시내에 설치된 종의 이름)과 똑같이 취급된다면 고양이로 태어난 보람이 없다. 일단 마음속으로 이만큼 주인을 납작하게 만들어놓은 다음에야 요구한 대로 야옹 하고 울어주었다.

그러자 주인은 안주인에게 물었다.

"지금 울었는데, 야옹 하는 소리가 감탄사인지 부사인지 알아?"

안주인은 너무 갑작스러운 질문이라 아무 대답도 하지 못한다.

사실 나도 목욕탕에서 버럭한 일이 아직 가시지 않았기 때문이라고 생각했을 정도다. 원래 주인은 벽 하나 사이의 가까운 이웃 사이에서 괴짜로 유명한데, 실제로 어떤 사람은 그가 정신병자가 틀림없다고 단언했을 정도다. 그런데 주인은 자신감이 대단해서, 나는 정신병자가 아니다, 세상 사람들이 정신병자라고 우기는 것일 뿐이라고 말한다. 이웃들이 주인을 멍멍이라고 부르면, 주인은 공평해야 한다면서 그들을 꿀꿀이라고 부른다. 실제로 주인은 어디까지나 공평함을 유지할 생각인 듯하다. 난감한 일이다. 이런 사내이니 아내에게 그런 괴상한 질문을 하는 것도 주인에게는 손바닥을 뒤집는 것처럼 아주 사소한 일인지 모르겠지만, 듣는 쪽에서보면 정신병자에 가까운 사람이 하는 소리로 들린다. 나는 물론 뭐라고 할 말이 없다. 그러자 주인이 갑자기 큰 소리로 불렀다.

"여보!"

"예."

안주인은 깜짝 놀라 대답했다.

"그 '예'는 감탄사야 부사야? 어느 쪽이야?"

"어느 쪽이냐고요? 그런 시답잖은 게 어떻든 어때서요?"

"시답잖다고? 그게 실제로는 국어학자들의 머리를 지배하고 있는 큰 문제야."

"어머, 고양이 울음소리가요? 별일이네요. 고양이 울음소리가 일본어는 아니잖아요?"

"그러니까 말이야. 그게 어려운 문제라는 거야. 비교연구라고 하지."

"그런가요?"

안주인은 영리해서 이런 바보 같은 문제에는 관여하지 않는다.

"그래서 어느 쪽인지 알았대요?"

"중요한 문제라서 그리 빨리 알 수는 없지."

주인은 아까 그 생선을 우적우적 먹었다. 내친김에 그 옆에 있는 돼지고기와 감자조림도 먹는다.

"이건 돼지고기로군."

"네, 돼지고기예요."

"흠."

주인은 몹시 경멸하는 표정으로 돼지고기를 삼키며 술잔을 내밀었다.

"한 잔만 더 해야겠군."

"오늘 밤에는 과음하시네요. 벌써 많이 빨개졌는데."

"마셔야지. 당신, 세상에서 가장 긴 단어가 뭔지 알아?"

"네, 옛날의 그 간파쿠다조다이진關白太政大臣(후지와라노 다다미치. 1097~1164. 헤이안 시대 후기의 가인이자 정치가로 〈오구라햐쿠닌잇슈小倉百人一首〉에 홋쇼지뉴도사키노칸파쿠다조다이진法性寺入道前關白太政大臣으로 나와 있어 일본에서는 고래로 가장 긴 이름으로 여겨지고 있다)이잖아요."

"그건 이름이지. 긴 가로 글자(세로로 쓰는 일본어에 비해 서양 글자는 가로로 쓰는 데서 온 말)를 아느냐고."

"가로 글자라면 서양 단어인가요?"

"응."

"몰라요. 술은 그만하실 거죠? 이제 밥 좀 드세요."

"아냐, 더 하겠어. 가장 긴 단어 가르쳐줄까?"

"네, 그러면 밥 드시는 거예요?"

"Archaiomelesidonophrunicherata(그리스의 극작가 아리스토파네스
의 희극 〈벌〉에 나오는 말로 '시돈 사람 프리니코스는 옛 노래처럼 사랑스럽다'
라는 뜻이다)라는 단어야."

"순 엉터리죠?"

"엉터리긴, 그리스어야."

"무슨 뜻인데요, 일본어로 하면?"

"의미는 몰라. 그냥 철자만 알아. 길게 쓰면 한 20센티미터는 될
거야."

보통은 술에 취해서나 하는 말을 멀쩡한 정신으로 하고 있으니
실로 가관이 아닐 수 없다. 하긴 오늘 밤에는 술을 너무 많이 마신
다. 평소라면 작은 잔으로 두 잔만 마시는 걸로 정해놓고 있는데,
벌써 넉 잔째다. 두 잔만 마셔도 벌게지는데 배나 마셨으니 얼굴
이 부젓가락처럼 화끈 달아올라 몹시 괴로워 보였다. 그런데도 그
만두지 않고 잔을 내밀었다.

"한 잔 더."

"괴롭기만 할 텐데, 인제 그만 드세요."

안주인은 너무 마신다 싶어 씁쓸한 얼굴로 말했다.

"뭐, 괴로워도 지금부터 좀 더 연습할 거야. 오마치 게이게쓰
(1868~1925. 시인, 수필가, 평론가. 1905년 《다이요太陽》에 게재된 〈잡언록雜言錄〉
에 "나쓰메 소세키는 잼 맛은 알지만, 술맛은 모른다." "잼만 먹지 말고 술도 마시
고……." "서재에 틀어박혀 있지만 말고 사회로 나와 산천을 두루 돌아다니고, 고
양이만 상대하지 말고 여자도 상대하여 취미를 넓히고……."라고 썼다. 《나는 고
양이로소이다》의 7장과 8장은 이 비평이 나온 다음 달에 발표되었다)가 마시
라고 했단 말이야."

"게이게쓰는 또 뭔데요?"

그 대단한 게이게쓰도 안주인에게는 한 푼어치의 가치도 없다.

"게이게쓰는 당대 최고의 비평가지. 그 사람이 마시라고 하는 걸 보면 좋은 거 아니겠어?"

"무슨 소리예요? 게이게쓰든 메이게쓰든 괴로운데도 마시라는 건 쓰잘머리 없는 소리예요."

"술만 마시란 게 아니야. 교제도 하고 도락도 즐기고 여행도 하라고 했다고."

"그렇다면 더 나쁜 거잖아요. 그런 사람이 최고의 비평가라고요? 정말 어처구니가 없네요. 처자식이 있는 사람한테 도락을 권하다니……."

"도락도 좋지. 게이게쓰가 권하지 않아도 돈만 있으면 즐길지도 몰라."

"돈이 없어서 다행이네요. 앞으로 도락 같은 데 빠지기라도 하면 큰일 날 줄 알아요."

"큰일 난다니 하지 않을 테니까 그 대신 남편을 좀 더 귀히 여길 순 없을까? 그리고 저녁에는 맛있는 것도 좀 먹게 해주고."

"이게 그나마 최선을 다한 거예요."

"그럴까? 그렇다면 도락은 추후에 돈이 들어오는 대로 즐기기로 하고, 오늘 밤에는 이쯤 해두지."

주인은 밥그릇을 내려놓았다. 기어이 오차즈케를 세 그릇이나 먹은 모양이다. 나는 그날 밤 돼지고기 석 점과 소금구이 생선 대가리를 얻어먹었다.

8

울타리 돌기라는 운동을 설명할 때 주인집 마당에 둘러쳐진 대울타리에 대해 잠깐 설명했는데, 이 대울타리 바깥이 바로 이웃집, 즉 남쪽 이웃인 지로짱ちゃん(짱은 인명 또는 사람을 나타내는 명사에 붙여서 친근감을 주는 호칭. '상さん'보다 다정한 호칭이다)네라고 생각하면 오해다. 집세가 싸기는 해도 거기까지는 구샤미 선생네 관할이다. 욧짱이나 지로짱이라 부르는, 소위 짱을 붙여 부르는 사람들과는 얄팍한 울타리 하나를 사이에 둔 이웃이라도 친밀하게 교제하는 일은 없다. 이 울타리 밖에는 폭이 10미터쯤 되는 공터가 있고, 그 끝에는 노송나무 대여섯 그루가 울창하게 늘어서 있다. 툇마루에서 보면 건너편은 무성한 숲이고, 이곳에 사는 선생은 들판의 외딴집에서 이름 없는 고양이를 벗 삼아 세월을 보내는 강호의 처사처럼 느껴진다. 다만 노송나무 가지가 어디 내놓고 광고할 만큼 빽빽하지 않아 그 사이로 군학관群鶴館이라는, 이름만 번드르르한 싸구려 하숙집의 허름한 지붕이 고스란히 보이기 때문에 선생을 그렇게 상상하는 것은 물론 상당히 어렵다. 그러나 이 하숙집이 군학관이라면 선생의 거처는 필시 와룡굴 정도의 가치는 있을

것이다. 이름에 세금을 물리는 것도 아니니 이름이야 멋대로 서로 근사한 것을 붙이는 것이고, 폭이 10미터쯤 되는 공터가 대울타리를 따라 동서로 18미터쯤 이어지고 나서 곧바로 직각으로 구부러져 와룡굴의 북쪽 면을 감싸고 있다. 이 북쪽 면이 소동의 근원지다. 원래는 공터가 끝나는 곳에 또 공터가 있다고 삐겨도 좋을 만큼 집의 두 면을 감싸고 있는데, 와룡굴의 주인은 물론이고 굴 안에 있는 영묘한 고양이인 나조차 이 공터에는 애를 먹고 있다. 남쪽 면에 노송나무가 세력을 떨치고 있는 것처럼 북쪽 면에는 오동나무 일고여덟 그루가 늘어서 있다. 벌써 둘레가 30센티미터나 될 만큼 자랐으니 나막신 장수만 데려와도 비싼 값을 받고 팔 수 있겠지만, 셋집에 사는 서글픈 신세라 아무리 그것을 알아도 실행에 옮길 수가 없다. 주인에게도 참 안된 일이다. 얼마 전에는 학교 소사가 와서 가지 하나를 잘라 갔는데, 그다음에는 오동나무로 만든 새 나막신을 신고 와서는 그때 잘라 간 가지로 만들었다고, 묻지도 않은 말을 하고 갔다. 교활한 놈이다. 오동나무는 있지만 나와 주인 가족에게는 한 푼어치의 가치도 안 되는 오동나무다. 포벽유죄抱璧有罪(옥을 가지고 있는 것이 죄가 된다는 뜻으로, 분수에 맞지 않는 귀한 물건을 지니고 있으면 훗날 재앙을 부를 수 있음을 이르는 말)라는 옛말이 있다는데, 이는 오동나무를 길러도 돈이 안 된다는 지금의 상황을 말한 것으로, 이른바 그림의 떡 같은 것이다. 어리석은 것은 주인이 아니고 나도 아니고 집 소유주인 덴베에다. 나막신 장수가 어디 없나, 어디 없나 하고 오동나무 쪽에서 재촉하는데도 덴베에는 모른 체하고 집세만 받으러 온다. 그렇다고 내가 특별히 덴베에게 원한이 있는 건 아니니 그에 대한 욕은 이쯤 해두고, 본론으로 돌아가 이 공터가 소동의 근원지라는 우스꽝스러운 이야기를 할 텐데, 절대 주인의 귀에 들어가선 안 된다. 이 자리에서만 하는 이 야기다. 애초에 이 공터의 가장 큰 불편 사항은 울타리가 없다는 것이다. 막다르지 않은 뒷골목이라 바람이 불어 지나가고, 천하에 거리낄 것 없이 통행이 공인된 공터다. '공터다'라고 하면 거짓말 을 하는 것 같아 좀 찜찜하다. 사실은 '공터였다'다. 그러나 이야기 는 과거로 거슬러 올라가지 않으면 원인을 알 수 없다. 원인을 모 르면 의사라도 처방하기가 어렵다. 그러니 이곳으로 이사 올 당시 부터 차근차근 이야기하겠다. 여름에는 바람이 불어 지나가니 시 원해서 기분이 좋다. 허름해도 가난한 집이니 도적이 들 리 없다. 그러므로 주인집에는 담, 울타리 내지는 말뚝, 가시나무 울타리 같은 것은 전혀 필요하지 않다. 그러나 이는 공터 건너편에 사는 인간 내지는 동물의 종류 여하에 따라 정해지는 문제일 것이다. 따라서 이 문제를 결정하기 위해서는 자연히 건너편에 진을 치고 있는 군자의 성품을 밝히지 않으면 안 된다. 인간인지 동물인지 알기도 전에 군자라 칭하는 것은 심히 경솔한 것 같지만, 대체로 군자임이 틀림없을 것이다. 양상군자梁上君子라고 도둑놈조차 군 자라 하는 세상이 아닌가. 다만 이 경우의 군자는 결코 경찰을 성 가시게 하는 군자가 아니다. 경찰을 성가시게 하지 않는 대신 숫 자로 밀어붙이겠다는 것인지 아주 많다. 우글우글하다. 낙운관落 雲館이라는 사립 중학교. 800명의 군자를 더 나은 군자로 양성하 기 위해 매달 2엔의 월사금을 징수하는 학교다. 이름이 낙운관이 니 풍류를 아는 군자들만 모였을 것이라고 생각하면 오산이다. 군 학관에 학이 내려오지 않고, 와룡굴에 고양이가 있는 것처럼, 이름은 그리 믿을 게 못 된다. 학사니 교사니 하는 자 중에 주인 구샤미 선생 같은 미치광이가 있다는 사실을 안 이상, 낙운관의 군자 또한 모두 풍류를 아는 자는 아니라는 것쯤은 쉽게 짐작할 수 있을 것이다. 그래도 모르겠다면, 우선 사흘만이라도 주인집에 묵어보면 될 일이다.

앞에서 말한 것처럼 이곳으로 이사 올 당시에는 예의 공터에 울타리가 없어서 낙운관의 군자는 인력거꾼네 까망이처럼 줄레줄레 오동나무밭으로 기어들어 수다를 떨지 않나, 도시락을 까먹지 않나, 조릿대 위에 드러눕지 않나, 별의별 짓을 다 했다. 그러고 나서는 도시락의 잔해, 즉 대나무 껍질은 물론 헌신문, 또는 헌조리(샌들처럼 생긴 신발), 헌나막신 등 '헌'이라는 말이 붙은 것은 대체로 이곳에 버린 듯하다. 둔감한 주인은 의외로 태연해서 별 항의도 하지 않고 지냈는데, 몰라서 그런 건지, 알면서도 야단칠 생각이 없어서 그랬는지는 알 수 없다. 그런데 그 군자들은 학교에서 교육을 받으면서 점점 군자다워졌는지, 점차 북쪽에서 남쪽 방면으로 잠식蠶食해 들어왔다. 잠식이라는 말이 군자에게 어울리지 않는다면 쓰지 않아도 상관없다. 다만 그 말 외에 적당한 말이 없다. 그들은 물과 풀을 찾아 거처를 옮기는 사막의 주민들처럼 오동나무를 떠나 노송나무 쪽으로 다가왔다. 노송나무가 있는 곳은 객실의 정면이다. 어지간히 대담한 군자가 아니라면 그런 행동까지는 할 수 없을 것이다. 하루 이틀이 지난 후 그들의 대담함은 한층 더해져 대대담이 되었다. 교육의 결과만큼 무서운 것은 없다. 그들은 단지 객실 정면으로 다가왔을 뿐만 아니라 바로 앞에서 노래를 부르기까지 했다. 무슨 노래인지는 잊어버렸지만 서른한 글자짜리 일본 노래 같은 것은 결코 아니고, 좀 더 활기차고 세인의 귀에 쏙쏙 들어오는 노래였다. 놀란 것은 주인뿐만이 아니었다. 나까지도 그들 군자의 재주에 탄복하여 무심코 귀를 기울였을 정도다. 하지만 독자 여러분도 잘 아시겠지만, 탄복이라는 것과 방해라는 것이 가끔 양립하는 경우가 있다. 공교롭게도 그때 양자가 합쳐져서 하나가 되어 나타난 것은 지금 생각해도 정말 안타까운 일이다. 주인도 안타까웠겠지만, 어쩔 수 없이 서재에서 뛰쳐나가 두세 번 쫓아낸 모양이다.

"여기는 너희들이 들어올 데가 아니다. 얼른 나가거라."

그러나 교육을 받은 군자들이니만큼 그런 말을 얌전히 들어줄 리 만무하다. 쫓아내면 바로 다시 들어온다. 들어오면 시끄럽게 노래를 부른다. 큰 소리로 대화를 나눈다. 그것도 군자들의 대화이다 보니 '이 짜샤'라거나 '거짓부렁' 같은 말들이 주로 튀어나온다. 메이지 유신 전만 해도 그런 말은 하인이나 뜨내기 일꾼, 때밀이의 전문적인 영역에 속했다고 하는데, 20세기가 되고 나서는 교육을 받은 군자가 배우는 유일한 언어가 되었다고 한다. 일반 사람들로부터 경멸을 받던 운동이 오늘날 이렇게 환영받게 된 것과 동일한 현상이라고 설명하는 사람도 있다. 주인은 다시 서재에서 뛰쳐나가 군자류의 언어에 가장 능숙한 놈을 붙잡아, 여기에 들어오는 이유가 대체 뭐냐고 물었다.

"여기가 학교 식물원인 줄 알았습니다."

군자는 곧바로 '이 짜샤, 거짓부렁' 같은 고상한 말을 잊어버리고 굉장히 저속한 말로 대답했다. 주인은 앞으로는 들어오지 말라고 이르고는 놓아주었다. 놓아주었다고 하니 거북이 새끼를 놓아준 것처럼 들려 이상하지만, 실제로 그는 군자의 소맷자락을 부여잡고 담판을 지었던 것이다. 주인은 이 정도로 따끔하게 일렀으니 이제 됐지 싶었나 보다. 그런데 실제로는 여와씨女媧氏(고대 중국의 전설에 나오는 사람 머리에 뱀의 몸을 지닌 설화 속 인물. 오색의 돌을 갈아 하늘을 짓고 큰 거북의 다리를 잘라 네 기둥을 세우고 흑룡을 죽여 기주를 건너고 갈대로 재를 쌓아 홍수를 막고 황토를 빚어 사람을 만들려고 했으나 예상과는 달리 실패했다는 이야기가 있다)의 시대부터 예상은 늘 벗어나기 마련이라 주인은 또 실패하고 말았다. 이번에는 북쪽에서 집 안을 가로질러 대문으로 빠져나갔다. 대문을 삐거덕 여는 소리가 들려 손님이 왔나 했더니 오동나무밭 쪽에서 웃음소리가 들려왔다. 형세는 점점 불온해졌다. 교육 성과는 점점 두드러졌다. 딱한 주인은, 이놈들은 감당이 안 된다며 서재에 틀어박혀 낙운관 교장에게 정중하게 한 통의 편지를 보내 단속 좀 해달라고 애원했다. 교장도 주인에게 정중한 답신을 보내, 울타리를 둘러칠 테니 기다려달라고 했다. 얼마 후 두세 명의 인부가 왔고, 한나절 사이에 주인집과 낙운관 사이에 높이 1미터 정도의 네모 칸살 대나무 울타리가 둘러쳐졌다. 이제 안심이라며 주인은 기뻐했다. 주인은 어리석은 사람이다. 이 정도 일로 군자의 거동이 바뀔 리 없다.

원래 다른 사람을 놀리는 일은 재미있는 법이다. 나 같은 고양이조차 때때로 이 집 딸들을 놀리며 놀 정도이니 낙운관의 군자들이 고지식한 구샤미 선생을 놀리는 것은 지극히 당연한 일이다. 이것에 불만인 것은 아마 놀림을 당하는 당사자뿐이리라. 놀린다는 것의 심리를 해부해보면 두 가지 요소가 있다. 첫째로, 놀림을 당하는 당사자가 태연해서는 안 된다는 것이다. 둘째로, 놀리는 자가 세력이나 숫자에서 상대보다 우위에 있지 않으면 안 된다는 것이다. 일전에 주인이 동물원에서 돌아와 연신 감탄하며 이야기한 적이 있다. 들어보니 낙타와 강아지가 싸우는 것을 봤다는 것이다. 강아지가 낙타 주위를 질주하듯 돌며 짖어대는데 낙타는 전혀 신경 쓰지 않고 등에 혹을 단 채 가만히 서 있기만 했다. 아무리 짖고 사납게 대들어도 상대해주지 않자 강아지도 끝내 지쳐 워졌는지 그만두었다. 낙타가 정말로 무신경하다고 웃었지만, 그것이 이 경우의 적절한 예다. 놀리는 솜씨가 아무리 좋아도 상대가 낙타처럼 굴어서는 놀림이 성립되지 않는다. 그렇다고 사자나 호랑이처럼 상대가 너무 강해도 안 된다. 놀리자마자 갈가리 찢기고 만다. 놀리면 이를 드러내며 화를 낸다. 화는 내지만 이쪽을 어떻게 해볼 수가 없어 안심할 수 있을 때 그 유쾌함은 최고조에 달할 것이다. 이런 일이 재미있는 이유는 여러 가지다. 우선 심심풀이에 적당하다. 무료할 때는 수염의 수까지 헤아려보고 싶어지는 법이다. 옛날에 감옥에 갇힌 어떤 죄수는 너무 무료한 나머지 벽에 삼각형만 계속 겹쳐 그리며 하루를 보냈다는 이야기가 있다. 세상에 심심한 것만큼 참기 힘든 것도 없다. 뭔가 자극이 되는 사건이 없으면 살아가는 것이 시시하다. 놀린다는 것도, 그런 자극을 만들어 노는 일종의 오락이다. 다만 상대를 화나게 하거나 약오르게 하거나 난처하게 하지 않으면 자극이 되지 않으니, 예로부터 놀리는 오락에 빠지는 자는 다른 사람의 심정을 모르는 얼간이 무사처럼 따분함을 못 견디는 자, 또는 자신의 즐거움 말고는 생각할 틈이 없을 정도로 두뇌 발달이 유치한 데다 넘치는 에너지를 어떻게 써야 할지 모르는 소년들뿐이다. 다음으로는 자신의 우세함을 실제로 증명하는 데 가장 간편한 방법이라서 그렇다. 남을 죽이거나 다치게 하거나 또는 함정에 빠뜨려도 자신의 우월함을 증명할 수 있지만, 이런 방법은 오히려 남을 죽이거나 다치게 하거나 함정에 빠뜨리는 것이 목적일 때 사용해야 할 수단이지, 자신의 우월함은 이런 수단을 수행한 후에 필연적인 결과로서 일어나는 현상에 지나지 않는다. 그러므로 한편으로는 자신의 세력을 과시하고 싶기는 하지만 남에게 해를 끼치고 싶지 않을 때는 놀리는 것이 안성맞춤이다. 남에게 다소 상처를 주지 않으면 사실상 자신이 우월하다는 것을 증명할 수가 없다. 사실로 드러나지 않으면 머릿속으로 안심하고 있어도 쾌락은 의외로 옅다. 인간은 자신을 믿는 법이다. 아니, 믿기 어려운 경우에도 믿고 싶은 법이다. 그러므로 자신은 이만큼 믿을 수 있는 사람이다, 이 정도면 안심이라는 것을 다른 사람에게 실제로 적용해보지 않으면 직성이 풀리지 않는다. 게다가 도리를 모르는 속물이거나 자신이 그다지 미덥지 못해 불안정한 사람은 온갖 기회를 이용하여 그것을 증명하려고 한다. 유도를 하는 사람이 때때로 다른 사람을 던져보고 싶어지는 것과 같은 이치다. 유도 기술이 어설픈 사람이 한 번이라도 좋으니 어떻게든 자신보다 약한 놈과 맞닥뜨리기를 바라고, 초보자라도 좋으니 내던져보고 싶다는 지극히 위험한 생각을 품고 동네를 돌아다니는 것도 이 때문이다. 이 외에도 이유는 많지만 너무 길어지니 생략하기로 한다. 정 들고 싶으면 가다랑어포 한 상자쯤 들고 찾아오면 된다. 언제든지 가르쳐줄 테니까.

지금까지 말한 것을 참고하여 추론하자면, 놀려먹기에는 동물원 원숭이와 학교 선생이 가장 적합하다는 것이 내 생각이다. 학교 선생을 동물원 원숭이에 비교하니 송구하다. 원숭이에게 송구한 게 아니다. 선생에게 송구한 것이다. 그러나 많이 닮았으니 어쩌겠는가. 아시다시피 동물원 원숭이는 사슬에 묶여 있다. 아무리 이빨을 드러내며 꺅꺅 으르렁거려도 할퀴일 염려는 없다. 선생은 사슬로 묶여 있지 않은 대신 월급에 매여 있다. 아무리 놀려대도 괜찮다. 사직하고 학생을 두드려 패는 일은 없다. 사직할 용기가 있는 자라면 처음부터 학생을 돌봐야 하는 선생 같은 일은 하지 않을 것이다. 주인은 학교 선생님이다. 낙운관의 선생님은 아니지만 역시 선생님임은 틀림없다. 놀리기에 아주 적당하고 간편하며 무난한 사내다. 낙운관의 학생은 소년이다. 놀리는 것은 자신의 콧대를 높이는 일인 까닭에 교육의 효과로서 아주 당연히 요구해야 할 권리라고까지 생각한다. 그뿐만 아니라 놀리는 일이라도 하지 않으면 활력이 넘치는 오체와 두뇌를 어떻게 써야 좋을지 몰라 10분이라는 쉬는 시간도 주체하지 못하는 녀석들이다. 이러한 조건이 구비되어 있으니 주인은 저절로 놀림을 당하고 학생은 놀리는, 누가 봐도 전혀 무리가 없는 일이 벌어지는 것이다. 그것에 화를 내는 주인은 촌스러움의 극치, 얼간이의 극치가 아니겠는가. 앞으로는 낙운관의 학생이 어떻게 주인을 놀렸고, 그에 대해 주인이 얼마나 촌스러운 짓을 했는지 낱낱이 적어보겠다.

여러분은 네모 칸살 대나무 울타리가 어떤 것인지 알 것이다. 통풍이 잘되고 간편한 울타리다. 나는 그 틈으로 자유자재로 드나들 수 있다. 울타리를 치나 안 치나 나에게는 마찬가지인 것이다. 그러나 낙운관의 교장이 고양이 때문에 일부러 네모 칸살 대나무 울타리를 만든 건 아니다. 자신이 양성하는 군자가 드나들지 못하도록 일부러 인부를 불러 둘러친 것이다. 과연 통풍이 잘되게 했어도 인간은 드나들 수 없다. 대나무로 짜서 만든 12센티미터 남짓한 구멍을 빠져나가는 일은 청나라 마술사 장세존(아사쿠사에서 공연한 중국인 마술사로 일본으로 귀화했다)이라 해도 힘들다. 그러니 인간에 대해서는 울타리 역할을 충분히 하고 있다고 할 수 있다. 완성된 울타리를 보고 이거라면 괜찮을 거라고 주인이 기뻐한 것도 무리는 아니다. 그러나 주인의 논리에는 큰 구멍이 있다. 이 울타리의 구멍보다 큰 구멍이 있다. 배를 삼키는 대어도 빠져나갈 만한 큰 구멍이 있는 것이다. 주인의 생각은 울타리란 넘어갈 만한 것이 아니라는 가정에서 출발했다. 적어도 학교 학생인 이상 아무리 허술한 울타리라도 울타리라는 이름이 붙어 분계선의 구획만 확실하다면 결코 난입할 염려는 없다고 가정했던 것이다. 다음으로 그는 그 가정을 일단 무너뜨리고, 설사 난입하려는 자가 있어도 괜찮다고 판단했다. 아무리 꼬맹이라 해도 네모 칸살 대나무 울타리의 구멍으로 드나들 수는 없으니 난입할 염려는 절대 없다고 속단해버린 것이다. 과연 그들이 고양이가 아닌 이상 이 네모난 구멍으로 드나들지는 않을 것이고, 드나들고 싶어도 할 수 없겠지만, 뛰어넘는 것은 아무 일도 아니다. 오히려 운동이 되어 재미있을 정도다.

울타리가 생긴 다음 날부터 울타리가 생기기 전과 마찬가지로 그들은 북쪽 면의 공터로 훌쩍훌쩍 뛰어넘어 들어왔다. 다만 객실 정면까지 깊이 들어오지는 않았다. 만약 쫓아오면 도망치는 데 약간의 여유가 필요하니 미리 도망갈 시간을 계산에 넣고 붙잡힐 위험이 없는 곳에서 경계하며 놀았다. 그들이 뭘 하는지, 동쪽 별채에 있는 주인의 눈에는 물론 들어오지 않는다. 북쪽 공터에서 그들이 놀고 있는 모습은 문을 열고 반대 방향에서 직각으로 꺾어 보거나 아니면 뒷간 창문에서 울타리 너머로 바라보는 수밖에 없다. 창문으로 내다보면 어디에 뭐가 있는지 일목요연하게 볼 수 있지만, 설사 적 몇 명을 발견했다고 해서 붙잡을 수 있는 건 아니다. 다만 창문의 격자살 안에서 엄하게 호통을 칠 뿐이다. 만약 대문으로 우회하여 적지로 돌격한다면 발소리를 듣고 붙잡기 전에 모두 건너편으로 물러가 버릴 것이다. 물개가 양지에서 볕 쬐기를 하고 있는 곳으로 밀렵선이 들어갔을 때와 같은 것이다. 물론 주인은 뒷간에서 감시를 하는 건 아니다. 그렇다고 대문을 열어놓고 소리가 나면 재빨리 뛰쳐나갈 준비도 하지 않는다. 만약 그런 일을 하는 날에는 선생 노릇을 그만두고 그 방면의 전문가라도 되지 않으면 따라잡을 수 없다. 주인의 불리함은, 서재에서는 적의 소리만 들리고 보이지 않는다는 것과 뒷간 창문으로는 모습이 보이지만 손쓸 방도가 없다는 것이다. 주인의 불리함을 간파한 적은 다음과 같은 전략을 짰다. 주인이 서재에 틀어박혀 있다는 것을 정찰했을 때는 되도록 큰 소리로 와글와글 떠들어댄다. 그때는 들으라는 듯이 주인을 놀리는 말을 한다. 게다가 그 소리의 출처를 아주 모호하게 한다. 얼핏 들어서는 울타리 안에서 떠드는지 아니면 울타리 너머에서 설치는지 알 수 없게 한다. 만약 주인이 뛰어나오면 도망치거나, 아니면 처음부터 울타리 너머에 있으면서 시치미를 뗀다. 또 주인이 뒷간—아까부터 자꾸 뒷간, 뒷간 하며 더러운 단어를 쓰고 있는데 나는 이를 특별히 광영이라고는 생각하지 않는다. 실은 전혀 달갑지 않지만 이 전쟁을 기술하는 데 필요하니 어쩔 수 없다―에 들어간 것을 알았을 때는 반드시 오동나무 부근을 배회하며 일부러 주인의 눈에 띄려고 한다. 주인이 만약 뒷간에서 사방으로 울려 퍼지는 큰 소리로 호통을 치면 적은 허둥대는 기색도 없이 유유자적하게 근거지로 물러난다. 이 전략을 쓰면 주인은 무척 난처하다. 분명히 들어온 것이라 생각하고 지팡이를 들고 뛰쳐나가면 적막하니 아무도 없다. 아무도 없나 싶어 창문으로 내다보면 반드시 두세 명이 들어와 있다. 주인은 뒤로 돌아가 보고, 뒷간에서 내다보고, 또 뒷간에서 내다보고, 뒤로 돌아가 보고, 몇 번을 말해도 같은 일이지만, 몇 번을 말해도 같은 그 일을 되풀이하고 있다. 바쁘게 뛰어다녀서 지친다는 말은 바로 이런 경우를 두고 하는 말이다. 선생이 직업인지 전쟁이 본래의 직무인지 알 수 없을 정도로 발끈 화가 치민다. 이 발끈한 감정이 정점에 이르렀을 때 다음과 같은 사건이 벌어졌다.

사건은 대체로 발끈했을 때 일어나는 법이다. 발끈했을 때란 말 그대로 피가 치솟은 것이다. 이 점에 대해서는 갈레누스(클라우디우스 갈레누스. 고대 그리스의 의사로 실험과 해부를 통하여 인체 구조에 관한 결론을 내리고, 의학의 과학적 기초를 닦았다)도 파라켈수스(필리푸스 아우레올루스 파라켈수스. 1493~1541. 스위스의 의학자이자 과학자. 르네상스기를 대표하는 의사)도 낡은 의술의 편작(고대 중국의 전설적인 명의)은 물론 아무도 이의를 제기하지 않을 것이다. 다만 어디로 치솟느냐가 문제다. 또 무엇이 치솟느냐가 논란이 되는 부분이다. 고래로 유럽인의 전설에 따르면, 사람의 체내에는 네 종류의 액체가 순환한다고 한다. 첫째로, 노액怒液이라는 게 있다. 이것이 치솟으면 화를 낸다. 둘째로, 둔액鈍液이라는 게 있다. 이것이 치솟으면 신경이 둔해진다. 다음으로 우액愚液이라는 게 있는데, 이는 인간을 어리석게 만든다. 마지막으로 혈액이 있는데, 이는 사지四肢의 기력을 왕성하게 한다. 그 후 인문人文이 발전함에 따라 둔액, 노액, 우액은 어느새 없어지고 현재에 이르러서는 혈액만이 옛날처럼 순환하고 있다는 이야기다. 그러므로 만약 치솟는 것이 있다면 혈액 말고는 없을 것이다. 그런데 이 혈액의 양은 개인에 따라 정확히 정해져 있다. 천성에 따라 다소의 증감은 있지만, 우선은 대체로 한 사람당 10리터 정도다. 따라서 그 10리터가 치솟으면 윗부분은 왕성하게 활동하지만, 그 밖의 부분은 결핍을 느끼고 차가워진다. 마치 파출소 방화 사건(러일전쟁이 종결되며 맺어진 포츠머스 조약에 반대하는 일본인들의 국민대회가 1905년 9월 5일 히비야 공원에서 개최되었는데, 당국이 제지하자 폭동으로 번져 수많은 파출소가 불태워졌다) 당시 순사가 모조리 경찰서로 몰려가는 바람에 마을에 순사가 한 사람도 남지 않게 된 것과 같은 이치다. 그것도 의학적으로 진단하면 경찰이 치솟은 것이다. 그런데 이처럼 혈액이 치솟은 것을 치유하려면 혈액을 종전대로 체내의 각 부분에 골고루 배분해야 한다. 그렇게 하려면 치솟은 것을 아래로 내리지 않으면 안 된다. 그 방법에는 여러 가지가 있다. 지금은 고인이 되었지만 주인의 선친은 젖은 수건을 머리에 대고 고타쓰에서 몸을 따뜻하게 했다고 한다.《상한론傷寒論》(고대 중국의 의서醫書. 후한 건안建安 연간에 완성되었고 진나라 때 수정·보완되었다)에서도 두한족열頭寒足熱은 식재연명息災延命(재난을 없애고 명을 늘림)의 징후라고 했듯이 젖은 수건은 장수법에서 하루도 빼놓을 수 없는 것이다. 그게 아니라면 스님이 습관적으로 늘 쓰는 수단을 시도해보는 것도 좋다. 흐르는 구름처럼 각지를 떠돌아다니는 행각승은 반드시 나무 아래나 바위 위에서 잠을 잔다고 한다. 나무 아래나 바위 위에서 자는 것은 고된 수행을 하기 위해서가 아니다. 이는 바로 치솟은 피를 내려가게 하기 위해 육조六祖(달마로부터 헤아려 중국 선종의 6대 조사에 해당하는 혜능을 가리킨다)가 쌀을 찧으며 생각해 낸 비법이다. 시험 삼아 바위 위에 앉아보라. 당연히 엉덩이가 차가워질 것이다. 엉덩이가 차가워지고, 치솟은 피가 내려간다. 이 또한 자연의 순리라는 데 의심을 품을 만한 여지는 털끝만치도 없다. 이렇게 치솟은 피를 내려가게 하는 방법이 꽤 다양하게 발명되었지만, 아직 피를 치솟게 하는 좋은 방법이 발명되지 않은 것은 안타까운 일이다. 일률적으로 생각하면 피를 치솟게 하는 것은 백해무익한 현상이지만, 그렇게만 속단할 수 없는 경우가 있다. 직업에 따라서는 피가 치솟는 것이 매우 중요한 것으로, 그렇지 않으면 아무것도 할 수 없는 일도 있다. 그중에서 피가 치솟는 것을 가장 중시하는 것은 시인이다. 시인에게 피가 치솟는 것이 필요한 것은 기선汽船에 석탄이 빠지면 안 되는 것과 같은 이치로, 석탄 공급이 하루라도 끊기면 그들은 수수방관하며 밥만 축내는 것 말고는 아무것도 할 수 없는 평범한 사람이 되어버리기 때문이다. 하기야 피가 치솟은 사람은 미치광이의 다른 이름으로, 미치광이가 되지 않으면 가업을 꾸려나갈 수 없다고 했다간 체면이 서지 않기 때문에 그들 사이에서는 피가 치솟은 것을 그렇게는 말하지 않는다. 약속이라도 한 듯이 자못 거드름을 피우며 인스피레이션, 인스피레이션 한다. 이는 그들이 세상 사람들을 기만하기 위해 만들어낸 이름인데, 그 실상은 바로 피가 치솟은 것이다. 플라톤은 그들 편을 들어 피가 치솟은 것을 신성한 광기라고 했는데, 아무리 신성해도 광기라고 하면 사람들이 상대해주지 않는다. 역시 인스피레이션이라는 새로이 발명된 약 같은 이름을 붙이는 것이 그들을 위해 좋을 것이라고 생각한다. 그러나 어묵의 재료가 참마인 것처럼, 관음상이 5센티미터짜리 썩은 나무인 것처럼, 오리국수의 재료가 까마귀인 것처럼, 하숙집의 쇠고기 전골이 말고기인 것처럼, 인스피레이션도 실은 피가 치솟은 것이다. 그러니 일시적인 미치광이다. 스가모巢鴨 정신병원에 입원하지 않아도 되는 것은 단지 일시적인 미치광이이기 때문이다. 그런데 이 일시적인 미치광이를 만들어내는 것이 어렵다. 평생 미치광이는 오히려 만들어내기가 쉽다. 펜을 쥐고 종이 앞에 있을 때만 미치광이로 만드는 것은 아무리 재주 좋은 신이라도 상당히 애를 먹는 일인 듯, 좀처럼 만들지 못한다. 신이 만들어주지 않는 이상 자력으로 만들어야 한다. 그래서 예로부터 지금까지 많은 학자가 치솟은 피를 내리게 하는 방법과 마찬가지로 피를 치솟게 하는 방법을 발명하느라 골머리를 썩였다. 어떤 이는 인스피레이션을 얻기 위해 매일 떫은 감을 열두 개나 먹었다. 떫은 감을 먹으면 변비가 생기고, 변비가 생기면 반드시 피가 치솟는다는 이론에서 나온 것이다. 또 어떤 이는 술병을 들고 목욕통으로 뛰어들었다. 뜨거운 물속에서 술을 마시면 피가 치솟을 게 뻔하다고 생각한 것이다. 그는 이 방법으로 성공하지 못할 때는 포도주를 데운 탕에 들어가면 대번에 효험이 나타날 것이라 믿었다. 그러나 돈이 없어서 끝내 실행해보지도 못하고 죽고 말았으니 참 가여운 사람이다. 마지막으로 옛사람의 흉내를 내면 인스피레이션을 얻을 수 있다고 생각한 이가 있었다. 이는 어떤 사람의 태도나 동작을 흉내 내면 심적 상태도 그 사람을 닮게 된다는 학설을 응용한 것이다. 술주정 뱅이처럼 술주정하면 어느새 술을 마신 것 같은 기분이 되고, 좌선하며 향 하나가 다 타들어 갈 동안 참고 있으면 왠지 모르게 스님다운 기분을 느낄 수 있다. 그러므로 예부터 인스피레이션을 받은 유명한 대가의 행동을 흉내 내면 반드시 피가 치솟을 것이다. 듣자 하니 빅토르 위고는 요트에 드러누워 글을 구상했다고 하니 배를 타고 푸른 하늘을 쳐다보고 있으면 반드시 피가 치솟는다는 것은 보증한다. 로버트 스티븐슨(1850~1894. 영국의 소설가이자 시인. 《보물섬》,《지킬 박사와 하이드 씨》 등으로 알려졌으며 소세키도 그를 높이 평가했다)은 바닥에 배를 깔고 엎드려 소설을 썼다고 하니 엎드린 채 펜을 쥐고 있으면 필시 피가 치솟을 것이다. 이처럼 다양한 사람들이 여러 가지 것들을 생각해 냈지만, 아직 아무도 성공하지 못했다. 오늘날에는 일단 인위적으로 피를 치솟게 하는 일은 불가능한 것으로 여겨지고 있다. 안타깝지만 어쩔 수 없는 일이다. 조만간 마음대로 인스피레이션을 불러일으킬 날이 도래하리라는 것은 의심할 수 없는 일이다. 나는 인문의 발전을 위해 그날이 하루라도 빨리 오기를 간절히 바라는 바다.

피가 치솟는, 즉 발끈하는 것에 대한 설명은 이 정도로 충분하다고 생각하니 이제 사건으로 들어가겠다. 그런데 큰 사건이 일어나기 전에는 반드시 작은 사건이 일어나기 마련이다. 큰 사건만을 말하고 작은 사건을 빠뜨리는 것은 고래로 역사가가 늘 빠지는 폐단이다. 주인도 작은 사건을 겪을 때마다 발끈하는 일이 한층 심해져서 끝내 큰 사건을 일으켰으니, 그 발달을 순서대로 설명하지 않으면 주인이 왜 발끈했는지 알기 어려울 것이다. 이를 알기 어려우면 주인이 발끈한 일은 허명으로 돌아가고, 세상 사람들은 설마 그 정도는 아닐 거라고 얕볼지도 모른다. 모처럼 발끈했는데 사람들로부터 잘했다고 응원을 받지 못하면 보람이 없을 것이다. 지금부터 말할 사건은 크고 작은 것에 상관없이 주인에게는 명예로운 일이 아니다. 사건 자체가 명예롭지 못한 것이지, 적어도 발끈한 것은 제대로 된 일이어서 결코 남에게 뒤지지 않은 것이었다는 점은 분명히 밝혀두고 싶다. 주인은 다른 사람에 비해 딱히 이렇다 하게 자랑할 만한 성품을 지니지 못했다. 발끈한 일이나마 자랑하지 않고는 애써 써줄 만한 이야깃거리가 없다.

낙운관에 떼 지어 모이는 적군은 근래 들어 일종의 덤덤탄(인도의 공업도시인 덤덤에서 최초로 개발, 생산한 총탄의 일종으로 인체에 명중하면 납 알갱이가 인체에 퍼져 사망률을 높인다. 그 때문에 1899년 헤이그 평화회의에서 사용을 금지하기로 결정했다)이라는 것을 발명하여 10분의 쉬는 시간이나 방과 후에 북쪽 공터를 향해 집중포화를 퍼부었다. 이 덤덤탄은 통칭 공이라 하는데, 커다란 나무 공이를 가지고 임의로 적진에 발사한다. 아무리 덤덤탄이라 해도 낙운관의 운동장에서 발사하기 때문에 서재에 틀어박혀 있는 주인이 맞을 염려는 없다. 아무리 적이라 해도 사거리가 너무 멀다는 것은 자각하고 있었는데, 바로 그것이 전략이었다. 뤼순 전쟁에서도 해군의 간접 사격이 큰 성과를 거둔 것을 보면, 공터에 굴러떨어지는 공이라 해도 상당한 효과를 거둘 수 있다. 하물며 한 발을 쏠 때마다 군사력을 총집결하여 와 하고 위협성 고함을 질러대니 더욱 그렇다. 주인은 겁에 질린 나머지 팔다리로 통하는 혈관이 수축되지 않을 수 없다. 그 부근을 갈팡대던 피는 번민한 끝에 치솟을 것이다. 적의 계략이 상당히 교묘했다고 해야 할 것이다. 옛날 그리스에 아이스킬로스(기원전 525~기원전 456. 그리스의 극작가로 비극 분야의 개척자.《오레스테스 3부작》등으로 유명하다)라는 작가가 있었다고 한다. 이 남자는 학자와 작가에게 공통되는 머리를 가지고 있었다. 내가 학자와 작가에게 공통되는 머리라고 하는 것은 대머리를 말한다. 왜 머리가 벗어지는가 하면, 머리의 영양이 부족해 머리카락이 자랄 만큼 힘이 없어서다. 학자와 작가는 머리를 가장 많이 쓰고, 대개는 찢어지게 가난하다. 그러니 학자와 작가의 머리는 모두 영양부족으로 벗어지는 것이다. 아이스킬로스도 작가였으니 자연히 벗어질 수밖에 없었는데, 그는 반들반들한 금귤 머리였다. 그런데 어느 날의 일이었다. 아이스킬로스 선생이 예의 머리―머리에는 외출용도 평소용도 없으므로 당연히 예의 대머리다―를 곧추세우고 햇빛을 받으며 길을 걷고 있었다. 이것이 바로 사고의 씨앗이었다. 햇빛을 받는 대머리를 멀리서 보면 반짝반짝 빛이 난다. 키 큰 나무는 바람을 맞는다. 빛나는 머리도 뭔가 맞을 수밖에 없다. 이때 아이스킬로스의 머리 위에서 독수리 한 마리가 날고 있었는데, 보니 어딘가에서 생포한 거북이 한 마리를 발톱 끝에 움켜쥐고 있었다. 거북이나 자라는 맛있기는 하지만, 그리스 시대에도 딱딱한 등딱지를 갖고 있었다. 아무리 맛있어도 등딱지가 붙어 있어서는 어떻게 할 수 없다. 새우는 통째로 구울 수 있지만, 거북이 등딱지찜은 지금도 없을 정도이니 당시에도 당연히 없었다. 그 대단한 독수리도 어떻게 먹어야 할지 몰랐는데, 때마침 멀리 하계에 반짝반짝 빛나는 것이 있었다. 그때 독수리는 이제 됐다 싶었다. 그 빛나는 것 위에 거북이를 떨어뜨리면 등딱지가 깨질 게 틀림없었다.

깨지면 내려가 몸통을 먹기만 하면 된다. 바로 이거야, 하고 조준한 다음 그 거북이를 높은 데서 아무 말도 없이 머리 위로 떨어뜨렸다. 공교롭게도 작가의 머리가 거북이 등딱지보다 부드러웠는지라 대머리가 엉망으로 깨졌고, 그 바람에 유명 인사인 아이스킬로스는 무참한 최후를 맞았다. 그건 그렇지만 이해할 수 없는 것은 독수리의 속내다. 예의 머리를 작가의 머리인 줄 알고 떨어뜨린 것인지 아니면 반들반들한 바위라 생각하고 떨어뜨린 것인지 알 수가 없다. 그에 따라 낙운관의 적과 그 독수리를 비교하는 것이 가능하기도 하고 불가능하기도 하다. 주인의 머리는 아이스킬로스의 머리처럼, 또는 훌륭한 학자들의 머리처럼 반짝반짝 빛나지 않는다. 그러나 여섯 장짜리 다다미방이라 해도 서재를 마련해놓고 졸면서 어려운 책에 얼굴을 처박고 있는 이상 학자나 작가와 동류라고 간주하지 않으면 안 된다. 그렇다면 주인의 머리가 벗어지지 않은 것은 아직 벗어질 만한 자격이 없기 때문이고 조만간 벗어지리라는 것은 이 머리에 닥칠 운명이라고 봐야 한다. 그러고 보면 낙운관의 학생이 이 머리를 노리고 예의 덤덤탄을 집중적으로 쏘아대는 것은 가장 시의적절한 전략이라고 하지 않을 수 없다. 만약 적이 이 행동을 2주간 계속한다면 주인의 머리는 공포와 번민 때문에 반드시 영양부족을 호소하며 금귤로도 주전자로도 구리 단지로도 변할 것이다. 더구나 2주간의 포격을 받으면 금귤은 뭉개질 게 틀림없다. 주전자는 샐 게 틀림없다. 구리 단지라면 금이 갈 게 뻔하다. 이 뻔한 결과를 예상하지 못하고 끝까지 적과 전투를 계속하려고 고심하는 것은 당사자인 구샤미 선생뿐이다.

　어느 날 오후, 나는 여느 때처럼 툇마루로 나가 낮잠을 자며 호랑이가 된 꿈을 꾸고 있었다. 주인에게 닭고기를 가져오라고 하니 주인이 "예." 하고 주뼛주뼛 닭고기를 가져온다. 메이테이가 오기에 그에게 "기러기가 먹고 싶다. 기러기 전골집에 가서 주문하고 오너라."라고 하자 "순무절임과 소금 센베이를 같이 드시면 기러기 맛이 납니다."라고 여느 때처럼 얼토당토않은 소리를 지껄이기에 큰 입을 쩍 벌리고 "어흥!" 하고 위협했더니 메이테이는 파랗게 질려서 "야마시타의 기러기 전골집은 문을 닫았습니다. 어찌해야 할까요?"라고 물었다. "그렇다면 쇠고기로 봐줄 테니 얼른 푸줏간에 가서 구이용으로 한 근 사 오너라. 꾸물댔다가는 너부터 잡아먹을 테다."라고 했더니 메이테이는 뒷자락을 걷어 올려 허리춤에 찌르고는 황급히 뛰어나갔다. 갑자기 몸집이 커진 나는 툇마루를 다 차지하고 엎드린 채 메이테이가 돌아오기를 기다리고 있는데, 갑자기 온 집 안을 울리는 커다란 소리가 들려 모처럼의 쇠고기도 먹지 못한 채 꿈에서 깨고 말았다. 그때 좀 전까지 두려움에 떨며 내 앞에 엎드려 있던 주인이 갑자기 뒷간에서 뛰어나오더니 그 기세를 못 이기고 내 옆구리를 심하다 싶을 정도로 걷어찼다. '뭐야?' 하고 놀라는 사이 순식간에 뜰에서 신는 나막신을 아무렇게나 꿰신더니 대문을 돌아 낙운관 쪽으로 뛰어갔다. 나는 호랑이에서 돌연 고양이로 졸아들어 어쩐지 멋쩍기도 하고 우습기도 했지만, 주인의 시퍼런 서슬과 옆구리를 걷어차인 아픔 때문에 호랑이 꿈은 금세 잊어버리고 말았다. 동시에 주인이 드디어 출진하여 적과 교전을 벌이는 모양이군, 재미있겠는걸, 하고 아픈 것도 참아가며 주인의 뒤를 따라 뒷문으로 나갔다. 그 순간 주인이 "도둑이야!"라고 고함을 지르는 소리가 들렸다. 소리 나는 쪽을 보니 교모를 쓴 열여덟아홉 살쯤 되는 건장한 놈 하나가 네모 칸살 대나무 울타리를 넘고 있었다. 야, 이거 늦었구나, 하고 생각하는 사이 교모를 쓴 그놈은 뛰어가는 자세를 취하고 근거지 쪽으로 위타천韋陀天(불법을 수호하는 신으로, 부처가 열반했을 때 속질귀速疾鬼가 부처의 치아를 훔쳐 달아나자 쫓아가 되찾았다는 전설이 있을 정도로 발이 빠르다)처럼 도망쳤다. 주인은 "도둑이야!"라고 외친 것이 대성공을 거두었기에 다시 한번 "도둑이야!"라고 크게 외치면서 쫓아갔다. 하지만 그 적을 따라잡으려면 주인도 울타리를 넘어야 한다. 너무 깊이 들어가면 주인 스스로 도둑이 되고 말 것이다. 앞에서도 말했듯이 주인은 정당하게 발끈하는 사람이다. 이렇게 기세를 타고 도둑을 쫓아가는 이상 자신이 도둑이 된다고 해도 쫓아갈 생각인지, 되돌아올 기색도 없이 울타리 바로 앞까지 나아갔다. 이제 한 발짝만 더 가면 도둑의 영역으로 들어가야 하는 찰나 적군 중에서 성긴 수염이 힘없이 자란 장군이 어슬렁어슬렁 출진해왔다. 두 사람은 울타리를 사이에 두고 무슨 담판을 벌이고 있었다. 들어보니 이런 시답잖은 이야기였다.

"저 아이는 본교 학생입니다."

"학생이 왜 남의 집에 침입한답니까?"

"아니, 그만 공이 넘어가는 바람에."

"왜 미리 알리고 가지러 오지 않는답니까?"

"앞으로는 꼭 주의하라고 신신당부하겠습니다."

"그렇다면 됐소."

용쟁호투의 장관이 벌어질 거라고 예상한 교섭은 이처럼 산문적인 담판으로 아무 일 없이 일사천리로 끝나고 말았다. 주인의 기세는 그저 의욕일 뿐이다. 막상 닥치고 나면 늘 이렇게 끝나고 만다. 마치 내가 호랑이 꿈에서 갑자기 고양이로 돌아온 것 같은 느낌이다. 내가 작은 사건이라고 한 것은 바로 이를 말한다. 작은 사건을 기술한 뒤에는 순서에 따라 반드시 큰 사건을 이야기해야 한다.

주인은 객실 장지문을 열고 엎드린 채 뭔가 궁리하고 있었다. 아마 적에 대한 방어책을 강구하고 있을 것이다. 낙운관은 수업 중인지 운동장이 의외로 조용하다. 다만 한 교실에서 윤리 강의를 하고 있는 소리가 손에 잡힐 듯이 들려온다. 낭랑한 음성으로 제법 그럴싸하게 늘어놓고 있는 소리를 듣자니 바로 어제 적진에서 출진해와 담판 임무를 수행했던 그 장군이다.

"……그래서 공중도덕이라는 것이 중요한데, 프랑스든 독일이든 영국이든 어디를 가봐도 이 공중도덕이 지켜지지 않는 나라는 없다. 또 아무리 천한 자라도 이 공중도덕을 중시하지 않는 자는 없다. 서글프게도 우리 일본은 아직 이런 점에서 외국과 맞설 수가 없다. 그러니 여러분 중에는 공중도덕이라고 하면 왠지 외국에서 새로 수입해온 것으로 생각하는 학생이 있을지 모르는데, 그렇게 생각하는 것은 큰 잘못이다. 옛사람도 공자의 도는 충서忠恕 하나로 관통하고 있다고 했다. 이 서恕라는 게 바로 공중도덕의 출처다. 나도 인간이니 때로 큰 소리로 노래를 부르고 싶을 때가 있다. 그러나 내가 공부하고 있을 때 옆반 학생들이 큰 소리로 노래를 부르는 걸 들으면 도저히 책을 읽을 수 없는 것이 내 성격이다. 그래서 나도 당시선이라도 큰 소리로 읊으면 기분이 개운해질 것 같은 때조차 만약 나처럼 불편해하는 사람이 옆집에 살고 있어서 나도 모르게 그 사람을 방해하는 일이 있어서는 안 되겠다고 생각해서 늘 조심한다. 그러니 여러분도 되도록 공중도덕을 지켜서 적어도 다른 사람에게 방해가 되는 일은 절대로 해서는 안 된다……."

주인은 귀 기울여 이 강의를 경청하고 있었는데, 이야기가 여기에 이르자 히죽 웃었다. 잠깐 히죽 웃은 그 웃음의 의미를 설명할 필요가 있다. 빈정거리기 좋아하는 사람이 이걸 읽는다면, 히죽 웃은 그 웃음 뒤에는 냉소적인 요소가 섞여 있을 거라고 생각할 것이다. 하지만 주인은 결코 그렇게 나쁜 사람이 아니다. 나쁘다기보다 그렇게 지혜가 발달한 사내가 아니다. 주인은 정말 기뻐서 히죽 웃었던 것이다. 윤리 교사인 자가 그렇게 통절한 훈계를 했으니 앞으로는 영원히 덤덤탄의 난사에서 벗어날 수 있을 것이 틀림없다. 당분간 머리도 벗어지지 않을 것이고, 피가 거꾸로 솟는 일은 단번에 고쳐지지 않는다고 해도 때가 되면 점차 회복될 것이다. 젖은 수건을 얹고 고타쓰에서 몸을 녹이지 않아도, 나무 아래나 바위 위에서 잠을 청하지 않아도 될 것이라 판단했기에 히죽히죽 웃었던 것이다. 20세기인 오늘날에도 역시 빚은 반드시 갚아야 하는 것이라고 생각할 만큼 정직한 주인이 이 강의를 진지하게 들은 것은 당연한 일이다.

드디어 시간이 되었는지 강의가 뚝 그쳤다. 다른 교실의 수업도 함께 끝났다. 그러자 지금까지 교실 안에 밀봉되어 있던 800명의 일행은 함성을 지르며 건물 밖으로 뛰쳐나왔다. 그 기세는 30센티미터쯤 되는 벌집을 쑤셔 떨어뜨린 것 같았다. 붕붕, 웽웽하며 창문으로, 문으로, 여닫이문으로, 적어도 구멍이 뚫려 있는 곳이라면 어디서든 앞다투어 가차 없이 튀어나왔다. 이것이 큰 사건의 발단이다.

우선 벌의 진용부터 설명한다. 이런 전쟁에 진용이고 뭐고 어디 있겠느냐는 것은 잘못이다. 보통 사람은 전쟁 하면 사허沙河, 펑톈奉天, 뤼순(모두 옛 만주의 지명으로 러일전쟁의 격전지다. 펑톈은 선양瀋陽의 옛 명칭) 전쟁만 있고 다른 전쟁은 없는 것으로 생각한다. 다소 시를 아는 야만인이라면 아킬레우스가 헥토르의 주검을 질질 끌고 트로이의 성벽을 세 번 돌았다(트로이 전쟁을 그린 호메로스의 서사시 《일리아드》에 나오는 이야기. 이 전쟁은 소아시아의 도시 트로이와 고대 그리스 도시들과의 싸움이고, 《일리아드》의 주인공 아킬레우스는 그리스의 영웅이며 헥토르는 트로이의 왕 프리아모스의 장남이다)든가 연나라 사람 장비가 장판교에서 장팔사모丈八蛇矛를 옆에 차고 조조의 백만 대군을 노려보는 것만으로 물리쳤다는 등의 규모가 큰 것만 연상한다. 연상이야 본인 마음이지만 그 외에는 전쟁이 아니라고 생각하는 것은 옳지 않다. 태고의 무지몽매한 시대에는 그런 어처구니없는 전쟁이 있었는지 모르겠지만, 태평성대인 오늘날 일본의 수도 한복판에서 그런 야만적인 행동이 일어난다는 것은 기적에 속한다. 아무리 소동이 일어난다고 해도 파출소를 불태우는 것 이상의 일이 일어날 염려는 없다. 그러고 보면 와룡굴의 주인 구샤미 선생과 낙운관 800건아의 전쟁은 우선 도쿄시가 생긴 이래 대전쟁의 하나로 손꼽을 만한 사건이다. 좌씨가 《춘추좌씨전》에서 언릉鄢陵 전투(공자의 《춘추》를 해설한 《춘추좌씨전》에서 서술이 가장 뛰어나다고 평가되는 것이 '언릉 전투' 대목이다)를 기술할 때도 우선 적진의 형세부터 서술했다. 고래로 서술에 능숙한 사람은 다들 이런 필법을 쓰는 것이 통례다. 그러니 내가 벌의 진용을 이야기하는 것도 별문제가 되지 않을 것이다. 그래서 먼저 벌의 진용이 어땠는지를 보면, 네모 칸살 대나무 울타리 바깥쪽에 일렬종대로 늘어선 한 부대가 있다. 이는 주인을 전선 안으로 유인하는 임무를 띤 것으로 보인다.

"항복하지 않을까?"

"안 할 거야, 안 해."

"안 되겠다, 안 되겠어."

"안 나오는데?"

"함락되겠지?"

"그럴 거야."

"짖어봐."

"멍멍."

"멍멍."

"멍멍멍멍."

그다음에는 일렬종대로 늘어선 학생 전원이 함성을 질렀다. 일렬종대에서 오른쪽으로 약간 떨어진 운동장 쪽에는 포대가 요충지를 차지한 채 진지를 구축하고 있었다. 한 장군이 와룡굴을 향한 채 커다란 나무 공이를 들고 대기하고 있다. 이와 10미터가량의 간격을 두고 또 한 사람이 서 있고, 나무 공이 뒤에 또 한 사람이 서 있는데 이 사람은 와룡굴을 향해 정면으로 서 있다. 이처럼 일직선으로 나란히 맞서고 있는 것이 포대다. 어떤 이의 주장에 따르면 이는 야구 연습이지 결코 전투 준비가 아니라고 한다. 나는 야구가 뭔지 모르는 문외한이다. 그러나 듣자 하니 이는 미국에서 수입된 유희로, 오늘날 중학교 이상의 학교에서 행해지는 운동 중에서 가장 유행하는 것이라 한다. 미국은 이상야릇한 것만 생각해 내는 나라라서 포대로 착각하는 것도 당연하고, 이웃에 폐를 끼치는 유희를 일본인에게 가르쳐줄 만큼, 딱 그만큼만 친절했는지도 모른다. 또 미국인은 이것을 정말로 일종의 운동 유희로 여기고 있는가 보다. 하지만 순수한 유희라도 이처럼 이웃을 놀라게 하는 데 충분한 능력을 갖추고 있는 이상 사용하기에 따라서는 충분히 포격용이 될 수도 있다. 내 눈으로 관찰한 바에 따르면 그들은 이 운동 기술을 이용하여 포화의 공을 세우려고 기도하고 있는 것으로밖에 생각되지 않는다. 세상일이란 말하기에 따라 뭐든 될 수 있는 거다. 자선을 빙자하여 사기를 치고 인스피레이션이라 하며 피가 치솟는 것을 기뻐하는 자가 있는 이상, 야구라는 유희를 빙자하여 전쟁을 하지 말라는 법도 없다. 어떤 이의 설명은 세상의 일반적인 야구에 대한 것이리라. 지금 내가 기술하는 야구는 이처럼 특별한 경우에 한정된 야구, 즉 성을 공격하는 포술이다. 이제 덤덤탄을 발사하는 방법을 소개하기로 한다. 직선으로 배치된 포열 중에서 한 명이 덤덤탄을 오른손에 쥐고 나무 공이를 든 자에게 던진다. 덤덤탄이 무엇으로 만들어졌는지 관계자가 아니면 알 수 없다. 딱딱하고 둥근 돌 경단 같은 것을 꼼꼼하게 가죽으로 싸서 꿰맨 것이다. 앞에서 말한 대로 이 탄환이 한 포병의 손에서 떠나 바람을 가르고 날아가면 맞은편에 선 한 사람이 예의 그 나무 공이를 휘둘러 이를 친다. 가끔은 맞히지 못한 탄환이 뒤로 빠지는 경우도 있지만, 대개는 딱! 하고 큰 소리를 내며 날아간다. 그 기세가 굉장히 맹렬하다. 신경성 위염을 앓고 있는 주인의 머리쯤 쉽게 깨부술 수 있다. 포병은 그렇게 하는 것만으로 족하지만, 그 주위에는 구경꾼 겸 구원병이 구름 떼처럼 따라다닌다. 딱! 하고 나무 공이가 경단을 때리자마자 우레와 같은 함성이 일고 짝짝짝 박수를 치고 으샤으샤 한다. 맞았지? 한다. 이래도 덤빌래? 한다. 겁먹었지? 한다. 항복이냐? 한다. 이것뿐이라면 그나마 낫지만, 맞아 날아간 탄환은 세 번에 한 번꼴로 반드시 와룡굴 안으로 굴러 들어온다. 이것이 굴러 들어가지 않으면 공격의 목적이 달성되지 않은 것이다. 근래 덤덤탄은 여러 곳에서 제조하지만 상당히 비싼 것이라서, 아무리 전쟁 중이라도 그렇게 충분한 공급을 바랄 수가 없다. 대체로 한 부대의 포병에게 하나 내지 두 개꼴로 주어진다. 딱! 하는 소리가 날 때마다 이 귀중한 탄환을 없애버릴 수는 없다. 그래서 그들은 탄환 줍기 부대라는 부대 하나를 두고 떨어진 탄환을 주워 온다. 괜찮은 데 떨어지면 주워 오는 데 애를 먹지 않지만, 풀밭이나 남의 집 안으로 날아가면 그리 쉽게 돌아오지 않는다. 그러므로 평소라면 되도록 고생을 피하려고 주워 오기 쉬운 곳으로 치는데, 지금은 반대로 한다. 목적이 유희에 있지 않고 전쟁에 있기 때문에 일부러 덤덤탄을 주인집 안에 떨어지게 한다. 집 안에 떨어진 이상 집 안으로 들어가 주워 오지 않으면 안 된다. 집 안으로 들어가는 가장 간편한 방법은 네모 칸살 대나무 울타리를 넘어가는 것이다. 네모 칸살 대나무 울타리 안쪽에서 소동을 일으키면 주인이 화를 내지 않을 수 없다. 그렇지 않으면 투구를 벗고 항복해야 한다. 고심한 나머지 머리는 점점 벗어지지 않을 수 없다.

지금 막 적군이 발사한 탄환은 조준이 빗나가지 않아 네모 칸살 대나무 울타리를 넘어 오동나무 잎을 떨어뜨리고 제2의 성벽, 즉 대울타리에 명중했다. 상당히 큰 소리다. 뉴턴의 운동 제1법칙에 따르면, 일단 움직이기 시작한 물체는 다른 힘을 가하지 않으면 균일한 속도로 직선으로 움직인다. 만약 물체의 운동이 이 법칙에만 지배된다면 주인의 머리는 이때 아이스킬로스와 운명을 같이 했을 것이다. 다행히 뉴턴은 운동 제1법칙을 정함과 동시에 제2법칙도 만들었기에 주인의 머리는 아슬아슬하게 목숨을 건졌다. 운동 제2법칙에 따르면, 운동의 변화는 가해진 힘에 비례하지만 그 힘이 작용하는 직선 방향에서 일어난다. 이것이 무슨 말인지 잘 모르겠지만, 이 덤덤탄이 대울타리를 꿰뚫고 장지문을 찢으며 주인의 머리를 깨부수지 않은 것을 보면 뉴턴 덕분임이 틀림없다. 잠시 후 아니나 다를까 적은 집 안으로 넘어온 듯했다.

"여기야?"

"좀 더 왼쪽 아니야?"

막대기를 가지고 조릿대 잎을 헤치는 소리가 들렸다. 대체로 적이 주인집 안으로 들어와 덤덤탄을 집어 가는 경우에는 유난히 큰 소리를 낸다. 몰래 들어와 슬쩍 집어 가면 중요한 목적을 달성할 수 없다. 덤덤탄이 귀중할지 모르지만, 주인을 놀리는 것은 덤덤탄 이상으로 중요한 일이다. 이런 경우는 멀리서도 덤덤탄이 어디에 있는지 분명히 알 수 있다. 대울타리에 맞은 소리도 들을 수 있고, 부딪친 곳도 알 수 있다. 그래서 어디에 떨어졌는지도 알 수 있다. 그러니 얼마든지 조용히 집어 갈 수 있다. 라이프니츠의 정의에 따르면, 공간은 가능한 한 동시에 실재하는 현상의 질서다. '가나다라마바사'는 언제나 같은 순서로 나타나고, 버드나무 밑에는 반드시 미꾸라지가 있으며, 박쥐에는 저녁달이 따르는 법이다. 울타리에 공은 어울리지 않을지도 모르지만, 매일매일 공을 남의 집

안으로 던져 넣는 자의 눈에는 그 공간의 배열이 익숙할 수밖에 없다. 한 번 보면 금방 알 수 있는 것이다. 그런데 이처럼 소동을 피우는 것은 필경 주인에게 전쟁을 거는 책략이다.

이렇게 되면 아무리 소극적인 주인이라도 응전하지 않을 수 없다. 아까 객실에서 윤리 강의를 듣고 히죽히죽 웃던 주인은 분연히 일어섰

다. 맹렬히 뛰쳐나갔다. 돌진하여 적 하나를 생포했다. 주인으로서는 대성공이다. 대성공임은 틀림없지만, 보아하니 열네댓 살짜리 어린애다. 수염이 난 주인의 적으로는 좀 어울리지 않는다. 하지만 주인은 이것으로 충분하다고 생각했을 것이다. 공손히 사과하는데도 억지로 툇마루 앞까지 끌고 왔다. 여기서 잠깐 적의 책략에 대해 한마디 해둘 필요가 있다. 적은 어제 주인의 서슬 퍼런 태도를 보고 그런 상황이면 오늘도 반드시 직접 출진할 게 틀림없다고 생각했다. 그때 만일 도망치지 못하고 고학년이 잡히면 골치 아프게 된다. 그렇다면 1학년이나 2학년짜리 어린애를 탄환 줍기에 보내 위험을 피하는 게 상책이다. 설령 주인이 어린애를 붙잡고 도리가 어쩌고 하는 이야기를 주저리주저리 늘어놓는다고 해도 낙운관의 명예와는 무관하고, 어른스럽지 못하게 어린애를 상

대하는 주인만 치욕스러워질 뿐이다. 적의 생각은 이러했다. 이것이 평범한 인간이 하는 지극히 당연한 생각이다. 다만 적은 상대가 평범한 인간이 아니라는 사실을 계산에 넣는 걸 잊었을 뿐이다. 주인에게 이 정도의 상식이 있다면 어제처럼 뛰쳐나가지도 않는다. 발끈하는 일은 평범한 인간을 평범한 인간 이상으로 끌어올리고, 상식이 있는 자에게 비상식을 준다. 여자라느니 어린애라느니 인력거꾼이라느니 마부라느니, 그런 분별이 있는 동안에는 아직 발끈했다고 자랑하기에 부족하다. 주인처럼 상대도 되지 않는 중학교 1학년짜리를 생포하여 전쟁의 인질로 삼는 정도의 소견이 없다면 툭하면 발끈하는 사람 사이에 낄 수 없다. 딱한 이는 포로다. 단지 상급생의 명령으로 탄환 줍기에 나선 졸병 역할을 하다가 재수 없게 비상식적인 적장, 툭하면 발끈하는 사람에게 쫓겨 다시 돌아가기 위해 담을 넘을 새도 없이 앞마당으로 끌려가 꿇어앉혀졌다. 이렇게 되자 적군은 한가하게 아군의 치욕을 바라보고 있을 수만은 없었다. 앞다투어 네모 칸살 대나무 울타리를 넘어와 출입구를 통해 마당 안으로 난입했다. 그 수는 약 한 다스쯤이었고, 주인 앞에 쭉 늘어섰다. 대부분 웃옷도 조끼도 입지 않았다. 하얀 셔츠의 팔을 걷어붙이고 팔짱을 끼고 있는 놈도 있다. 색바랜 무명 플란넬을 살짝 등에만 걸친 놈도 있다. 그런가 하면 하얗고 튼튼한 면 셔츠에 까만 테두리를 두르고 가슴팍 한가운데에 까만 알파벳 글자를 붙인 멋쟁이도 있다. 다들 일기당천一騎當千의 맹장으로 보였는데 까맣고 늠름하게 근육이 발달한 것이 마치 "드센 깡촌에서 어젯밤에야 도착했습니다."라고 말하는 듯했다. 중학교 같은 데를 보내 공부를 시키기에는 아까울 지경이다. 어부나 선장을 시키면 필시 국가에 도움이 될 거라고 생각될 정도다. 그들은 약속이나 한 듯이 맨발에 바짓가랑이를 높이 걷어 올렸는데, 마치 근처에 난 불이라도 끄러 가는 것 같은 차림이었다. 그들은 주인 앞에 죽 늘어선 채 입을 꾹 다물고 한마디도 하지 않았다. 주인도 입을 열지 않았다. 잠시 쌍방이 노려보며 대치하는 가운데 약간의 살기가 느껴졌다.

"너희들은 도둑놈들이냐?"

주인이 물었다. 대단한 기염이다. 어금니로 잘근잘근 씹은 울화통이 불꽃이 되어 콧구멍으로 빠져나와서 콧방울이 눈에 띄게 화난 것처럼 보인다. 에치고 사자춤을 출 때 쓰는 사자탈의 코는 화난 인간의 모습을 본떠 만든 모양이다. 그렇지 않고서야 그렇게 무섭게 만들 수 없다.

"아뇨, 도둑이 아닙니다. 낙운관의 학생입니다."

"거짓말하지 마. 낙운관의 학생이라면 어떤 놈이 감히 남의 집 마당에 무단으로 침입하겠느냐?"

"하지만 여기 보시면 이렇게 학교 마크가 달린 모자를 쓰고 있지 않습니까."

"가짜겠지. 낙운관의 학생이라면 왜 함부로 침입하겠느냐?"

"공이 넘어가서요."

"왜 공을 넘겼느냐?"

"어쩌다 보니 넘어갔어요."

"괘씸한 놈이군."

"앞으로 조심할 테니 이번 한 번만 용서해주세요."

"어디 사는 누구인지도 모르는 놈이 울타리를 넘어 집 안으로 침입했는데, 그리 쉽게 용서받을 줄 알았느냐?"

"그래도 낙운관의 학생인 것은 틀림없으니까요."

"낙운관의 학생이라면 몇 학년이냐?"

"3학년입니다."

"정말이지?"

"네."

주인은 안쪽을 돌아보며 소리를 질렀다.

"거기, 누구 없느냐?"

"네에."

사이타마 출신의 하녀가 장지문을 열고 얼굴을 내밀며 대답했다.

"낙운관에 가서 누구 좀 데려오너라."

"누굴 데려올까요?"

"아무나 상관없으니 데려오기나 해."

"예."

하녀는 대답은 했지만, 마당의 광경이 너무나 희한한 데다 심부름의 내용이 분명하지 않고 또 아까부터 지켜본 사건이 어이가 없고 우스워서 이러지도 저러지도 못한 채 키득키득 웃고만 있었다. 이래 봬도 주인은 대전쟁을 치르고 있다고 생각하고 있다. 발끈했을 때의 분노를 마음껏 떨치고 있다고 생각하고 있다. 그런데 당연히 자기편을 들어야 할 하녀가 진지한 태도로 임하지 않을 뿐만 아니라 심부름을 시켰는데도 키득키득 웃고만 있다. 더욱더 화가 치밀지 않을 수 없다.

"아무나 상관없으니 불러오라고 일렀거늘, 무슨 말인지 모르겠느냐? 교장이든 간사든 교감이든……."

"그 교장 선생님을⋯⋯."

하녀는 교장이라는 말밖에 모른다.

"교장이든 간사든 교감이든 아무나 불러오라고 하는데 무슨 말인지 모르겠느냐?"

"아무도 없으면 소사라도 괜찮을까요?"

"바보 같은 소리, 소사 따위가 뭘 알겠느냐?"

"예."

그제야 하녀도 어쩔 수 없다고 생각했는지 순순히 대답하고 나갔다. 역시 심부름의 의도를 이해하지 못하고 있었다. 정말 소사라도 끌고 오지 않을까 걱정하고 있는데, 예의 윤리 선생이 대문으로 들어올 줄은 어찌 생각이나 했겠는가. 태연히 자리에 앉는 걸 기다리고 있던 주인은 곧바로 담판에 들어갔다.

"방금 이 녀석들이 집 안으로 난입하였소만⋯⋯."

《주신구라忠臣藏》(1701년 아코번의 사무라이 47명이 주군의 원수를 갚고 할복한 사건을 다룬 일본의 대표적인 고전 문학 작품)에나 나올 법한 예스러운 말로 시작했으나 다소 빈정거리는 말투로 끝을 맺었다.

"정말 귀교의 학생이 맞는지요?"

윤리 선생은 별로 놀란 기색도 없이 태연하게 마당에 늘어선 용사들을 한 번 쓱 훑어보더니 다시 주인에게 눈을 돌리고 이렇게 대답했다.

"그렇습니다. 다들 우리 학교 학생들입니다. 이런 일이 없도록 늘 훈계하고 있습니다만⋯⋯ 도무지 쉬운 일이 아니라서⋯⋯. 너희들 울타리는 왜 넘었어?"

과연 학생은 학생이다. 윤리 선생에게는 할 말이 없는 듯 다들 입을 다물고 있었다. 얌전히 마당 구석에 모여, 양 떼가 눈을 만난 것처럼 기다리고 있었다.

"공이 넘어오는 것도 어쩔 수 없는 일이지요. 이렇게 학교 옆에 살고 있으니, 때때로 공도 날아오겠지요. 하지만…… 너무 난폭하니까요. 설령 울타리를 넘어온다고 해도 아무도 모르게 살짝 집어간다면야 그래도 참을 만하겠지만……."

"지당한 말씀입니다. 늘 주의를 주고 있습니다만, 워낙 학생들이 많아서……. 앞으로는 각별히 조심해야 한다. 만약 공이 날아가면 대문으로 돌아와서 꼭 양해를 구하고 주워 가야 해. 알았지? ……여러모로 애를 쓰는 데도 넓은 학교 일이라 어쩔 수가 없습니다. 운동은 교육상 필요한 것이라서 아무래도 못 하게 할 수도 없는 노릇이고, 그렇다고 이를 허락하면 폐를 끼치는 일이 생기니, 아무튼 이 점 널리 이해해주시기 바랍니다. 그 대신 앞으로는 반드시 대문으로 돌아와 양해를 구하고 주워 가게 하겠습니다."

"아니, 뭐 알았으면 됐습니다. 공은 얼마든지 던져도 좋습니다. 대문으로 들어와 잠깐 양해를 구한다면 상관없습니다. 그럼, 이 학생은 선생님께 넘길 테니 데려가시지요. 일부러 이렇게 오시라고 해서 정말 죄송합니다."

주인은 늘 그렇듯이 용두사미격의 인사를 했다. 윤리 선생은 산골 용사들을 데리고 대문을 통해 낙운관으로 물러갔다. 내가 말하는 큰 사건은 이것으로 일단락되었다. 이게 무슨 큰 사건이냐고 비웃어도 좋다. 그런 사람에게는 큰 사건이 아닐 뿐이다. 나는 주인의 큰 사건을 묘사한 것이지 그런 사람의 큰 사건을 묘사한 게 아니다. 흐지부지 끝나 강노말세불능천노호強弩末勢不能穿魯縞(강한 쇠뇌로 쏜 화살도 그 힘이 다하는 먼 곳에 이르러서는 얇은 비단조차 뚫지 못한 다는 뜻)라고 험담하는 사람이 있다면, 이것이 주인의 특징이라는 것을 기억해주었으면 한다. 주인이 해학적인 글의 소재가 되는 것 또한 그 특징에 있다는 것을 기억해주었으면 한다. 열네댓 살의 어린애를 상대하는 것은 바보나 하는 짓이라고 한다면, 나도 바보 임이 틀림없다는 데 동의한다. 그래서 오마치 게이게쓰는 주인을 붙들고 아직 치기를 벗어나지 못했다고 말하는 것이다(오마치 게이 게쓰의 비평은 앞에서 말한 《다이요》에 게재된 글을 말한다. 소세키는 다카하마 교사에게 보낸 1905년 12월 4일자 편지에 "천하에 게이게쓰만큼 치기 어린 싸구 려 글을 쓰는 자는 없다."라고 썼다).

　나는 앞서 작은 사건을 썼고, 지금 다시 큰 사건을 썼으니 이제 큰 사건 후에 일어난 여담을 써서 전체 글을 마무리할 생각이다. 내가 쓴 것이 모두 입에서 나오는 대로 대충 쓴 것이라 생각하는 독자도 있을지 모르지만, 나는 결코 그렇게 경솔한 고양이가 아니 다. 한 글자 한 구절 안에 우주의 오묘한 이치를 담은 것은 물론이 고, 그 한 글자 한 구절이 층층이 연속되면 수미가 상응하고 전후 가 상조相照하여, 자질구레한 이야기라 여기며 무심코 읽었던 것 이 홀연 표변하여 예사롭지 않은 법어法語가 될지니, 절대로 뒹굴 거리거나 발을 뻗은 채 한꺼번에 다섯 줄씩 읽는 무례를 범해서는 안 된다. 당나라의 문인 유종원은 한퇴지의 글을 읽을 때마다 장 미수로 손을 씻었다고 한 만큼, 나의 글에 대해서는 적어도 자기 돈으로 잡지(이 작품이 실린 잡지인 《호토토기스》를 말한다)를 사서 읽어 야지 친구가 읽다 만 것으로 임시변통하는 무례만은 범하지 않기 를 바란다. 앞으로 기술하는 것은 나 스스로 여담이라 했으니 여담이면 어차피 시시할 게 뻔하다며 읽지 않아도 된다고 생각한다면 무척 후회하게 될 것이다. 무슨 일이 있어도 끝까지 정독하지 않으면 안 된다.

큰 사건이 벌어진 다음 날, 나는 잠시 산책하고 싶어서 밖으로 나갔다. 그런데 건너편 골목으로 접어드는 모퉁이에서 가네다와 스즈키가 선 채 열심히 이야기를 나누고 있었다. 가네다는 인력거를 타고 집으로 돌아가는 길이었고, 스즈키는 가네다가 집에 없는 틈에 방문했다가 돌아가는 참이었는데 우연히 딱 마주친 것이었다. 근래에는 가네다의 집에 특별한 일이 없었기에 그쪽으로는 좀처럼 발길을 하지 않았는데, 이렇게 보게 되니 어쩐지 반가웠다. 스즈키와도 무척 오랜만이라 은연중에 얼굴을 보는 영광을 얻자고 결심하고 어슬렁어슬렁 두 사람이 서 있는 곳으로 가까이 다가가니 자연스럽게 두 사람의 대화가 귀에 들어왔다. 이는 내 잘못이 아니다. 이야기하는 쪽이 나쁜 거다. 가네다는 정탐꾼까지 붙여가며 주인의 동정을 살필 만큼의 양심밖에 없는 사내이니 우연히 내가 그의 대화를 엿듣는다고 해서 화를 낼 염려는 없을 것이다. 만약 화를 낸다면 그는 공평이라는 말의 의미를 알지 못하는 것이다. 어쨌든 나는 두 사람의 대화를 들었다. 듣고 싶어서 들은 게 아니다. 듣고 싶지도 않은데 대화가 내 귀로 날아든 것이다.

"방금 댁에 들렀다 오는 길인데, 마침맞은 곳에서 이렇게 뵙게 되어 다행입니다."

스즈키는 정중하게 고개를 숙였다.

"음, 그런가. 사실 나도 얼마 전부터 자넬 좀 봤으면 했는데, 마침 잘됐군."

"네, 그것참 잘되었습니다. 무슨 용건이라도……."

"아니, 뭐 별일은 아니네. 어떻든 상관이야 없지만, 자네가 아니면 할 수 없는 일이라서."

"제가 할 수 있는 일이라면 무엇이든 하겠습니다."

"음, 그게……."

가네다는 생각에 잠겼다.

"아니면 편하실 때 다시 찾아뵐까요? 언제가 좋겠습니까?"

"아니 뭐, 그리 대단한 일은 아니네……. 모처럼 만났으니 그럼 부탁해볼까."

"네, 괘념치 마시고 편히 말씀하세요……."

"그 괴짜 말이네. 아, 자네의 옛 친구라는 사람 말이야. 구샤민가 뭔가 하는 사람 있잖은가."

"예, 구샤미가 무슨 일이라도 벌였습니까?"

"아니, 아무 일도 없네만, 그 사건 후로 속이 뒤집혀서 말이야."

"그럴 만도 하시겠지요. 구샤미가 엔간히 거만해야지요……. 조금은 자신의 사회적 지위를 감안해도 될 텐데, 정말 안하무인이니까요."

"그래 맞아. 돈에 머리를 숙이지 않겠다느니 실업가 따위가 어떻다느니 여러 가지로 건방진 말을 해대니 말일세. 그렇다면 실업가의 뜨거운 맛을 보여주자고 생각하는 참이네. 얼마 전부터는 몹시 난처해하는 것 같기는 한데, 역시 잘 버티고 있더군. 정말 끈질긴 놈이야. 놀랐어."

"아무래도 이해득실 개념이 희박한 녀석이라 앞뒤 생각하지 않고 오기를 부리는 거겠지요. 옛날부터 그런 버릇이 있는 놈입니다. 다시 말해서 자신에게 손해가 되는 일인지 어떤지도 모르니 구제불능 아니겠습니까."

"아하하하, 정말 구제불능이야. 이런저런 수단을 다 써보다가 결국 학교 학생들한테 시켰네."

"그거 정말 묘안이네요. 효과가 좀 있었습니까?"

"이번에는 녀석도 꽤 난처해하는 것 같더군. 머지않아 두 손 들고 나오지 않을까 싶네."

"그것참 잘됐네요. 아무리 큰소리쳐봤자 다수한테는 못 당하니까요."

"그렇지. 혼자서는 어쩔 수 없지. 그래서 꽤 곤란해진 것 같긴 한데, 어떻게 하고 있는지 자네가 한번 보고 왔으면 해서 말이야."

"하아, 그렇습니까? 그야 간단한 일입니다. 바로 가보지요. 상황은 돌아가는 길에 보고하도록 하겠습니다. 재미있겠는데요, 그 고집불통이 의기소침해 있는 꼴이라니. 아마 볼만할 겁니다."

"아, 그럼 돌아가는 길에 들르게. 기다리고 있을 테니."

"그럼 가보겠습니다."

어라? 이번에도 역시 책략이다. 실업가의 세력은 과연 대단하다. 석탄재 같은 주인의 피를 거꾸로 솟게 하는 것도, 깊은 고민에 주인의 머리가 파리조차 미끄러지는 험한 곳이 되는 것도, 그 머리가 아이스킬로스와 같은 운명에 빠지는 것도 모두 실업가의 세력 때문이다. 지구가 지축을 회전하는 것은 무슨 작용인지 모르겠으나 세상을 움직이는 것은 분명히 돈이다. 이 돈의 공력을 알고, 이 돈의 위광을 자유롭게 발휘하는 것은 실업가들 말고는 한 사람도 없다. 태양이 무사히 동쪽에서 뜨고 무사히 서쪽으로 지는 것도 모두 실업가 덕이다. 지금까지는 벽창호인 가난한 학자의 집에서 사느라 실업가의 공덕을 알지 못한 것은 내가 생각해도 불찰이었다. 그런데 어리석고 고지식한 주인도 이번에는 좀 깨달은 바가 있을 것이다. 이런데도 고지식하게 끝까지 버틸 생각이라면 위험하다. 주인의 가장 귀중한 목숨이 위험하다. 그가 스즈키를 만나 어떤 말로 대응할지 모른다. 그 모습으로 그의 깨달음의 정도도 저절로 밝혀질 것이다. 꾸물거리고 있을 때가 아니다. 고양이라도 주인의 일이니 매우 걱정된다. 부랴부랴 스즈키를 앞질러 먼저 집으로 돌아갔다.

스즈키는 여전히 요령 좋은 사내다. 오늘은 가네다에 대해서는 전혀 입 밖에 내지 않는다. 어런무던한 세상 이야기를 재미있다는 듯 열심히 늘어놓고 있다.

"자네, 안색이 좀 안 좋은 것 같은데, 어디 안 좋은가?"

"특별히 안 좋은 데는 없네."

"그래도 창백한 것이 조심하지 않으면 안 돼. 날씨도 좋지 않으니 말이야. 밤엔 잘 자고?"

"응."

"무슨 걱정거리라도 있나? 내가 할 수 있는 일이라면 뭐든지 하겠네. 기탄없이 말해보게."

"걱정거리라니, 무슨?"

"아니, 없으면 말고. 만약 있다면 말이지. 걱정이 제일 안 좋은 거니까. 세상은 웃고 즐겁게 사는 게 최고네. 아무래도 자네는 너무 어두운 것 같아."

"웃는 것도 독이니까. 함부로 웃다가 죽는 일도 있네."

"농담일랑 집어치우고. 소문만복래笑門萬福來라는 말도 있지 않은가."

"옛날 그리스에 크리시포스(기원전 279~기원전 206. 스토아 철학을 처음으로 체계화한 철학자)라는 철학자가 있었는데, 자네는 잘 모를 거네."

"몰라. 그 사람이 어쨌는데?"

"그 사람이 너무 웃다가 죽었네."

"뭐? 거참 신기한 사람이군. 하지만 그건 옛날 일 아닌가."

"예나 지금이나 뭐가 다르다고? 당나귀가 은사발에 담긴 무화과를 먹는 걸 보고 웃음을 참지 못하고 마구 웃었다네. 그런데 아무리 해도 웃음이 그치지 않았지. 결국 웃다 죽었어."

"하하하하. 하지만 그렇게 끝도 없이 웃지 않아도 되네. 조금만 웃는 거지, 적당하게. 그러면 기분이 좋아져."

스즈키가 열심히 주인의 동정을 살피고 있을 때 대문이 끼이익 열렸다. 손님인가 했더니 그것도 아니었다.

"저기, 공이 넘어와서요. 좀 주워 가겠습니다."

"네."

하녀가 부엌에서 대답했다. 학생은 집 뒤편으로 돌아갔다. 스즈키는 묘한 얼굴로 물었다.

"무슨 일인가?"

"뒤쪽 학생이 공을 마당으로 던진 거라네."

"뒤쪽 학생? 뒤쪽에 학생이 있나?"

"낙운관이라는 학교가 있어."

"아아, 그런가? 학교가 있었군. 꽤 시끄럽겠어."

"시끄러운 정도가 아니야. 제대로 공부도 할 수 없네. 내가 문부

대신이었다면 당장 폐쇄하라고 했을 거야."

"하하하하. 화가 단단히 난 모양이군. 자네의 부아를 돋운 무슨 일이라도 있었나?"

"있다마다. 아침부터 밤까지 계속 부아가 난 상태라네."

"그렇게 부아가 난다면 이사를 가면 될 일 아닌가?"

"이사를 가긴, 누가? 천만의 말씀이지."

"나한테 화를 내봐야 무슨 소용인가? 뭐, 애들 아닌가. 치게 두면 될 일이지."

"자네야 괜찮겠지만 난 괜찮지 않네. 어제는 교사를 불러다 담판을 지었네."

"그거 재미있었겠군. 미안해하던가?"

"응."

그때 다시 문이 열리고 소리가 들렸다.

"공이 넘어와서요, 좀 주워 가겠습니다."

"이야, 이거 어지간히 오는군. 또 공이야."

"응, 대문으로 들어오기로 약속을 받았네."

"아하, 그래서 저렇게 오는 것이로군. 그래, 알았네."

"뭘 알았단 말인가?"

"아니, 공을 주우러 오는 원인 말이네."

"오늘만 벌써 열여섯 번째야."

"자네는 성가시지도 않나? 오지 않게 하면 되잖아."

"오지 않게 하다니, 오는 건 어쩔 수 없지 않은가?"

"어쩔 수 없다면 뭐 그렇지만, 그렇게 고집을 부리지 않아도 되지 않으냐 이 말이지. 사람은 모가 나면 세상을 굴러가는 게 힘들어서 손해라네. 둥근 것은 데굴데굴 어디라도 힘들이지 않고 갈 수 있지만, 네모난 것은 굴러가기가 힘들 뿐이지 않은가. 굴러갈 때마다 모서리가 닿아서 아픈 법이야. 어차피 자기 혼자만 사는 세상도 아니고, 그렇게 자기 생각대로 되지도 않네. 그러니까 뭐랄까. 아무래도 돈 있는 사람한테 맞서봐야 자기만 손해야. 신경만 쓰이고 몸은 나빠지고 남이 칭찬해주지도 않아. 상대는 아무렇지도 않고. 가만히 앉아서 다른 사람한테 시키기만 하면 되니까. 어차피 중과부적衆寡不敵이니 당해낼 수 없다는 건 알고 있지 않나. 고집을 피우는 것도 좋지만 끝까지 고집만 부리다가는 자기 공부에 방해가 되거나, 매일 업무에 지장을 초래하거나, 끝내는 아무리 애를 써도 고생한 보람도 없이 헛수고가 되고 마니까."

"죄송합니다. 지금 공이 날아와서 그러는데, 뒤쪽으로 돌아가 주워 가도 될까요?"

"거봐, 또 오지 않았나."

스즈키가 웃었다.

"무례하기는."

주인의 얼굴이 벌게졌다.

스즈키는 이제 방문 목적을 대체로 달성했다고 생각했기에 "그럼 이만 가보겠네. 잘 있게."라고 말하고 돌아갔다.

스즈키와 교대라도 하듯 아마키 선생이 찾아왔다. 예로부터 걸핏하면 발끈하는 사람이 스스로 그렇다고 인정하는 예는 그리 많지 않다. 이거 좀 이상하군, 하고 깨달았을 때는 발끈한 것도 이미 한고비를 넘어섰을 때다. 주인은 어제 큰 사건이 일어났을 때 발끈한 것이 최고조에 달했지만, 담판도 용두사미로 끝났어도, 어찌 저찌 매듭이 지어졌기에 그날 밤 서재에서 곰곰이 생각해보다가 뭔가 좀 이상하다는 걸 깨달았다. 다만 낙운관이 이상한 건지 자신이 이상한 건지 의문을 품을 여지는 충분했지만, 어쨌든 이상한 것만은 틀림없었다. 아무리 중학교 옆에 거처를 두었다지만, 이처럼 1년 내내 짜증 나는 일이 계속 생기는 것은 분명 이상하다. 이상하다면 어떻게든 해야 한다. 어떻게 해본들 별도리가 없다. 역시 의사가 처방해주는 약이라도 먹고 짜증의 원인에 뇌물이라도 써서 달래는 것 말고는 방법이 없다. 이렇게 깨닫고 나니 평소 단골로 부르던 아마키 선생을 불러 진찰을 받아보자고 생각한 것이다. 현명한 건지 어리석은 건지 그 문제는 차치하고 어쨌든 자신이 발끈한 것을 깨달았다는 것만큼은 대견하고 기특한 일이라 하지 않을 수 없다.

"어떻습니까?"

아마키 선생은 여느 때처럼 싱글벙글 웃는 얼굴로 차분히 물었다. 의사는 대개 어떠냐고 묻기 마련이다. 나는 '어떻습니까?'라고 물어보지 않는 의사는 아무래도 믿음이 가지 않는다.

"선생님, 도무지 효과가 없습니다."

"네? 그럴 리가 없을 텐데요."

"선생님이 처방해준 약이 듣기는 하나요?"

아마키 선생은 놀랐지만 성품이 온후한 연장자인지라 그다지 격해진 기색도 없이 평온하게 대답했다.

"듣지 않은 적이 없습니다."

"제 위장병은 아무리 약을 먹어도 차도가 없어서요."

"절대 그럴 리가 없습니다."

"그럴까요? 조금은 좋아질까요?"

주인은 자신의 위장 건강을 남에게 물어본다.

"그렇게 갑자기는 낫지 않습니다. 차츰 좋아질 겁니다. 지금도 처음보다는 꽤 좋아졌습니다."

"그런가요?"

"여전히 짜증이 납니까?"

"나고말고요. 꿈에서까지 짜증을 부립니다."

"운동이라도 좀 하면 좋을 텐데요."

"운동하면 더 짜증이 납니다."

아마키 선생도 어처구니가 없는 듯했다.

"어디 한번 볼까요?"

아마키 선생은 진찰하기 시작했다. 진찰이 끝나기를 기다리지 못한 주인이 갑자기 큰 소리로 물었다.

"선생님, 얼마 전에 최면술에 관해 쓴 책을 읽었더니 최면술을 응용해서 손버릇이 나쁘다든가 하는 여러 가지 병을 고칠 수 있다고 하던데, 정말인가요?"

"예, 그런 치료법도 있습니다."

"지금도 합니까?"

"예."

"최면을 거는 건 어려운 일인가요?"

"뭐, 어렵지는 않습니다. 저도 종종 합니다."

"선생님도 하신다고요?"

"예, 한번 해볼까요? 누구든 걸리게 되어 있습니다. 선생님만 괜찮다면 걸어볼까요?"

"그거 재미있겠네요. 한번 걸어주세요. 저도 진작부터 한번 걸려보고 싶었거든요. 하지만 최면에 걸렸다가 깨어나지 못하면 곤란한데."

"아니, 괜찮습니다. 그럼 시작해볼까요?"

상담은 순식간에 결론에 도달해서 주인은 마침내 최면에 걸리는 당사자가 되었다. 나는 지금까지 이런 일을 본 적이 없었기에 은근히 기대하며 그 결과를 객실 구석에서 지켜보고 있었다. 아마키 선생은 우선 주인의 눈에서부터 최면을 걸기 시작했다. 지켜보고 있었더니 그 방법이라는 것은 두 눈의 눈꺼풀을 위에서 아래로 쓸어내리는 것이었다. 주인이 이미 눈을 감고 있는데도 계속해서 같은 방향으로 쓸어내리며 길을 들이는 것 같았다. 잠시 후 아마키 선생은 주인에게 물었다.

"이렇게 눈꺼풀을 쓸어내리니 눈이 점점 무거워지지요?"

"네, 정말 무거워지네요."

주인이 대답했다. 선생은 여전히 같은 식으로 눈꺼풀을 쓸어내리며 말했다.

"점점 무거워질 겁니다. 괜찮습니까?"

주인은 최면에 걸린 것인지 아무 말도 하지 않았다. 똑같은 마찰법이 다시 3, 4분간 반복되었다. 마지막에 아마키 선생이 말했다.

"자, 이제 눈을 뜰 수 없습니다."

가엾게도 주인의 눈은 드디어 멀고 말았다.

"이제 뜰 수 없습니까?"

"예, 이제 뜰 수 없습니다."

주인은 잠자코 눈을 감고 있었다. 나는 이제 주인이 장님이 되어버렸다고 믿었다. 잠시 후 아마키 선생이 말했다.

"뜰 수 있으면 어디 한번 떠보세요. 절대로 뜰 수 없을 테니까요."

"그런가요?"

이렇게 말하자마자 주인은 평소처럼 두 눈을 번쩍 떴다.

"걸리지 않았네요."

주인이 씨익 웃으면서 이렇게 말하자 아마키 선생도 따라 웃으면서 말했다.

"예예, 걸리지 않았습니다."

최면술은 끝내 성공하지 못했다. 아마키 선생도 돌아갔다.

그다음에 온 이가…… 주인집에 이렇게 많은 손님이 온 적이 없다. 사교성이 좋지 않은 주인의 집이라는 것을 생각하면 꼭 거짓말 같다. 하지만 온 것은 틀림없다. 게다가 진객珍客이 왔다. 내가 이 진객에 대해 한 마디라도 기술하는 것은 단순한 진객이어서가 아니다. 앞에서 말한 대로 나는 큰 사건의 여담을 기술하고 있다. 그런데 이 진객이야말로 이 여담을 기술하는 데 빼놓을 수 없는 소재다. 이름이 어떻게 되는지는 모른다. 다만 얼굴이 길쭉한 데다 산양 같은 수염을 기른 마흔 전후의 사내라고 하면 될 것이다. 메이테이를 미학자라고 했으니 나는 이 사내를 철학자라고 부를 생각이다. 왜 철학자냐 하면, 뭐 메이테이가 그랬듯 자신이 철학자라고 떠벌려서가 아니다. 단지 주인과 대화를 나누는 모습을 보고 있노라니 너무나도 철학자답다는 생각이 들었기 때문이다. 이 사람도 옛날 동창인지, 두 사람 다 무척 격의 없이 대했다.

"음, 메이테이 말인가. 그 친구는 연못에 떠 있는 금붕어 먹이처

럼 둥둥 떠다니지. 일전엔 친구를 데리고 일면식도 없는 귀족의
저택 앞을 지나다가 잠깐 들러서 차 한 잔 마시고 가자며 끌고 들
어갔다는데, 참 한가해."

"그래서 어떻게 되었는데?"

"어떻게 되었는지는 물어보지도 않았네만……. 그래, 타고난 기
인이야. 그 대신 생각이고 뭐고 아무것도 없는 딱 금붕어 먹이지.
스즈키 말인가…… 그 친구가 여기 온다고? 허어, 그 친구는 사리
에 밝지는 않아도 요령 좋게 처신하지. 금시계를 차고 다닐 만한
성격이야. 하지만 속이 깊지 못하니 안정감이 없어서 안 돼. 원활,
원활, 늘 원활을 입에 달고 사는데 원활이라는 말의 뜻도 제대로
몰라. 메이테이가 금붕어 먹이라면 그 친구는 지푸라기로 묶은 곤
약이네. 그저 못되게 뺀질뺀질하고 바들바들 떨고 있을 뿐이야."

주인은 이 기발한 비유를 듣고 무척 감동한 듯 오랜만에 큰 소
리로 웃었다.

"그렇다면 자네는 뭔가?"

"나? 글쎄, 나 같은 사람은…… 뭐, 참마쯤 되겠지. 길쭉하게 진
흙 속에 묻혀 있는."

"자네는 늘 태연하고 참 마음이 편해 보이는군. 정말 부럽네."

"아니, 보통 사람과 똑같지, 뭐. 특별히 부러워할 만한 정도는 아
니네. 다행히 다른 사람을 부러워할 마음은 일지 않으니, 그것만
은 괜찮아."

"요즘 살림은 넉넉한가?"

"뭐, 늘 똑같지. 넉넉할 때도 있고 모자랄 때도 있고. 하지만 먹
고살고는 있으니 괜찮네. 재미있지는 않아."

"나는 불쾌하고 짜증이 나서 견딜 수가 없네. 누구한테나 불만뿐이야."

"불만도 괜찮아. 불만이 생겨 털어놓고 나면 그래도 당분간은 기분이 좋아지니까. 사람은 다 다른 법이라서 그렇게 자기처럼 되라고 해봤자 될 수 있는 게 아니네. 젓가락은 다른 사람처럼 쥐지 않으면 밥 먹기가 힘들지만, 빵은 자기 마음대로 자르는 것이 가장 좋은 것 같아. 실력 있는 양복점에서 옷을 맞추면 처음 입을 때부터 몸에 맞는 것을 갖고 오는데, 솜씨가 없는 양복점에서 맞추면 한동안 그 어색한 걸 참고 입어야 하지. 하지만 세상이란 게 신통해서 입고 있는 사이에 양복이 내 골격에 맞춰주네. 훌륭한 부모가 지금 세상에 맞도록 솜씨 좋게 낳아주면 그게 행복이네. 그러나 불행하게 태어나면 세상에 맞지 않아 참고 살든가 아니면 세상이 맞춰줄 때까지 견디는 것 말고는 다른 길이 없겠지."

"하지만 나 같은 사람은 아무리 시간이 흘러도 맞을 것 같지 않아서 불안해."

"잘 맞지 않는 양복을 억지로 입으면 터지고 말지. 싸우거나 자살하거나 뭔가 사달이 나. 하지만 자네는 그저 재미없다고 말로만 할 뿐 자살하지 않은 것은 물론이고 싸움도 해본 일이 없을 거야. 그런대로 괜찮은 편이지."

"그런데 매일 싸움만 하고 있네. 상대가 없어도 화가 나면 싸우는 거 아닌가?"

"그러니까 혼자 싸운다는 말이군. 재미있는걸. 그렇다면 얼마든지 싸워도 돼."

"그것도 질렸어."

"그럼 그만둬야지."

"자네 앞이니 하는 말이네만, 내 마음이라고 해서 그렇게 마음 대로 되는 게 아니네."

"아니, 대체 뭐가 그리 불만인가?"

그제야 주인은 낙운관 사건을 비롯해서 질그릇으로 만든 너구리부터 핀스케, 기샤고, 그 밖의 온갖 불만을 거침없이 철학자 앞에 늘어놓았다. 철학자 선생은 잠자코 듣고 있다가 마침내 입을 열고 주인에게 이렇게 말하기 시작했다.

"핀스케나 기샤고가 무슨 말을 하든 모른 체하고 있으면 될 터. 어차피 시답잖은 얘기일 테니까 말이야. 중학교 학생 따위를 신경 쓸 가치는 또 어디 있고? 뭐, 방해가 돼? 그런데 담판을 짓는다고 해도, 싸움을 한다고 해도 그 방해가 없어지지는 않았잖아. 그런 점에서 볼 때 나는 서양인보다 옛날 일본인이 훨씬 더 대단하다고 생각하네. 요즘엔 적극적이라는 서양인의 방식이 꽤 유행하는 것 같은데, 그건 큰 결점을 갖고 있네. 우선 적극적이라고 하는 건 한계가 없는 이야기 아닌가. 아무리 적극적으로 한다고 해도 만족이라는 영역이나 완전이라는 지경에 이를 수는 없다는 말이네. 맞은 편에 노송나무가 있다고 하세. 그게 시야를 가린다고 없애버리면, 그 너머에 하숙집이 또 방해가 되네. 하숙집을 철거하게 하면 그 다음 집이 또 눈에 거슬리게 되지. 아무리 가도 끝이 없는 이야기라는 거야. 서양인의 방식이라는 게 다 이렇다네. 나폴레옹도 그렇고 알렉산더도 그렇고, 이겨서 만족한 이는 한 명도 없었네. 사람이 마음에 들지 않는다고 싸우고, 상대가 손을 들지 않으면 법정에 호소하고, 결국 법정에서는 이기겠지. 하지만 그것으로 결말이 났다고 생각하는 것은 잘못이네. 아무리 안달한다고 해도 죽을 때까지 마음의 결말이라는 건 나는 게 아니라는 거지. 과두정치가 안 되니까 대의정치를 하고, 대의정치가 안 되면 또 다른 것이 하고 싶어지지. 강이 건방지다고 다리를 놓고, 산이 마음에 들지 않는다며 터널을 뚫고, 교통이 번거롭다며 철도를 깔지. 그렇다고 영원한 만족을 얻을 수는 없네. 그래봤자 인간인데, 얼마나 적극적으로 자기 뜻을 관철할 수 있겠나. 서양 문명은 적극적이고 진취적일지는 모르겠으나 결국 만족하지 못하고 평생을 보내는 사람이 만든 문명인 셈이지. 일본의 문명은 자기 이외의 상태를 변화시켜 만족을 구하려는 게 아니네. 서양과의 큰 차이점은, 근본적으로 주위 조건이 바뀌어서는 안 된다는 가정하에서 발달했다는 점이지. 서양 사람들처럼 부모 자식의 관계가 좋지 못하다면 그 관계를 개량해서 안정을 찾으려고 하지 않네. 부모 자식의 관계는 지금까지 있었던 그대로 도저히 바뀔 수 없는 것으로 생각하고, 그런 관계에서 안정을 찾을 수 있는 수단을 강구하지. 부부 관계나 군신 관계도 그렇고, 양반과 평민도 그렇고, 자연 자체를 보는 것도 그러하네. 이웃한 지역으로 가야 하는데 산이 가로막고 있다면 산을 무너뜨리겠다고 생각하는 대신 이웃한 지역으로 가지 않아도 될 궁리를 하지. 산을 넘지 않아도 만족하는 마음을 키우는 거라네. 그러니 보게나. 선가에서도 유가에서도 이 문제를 근본적으로 다루는 것이네. 자신이 아무리 뛰어나도 세상은 도저히 자기 뜻대로 되지 않아. 지는 해를 다시 뜨게 하는 일도, 강물을 거꾸로 흐르게 하는 일도 할 수 없네. 다만 할 수 있는 것은 자신의 마음뿐이니까, 마음만 자유롭게 하는 수양을 한다면 낙운관의 학생들이 아무리 시끄럽게 굴어도 태연할 수 있을 게 아닌가. 질그 릇으로 만든 너구리라 놀려도 신경 쓰지 않고 있을 수 있겠지. 핀 스케 같은 녀석이 어리석은 말을 하면 '이 바보 같은 녀석.' 하고 넘어가면 될 것이고. 확실히는 모르나 옛날 어느 스님이 누가 자 신을 베려고 하자 '칼을 번뜩이며 나를 베어봐야 봄바람을 벤 것 이나 마찬가지. 깨달음을 얻은 중의 생명을 끊을 수는 없다.'라는 재치 있는 말(명나라의 승려 무학조원無學祖元을 말한다. 호조 도키무네의 초 청으로 일본에 와 엔가쿠지円覺寺를 창건하는 등 임제종의 기초를 닦았다. 원나라 군사가 절에 침입했을 때 이 말을 하여 무사히 넘겼다는 일화가 다쿠안 선사의 《부동지신묘록不動智神妙録》 등에 소개되어 있다)을 했다는 이야기가 있네. 마음의 수양을 쌓아 소극消極의 경지에 이르면 이런 활력 있는 작 용이 가능하지 않겠나. 나 같은 사람이야 그렇게 어려운 것은 잘 모르네만, 어쨌든 서양인식 적극주의만 좋다고 생각하는 것은 좀 잘못된 것 같네. 실제로 자네가 아무리 적극주의로 나간다고 해도 학생들이 자네를 놀리러 오는 것을 어떻게 할 수도 없잖은가. 자 네의 권력으로 그 학교를 폐쇄한다거나 경찰에 고발할 만큼 그쪽 이 나쁜 짓을 하면 또 모르겠지만, 그렇지 않은 이상 아무리 적극 주의로 나간다고 해도 이길 수는 없을 걸세. 만약 적극적으로 나 간다고 하면 돈 문제가 될 것이네. 중과부적이라는 말이지. 바꿔 말하면 자네가 부자한테 고개를 숙여야 한다는 뜻이야. 다수의 힘 을 믿고 달려드는 어린애들한테 두 손을 들어야 할 거라는 거지. 자네 같은 가난뱅이가, 그것도 혼자 적극적으로 싸우려는 것이 애 당초 자네가 불만을 품게 된 원인이네. 어떤가, 이제 알겠는가."

주인은 알았다고도 그렇지 않다고도 말하지 않고 가만히 듣고

만 있었다. 진객이 돌아간 뒤 주인은 서재로 들어가 책도 들여다보지 않고 골똘히 생각에 잠겼다.

스즈키는 주인에게 돈과 다수를 따르라고 일러주었다. 아마키 선생은 최면술로 신경을 가라앉히라고 조언했다. 마지막 손님은 소극적인 수양을 통해 안정을 얻으라고 설법했다. 주인이 어느 것을 택할지는 주인 마음이다. 다만 지금까지와 같은 방식으로는 통하지 않을 거라는 건 분명한 사실이다.

9

　주인은 곰보다(예방책인 종두가 원인이 되어 천연두가 발병하는 경우가 있는데, 소세키 본인이 그러했다). 메이지 유신 전에는 곰보도 꽤 유행했다고 하는데, 영일동맹(1902년에 체결되어 1921년에 폐기된 영국과 일본의 동맹조약. 남하하는 러시아에 대비하기 위한 것이었다)을 맺은 지금 시점에서 보면 이런 얼굴은 다소 시대에 뒤처진 감이 없지 않다. 곰보의 쇠퇴는 인구 증가와 반비례하여 가까운 장래에는 완전히 그 흔적이 사라지게 될 것이라는 설이 의학적인 통계로 정밀하게 산출된 결론이다. 나 같은 고양이도 전혀 의심할 여지가 없을 정도로 훌륭한 이론이다. 현재 지구상에 곰보로 사는 인간이 얼마나 되는지 모르겠지만, 나의 교제 구역 안에서 계산해보면 고양이 중에는 한 마리도 없다. 인간 중에는 딱 한 명이 있다. 그런데 그 한 사람이 바로 주인이다. 정말 딱한 노릇이다.

　나는 주인의 얼굴을 볼 때마다 생각한다. 무슨 업보로 이런 이상한 얼굴을 하고 염치도 없이 20세기의 공기를 호흡하고 있는 걸까. 옛날이라면 조금은 말발이 먹혔을지 모르겠으나 모든 곰보가 양 팔뚝으로 퇴거 명령을 받은 오늘날, 여전히 콧잔등이나 볼 위에 진을 치고 한사코 움직이지 않는 것은 자랑이 못 될 뿐만 아니라 오히려 곰보의 체면에 관련된 것이다. 할 수만 있다면 지금이라도 당장 모두 없애는 게 좋지 싶다. 곰보 자신도 불안할 것이 틀림없다. 아니면 무리로서의 세력이 부진할 때 맹세코 지는 해를 중천으로 되돌려놓고 말겠다는 패기로 그렇게 건방지게 얼굴 전체를 점령하고 있는지도 모른다. 그렇다면 그 곰보를 경멸하는 시선으로 보아서는 결코 안 될 것이다. 도도한 풍속에 저항하는 만고불멸의 구멍의 집합체이고, 우리가 존경할 가치가 있는 요철凹凸이라 해도 좋다. 다만 지저분하다는 것이 흠이다.

주인이 어렸을 때 우시고메의 야마부시초山伏町에 아사다 소하쿠(1815~1894. 에도 막부의 의관으로 메이지 유신 후 궁내성에 출사, 동궁東宮의 시의가 된 인물이다)라는 한방 명의가 있었는데, 이 노인이 왕진을 다닐 때는 반드시 가마를 타고 느긋하게 이동했다고 한다. 그런데 소하쿠 노인이 죽고 그 양자가 대를 잇자 순식간에 가마가 인력거로 바뀌었다. 그러니 양자가 죽고 다시 그의 양자가 뒤를 이으면 갈근탕이 안티피린(갈근탕은 한방 감기약으로 유명한 약재이고, 안티피린은 1884년 크노르가 합성해 만든 최초의 해열진통제다)으로 바뀔지도 모른다. 가마를 타고 도쿄 시내를 느긋하게 가로지르는 것은 소하쿠 노인이 살던 당시에도 그다지 보기 좋은 모습은 아니었다. 그런 짓을 하고도 아무렇지도 않은 자는 고루한 자와 기차에 실린 돼지와 소하쿠 노인뿐이었다.

주인의 곰보도 시원치 않다는 점에서는 소하쿠 노인의 가마와 매일반으로 옆에서 보면 아주 딱할 지경인데, 한의사 못지않게 완고한 주인은 여전히 고성낙일孤城落日(원군도 없이 고립된 성에 석양이 비치는 모습. 고립무원의 쓸쓸한 심정이나 풍경을 이르는 말이다)의 곰보 자국을 만천하에 드러내놓고 매일 학교에 나가 리더를 강독하고 있다.

이처럼 지난 세기의 기념품을 얼굴 가득 새기고 교단에 선 그는 학생들에게 수업과는 별개로 큰 가르침을 주고 있음이 틀림없다. 그는 'The ape has hands(원숭이는 손이 있다는 뜻으로 메이지 시대 일본의 영어 교과서에 실렸던 문장)'를 반복하기보다는 '곰보 자국이 안면에 미치는 영향'이라는 큰 문제를 쉽게 풀어 무언중에 학생들에게 그 답안을 제시하는 것이다. 만약 주인 같은 인간이 교사가 아니었다면, 학생들은 이 문제를 연구하기 위해서 도서관이나 박물관으로 달려가 우리가 미라를 보며 이집트인을 떠올릴 때와 같은 노력을 기울여야 할 것이다. 이런 점에서 보면 주인의 곰보도 부지불식간에 묘한 공덕을 베풀고 있는 셈이다.

애초에 주인은 이 공덕을 베풀기 위해 얼굴 가득 마맛자국을 남긴 게 아니다. 사실은 종두를 접종했다. 팔뚝에 맞았는데 불행하게도 얼굴로 전염된 것이다. 어렸을 때 일이었으니 지금처럼 외모 따위엔 신경도 쓰지 않기 때문에 가렵다며 함부로 얼굴을 긁어댔다고 한다. 마치 화산이 분화하여 용암이 얼굴 위로 흘러내린 것처럼 부모로부터 물려받은 얼굴을 엉망으로 만들어버렸다. 주인은 가끔 아내에게 종두를 접종하기 전까지만 해도 옥 같은 남자였다고 말한다. 아사쿠사의 관음상 같아서 서양인이 돌아보았을 정도로 예뻤다고 자랑할 때도 있다. 정말로 그랬을지도 모른다. 다만 증명해줄 이가 아무도 없다는 것이 안타까울 따름이다.

아무리 공덕이 되고 교훈이 된다고 해도 추잡한 것은 역시 추잡한 것이다. 그래서 철이 들 무렵부터 주인은 곰보 자국이 걱정되어 온갖 수단을 동원해서 이 추한 모습을 없애려고 했다. 그런데 소하쿠 노인의 가마와 달리 보기 싫다고 하루아침에 내동댕이칠 수 있는 것이 아닌지라, 아직도 또렷이 남아 있다. 이 또렷하다는 게 다소 마음에 걸리는 듯 주인은 길을 걸을 때마다 얼굴에 곰보 자국이 있는 사람을 세며 걷는다고 한다. 오늘은 곰보를 몇 명 만났는지, 남자였는지 여자였는지, 그 장소가 오가와마치小川町의 잡화점이었는지 우에노 공원이었는지 모조리 일기에 적어둔다(1901년 3월 30일 소세키의 일기에 "집에 돌아오는 길에 버스를 탔더니 '곰보'가 있는 사람이 세 명 타고 있었다."라고 적혀 있다). 그는 곰보에 관한 지식이라면 누구에게도 지지 않을 거라고 확신하고 있다. 일전에 서양에서 돌아온 친구가 찾아왔을 때 이렇게 물었을 정도다.

"서양인 중에도 곰보가 있는가?"

"글쎄……."

친구는 고개를 갸웃하며 한참을 생각한 뒤에 대답했다.

"음, 거의 없던데."

"거의 없다면 조금은 있던가?"

주인은 확인하듯 다시 물었다.

"있다고 해도 거지나 날품팔이지, 교육받은 사람 중에는 없는 것 같네."

친구는 무관심한 표정으로 대답했다.

"그래? 일본과 좀 다르군."

주인은 이렇게 말했다.

철학자의 의견에 따라 낙운관과의 싸움을 단념한 주인은 그 후 서재에 틀어박혀 무언가를 골똘히 생각하고 있다. 그의 충고를 받아들여 마음을 가라앉히고 조용히 앉아서 이상하게 흥분해 있는 정신을 소극적으로 수양할 생각인지도 모르지만, 애초에 소심한 인간이 그렇게 어두운 표정으로 팔짱만 끼고 있어서는 제대로 된 결과가 나올 리 없다. 그보다는 외국 서적이라도 전당포에 맡기고 게이샤에게 유행가라도 배우는 편이 훨씬 낫겠다는 생각이 들기는 했으나, 그리 편벽한 남자가 고양이의 충고를 들을 리 만무하니 멋대로 하게 내버려두는 것이 낫겠다 싶어 대엿새 동안 근처에도 가지 않고 지냈다.

오늘은 그로부터 딱 이레째가 되는 날이다. 불교 등에서는 이레 안에 대오각성하겠다며 엄청난 기세로 결가부좌를 트는 이들도 있다 하니 우리 주인도 어떻게든 되었겠지, 죽느냐 사느냐 어떻게든 결판이 났으리라 생각하고 어슬렁어슬렁 툇마루에서 서재 입구까지 가서 실내의 동정을 살폈다.

서재는 남향의 다다미 여섯 장짜리 방으로 볕이 잘 드는 곳에 큼직한 책상이 놓여 있다. 그냥 큼직한 책상이라고 하면 잘 모를 것이다. 길이 1미터 80센티미터, 너비 1미터 15센티미터 그리고 적당한 높이의 큼직한 책상이다. 물론 기성품은 아니다. 근처 가구점에 주문해서 침대 겸 책상으로 만들게 한 희대의 물건이다. 무엇 때문에 이렇게 큼직한 책상을 새로 들여놓았고 또 무엇 때문에 그 위에서 잘 생각을 했는지 본인에게 물어보지 않았으니 전혀 알 수 없다. 단순한 잠깐의 우발적인 충동으로 이런 애물단지를 들여놓았는지도 모르고, 어쩌면 정신병자에게서 우리가 종종 보듯 아무런 연관도 없는 두 개의 관념을 연결지어 생각해서 책상과 침대를 멋대로 묶어버렸는지도 모른다. 어쨌든 기발한 생각이다.

다만 기발하기만 할 뿐 도움이 되지 않는다는 게 단점이다. 나는 언젠가 주인이 이 책상 위에서 낮잠을 자다 몸을 뒤척이는 바람에 툇마루로 굴러떨어지는 것을 본 적이 있다. 그 뒤로는 이 책상이 침대로 쓰인 일이 한 번도 없다.

책상 앞에는 얄팍한 모슬린 방석이 놓여 있는데 담뱃불로 생긴 구멍 세 개가 한 곳에 모여 있다. 구멍으로 들여다보이는 솜은 거무스름하다. 이 방석 위에 등을 보이며 단정히 앉아 있는 이가 주인이다. 쥐색으로 더럽혀진 헤코오비兵児帯(어린이 또는 남자가 매는, 한 폭으로 된 허리띠)를 옭매듭으로 묶었는데 좌우 두 가닥이 발 뒤로 축 늘어져 있다. 얼마 전에는 이 허리띠에 달라붙어 장난을 치다가 느닷없이 머리를 쥐어박힌 적이 있다. 함부로 가까이할 허리띠가 아니다.

'서투른 사람의 생각은 시간 낭비일 뿐 아무 쓸모가 없다.'는 속담도 있는데, 아직 생각에 잠겨 있는지 뒤에서 들여다보니 책상 위에 몹시 반짝거리는 것이 놓여 있다. 나는 나도 모르게 눈을 두세 번 깜빡거리고는, 그놈 참 이상하군, 하며 눈부신 것을 참고 그 반짝이는 것을 가만히 쳐다봤다. 그 빛은 책상 위에서 움직이고 있는 거울에서 나오는 것이었다. 그런데 주인은 무슨 이유로 서재에서 거울 같은 걸 들여다보고 있는 것일까. 거울이라면 욕실에 있어야 한다. 실제로 나는 오늘 아침 욕실에서 이 거울을 봤다. 콕 집어 이 거울이라고 말할 수 있는 것은 주인집에 이 거울 말고 다른 거울이 없기 때문이다. 주인은 매일 아침 세수를 한 뒤 머리 가르마를 탈 때도 이 거울을 이용한다. 주인 같은 남자도 머리 가르마를 타느냐고 묻는 사람이 있을지도 모르지만, 실제로 그는 다른 일에는 무심해도 머리에는 공을 들인다. 내가 이 집에 온 뒤로 지금까지 주인은 아무리 날이 후텁지근해도 머리를 1, 2센티미터 길이로 짧게 깎은 적이 없다. 반드시 6센티미터 남짓한 길이로 자르고 그 머리카락을 왼쪽으로 거창하게 가르마를 탈 뿐만 아니라 오른쪽 끝을 살짝 올리고 마무리한다. 이 또한 정신병의 징후인지도 모른다. 이렇게 거드름을 피우며 가르마를 탄 머리가 이 책상과는 전혀 어울리지 않는다고 생각하지만, 남에게 해를 끼칠 정도는 아니어서 다들 아무 말도 하지 않는다. 본인도 득의양양하다. 가르마를 타는 방식이 세련되었는지는 제쳐두고, 왜 머리를 그렇게 길게 기르나 했더니 사실은 이런 사정이 있었다. 그의 곰보 자국은 단지 그의 얼굴만 파먹은 것이 아니라, 이미 오래전에 정수리까지 파먹었다고 한다. 그러니 만약 보통 사람들처럼 머리를 짧게 깎으면 짧은 머리카락 사이로 수십 개나 되는 곰보 자국이 드러나고 만다. 아무리 매만지고 어루만져도 돌기가 없어지지 않는다. 마른 들판에 반딧불이를 풀어놓은 듯해서 운치가 있을지 모르지만, 아내의 마음에 들지 않는 것은 물론이다. 머리만 길게 기르면 드러나지 않는데 무엇 하러 자신의 결점을 스스로 드러내겠는가. 할 수만 있다면 얼굴에도 털이 나서 곰보 자국을 아무도 모르게 덮어버렸으면 싶은데, 그냥 자라는 머리카락을 돈까지 내고 깎아, 천연두가 내 두개골 위까지 번졌습니다, 하고 광고할 필요는 없을 것이다. 이것이 주인이 머리카락을 길게 기르는 이유고, 머리카락을 길게 기르니 가르마를 타는 것이며, 가르마를 타니 거울을 보는 것이고, 그래서 거울이 욕실에 있는 것이며, 그리고 그 거울이 하나밖에 없다는 것이다.

욕실에 있어야 할 거울이, 게다가 하나밖에 없는 거울이 서재에 와 있는 이상 거울이 몽유병에 걸렸거나 아니면 주인이 욕실에서 가져왔을 것이다. 가져왔다면 무엇 때문에 가져왔을까. 어쩌면 예의 그 소극적 수양에 필요한 도구인지도 모른다. 옛날 어떤 학자가 스님에게 이러저러한 지식에 관해 물었더니 스님이 갑자기 웃통을 벗어젖히고 기와를 갈기 시작했다.

"스님, 뭘 만드십니까?"

"거울을 만들려고 지금 열심히 가는 중이 아닌가."

그래서 깜짝 놀란 학자는 이렇게 말했다.

"아무리 불심이 깊은 승려라도 기와를 갈아 거울을 만들 수는 없습니다."

"그런가, 그러면 그만둬야지. 아무리 책을 읽어도 도를 알지 못하는 것도 같은 이치겠지."

스님은 껄껄 웃으며 큰 소리로 말했다. 주인도 어디서 이 이야기를 주워듣고 욕실에서 거울을 가져와 의기양양한 얼굴로 그걸 들여다보고 있는지도 모른다. 어지간히 속이 시끄러운가 보다고 가만히 안색을 살폈다.

이처럼 어떻게 해야 할지 모르는 주인은 하나밖에 없는 거울을 아주 열심히 들여다보고 있었다. 원래 거울은 어쩐지 무서운 느낌이 드는 물건이다. 이슥한 밤에 넓은 방에서 촛불을 켜두고 혼자 거울을 들여다보려면 상당한 용기가 필요하다고 한다. 이 집의 딸이 처음 내 얼굴에 거울을 들이밀었을 때 나는 소스라치게 놀라 집 주위를 세 바퀴나 돌았을 정도다. 아무리 대낮이라도 주인처럼 이렇게 눈이 빠져라 들여다본다면, 자기도 자신의 얼굴이 무서워질 것이다. 그렇지 않아도 그다지 기분 좋은 얼굴도 아니다. 잠시 후 주인은 혼자 중얼거렸다.

"역시 추잡한 얼굴이야."

자신의 추함을 자백하는 것은 훌륭한 자세다. 꼬락서니를 보면 미치광이임이 틀림없지만, 하는 말은 진리다. 이것이 한 발짝만 더 나아가면 자신의 추악함이 두려워진다. 인간은 자신이 무서운 악당이라는 사실을 뼈에 사무치도록 느끼지 않고는 세상 물정을 잘 안다고 할 수 없다. 세상 물정을 잘 아는 사람이 아니면 도저히 해탈할 수 없다. 주인도 그렇게까지 말한 김에 '아, 무섭다.'라고 말할 법도 한데, 좀처럼 그 말이 나오지 않는다. '역시 추잡한 얼굴이야.'라고 말한 뒤 무슨 생각을 했는지 볼을 뚱하게 부풀렸다. 그렇게 부푼 볼을 손바닥으로 두세 번 두드렸다. 무슨 주문인지 알 수가 없다. 이때 나는 어쩐지 이 비슷한 얼굴을 어디서 본 것 같다는 느낌이 들었다. 곰곰이 생각해보니 그것은 하녀의 얼굴이었다. 이왕 말이 나온 김에 하녀의 얼굴을 여기서 잠깐 소개하자면, 참으로 불룩한 얼굴이다. 일전에 어떤 사람이 아나모리이나리穴守稲荷 신사에서 선물로 산 복어 초롱을 가져왔는데, 바로 그 복어 초롱처럼 불룩하다. 너무나 잔혹하게 불룩하기에 두 눈이 안 보일 정도다. 하긴 복어는 전체가 둥글게 부풀었지만, 하녀는 원래 골격이 다각형인데 그 골격대로 부풀어서 마치 부종에 시달리는 육각시계 같다. 하녀가 들으면 필시 화를 낼 것이니 하녀 이야기는 이쯤 해두고 다시 주인 이야기로 돌아가자면, 이처럼 있는 힘껏 숨을 들이쉬어 볼을 부풀린 그는 앞에서 말한 대로 손바닥으로 볼을 두드리면서 다시 혼잣말을 했다.

"이 정도로 피부가 팽팽해지면 곰보 자국도 눈에 띄지 않을 텐데."

이번에는 얼굴을 옆으로 돌려 햇볕을 받는 쪽을 거울에 비춰본다.

"이렇게 보니 눈에 확 띄는구나. 역시 정면으로 해를 받는 편이 반들반들해 보여. 참 지저분하네."

꽤 어이없는 듯했다. 그러고 나서 오른손을 쭉 뻗어 거울을 되도록 멀리 해서 가만히 들여다보았다.

"이만큼 떨어지면 그렇지도 않군. 역시 너무 가까우면 안 되겠어. ……얼굴뿐만 아니라 뭐든 그렇겠지."

대단한 깨달음이라도 얻은 양 말했다. 이어서 거울을 갑자기 옆으로 돌렸다. 그러고는 코를 중심으로 눈과 이마, 눈썹을 한꺼번에 중심을 향해 이리저리 모았다.

"이야, 이건 안 되겠군."

딱 보기에도 불쾌한 용모가 만들어졌다고 생각했는데, 당사자에게도 그렇게 보였는지 재빨리 그만두었다.

"얼굴이 왜 이렇게 칙칙할까?"

주인은 다소 미심쩍다는 듯 거울을 얼굴에서 10센티미터 정도로 바싹 들이댔다. 오른손 검지로 콧방울을 문지르고 그 손가락 끝을 책상 위에 놓인 압지 위에 대고 꾸욱 눌렀다. 손에 묻은 콧기름이 종이 위에 동그랗게 스며들었다. 참 가지가지 한다. 그러고 나서 주인은 콧기름을 닦아낸 손가락 끝으로 단숨에 오른쪽 눈의 아래 눈꺼풀을 까뒤집어 속칭 '메롱'이라는 것을 보기 좋게 해치웠다. 곰보를 연구하는 것인지 거울과 눈싸움을 하는 것인지 다소 불분명하다. 변덕이 심한 주인인지라, 보고 있는 동안에도 여러 가지로 모습을 바꾼다. 하지만 그럴 계제가 아니다. 만약 선의를 가지고 동문서답식으로 해석하면, 주인은 자기의 본성을 깨닫는 방편으로 이렇게 거울을 상대로 여러 가지 몸짓을 연출하고 있는 것인지도 모른다. 모든 인간의 연구라는 것은 자기를 연구하는 것이다. 천지든 산천이든 일월이든 성신이든 모두 자기의 다른 이름에 지나지 않는다. 자기를 제외한 다른 것에서 연구해야 할 사항을 발견할 수 있는 사람은 아무도 없다. 만약 인간이 자기 밖으로 뛰쳐나갈 수 있다면, 뛰쳐나가자마자 자기는 없어지고 만다. 게다가 자기 연구는 자기 말고는 해줄 사람이 아무도 없다. 아무리 하고 싶어도, 누가 해주기를 바라도 불가능한 것이다. 그러므로 고금의 호걸은 다들 제힘으로 호걸이 되었다. 다른 사람 덕분에 자기를 알 정도라면, 자기 대신 쇠고기를 먹이고 질긴지 부드러운지 판단하게 할 수 있을 것이다. 아침에 부처의 가르침을 듣고 저녁에 도를 듣고 서재에서 책을 손에 드는 것은, 모두 제힘으로 깨달음을 얻으려는 마음을 일게 하는 방편에 지나지 않는다. 다른 사람이 하는 설법에, 다른 사람이 말하는 도리에, 그리고 다섯 수레에 실을 만큼 많은 벌레 먹은 책 속에 자기가 존재할 까닭이 없다. 존재한다면 그것은 자신의 유령이다. 하기야 어떤 경우에는 영혼이 없는 것보다 유령이 나을지도 모른다. 그림자를 좇으면 본체에 이르지 못한다고도 할 수 없다. 대부분의 그림자는 본체를 떠날 수 없는 것이다. 이런 의미에서 주인이 거울을 만지작거리고 있다면 꽤 말이 통하는 남자일 것이다. 에픽테토스 따위를 잘 이해하지도 못한 채 그냥 받아들이며 학자인 척하는 것보다는 훨씬 낫다고 생각한다.

거울은 자부심 제조기인 동시에 자만심의 소독기다. 만약 실속은 없고 겉만 화려한 허영심으로 거울을 대한다면 이것만큼 어리석은 자를 선동하는 도구도 없다. 옛날부터 실력도 없으면서 으스댐으로써 자신을 해치고 다른 사람을 상하게 한 일의 3분의 2는 아마 거울의 소행일 것이다. 프랑스 혁명 당시 호기심이 강한 의사(조제프이냐스 기요탱. 그의 이름을 따서 단두대를 프랑스어로 기요틴이라 부른다)가 개량 단두대인 기요틴을 발명하여 뜻하지 않은 죄를 지은 것처럼, 처음 거울을 만들어낸 사람도 아마 잠자리가 뒤숭숭했을 것이다. 하지만 자신에게 정나미가 떨어졌을 때, 자아가 위축되었을 때는 거울을 보는 것만큼 잘 듣는 묘약도 없다. 미추가 명확히 드러나기 때문이다. 이런 얼굴로 용케 사람입네 하고 오늘날까지 거만하게 살아왔구나 하고 깨닫는 것이다. 그것을 깨달았을 때가 인간의 생애 중 가장 감사한 시기다. 스스로 자신이 바보임을 아는 것만큼 고귀하게 보이는 것은 없다. 이 자각성 바보 앞에서는 모든 잘난 체하는 사람들이 모조리 머리를 조아리고 황송해해야 한다. 당사자는 의기양양하게 자신을 경멸하고 조소하더라도, 상대가 보면 그 의기양양한 모습이 머리를 조아리며 황송해하도록 만드는 것이다. 주인은 거울을 보고 자신의 어리석음을 깨달을 만큼 현자가 아니다. 하지만 자신의 얼굴에 새겨진 마맛자국 정도는 사심 없이 읽어낼 수 있는 남자다. 얼굴이 추하다는 것을 스스로 인정하는 것은 마음의 미천함을 터득하는 첫걸음이 될 것이다. 듬직한 사내다. 이 또한 철학자가 꼼짝 못 하게 윽박지른 결과인지도 모른다.

이런 생각을 하면서 계속 동정을 살피고 있자니, 그런 줄도 모르는 주인은 실컷 눈을 까뒤집어 보더니 "꽤 충혈된 것 같군. 역시 만성 결막염이야."라고 말하면서 충혈된 눈의 눈꺼풀을 집게손가락 옆쪽으로 세게 비비기 시작했다. 어지간히 가렵긴 하겠지만, 그렇지 않아도 벌게져 있는 것을 그렇게 비벼대면 견뎌내지 못할 것이다. 머지않아 소금 뿌린 도미 눈알처럼 썩어 문드러질 게 뻔하다. 곧 눈을 뜨고 거울을 들여다보는 걸 보니 아니나 다를까 북국의 잔뜩 찌푸린 겨울 하늘처럼 탁해져 있다. 하긴 평소에도 그다지 맑은 눈은 아니었다. 과장된 형용사를 쓰자면 검은자위와 흰자위를 구별할 수 없을 만큼 뒤섞여서 막연했다. 그의 정신이 몽롱하여 늘 요령부득으로 일관하는 것처럼, 그의 눈도 애매하게 영원히 눈구멍 속을 떠다니고 있다. 이는 태독胎毒 때문이라고도 하고 천연두의 후유증이라고도 해석되어 어렸을 때는 버드나무벌레나 송장개구리(아이가 밤에 울거나 경련 등의 발작을 일으킬 때 쓰는 묘약이라고 한다)의 신세도 꽤 졌다고 하는데, 어머니가 그렇게 정성을 들인 보람도 없이 오늘날까지 태어날 당시와 마찬가지로 흐리멍덩하다. 내 생각에는 결코 태독이나 천연두 때문이 아니다. 그의 눈동자가 이처럼 흐릿하고 혼탁한 비경悲境에서 방황하고 있는 것은 곧 그의 두뇌가 불투명한 실체로 구성되어 있고 그 작용이 암담하고 흐릿함의 극에 달해 있어 그것이 자연스럽게 형체로 드러난 것인데, 그런 줄도 모르는 어머니는 쓸데없는 걱정을 했던 것이다. 연기가 나면 불이 있다는 것을 알 수 있듯이 탁한 눈은 어리석음을 증명한다. 그러고 보면 그의 눈은 그의 마음의 상징이고, 그의 마음은 덴보센天保錢(에도 시대 말기부터 통용되던 동전으로 가운데에 구멍이 뚫려 있었다. 메이지 시대에 들어서는 그 가치가 떨어져 우둔한 사람, 시대에 뒤처진 사람을 욕하는 데 쓰였다)처럼 구멍이 뚫려 있으니 그의 눈 역시 덴보센과 마찬가지로 높은 가치로 통용되지 않는 것이다.

주인이 이번에는 수염을 비틀기 시작했다. 원래 버르장머리가 좋지 않은 수염이라 모든 게 제멋대로 자라나 있다. 아무리 개인주의가 성행하는 세상이라 해도 이렇게 제멋대로 자라서야 주인이 얼마나 성가실지 충분히 짐작할 수 있다. 주인도 생각하는 바가 있는지, 요즘에는 많은 훈련을 통해 되도록 체계적으로 자라게 하려고 애쓰고 있다. 그리고 그렇게 열심히 공들인 효과가 없지는 않아 최근 들어 마침내 조금씩 가지런해지기 시작했다. 지금까지는 수염이 그냥 나 있었지만, 요즘에는 수염을 기르고 있다고 자랑할 정도가 되었다. 노력은 성공의 정도에 맞춰 고무되기 마련이라 자기 수염의 전도유망함을 보고 주인은 아침저녁으로 틈만 나면 반드시 수염에게 편달을 가한다. 그의 야망은 독일 황제 폐하(프리드리히 빌헬름 2세. 양쪽 끝이 위로 굽어 올라간 그의 팔자수염은 '카이저수염'이라는 보통 명사까지 생길 정도로 유명하다. 9장 말미에는 고양이의 주인도 이와 비슷한 콧수염을 기르고 있다고 나온다)처럼 향상심이 왕성한 수염을 기르는 데 있다. 그러므로 모공이 옆으로 향하든 아래로 향하든 전혀 개의치 않고 한데 싸잡아 위쪽으로 끌어올린다. 수염도 무척 고생스러울 것이다. 때로는 소유주인 주인조차 아픈 적도 있다. 하지만 그게 훈련이다. 싫든 좋든 거꾸로 훑어 올린다. 문외한이 보면 속을 알 수 없는 도락 같지만, 당사자만은 아주 지당한 일로 알고 있다. 교육자가 쓸데없이 학생의 본성을 고쳐놓고 자신의 공을 보며 자랑하는 것과 같은 것이니 비난해야 할 이유는 전혀 없다.

주인이 열과 성을 다해 수염을 조련하고 있을 때 부엌에서 다각형의 하녀가 우편물이 왔다며 예의 붉은 손을 서재 안으로 쑥 들이밀었다. 오른손으로 수염을 붙잡고 왼손으로 거울을 든 주인은 그대로 입구 쪽을 돌아보았다. 여덟 팔 자의 꼬리에게 물구나무를 서라고 명령한 듯한 수염을 보자마자 다각형 하녀는 부랴부랴 부엌으로 돌아가 솥뚜껑에 몸을 기대고 깔깔깔깔 웃었다. 주인은 태연하다. 유유히 거울을 내리고 우편물을 집어 들었다. 첫 번째 우편물은 활판인쇄를 한 것인데, 어쩐지 위압적인 글자가 늘어서 있다. 읽어보니 이러했다.

삼가 더욱 다복하시기를 비옵니다.

돌아보건대 러일전쟁은 연전연승의 기세를 타고 평화롭게 극복을 고하였으며 우리의 충의 용맹한 장병들은 바야흐로 과반이 만세 소리와 함께 개선가를 울리니 국민들의 환희는 이루 말할 수 없습니다.

앞서 폐하께서 선전 조서를 반포하자 충의와 용기를 나라에 바친 장병들은 오랫동안 이역만리에서 추위와 더위의 고난을 참아가며 한결같은 마음으로 전투에 임해 국가에 목숨을 바쳤으니 그 지성至誠을 오래도록 마음에 새기고 잊어서는 아니 될 것입니다. 그리고 군대의 개선은 이번 달 안에 대부분 종료될 것입니다.

이에 본회는 오는 25일을 기해 우리 구에서 출정한 1,000여 명의 장병에 대해 우리 구민 전체를 대표하여 장대한 개선 축하연의 개최를 겸해 전몰 군인 유족을 위로하기 위하여 열과 성을 다해 맞이함으로써 다소나마 감사의 뜻을 표하고자 하니 각계각층의 협찬을 바랍니다. 이 성전을 거행하는 행운을 얻는다면 본회의 면목은 더할 나위 없을 것입니다. 모쪼록 찬성하시어 자진하여 의연금을 내주시리라 바라 마지않습니다.

삼가 아뢰었습니다.

　발송인은 어느 귀족이었다. 주인은 말없이 한 번 읽고는 곧바로 봉투 안에 집어넣고 모른 척했다. 의연금 따위는 낼 것 같지 않다. 지난번에 도호쿠東北 지방에 흉작(1905년 도호쿠 지방은 70년 만의 흉작으로 극심한 기근에 시달렸다)이 들었을 때도 의연금을 2엔인가 3엔을 내고 나서 만나는 사람마다 의연금을 뜯겼다고 난리를 쳤을 정도다. 의연금은 내는 것이지 뜯기는 게 아니다. 도둑을 만난 것도 아닌데 뜯겼다고 하는 것은 온당치 못하다. 그런데도 도난이라도 당한 것처럼 생각하는 주인이 아무리 군대 환영회라고 해서, 아무리 귀족의 권유라고 해서, 강경하게 권유를 받았다면 또 모르지만, 활판으로 인쇄된 종이 쪼가리 따위에 돈을 낼 인간이라고는 생각되지 않는다. 주인의 입장에서 보면 군대를 환영하기 전에 먼저 자신을 환영하고 싶은 것이다. 자신을 환영한 후라면 대개의 것은 환영할 것 같지만, 자신이 생계에 곤란을 겪는 동안은, 환영은 귀족에게 맡겨둘 요량인 듯하다. 주인은 두 번째 우편물을 집어 들고 말했다.

　"이야, 이것도 활판인쇄로군."

　목하 추량지절에 귀댁의 융성이 점점 더하심을 경하드리옵니다.
　말씀드리옵건대 본교는 아시다시피 재작년 이래 두세 명의 야심가 때문에 방해를 받아 한때 그 피해가 극에 달하였습니다. 하지만 이 모든 것이 불초한 신사쿠가 부덕한 소치라고 생각하여 깊이 스스로를 경계하고　와신상담(일본에서는 청일전쟁 후 러시아·독일·프랑스의 간섭에 대한 반발로 이 말이 널리 쓰이게 되었다)하고 있습니다. 그 고행의 결과 이제야 가까스로 우리의 이상에 적합한 교사校舍의 신축비를 독력으로 마련할 방도를 강구했습니다.

그것은 다름이 아니라 별책《재봉비술 강요裁縫祕術綱要》라는 서책의 출판입니다. 본서는 불초한 신사쿠가 다년간 고심하며 연구한 공예상의 원리원칙에 따라 실로 살을 찢고 피를 짜내는 심정으로 저술한 것입니다. 따라서 제본 실비에 약간의 이윤을 붙인 가격으로 본서를 널리 일반 가정에 보급하고자 하오니 구입해주시기를 바랍니다.

한편으로 그 방면의 발달에 일조함과 동시에 또 한편으로는 근소한 이윤을 축적하여 교사 건축비에 할애할 심산입니다. 그러하오니 송구하기 그지없으나 본교 건축비에 기부한다 생각하시고, 이《재봉비술 강요》를 한 부 구입하시어 하녀에게라도 주시고 찬동의 뜻을 표해주시기를 간곡히 바라 마지않습니다.

삼가 아뢰었습니다.

대일본 여자 재봉 최고등 대학원

교장 누이다 신사쿠 구배九拜

주인은 이 정중한 편지를 매몰차게 둘둘 말아 쓰레기통에 휙 던져버렸다. 애써 보낸 신사쿠 교장의 구배도 와신상담도 아무런 도움이 되지 못한 것은 딱한 일이다.

세 번째 우편물이다. 세 번째는 굉장히 색다른 광채를 띠고 있다. 봉투가 엿 가게 간판처럼 홍백으로 얼룩덜룩한 가로무늬가 있어 화려하고, 그 한가운데에 '진노 구샤미(주인의 성이 진노珍野라는 것이 여기서 처음 밝혀진다. 진노 구샤미는 친쿠샤岾くしゃ를 연상시키는데, 친쿠샤

는 '친'이라는 개가 재채기(구샤미)할 때처럼 못생긴 얼굴이라는 뜻이다) 선생 호피하虎皮下('호랑이 가죽 깔개에게'라는 뜻으로, 군인이나 학자에게 보내는 편지에 많이 쓰였다)라고 굵직한 팔분체八分體(한자 서체의 하나. 예서隷書에서 2분, 소전小篆에서 8분을 취하여 만든 서체로 이 서체가 발전된 것이 해서楷書임)로 쓰여 있다. 안에서 뭐가 나올지 모르겠지만, 겉보기에는 굉장히 훌륭하다.

만약 내가 천지를 다스린다면 서강西江의 물을 한입에 다 삼킬 만하고, 만약 천지가 나를 다스린다면 나는 한낱 갈가의 티끌에 지나지 않을 것이다. 의당 천지와 나는 어떠한 교섭이 있느니. ……처음으로 해삼을 먹은 사람의 그 담력을 존경해야 하고, 처음으로 복어를 먹은 사내의 그 용기를 존중해야 한다. 해삼을 먹을 수 있는 자는 신란 (1173~1262. 가마쿠라 시대의 승려로 악인정기설惡人正機說을 주장하며 정토진종淨土眞宗을 열었다)의 재림이요, 복어를 먹을 수 있는 자는 니치렌 (1222~1282. 니치렌종日蓮宗의 개조로 독자적인 법화불교를 수립했다. 이 문파가 한국에 들어와 일련정종日蓮正宗을 이루었다)의 분신이다. 구샤미 선생은 그저 박고지 초된장 무침만 알 뿐이다. 박고지 초된장 무침을 먹고 천하의 학자가 된 자를 나는 아직 보지 못했으니. ……

친우도 그대를 팔 것이다. 부모도 그대에게 비밀이 있을 것이다. 애인도 그대를 버릴 것이다. 부귀는 애초에 믿을 것이 못 된다. 작위와 녹봉은 하루아침에 잃을 것이다. 그대의 머릿속에 비장되어 있는 학문에는 곰팡이가 필 것이다. 그대는 무엇을 믿으려 하는가. 천지 안에서 무엇을 믿으려 하는가. 신?

신은 인간이 괴로운 나머지 날조한 토우일 뿐. 인간이 너무 고달픈 나머지 싸지른 똥이 응결되어 악취를 풍기는 시체일 뿐. 믿어서는 안 되는 것을 믿고 편안하다고 말한다. 쯧쯧, 취한이 멋대로 모호한 말을 늘어놓고, 휘청휘청 묘로 향한다. 기름이 다하면 등불도 저절로 꺼진다. 업이 다하면 무엇이 남겠는가. 제발 부탁이니, 구샤미 선생은 차라도 마시게(차라도 마시라는 말은 쓸데없는 신경을 쓰지 말고 잠시 쉬라는 뜻). ……

남을 사람으로 여기지 않으면 두려울 게 없다. 남을 사람으로 여기지 않는 자가 나를 나로 여기지 않는 세상에 분개해서는 안 될 일이다. 권귀영달權貴榮達을 누리는 자는 남을 사람으로 여기지 않는 데서 얻은 것이나 마찬가지다. 다만 남이 나를 나로 여기지 않을 때 불끈 화가 나 안색이 변한다. 임의로 안색을 만들어라. 바보 같은 자식. ……

내가 남을 사람으로 여기는데 남이 나를 나로 여기지 않을 때, 불평분자는 발작적으로 강림한다. 이 발작적 활동을 이름하여 혁명이라 한다. 혁명은 불평분자의 행위가 아니다. 권귀영달을 누리는 자가 기꺼이 일으키는 것이다. 조선에 인삼이 많다는데 선생은 어이하여 복용하지 않는가.

스가모에서

덴도 고헤이 재배再拜

* 도쿄 스가모 병원은 주로 정신질환자를 수용하고 치료하던 곳이었다.

신사쿠는 구배였는데 이 사내는 단지 재배뿐이다. 기부금을 의뢰하는 편지가 아니어선지 칠배만큼 건방을 떨고 있다. 기부금 의뢰는 아니지만, 그 대신 무슨 소리인지 통 알 수가 없는 글이다. 어느 잡지사에 보내도 퇴짜를 맞을 게 뻔한 글이기에 두뇌가 불투명하기로 유명한 주인은 반드시 갈기갈기 찢어버릴 것이라 생각했는데, 뜻밖에 몇 번이고 읽고 또 읽는다. 이런 편지에 의미가 있다고 생각해서 끝까지 그 의미를 파헤치겠다는 결심인지도 모른다. 무릇 천지간에 알 수 없는 것은 많지만, 의미를 붙여서 의미가 없는 것은 하나도 없다. 아무리 어려운 문장이라도 해석하려고 하면 쉽게 해석할 수 있는 법이다. 인간을 바보라고 하든 영리하다고 하든 손쉽게 알 수 있는 일이다. 그것만이 아니다. 인간을 개라고 하든 돼지라고 하든 특별히 괴로워할 정도의 명제는 아니다. 산은 낮다고 해도 상관없고, 우주가 좁다고 해도 별 지장이 없다. 까마귀가 하얗고 고마치(오노노 고마치. 809~901. 헤이안 시대의 가인으로 절세 미녀로 알려져 있다)가 추녀이며 구샤미 선생이 군자라고 해도 통하지 않을 리 없다. 그러므로 이런 무의미한 편지라도 어떻게든 이유를 붙이기만 하면 의미는 알 수 있다. 특히 주인처럼 알지도 못하는 영어를 억지로 갖다 붙이며 설명해온 사내는 더욱더 의미를 붙이고 싶어 한다. 날씨가 좋지 않은데도 왜 '굿모닝'이라고 하느냐는 학생의 질문에 일주일 동안 생각하거나, 콜럼버스라는 이름을 일본 말로 뭐라 하느냐는 질문에 사흘 밤낮으로 답을 궁리할 정도의 사내에게는, 박고지 초된장 무침을 먹은 천하의 학자라고 하든, 조선 인삼을 먹고 혁명을 일으키려 했다고 하든, 멋대로 된 의미가 아무 데서나 솟아나는 것이다. 잠시 후 주인은 '굿모닝'식으로 이 난해한 어구를 이해한 모양인지 크게 칭찬했다.

"거참 의미심장하군. 철학깨나 연구한 사람임이 틀림없어. 아주 훌륭한 식견이야."

이 한마디에서도 주인이 얼마나 어리석은지 잘 알 수 있지만,

뒤집어 생각해보면 조금은 사리에 맞는 점도 있다. 주인은 뭐든 잘 모르는 것을 존중하는 버릇이 있다. 꼭 주인만 그러는 것은 아닐 것이다. 잘 모르는 것에는 무시할 수 없는 것이 잠복해 있고, 헤아릴 수 없는 것에는 어쩐지 고상한 마음이 일어나는 법이다. 그러므로 속인은 모르는 것을 아는 것처럼 떠벌리지만, 학자는 아는 것을 모르는 것처럼 강론한다. 대학 강의에서도 모르는 것을 말하는 사람은 평판이 좋고, 아는 것을 설명하는 사람은 인망이 없는 것을 봐도 잘 알 수 있다. 주인이 이 편지에 경탄한 것도 의미가 명료해서가 아니다. 취지가 어디에 있는지 도무지 이해하기 어렵기 때문이다. 뜬금없이 해삼이 나온다거나 너무 고달픈 나머지 싸지른 똥이 나오기 때문이다. 그러므로 주인이 이 글에 감복한 유일한 이유는 도가에서 《도덕경道德經》을 존경하고, 유가에서 《역경易經》을 존경하고, 선가에서 《임제록臨濟錄》을 존경하는 것과 같은 것으로, 전혀 이해할 수 없기 때문이다. 다만 전혀 이해할 수 없는 상태로는 마음이 놓이지 않으니 멋대로 주석을 붙여 아는 체만은 하는 것이다. 모르는 것을 안다고 생각하며 존경하는 것은 예로부터 유쾌한 일이다. ……주인은 공손하게 팔분체로 쓰인 명필을 둘둘 말아 책상 위에 놓은 채 팔짱을 끼고 명상에 잠겼다.

"이리 오너라, 이리 오너라."

그때 현관에서 누군가 큰 소리로 안내를 청했다. 목소리는 메이테이 같은데, 그답지 않게 자꾸 안내를 청하고 있다. 주인은 서재에서 아까부터 그 소리를 듣고 있었지만, 팔짱을 낀 채 미동도 하지 않는다. 현관까지 나가 손님을 맞이하는 것은 주인의 역할이 아니라는 주의인지, 주인은 서재에 앉아 있으면서도 아무 반응이 없다. 하녀는 조금 전에 빨랫비누를 사러 나갔다. 아내는 뒷간에 있다. 그렇다면 손님을 맞이하러 나가야 하는 건 나밖에 없다. 나도 나가는 건 싫다. 그러자 손님은 현관에서 마루로 올라와 장지문을 열어젖히고 성큼성큼 안으로 들어왔다. 주인도 주인이지만 손님도 손님이다. 객실 쪽으로 가는가 싶더니 장지문을 두세 번 열었다 닫았다 하고는 이번에는 서재 쪽으로 갔다.

"어이가 없구먼. 어이, 뭐 하고 있나, 손님이 왔는데?"

"아, 자넨가."

"아, 자넨가가 뭔가. 거기 있었으면 무슨 말이든 했어야지, 아무도 없는 줄 알았잖아."

"음, 생각할 게 좀 있어서."

"생각할 게 있었다고 해도 그렇지, 들어오라는 말 정도는 할 수 있잖아."

"할 수 없었던 것도 아니지."

"여전히 당당하군그래."

"얼마 전부터 정신 수양에 힘쓰고 있거든."

"별짓을 다 하는군. 그놈의 정신 수양을 한답시고 대답조차 할 수 없게 된 날은 손님만 성가시겠어. 그렇게 가만히만 있으면 곤란하지. 사실 나 혼자 온 게 아니네. 대단한 손님을 모시고 왔으니 좀 나와서 만나보게."

"누구를 데리고 왔는데?"

"누구면 또 어떤가. 잠깐 나와 만나보게. 자네를 꼭 만나고 싶다고 하니까."

"누군데?"

"누가 되었든, 어서 일어서."

"또 속일 심산이겠지."

주인은 양손을 품속에 넣은 채 벌떡 일어나 툇마루로 나가서는 아무것도 모르고 객실로 들어갔다. 객실에는 1미터 80센티미터쯤 되는 도코노마를 정면으로 마주한 채 한 노인이 숙연히 정좌한 자세로 기다리고 있었다. 주인은 자기도 모르게 품에서 두 손을 빼내고 장지문 옆에 엉덩이를 내려놓았다. 노인과 마찬가지로 서쪽을 향해 앉게 되어서 두 사람 다 인사할 수가 없었다. 옛날 기질을 지닌 사람은 예의범절에 까다로운 법이다.

"자, 저쪽에 앉으시지요."

노인은 도코노마 쪽을 가리키며 주인에게 채근했다. 2, 3년 전까지만 해도 주인은 객실 어디에 앉든 상관없는 것으로 알고 있었는데, 어떤 사람에게서 도코노마床の間는 상단上段의 방間이라는 말이 변한 것으로, 막부에서 파견한 사자使者가 앉는 곳이라는 설명을 들은 뒤로는 도코노마 가까이에는 일절 접근하지 않았다. 더군다나 생면부지의 연장자가 완강히 버티고 있으니 상석을 논할 계제가 아니었다. 그러고 보니 인사조차 제대로 하지 못했다.

"자, 저쪽에 앉으시지요."

일단 고개를 숙이고 상대가 한 말을 그대로 되풀이했다.

"아니, 그래서는 인사를 할 수 없으니 저쪽에 앉으시지요."

"아니, 그래서는…… 저쪽에 앉으시지요."

주인은 적당히 상대의 말을 흉내 냈다.

"그리 겸손하시면 송구스러워서 오히려 내가 황송하오. 부디 괘념치 마시고 자 저쪽으로."

"겸손하시면…… 송구스러우니…… 부디."

주인은 새빨개진 얼굴로 입을 우물거리며 말했다.

정신 수양도 그다지 효과가 없는 듯했다. 메이테이는 장지문 뒤에서 웃으며 보고 있다가 이만하면 됐다 싶었는지 뒤에서 주인의 엉덩이를 밀고 억지로 비집고 들어오며 말했다.

"자, 들어가게. 그렇게 장지문에 딱 붙어 있으면 내가 앉을 데가 없네. 괘념치 말고 안으로 들어가게."

주인은 어쩔 수 없이 안쪽으로 들어갔다.

"구샤미, 이분이 매번 자네한테 얘기한 시즈오카의 큰아버님이시네. 큰아버님, 이 사람이 구샤미입니다."

"이거 처음 뵙겠소이다. 매번 메이테이가 폐만 끼친다고 해서 언젠가 찾아뵙고 고견을 듣고자 했는데, 다행히 오늘 근처에 올 일이 있어서 인사도 할 겸 이렇게 찾아왔소이다. 아무쪼록 저를 기억해주시고 앞으로도 잘 부탁드리겠소."

노인은 고풍스러운 어조로 막힘없이 말했다. 주인은 교제 범위가 좁고 말수가 적은 사람인 데다 이렇게 고풍스러운 노인을 만난 적이 거의 없었던지라 처음부터 다소 주눅이 들어 난감해하던 차에 거침없는 말을 듣게 되자 조선 인삼도 엿 가게 간판도 깡그리 잊어버리고 그저 난처한 나머지 묘한 대답을 하고 말았다.

"저도…… 저도…… 좀 찾아뵐까 싶던 참이었는데……. 아무쪼록 잘 부탁드립니다."

주인은 이렇게 말을 끝내고 다다미 바닥에서 고개를 살짝 들고 보니 노인이 아직도 엎드려 있는지라 황송하여 퍼뜩 머리를 다시 바닥에 박았다.

노인은 시간을 가늠하여 고개를 들고는 말을 이었다.

"저도 원래는 이쪽에 집도 있고, 오랜 세월 쇼군의 측근으로 살았소만, 막부가 와해되었을 때 낙향한 뒤로는 일절 나오지 않았소이다. 지금 와서 보니 어디가 어딘지 도통 알 수가 없는지라······ 메이테이가 데리고 다녀주지 않으면 볼일조차 못 볼 지경이지요. 상전벽해桑田碧海라 하더니, 막부를 세우신 이래 300년이나 이어온 쇼군 가문이······."

메이테이 선생은 이야기가 길어지겠구나 싶었는지 말을 잘랐다.

"큰아버님, 쇼군 가문도 은혜로웠는지는 모르겠지만 메이지 시대도 괜찮습니다. 옛날에는 적십자(1864년 제네바 적십자조약에 의해 각국에 적십자사가 조직되었는데 일본에서는 1877년 박애사로 시작되었고, 1887년에 일본적십자사로 개칭되었다) 같은 것도 없지 않았습니까."

"그건 없었지. 적십자 등으로 칭하는 건 전혀 없었어. 특히 왕족의 존안을 뵙는다는 건 메이지 시대가 아니고서는 불가능한 일이야. 나도 장수한 덕분에 이렇게 오늘 총회에도 참석하고 궁전하宮殿下의 목소리도 들었으니 이제 죽어도 여한이 없다."

"오랜만에 도쿄 구경을 하신 것만 해도 득이지요. 구샤미, 큰아버님께서는 이번 적십자 총회 참석차 시즈오카에서 일부러 올라오셨네. 오늘 함께 우에노로 갔다가 지금 돌아오는 길이네. 그래서 이렇게 프록코트를 입고 계신 거지. 지난번에 내가 시로키야에 주문한 것 말일세."

메이테이가 주인에게 이렇게 일러주었다. 과연 프록코트를 입고 있다. 프록코트는 입고 있지만 전혀 몸에 맞지 않는다. 소매는 너무 길고, 옷깃은 벌어져 있고, 등에는 연못이 파이고, 겨드랑이

밑은 추켜 올라가 있다. 아무리 볼품없이 만들려고 해도 이렇게까지 정성스럽게 모양을 망쳐놓기는 쉽지 않을 것이다. 게다가 하얀 셔츠와 하얀 옷깃이 따로 놀아서 고개를 젖히면 그 사이로 울대뼈가 보인다. 무엇보다 검은색 옷깃 장식이 옷깃에 딸려 있는지 셔츠에 딸려 있는지 알 수가 없다. 프록코트는 그래도 참아줄 수 있지만, 백발에 상투를 튼 모습은 정말 기괴하기 짝이 없다. 말로만 듣던 철선이 어디에 있는지 눈여겨봤더니 무릎 옆에 딱 붙어 있다. 주인은 그제야 겨우 정신을 차리고 정신 수양의 결과를 노인의 복장에 마음껏 응용해보고는 살짝 놀랐다. 설마 메이테이가 얘기한 정도는 아닐 거라고 생각했는데 만나보니 그 이상이었다. 만약 자신의 곰보 자국이 역사적 연구의 재료가 된다면 이 노인의 상투나 철선은 반드시 그 이상의 가치가 있을 것이다. 주인은 어떻게든 그 철선의 유래에 대해 물어보고 싶었지만 노골적으로 물어볼 수도 없고, 그렇다고 이야기가 끊기는 것도 실례라고 생각하여 지극히 평범한 질문을 던졌다.

"사람들이 많이 왔겠지요?"

"참 엄청난 인파였소. 그런데 사람들이 다들 나를 어찌나 힐끔힐끔 쳐다보던지, 아무래도 요즘 사람들은 호기심이 참 많아진 것 같소이다. 옛날에는 그렇지 않았소만."

"아, 예, 그렇지요. 옛날에는 그렇지 않았겠지요."

주인도 노인처럼 말했다. 이는 주인이 억지로 아는 체한 게 아니었다. 그저 몽롱한 머리에서 적당히 흘러나온 말이라고 봐도 좋을 것이다.

"게다가 말이야. 다들 이 가부토와리甲割り(일본에서 옛날부터 사용

되어 온 무기의 일종으로 투구를 내려쳐 쪼개는 무기로 사용되었다)에서 눈을 못 떼더군."

"그 철선은 꽤 무거워 보이네요."

"구샤미, 한번 들어봐. 꽤 무겁네. 큰아버님, 좀 들어보게 해주세요."

노인은 무겁다는 듯이 들어 올려서 "한번 들어보시오."라며 주인에게 건넸다.

교토 구로다니黑谷의 곤카이코묘지金戒光明寺를 참배한 사람이 렌쇼(1141~1207. 구마가이 나오자네의 법명. 가마쿠라 초기의 무장으로 전쟁에 패하여 곤카이코묘지 호넨法然의 제자가 되었다. 이곳에 그의 유품이 남아 있다) 스님의 큰 칼을 받아 든 꼴로 주인은 잠시 들고 있다가 "역시." 하고 감탄하며 노인에게 돌려주었다.

"다들 이걸 철선이라고 하는데, 이건 가부토와리라고 하는 것으로 철선과는 전혀 다른 것……."

"아, 그렇군요. 어디에 쓰는 물건입니까?"

"투구를 쪼개는 데 쓰지요. 투구를 강하게 내려치고 난 다음에 적이 정신을 차리지 못하는 틈을 노려 죽이는 것이지요. 구스노키 마사시게(1294~1336. 가마쿠라 시대 말기에서 남북조 시대에 걸쳐 활약한 무장) 시대 때부터 써온 것으로……."

"큰아버님, 그렇다면 그게 마사시게의 가부토와리인가요?"

"아니, 누구 건지는 모르지. 하지만 아주 오래된 것이야. 겐무建武 시대(1333~1335) 때 만든 건지도 모르고."

"겐무 시대일지도 모릅니다만, 간게쓰 군은 꽤 곤란했어요. 구샤미, 오늘 돌아오는 길에 마침 좋은 기회라서 대학을 지나는 김에 이과理科에 들렀는데, 간게쓰 군이 물리 실험실을 구경시켜주더군. 그런데 이 가부토와리가 철로 만든 것이라 자력 기계가 고장 나는 바람에 한바탕 소동이 벌어졌었네."

"아니, 그럴 리가 없다. 이건 겐무 시대의 철로 성분이 좋아서 절대 그럴 염려는 없어."

"아무리 성분이 좋은 철이라도 그렇지요. 실제로 간게쓰 군이 그렇게 말했으니 믿을 수밖에요."

"간게쓰라면 유리구슬을 갈던 그 청년 말이냐? 젊은 나이에 참 안됐구나. 달리 할 일이 있을 법도 한데."

"딱하지만 그것도 연구랍니다. 그 유리구슬을 다 갈면 훌륭한 학자가 될 수 있다고 하니까요."

"유리구슬을 갈아 훌륭한 학자가 될 수 있다면 누구라도 될 수 있겠구나. 나도 될 수 있고, 유리 가게 주인도 될 수 있겠지. 중국에서는 그런 일을 하는 사람을 옥장이라고 해서 신분이 아주 미천한 자다."

노인은 이렇게 말하며 주인 쪽을 보고 은근히 동의를 구했다.

"그렇지요."

주인은 공손히 동의했다.

"무릇 요즘 세상의 학문은 모두 형이하形而下라 얼핏 대단해 보이지만, 정작 필요할 때는 전혀 도움이 되지 않더이다. 옛날에는 그것과 달랐지요. 사무라이가 하는 일은 모두 목숨을 거는 일이라 유사시에 당황하지 않도록 마음을 수양했는데, 아시겠지만 유리구슬을 갈거나 철사를 꼬거나 하는 그런 손쉬운 일은 아니었다 이 말이오."

"그랬지요."

주인은 또 공손히 동의했다.

"큰아버님, 마음의 수양이라는 건 유리구슬을 가는 대신에 양손을 품속에 넣고 마냥 앉아 있기만 하는 것 아닌가요?"

"그러니 힘들지. 절대 그렇게 손쉬운 일이 아니다. 맹자는 구방심求放心(흩어지는 마음을 끌어모은다는 뜻)이라고 하셨을 정도야. 소강절(1011~1077. 북송의 유학자)은 심요방心要放(마음을 놓아주는 것이 필요하다는 뜻)이라고 말씀하신 적도 있다. 또 불가에서는 중봉 선사(원나라 때의 선승)가 구불퇴전具不退轉(처음 정한 뜻을 도중에 바꾸지 않고 계속 유지한다는 뜻이다)이라고 가르치셨다. 그리 쉽게는 알 수 없지."

"도무지 무슨 말인지 모르겠는데요, 대체 어떻게 하면 된다는 것인가요?"

"넌 다쿠안 선사의 《부동지신묘록不動智神妙錄》(검선일여劍禪一如 즉, 검법과 선법의 일치에 대한 다쿠안 소호의 이론이 담겨 있다)을 읽은 적이 있느냐?"

"아니요, 들어본 적도 없어요."

"마음을 어디에 둘 것인가. 적의 움직임에 마음을 두면 적의 움직임에 마음을 빼앗길 것이요, 적의 칼에 마음을 두면 적의 칼에 마음을 빼앗길 것이다. 적을 베려 하는 데 마음을 두면 적을 베려 하는 데 마음을 빼앗길 것이요, 자기 칼에 마음을 두면 자기 칼에 마음을 빼앗길 것이다. 베이지 않으려는 데 마음을 두면 베이지 않으려는 데 마음을 빼앗길 것이요, 남의 자세에 마음을 두면 남의 자세에 마음을 빼앗길 것이다. 이렇듯 마음을 둘 데가 없다고 쓰여 있다."

"용케 잊어먹지 않고 외우고 계시네요. 큰아버님도 기억력이 참 좋으십니다. 꽤 긴 글이잖아요. 구샤미, 알겠는가?"

"으응."

이번에도 주인은 짧게 동의의 뜻만 표시했다.

"구샤미 군, 그렇지 않소이까. 마음을 어디에 둘 것인가, 적의 움직임에 마음을 두면 적의 움직임에 마음을 빼앗기고 적의 칼에 마음을 두면……."

"큰아버님, 구샤미도 그런 건 잘 알고 있어요. 요즘엔 매일 서재에서 정신 수양만 하고 있으니까요. 손님이 와도 맞으러 나오지 않을 정도로 마음을 다른 데 두고 있으니 걱정 없어요."

"거참 기특한 일이로고. 너도 좀 같이 해보면 어떻겠느냐."

"헤헤헤헤, 그럴 틈이 있어야지요. 큰아버님이 한가하시니 남들도 다 놀고 있는 줄 아시죠?"

"실제로 놀고 있지 않으냐."

"한중망閑中忙이라 하잖아요."

"그래, 그렇게 실수를 하니 수양이 필요하다는 거다. 망중한이라는 말은 있어도 한중망이라는 말은 들어본 적이 없다. 그렇지 않소, 구샤미 군?"

"예, 아무래도 들어본 적이 없는 것 같습니다."

"하하하하, 그렇다면 그렇겠지. 그런데 큰아버님, 오랜만에 도쿄 장어라도 드셔야 하지 않겠어요? 지쿠요테이竹葉亭로 모시겠습니다. 전차로 가면 금방입니다."

"장어도 좋지만 오늘은 스이하라에게 가기로 약속이 되어 있어서 나는 이쯤에서 실례해야겠다."

"아아, 스기하라 할아버지 말이지요? 그 할아버지도 여전히 정정하신가 보네요."

"스기하라가 아니라 스이하라다. 넌 이렇게 실수만 하니 문제라는 게야. 다른 사람 성명을 틀리는 건 큰 실례다. 조심해야 해."

"하지만 스기하라杉原라고 쓰여 있잖아요."

"그렇게 쓰고 스이하라라고 읽는다."

"이상하네요."

"뭐가 이상하다는 게냐? 명목名目 읽기(고래의 관례에 따라 읽는 방식)라고 옛날부터 있던 거다. 구인蚯蚓(지렁이)을 우리말로 '미미즈'라고 한다. 그건 '메미즈目見ず(눈이 없어서 볼 수 없는 것이라는 뜻)'의 명목 읽기야. 하마蝦蟆(두꺼비)를 가이루라고 읽는 것도 마찬가지고."

"이야, 신기하네요."

"두꺼비를 때려죽이면 발라당 뒤집어지지(가에루). 그걸 명목 읽기로 '가이루'라고 한다. 대나무 울타리를 말하는 스키가키透垣를 '스이가키', 줄기가 뻗어 나오는 것을 말하는 구키타테쵸立를 '구쿠타테'로 읽는 것도 다 마찬가지야. 스이하라를 스기하라라고 하는 건 촌놈들이나 하는 말이니 주의하지 않으면 사람들의 비웃음을 사게 된다."

"그럼, 그 스이하라 할아버지한테 지금 가시는 건가요? 곤란한데."

"싫으면 넌 안 가도 된다. 나 혼자 갈 테니."

"혼자 가실 수 있겠어요?"

"걸어서는 힘들다. 인력거를 불러 타고 가야지."

주인은 눈치 빠르게 알아듣고 인력거꾼을 불러오라고 하녀를 보냈다. 노인은 몇 번이고 인사한 다음 상투를 튼 머리에 중절모를 쓰고 돌아갔다. 메이테이는 남았다.

"저분이 자네 큰아버님이신가?"

"저분이 나의 큰아버님이시네."

"음, 그렇군."

주인은 다시 방석 위에 앉아 양손을 품속에 넣고 생각에 잠겼다.

"하하하하, 호걸이지 않은가? 나도 저런 큰아버지가 계시니 행운아인 셈이지. 어디를 모시고 가든 늘 저런 식이네. 자네, 많이 놀랐지?"

메이테이는 주인을 놀라게 했다는 생각에 크게 기뻐했다.

"뭐, 그리 놀라지는 않았네."

"저런 분을 보고도 놀라지 않았다니 배짱 한번 두둑하군."

"그런데 자네 큰아버님은 참 훌륭하신 분 같네. 정신 수양을 주장하실 때는 크게 감탄했네."

"감탄해도 될까. 자네도 앞으로 예순쯤 되면 역시 큰아버님처럼 시대에 뒤처질지도 모르는데. 정신 똑바로 차리게. 시대에 뒤처지는 걸 돌아가며 맡는 건 미련한 짓이야."

"자네는 자꾸 시대에 뒤처지는 걸 걱정하지만, 때와 장소에 따라서는 시대에 뒤처지는 편이 낫네. 무엇보다 지금의 학문은 앞으로, 앞으로만 갈 뿐인데, 아무리 가봐야 끝이 없어. 도저히 만족을 얻을 수 없다는 거지. 그에 비하면 동양식 학문은 소극적이고 깊은 맛이 있네. 마음 자체를 수양하는 것이니까."

주인은 얼마 전 철학자에게서 들은 이야기를 자기 생각인 양 늘어놓았다.

"뜻밖인걸. 꼭 야기 도쿠센 같은 소리를 하는군."

야기 도쿠센이라는 이름을 듣고 주인은 뜨끔했다. 실은 얼마 전

에 와룡굴을 방문하여 주인을 설복하고는 유유히 돌아간 철학자
가 바로 야기 도쿠센이고, 지금 주인이 그럴싸하게 점잔을 빼며
늘어놓은 논리도 그 야기 도쿠센의 말을 그대로 되풀이한 것이었
기 때문이다. 모를 줄 알았던 메이테이가 이 선생의 이름을 간발
의 차도 없이 말한 것은 주인이 하룻밤 사이에 남몰래 세워놓은
콧대를 여지없이 꺾어놓았다.

"자네 도쿠센의 주장을 들어본 적이 있나?"

주인은 위기를 느끼고 물어보았다.

"들어보나 마나지. 그 친구 주장은 10년 전 학교에 다닐 때나 지
금이나 전혀 달라지지 않았으니까."

"진리는 그렇게 쉽게 바뀌는 게 아니니, 바뀌지 않는 점이 미더
운 것인지도 몰라."

"그렇게 편을 들어주니 도쿠센도 저렇게 그럭저럭 버티는 게지.
무엇보다 야기八木라는 성부터가 참 잘 어울려. 그 수염이 딱 염소
(염소山羊도 일본어로 야기다) 아닌가. 그리고 그 수염도 기숙사 시절부
터 그 모습 그대로였지. 도쿠센獨仙이라는 이름도 참 기발해. 일전
에 우리 집에 묵을 작정으로 찾아와서는 예의 그 소극적인 수양이
라는 논리를 펼치더군. 언제까지고 같은 말을 되풀이하며 그만둘
생각을 하지 않기에 내가, 이보게, 인제 그만 자야지, 라고 했더니
그 친구 참 무사태평하더군. 자기는 잠이 오지 않는다며 시치미를
뚝 뗀 채 또다시 소극론을 펼치는 바람에 난감해서 참. 어쩔 수 없
어서 자네는 잠이 안 올지 모르지만 난 무척 졸리니까 제발 잠 좀
자라고 부탁해서 잠을 자게 한 것까지는 좋았는데…… 그날 밤 쥐
가 나와 도쿠센의 콧등을 물었지, 뭔가. 한밤중에 아주 난리도 아

니었네. 그 친구 뭔가 깨달음을 얻은 것처럼 말하지만 목숨은 아까웠는지 걱정이 이만저만이 아니더군. 쥐 독이 온몸에 퍼지면 큰일이라며 어떻게 좀 해보라고 들들 볶는 데는 정말이지 두 손 다 들고 말았네. 그래서 어쩔 수 없이 부엌에 가서 종이 쪼가리에 밥알을 묻혀 붙여주고 얼렁뚱땅 넘어갔네."

"어떻게 말인가?"

"이건 물 건너온 고약인데 최근 독일의 명의가 발명한 거다, 인도 사람이 독사에 물렸을 때 썼더니 즉효가 있었다고 한다, 그러니 이것만 붙이면 괜찮을 거다. 이렇게 사기를 쳤지."

"자네는 그때부터 남을 속이는 데는 도가 텄구먼그래."

"……그랬더니 그 친구 순진해 빠져서 철석같이 믿고는 안심하고 쿨쿨 자더군. 다음 날 일어나서 보니까 고약 밑으로 실보무라지가 매달려 예의 그 염소수염에 걸려 있더군. 정말 가관이었네."

"그래도 그 시절보다는 꽤 근사해진 것 같더군."

"최근에 만나보았나?"

"일주일쯤 전에 찾아와서 오랫동안 이야기를 나누다 갔네."

"어쩐지 도쿠센식의 소극론을 펼친다 했어."

"실은 그때 무척 감동을 받아서 나도 분발해서 수양이나 해볼까 하던 참이네."

"분발하는 건 좋지만, 남의 말을 그리 쉽게 받아들이면 놀림감이 되기 십상이야. 대체로 자네는 남의 말을 이것저것 덮어놓고 받아들이는 게 탈이네. 도쿠센도 말발 하나는 알아줘야 하겠지만, 막상 무슨 일이라도 닥치면 다른 사람들과 마찬가질세. 자네, 9년 전에 일어난 대지진(1894년 대지진이 도쿄 일대를 덮쳐 다수의 사상자가 나

왔다) 알지? 그때 기숙사 2층에서 뛰어내려 다친 사람은 도쿠센뿐
이었으니까."

"그 일에 대해서는 당사자가 여러 차례 설명하지 않았나?"

"그랬지. 천만다행한 일이었다, 선禪의 기봉機鋒(선에서 말하는 기봉
은 마음이 향하는 기세)은 너무 날카로워서 소위 전광석화가 되면 무
서울 정도로 빨리 눈앞에 벌어진 일에 대응할 수 있다, 사람들이
지진이 일어났다고 우왕좌왕할 때 자신만 2층 창문으로 뛰어내린
것은 수양의 효과가 나타난 것이라 기쁘다, 발을 절뚝거리면서도
이렇게 말하며 기뻐했지. 억지가 정말 대단한 친구야. 대체로 선禪
입네 불佛입네 하며 요란하게 떠들어대는 놈치고 수상하지 않은
놈이 없다니까."

"그럴까?"

구샤미 선생은 다소 기세가 꺾였다.

"일전에 왔을 때 선종 스님의 잠꼬대 같은 말을 무언가 하지 않
았나?"

"음, 번갯불이 봄바람을 벤다든가 하는 글귀를 가르쳐주고 갔네."

"음, 번갯불 말이군. 그게 10년 전부터 입버릇처럼 하는 말이니
우습지. 무각無覺 선사(깨닫지 못한 선승이라는 뜻으로 앞에서 나온 무학無
學 선사를 비튼 것)의 번갯불 하면 기숙사 안에서 모르는 사람이 없을
정도였으니까. 게다가 도쿠센은 때때로 급해지면 번갯불이 봄바
람을 벤다고 해야 할 것을 실수로 봄바람이 번갯불을 벤다고 말하
니까 재미있어. 다음에 한번 시험해보게. 그가 침착하게 말할 때
이것저것 반대해보라고. 그러면 금세 허둥대면서 이상한 말을 할
걸세."

"자네처럼 짓궂은 사람은 당할 수가 없다니까."

"누가 짓궂은 사람인지 모르겠군. 난 선승이니 깨달음이니 하는 것이 정말 싫어. 우리 집 근처에 난조인南藏院이라는 절이 있는데, 그곳에 한 여든 살쯤 되는 노승이 있네. 그런데 얼마 전 소나기가 내렸을 때 절 안에 벼락이 떨어져 그 노승이 있던 뜰 앞의 소나무가 쪼개져버렸지. 그런데 노승이 태연자약했다기에 자세히 물어보니 귀가 먹었다는군. 그러니 태연자약할 수밖에. 도쿠센도 혼자 깨닫든 말든 하면 모르겠지만, 걸핏하면 남을 끌어들이니까 좋지 않은 걸세. 실제로 도쿠센 때문에 두 사람이나 미쳐버렸으니까."

"누가 말인가?"

"누구냐고? 한 사람은 리노 도젠인데 도쿠센 때문에 선학에 빠져서 가마쿠라로 갔다가 결국 거기서 미쳐버렸네. 엔가쿠지円覺寺(가마쿠라에 있는 임제종 엔가쿠지의 본산) 앞에 기차 건널목이 있잖은가. 그 건널목으로 뛰어들어 레일 위에서 좌선을 했는데, 맞은편에서 오는 기차를 멈춰 보이겠노라고 크게 기염을 토했지. 기차가 알고 멈추었기에 목숨을 건지기는 했는데, 그 대신 이번에는 불속으로 뛰어들어도 타지 않고 물속으로 들어가도 빠지지 않는 금강불괴金剛不壞의 몸이라며 절 안의 연꽃 연못에 들어가 꼬르륵거리며 허우적거렸어."

"그래서 죽었나?"

"다행히 그때 지나가던 승려가 건져주었는데, 그 후 도쿄로 돌아가서는 끝내 복막염으로 죽고 말았다더군. 복막염으로 죽었지만 복막염에 걸린 건 승방에서 보리밥이나 절인 무청만 먹은 탓이니 결국엔 간접적으로 도쿠센이 죽인 것이나 마찬가질세."

"무턱대고 열중하는 것도 좀 생각해볼 문제군."

주인은 조금 불쾌하다는 표정을 지었다.

"정말 그래. 도쿠센한테 당한 사람이 동창 중에 또 한 명 있네."

"위험한데. 누군가?"

"다치마치 로바이 군이네. 그 친구도 완전히 도쿠센의 꾐에 빠져 장어가 승천한다느니 하는 말만 늘어놓다가 결국 진짜로 되고 말았다네."

"진짜로 되고 말았다니, 그게 무슨 말인가?"

"결국 장어가 승천하고 돼지가 신선이 되었다는 말이지."

"그건 또 무슨 말인가?"

"야기가 도쿠센獨仙(독선)이라면 다치마치는 부타센豚仙(돈선)이라는 말이네. 그 사람만큼 식탐을 부리는 사람도 없었는데, 그 식탐과 선승의 심술이 함께 발동했으니 구제불능이었지. 처음에는 우리도 몰랐는데, 지금 생각해보니 이상한 말만 늘어놓더군. 우리 집에 찾아와서는 이보게, 저 소나무에 커틀릿이 날아오지 않았나, 우리 고향에서는 어묵이 판자를 타고 헤엄을 친다네, 하고 자꾸 경구警句를 내뱉더란 말이야. 그냥 그런 말을 늘어놓은 것까지는 괜찮았는데, 이보게, 밖에 있는 도랑에 밤경단을 캐러 가지 않겠나, 하고 재촉하는 데는 나도 두 손 들고 말았지. 그러고 나서 2, 3일 있다가 결국 돈선이 되어 스가모 정신병원에 수용되고 말았네. 원래 돼지 따위는 정신병자가 될 자격이 없지만 도쿠센 덕분에 그 지경에 이르고 만 거지. 도쿠센의 세력도 정말 대단하다니까."

"저런, 지금도 스가모에 있나?"

"있다 뿐인가. 자기가 무슨 대단한 사람이라도 되는 양 기염을 토하고 있네. 요즘에는 다치마치 로바이라는 이름이 시시하다고 스스로 덴도 고헤이天道公平라 칭하면서 천도天道의 화신을 자처하고 있네. 기가 막혀서 원. 한번 찾아가 보게."

"덴도 고헤이?"

"그래, 덴도 고헤이야. 미친놈 주제에 이름 한번 거창하게 붙였지. 때로는 고헤이孔平라고 쓰는 일도 있네. 세상 사람들이 길을 잃고 헤매고 있으니 꼭 구원해주고 싶다면서 닥치는 대로 친구나 누군가에게 편지를 보내고 있다는군. 나도 네다섯 통쯤 받았는데, 그중에는 꽤 긴 것도 있어서 부족한 우푯값을 문 일도 두 번이나 돼."

"그럼, 나한테 온 것도 로바이가 보낸 거겠군."

"자네한테도 왔나? 정말 이상한 놈이야. 역시 빨간색 봉투였겠지?"

"음, 한가운데가 빨갛고 좌우는 하얀색이었지. 좀 색다른 봉투였어."

"그건 일부러 중국에서 주문한 거라더군. 하늘의 도는 하얗고, 땅의 도도 하얗고, 사람은 그 중간에 있어 빨갛다는 돈선의 격언을 나타낸 것이라고……."

"꽤 내력이 있는 봉투로군."

"미친놈이라 그런지 많은 공을 들였어. 그리고 미쳐도 식탐만은 여전한 듯 매번 먹을 것에 관한 이야기가 꼭 쓰여 있으니 참 기묘해. 자네한테 온 편지에도 뭐라 쓰여 있지 않았나?"

"음, 해삼 이야기가 쓰여 있었네."

"로바이는 해삼을 좋아했으니까, 그럴 만하지. 그리고?"

"그리고 복어와 조선 인삼인가 하는 이야기가 쓰여 있더군."

"복어와 조선 인삼의 조합이라, 절묘하군. 아마 복어를 먹고 식중독에 걸리면 조선 인삼을 달여 먹으라고 할 생각이었겠지."

"그렇지도 않은 것 같아."

"그렇지 않아도 상관없네. 어차피 미쳤으니까. 그것뿐이었나?"

"또 있었지. 구샤미 선생은 차라도 마시게, 라고 쓰여 있었네."

"아하하하, 차라도 마시라니, 너무 심했는데? 그 말로 자네를 끽소리도 하지 못하게 했다고 생각하고 있겠군. 걸작이야. 덴도 고헤이, 만세!"

메이테이 선생은 재미있어하며 큰 소리로 껄껄 웃기 시작했다. 주인은 적잖은 존경심을 갖고 몇 번이나 소리 내어 읽은 편지를 보낸 이가 확실한 미치광이라는 것을 알고 나니 조금 전의 열성과 고심이 어쩐지 헛수고가 된 듯하여 화가 나기도 하고 또 정신병자의 글을 그토록 수고롭게 감상했나 싶어 부끄럽기도 했다. 마지막으로 미치광이가 쓴 글에 그토록 감탄했으니, 자신의 신경에도 다소 이상이 온 것이 아닐까 하는 의심이 들었기에 분노와 수치와 걱정이 뒤섞인 상태로 어쩐지 침착함을 잃은 표정으로 앉아 있었다.

그때 현관문이 드르륵 열리며 묵직한 구두 소리가 두 번쯤 현관에서 울리는가 싶더니 우렁찬 목소리가 들려왔다.

"실례합니다. 계십니까?"

주인은 엉덩이가 무거운 것에 반해 메이테이는 또 무척 가벼운 사람이라 하녀가 나가는 것도 기다리지 못하고 들어오라고 외치면서 가운뎃방을 두 걸음에 건너 현관으로 뛰어나갔다. 안내도 청하지 않고 남의 집에 불쑥 들어오는 것은 실례가 되지만, 일단 들어온 이상은 서생처럼 손님을 맞아주기도 하니 꽤 편하다. 아무리 메이테이라도 손님임은 틀림없다. 그 손님이 현관으로 나가는데 주인인 구샤미 선생이 객실에 꼼짝 않고 앉아 있을 수만은 없는 노릇이다. 일반적인 사내라면 나중에라도 나가 보겠지만, 그렇지 않은 이가 구샤미 선생이다. 아무렇지 않게 방석에 엉덩이를 붙이고 있다. 다만 엉덩이를 붙이고 있는 것과 차분히 앉아 있는 것은 그 모습은 비슷해 보이지만 실상은 무척 다르다.

현관으로 뛰어나간 메이테이는 뭐라고 열심히 말하고 있었는데, 잠시 후 안쪽을 향해 큰 소리로 외쳤다.

"어이, 주인 양반, 번거롭더라도 좀 나와보게. 자네가 있어야 되겠는데."

주인은 하는 수 없이 양손을 품속에 넣은 채 느릿느릿 나갔다. 보아하니 메이테이는 명함 한 장을 든 채 웅크린 자세로 인사를 하고 있었다. 위엄이라곤 전혀 찾아볼 수 없는 자세다. 그 명함에는 경시청 형사과 순사 요시다 도라조라고 쓰여 있다. 도라조와 나란히 서 있는 이는 스물대여섯쯤 되어 보이는 키가 크고 남성적이며 위아래로 감색 바탕에 줄무늬가 있는 옷을 입은 사내다. 희한하게 이 사내도 주인과 마찬가지로 양손을 품속에 넣은 채 말없이 서 있다. 어디서 본 듯한 얼굴인 것 같아 자세히 뜯어보니 단순히 본 정도가 아니었다. 얼마 전 한밤중에 몰래 숨어들어 참마를 훔쳐 간 도둑놈이었다. 아니, 이번에는 백주에 당당하게 현관으로 납시었다.

"이보게, 이분은 형사과 소속의 순사인데 지난번에 자네 집에 든 도둑을 잡았으니, 자네더러 출두하라는 말을 전하러 일부러 오셨다는군."

주인은 그제야 순사가 찾아온 이유를 안 듯 도둑놈 쪽을 향해 정중히 머리를 숙여 예를 표했다. 도둑 쪽이 도라조보다 남자답게 보여서 그가 형사라고 지레짐작한 것이다. 도둑놈도 분명 놀랐겠지만 그렇다고, 저는 도둑입니다, 하고 제 입으로 밝히기도 뭐했는지 시치미를 떼고 서 있었다. 역시 양손을 품속에 넣은 채다. 하긴 수갑을 차고 있으니 꺼내려고 해도 꺼낼 수 없을 것이다. 보통은 이런 상황이면 대충 알 법도 한데, 주인은 요즘 사람 같지 않게 관리나 경찰이라면 무턱대고 숙이고 들어가는 버릇이 있다. 관청의 위광을 굉장히 무서운 것인 줄 안다. 하긴 이론상으로 보면 순사란 자신들이 돈을 내고 고용한 파수꾼 정도라는 것은 알고 있지만, 실제로 마주하면 이상하리만큼 굽실거린다. 주인의 아버지가 옛날 변두리의 촌장이었으니 윗사람에게 굽실굽실 머리를 조아리며 살아온 습관이 업보가 되어 아들에게 이렇게 대물림된 것인지도 모른다. 참 딱하기 그지없는 노릇이다.

순사는 우스웠는지 히죽히죽 웃으며 말했다.

"내일 오전 9시까지 니혼즈쓰미 지서로 나와주십시오. 도난품은 뭐였습니까?"

"도난품은⋯⋯."

주인은 말문을 열었으나 애석하게도 대부분 까먹었다. 다만 기억하는 것은 다타라 산페이가 보내준 참마뿐이다. 참마 따윈 어떻게 되든 상관없다고 생각했지만, '도난품은⋯⋯' 하고 말문을 열었으나 뒤를 잇지 못하는 것이 너무나도 얼간이 같아서 체면이 말이 아니었다. 남이 도둑을 맞았다면 또 모르지만, 자신이 도둑을 맞았으면서 명확히 대답하지 못하는 것은 제 앞가림도 못하는 사람이라는 증거라고 생각하며 말을 이었다.

"도난품은…… 참마 한 상자요."

도둑놈도 이때는 우스웠는지 고개를 숙이고 옷깃에 턱을 묻었다. 메이테이는 크게 웃으며 말했다.

"하하하하, 참마가 어지간히 아까웠나 보군."

순사만은 의외로 진지했다.

"참마는 나오지 않은 것 같지만, 다른 물건은 대체로 다 찾은 것 같습니다. 뭐, 가서 보시면 아시겠지요. 그리고 돌려받으려면 수령증이 필요하니 도장을 지참하는 것도 잊지 마십시오. ……9시까지는 나오셔야 합니다. 니혼즈쓰미 지서입니다. ……아사쿠사 경찰서 관할의 니혼즈쓰미 지서 말입니다. ……그럼, 안녕히 계십시오."

순사는 혼자 말하고 돌아갔다. 도둑놈도 뒤따라 문을 나섰다. 손을 꺼낼 수 없어서 문을 닫지 못하고 그대로 열어둔 채 가버렸다. 어이가 없으면서도 불만스러운지 주인은 뾰로통한 표정으로 문을 쾅 닫았다.

"아하하하, 자네는 형사를 무척 존경하는구면. 늘 그렇게 겸손하면 좋을 텐데, 자네는 순사한테만 공손해서 문제야."

"그게…… 알려주려고 일부러 찾아왔으니까."

"그게 그들의 일이니 당연한 일로 치부해도 돼."

"하지만 예사로운 일이 아니지 않은가."

"물론 예사로운 일은 아니지. 정탐이라는 게 하기가 왠지 꺼림칙한 일이니까. 예사로운 일보다 오히려 하등이야."

"자네, 그런 말을 하다간 큰 봉변을 당할 걸세."

"하하하하. 그럼, 형사 욕은 그만하기로 하지. 그런데 이보게, 형사를 존경하는 것은 그렇다 쳐도 도둑놈까지 그렇게 존경하다니 깜짝 놀랐네."

"누가 도둑놈을 존경했다고 그러나?"

"자네가 그랬지."

"내가 도둑놈한테 뭘 어쨌기에?"

"뭘 어쨌냐고? 자네가 도둑놈한테 꾸벅 인사를 했잖아?"

"언제?"

"조금 전에 허리를 숙여 공손히 인사를 하는 걸 봤는데?"

"바보 같은 소리, 그건 형사였네."

"그런 모습을 한 형사가 어딨나?"

"형사니까 그런 모습이지."

"억지는."

"자네야말로 억지를 부리는 거네."

"자, 무엇보다도 형사라는 사람이 남의 집에 와서 그렇게 양손을 품속에 넣고 서 있는 것을 본 적 있나?"

"형사라고 양손을 품속에 넣지 말란 법이 어디 있나!"

"그렇게 맹렬하게 나오니 할 말은 없지만, 자네가 고개를 숙여 인사하는 동안 그놈은 내내 양손을 품속에 넣고 서 있었네."

"형사니까 그럴 수도 있지."

"근거 없는 자신감이 대단하군. 아무리 말해도 들을 생각을 않으니."

"들을 이유가 없지. 자네는 입으로만 도둑놈, 도둑놈 하지만, 그 도둑놈이 들어온 것을 본 것도 아니니까. 그저 그렇게 생각하고 혼자 고집을 부리는 거 아닌가."

이 지경이 되자 메이테이도 도저히 구제할 수 없는 사내라고 단념했는지 평소의 그답지 않게 입을 다물어버렸다. 주인은 오랜만에 메이테이를 굴복시켰다고 생각하고 의기양양했다. 메이테이가 보기에 주인의 가치는 고집을 부릴수록 떨어진다고 생각하는데, 주인은 고집을 부릴수록 메이테이보다 자신이 대단해진다고 생각한다. 세상에는 이렇게 종잡을 수 없는 일이 간혹 있다. 자신의 고집을 관철해서 이겼다고 생각할 때 그 사람의 인간적 가치는 뚝 떨어지고 만다. 희한하게도 고집을 부린 당사자는 죽을 때까지자기 체면을 세웠다고만 생각하고, 그때 이후 사람들이 경멸하며 상대해주지 않을 거라고는 꿈에도 깨닫지 못한다. 행복한 것이다. 이런 행복을 돼지의 행복이라 부른다지 아마.

"그건 그렇고, 내일 가볼 생각인가?"

"당연히 가야지. 9시까지 오라고 했으니 8시에는 나가려고."

"학교는 어떡하고?"

"쉬려고. 학교야 뭐."

기세 좋게 내뱉듯이 말했다.

"기세가 대단하군. 쉬어도 돼?"

"되고말고. 우리 학교는 월급제라 공제될 염려는 없네. 괜찮아."

솔직히 말했다. 교활하기도 하지만 단순하기도 하다.

"이보게, 가는 건 좋은데 길은 아나?"

"알 턱이 있나. 인력거를 타고 가면 되지 않을까?"

주인은 부루퉁하게 말했다.

"시즈오카의 큰아버님 못잖은 도쿄통한테는 못 당하겠군."

"그러거나 말거나."

"하하하하, 이보게, 니혼즈쓰미 지서란 말일세. 예사로운 곳이
아니야. 요시와라라고."

"뭐라고?"

"요시와라라고."

"유곽이 있는 그 요시와라 말인가?"

"그래, 도쿄에는 요시와라가 한 군데밖에 없으니까. 어떤가, 그
래도 가볼 생각인가?"

메이테이가 다시 놀렸다.

주인은 요시와라라는 말을 듣고 "그건 좀." 하며 잠시 망설이는
듯했으나 이내 마음을 고쳐먹고 쓸데없는 일에 허세를 부렸다.

"요시와라든 유곽이든 한 번 간다고 한 이상, 무슨 일이 있어도
가야지."

어리석은 사람은 자칫 이런 데서 고집을 부리는 법이다.

"그래, 재미있겠군. 잘 보고 오게."

메이테이의 이 말을 끝으로 일대 파란을 일으킨 형사 사건은 일
단락되었다. 메이테이는 그 이후로도 여전히 쓸데없는 잡담을 늘
어놓다가 해 질 녘이 되어서야 너무 늦어지면 큰아버님께 혼난다
며 돌아갔다.

메이테이가 돌아가고 나서 대충 저녁을 마치고 서재로 물러간
주인은 다시 팔짱을 끼고 다음과 같은 생각을 하기 시작했다.

'메이테이의 이야기를 듣고 나니 내가 감탄하며 본받으려고 한
야기 도쿠센도 그다지 본받을 만한 인간은 아닌 모양이군. 뿐만
아니라 그의 주장은 어쩐지 상식적이지 않고, 메이테이의 말처럼
정신병적 계통에 속해 있는 것 같다. 하물며 그는 버젓이 두 명의

미치광이 졸개를 거느리고 있다지 않은가. 심히 위험하다. 함부로 접근했다가는 그 계통 안으로 끌려들어 갈 것만 같다. 내가 글을 보고 감탄한 나머지 그 사람이야말로 대단한 식견을 지닌 위인임이 틀림없다고 믿었던 덴도 고헤이, 즉 다치마치 로바이는 완전한 미치광이이고, 실제로 스가모 병원에서 기거하고 있다. 메이테이의 말이 침소봉대한 농지거리라고 해도 그가 정신병원에서 명성을 떨치며 천도의 주재자를 자임하고 있다는 것은 아마 사실이겠지. 이런 나도 어쩌면 정신이 좀 나간 것인지도 몰라. 유유상종이라는 말도 있듯이 미치광이의 주장에 감탄한 이상, 적어도 그 글이나 언사에 동감을 표한 이상, 나 역시 미치광이와 인연이 깊은 자일 것이다. 설령 같은 틀로 주조되지는 않았다 하더라도 미치광이와 처마를 나란히 하고 이웃하며 살았다면 경계인 벽 하나쯤 뚫고 어느 틈엔가 같은 방에서 무릎을 맞대고 담소를 나누지 않았을 거라고 어찌 단언하겠는가. 큰일이다. 생각해보니 얼마 전부터 내 뇌의 작용은 나 스스로도 놀랄 정도로 이상하다고 느낄 만큼 아주 기묘했다. 뇌수 한 홉 정도의 화학적 변화야 그렇다 치고, 의지가 움직여 행동하고 말하는 점에서 이상하게도 중용을 잃은 부분이 많았다. 혀에서 샘물이 솟아나는 것도 아니고, 겨드랑이에서 시원한 바람이 부는 것도 아닌데 치근에서 미친 냄새가 나고 근두筋頭에서 미친 맛이 나는 것을 어찌하면 좋단 말인가. 정말 큰일이다. 어쩌면 이미 완전한 환자가 되었는지도 모를 일이다. 다행히 아직 남을 해치거나 세상에 방해가 되는 행동을 하지 않으니 동네에서 쫓겨나지 않고 도쿄 시민으로 존재하고 있는 게 아닐까. 이건 소극적이니 적극적이니 따질 문제가 아니다. 우선 맥박부터 짚어보지 않으면 안 된다. 그런데 맥에는 별 이상이 없는 것 같다. 머리에 열이 있나? 딱히 피가 치솟을 기미도 보이지 않는다. 하지만 아무래도 걱정이다.'

'이렇게 나와 미치광이만을 비교하여 유사점만 찾아서는 도저히 미치광이의 영역에서 벗어날 수 없을 것 같다. 방법이 나빴다. 미치광이를 표준으로 삼아 나를 그쪽으로 끌고 가 해석하니 이런 결론이 나오는 것이다. 만약 건강한 사람을 기준으로 삼아 그 옆에 나를 두고 생각해보면 혹여 반대의 결과가 나올지도 모른다. 그렇다면 우선 가까운 데서부터 시작해야 한다. 첫째, 오늘 프록코트 차림으로 찾아온 메이테이의 큰아버님은 어떤가. 마음을 어디에 둬야 할까…… 그분도 좀 기이한 것 같다. 둘째, 간게쓰 군은 어떤가. 도시락을 먹어가며 아침부터 밤까지 유리구슬만 갈고 있다. 그도 같은 부류다. 셋째는…… 메이테이? 장난치고 돌아다니는 것을 천직으로 안다. 그야말로 정력이 넘치는 미치광이가 틀림없다. 넷째는…… 가네다의 아내다. 악독한 근성이 상식에서 완전히 벗어났다. 온전한 미치광이 그 자체다. 다섯째는 가네다 차례다. 가네다는 아직 만나보지 못했지만, 우선 아내를 인간적으로 존중하며 금실 좋게 사는 것을 보면 비범한 인간으로 판단해도 별 지장은 없을 것이다. 비범은 미치광이의 다른 이름이니 우선 이 사람도 같은 부류라 해도 무방할 터. 그리고 또, 아직 많이 남아 있다. 낙운관의 군자들. 나이로 보면 아직 어린 싹에 불과하지만 미쳐 날뛴다는 점에서는 일세를 풍미할 만큼 매우 뛰어난 호걸들이다. 이렇게 하나하나 열거해보니 대부분 비슷한 부류인 것 같다. 뜻밖에 마음이 든든해졌다. 사회는 어쩌면 미치광이들이 모여 있는 곳인지도 모른다. 미치광이들이 모여 맹렬히 싸우고, 드잡이하고, 반목하고, 욕을 퍼붓고, 빼앗으며 그 전체가 하나의 단체로 세포처럼 무너졌다가 다시 솟아나고 솟아났다가 다시 무너지며 살아가는 곳을 사회라고 하는 것이 아닐까. 그중에서 다소 도리를 알고 분별이 있는 놈은 오히려 방해가 되니 정신병원을 만들어 거기에 가둬둔 채 나가지 못하게 하는 것은 아닐까. 그렇다면 정신병원에 갇혀 있는 자는 보통 사람이고, 병원 밖에서 날뛰고 있는 자가 오히려 미치광이다. 미치광이도 고립되어 있으면 미치광이 취급을 받지만 단체가 되어 세력이 생기면 정상적인 인간이 되어버리는 것인지도 모른다. 중증의 미치광이가 돈과 권력을 남용하여 대다수 경미한 미치광이들에게 난동을 부리게 하고, 자신은 사람들로부터 훌륭한 사람이라는 말을 듣는 예가 적지 않다. 뭐가 뭔지 도통 모르겠다.'

이상은 주인이 그날 밤 등불 아래에서 홀로 심사숙고했을 때의 심리적 흐름을 있는 그대로 묘사한 것이다. 그의 두뇌가 얼마나 흐리멍덩한지는 이 서술에서도 뚜렷하게 드러난다. 그는 카이저를 흉내 낸 팔자수염을 기르고 있지만, 미치광이와 정상인을 구별할 수 없을 만큼 얼간이다. 그뿐만 아니라 그는 일부러 이 문제를 제공하여 자신의 사고력에 호소했으면서도 결국 아무런 결론에도 도달하지 못하고 말았다. 그는 무슨 일이든 철저하게 생각할 두뇌가 없는 사내다. 그가 내린 결론은 막연하여 그의 콧구멍에서 나오는 아사히 담배의 연기처럼 종잡을 수 없는데, 이는 그와 의논하는 데 있어서 유일한 특색으로 기억해야 할 사실이다.

나는 고양이다. 고양이인 주제에 어떻게 주인의 마음속을 이렇게 정밀하게 기술할 수 있느냐고 의심하는 자가 있을지도 모르겠다. 하지만 고양이에게 이 정도의 일은 아무것도 아니다. 이래 봬도 나는 독심술을 터득했다. 언제 터득했느냐는 그런 쓸데없는 질문은 하지 말기를 바란다. 아무튼 터득했다. 인간의 무릎 위에 올라가 졸고 있을 때 나는 내 보드라운 털을 인간의 배에 슬쩍 비빈다. 그러면 한 줄기 전기가 일어나 그의 마음속이 손에 잡힐 듯이 내 심안에 비친다. 얼마 전에는 주인이 내 머리를 부드럽게 쓰다듬으면서 갑자기, 이 고양이의 가죽을 벗겨 조끼를 만들면 아주 따뜻하겠는걸, 하고 말도 안 되는 생각을 하는 걸 바로 알아차리고 그만 등골이 오싹해진 일도 있다. 무서운 일이다. 그런 연유로 그날 밤 주인의 머릿속에서 일어난 생각을 다행히 여러분에게 알릴 수 있게 된 것을 나는 큰 영예로 여기는 바다. 다만 주인은 '뭐가 뭔지 도통 모르겠다.'고까지 생각한 다음에 쿨쿨 잠에 빠져들었다. 날이 밝으면 뭘 어디까지 생각했는지 전혀 기억하지 못할 것이다. 만일 앞으로 주인이 미치광이에 대해 생각하는 일이 생기면 처음부터 다시 생각해야 할 것이다. 물론 지금과 같은 경로를 거쳐 '뭐가 뭔지 도통 모르겠다'는 결론에 도달할지 어떨지는 보증할 수 없다. 하지만 몇 번을 다시 생각해도, 몇 가지 경로를 거친다 해도, 결국 '뭐가 뭔지 도통 모르겠다'는 결론에 도달할 것만은 분명하다.

중편 자서

《나는 고양이로소이다》의 원고를 이어서 쓸 때는 대략 상편과 같은 정도의 매수로 써서 상하 두 권의 단행본으로 낼 생각이었다. 그런데 어떤 사정으로 페이지가 조금 더 늘어나자, 출판사 측에서 상중하 세 권으로 내자고 제안했다. 그것은 영업상의 문제이고 저작자인 나에게는 아무런 영향도 없기에 그래도 좋겠다고 동의하여 우선 이것만을 중편으로 발간하기로 했다.

그런데 서문을 쓸 때 문득 생각난 것이 있다. 내가 런던에 있을 때, 죽은 친구 시키(마사오카 시키. 1867~1902. 메이지 시대의 시인으로 일본의 근대 문학에 큰 영향을 미친 메이지를 대표하는 문학가 중 한 명이다)의 투병 생활을 위로하려고 당시 런던의 실상을 글로 써서 두세 번 멀리서 긴 편지를 보낸 적이 있다. 무료함에 괴로워하던 시키는 내 편지를 읽고 재미있었는지, 바쁜데 미안하네만 한 번 더 편지를 보내줄 수 없겠냐는 부탁을 해왔다. 이때 시키는 매우 위중한 상태였고, 편지 내용도 뭐라 말할 수 없이 비참했기에 정의상情誼上 무엇이든 써서 보낼 생각이었다. 하지만 나도 놀고 있는 몸이 아니었고 또 그렇게 재미있는 소재를 찾아다닐 만큼 마음의 여유도 없었던 터라 그냥 그대로 시간만 보내고 있는 사이에 시키가 그만 죽고 말았다.

문서함에서 꺼내 보니 그 편지에는 이렇게 쓰여 있었다.

런던의 소세키에게

나는 이제 틀렸네. 매일 이유도 없이 오열하고 있는 형편이네. 그래서 신문이나 잡지에도 전혀 글을 쓰지 못하고 있네. 편지도 일절 끊었네. 그런 이유로 오랫동안 소식을 전하지 못했는데, 오늘 밤에는 문득 생각이 나서 특별히 편지를 쓰네. 언젠가 보내준 자네의 편지는 무척 재미있었네. 근래에 나를 기쁘게 해준 것 중 유일한 것이었네. 내가 예전부터 서양을 보고 싶어 했다는 것은 자네도 잘 알고 있을 것이네. 그런데 환자가 되어버려 유감스럽기 그지없지만, 자네의 편지를 보고 서양에 있는 것 같은 기분이 들어 무척 유쾌했다네. 혹시 보내줄 수 있다면 내 눈이 보일 때 다시 한번 더 보내줄 수 없겠나(무리한 주문이 겠지만).

그림엽서도 잘 받았네. 런던의 군고구마 맛은 어떤지 궁금하군.

후세쓰는 지금 파리에 있는데, 이슬람 사원에 다니고 있다더군. 자네를 만나면 가다랑어포 하나를 선물로 준다고 했는데 그런 건 이미 먹어버렸을지도 모르겠네.

교시(다카하마 교시. 하이쿠 시인이자 소설가. 마사오카 시키의 뒤를 이어 《호토토기스》의 편집과 경영을 맡았으며, 소세키로 하여금 《나는 고양이로소이다》를 쓰게 한 장본인이다)는 아들을 얻었네. 내가 도시오라는 이름을 지어주었네.

렌케이(다케무라 렌케이)도 죽고 히후(니노미 히후)도 죽고, 다들 나보다 먼저 죽어버렸네.

나는 도저히 자네를 다시 만날 수 없을 것 같네. 만약 만날 수 있다고 해도 그때는 대화를 나눌 수 없는 상태일 걸세. 사실 나는 살아 있는 것이 고통스럽네. 내 일기에는 "고하쿠가 말하기를, 오라(古白曰來. 6년 전에 권총으로 자살한 시키의 외사촌 후지이 고하쿠가 저승에서 시키에게 오라고 손짓하는 모습. 이 말은 자살하고 싶을 정도로 고통스러울 때 이미 저세상에 가 있는 고하쿠가 오라고 손짓하는 모습에서 오히려 삶에 대한 용기를 갖게 되었다는 것을 뜻한다)!"라는 글자가 특별히 쓰여 있는 곳이 있네.

쓰고 싶은 말은 많지만 고통스러우니 양해해주게.

1901년 11월 6일 등잔불 밑에서 쓰다

도쿄에서 시키 배拜

이 편지는 미농지(닥나무 껍질로 만든 일본 종이)에 행서로 쓰여 있다. 필력은 빈사 상태의 환자라고는 생각되지 않을 만큼 또렷하다. 나는 이 편지를 볼 때마다 어쩐지 고인에게 미안한 마음이 든다. '쓰고 싶은 말은 많지만 고통스러우니 양해해주게'라는 글귀는 한 점 거짓이 없지만, '쓰고 싶기는 하지만 바쁘니 용서해주게'라는 나의 답변에는 다소 발뺌하는 뉘앙스가 숨어 있다. 가엾은 시키는 내 편지를 기다렸지만, 기다린 보람도 없이 숨을 거두고 말았다.

시키는 밉살스러운 사내다. 일찍이 《묵즙일적墨汁一滴》인지 뭔지에 "독일에서는 아네사키(아네사키 마사하루)나 후지시로(후지시로 소진)가 독일어로 연설하여 큰 갈채를 받았는데, 소세키는 런던 변

두리의 하숙집에 틀어박혀 할멈의 구박이나 받고 있다."는 내용의
글을 썼다. 이런 글을 쓸 때는 밉살스러운 사내지만 '쓰고 싶은 말
은 많지만 고통스러우니 양해해주게'라는 글을 보면 가엾기 그지
없다. 나는 결국 시키에 대한 그 가여운 마음을 해소하지도 못한
채 그를 보내고 말았다.

시키가 살아 있었다면 《나는 고양이로소이다》를 읽고 뭐라 말
했을지 궁금하다. 어쩌면 런던 소식은 읽고 싶지만 《나는 고양이
로소이다》는 사양하겠다며 도망쳐버렸을지도 모른다. 그러나 《나
는 고양이로소이다》는 나를 유명하게 만들어준 첫 번째 작품이다.
유명해진 것이 그다지 자랑할 만한 일은 아니지만, 《묵즙일적》에
서 넌지시 나를 격려해준 고인에게는 어쩌면 이 작품을 지하로 보
내는 것이 맞을지도 모르겠다. 계찰季札은 검을 무덤 옆 나무에 걸
어서 고인에 대한 신의를 지켰다고 하니(고사성어 계찰괘검季札掛劍),
나 역시 《나는 고양이로소이다》를 시키의 무덤에 헌상하여 지난
날에 가졌던 가여운 마음을 5년 후인 오늘 해소하려고 한다.

시키는 죽을 때 수세미외에 대한 하이쿠를 읊은 사내다. 그래서
세상 사람들은 시키의 기일을 수세미외 기일이라 칭하고 시키를
수세미외불佛이라 명명하고 있다. 내가 10여 년 전 시키와 함께 하
이쿠를 지을 때 얼떨결에 '길지만 태연히 늘어져 있는 수세미외'라는
하이쿠를 지은 적이 있다. 수세미외와 인연이 있으니 이 하이쿠를
《나는 고양이로소이다》와 함께 지하로 보낸다.

묵직하게 궁둥이를 붙이고 있는 호박이런가

이런 하이쿠도 그 무렵에 지은 것 같다. 마찬가지로 과瓜라는 글자가 붙은 걸 보면 호박[南瓜]과 수세미외[絲瓜]는 친척 사이일 것이다. 친척 사이이니 호박에 대한 하이쿠를 수세미외불에 봉납하는 것도 그다지 이상하지는 않을 것이다. 그래서 내친김에 이 하이쿠도 영전에 헌상하기로 했다.

시키는 지금 어디에 어떻게 있는지 모르겠다. 아마 자리 잡고 눌러앉을 궁둥이가 없어서 안정을 취할 장치가 궁할 것이다. 나는 아직 궁둥이를 갖고 있다. 어차피 갖고 있으니 일단 묵직하게 앉아 사람들의 생각대로 갑자기는 움직이지 않을 작정이다. 그러나 시키는 또 여느 때처럼 궁둥이를 갖지 못한 자신의 처지를 나에게 이입하여 멀리서 나를 걱정하면 안 되기에 죽은 벗을 안심시키기 위해 미리 한 마디 해둔다.

467

1906년 11월 4일

하

편

10

"여보, 벌써 7시예요."

장지문 너머에서 안주인이 말했다. 주인은 일어났는지 아니면 아직 자고 있는지 등을 보이고 누워서 대답도 하지 않는다. 대답하지 않는 것은 이 사내의 버릇이다. 꼭 필요할 때만 "응." 하고 대답할 뿐이다. 이 '응'도 어지간한 일로는 쉬이 나오지 않는다. 인간도 대답을 귀찮아할 만큼 게을러지면 어딘지 모르게 분위기가 있어 보이기도 하지만, 이런 인간에 한해서 여자에게 사랑받는 예는 없다. 현재 같이 사는 아내조차 별로 귀하게 여기지 않는 듯하니, 나머지는 익히 알 수 있다고 해도 큰 잘못은 아닐 것이다. 친형제에게 버림받은 사람을 생판 남인 유녀遊女가 사랑할 리 없다는 노랫말도 있듯이, 아내에게조차 사랑받지 못하는 주인이 세상의 일반 숙녀들에게 사랑받을 리가 없다. 이 자리에서 주인이 이성에게 인기가 없다는 것을 굳이 폭로할 필요는 없겠지만, 본인이 어처구니없는 착각을 하여 나이가 많아서 아내의 사랑을 받지 못한다는 따위의 핑계를 대면 미혹의 씨앗이 될 수도 있으니, 그것을 자각하는 데 일조할 수 있지 않을까 하는 친절한 마음에 잠깐 덧붙였

470

나는 고양이로소이다

을 뿐이다.

알려달라고 한 시각에 그 시각이 되었다고 알려주어도 상대가 그 말을 무시하는 이상, 등을 돌린 채 '응' 하고 대꾸도 하지 않는 이상, 잘못은 남편에게 있지 아내에게 있지 않다고 결론 내린 안 주인은 '늦어도 전 몰라요'라는 태도로 빗자루와 먼지떨이를 들고 서재로 가버렸다. 잠시 후 탁탁탁탁 온 서재를 털어대는 소리가 들려온 것을 보면 늘 하는 청소를 시작한 모양이다. 대체 청소의 목적이 운동을 위해서일까, 유희를 위해서일까? 청소할 의무가 없는 내가 관여할 바가 아니니 모른 체하고 있으면 그만이지만, 이곳 안주인의 청소법은 굉장히 무의미한 것이라 하지 않을 수 없다. 무엇이 무의미하냐면, 이곳 안주인은 그저 청소를 위한 청소를 하기 때문이다. 먼지떨이로 장지문을 한 차례 털고, 빗자루로 다다미방을 대충 쓴다. 이것으로 청소가 끝났다고 해석한다. 청소의 원인 및 결과에 대해서는 털끝만큼의 책임도 지지 않는다. 그러므로 깨끗한 곳은 매일 깨끗하지만 쓰레기가 있는 곳, 먼지가 쌓여 있는 곳은 늘 쓰레기가 모여 있고 먼지가 쌓여 있다. '곡삭지희양告朔之餼羊(《논어》에 나오는 말로, 지금은 형식뿐인 예라도 없애는 것보다는 낫다는 의미와 형식만 남은 허례허식이라는 두 가지 의미로 쓰인다. 여기서는 전자의 뜻)'이라는 말도 있듯이, 그래도 하지 않는 것보다는 나을지 모른다. 하지만 한다고 해도 별로 주인에게 도움이 되지 않는다. 도움이 되지 않는데도 매일매일 수고스럽게 하는 것이 안주인의 대단한 점이다. 안주인과 청소는 다년간에 걸친 습관으로 기계적인 연상을 만들어 굳게 결부되어 있는데도 불구하고, 안주인이 태어나기 이전처럼, 먼지떨이와 빗자루가 발명되지 않은 옛날처럼,

청소의 실질은 털끝만큼도 갖추어지지 않았다. 생각건대 이 양자의 관계는 형식논리학의 명제에서 명사名辭처럼 그 내용과 관계없이 결합된 것이었으리라.

나는 주인과 달리 원래 아침 일찍 일어나는 편이어서 이때는 이미 배가 고파 미칠 지경이었다. 그러나 집안 식구들도 아직 밥상 앞에 앉지 않았는데 고양이 신분에 도저히 먼저 아침을 먹을 수는 없는 노릇이다. 김이 모락모락 나는 국물이 내 밥그릇 안에서 맛있는 냄새를 풍기지 않을까 생각하면 가만히 있을 수 없다는 점이 고양이의 천박함이다. 부질없는 일을 부질없다는 걸 알면서도 기대할 때는 그저 그 기대만을 머릿속에 그리며 얌전히 앉아 있는 것이 상책이지만, 막상 그렇게는 잘 안되어서 마음속의 바람과 실제가 일치하는지 일치하지 않는지 꼭 시험해보고 싶어진다. 시험해보면 실망할 게 뻔한 일조차 최종적인 실망을 사실로 받아들이기 전까지는 인정할 수 없는 법이다. 나는 참지 못하고 부엌으로 들어갔다. 먼저 부뚜막 아래에 있는 내 밥그릇을 들여다보니 아니나 다를까 어제 싹싹 핥아먹은 상태 그대로 들창으로 새어 들어온 초가을 햇빛에 고요히 반짝이고 있었다. 하녀는 이미 갓 지은 밥을 밥통에 퍼 담고, 지금은 풍로에 올려놓은 냄비 속을 휘젓고 있다. 밥솥 주위에는 끓어올라 넘친 밥물 몇 줄이 바삭하게 눌어붙어 있는데, 그중 어떤 것은 얇은 종이를 붙여놓은 것처럼 보인다. 이미 밥도 국도 다 되었으니 먹게 해도 될 듯싶었다. 이럴 때 점잔을 빼는 건 소용없는 짓이다. 설령 내 바람대로 되지 않더라도 밀쳐야 본전이니 큰맘 먹고 아침밥을 재촉해보자. 아무리 빌붙어 사는 몸이라 해도 시장기를 느끼는 건 마찬가지다. 이렇게 생각한

나는 야옹야옹 어리광을 부리듯, 호소하듯 또는 애원하듯 울어보았다. 그 울음소리는 내가 생각해도 비장한 음색을 띠어 타향살이하는 자의 애간장을 녹이기에 충분하리라 믿었다. 하녀는 여전히 들은 척 만 척 돌아보지 않았다. 이 여자는 귀머거리인지도 모른다. 귀머거리라면 남의 집에서 하녀살이를 할 수 없겠지만, 어쩌면 고양이 소리만 못 듣는 것인지도 모른다. 세상에는 색맹이라는 게 있는데, 당사자는 완전한 시력을 갖추고 있다고 생각해도 의사가 보기에는 불구라고 한다니, 이 집 하녀는 성맹聲盲일 것이다. 성맹도 틀림없는 불구다. 불구인 주제에 엄청 건방지다. 한밤중에 내가 용무가 있어서 문 좀 열어달라고 아무리 애원해도 절대로 열어주지 않는다. 어쩌다 나가게 해주는가 싶어도 이번에는 들여보내주지 않는다. 여름에도 밤이슬은 독이다. 하물며 서리는 말할 것도 없다. 처마 밑에서 밤을 새우며 아침 해를 기다리는 일이 얼마나 괴로운 일인지 상상도 못 할 것이다. 일전에 문을 닫고 들여보내주지 않았을 때는 들개의 습격을 받아 하마터면 죽을 뻔했는데, 간신히 헛간 지붕으로 뛰어올라 밤새 부들부들 떨었다. 이런 일은 모두 하녀의 몰인정에서 비롯된 괘씸한 일이다. 이런 자를 상대로 울어봤자 감응이 있을 리 없지만, 배고플 때 신을 찾고 가난해서 도둑질하고 사랑에 빠져 연서를 보낼 정도이니 웬만하면 다 해보고 싶어진다. 세 번째에는 니야아옹니야아옹 하고 주의를 환기하려고 짐짓 복잡하게 울어보았다. 나로서는 베토벤의 심포니 못지않은 미묘한 음이라고 확신했지만, 하녀에게는 아무런 영향도 주지 못하는 듯했다. 하녀는 갑자기 무릎을 꿇고 뚜껑 널판 하나를 열고 그 안에서 12센티미터쯤 되는 길쭉한 참숯 하나를 꺼냈다. 그러고 나서 그 길쭉한 놈을 풍로 모서리에 탁탁 치자세 개 정도로 깨졌고 주변은 그 가루로 새까매졌다. 국물 속에도조금은 들어간 듯하다. 하녀는 그런 일에 신경 쓰는 여자가 아니다. 곧바로 깨진 세 개의 숯을 냄비 밑으로 해서 풍로 안으로 밀어넣었다. 내 심포니에는 도저히 귀 기울일 것 같지 않았다. 하는 수없이 다실 쪽으로 돌아가려고 맥없이 욕실 옆을 지나가는데, 욕실에선 여자아이 셋이서 한창 세수하느라 분주했다.

세수를 한다고 하지만, 위의 두 딸은 유치원생이고 셋째는 언니꽁무니도 따라다닐 수 없을 정도로 어려서 올바른 방법으로 얼굴을 씻거나 솜씨 있게 얼굴을 꾸밀 줄도 모른다. 제일 어린 아이가양동이에서 젖은 걸레를 꺼내더니 열심히 얼굴을 문지른다. 걸레로 얼굴을 닦으면 필시 기분이 나쁠 테지만, 지진으로 흔들릴 때마다 "재밌쪄."라며 깔깔대는 아가라 이 정도는 놀랄 일도 아니다. 어쩌면 야기 도쿠센보다 더 도통한 것인지도 모른다. 과연 맏딸은맏딸이라고 언니 노릇을 한다며 양치질하는 그릇을 내팽개치고는 걸레를 빼앗으려 들었다.

"아가야, 이건 걸레야."

아가도 근거 없는 자신감에 차 있었는지라 쉽게 언니의 말을 들으려 하지 않았다.

"싫어, 바부."

아가는 이렇게 말하면서 걸레를 잡아당겼다. '바부'라는 말이무슨 뜻인지, 어원이 어떻게 되는지 아는 사람이 아무도 없다. 그저 이 아가가 떼를 쓸 때 더러 사용할 뿐이다. 이때 걸레가 언니의손과 아가의 손에 의해 좌우로 당겨지는 바람에 물을 머금은 한

가운데서 물이 뚝뚝 떨어져 아가의 발을 흠뻑 적셨다. 발뿐이라면 참겠지만 무릎 언저리까지 흠뻑 젖는다. 이래 봬도 아가는 겐로쿠元祿를 입고 있다. 겐로쿠가 뭔지 여기저기서 들은 바로는 중간 크기의 무늬라면 뭐든지 겐로쿠라고 부른다고 한다. 대체 누가 가르쳐주었는지는 알 수 없다.

"아가야, 겐로쿠가 젖으니까 그만해, 응?"

언니가 제법 재치 있게 말했다. 하지만 이 언니는 바로 얼마 전까지 겐로쿠와 스고로쿠雙六(주사위 놀이)조차 헷갈리던 만물박사다.

겐로쿠라고 하니 생각난 김에 말하자면, 이 아이의 말실수는 너무 심해서 때때로 사람을 바보로 만드는 듯한 실수를 한다. 화재로 키노코(키노코는 버섯이다. 불씨인 히노코를 잘못 말한 것이다)가 날아온다거나 오차노미소(여학교의 이름은 오차노미즈다) 여학교에 갔다거나 에비스와 다이도코(재물의 신인 에비스와 다이도코를 말하면서 부엌을 뜻하는 다이도코라고 한 것)가 나란히 있다고 하기도 한다. 또 언젠가는 "난 짚 가게(와라다나) 아이가 아니야."라고 하기에 다시 자세히 물어보니 우라다나(셋집)와 와라다나를 헷갈린 것이었다. 주인은 이런 말실수를 들을 때마다 웃었지만, 자신이 학교에 나가 영어를 가르칠 때는 학생들에게 진지한 얼굴로 이보다 더 우스꽝스러운 실수를 할 것이다.

아가는—당사자는 아가라고 하지 않고 늘 아바라고 한다—겐로쿠가 젖은 것을 보고 "겐도코가 척척해."라고 말하며 울기 시작했다. 겐로쿠가 축축해지면 큰일이니 하녀가 부엌에서 뛰어나와 걸레를 빼앗고는 옷을 닦아주었다. 이 와중에도 비교적 조용한 것은 차녀인 슨코다. 슨코는 등을 돌린 채 선반 위에서 굴러떨어진

백분 병을 열어 열심히 화장을 하고 있다. 먼저 병에 집어넣은 손가락으로 콧등을 쓱 문지르자 세로로 하얀 선이 생겨 코가 어디에 있는지 좀 더 분명해졌다. 다음으로 분가루가 잔뜩 묻은 손가락을 돌리며 볼을 비벼대자 볼에도 하얀 덩어리가 생겼다. 여기까지 화장했을 때 하녀가 들어와 아가의 옷을 닦는 김에 슨코의 얼굴도 쓱 닦아버렸다. 슨코는 다소 불만스러워 보였다.

나는 이 광경을 지켜보다 이제 주인이 일어났나 싶어 다실에서 침실로 가 안을 살펴봤으나 주인의 머리는 보이지 않고 대신 250밀리쯤 되는 발등이 높은 발 하나가 이불 바깥으로 쑥 나와 있었다. 머리가 나와 있으면 누가 깨울 때 귀찮을 것 같아 이렇게 이불 속으로 파고들었을 것이다. 거북이 같은 사내다. 그때 서재 청소를 끝낸 안주인이 다시 빗자루와 먼지떨이를 들고 장지문 입구로 다가왔다.

"아직 일어나지 않은 거예요?"

그러고는 잠깐 입구에 서서 이렇게 말하고 머리도 나와 있지 않은 이부자리를 쳐다보고 있었다. 이번에도 대답이 없다. 안주인은 입구에서 두 걸음만 들어가 빗자루로 방바닥을 탁탁 치면서 거듭 대답을 요구했다.

"여보, 아직도 안 일어나고 뭐 하는 거예요?"

이때 주인은 이미 잠에서 깨어 있었다. 깨어 있으면서 안주인의 습격에 대비하려고 미리 이불 속에 머리를 처박고 있었던 것이다. 머리만 내놓지 않으면 혹시 봐주지 않을까 하는 시답잖은 기대를 품고 누워 있었으나 좀처럼 봐줄 것 같지 않다. 하지만 첫 번째 소리는 문지방 위에서 났으니 적어도 2미터쯤 거리가 있어 다소 안심하고 있었다. 그런데 방바닥을 탁탁 치는 빗자루 소리가 1미터

쯤으로 가까워져 살짝 놀랐다. 그뿐 아니라 두 번째의 "여보, 아직
도 안 일어나고 뭐 하는 거예요?"라는 소리가 거리에서나 음량에
서나 전보다 배 이상의 기세로 이불 안에까지 들리자 이거 안 되
겠다 싶어 기어들어 가는 목소리로 "응." 하고 대답했다.

"9시까지 가야 하잖아요. 빨리 준비하지 않으면 늦겠어요."

"그러잖아도 지금 일어나려고 했어."

이불 속에서 대답하는 것이 참 가관이다. 안주인은 늘 이런 수
법에 속아 일어나겠구나 싶어서 안심하고 있으면 다시 잠들어버
리기 때문에 방심은 금물이라며 몰아세웠다.

"자, 일어나세요."

일어난다고 하는데도 계속 일어나라고 몰아세우면 못마땅한
법이다. 주인처럼 제멋대로인 사람은 더욱 못마땅할 것이다. 이
때문인지 주인은 머리까지 뒤집어쓰고 있던 이불을 단숨에 확 밀
어젖혔다. 커다란 두 눈을 다 뜨고 있다.

"뭐야, 시끄럽게. 일어난다고 했으면 일어나는 거야."

"일어난다고 하고서 일어나지 않으니까 그렇죠."

"누가 언제 그런 거짓말을 했다고 그래?"

"늘 그렇잖아요."

"바보 같은 소리."

"누가 바보 같은 소리를 하는지 모르겠네요."

빗자루를 짚고 뾰로통한 얼굴로 머리맡에 서 있는 안주인의 모
습이 결연했다. 이때 뒷집 인력거꾼네 아이인 얏짱이 갑자기 으앙
하고 큰 소리로 울기 시작했다. 얏짱은 주인이 화를 내기만 하면
울어야 한다. 인력거꾼네 아주머니가 그렇게 시켰기 때문이다. 그

녀는 주인이 화를 낼 때마다 얏짱을 울려 용돈을 버는지는 모르겠으나 얏짱으로서는 아주 고역이다. 이런 사람이 엄마라면 아침부터 저녁까지 내내 울어야 한다. 이런 사정을 감안하여 주인도 좀 화내는 것을 삼가준다면 얏짱의 수명이 조금은 늘어날 텐데, 아무리 가네다의 부탁을 받았다 하더라도 이런 어리석은 짓을 하는 것을 보면 덴도 고헤이보다 훨씬 심하게 정신이 나갔다고 판단해도 될 것이다. 화를 낼 때마다 울게 할 뿐이라면 그나마 좀 낫겠지만, 가네다가 근방의 부랑배들을 시켜 질그릇으로 만든 너구리라고 주인을 놀리도록 할 때마다 얏짱은 또 울어야 한다. 주인이 화를 낼지 말지 아직 확실히 알 수 없을 때부터 반드시 화를 낼 거라 예상하고 미리 손을 써서 얏짱을 울게 한 것이다. 이렇게 되면 주인이 얏짱인지 얏짱이 주인인지 알 수 없게 된다. 주인을 골탕 먹이는 일은 전혀 수고스럽지 않다. 얏짱에게 살짝 핀잔만 주면 힘 안 들이고 주인의 뺨을 갈기게 되는 셈이다. 옛날 서양에서는 처형해야 할 범죄자가 국경 밖으로 도망쳐서 잡지 못했을 때 그 사람 대신 인형을 만들어 화형에 처했다고 한다. 그들 중에도 이런 서양 고사에 능통한 전략가가 있는지 신통한 계략을 전수한 것이다. 요령 없는 주인에게는 낙운관도 그렇고 얏짱의 어머니도 그렇고 필시 골칫거리일 것이다. 그 외에도 골칫거리는 많았다. 어쩌면 온 동네가 골칫거리인지도 모른다. 다만 지금은 무관한 일이니 조금씩 차례로 소개하기로 한다.

얏짱의 울음소리를 들은 주인은 아침 댓바람부터 어지간히 짜증이 났는지 벌떡 일어나 이불 위에 앉았다. 이렇게 되면 정신 수양이고 야기 도쿠센이고 뭐고 아무 소용이 없다. 일어나 앉으면서 두 손으로 두피가 벗겨질 정도로 벅벅 머리를 긁어댔다. 한 달이나 쌓여 있던 비듬이 거리낌 없이 목덜미며 잠옷 옷깃으로 날아온다. 대단한 장관이다. 수염은 어떤가 하고 보니 이 역시 놀랄 만큼 삐쭉삐쭉 힘차게 서 있다. 주인이 화를 내고 있는데 수염만 차분하게 있어서는 미안하다고 여겼는지 하나하나 뻿성을 내며 이리저리 맹렬한 기세로 제각각 다른 방향을 향해 돌진하고 있다. 이 또한 아주 좋은 볼거리다. 어제는 거울 앞이기도 해서 얌전히 독일 황제 폐하를 흉내 내며 정렬해 있었으나 하룻밤 자고 나니 훈련이고 나발이고 내 알 바 아니라는 듯이 곧바로 본래의 제멋대로인 몰골로 돌아간 것이다. 마치 주인의 하룻밤 정신 수양이 다음 날이 되면 씻은 듯이 말끔히 사라지고 곧바로 타고난 멧돼지의 본성이 전면에 드러나는 것과 똑같다. 이런 난폭한 수염을 가진 난폭한 사내가 면직도 되지 않고 지금까지 용케 교사로 근무해왔구나 생각하니 비로소 일본이 넓다는 것을 알 수 있었다. 그렇게 넓으니까 가네다나 가네다의 주구가 인간으로 살아올 수 있었을 것이다. 그들이 인간으로 인정되는 동안 주인도 면직될 이유가 없다고 확신하고 있는 듯하다. 만일의 경우 스가모에 엽서를 띄워 덴도 고헤이에게 문의해보면 금방 알 수 있는 일이다.

이때 주인은 어제 소개한 혼탁한 태고의 눈을 부릅뜨고 맞은편의 벽장을 지그시 쳐다보았다. 이 벽장은 높이가 2미터쯤 되는데 위아래 칸으로 나뉘어 각각 한 짝씩 문이 달려 있다. 아래쪽 벽장은 이불 끝자락이 닿을락 말락 하는 거리에 있어 다시 일어난 주인이 눈만 뜨면 자연히 시선이 가게 되어 있다. 보니 무늬가 들어간 종이가 군데군데 찢어져서 내용물이 그대로 들여다보인다. 내용물은 여러 가지다. 어떤 것은 활판으로 인쇄된 것이고, 어떤 것은 육필이다. 어떤 것은 뒤집혀 있고 어떤 것은 거꾸로다. 주인은 이 내용물을 보자마자 뭐가 쓰여 있는지 읽고 싶어졌다. 지금까지는 인력거꾼네 여편네를 붙잡아서 소나무에 콧잔등이라도 문질러주어야 속이 풀릴 것처럼 화가 나 있던 주인이 뜬금없이 휴지나 다름없는 종이에 쓰인 글을 읽고 싶어 하는 것은 이상한 것 같지만, 이런 양성陽性의 불뚱이에게는 드문 일도 아니다. 어린아이가 울 때 모나카(찹쌀가루 반죽을 얇게 밀어 구운 것에 팥소를 넣은 과자) 하나를 주면 언제 울었냐는 듯 울음을 뚝 그치고 웃는 것이나 매한가지다. 주인이 옛날 어느 절에서 하숙할 때(소세키도 1894년 10월부터 이듬해 4월까지 도쿄의 호조인法藏院이라는 절에서 하숙한 적이 있다)는 장지문 하나를 사이에 두고 비구니 대여섯 명과 함께 기거했다. 비구니란 원래 심술궂은 여자 중에서 가장 심술궂은 여자인데, 한 비구니가 주인의 성품을 간파했는지 밥 짓는 냄비를 두드리면서 "울다가 웃으면 똥구멍에 털 난다, 울다가 웃으면 똥구멍에 털 난다."라고 장단을 맞춰가며 노래했다고 한다. 주인이 비구니를 몹시 싫어하게 된 것은 그때부터라고 하는데, 비구니를 싫어한다고 해도 성품은 딱 노래 그대로다. 주인은 울거나 웃거나 기뻐하거나 슬퍼하는 걸 남보다 두 배는 더 자주 하는 대신 어느 것이나 길게 가는 일이 없다. 좋게 말하면 집착이 없고 기분 전환이 무척 빠르다고 하겠지만, 이를 속된 말로 쉽게 말하자면 속이 깊지 못하고 경박한 데다 콧대만 센 응석받이다. 응석받이인 이상 싸움이라도 할 것 같은 기세로 벌떡 일어난 주인이 갑자기 마음이 바뀌어 벽장의 내용물을 읽으려 드는 것도 그럴 수 있다고 말하지 않을 수 없을 것이다. 제일 먼저 눈에 들어온 것이 물구나무를 선 이토 히로 부미의 얼굴이다. 위쪽을 보니 메이지 11년(1878) 9월 28일이라 고 쓰여 있다. 한국 통감(1906년부터 1910년까지 일본이 대한제국 경성에 설치한 감독기관인 통감부의 수장. 이토 히로부미는 1906년 3월 3일에 취임한 초대 통감이었다)도 그 시절부터 이미 포고문의 꽁무니를 쫓아다니 고 있었던 것으로 보인다. 대장은 그 시절에 뭘 하고 있었는지 궁 금해서 읽을 수 없을 것 같은 글자를 억지로 읽어보니 대장경大藏 卿(1878년 당시 이토 히로부미는 대장소보大藏少輔와 내무경內務卿을 겸하고 있었 다)이라 쓰여 있다. 과연 대단한 신분이다. 아무리 물구나무를 서 도 대장경이다. 조금 왼쪽을 보니 이번에는 대장경이 누워 낮잠을 자고 있다. 당연하다. 물구나무를 서서는 그리 오래 버틸 수 없다. 아래쪽에는 커다란 목판에 '그대는'이라는 세 글자만 보인다. 그 나머지가 보고 싶지만 아쉽게도 보이지 않는다. 다음 줄에는 '빨 리'라는 두 글자만 보인다. 이것도 읽고 싶지만 그것뿐이어서 실 마리가 없다. 만약 주인이 경시청의 정탐꾼이었다면 남의 것이라 도 개의치 않고 떼어냈을지도 모른다. 정탐꾼 중에는 고등교육을 받은 자가 없어서 사실을 밝혀내기 위해서는 무슨 짓이든 한다. 그건 어떻게 손 쓸 도리가 없는 일이다. 바라건대 좀 더 조심했으 면 좋겠다. 조심하지 않을 거라면, 사실을 결코 밝혀낼 수 없게 하 는 것도 좋을 것이다. 듣자니 그들은 무고한 양민에게 없는 사실 을 날조하여 죄를 뒤집어씌우는 일도 서슴지 않는다고 한다. 양민 이 돈을 내 고용한 자가 고용주를 죄인으로 만드는 것 역시 미친 짓이라 하기에 충분하다. 다음으로 눈을 돌려 한가운데를 보니 오 이타현大分縣이 공중제비하고 있다. 이토 히로부미조차 물구나무를 설 정도이니 오이타현이 공중제비하는 것은 당연하다. 주인은 여기까지 읽고 와서 두 주먹을 불끈 쥐고 천장을 향해 높이 쳐들었다. 하품할 준비다.

이 하품이 또 고래가 멀리서 우는 소리처럼 아주 요상한 것이었는데, 하품이 일단락되자 주인은 느릿느릿 옷을 갈아입고 세수하러 욕실로 갔다. 기다리고 있던 아내는 재빨리 요와 이불을 개고 여느 때처럼 청소를 하기 시작했다. 청소가 여느 때와 같은 일인 것처럼 주인이 세수하는 방법도 10년을 하루같이 여느 때와 같다. 지난번에 소개한 것처럼 여전히 꽥꽥거리는 소리를 냈다. 이윽고 머리 가르마를 타고 서양 수건을 어깨에 걸친 채 다실로 행차하여 직사각형의 목제 화로 옆에 초연히 자리를 잡았다. 목제 화로라 하면 나뭇결이 고운 느티나무로 만든 것이거나 재를 넣는 부분에 동을 입힌 것이어서 막 머리를 감아 풀어져 내린 머리의 여인이 한쪽 무릎을 세우고 앉아 먹감나무로 만든 테두리를 긴 곰방대로 두드리는 모습을 상상하는 이가 없지 않겠지만, 우리 구샤미 선생의 목제 화로는 결코 그런 세련된 것이 아니다. 무엇으로 만들었는지 문외한으로서는 짐작조차 할 수 없을 만큼 예스럽고 아담한 것이다. 목제 화로는 잘 닦아 반들반들 윤이 나는 것이 장점인데, 이 물건은 느티나무인지 벚나무인지 아니면 오동나무인지 전혀 알 수 없는 데다 거의 닦지 않아 거무튀튀하고 볼썽사납기 짝이 없다. 이런 것을 대체 어디서 사 왔을까 싶은데 사 온 기억이 전혀 없다. 그렇다면 누구한테 받았느냐고 물으니 주었다는 사람도 아무도 없다고 한다. 그러면 훔쳐 온 것이냐고 캐물으니 왠지 그 부분이 애매하다. 옛날 친척 중에 한 노인이 있었는데, 그 노인이 죽었을 때 당분간 집을 봐달라는 부탁을 받은 적이 있다. 그런데 그 후 집을 마련하여 그 노인의 집을 떠날 때 거기서 자기 것인 양 쓰던 화로를 아무 생각 없이 들고 온 것이란다. 다소 질이 나쁜 것 같다. 생각해보면 질이 나쁜 것 같지만, 이런 일은 세상에 왕왕 있는 일일 것이다. 은행원 같은 사람들은 매일 남의 돈을 만지다 보면 남의 돈이 자기 돈처럼 보이게 된다고 한다. 관리는 국민의 심부름꾼이다. 어떤 일을 처리하기 위해 일정한 권한을 위탁한 대리인 같은 것이다. 그런데 위임받은 권력을 등에 업고 매일 사무를 처리하다 보면, 이는 자신이 소유한 권력이고 국민 따위는 이에 참견할 이유가 없다는 식으로 미쳐 날뛴다. 이런 사람이 세상에 넘치는 이상, 목제 화로 사건으로 주인에게 도둑놈 근성이 있다고 단정할 수는 없다. 만약 주인에게 도둑놈 근성이 있다고 한다면 세상 사람들 모두 도둑놈 근성이 있다는 얘기가 될 것이다.

목제 화로를 옆에 두고 밥상 앞에 앉아 있는 주인의 세 방면으로는 조금 전에 걸레로 얼굴을 닦았던 아가와 오차노미소 학교에 다닌다는 돈코, 그리고 백분 병에 손가락을 집어넣은 슨코가 이미 자리를 잡고 앉아 아침을 먹고 있다. 주인은 일단 세 여자아이의 얼굴을 공평하게 둘러보았다. 돈코의 얼굴은 남만철南蠻鐵(16세기 포르투갈 상인과 연계된 왜구를 매개로 수입된 주철鑄鐵)로 만든 칼의 날밑 같은 윤곽을 지녔다. 슨코도 여동생인 만큼 조금은 언니를 닮아 류큐식 옻칠을 한 붉은 쟁반 정도의 자격은 있다. 다만 아가는 혼자 이채를 띠어 얼굴이 길쭉하다. 그런데 세로로 긴 얼굴이라면 세상에 그런 예가 적지 않겠지만, 이 아이는 가로로 길다. 아무리 유행이 쉽게 변하는 것이라 해도 옆으로 긴 얼굴이 유행하는 일은 없지 싶다. 주인은 자기 자식이지만 쓸쓸한 생각이 들 때가 있다. 아이들은 성장한다. 그냥 성장하는 것이 아니라 절간의 죽순이 대나무로 바뀌는 기세로 자란다. 언제 이렇게 자랐나 싶은 생각이 들 때마다 주인은 뒤에서 누가 쫓아오는 것 같은 기분이 들어 마음이 조마조마하다. 아무리 종잡을 수 없는 주인이라도 이 세 딸이 여자라는 것 정도는 안다. 여자인 이상 언젠가는 시집을 보내야 한다는 것도 안다. 알기만 할 뿐 시집보낼 수완이 없다는 것 또한 자각하고 있다. 그래서 자기 자식이면서도 조금은 버겁다. 버거울 정도라면 낳지 않았으면 됐을 텐데, 그러지 못하는 것이 인간이다. 인간을 정의하는 데 다른 것은 필요 없다. 그저 쓸데없는 일을 만들어놓고 스스로 괴로워하는 존재라고 하면 충분하다.

역시 아이들은 대단하다. 아버지가 이처럼 처치 곤란해하고 있으리라고는 꿈에도 모르고 신이 나서 밥을 먹고 있다. 그런데 감당이 안 되는 아이는 아가다. 아가는 올해 세 살이어서 밥 먹을 때는 세 살짜리에 맞게 아내가 마음을 쓰며 작은 젓가락과 밥그릇을 챙겨주는데 아가는 도무지 말을 듣지 않는다. 꼭 언니의 그릇과 젓가락을 빼앗아 쥐기 힘든 것을 억지로 쥐고 힘겨워한다. 세상을 둘러보면 무능하고 재주 없는 소인배일수록 제멋대로 설치며 격에 맞지 않은 관직에 오르고 싶어 하는 법인데, 그런 성질은 바로 아가 시절부터 싹트는 것이다. 그렇게 된 이유가 이처럼 깊은 것이라 교육이나 훈육으로는 결코 바로잡을 수 없다. 그러니 일찌감치 포기하는 게 상책이다.

아가는 옆에서 빼앗은 거대한 밥그릇과 장대한 젓가락을 들고 제멋대로 폭주하고 있다. 제대로 다룰 수 없는 것을 무턱대고 사용하려고 하니 자연스럽게 멋대로 폭주할 수밖에 없다. 아가는 우선 젓가락 두 개를 함께 쥐고 밥그릇에 푹 찔러 넣었다. 밥그릇에는 밥이 80퍼센트쯤 담겨 있고, 그 위로 된장국이 가득 차 있다. 젓가락의 힘이 밥그릇에 전달되자마자 지금껏 간신히 균형을 잡고 있던 것이 갑작스럽게 습격을 받아 30도쯤 기울었다. 동시에 된장국이 가슴팍으로 가차 없이 쏟아졌다. 아가는 그 정도로 물러설 리가 없다. 아가는 폭군이다. 이번에는 밥그릇에 푹 찔러 넣은 젓가락을 있는 힘껏 위로 들어 올렸다. 동시에 조그마한 입을 그릇으로 가져가 들어 올린 밥알을 입안 가득 쑤셔 넣었다. 입안에 수용되지 못한 밥알은 누런 국물과 섞여서 콧잔등과 볼과 턱에 얏하는 구호 소리와 함께 들러붙었다. 들러붙지 못하고 다다미 위에 떨어진 밥알은 헤아릴 수 없다. 참으로 무분별한 식사법이다. 나는 유명 인사인 가네다를 비롯한 천하의 세력가에게 삼가 충고한다. 그대들이 남을 대할 때 아가가 밥그릇과 젓가락을 다루듯이 하면 그대들의 입으로 들어가는 밥알은 극히 적을 것이다. 필연적인 기세로 뛰어들 것이 아니라 주저하며 뛰어들어야 한다. 부디 재고하기를 바란다. 세상 물정에 밝은 수완가에게도 어울리지 않는 일이다.

언니 돈코는 자신의 젓가락과 밥그릇을 아가에게 빼앗기고 어울리지 않게 작은 것을 들고 아까부터 참고 있었는데, 애초에 너무 작아서 가득 담았다 싶어도 입을 크게 벌리고 세 숟갈 정도면 그릇이 비고 만다. 따라서 자꾸 밥통 쪽으로 손을 내민다. 이미 네 공기를 비우고 이번이 다섯 공기째다. 돈코는 밥통 뚜껑을 열고 커다란 주걱을 든 채 잠시 바라보고 있다. 더 먹을지 말지 망설이고 있는 것 같은데, 이내 결심했는지 누룽지가 없는 쪽을 골라 한 주걱을 떠올린 것까지는 좋았다. 그런데 그것을 뒤집어 밥그릇에 담을 때 들어가지 못한 밥 덩어리가 다다미 위로 떨어지고 말았다. 돈코는 놀라는 기색도 없이 떨어진 밥을 정성껏 줍기 시작했다. 주워서 어떻게 하는지 봤더니 다시 밥통 안에 넣는 게 아닌가. 좀 지저분한 것 같다.

아가가 일대 활약을 펼쳐 젓가락을 들어 올렸을 때는 마침 돈코가 밥을 다 담은 순간이었다. 과연 언니는 언니인지라 아가의 너무나 지저분해진 얼굴을 보다 못해 말한다.

"어머, 아가야, 이게 뭐야. 얼굴이 밥알투성이잖아."

돈코는 바로 아가의 얼굴을 청소하기 시작했다. 먼저 콧잔등에 들러붙은 밥알을 떼어낸다. 떼어내서 버리나 했더니, 웬걸 곧바로 자기 입안에 넣어서 깜짝 놀랐다. 그러고 나서 볼을 청소하기 시작한다. 볼에는 밥알들이 무리를 이루고 있어 세어보니 양쪽을 합쳐 스무 개쯤 되었다. 언니는 하나하나 정성껏 떼어내서 먹고, 또 떼어내서 먹었다. 드디어 아가의 얼굴에 붙은 것을 하나도 남기지 않고 다 먹어 치웠다. 그러자 지금까지 얌전히 단무지를 씹고 있던 슨코가 갑자기 그릇에 막 떠 담은 된장국에서 고구마 조각을 떠내더니 기세 좋게 입안에 넣었다. 여러분도 알다시피 국에 든 익은 고구마만큼 뜨거운 것은 없다. 어른도 주의하지 않으면 입안이 화상을 입은 것처럼 화끈거린다. 하물며 슨코처럼 고구마를 먹어본 경험이 적은 어린아이라면 당황하는 것이 당연하다. 슨코는 "꺄악!" 하고 소리를 지르며 입안의 고구마를 밥상 위로 뱉어냈다. 그중 두세 조각이 무슨 조화인지 아가 앞까지 미끄러져 와서 딱 적당한 거리에서 멈췄다. 아가는 원래 고구마를 아주 좋아했다. 좋아하는 고구마가 눈앞으로 날아왔으니 잽싸게 젓가락을 내던지고 손으로 덥석 집어 우적우적 먹어 치웠다.

아까부터 이런 꼬락서니를 보고 있으면서도 주인은 한마디도 하지 않고 오로지 자기 밥을 먹고 자기 국을 먹더니, 이때는 이미 이쑤시개로 한창

이를 쑤시는 중이었다. 주인은 딸 교육에 절대적인 방임주의를 취할 생각으로 보인다. 언젠가 이 세 아이가 에비차 시키부海老茶式部(거무스름한 적갈색을 띠는 에비차이로海老茶色는 메이지 시대 일본 여학생의 교복 하의나 머리에 다는 리본 등에 사용되며 크게 유행했는데《겐지 이야기》의 저자 무라사키 시키부紫式部의 시키부를 붙여 여학생을 에비차 시키부라 불렀다)나 네즈미 시키부鼠式部(네즈미는 쥐를 뜻하는 일본어인데, 여기서는 에비차 시키부와 같이 여학생을 가리키는 소세키 특유의 수사법으로 보인다)가 되고, 세 아이가 모두 약속이나 한 듯이 정부情夫를 만들어 집에서 도망쳐 행방을 감춘다 한들 여전히 자기 밥을 먹고 자기 국을 먹으며 모른 척 보고 있을 사람이다. 무능하기 짝이 없다. 하지만 지금 세상에 유능하다는 사람들을 보면, 거짓말로 사람을 낚는 일, 약삭빠르게 남보다 먼저 이익을 취하는 일, 허세를 부리며 남을 위협하는 일, 속마음을 떠보고 함정에 빠뜨리는 일 말고는 아무것도

모르는 것 같다. 중학생 등의 소년들까지 보고 배워서 그렇게 하지 않으면 권세를 떨칠 수 없다고 잘못 알고 있고, 마땅히 낯을 붉혀야 할 일을 당당하게 하면서 자신을 미래의 신사라 여기고 있다. 이런 사람은 유능한 일꾼이 아니다. 날건달이라고 해야 마땅하다. 나도 일본의 고양이라서 약간의 애국심은 있다. 그런 자들을 볼 때마다 한 대 쥐어박고 싶다. 그런 자가 한 명이라도 늘어나면 국가는 그만큼 약해지는 셈이다. 그런 학생은 학교의 치욕이고, 그런 국민은 국가의 치욕이다. 치욕인데도 세상천지에 깔린 것은 이해할 수 없는 일이다. 일본인은 고양이 정도의 기개도 없어 보인다. 한심한 일이다. 그런 날건달에 비하면 주인은 훨씬 훌륭한 인간이라고 하지 않을 수 없다. 변변치 않은 점이 훌륭하다. 무능한 점이 훌륭하다. 약아빠지지 않은 점이 훌륭하다.

이처럼 무능한 방식으로 무사히 아침을 끝낸 주인은 곧 양복으로 갈아입고 인력거를 불러 니혼즈쓰미 지서로 출두했다. 현관문을 열고 나갔을 때 인력거꾼에게 니혼즈쓰미라는 곳을 아느냐고 물었더니 인력거꾼은 헤헤헤 하며 웃었다. 유곽이 있는 요시와라 근처의 니혼즈쓰미라고 확인해준 것은 좀 우스꽝스러웠다.

주인이 보기 드물게 현관에서 인력거를 타고 출타한 뒤 안주인은 여느 때처럼 식사를 마치고 아이들을 재촉했다.

"자, 학교 가야지. 이러다 늦겠다."

"어, 오늘 학교 안 가는 날인데."

아이들은 태연하게 말하고는 채비할 기색조차 보이지 않는다.

"학교 안 가는 날이긴, 얼른 준비해."

안주인은 꾸짖듯이 말했다.

"하지만 어제 선생님이 오늘 쉬는 날이라고 했어요."

언니는 이렇게 말하며 좀처럼 움직이지 않는다. 그러자 안주인도 좀 이상했는지 벽장에서 달력을 꺼내 넘겨보니 빨간 글자로 공휴일이라고 되어 있다. 주인은 공휴일인 줄도 모르고 학교에 결근계를 냈을 것이다. 안주인 역시 그런 줄도 모르고 우편함에 결근계를 넣었을 것이다. 다만 메이테이도 정말 몰랐는지, 알고도 모른 척했는지는 다소 의문이다. 그것을 깨닫고 "어머나!" 하고 놀란 안주인은 아이들에게 말했다.

"그럼, 다들 얌전히 놀아야 한다."

그러고는 평소처럼 반짇고리를 꺼내 바느질을 하기 시작했다.

그 후 30분간은 집 안이 평온하여 나의 이야깃거리가 될 만한 일은 그다지 일어나지 않았지만, 불쑥 묘한 손님이 찾아왔다. 열일고여덟 살쯤 되어 보이는 여학생이다. 뒤축이 굽은 구두를 신고 보라색 하카마를 질질 끌다시피 하며 머리를 주판알처럼 부풀린 여학생이 인사도 없이 부엌문으로 불쑥 들어왔다. 주인의 조카다. 학교에 다니는 학생이라고 하는데, 이따금 일요일에 놀러 왔다가 툭하면 숙부와 말다툼을 하고 돌아가는 유키에라는 예쁜 이름의 아가씨. 하지만 얼굴은 이름만큼은 아니어서, 잠깐 나가 100~200미터쯤 걷다 보면 꼭 한 번쯤 보게 되는 인상이다.

"안녕하세요, 숙모님."

유키에는 다실로 성큼성큼 들어와 반짇고리 옆에 앉았다.

"어머, 이렇게 일찍……."

"오늘은 대제일(황실의 대제大祭가 있는 날로 공휴일이다)이라서 아침에 잠깐 들르려고 서둘러 8시쯤 집을 나섰어요."

"그래, 무슨 볼일이라도 있니?"

"아뇨, 그냥 너무 오랫동안 안 와서 잠깐 들른 거예요."

"잠깐이 아니라 천천히 놀다가 렴. 숙부도 곧 오실 테니까."

"숙부님은 벌써 어디 나가셨어요? 웬일이래요."

"응, 오늘은 좀 이상한 델 가셨어……. 경찰서에 가셨거든, 이상하지?"

"어머, 왜요?"

"올봄에 도둑이 들었는데, 잡혔다는구나."

"그래서 참고인으로 간 거예요? 참 성가시겠다."

"아니, 물건을 찾으러. 도둑맞은 걸 찾았다고 가지러 오래서. 어제 순사가 일부러 찾아왔었거든."

"아아, 그래, 그렇지 않으면 숙부님이 이렇게 빨리 나가셨을 리가 없지. 평소라면 아직도 주무실 시간인데."

"숙부만 한 잠꾸러기도 없다니까……. 그리고 깨우면 막 화를 내지 뭐니. 오늘 아침에도 7시까지는 꼭 깨우라고 해서 깨웠더니 이불을 뒤집어쓰고 대답도 안 하는 거야. 그래도 걱정이 돼서 다시 깨우니까 이불 속에서 뭐라고 구시렁대는데, 정말 지겨워죽겠어."

"왜 그렇게 잠이 많을까요? 분명 신경쇠약일 거예요."

"그게 뭔데?"

"정말이지 무턱대고 화를 내잖아요. 그러고도 학교는 용케 다닌다니까요."

"뭘, 학교에서는 점잖다던데."

"그럼 더 나빠요. 딱 집 안 호랑이네요."

"왜?"

"왜긴요. 집 안 호랑이니까 그렇죠. 꼭 집 안 호랑이 같지 않아요?"

"그냥 화만 내는 게 아니야. 사람이 오른쪽이라고 하면 왼쪽이라고 하고 왼쪽이라고 하면 오른쪽이라고 하거든. 뭐든지 남이 말하는 대로 한 적이 없다니까. 정말 고집불통이야."

"청개구리 같네요. 숙부님은 그게 재미있는 거예요. 그러니까 뭘 하게 하려면 반대로 말하면 돼요. 그럼 생각대로 될 거예요. 얼마 전에 양산을 사줄 때도 일부러 자꾸 필요 없다고 하니까 필요 없을 리 없다며 바로 사주셨거든요."

"호호호호, 제법이네. 나도 이제 그렇게 해야겠다."

"그렇게 하세요. 안 그러면 손해예요."

"얼마 전에 보험회사 사람이 와서 보험을 꼭 들어달라고 권했거든. 이런저런 이유를 설명하고, 이런 이익이 있고 저런 이익이 있다고 하여튼 한 시간이나 이야기를 했는데 끝내 안 드는 거야. 우린 저축해놓은 돈도 없고 이렇게 애들이 셋이나 되는데 적어도 보험이라도 들어두면 마음이 참 든든할 텐데, 그런 건 조금도 신경 쓰지 않는다니까."

"그러게요. 혹시 무슨 일이 생길까 봐 마음을 놓을 수 없는데."

열일고여덟 살짜리 아가씨에게 어울리지 않는 살림에 찌든 소리를 했다.

"뒤에서 그 이야기를 듣고 있으니까 정말 재미있더라고. 그렇다고 보험의 필요성을 인정하지 않는 건 아니야. 필요한 거니까 회사도 있는 거겠지, 하지만 죽지 않는 이상 보험에 들 필요는 없지 않으냐고 억지를 부리더라니까."

"숙부님이요?"

"응. 그러니까 보험 판매원이, 물론 죽지 않으면 보험회사는 필요 없다, 그러나 인간의 생명이라는 건 질긴 것 같아도 여린 것이어서 언제 위험이 닥칠지 모른다고 하니까 숙부는, 괜찮다, 난 죽지 않기로 결심했다, 이러는 거야. 정말 말도 안 되는 소리를 한다니까."

"결심한다고 안 죽나요? 저도 시험에 꼭 붙을 생각이었는데 결국 떨어지고 말았거든요."

"보험 판매원도 그렇게 말했어. 수명은 자기 마음대로 되지 않는다고. 결심해서 장수할 수 있다면 아무도 죽지 않을 거라면서."

"보험 판매원의 말이 지당하네요."

"지당하지. 그런데 그걸 모르는 거야. 아니, 절대 죽지 않는다, 맹세코 죽지 않는다고 억지를 부리더라니까."

"이상하네요."

"이상하다마다, 아주 이상하지. 보험 부금을 내느니 차라리 은행에 저금하는 게 훨씬 낫다며 고집을 부리는 거야."

"저금이 있어요?"

"있긴 뭐가 있겠니? 자기가 죽고 난 뒤의 일 같은 건 털끝만큼도 생각하지 않는 사람이라니까."

"정말 걱정되네요. 왜 그럴까요? 이 집에 찾아오는 사람 중에 숙부님 같은 사람은 아마 한 명도 없을 거예요."

"그럼, 어디 또 있겠니? 천연기념물이지."

"스즈키 씨한테라도 부탁해서 한마디 해달라고 하세요. 그런 온화한 분이라면 말하기도 훨씬 편할 텐데."

"하지만 스즈키 씨는 우리 집에서 평판이 좋지 않아."

"모두 거꾸로네요. 그럼 그 사람이 좋겠네요. 왜 그 차분한 사람
있잖아요."

"야기 씨?"

"네."

"야기 씨라면 학을 떼는 것 같던데. 어제 메이테이 씨가 와서 험
담하고 갔으니까 생각만큼 효과가 없을지도 몰라."

"상관없잖아요. 그렇게 의젓하고 차분한 사람이면…… 일전엔
학교에서 연설을 했어요."

"야기 씨가?"

"네."

"야기 씨가 유키에의 학교 선생님이니?"

"아뇨, 선생님은 아니지만 숙덕부인회淑德婦人會 때 초청 강연을
했어요."

"재미있었니?"

"글쎄요. 그렇게 재미있지는 않았어요. 하지만 그 선생님 얼
굴이 아주 길쭉하잖아요. 그리고 덴진사마天神様(스가와라노 미치
자네. 헤이안 시대의 학자이자 정치가. 사후에 덴만텐진天滿天神으로 신앙의
대상이 되었고 학문의 신으로 받들어지고 있다)처럼 양 끝이 아래로 처
진 수염을 기르고 있으니까 다들 감탄하며 듣던데요."

"무슨 이야기를 했는데?"

안주인이 이렇게 물을 때 툇마루 쪽에서 유키에의 목소리를 듣
고 세 아이가 우당탕탕 다실로 들이닥쳤다. 지금껏 대나무 울타리
밖 공터에 나가 놀고 있었을 것이다.

"와아, 유키에 언니 왔다!"

위의 두 아이가 신난다는 듯 소리를 질렀다.

"그렇게 시끄럽게 굴지 말고 다들 조용히 앉아 있어. 유키에 언니가 지금 재미있는 얘기를 하던 참이니까."

안주인은 일거리를 구석으로 치우며 말했다.

"유키에 언니, 무슨 이야기? 난 이야기가 참 좋아."

돈코가 말했다.

〈토끼와 너구리〉(일본의 옛날이야기로 너구리에게 아내를 잃은 할아버지를 위해 토끼가 원수를 갚아준다는 내용) 이야기야?"

슨코가 물었다.

"아가도 이야기."

셋째는 이렇게 말하며 언니들 사이에서 무릎을 앞으로 내밀었다. 하지만 이것은 이야기를 듣겠다는 것이 아니라 아가도 이야기를 하겠다는 뜻이다.

"어머나, 아가 이야기다."

언니가 웃으며 말했다.

"아가는 나중에 해. 유키에 언니 이야기가 끝나면."

안주인이 아가를 달래보았으나 좀처럼 말을 들을 것 같지 않았다.

"싫어, 바부."

아가는 크게 소리를 질렀다.

"그래그래, 알았어. 아가부터 이야기해. 무슨 얘기 할 건데?"

유키에가 양보했다.

"이짜나, 즈님, 즈님, 어디 가제요, 할꼬야."

"아, 재미있어, 그다음은?"

"나는 논에 벼 베러 간다."

"그래, 아주 잘 알고 있네."

"니가 오믄 방해가 돼."

"어머, 오믄이 아니라 오면이라고 해야지."

돈코가 끼어들었다.

"바부."

아가는 또다시 이렇게 일갈하여 곧바로 언니를 물리쳤다. 하지만 언니가 끼어드는 바람에 이야기를 까먹었는지 그다음 이야기가 나오지 않았다.

"아가야, 그게 끝이야?"

유키에가 물었다.

"이짜나, 담에 방귀 뀌면 안 돼. 뿡, 뿡, 하고."

"호호호호, 지저분하게. 누가 그런 걸 가르쳐줬니?"

"하녀 언냐가."

"못된 하녀구나. 그런 걸 다 가르쳐주고. 자, 이제 유키에 언니 차례야. 아가는 얌전히 듣고 있어야 해."

안주인이 쓴웃음을 지으며 이렇게 말하자 기세가 대단하던 폭군도 납득한 모양인지 그 후로는 한동안 침묵했다.

"야기 선생님의 연설은 이런 거였어요."

유키에가 드디어 입을 열었다.

"옛날 어느 네거리 한가운데에 돌로 만든 커다란 지장보살이 있었대요. 그런데 거기는 하필 마차와 인력거가 다니는 아주 번잡한 곳이어서 그 지장보살이 통행에 방해가 되었다나 봐요. 할 수 없이 마을 사람들이 모여 회의를 열었대요. 어떻게 그 지장보살을 구석 쪽으로 옮길지 의논한 거죠."

"그거 진짜 있었던 얘기야?"

"글쎄요, 그런 얘기는 안 했어요. 아무튼 여러 가지로 논의가 오 갔는데, 마을에서 가장 힘센 사내가 그거라면 문제없다, 내가 한 번 옮겨보겠다면서 혼자 네거리로 가서 웃통을 벗어 던지고 땀을 뻘뻘 흘리며 끌어당겼지만, 꿈쩍도 하지 않았대요."

"꽤 무거운 지장보살이었나 보네."

"네, 그래서 그 사내는 녹초가 되어 집에 돌아가 잠들어버렸고, 마을 사람들은 다시 회의했대요. 그러자 이번에는 마을에서 가장 영리한 사내가 나한테 맡겨라, 내가 한번 해보겠다고는 찬합에 찹쌀떡을 가득 담아서 지장보살 앞으로 나아가 '여기까지 와봐.'라 며 찹쌀떡을 보여주었대요. 지장보살도 먹겠다는 욕구가 생길 테 니까 찹쌀떡으로 낚을 수 있을 거로 생각했지만, 역시 꿈쩍도 하 지 않더래요. 그래서 영리한 사내는 이걸로는 안 되겠다 싶어, 이 번에는 표주박에 술을 담아 한 손에 들고 또 한 손에는 술잔을 들 고 다시 지장보살 앞으로 가서 '자, 마시고 싶지 않아? 마시고 싶 으면 여기까지 와봐.'라며 세 시간이나 약을 올렸지만, 여전히 꿈 쩍도 하지 않았대요."

"유키에 언니, 지장보살은 배가 안 고픈 거야?"

돈코가 물었다.

"아아, 찹쌀떡 먹고 싶다."

슨코가 말했다.

"영리한 사내는 두 번 다 실패하자 이번에는 가짜 돈을 잔뜩 만 들어서 '자, 갖고 싶지? 갖고 싶으면 가지러 와봐.' 하고 돈을 내밀 었다 당겼다 했지만, 이것도 전혀 도움이 되지 않았대요. 고집이 엄청 센 지장보살이었나 봐요."

"그러네. 숙부하고 좀 닮았구나."

"네, 딱 숙부예요. 끝내 영리한 사내도 진저리가 나서 포기하고 말았대요. 그런데 그다음에 허풍이 정말 센 사람이 나타나서, 내가 틀림없이 옮겨놓을 테니까 안심하라고 큰소리치면서 아주 쉬운 일처럼 맡고 나서더래요."

"그 허풍쟁이는 어떻게 했는데?"

"그게 재미있어요. 처음에는 순사 옷을 입고 가짜 수염까지 붙이고 지장보살 앞으로 가서 '어이, 움직이지 않으면 신상에 해롭다. 경찰이 가만두지 않을 거다.'라고 얼렀대요. 요즘 세상에 경찰 흉내를 내봤자 아무도 말을 듣지 않는데 말이에요."

"그러게 말이야. 그래서 지장보살이 움직였대?"

"움직였겠어요? 숙부님 같은걸요."

"그래도 숙부는 경찰을 몹시 두려워하던데."

"어머, 그래요? 그런 얼굴로요? 그게 그렇게 무서워할 일이 아닌데. 하지만 지장보살은 움직이지 않고 태연히 있더래요. 그래서 허풍쟁이는 화가 잔뜩 나서 순사 옷을 벗고 가짜 수염도 쓰레기통에 버리고, 이번에는 큰 부자 복장을 하고 나왔대요. 요즘 세상에서 말하면 이와사키(이와사키 야노스케. 미쓰비시三菱 상회의 창업자 이와사키 야타로의 동생으로 미쓰비시 재벌의 2대 총수. 1896년 남작 작위를 받았다) 남작 같은 얼굴을 하고 말이에요. 우스워서 참."

"이와사키 같은 얼굴은 어떤 건데?"

"그냥 있는 체하는 얼굴이겠지요, 뭐. 그러고는 아무것도 하지 않고 또 아무 말도 하지 않고 커다란 궐련초를 피우면서 지장보살의 주위를 돌더래요."

"그러면 어떻게 되는데?"

"지장보살을 어리둥절하게 만드는 거지요."

"꼭 만담가의 말장난 같다. 그래서 생각대로 어리둥절해졌고?"

"어림도 없죠. 상대는 돌인걸요. 사기도 적당히 쳐야 먹히지, 이번에는 전하로 변장하고 왔더래요. 바보같이."

"어어? 그 시절에도 전하가 있었나?"

"있었겠지요. 야기 선생님은 그렇게 말했어요. 분명히 전하로 변장했다고요. 황공한 일이지만 전하로 변장하고 왔다고요. 무엇보다 불경하잖아요, 허풍쟁이 주제에."

"전하라면 어떤 전하인데?"

"어떤 전하라니요, 어떤 전하든 불경하죠."

"그건 그렇지."

"전하로도 소용없었대요. 어쩔 수 없이 그 허풍쟁이도 도저히 자기 능력으로는 지장보살을 어떻게 할 수 없다며 손을 들고 말았대요."

"그거 잘됐구나."

"네, 내친김에 감옥에라도 보냈으면 좋았을 텐데 말이죠. 하지만 동네 사람들은 여전히 걱정이 가시질 않아 다시 회의를 열었는데, 이제 아무도 맡고 나서는 사람이 없어서 난감했대요."

"그래서 끝이야?"

"아직 남았어요. 마지막에 인력거꾼과 부랑자를 고용해서 지장보살의 주위를 시끄럽게 떠들면서 돌게 했대요. 그냥 지장보살을 괴롭혀서 그 자리에 버티고 있지 못하게 하면 된다면서 밤낮으로 번갈아 가며 떠들었대요."

"고생스러웠겠네."

"그래도 상관하지 않더래요. 지장보살도 참 똥고집이에요."

"그러고 나서 어떻게 되었어?"

돈코가 적극적으로 물었다.

"그러고 나서 말이지. 아무리 매일 왁자지껄 떠들어대도 효과가 없으니까 다들 싫증이 나기 시작했는데, 인력거꾼이나 부랑자는 일당을 받는 일이니까 며칠이든 기꺼이 소란을 피웠대."

"유키에 언니, 일당이 뭐야?"

슨코가 물었다.

"일당이라는 건 돈을 말하는 거야."

"돈을 받아서 뭐에 쓰는데?"

"돈을 받아서 말이야…… 호호호호, 슨코는 참 짓궂구나……. 그래서 숙모님, 매일 밤낮으로 그렇게 소란을 피웠는데, 그때 동네에서 바보 다케라고, 아무것도 모르고 아무도 상대해주지 않는 바보가 그 소동을 보고, 왜 그렇게 시끄럽게 구느냐, 몇 년이 걸려도 지장보살 하나 움직이지 못할 것이냐, 참 딱한 사람들이다, 라고 핀잔을 주더래요."

"바보가 참 대단하네."

"정말 대단한 바보예요. 다들 바보 다케가 하는 말을 듣고 밑져야 본전이다, 어차피 못하겠지만 한번 해보게 하자면서 다케한테 부탁하니까 다케는 두말없이 받아들였대요. 다케는 인력거꾼과 부랑자들에게 그런 거추장스러운 소란은 피우지 말고 조용히 물러나 있게 하고는 지장보살 앞으로 표연히 나아가더래요."

"유키에 언니, 표연이란 게 바보 다케의 친구야?"

돈코가 중요한 대목에서 이상한 질문을 하는 바람에 안주인과 유키에는 깔깔 웃음을 터뜨렸다.

"아니, 친구가 아니야."

"그럼 누구야?"

"표연이라는 건 말이야…….뭐라고 말해야 좋을지 모르겠네."

"표연이는 말할 수 없는 거야?"

"그게 아니라 표연이라는 건 말이야……."

"응."

"봐, 다타라 산페이 아저씨 알지?"

"응, 참마를 주었어."

"그 다타라 아저씨 같은 걸 말하는 거야."

"다타라 아저씨가 표연이야?"

"응, 아무튼 그래. 그래서 바보 다케가 지장보살 앞으로 가서 팔짱을 끼고는 지장보살님, 마을 사람들이 당신한테 움직여달라니까 움직여주세요, 라고 했더니 지장보살이 갑자기 그러냐, 그러면 진작에 그렇다고 말할 것이지, 라면서 느릿느릿 움직이더라는 거예요."

"이상한 지장보살이네."

"그다음부터가 연설이에요."

"아직도 남았어?"

"네, 그러고 나서 야기 선생님이 이렇게 말했어요. 오늘은 부인회 모임입니다만 제가 일부러 이런 이야기를 한 것은 다소 생각하는 바가 있어서입니다. 이렇게 말씀드리면 실례일지 모르겠으나 여성들은 아무튼 무슨 일을 할 때 정면에서 지름길로 가지 않고 오히려 먼 길로 돌아가는 수단을 취하는 폐단이 있습니다. 하지만 이건 여성들한테만 한정된 이야기는 아닙니다. 메이지 시대인 작금에는 남자들도 문명의 폐해 때문에 다소 여성화되어 흔히 쓸데없는 수단과 노력을 허비하며, 이것이 정당한 방식이다, 신사가 해야 할 방침이라고 오해하는 이가 많은 것 같습니다. 그러나 이들은 개화의 업보에 속박된 기형아입니다. 딱히 논쟁할 거리도 못 됩니다. 다만 여성들께서는 되도록 지금 말씀드린 옛날이야기를 기억하셨다가 무슨 일이 있을 때 아무쪼록 바보 다케처럼 솔직한 생각으로 일을 처리해주셨으면 합니다. 여러분들이 바보 다케가 되면 부부간, 고부간에 일어나는 불미스러운 갈등의 3분의 1은 확실히 줄어들 것입니다. 인간은 속셈이 있으면 있을수록 그 속셈이 저주를 내려 불행의 씨앗이 됩니다. 대부분의 여성이 평균적인 남성보다 불행한 것은 바로 그 속셈이 너무 많기 때문입니다. 아무쪼록 바보 다케가 되어주십시오. 이런 연설이었어요."

"어머, 그래서 유키에는 바보 다케가 될 생각이니?"

"싫어요. 바보 다케라니. 그런 건 되고 싶지 않아요. 가네다 씨네 도미코 양은 무례하다며 엄청 화를 내던걸요."

"가네다 씨네 도미코 양이라면 저 건너편 골목에 사는?"

"네, 그 하이칼라 아가씨 말이에요."

"그 아가씨도 유키에 학교에 다니니?"

"아뇨, 그냥 부인회 모임이니까 들으러 온 거예요. 정말 하이칼라죠. 깜짝 놀랐다니까요."

"엄청 예쁘다고 하던데."

"그냥 그래요. 자랑할 만한 정도는 아니에요. 그렇게 화장하면 누구나 예뻐 보이잖아요."

"그럼 유키에도 그 아가씨처럼 화장하면 그 아가씨보다 두 배는 더 예뻐지겠네?"

"어머, 됐어요, 몰라요. 하지만 그 아가씬 너무 많이 꾸며요. 아무리 돈이 많아도 그렇지."

"그래도 돈은 많은 게 좋잖아."

"그야 그렇지만, 그 아가씨야말로 바보 다케가 되는 게 나을 거예요. 얼마나 잘난 척하는지 몰라요. 요전에도 어떤 시인이 신체시집을 자기한테 바쳤다고 얼마나 떠들고 다니던지."

"도후 씨겠지."

"어머, 그 사람이 바쳤대요? 참 유별난 사람이네요."

"하지만 도후 씨는 엄청 진지하던데. 자신이 그런 걸 하는 게 당연하다고까지 생각하는걸."

"그런 사람이 있으니까 문제예요. 아, 그리고 재미있는 일이 또 있어요. 얼마 전에 누가 그 아가씨한테 연애편지를 보냈대요."

"어머나, 망측해라. 누구야, 그런 짓을 한 게?"

"누군지는 모른대요."

"이름도 안 썼대?"

"이름은 제대로 쓰여 있었는데 들어본 적이 없는 사람이래요. 그런데 그 편지가 얼마나 긴지, 거의 2미터나 되었대요. 이런저런 이상한 이야기가 쓰여 있었는데, 내가 당신을 사모하는 것은 마치 종교가 신을 동경하는 것과 같다느니, 당신을 위해서라면 새끼 양이 되어 제단에 바쳐지는 것도 더없는 명예라느니, 심장의 모양이 삼각형이고 그 삼각형의 중심에 큐피드의 화살이 꽂혔고 바람총이라면 적중한 것이라느니……."

"그게 정말이야?"

"정말이래요. 실제로 제 친구 중에 그 편지를 본 사람이 세 명이나 되는걸요."

"참 짜증 나는 사람이네. 그런 걸 다 보여주고. 그 아가씨는 간게쓰 씨한테 시집갈 생각이라 그런 일이 세상에 알려지면 곤란할 텐데."

"곤란해하기는커녕 아주 득의양양하던데요. 다음에 간게쓰 씨가 오면 알려주세요. 간게쓰 씨도 전혀 모르고 있겠죠?"

"글쎄, 그 사람은 학교에서 유리구슬만 갈고 있으니까 아마 모를 거야."

"간게쓰 씨는 정말 그 아가씨와 결혼할 생각일까요? 참 딱하네요."

"왜? 돈이 많아서 유사시엔 힘이 되고 좋지 않을까?"

"숙모님은 툭하면 돈, 돈 하니까 품위가 떨어져 보이죠. 돈보다 사랑이 더 중요하잖아요. 사랑이 없으면 부부관계는 성립하지 않아요."

"그래? 그럼, 유키에는 어떤 사람한테 시집갈 건데?"

"그런 걸 어떻게 알아요? 아직 아무 일도 없는데."

유키에와 안주인이 결혼에 대해서 한창 저마다의 의견을 피력하고 있는데, 아까부터 제대로 알아듣지도 못하면서 열심히 듣고 있던 돈코가 불쑥 입을 열었다.

"나도 시집가고 싶어."

이 철없는 희망에는 피 끓는 청춘의 유키에도 깊이 공감하는 한편으로 잠시 아연실색했지만, 안주인은 비교적 태연하게 웃으며 물었다.

"그래, 어디로 가고 싶은데?"

"난 말이야, 사실 쇼콘샤招魂社(야스쿠니 신사)로 시집가고 싶은데 스이도바시水道橋를 건너는 게 싫어서 어떻게 할지 생각 중이야."

안주인과 유키에는 이 명답을 듣고 하도 어이가 없어서 되물을 생각도 하지 못하고 자지러지게 웃었다. 그때 둘째 슨코가 언니에게 이런 제안을 했다.

"언니도 쇼콘샤 좋아해? 나도 아주 좋아하는데. 그럼, 같이 쇼콘샤로 시집가자, 응? 싫어? 싫으면 됐어. 나 혼자 인력거 타고 얼른 가버릴 테니까."

"아가도 갈 거야."

결국 아가까지 쇼콘샤로 시집가게 되었다. 이렇게 세 아이가 나란히 쇼콘샤로 시집갈 수 있다면 주인도 필시 홀가분할 것이다.

그때 인력거 소리가 덜거덕 대문 앞에 멈추는가 싶더니 곧바로 활기에 찬 하녀의 목소리가 들렸다.

"어서 오세요."

주인이 니혼즈쓰미 지서에서 돌아온 듯했다. 인력거꾼이 내민 커다란 보자기를 하녀에게 들린 주인은 유유히 다실로 들어왔다.

"어, 왔어?"

유키에에게 인사하면서 예의 그 목제 화로 옆에 손에 들고 있던 술병 같은 것을 툭 내려놓았다. 술병 같은 것이란 물론 진짜 술병이 아니고 그렇다고 꽃병도 아닌, 이상하게 생긴 일종의 도기라서 어쩔 수 없이 일단 그렇게 말한 것이다.

"희한한 술병이네요. 경찰서에서 받아온 거예요?"

유키에가 쓰러진 병을 세우면서 숙부에게 물었다. 숙부는 유키에의 얼굴을 보면서 자랑한다.

"어때, 멋지지?"

"멋지다고요? 이게요? 별로 좋아 보이진 않는데. 기름병 같은 걸 왜 가지고 왔어요?"

"기름병 같다고? 사람이 그렇게 멋을 몰라서 쓰나."

"그럼, 뭔데요?"

"꽃병이지."

"꽃병치고는 주둥이가 너무 작고 몸통은 너무 뚱뚱해요."

"그게 재미있다는 거다. 너도 참 풍류를 모르는구나. 숙모와 조금도 다를 바가 없어. 딱하기는."

주인은 혼자 기름병을 쳐들고 장지문 쪽을 향해 바라보았다.

"어차피 풍류도 모르니 경찰서에서 기름병을 받아오는 짓은 하지 않죠. 그렇잖나요, 숙모님?"

안주인은 둘의 대화에 참견할 계제가 아니었다. 눈을 부릅뜨고 보자기를 풀면서 도난품을 확인하는 중이다.

"어머나, 깜짝이야. 도둑놈도 진보했네. 훔쳐 간 옷을 죄다 뜯어서 빤 뒤에 풀까지 먹여놓다니. 이것 좀 봐요, 여보."

"누가 경찰서에서 기름병을 받아오겠어? 기다리는 게 지루해서 그 주변을 산책하다가 파낸 거야. 너는 모르겠지만 그래도 진품이다."

"픽이나 진품이겠네요. 도대체 숙부님은 어디를 산책한 거예요?"

"어디긴, 니혼즈쓰미 주변이지. 요시와라에도 들어가 봤다. 굉장히 번잡한 곳이더라. 넌 그 철문(요시와라의 유곽 입구에 세워진 무쇠로 만든 대문)을 본 적이나 있냐? 없지?"

"그런 건 봐서 뭐 하게요? 매춘부가 있는 요시와라 같은 곳에는 갈 일 자체가 없어요. 숙부님은 학교 선생님이나 되시는 분이 그런 데를 다 가다니, 정말 놀랍네요. 안 그래요, 숙모님?"

"응, 그래. 아무래도 뭔가 좀 빠진 것 같은데. 다 돌려받은 거 맞아요?"

"돌려받지 못한 건 참마뿐이야. 9시까지 출두하라고 해놓고 11시까지 기다리게 하는 법이 어디 있어? 이러니까 일본 경찰은 글러 먹었다는 거야."

"일본 경찰이 글러 먹었다고요? 요시와라를 산책하는 게 더 글러 먹은 거 아니에요? 그런 일이 알려지면 학교에서 잘리고 말 거예요. 안 그래요, 숙모님?"

"응, 그렇겠지. 여보, 제 오비 한쪽이 없어요. 어쩐지 부족한 것 같더라니."

"오비 한쪽쯤은 포기해야지. 난 세 시간이나 기다렸다고. 소중한 시간을 한나절이나 날렸단 말이야."

일본 옷으로 갈아입은 주인은 화로에 기대 느긋하게 기름병을 바라보고 있었다. 안주인도 어쩔 수 없다며 포기했는지, 찾아온 물건을 그대로 벽장에 넣고 자리로 돌아왔다.

"숙모님, 이 기름병이 귀한 물건이래요. 지저분하지 않아요?"

"어머나, 그걸 요시와라에서 사 왔어요?"

"뭐가 어머나야. 잘 알지도 못하는 주제에."

"그래도 그런 병이라면 어디나 있잖아요. 요시와라에 가지 않더라도."

"하지만 없어. 좀처럼 없는 물건이야."

"숙부님이 딱 돌 지장보살이네요."

"나이도 어린 녀석이 건방진 소리는. 아무래도 요즘 여학생들은 입이 험해서 탈이라니까.《온나다이가쿠女大學》(에도 시대 중기부터 여성의 교육에 이용된 교훈서다. 여기서 말하는 '대학大學'은 교육기관인 대학이 아니라 사서오경의 하나인《대학》을 말한다)라도 좀 읽어라."

"숙부님은 보험이 싫죠? 여학생과 보험 중에서 어느 게 더 싫어요?"

"보험은 싫지 않아. 그건 필요한 거야. 미래를 생각하는 사람이라면 누구나 들지. 하지만 여학생은 무용지물이야."

"무용지물이라도 좋아요. 보험도 들지 않으면서."

"다음 달부터 들 생각이다."

"정말이요?"

"정말이고말고."

"그만두세요, 보험 같은 건. 그보다 그 돈으로 뭐라도 사는 게 나아요. 안 그래요, 숙모님?"

숙모는 싱글싱글 웃고 있다. 주인은 진지하게 말했다.

"넌 100년이고 200년이고 살 거라 생각하니까 그렇게 한가한 소리나 지껄이는 거야. 하지만 좀 더 이성이 발달하면 당연히 보험의 필요성을 절감하게 될 게다. 다음 달부터 꼭 들 거야."

"그래요? 그렇다면 할 수 없죠, 뭐. 하지만 지난번처럼 양산을 사줄 돈이 있으면 보험에 드는 게 나을지도 모르죠. 사람이 필요 없다고 하는 데도 막무가내로 사줬잖아요."

"그렇게 필요 없는 거였냐?"

"네, 양산 같은 건 갖고 싶지 않았어요."

"그럼 돌려줘. 마침 돈코가 갖고 싶어 하니까. 그걸 돈코에게 주면 되겠다. 오늘 갖고 온 거냐?"

"어머, 그건 아니죠. 너무한 거 아니에요? 기껏 사줄 때는 언제고, 다시 돌려달라니."

"네가 필요 없다니까 돌려달라는 거 아니냐? 절대로 너무한 거 아니다."

"필요 없는 건 필요 없는 거지만 그래도 너무해요."

"넌 참 뭘 모르는 소리를 하는구나. 필요 없다고 하니까 돌려달라는 건데 뭐가 너무하단 말이냐?"

"그래도."

"그래도 뭐?"

"그래도 너무하다고요."

"어리석기는, 같은 말만 되풀이하는구나."

"숙부님도 같은 말만 되풀이하고 있잖아요."

"네가 되풀이하니까 어쩔 수 없잖아. 실제로 필요 없다고 하지 않았어?"

"그렇게 말하긴 했죠. 필요 없긴 해도, 돌려주는 건 싫은 걸 어떡해요."

"기가 찰 노릇이군. 벽창호에다 고집불통이니 어쩔 도리가 없다. 너희 학교에선 논리학도 안 가르치냐?"

"됐어요. 어차피 전 무식하니까 마음대로 말하세요. 기껏 사줘놓고 돌려달라니, 생판 남이라도 그렇게 몰인정한 말은 하지 않을거예요. 바보 다케를 흉내라도 좀 내보세요."

"누굴 흉내 내라고?"

"좀 솔직하고 담백해지라는 말이에요."

"넌 어리석은 데다가 고집까지 세구나? 그러니까 낙제하지."

"낙제해도 숙부님한테 학비를 내달란 말은 하지 않아요."

유키에는 이야기가 여기에 이르자 분을 삭이지 못했는지 한 줌의 눈물을 보라색 하카마 위로 뚝뚝 떨어뜨렸다. 주인은 그 눈물이 어떤 심리에서 기인한 것인지 연구하듯 하카마 위와 고개를 숙인 유키에의 얼굴을 망연히 쳐다보고 있었다. 그때 하녀가 문지방 너머의 부엌에서 붉은 손을 가지런히 모으고 말했다.

"손님이 찾아오셨습니다."

"누가 왔다고?"

"학교 학생이라는데요."

하녀는 울고 있는 유키에의 얼굴을 곁눈질로 힐끗거리며 대답했다. 주인은 거실로 나갔다. 나도 얘깃거리도 얻고 인간도 연구할 겸 주인을 따라 살그머니 툇마루로 돌아갔다. 인간을 연구하기 위해서는 뭔가 풍파가 있을 때를 택하지 않으면 결과를 얻을 수 없다. 평소에는 대부분 그 사람이 그 사람이어서 보고 들어도 신명이 나지 않을 만큼 평범하다. 그러나 막상 무슨 일이 닥치면 그 평범함이 갑자기 영묘하고 신비로운 작용 때문에 뭉게뭉게 피어올라 기이한 것, 이상한 것, 희한한 것, 색다른 것, 한마디로 말하면 우리 고양이가 볼 때 알아두면 앞으로 배움이 될 사건이 곳곳에서 활발하게 나타난다. 유키에의 홍루紅淚 같은 것은 바로 그런 현상 가운데 하나다. 이처럼 불가사의하고 예측할 수 없는 마음을 갖고 있는 유키에도 안주인과 이야기를 나누고 있을 때는 그 정도일 거라고는 생각하지 못했는데 주인이 돌아와 기름병을 내려놓자마자 순식간에, 죽은 용이 증기식 소방용 펌프에서 쏟아진 물을 맞고 되살아나듯 느닷없이 그 심오하고 속을 헤아릴 수 없는 교묘하고 미묘하고 영묘한 기질을 유감없이 드러내고 말았다. 하지만 그 기질은 세상의 모든 여성에게 공통된 기질이다. 다만 아쉽게도 쉽게 나타나지는 않는다. 아니, 온종일 쉴 새 없이 나타나기는 하지만, 이처럼 현저하고 분명하고 가차 없이 나타나지는 않는다. 다행히 주인처럼 걸핏하면 내 털을 거꾸로 쓰다듬고 싶어 하는 비뚤어진 성격의 괴짜가 있었기에 이런 촌극도 구경할 수 있었을 것이다. 주인의 뒤만 따라다니면 어디를 가든 사람들은 자기도 모르게 무대 위의 배우처럼 움직임이 틀림없다. 이렇게 재미있는 주인을 모시고 있는 덕분에 고양이의 짧은 삶 속에서도 상당히 많은 경험을 할 수 있다. 감사한 일이다. 이번 손님은 어떤 사람일까.

객실 구석에 앉아 있는 꼴을 보니 열일고여덟 살, 유키에 또래의 학생이다. 큼지막한 머리를 두피가 보일 정도로 짧게 깎고, 주먹코가 얼굴 한가운데에 단단히 자리를 잡고 있다. 이렇다 할 특징은 없지만 두개골만은 정말 크다. 머리를 빡빡 깎았는데도 저렇게 크게 보이는데, 주인처럼 머리를 길게 기르면 사람들의 시선을 얼마나 끌까. 이런 머리를 가진 이는 어김없이 공부를 못한다는 것이 주인의 오래된 지론이다. 실제로도 그럴지 모르지만, 얼핏 보면 나폴레옹 같은 대단한 광경이다. 옷은 서생들이 흔히 입는, 사쓰마산薩摩産인지 구루메산久留米産인지 아니면 이요산伊予産인지 알 수는 없지만 어쨌든 소매가 짤막한 비백 무늬의 겹옷을 입고 있고, 그 속에는 셔츠도 속옷도 입지 않은 것 같다. 속옷 없이 겹옷을 입거나 맨발로 다니는 것을 멋지다고 한다는데, 이 학생은 몹시 지저분한 느낌을 주었다. 특히 다다미 위에 도둑놈 같은 엄지 발가락 자국을 또렷이 세 개나 찍어놓은 것은 전적으로 맨발 탓일 것이다. 그는 네 번째 자국 위에 단정히 앉아 자못 거북한 듯 송구해하고 있었다. 애초에 송구해할 만한 자가 얌전히 대기하고 있는 것은 그다지 신경 쓸 일이 아니지만, 반들반들 짧게 깎은 머리의 난폭자가 송구해하고 있는 것은 어쩐지 어울리지 않았다. 길거리에서 선생님을 만나도 인사하지 않는 것을 자랑으로 여기는 학생이 설사 30분이라도 남들처럼 앉아 있는 것은 고역일 것이다. 그런데 타고난 공겸恭謙의 군자, 성덕盛德의 장자長者처럼 앉아 있으니 당사자야 고역이겠지만 옆에서 보기에는 정말 우스꽝스러웠다. 교정이나 운동장에서 그렇게 지랄 발광하던 놈이 무슨 일로 이렇게 스스로를 단속하고 있는지를 생각하면 딱하기도 하지만 우습기도 했다. 이처럼 한 사람씩 상대하게 되면 아무리 우둔한 주인이라도 학생에게 얼마간 무게가 있어 보인다. 주인도 아마 뿌듯해하고 있을 것이다. 티끌 모아 태산이라고 티끌 같은 한 명의 학생도 여러 명이 모이면 얕잡아볼 수 없는 집단이 되어 배척 운동이나 데모를 벌일지도 모른다. 이는 겁쟁이도 술을 마시면 대담해지는 것과 같은 현상일 것이다. 머릿수를 믿고 소동을 일으키는 것은 그 숫자에 취해 이성을 잃은 것이라 해도 무방할 것이다. 그렇지 않다면 지금처럼 송구해한다기보다는 오히려 맥없이 스스로 장지문에 몸을 딱 붙이고 있을 학생이, 아무리 늙었다고는 하나 적어도 선생이라는 이름이 붙은 주인을 경멸할 수는 없다. 무시할 수 없는 것이다.

"자, 앉게."

주인은 방석을 내주면서 말했다.

"아, 네."

까까머리 학생은 대답만 하고 딱딱하게 굳은 채 움직이지 않는다. 코앞에는 낡은 사라사 방석이 앉으라는 말 한마디 없이 자리를 차지하고 있고, 그 뒤로 살아 있는 커다란 머리가 우두커니 앉아 있는 광경은 참으로 묘했다. 방석은 깔고 앉기 위한 것이지 쳐다보기 위해 안주인이 상점에서 사 온 게 아니다. 방석이면서 누군가 깔고 앉지 않는다면 그 방석으로서는 바로 명예가 훼손당하는 것이다. 이를 권한 주인 또한 다소 체면이 서지 않는 일이다. 주인의 체면을 깎으면서까지 방석과 눈싸움을 벌이는 까까머리는 결코 방석 자체가 싫은 게 아니다. 사실 태어나서 지금까지 할아버지 제사 때 말고는 좀처럼 무릎을 꿇고 앉아본 일이 없기 때문에 아까부터 이미 다리가 저리기 시작하여 발끝이 살짝 곤란을 호소하고 있었다. 그런데도 방석에 앉지 않는다. 방석이 할 일 없이 무료하게 대기하고 있는데도 깔고 앉지 않는다. 주인이 "자, 앉게."라고 권하는데도 깔고 앉지 않는다. 참 신경에 거슬리는 까까머리다. 이 정도로 조심성이 있다면 여러 명이 모였을 때도 조금 조심하면 좋을 텐데, 학교에서도 좀 더 조심하면 좋을 텐데, 하숙집에서도 좀 더 조심하면 좋을 텐데. 그러지 않아도 될 때는 겸양을 떨고, 겸양해야 할 때는 그러지 않고, 아니, 오히려 심하게 행패를 부린다. 성질 나쁜 까까머리다.

그때 뒤쪽 장지문을 스르륵 열고 유키에가 학생에게 공손하게 차 한 잔을 건넸다. 평소 같으면 "이야, 전통차가 나왔군요."라고 비꼬았겠지만, 주인 한 사람을 상대하기도 송구스러운데 묘령의 여성이 학교에서 갓 배운 오가사와라류小笠原流 예법(원래는 무가 예법의 한 유파였으나 민간에도 전해졌고, 메이지 시대에는 일본 여학교의 예법 교육에 도입되었다)에 따라 별스럽게 거드름을 피우는 손놀림으로 찻잔을 내미니 까까머리는 무척 난감해하는 표정이었다. 유키에는 장지문을 닫으면서 문 뒤에서 생글생글 웃었다. 그러고 보면 여자는 동년배라도 남자에 비하면 참 대단하다. 까까머리에 비하면 유키에의 배짱이 훨씬 더 두둑하다. 특히 조금 전까지만 해도 분하다고 홍루를 주르륵 흘려놓고 지금은 이렇게 생글생글 웃고 있으니 더욱 두드러져 보였다.

유키에가 물러난 뒤에는 두 사람이 한참을 아무 말 없이 참고 있었지만 이래서는 수행하는 것이나 마찬가지라고 깨달은 주인이 드디어 입을 열었다.

"자네 이름이 뭐라고 했지?"

"후루이……."

"후루이? 후루이 뭐더라…… 이름은?"

"후루이 부에몬古井武右衛門입니다."

"후루이 부에몬이라, 으음, 참 긴 이름이로군. 요즘 이름이 아니라 옛날식 이름이야. 그래 4학년이라고 했나?"

"아니요."

"3학년인가?"

"아니요, 2학년입니다."

"갑반인가?"

"을반입니다."

"을반이면 내가 담임을 맡은 반이군."

주인은 어이가 없었다. 사실 이 대갈장군은 입학할 때부터 주인의 눈에 띄었던 터라 결코 잊을 수가 없다. 그뿐 아니라 때때로 꿈에 보일 만큼 마음에 깊이 새겨진 머리다. 그러나 만사태평한 주인은 이 머리와 고풍스러운 이름을 연결하고, 그렇게 연결한 것을 다시 2학년 을반으로 연결할 수 없었던 것이다. 그러므로 꿈에 보일 만큼 인상적인 머리가 자신이 담임을 맡은 반의 학생이라는 말을 듣고 무심코 '그렇구나!' 하고 마음속으로 박수를 쳤던 것이다. 하지만 이 커다란 머리에 고풍스러운 이름, 게다가 자신이 담임인 학생이 지금 무슨 일로 찾아왔는지 짐작조차 할 수 없었다. 원래 주인은 인망이 없는 인물이라 설날이든 세밑이든 학교 학생이 찾아오는 일이 거의 없다. 후루이 부에몬이 처음이라고 할 수 있으니 진객인 셈인데, 무슨 일로 찾아왔는지 몰라 주인도 무척 난감해하는 듯하다. 이렇게 재미없는 사람의 집으로 그냥 놀러 왔을 리도 없을 테고, 또 사직을 요구하기 위해서라면 좀 더 의기양양했을 것이다. 그렇다고 후루이 부에몬 같은 학생이 일신상의 문제로 상담할 일이 있을 리도 없다. 아무리 생각해도 주인으로서는 알 수가 없었다. 부에몬 군의 모습을 보니 본인도 자신이 왜 이곳에 왔는지 분명치 않은 눈치다. 하는 수 없이 결국 주인이 대놓고 물었다.

"자네, 놀러 온 건가?"

"그렇지 않습니다."

"그럼 무슨 볼일이라도 있나?"

"네."

"학교 일인가?"

"네, 좀 말씀드릴 게 있어서요……."

"음, 그럼 무슨 일인지 말해보게."

부에몬 군은 고개를 숙인 채 아무 말이 없다. 원래 부에몬 군은 중학교 2학년치고는 말주변이 좋은 편으로, 머리가 큰 것에 비해 지능은 발달하지 않았지만 말주변만큼은 을반에서도 뛰어난 편이다. 실제로 얼마 전 콜럼버스를 일본어로 번역하면 뭐냐고 물어 주인을 몹시 난감하게 했던 학생이 바로 이 부에몬 군이다. 그렇게 말주변이 좋은 부에몬 군이 조금 전부터 말더듬이 공주님처럼 머뭇거리고 있는 것은 뭔가 사연이 있어서일 것이다. 단지 조심스러워서 그러는 것 같지는 않았다. 주인도 좀 수상쩍다고 생각했다.

"할 얘기가 있으면 얼른 하게."

"말씀드리기가 좀 곤란한 문제라서……."

"말하기가 곤란하다?"

주인은 이렇게 물으며 부에몬 군의 얼굴을 쳐다봤는데, 여전히 고개를 푹 숙이고 있어서 무슨 일인지 짐작할 수가 없었다. 하는 수 없이 조금 말투를 바꿔 온화하게 덧붙였다.

"괜찮아. 뭐든지 말해도 돼. 달리 듣는 사람도 없으니까. 나도 다른 사람한테 말하지 않을 거고."

"정말 말씀드려도 될까요?"

부에몬 군은 여전히 망설이고 있었다.

"되고말고."

주인은 제멋대로 판단한다.

"그럼 말씀드리겠습니다만."

이렇게 말한 부에몬 군은 까까머리를 불쑥 쳐들고 눈이 부신 듯 잠깐 주인 쪽을 쳐다봤다. 눈이 세모꼴이다. 주인은 입안 가득 머금은 담배 연기를 내뿜으면서 잠깐 얼굴을 돌렸다.

"사실은 그…… 일이 난처하게 되고 말아서……."

"뭐가?"

"뭐냐면 굉장히 난처한 일이라 찾아온 것입니다."

"그러니까 뭐가 난처한 일이냐고?"

"저는 그럴 생각이 없었습니다만 하마다가 자꾸 빌려달라고 해서요……."

"하마다라면 하마다 헤이스케를 말하는 건가?"

"네."

"하마다한테 하숙비라도 빌려줬나?"

"아니요, 그런 걸 빌려준 건 아닙니다."

"그럼 뭘 빌려줬다는 거야?"

"이름을 빌려줬습니다."

"하마다가 자네 이름을 빌려서 뭘 했는데?"

"연애편지를 보냈습니다."

"뭘 보냈다고?"

"그래서 이름은 안 되고, 우편함에 넣어주겠다고만 했습니다."

"도무지 무슨 소린지 통 모르겠군. 대체 누가 뭘 했다는 건가?"

"연애편지를 보냈습니다."

"연애편지를 보냈다? 누구한테?"

"그래서 말씀드리기가 곤란하다고 한 겁니다."

"그럼, 자네가 어떤 여자한테 연애편지를 보낸 건가?"

"아뇨, 제가 아닙니다."

"하마다가 보낸 건가?"

"하마다도 아닙니다."

"그럼, 누가 보낸 건데?"

"누군지 모릅니다."

"무슨 소린지 전혀 모르겠군. 그렇다면 아무도 보내지 않은 건가?"

"이름만은 제 이름입니다."

"이름만은 자네 이름이라니, 도대체 무슨 소린가? 좀 조리 있게 말해보게. 그 연애편지를 받은 사람은 누군가?"

"가네다라고, 건너편 골목에 사는 여자입니다."

"가네다라는 그 실업가 집 말인가?"

"네."

"그래, 이름만 빌려줬다는 건 또 어떻게 된 일인가?"

"그 댁 아가씨가 하이칼라인 데다 콧대가 높아서 연애편지를 보낸 겁니다……. 하마다가 이름이 없으면 안 된다고 해서, 그럼 네 이름을 쓰라고 했더니, 자기 이름은 시시하고, 후루이 부에몬이라는 이름이 낫겠다고……. 그래서 결국 제 이름을 빌려주게 된 겁니다."

"그런데 자네는 그 집 아가씨를 알기는 하나? 교제라도 하는 거야?"

"교제고 뭐고 없습니다. 얼굴조차 본 적이 없습니다."

"무례하군. 얼굴도 모르는 사람한테 연애편지를 보내다니, 대체 무슨 생각으로 그런 짓을 했나?"

"다들 그 여자가 콧대가 높고 잘난 척만 한다고 해서 그냥 놀려주려고 한 것입니다."

"더더욱 무례한 짓이군. 그럼 자네 이름을 대놓고 써서 보냈단 말인가?"

"네, 글은 하마다가 썼습니다. 제가 이름을 빌려주고 엔도가 밤에 그 집까지 가서 우편함에 넣고 왔습니다."

"그럼, 셋이 공모했다는 말이군."

"네, 그런데 나중에 생각해보니까 만약 들켜서 퇴학이라도 당하면 큰일이다 싶어, 너무 걱정된 나머지 2, 3일 동안 잠도 못 자고 머리가 멍했습니다."

"그것참 어처구니없는 짓을 했군그래. 분메이 중학교 2학년 후루이 부에몬이라고 쓴 건가?"

"아니요, 학교 이름은 쓰지 않았습니다."

"학교 이름을 쓰지 않은 것은 그나마 다행이군. 학교 이름이라도 나와보게, 그거야말로 분메이 중학교의 명예와 관련된 문제가 되는 거야."

"어떻게 될까요? 퇴학당하게 될까요?"

"글쎄."

"선생님, 저희 아버지는 굉장히 엄격한 분이고, 게다가 어머니는 계모입니다. 그래서 퇴학이라도 당하게 되면 저는 몹시 곤란해집니다. 정말 퇴학당하게 될까요?"

"그러니까 분별없는 짓을 하지 말았어야지."

"그런 짓을 할 생각은 없었지만 그만 하고 말았습니다. 퇴학당하지 않도록 어떻게 안 되겠습니까?"

부에몬 군은 울먹이는 소리로 애원했다. 아까부터 장지문 뒤에서는 안주인과 유키에가 키득키득 웃고 있었다. 주인은 짐짓 젠체하며 '글쎄'를 연발하고 있었다. 꽤 재미있는 광경이다.

내가 재미있다고 하면 뭐가 그리 재미있느냐고 묻는 사람이 있을지도 모르겠다. 그렇게 묻는 것은 당연하다. 인간이든 동물이든 자신을 아는 것은 평생의 큰 과업이다. 자신을 알 수만 있다면 인간도 인간으로서 고양이보다 더 존경을 받아도 좋다. 그때는 나도 이런 짓궂은 글을 쓰는 일도 딱한 노릇이니 당장 그만둘 생각이다. 하지만 자신이 자신의 코 높이를 모르는 것과 마찬가지로 자신이 어떤 사람인지 좀처럼 짐작이 가지 않는 모양이다. 그러니 평소 경멸하는 고양이에게조차 이런 질문을 던지는 것이리라. 인간은 건방진 듯해도 역시 어딘가 나사가 빠져 있다. 만물의 영장입네 하면서 어디를 가든 만물의 영장임을 내세우지만, 이까짓 사실조차 이해하지 못한다. 게다가 부끄러운 줄도 모르고 태연자약한 모습에는 한바탕 웃음이라도 터뜨리고 싶어진다. 인간은 만물의 영장을 등에 업고, 내 코가 어디에 있는지 가르쳐줘, 라면서 소란을 피운다. 그렇다고 만물의 영장을 그만두느냐 하면 천만의 말씀, 죽어도 내놓으려고 하지 않는다. 이 정도로 공공연히 모순된 태도를 보이며 태연히 있을 수 있다면 그건 애교가 된다. 애교가 되는 대신 바보로 만족하지 않으면 안 된다.

내가 여기서 부에몬과 주인, 그리고 안주인과 유키에 양을 보며 재미있어하는 것은 단지 외부의 사건이 우연히 마주쳤고, 그 마주침이 별스러운 곳으로 파동을 전하기 때문이 아니다. 실은 그 마주침의 반향이 인간의 마음에 각기 다른 음색을 일으키기 때문이다. 먼저 주인은 이 사건에 오히려 냉담하다. 부에몬 군의 아버지가 얼마나 엄격하고 어머니가 그를 얼마나 의붓자식 취급을 하든 그다지 놀라지 않는다. 놀랄 리가 없다. 부에몬 군이 퇴학당하는 것은, 자신이 면직되는 것과 전혀 다른 차원의 일이다. 천 명 가까운 학생이 모두 퇴학당한다면 교사도 의식주를 해결하는 데 곤란을 겪을지 모르지만, 후루이 부에몬 군 한 사람의 운명이 어떻게 되든 주인의 생계와는 거의 무관하다. 관계가 희미하니 저절로 동정도 희미해지는 것이다. 생면부지의 사람을 위해 눈살을 찌푸린다거나 콧물을 짠다거나 탄식하는 것은 결코 자연스러운 현상이 아니다. 인간이 그렇게 정이 많고 배려심 넘치는 동물이라는 건 도저히 받아들이기 어렵다. 다만 세상에 태어난 세금이라 치고, 때때로 교제를 위해 눈물을 보인다거나 딱하다는 표정을 지어 보일 뿐이다. 이를테면 속임수성 표정인데, 사실은 매우 힘든 예술이다. 세상 사람들은 이 속임수에 뛰어난 사람을 예술적 양심이 강한 사람이라고 하며 대단히 귀히 여긴다. 그러므로 사람들이 귀히 여기는 인간만큼 수상쩍은 이도 없다. 시험해보면 금방 알 수 있다. 이 점에서 주인은 오히려 서툰 부류에 속한다고 해도 될 것이다. 서툴기에 귀히 여겨지지 않는다. 귀히 여겨지지 않으니 의외로 내부의 냉담을 숨기지 않고 드러낸다. 그가 부에몬 군에게 '글쎄'라는 말만 연발하고 있다고 해도 그 속내는 쉽게 알 수 있다. 여러분은 우리 주인 같은 선인善人을 냉담하다는 이유로 싫어해서는 절대 안 된다. 냉담은 인간 본래의 성질이고, 그 성질을 숨기려 애쓰지 않는 이는 정직한 사람이다. 만약 여러분이 이럴 때 냉담 이상을 바란다면, 그거야말로 인간을 과대평가한 것이라 하지 않을 수 없다. 정직함조차 바닥 난 세상에서 그 이상을 기대하는 것은 바킨의 소설(교쿠테이 바킨의 《난소사토미핫켄덴南總里見八犬傳》을 말한다. 시노와 고분고 등 8명의 견사犬士는 인의예지충효신제仁義禮智忠孝信悌 등 봉건 도덕의 화신이다)에서 시노나 고분고 등 8견사가 뛰쳐나와 친한 이웃으로 이사라도 오지 않는 한 어림도 없는 무리한 주문이다. 일단 주인에 대해서는 이 정도로 해두고, 다음에는 다실에서 웃고 떠드는 여자들에 대해 이야기하기로 하자. 이들은 주인의 냉담에서 한 발짝 더 나아가 해학의 영역으로 뛰어들어 즐거워하고 있다. 이 여자들은 부에몬 군이 골치를 앓고 있는 연애편지 사건을 부처의 복음이라도 되는 양 감사하게 여긴다. 이유는 없다. 그냥 감사하다. 군이 따져보면 부에몬 군이 난감해하는 것이 감사한 것이다. 여러분은 여자에게 이렇게 물어보라. "당신은 남이 난처해하는 것을 보고 재미있어하며 웃습니까?"라고. 그러면 질문을 받은 사람은 이렇게 묻는 자신을 바보라 할 것이고, 아니면 이런 질문을 해서 숙녀의 품성을 모욕했다고 할 것이다. 모욕했다는 것이 사실일지 모르지만, 난처해하는 사람을 보고 웃은 것도 사실이다. 그렇다면 이제 자신의 품성을 모욕할 만한 일을 스스로 해 보일 테니까 뭐라고 하면 안 된다고 미리 말하는 것과 같다. 나는 도둑질을 한다. 그러나 절대 부도덕하다고 해서는 안 된다. 만약 부도덕하다는 식으로 말하면 내 얼굴에 먹칠을 하는 것이다. 나를 모욕한 것이다. 이렇게 주장하는 것이나 마찬가지다. 여자는 꽤 영리하다. 생각이 조리에 맞다. 적어도 인간으로 태어난 이상, 밟히거나 차이거나 된통 야단을 맞았을 때도, 게다가 남이 뒤도 돌아보지 않을 때도, 태연할 수 있는 각오가 필요할 뿐 아니라 누가 침을 뱉고 똥물을 끼얹어놓고 깔깔거리며 웃어도 유쾌하게 생각해야 한다. 그렇지 않으면 이처럼 영리한 여자라는 이름이 붙은 것들과는 교제할 수 없다. 부에몬도 어쩌다가 그만 엉뚱한 실수를 하여 무척 송구스러워하고 있지만, 이렇게 송구스러워하는 사람을 뒤에서 비웃는 것이 실례라는 생각 정도는 하고 있을지도 모른다. 하지만 그것은 나이 어린 사람의 치기다. 남이 실례를 범했을 때 화를 내면 상대방이 소심한 사람이라고 한다니, 그런 말을 듣기 싫다면 그냥 얌전히 있는 게 좋을 것이다. 마지막으로 부에몬 군의 심리를 잠깐 소개하기로 하자. 부에몬 군은 걱정의 화신이다. 그 위대한 두뇌는 나폴레옹의 두뇌가 공명심으로 충만한 것처럼 걱정으로 정말 터질 것만 같다. 때때로 그 주먹코가 실룩샐룩 움직이는 것은 걱정이 안면 신경으로 전해져서 반사작용처럼 무의식적으로 활동하기 때문이다. 그는 커다란 탄환을 삼켜버린 것처럼 뱃속에 어떻게 해볼 도리가 없는 덩어리를 품고 지난 2, 3일 동안 어떻게 처리해야 될지 몰라 난처해하고 있다. 특별히 해결책이 나올 것 같지도 않아 너무 괴로운 나머지, 담임인 선생님을 찾아가면 어떻게든 도와주지 않을까 생각하고 싫은 사람의 집으로 큰 머리를 숙이고 찾아온 것이다. 그는 평소 학교에서 주인을 놀리거나 동급생을 선동하여 난처하게 한 일은 까맣게 잊고 있었다. 아무리 놀리고 난처하게 해도 담임이라는 이름이 붙은 이상 걱정해줄 게 틀림없다고 믿고 있는 듯하다. 어지간히 단순한 학생이다. 담임은 주인이 좋아서 맡은 게 아니다. 교장의 명령에 따라 어쩔 수 없이 쓰고 있는, 말하자면 메이테이의 큰아버지가 쓰고 있는 중절모 같은 것이다. 그저 이름뿐이다. 그저 이름뿐이어서는 아무것도 할 수 없다. 정작 중요한 때 이름이 도움이 된다면 유키에는 이름만으로 벌써 맞선이 성사되었어야 한다. 부에몬 군은 그저 제멋대로일 뿐만 아니라 다른 사람이 자기에게 친절해야 한다는, 인간을 과대평가한 가정에서 출발하고 있다. 비웃음을 당할 거라고는 생각도 하지 않았을 것이다. 부에몬 군은 담임 집으로 찾아와 아마 인간에 대한 하나의 진리를 발견했을 것이다. 그는 이 진리 덕분에 앞으로 점점 더 진정한 인간이 되어갈 것이다. 남을 걱정하는 것에는 냉담해질 것이고, 남이 난처해할 때는 깔깔거리며 웃을 것이다. 이렇게 하여 천하는 미래의 부에몬 군으로 채워질 것이다. 가네다 및 가네다 부인으로 채워질 것이다. 나는 부에몬 군이 한시라도 빨리 자각하여 진정한 인간이 되기를 간절히 희망한다. 그렇지 않으면 아무리 걱정하고 후회한들, 아무리 선으로 향하는 마음이 절실한들 가네다와 같은 성공은 도저히 이루지 못할 것이다. 아니, 사회는 머지않아 부에몬 군을 인간의 거주지 밖으로 추방할 것이다. 분메이 중학교에서 퇴학당하는 정도가 아닌 것이다.

이런 생각을 하며 재미있어하고 있는데 드르륵 현관문이 열리고 장지문 뒤에서 얼굴 반쪽이 쓰윽 나타났다.

"선생님!"

부에몬 군에게 '글쎄'만 연발하고 있던 주인은 현관에서 누가 부르기에 누굴까 하면서 그쪽을 쳐다봤다. 장지문에서 비스듬히 절반쯤 드러난 얼굴은 바로 간게쓰 군이었다.

"왔나, 들어오게."

주인은 이렇게 말만 하고 그대로 앉아 있었다.

"손님인가요?"

간게쓰 군은 여전히 얼굴을 절반만 드러낸 채 되물었다.

"뭐, 괜찮으니 들어오게."

"실은 선생님을 모시러 온 건데요."

"어디 가게? 또 아카사카인가? 그쪽은 이제 질색이네. 지난번에는 하도 많이 걸어 다녀서 다리가 다 뻣뻣해졌어."

"오늘은 괜찮을 겁니다. 오랜만에 외출하시지요?"

"어디로 간다는 건가? 어쨌든 들어오게."

"우에노에 가서 호랑이 울음소리나 들어볼까 합니다."

"시시할 것 같은데…… 그보다 잠깐 들어오게."

간게쓰 군은 멀리서는 도저히 담판이 나지 않을 것 같아서인지 신발을 벗고 느릿느릿 들어왔다. 여느 때처럼 엉덩이에 천을 덧댄 쥐색 바지를 입고 있었는데, 이는 시대 때문도 아니고 또 엉덩이가 무거워 해졌기 때문도 아니다. 본인의 변명에 따르면 요즘 자전거 연습을 시작했는데 국부에 비교적 많은 마찰이 가해지기 때문이란다.

"안녕?"

미래의 아내로 주시하고 있는 여인에게 연애편지를 보낸 연적이라고는 꿈에도 모른 채 간게쓰 군은 부에몬 군에게 가볍게 고개를 숙여 인사하고는 툇마루 가까운 자리에 앉았다.

"호랑이 울음소리를 듣는 게 뭐가 재미있다고?"

"네, 지금이야 그렇지요. 지금부터 여기저기 산책하다가 밤 11시쯤 우에노로 갈 겁니다."

"그래?"

"그럼, 공원 안의 울창한 노목이 굉장할 겁니다."

"글쎄, 낮보다는 좀 한가하겠지?"

"그래서 어떻게든 되도록 숲이 우거진, 낮에도 사람이 다니지 않는 곳을 골라 걷다 보면 어느새 속된 도시에서 살고 있는 기분은 사라지고 산속을 헤매고 있는 듯한 기분이 들 겁니다."

"그런 기분으로 뭘 어쩌겠다는 건가?"

"그런 기분으로 잠시 멈춰 서 있으면 곧 동물원에서 호랑이가 울지요."

"그렇게 딱 맞춰 울까?"

"걱정하지 마십시오. 울 겁니다. 그 울음소리는 낮에도 이과대학까지 들릴 정도니까요. 고요한 심야에 사방엔 인적도 없고 소름 돋는 도깨비의 기운이 코를 찌를 때……."

"도깨비의 기운이 코를 찌른다는 건 또 무슨 소린가?"

"왜 그런 말 하지 않습니까, 무서울 때."

"그런가. 별로 들어보지 못한 것 같은데, 그래서?"

"그래서 호랑이가 우에노의 늙은 삼나무 잎을 모조리 떨어뜨릴 기세로 울겠지요. 굉장하지 않습니까?"

"그야 굉장하겠지."

"어떠세요, 모험하러 나가시지 않겠습니까? 필시 유쾌하실 겁니다. 호랑이 울음소리는 한밤중에 들어보지 않으면 들었다고 할 수 없는 겁니다."

"글쎄."

주인은 부에몬의 애원에 냉담한 것처럼 간게쓰 군의 탐험에도 냉담했다.

이때까지 묵묵히 호랑이 이야기를 부러운 듯 듣고만 있던 부에몬 군은 주인의 '글쎄'라는 말에서 새삼 자신의 처지를 떠올렸는지 다시 물었다.

"선생님, 제가 걱정되어서요. 어떻게 하면 좋겠습니까?"

간게쓰는 무슨 말인가, 하는 표정으로 그 커다란 머리를 보았다. 나는 생각할 일이 있어 잠깐 실례하고 다실로 돌아갔다.

다실에서는 안주인이 킥킥 웃으면서 교토산 자기인 싸구려 찻잔에 엽차를 가득 따라 안티몬으로 도금된 받침 접시 위에 올려놓으며 말했다.

"유키에, 미안하지만 이것 좀 내갈래?"

"제가요? 싫어요."

"왜?"

안주인은 좀 놀란 모습으로 웃음을 뚝 그쳤다.

"아무튼 싫어요."

유키에는 바로 새침한 표정을 짓더니 옆에 있던 《요미우리 신문》 위로 덮치듯이 눈길을 떨어뜨렸다. 안주인은 일단 협상에 들어갔다.

"어머나, 이상하게 구네. 간게쓰 씨야. 신경 쓸 거 없다고."

"그래도 전 싫은걸요."

유키에는 신문에서 눈을 떼지 않았다. 이럴 땐 한 글자도 눈에 들어올 리 없겠지만, 읽지 않는다는 것이 까발려지면 다시 울기 시작할 것이다.

"부끄러울 게 뭐 있다고 이럴까?"

이번에는 웃으면서 일부러 찻잔을 신문 위로 밀었다.

"어머, 정말 못됐어."

유키에가 이렇게 말하며 찻잔 밑의 신문을 빼내려다가 그만 받침 접시에 걸리는 바람에 엽차가 쏟아져 신문을 적시고 다다미 틈새로 스며들었다.

"그거 보라니까."

"어머, 큰일이네."

유키에는 부엌으로 달려갔다. 걸레를 갖고 올 생각이었다. 나는 이 촌극이 조금 재미있었다.

간게쓰는 그런 줄도 모르고 객실에서 이상한 이야기를 하고 있었다.

"선생님, 장지를 다시 발랐네요. 누가 발랐습니까?"

"여자가 발랐지. 잘 바르지 않았나?"

"네, 솜씨가 꽤 좋네요. 가끔 오는 그 아가씨가 발랐습니까?"

"응, 그 아이도 도왔지. 장지를 이 정도 바를 줄 알면 시집갈 자격은 있다고 으스대고 있네."

"아아, 그렇군요."

간게쓰는 이렇게 말하며 장지문을 쳐다보았다.

"이쪽은 판판한데 오른쪽 끝은 종이에 주름이 잡혔네요."

"그쪽부터 해서 그래. 경험이 부족할 때 한 곳이니까."

"아, 그렇군요. 솜씨가 좀 떨어지네요. 저 표면은 초월곡선이라 보통 함수로는 도저히 표현할 수 없거든요."

"그런가."

간게쓰가 이학자답게 어려운 말을 하자 주인은 적당히 대꾸했다.

이런 상황에서는 아무리 탄원해봐야 도저히 가망이 없다고 판단한 부에몬 군은 돌연 그 위대한 두개골을 다다미 위에 처박으며 무언중에 결별의 뜻을 표했다.

"돌아가려고?"

주인이 물었다.

부에몬 군은 폭이 넓은 삼나무 나막신을 꿰고 맥없이 문을 나섰다. 가엾게도, 저렇게 내버려두면 바위에 시라도 적어놓고 게곤華嚴 폭포에서 몸을 날릴지도 모른다(1903년 닛코日光의 게곤 폭포에서 제1고등 학교 학생이자 소세키의 제자인 후지무라 미사오가 바위 위 나무에 시를 적어놓고 투신자살했다. 당시 철학적 자살로 화제가 되었다). 원인을 밝히자면 가네다 의 딸이 하이칼라인 데다 쓸데없이 콧대만 높기 때문에 일어난 일 이다. 만약 부에몬이 죽으면 원귀가 되어 그 딸을 죽이는 게 낫다. 그런 여자 한두 명쯤 세상에서 사라진다고 해서 난처해할 남자는 하나도 없다. 간게쓰 군은 좀 더 아가씨다운 여자를 만나는 게 낫다.

"선생님 학생입니까?"

"응."

"머리가 엄청 크네요. 공부는 잘합니까?"

"머리 크기에 비해서는 못하는 편이지만, 간혹 묘한 질문을 해. 얼마 전에는 콜럼버스를 일본어로 옮기면 뭐냐고 물어서 아주 난 처했네."

"머리가 너무 크니까 그런 쓸데없는 질문을 하는 거겠지요. 그 래서 선생님은 뭐라고 하셨습니까?"

"으응? 뭐, 적당히 번역해주었지."

"그래도 번역해주기는 하셨네요? 참 대단하십니다."

"애들은 어떻게든 번역해주지 않으면 선생을 도무지 신뢰하질 않으니까."

"선생님도 정치가가 다 되셨군요. 그런데 지금 그 학생은 힘이 하 나도 없는 것이, 선생님을 놀려먹을 학생처럼은 보이지 않는데요."

"오늘은 좀 곤란한 일이 있었네. 바보 같은 놈이지."

"무슨 일이 있었는데요? 잠깐 봤을 뿐인데도 어쩐지 무척 불쌍해 보였습니다. 대체 무슨 일이 있었습니까?"

"정말 바보 같은 일이네. 가네다 씨의 딸한테 연애편지를 보냈다는 거야."

"네? 저 대갈장군이요? 요즘 학생은 참 대단하네요. 놀랍습니다."

"자네도 걱정이 되겠지만……."

"아뇨, 전혀 걱정되지 않습니다. 오히려 재미있는데요, 뭐. 연애편지를 아무리 보내도 전 괜찮습니다."

"자네가 그렇게 안심하고 있다면 상관없지만……."

"상관없고말고요, 전 전혀 개의치 않습니다. 하지만 저 대갈장군이 연애편지를 썼다는 건 좀 놀랍네요."

"그게 말이야, 장난으로 쓴 걸세. 그 아가씨가 하이칼라에다 콧대가 높으니까 놀려주려고 세 명이 공모해서……."

"세 명이 편지 한 통을 가네다 씨네 아가씨한테 보냈단 말입니까? 이야기가 점점 더 재미있어지는데요. 서양 요리 1인분을 시켜서 셋이 나눠 먹은 꼴이 아닌가요?"

"그런데 각자의 역할이 있었네. 한 놈은 글을 쓰고, 한 놈은 우편함에 넣고, 한 놈은 이름을 빌려주었지. 그런데 오늘 온 학생이 이름을 빌려준 놈인데 말이야, 이놈이 제일 멍청해. 게다가 가네다 씨네 딸의 얼굴도 본 적이 없다고 하거든. 어떻게 그런 무모한 짓을 했는지."

"그것참 근래 보기 힘든 큰 사건이네요. 걸작입니다. 저 대갈장군이 여자한테 연애편지를 보내다니, 재미있지 않습니까?"

"엉뚱한 문제로 발전할지도 몰라."

"무슨 일이 생기든 상관없습니다. 상대가 도미코 양인걸요, 뭐."

"그래도 자네가 신부로 맞이할지도 모르는 사람 아닌가."

"그러니까 상관없다는 겁니다. 뭐, 도미코 양 따위, 개의치 않습니다."

"자네가 개의치 않아도……."

"도미코 양도 개의치 않을 겁니다. 괜찮습니다."

"그러면 그건 괜찮다고 하고, 당사자가 나중에야 갑자기 양심에 찔리고 겁이 나니까, 기가 죽어서 우리 집으로 상담하러 찾아온 거라네."

"아, 예. 그래서 그렇게 풀이 죽어 있었던 거군요. 참 소심한 학생인가 봅니다. 선생님이 뭐라고 말씀 좀 해주셨겠죠?"

"본인은 퇴학당하지 않을까, 그걸 제일 걱정하고 있더군."

"왜 퇴학을 당하는데요?"

"그야 나쁘고 부도덕한 짓을 했으니까."

"아니, 부도덕하다고 할 정도는 아니지 않습니까? 상관없습니다. 도미코 양은 아마 명예라고 생각하고 오히려 떠벌리고 다닐 겁니다."

"설마."

"어쨌든 안됐네요. 그런 행동이 나쁜 짓이라고는 해도, 그렇게 걱정시키면 젊은 남자 하나만 죽이는 꼴입니다. 머리는 크지만 인상이 그렇게 나쁘지는 않던데요. 코를 실룩샐룩하는 게 귀엽기도 하고 말입니다."

"자네도 꼭 메이테이처럼 한가한 말을 하는군."

"뭐, 이게 시대사조인걸요. 선생님은 너무 옛날식이라서 뭐든지 까다롭게 해석하시는 겁니다."

"하지만 바보 같지 않은가. 알지도 못하는 데다 장난으로 연애 편지를 보내다니, 상식에서 한참 벗어난 짓이 아닌가."

"장난은 대개 상식을 벗어나지요. 구제해주세요. 공덕이 될 겁니다. 저런 꼴이라면 필시 게곤 폭포로 갈 겁니다."

"그럴지도 모르겠군."

"그렇게 하세요. 좀 더 분별력이 있고 다 큰 어른들도 그보다 훨씬 더한 장난을 치고도 시치미를 뚝 떼고 있지 않습니까. 저 아이를 퇴학시킬 정도라면, 그런 놈들도 모조리 추방하지 않으면 불공평하지요."

"그도 그렇군."

"그럼 어떠세요? 이제 우에노로 호랑이 울음소리를 들으러 가시는 건."

"호랑이 말인가?"

"네, 들으러 가시지요. 실은 2, 3일 안에 고향에 다녀와야 할 일이 생겨서 당분간 아무 데도 선생님을 모시고 갈 수 없어서요. 오늘은 꼭 함께 산책할 생각으로 찾아온 겁니다."

"그런가, 무슨 볼일이라도 있는 건가?"

"네, 볼일이 좀 생겼습니다. 아무튼 나가시지요."

"그래, 그럼 나가 볼까."

"자, 가시지요. 오늘은 제가 저녁을 사겠습니다. 그러고 나서 운동으로 산책을 하고 우에노로 가면 딱 맞는 시간일 겁니다."

간게쓰가 자꾸만 재촉하는 바람에 주인도 마음이 동해 함께 나갔다. 뒤에서는 안주인과 유키에가 아무 거리낌 없이 깔깔깔깔 웃고 있었다.

11

도코노마 앞에서 메이테이와 도쿠센이 바둑판을 사이에 두고 마주 앉아 있다.

"그냥은 하지 않겠네. 지는 사람이 뭔가 내기로 하세. 알았나?"

메이테이가 확인하듯 말하자 도쿠센은 여느 때처럼 염소수염을 잡아당기면서 이렇게 말했다.

"그러면 모처럼의 고상한 놀이가 속되게 변질되어버리지 않는가. 내기 같은 걸 해서 승부에 마음을 빼앗기면 재미가 없어져. 승패를 떠나 흰 구름이 자연스럽게 산골짜기를 돌아 나와 유유히 흘러가는 듯한 마음(도연명의 《귀거래사歸去來辭》에 나오는 시구를 이용한 표현)으로 한 수를 두어야 깊은 맛을 알 수 있는 거라네."

"또 시작이군. 자네같이 신선 기질이 있는 사람을 상대하는 건 너무 힘들어. 영락없이 《열선전列仙傳》에 나오는 인물이군그래."

"무현금無絃琴(도연명은 악기를 연주할 줄 몰랐지만 술이 얼큰해지면 무현금, 즉 현이 없는 거문고를 어루만지며 마음을 달랜 것으로 유명하다)을 타는 거지."

"무선전신을 보낸다는 말인가?"

"아무튼 해보세."

"자네가 흰 돌을 잡겠나?"

"어느 쪽이든 상관없어."

"역시 신선답게 대범해. 자네가 흰 돌이면 나는 저절로 검은 돌이 되겠군. 자, 두게. 어디서부터든 둬봐."

"검은 돌부터 두는 게 규칙이네."

"아, 그렇군. 그렇다면 겸손하게 정석대로 여기부터 두겠네."

"정석에 그런 수는 없네."

"없어도 상관없어. 이게 새롭게 발명한 정석이야."

나는 견문이 좁아 바둑이라는 것을 근래 들어 처음 보았는데, 생각하면 할수록 참 묘하게도 생겼다. 넓지도 않은 네모난 판을 옹색하게 다시 네모난 칸으로 나눠 현기증이 날 정도로 어수선하게 흰 돌과 검은 돌을 늘어놓는다. 그러고는 이겼다느니 졌다느니 죽었다느니 살았다느니 진땀을 흘려가며 수선을 피운다. 고작해야 사방 30센티미터 정도의 면적이다. 고양이의 앞발로 한 번 휘젓기만 해도 엉망진창이 될 정도다. 그러모아 엮으면 초암草庵이 되고, 풀어놓으면 다시 원래의 들판이 된다. 쓸데없는 장난이다. 팔짱을 끼고 바둑판을 바라보고 있는 편이 훨씬 편안하다. 그것도 처음 30~40수까지는 돌을 늘어놓는 모양이 그다지 눈에 거슬리지 않았는데, 막상 승패가 갈리려 할 때 들여다보면 꼬락서니가 딱하기 그지없다. 흰 돌과 검은 돌이 바둑판에서 밀려 떨어질 정도로 서로 밀치며 삐걱대고 있다. 답답하다고 해서 옆에 있는 놈에게 비키라고 할 수도 없고, 방해된다며 앞에 있는 선생한테 퇴거를 명할 권리도 없다. 천명으로 알고 체념한 채 그 자리에 꼼짝도 하지 않고 가만히 있을 수밖에 없다. 바둑을 발명한 자가 인간이니 인간의 기호가 국면에 나타난다고 한다면, 답답한 바둑돌의 운명은 좀스러운 인간의 성품을 대표하고 있다고 해도 무방하다. 바둑돌의 운명으로 인간의 성품을 짐작할 수 있다고 한다면, 인간이란 천공해활天空海闊한 세계를 스스로 좁히고 자기가 두 발을 딛고 있는 자리 밖으로는 절대 나갈 수 없도록 잔재주를 부려서 자신의 영역에 새끼줄을 치는 것을 좋아한다고 단언하지 않을 수 없다. 한마디로 인간이란 구태여 고통을 바라는 존재라고 평해도 될 것이다.

무사태평한 메이테이와 도통한 도쿠센은 오늘따라 무슨 생각에서인지 벽장에서 낡은 바둑판을 꺼내 이 숨 막힐 듯이 답답한 장난을 시작한 것이다. 역시 두 사람이 자리를 함께했으니 처음에는 각자 자신의 뜻대로 움직여 흰 돌과 검은 돌이 바둑판 위를 자유자재로 어지러이 날았다. 하지만 바둑판의 넓이에는 한계가 있기에 돌 하나하나가 놓일 때마다 가로세로의 칸이 메워져갔으므로, 아무리 무사태평하다고 해도, 아무리 도통했다고 해도 답답해지는 것은 당연한 노릇이다.

"메이테이, 자네의 바둑은 참 난폭하구먼. 그런 곳에 들어오는 법은 없네."

"선승의 바둑에는 그런 법이 없을지 모르지만, 혼인보本因坊(일본의 바둑 가문. 현대에는 일본의 프로 바둑 기전으로 변모하여 지금에 이르고 있다) 유파에는 있으니 어쩔 수 없잖아."

"하지만 죽을 텐데."

"신臣, 죽음도 피하지 않거늘 하물며 돼지의 어깨살쯤이야《사기》의 〈항우본기〉에 나온 고사에서 유래한 말. 초나라 항우와 한나라 유방의 홍문 연회에서 위기에 처한 유방을 구하려고 들어간 한나라의 번쾌에게 항우가 술을 권하자 "신, 죽음도 피하지 않거늘 하물며 술쯤이야."라고 대답했다. 술을 돼지 어깨살에 빗대었다). 일단 이렇게 가볼까."

"그렇게 나오셨다, 좋아. '남쪽에서 훈풍이 불어오니 궁궐에 선선함을 선사하도다(《당시기사唐詩紀事》에 실린 당나라 류공권의 연구聯句에서).' 이렇게 이어두면 문제없지."

"이런, 그걸 잇다니. 역시 대단해. 설마 이을 염려는 없을 거라 생각했건만. '치지만 말아주게, 하치만 좋을(잇다っく를 치다っく로 비튼 것. 즉 '잇지만 말아주게'를 '치지만 말아주게'로 비튼 것이다).' 이렇게 하면 어쩌겠나?"

"어쩌긴 뭐 어쩌겠나. 일검의천한─劍倚天寒(송나라의 무학 선사가 호조 도키무네에게 한 말인 '양두구절단兩頭倶截斷 일검의천한'에서 인용한 말로 미혹을 버리고 결단을 내리면 머리 위의 칼은 내려칠 수밖에 없다는 뜻)이라…… 아아, 성가시다. 과감하게 끊어버려야지."

"이거, 큰일이군. 거기가 끊기면 다 죽어. 어이, 농담이 아니라고. 잠깐만 있어봐."

"그래서 아까부터 말하지 않았나. 이런 데로 들어오는 게 아니라고 말이야."

"함부로 들어가 실례했소이다. 이 흰 돌 하나만 물러주시게."

"그걸 무르란 말인가?"

"이왕 무르는 김에 그 옆의 것도 물러주게."

"이봐, 너무 뻔뻔한 거 아닌가."

"Do you see the boy('이봐, 너무 뻔뻔한 거 아닌가'의 일본어인 ずうずうしいぜ、おい(즈즈시이제, 오이)와 'Do you see the boy'의 일본식 발음이 비슷해

서 잘못 들은 척하는 모습)라고? ……자네와 나 사이 아닌가? 그렇게 남 대하듯 하지 말고 좀 물러주게. 죽느냐 사느냐 하는 판국 아닌 가. 잠깐, 잠깐이라고 외치면서 하나미치에서 무대로 뛰어나가는 장면이란 말일세(가부키 작품인 〈시바라쿠暫〉에 나오는 한 장면을 가리킨다. 주인공이 "잠깐!"이라고 외치며 나타나 악당들을 물리친다. 하나미치는 앞에서 설명한 대로 객석에서 무대로 이어진 통로다)."

"난 그런 거 몰라."

"몰라도 좋으니 좀 물러주게."

"자네, 아까부터 여섯 번이나 무르지 않았나."

"기억력도 좋군. 다음엔 내가 두 배로 물러주지. 그러니 좀 물러주게. 자네도 참 고집스럽군. 좌선이란 걸 했으면 사람이 좀 트여야 할 것 아닌가."

"하지만 이 돌이라도 죽이지 않으면 내가 꼭 질 것 같아서 말이야……."

"자네는 처음부터 져도 상관없다는 식이 아니었나?"

"난 져도 상관없지만, 자네가 이기는 건 바라지 않네."

"대단한 깨달음이야. 여전히 봄바람이 번갯불을 베고 있구면."

"봄바람이 번갯불을 베는 게 아니라 번갯불이 봄바람을 베는 걸세(전광영리참춘풍電光影裏斬春風, 즉 번갯불이 봄바람을 벤다는 말로 인생은 찰나이지만 사람의 영혼은 영원히 사라지지 않는다는 의미다). 자네가 말한 건 거꾸로야."

"하하하하, 이젠 대충 거꾸로 해도 될 때라 생각했더니 역시 정확한 데가 있군. 그럼 어쩔 수 없이 돌을 던져야 하나."

"생사사대生死事大 무상신속無常迅速, 삶과 죽음이 가장 큰 일이고 덧없는 세월은 빨리 지나간다고 했으니 돌을 던져야지."

"아멘!"

메이테이 선생이 이번엔 전혀 관계없는 곳에 돌 하나를 툭 놓았다.

도코노마 앞에서 메이테이와 도쿠센이 열심히 승패를 겨루고 있을 때 객실 입구에는 간게쓰 군과 도후 군이 나란히 앉아 있고, 그 옆에는 주인이 누렇게 뜬 얼굴로 앉아 있다. 간게쓰 군 앞에 바싹 말린 가다랑어포 세 마리가 벌거벗은 채 다다미 위에 나란히 누워 있는 꼴이 가히 가관이다.

이 가다랑어포는 간게쓰 군의 품에서 나왔는데, 처음 꺼냈을 때는 벌거숭이였지만 그 따뜻함이 손바닥에 전해질 만큼 온기가 있었다. 주인과 도후 군이 가다랑어포에 묘한 시선을 보내고 있자 곧 간게쓰 군이 입을 열었다.

"실은 나흘쯤 전에 고향에서 돌아왔는데, 이런저런 볼일로 여기저기 돌아다니느라 오지 못했습니다."

"그렇게 서둘러 올 일도 없구먼."

주인은 여느 때처럼 무정하게 말했다.

"서둘러 오지 않아도 되지만 이 선물을 하루빨리 드리지 않으면 안 된다는 걱정에서요……."

"가다랑어포가 아닌가."

"네, 고향 특산품입니다."

"특산품이라지만 도쿄에도 있을 것 같은데."

주인은 가장 큰 놈을 집어 들고 코끝으로 가져가 냄새를 맡았다.

"냄새를 맡는다고 좋은 가다랑어포인지 아닌지 알 수 있는 게 아닙니다."

"좀 크다고 특산품이라는 건가?"

"우선 드셔보시지요."

"먹는 건 어차피 먹겠지만, 어째 이놈은 끄트머리가 없는가?"

"그래서 빨리 가져와야 한다고 걱정한 겁니다."

"어째서?"

"어째서라뇨. 그야 쥐가 먹어서 그렇죠."

"그건 위험한데. 무턱대고 먹었다가는 페스트에 걸리겠군."

"아니, 괜찮습니다. 그 정도 갉아먹었다고 해가 되진 않습니다."

"대체 어디서 갉아먹었는가?"

"배에서입니다."

"배에서? 어떻게?"

"넣어둘 곳이 마땅치 않아서 바이올린과 함께 자루 안에 넣고 배를 탔는데, 그날 밤에 당했습니다. 가다랑어포뿐이라면 또 모르겠지만, 가다랑어포로 착각했는지 소중한 바이올린의 몸통까지 조금 갉아먹었습니다."

"참 경망스러운 쥐로군. 배에서 살다 보면 그렇게 분별력이 떨어지는가."

주인은 아무도 알아듣지 못할 소리를 하면서 여전히 가다랑어포를 바라보고 있었다.

"뭐, 쥐니까 어디 살든 경망스럽겠지요. 그래서 하숙집으로 가지고 오고 나서 또 당하지 않을까 안심할 수 없어서 밤에는 이불 속에 넣고 잤습니다."

"좀 지저분해 보이는데."

"그러니 드실 때는 조금 씻으셔야 할 겁니다."

"조금 씻는다고 깨끗해질 것 같지도 않군."

"그럼, 잿물에라도 담갔다가 박박 닦으면 되겠지요."

"바이올린도 안고 잤나?"

"바이올린은 너무 커서 안고 잘 수 없었는데……."

"뭐라고? 바이올린을 안고 잤다고? 그것참 낭만적이군. '가는 봄이여, 비파를 안은 무거운 마음(요사 부손의 하이쿠).'이라는 시구도 있지만, 그건 아주 먼 옛날 일이야. 메이지의 수재는 바이올린을 안고 자지 않으면 옛사람을 능가할 수 없는 법. '잠옷 바람에 긴 밤을 지키는구나, 바이올린이여.'는 어떤가? 도후 군, 신체시로 이런 표현을 할 수 있을까?"

간게쓰 군의 말을 자르고 건너편에서 메이테이 선생이 쩌렁쩌 렁한 목소리로 이쪽 이야기에 끼어들었다.

"신체시는 하이쿠와 달리 그렇게 즉흥적으로 지을 수 있는 게 아닙니다. 하지만 일단 지어놓으면 영혼을 건드리는 묘한 울림이 있지요."

도후 군은 진지하게 대답했다.

"그런가, 영혼은 겨릅대를 태워 불러들이는 줄 알았는데(일본에 는 음력 7월 보름인 우란분절에 겨릅대를 태워 사자死者의 영혼을 불러들이는 풍 습이 있다), 역시 신체시의 힘으로도 불러들일 수 있단 말이지?"

메이테이는 여전히 바둑은 거들떠보지도 않고 놀리기만 한다.

"그런 쓸데없는 소리를 하다가는 또 지고 말 거야."

주인이 메이테이에게 주의를 주었다. 메이테이는 태연히 대꾸했다.

"이기고 싶어도 지고 싶어도 상대가 가마솥 안의 문어처럼 꼼짝도 하지 않으니 나도 무료해서 어쩔 수 없이 바이올린 대열에 낀 거 아닌가."

그러자 상대인 도쿠센은 다소 거친 어조로 내뱉었다.

"자네가 둘 차례야. 내가 기다리고 있는 거라고."

"엥? 벌써 두었나?"

"두었다마다, 진작 두었지."

"어디에?"

"이 흰 돌을 비스듬히 뻗었네."

"오호라, 그 흰 돌을 비스듬히 뻗어서 지고 말겠다? 그렇다면 나는, 나는 하다가 날이 저문다('두견새야, 두견새야 하다가 날이 새었도다.'라는 일본의 여류 시인 가가노 지요조의 하이쿠를 빗댄 것)고, 도무지 좋은 수가 없나 보군. 이보게, 한 수 더 두게 해줄 테니까 아무 데나 둬."

"그런 바둑이 어디 있다던가."

"그런 바둑이 어디 있다던가, 라면 내가 두지. ……그럼, 이 귀퉁이 땅으로 살짝 방향을 틀어서 둬볼까. ……간게쓰 군, 자네 바이올린은 싸구려라서 쥐가 무시하고 갉아먹은 거네. 좀 더 분발해서 좋은 걸 사게. 내가 이탈리아에서 한 300년쯤 된 옛날 물건으로 주문해줄까?"

"제발 부탁드립니다. 이왕이면 계산도 해주시지요."

"그런 고물이 무슨 도움이 된다고?"

아무것도 모르는 주인이 메이테이에게 핀잔을 주었다.

"자네는 인간 고물과 바이올린 고물을 동일시하나 보군. 하긴 인간 고물이라도 가네다 아무개 같은 자는 지금도 기세가 대단할 정도니까, 바이올린으로 말하면 오래될수록 좋은 거라네. ……자, 도쿠센, 제발 빨리 두게. 게이마사의 대사는 아니네만 가을 해는 금방 지니까(가부키 〈고이뇨보소메와케타즈나戀女房染分手綱〉에 등장하는 게이마사의 대사에 "날이 저물었습니까? 가을 해는 짧군요."라는 것이 있다) 말이야."

"자네같이 성미 급한 사람과 바둑을 두는 건 고역이야. 생각할 틈이고 뭐고 없으니 말일세. 할 수 없이 여기에 한 수 둬서 집으로 만들어두어야겠군."

"이런, 결국 살려주고 말았네. 분하게 되었어. 설마 거기에 두지는 않겠지, 하고 잠깐 딴소리를 하며 노심초사하고 있었는데, 역시 틀렸나 보군."

"당연하지. 자네는 바둑을 두는 게 아니라 속임수를 쓰는 거니까."

"그게 혼인보식, 가네다식, 당대의 신사식이지. 이보게, 구샤미. 역시 도쿠센 씨는 가마쿠라에 가서 장아찌를 잡숫고 와서 그런지 꿈쩍도 하지 않는군. 정말 감탄했네. 바둑 실력은 형편없지만, 배짱 하난 두둑하다니까."

"그러니 자네처럼 배짱이 없는 사내는 흉내라도 좀 내봐."

주인이 돌아앉은 채 대답하자마자 메이테이는 크고 붉은 혀를 날름 내밀었다. 도쿠센은 전혀 개의치 않는 듯 다시 상대를 재촉했다.

"자, 자네 차례일세."

"자넨 바이올린을 언제 시작했나? 나도 좀 배워볼까 하는데, 꽤 어렵다고 하더군."

도후 군이 간게쓰 군에게 물었다.

"음, 엔간하면 누구나 할 수 있네."

"같은 예술이니 시가에 취미가 있는 사람이 음악도 빨리 익히지 않을까 은근히 기대하고 있는데, 어떤가?"

"그렇겠지, 자네라면 아마 잘할 수 있을 거야."

"자넨 언제부터 시작했나?"

"고등학교 시절이지. ……선생님, 제가 바이올린을 배우게 된 자초지종을 말씀드린 적이 있었습니까?"

"아니, 아직 듣지 못했네."

"고등학교 시절에 선생이라도 있어서 배우기 시작했나?"

"뭐, 선생이고 뭐고 없었네. 독학이었지."

"정말 천재로군."

"독학했다고 다 천재라 할 수는 없지."

간게쓰는 새치름한 표정이다. 천재라는 말에 새치름한 표정을 짓는 건 간게쓰뿐일 것이다.

"그야 아무래도 상관없지만, 어떤 식으로 독학했는지 좀 들려주게. 참고나 하게."

"얘기해도 상관없겠지. 선생님, 얘기할까요?"

"으응, 얘기해보게."

"요즘은 바이올린 케이스를 들고 다니는 젊은 애들을 종종 볼 수 있습니다만, 그 시절에는 고등학교 학생 중에 서양 음악을 하는 친구는 거의 없었습니다. 특히 제가 다닌 학교는, 깡촌 중에서도 깡촌이라 삼실로 엮은 조리도 없을 만큼 질박한 고장에 있었습니다. 물론 학교 학생 중에 바이올린을 켜는 학생은 한 명도 없었지요…….”

“어쩐지 저쪽에서 재미난 얘기가 시작된 것 같군. 도쿠센, 이쯤에서 적당히 끝내지 않겠나?”

“아직 정리되지 않은 데가 두세 군데 있네.”

“있으면 어떤가. 어지간한 데는 자네한테 진상하지.”

“그렇다고 받을 수는 없지.”

“선학자禪學者답지 않게 꼼꼼한 사람이군그래. 그럼 단숨에 끝내주지. ……간게쓰 군, 어쩐지 굉장히 재미있을 것 같군. ……그 고등학교일 거야, 학생들이 맨발로 등교한다는…….”

“그렇지는 않습니다.”

“하지만 다들 맨발로 군대식 체조를 하고 ‘우향우’를 해서 발바닥이 아주 두꺼워졌다는 이야기 아닌가?”

“설마요. 누가 그런 얘길 했습니까?”

“누구면 어떤가. 그리고 도시락으로는 큼직한 주먹밥 한 개를 여름밀감처럼 허리춤에 차고 와서 먹는다는군. 먹는다기보다는 오히려 물어뜯는다고 해야 하나. 그러면 안에서 매실장아찌 하나가 나온다고 하더군. 그 매실장아찌가 나오기를 기대하며 소금기 없는 주위를 일사불란하게 먹어 치우며 돌진한다는데, 정말 원기 왕성한 자들이지. 도쿠센, 자네가 좋아하는 이야기인 것 같은데.”

“질박하고 강건하고 믿음직한 기풍일세.”

“믿음직한 게 또 있네. 그곳에는 재떨이가 없다고 하더군. 내 친구가 그 고장에서 봉직할 때 도겟포吐月峰(도겟포는 시즈오카시에 있는 산 이름인데, 그 지역의 대나무로 만든 재떨이의 이름이 되었다)라고 표시

가 찍힌 재떨이를 사러 나갔는데, 도겟포는커녕 재떨이라는 이름
이 붙은 물건 자체가 하나도 없었다네. 이상하다 싶어 물어봤더니
재떨이 같은 건 뒤쪽 대숲에 가서 잘라 오면 누구라도 만들 수 있
는데 굳이 살 필요가 있겠느냐고 점잔을 빼며 대답하더라는 거야.
이것도 질박하고 강건한 기풍을 보여주는 미담 아닌가, 도쿠센?"

"음, 그야 그렇지만, 여기 공배를 하나 메워야겠네."

"좋아. 공배, 공배, 공배라. 이러면 되겠군. ……난 그 이야기를
듣고 정말 놀랐네. 그런 데서 자네가 바이올린을 독학하다니, 참
으로 장한 일이야.《초사楚辭》에 '의지할 데 없이 고독하여 친구고
동료고 없노라.'라는 시구가 있는데 간게쓰 군이 바로 메이지의
굴원(중국 전국시대 초나라의 정치가, 시인. 그의 시는 대부분《초사》에 실려 있
다)이네."

"굴원은 싫습니다."

"그럼, 금세기의 베르테르네. ……뭐, 돌을 메워 집을 세라고?
참으로 고지식한 사람이군. 세보지 않아도 내가 진 건 확실해."

"그래도 매듭은 지어야지."

"그럼, 자네가 해주게. 난 그런 걸 세고 있을 때가 아니야. 이 시
대의 천재 베르테르 군이 바이올린을 배우기 시작한 일화를 듣지
않으면 조상님께 죄스러우니 이만 실례하겠네."

메이테이가 자리를 떠나 간게쓰 군 쪽으로 무릎을 밀고 나아갔
다. 도쿠센은 흰 돌을 집어 흰 집을 메우고 검은 돌을 집어 검은 집
을 메우면서 입으로 열심히 계산하고 있다. 간게쓰 군은 이야기를
이었다.

"그 지역의 특색도 있고 우리 고향 사람들이 또 굉장히 완고해

서 조금이라도 유약한 사람이 있으면 다른 고장 학생들 사이에 나쁜 소문이 돈다며 무턱대고 엄중한 제재를 가했기 때문에 정말 고역이었습니다."

"자네 고향의 학생들은 정말 융통성이 없더군. 대체 뭐 때문에 감색 무지 하카마 같은 걸 입는 건지 원. 그것부터가 별나다고. 그리고 바닷바람을 맞아서 그런지 아무래도 피부가 까무잡잡하더군. 남자야 그래도 상관없지만, 여자가 그래서는 이래저래 곤란할 거야."

메이테이 한 명이 끼어들자 이야기가 옆길로 샜다.

"여자도 그렇게 까무잡잡합니다."

"그래도 용케 색시로 데려가는 사람이 있나 보네."

"그야 그 고장 여자가 다들 까무잡잡하니까 어쩔 수 없는 일이지요."

"불행이군. 안 그런가, 구샤미?"

"까무잡잡한 게 낫지. 어설프게 하야면 거울을 볼 때마다 자만심이 생겨서 안 돼. 여자라는 건 어떻게 해볼 도리가 없는 물건이거든."

주인은 탄식하듯 크게 한숨을 내쉬었다.

"하지만 한 고을 사람들이 모두 까무잡잡하다면 까무잡잡한 사람들이 자만심을 갖지 않을까요?"

도후 군이 그럴싸한 질문을 던졌다.

"아무튼 여자는 전혀 필요 없는 존재야."

주인이 말하자 메이테이 선생이 웃으면서 주의를 주었다.

"그런 말을 하면 제수씨가 나중에 기분 나빠하지 않을까?"

"아무 상관 없네."

"안 계시는가?"

"아이들을 데리고 아까 나갔네."

"어째 조용하다 싶더라니. 어디로 갔는데?"

"어딘지는 몰라. 멋대로 나다니니까."

"그리고 멋대로 돌아오고?"

"뭐, 그렇지. 자네는 독신이라 좋겠어."

주인이 이렇게 말하자 도후 군은 다소 불만스러운 표정을 지었다. 간게쓰 군은 키득키득 웃었다. 메이테이가 받아친다.

"장가를 들면 다들 그런 마음이 드나 봐. 어이 도쿠센, 자네도 안사람 때문에 힘들지?"

"응? 잠깐만. 4, 6이 24, 25, 26, 27. 좁다 싶더니 마흔여섯 집이로군. 좀 더 이겼다고 생각했는데 세보니 고작 열여덟 집 차이란 말인가. ……뭐라고 했지?"

"자네도 안사람 때문에 힘드냐고 물었네."

"아하하하, 딱히 힘들지는 않네. 우리 집사람은 원래 나를 사랑하니까."

"이런, 내가 실례했군. 그러니까 도쿠센이지."

"도쿠센 씨뿐만이 아닙니다. 그런 예는 얼마든지 있지요."

간게쓰 군이 세상의 모든 아내를 대신해서 잠깐 변호의 수고를 맡았다.

"저도 간게쓰 군의 의견에 찬성합니다. 제 생각에 인간이 절대 영역으로 들어가는 길은 단 두 길뿐인데, 그 두 길은 바로 예술과 사랑입니다. 부부의 사랑은 그 하나를 대표하는 것이니까 인간은 반드시 결혼해서 이 행복을 완수하지 않으면 하늘의 뜻에 반하는 거라고 생각합니다. ……어떻게 생각하십니까, 선생님?"

도후 군은 여전히 진지한 표정으로 메이테이 쪽으로 돌아앉았다.

"훌륭한 논리군. 나 같은 사람은 도저히 절대 경지에 들어갈 수 없겠어."

"장가를 가면 더 들어가기가 힘들지."

주인은 못마땅한 표정으로 말했다.

"어쨌든 저희 같은 미혼 청년들은 예술의 영기를 받아 향상일로 向上一路를 개척하지 않으면 인생의 의의를 알 수 없으니, 우선 바이올린이라도 배울까 싶어 아까부터 간게쓰 군의 경험담을 듣고 있는 겁니다."

"그렇지, 그래. 베르테르 군의 바이올린 이야기를 듣기로 했지. 자, 이야기해보게. 이제 방해하지 않을 테니."

메이테이가 그제야 한발 물러나자, 이번에는 도쿠센이 나섰다.

"향상일로는 바이올린 같은 걸로 열리는 게 아니네. 그렇게 마음껏 유희를 즐긴다고 해서 우주의 진리를 알 수 있다면 큰일이지. 저간의 사정을 알려면 역시 낭떠러지에서 손을 떼서 죽다 살아날 정도의 기백이 없으면 안 돼."

도쿠센이 거드름을 피우며 도후 군에게 훈계 비슷한 설교를 한 것까지는 좋았는데, 도후 군은 선종의 선 자도 모르는 사내라 동감한 기색이라고는 영 보이지 않았다.

"네. 그럴지도 모릅니다만 역시 예술은 인간이 갈망하는 것의 극치를 표현한 것이라고 생각합니다. 그러니 무슨 일이 있어도 그걸 버릴 수는 없습니다."

"버릴 수 없다면, 바라는 대로 내 바이올린 얘기를 들려주도록 하겠네. 지금까지 말씀드린 것처럼 그런 사정이라 저도 바이올린 연습을 시작하기까지 무척 고심했습니다. 우선 악기를 사는 것부터가 힘들었습니다. 선생님."

"그랬겠지, 삼실로 엮은 조리도 없는 고장에 바이올린이 있을 리 없을 테니까."

"아뇨, 있기는 했습니다. 돈도 전부터 모아두었기 때문에 별 지장은 없었는데, 도저히 살 수가 없는 겁니다."

"왜?"

"좁은 동네라서 샀다 하면 금방 들키고 맙니다. 들키면 이내 잘난 체한다느니 하는 제재가 들어오니까요."

"천재는 옛날부터 박해를 받았으니까."

도후 군은 크게 공감을 표했다.

"또 천재라는 소린가. 제발 그 말만은 그만했으면 좋겠네. 그래서 말이지요, 매일 산책을 하며 바이올린이 있는 가게 앞을 지날 때마다 저걸 사면 좋을 텐데, 저걸 손에 들면 어떤 기분일까, 아아, 갖고 싶다, 아아, 갖고 싶다. 이런 생각을 하지 않은 날이 없었습니다."

"그랬겠지."

메이테이는 이렇게 평했다.

"묘하게 미쳤군."

주인은 전혀 이해하지 못하며 이렇게 말했다.

"역시 자네는 천재야."

도후 군은 감탄했다. 다만 도쿠센만은 초연히 수염을 비비 꼬고 있었다.

"그런 곳에 어떻게 바이올린이 있었는지, 그것이 우선 의아할지 모르겠습니다만, 생각해보면 당연한 일입니다. 그 고장에도 여학교가 있었고, 그 여학교 학생은 수업 시간에 매일 바이올린 연습을 해야 했으니까 있었던 거지요. 물론 좋은 건 없었습니다. 그저 간신히 바이올린이라는 이름을 붙일 만한 것들이었습니다. 그래서 가게에서도 그다지 중요시하지 않아 두세 개를 한꺼번에 가게 앞에 매달아두었습니다. 그런데 이따금 산책하다 그 앞을 지날 때 바람이 불거나 꼬마들 손이 닿으면 우는 소리를 낼 때가 있었습니다. 그 소리를 들으면 갑자기 심장이 터질 듯해서 안절부절못했습니다."

"위험했군. 물 발작, 사람 발작, 발작에도 여러 종류가 있는데 자네는 베르테르인 만큼 바이올린 발작이었군."

메이테이가 놀렸다.

"아니, 그 정도로 감각이 예민하지 않으면 진정한 예술가가 될 수 없지요. 아무리 봐도 천재의 기질이라니까."

도후 군은 더욱더 감탄했다.

"네, 실제로 발작이었는지도 모릅니다. 하지만 그 음색만은 오묘했습니다. 그 후로 지금까지 꽤 오랫동안 켜왔지만, 그때만큼 아름다운 소리를 낸 적이 없습니다. 글쎄요, 뭐라 형용해야 좋을까요. 도저히 말로는 표현할 수가 없습니다."

"은쟁반에 옥구슬 굴러가는 듯한 소리가 아닐까."

도쿠센이 어려운 말을 꺼냈지만 아무도 맞장구를 쳐주지 않은 것은 딱한 노릇이었다.

"제가 매일 가게 앞을 산책하는 동안 그 오묘한 소리를 들은 건 딱 세 번이었습니다. 세 번째로 들었을 때 어떻게든 그걸 사야겠다고 결심했습니다. 설령 고향 사람들로부터 질책을 당하고 다른 지역 사람들로부터는 경멸을 당하더라도, 주먹에 맞아 목숨을 잃는 한이 있더라도, 자칫 잘못되어 퇴학 처분을 받더라도…… 이것만은 사지 않을 수 없다고 생각했습니다."

"그러니까 천재지. 천재가 아니라면 그렇게 굳은 결심을 할 수 없는 법이거든. 부럽다. 나도 어떻게든 그런 맹렬한 감정을 일으키려고 몇 해 전부터 유의하고 있지만, 아무래도 잘 안되었어. 음악회 같은 델 가서도 되도록 열심히 듣고는 있지만 어쩐지 그렇게 감흥이 일지 않아."

도후 군이 계속해서 부러워했다.

"감흥이 일지 않는 게 행복한 거야. 지금이니까 아무렇지 않게 얘기할 수 있지만, 그때의 고통은 도저히 상상할 수 없는 것이었어. ……그 후에, 선생님, 마침내 큰마음 먹고 샀습니다."

"음, 어떻게?"

"11월 천장절天長節(11월 3일, 메이지 일왕의 생일) 전날 밤이었습니다. 고향 사람들은 숙박하고 올 예정으로 모두 온천으로 떠났기 때문에 한 사람도 없었습니다. 저는 몸이 아프다고 말하고 그날은 학교도 쉰 채 누워 있었습니다. 오늘 밤에는 일단 나가서 진작부터 사고 싶었던 바이올린을 사자고, 이불 속에서 그 생각만 하고 있었습니다."

"꾀병을 부려 학교까지 쉬었단 말인가?"

"네, 맞습니다."

"역시 조금은 천재야."

메이테이도 조금 탄복하는 눈치였다.

"이불 속에서 머리를 내밀고 있자니, 날이 저무는 게 왜 그리 먼

지 견딜 수가 없었습니다. 하는 수 없이 이불을 머리까지 뒤집어
쓰고 눈을 감은 채 기다려봤지만 그것도 소용없었습니다. 고개를
내밀자 강렬한 가을 햇살이 2미터쯤 되는 장지문 가득 쨍쨍 내리
쬐는 데는 확 짜증이 일었습니다. 위쪽으로 가늘고 긴 그림자가
생겨 가끔 가을바람에 흔들리는 것이 눈에 띄었습니다."

"뭔가, 그 가늘고 긴 그림자라는 건?"

"땡감의 껍질을 벗겨 처마에 매달아둔 겁니다."

"음, 그래서?"

"어쩔 수 없이 이부자리에서 나와 장지문을 열고 툇마루로 나가
서 곶감 하나를 빼먹었습니다."

"맛있었나?"

주인은 어린애 같은 질문을 했다.

"맛있습니다, 그 고장의 감은. 도쿄에서는 도저히 그런 맛을 모
를 겁니다."

"감은 됐고, 그러고 나서 어떻게 되었는데?"

이번에는 도후 군이 물었다.

"그러고 나서 또 이불 속으로 파고들어 눈을 감고 빨리 날이 저
물었으면 하고 마음속으로 신불께 빌었습니다. 서너 시간쯤 지났
겠다 싶었을 즈음, 이제 저물었겠지, 하고 고개를 내밀어봤더니
웬걸 강렬한 가을 햇살은 여전히 장지문 가득 쨍쨍 비치고 있고,
위쪽에 가늘고 길쭉한 그림자가 너울거리고 있었습니다."

"그 얘긴 들었어."

"아직 몇 번 더 남았어. 그러고 나서 이부자리에서 나와 장지문
을 열고 곶감 하나를 먹고 다시 이불 속으로 들어가 빨리 해가 졌

으면 좋겠다고 마음속으로 신불께 기도를 드렸습니다."

"역시 제자리 아닌가."

"자, 선생님, 조급해하지 마시고 들어주십시오. 그러고 나서 서너 시간쯤 이불 속에서 참고 있다가, 이번에는 저물었겠지, 하고 고개를 쑥 내밀고 보았더니 강렬한 가을 햇살은 여전히 장지문 가득 비치고 있고 위쪽에 가늘고 길쭉한 그림자가 너울거리고 있었습니다."

"언제까지고 똑같은 소리 아닌가."

"그러고 나서 이부자리에서 나와 장지문을 열고 툇마루로 나가 곶감 하나를 먹고……."

"또 곶감을 먹었는가? 언제까지 곶감만 먹고, 끝이 없군그래."

"저도 감질나서 말이지요."

"자네보다 듣는 쪽이 훨씬 더 감질나네."

"선생님은 너무 성급하셔서 이야기하기가 힘들어 죽겠습니다."

"듣는 쪽도 조금은 힘들다고."

도후 군도 은근히 불만을 토로했다.

"여러분이 그렇게 힘들어하시니 어쩔 수 없습니다. 대충 하고 끝내지요. 요컨대 저는 곶감을 먹고 이불 속으로 파고들고, 이불 속으로 파고들고는 곶감을 먹고, 그러다 결국 처마에 매달아둔 곶감을 다 먹고 말았습니다."

"다 먹었으면 날도 저물었겠지?"

"그런데 그렇지도 않았습니다. 제가 마지막 곶감을 먹어 치우고 이제는 저물었겠거니 하고 고개를 내밀고 보니 여전히 강렬한 가을 햇살이 장지문 가득 비치고…….”

“나는 이만 됐네. 아무리 해도 끝날 줄을 모르니 원.”

“얘기하는 저도 진절머리가 납니다.”

“하지만 그 정도로 끈기가 있으면 어지간한 일은 다 성취하겠
군. 가만히 있다가는 내일 아침까지 가을 햇살이 쨍쨍 내리쬐겠
어. 대체 언제쯤 바이올린을 살 생각인가?”

그 대단한 메이테이도 더는 참을 수 없게 된 듯했다. 다만 도쿠
센만은 태연하게 내일 아침까지라도, 모레 아침까지라도, 가을 햇
살이 아무리 강렬히 내리쬐어도 상관없다는 듯 전혀 동요하는 기
색을 보이지 않았다. 간게쓰 군도 태연자약한 모습이었다.

“언제 살 생각이냐고 하시는데, 밤만 되면 당장 사러 나갈 생
각이었습니다. 다만 안타깝게도 언제 고개를 내밀어도 가을 햇
살이 쨍쨍 내리쬐고 있으니, 그때 저의 괴로움은 지금 여러분
이 감질내는 정도는 댈 것도 아니었습니다. 저는 마지막 곶감
을 먹어도 아직 날이 저물지 않은 것을 보고 무심코 눈물을 흘
리고 말았습니다. 도후 군, 난 정말 비참해서 울었네.”

“그랬겠지. 예술가는 원래 정도 많고 한도 많으니까 운 것에는
이해가 가는데, 이야기는 좀 더 빨리 진행시켰으면 좋겠군.”

사람 좋고 한없이 성실한 도후 군은 재치 있게 대꾸했다.

“나도 빨리 진행시키고 싶은 마음은 굴뚝같지만, 아무리 해도
날이 저물어주지 않으니 어쩌겠나.”

“그렇게 날이 저물어주지 않으면 듣는 쪽도 곤란하니 그만두세.”

더는 참지 못하고 주인이 드디어 말을 꺼냈다.

“그만두면 더 곤란합니다. 지금부터가 정말 재미있는 대목이니

까요."

"그렇다면 들을 테니 빨리 날이 저문 것으로 하면 어떻겠나."

"좀 무리한 주문입니다만, 선생님께서 그리 말씀하시니 그럼 양보해서 날이 저문 것으로 하겠습니다."

"그건 잘됐군."

도쿠센이 시치미를 떼며 말했기에 일동은 저도 모르게 와 하고 웃음을 터뜨렸다.

"드디어 밤이 되었기 때문에 일단 마음이 놓여서 한숨 돌리고 구라카케무라鞍懸村(이하 간게쓰의 대사에 나오는 난고南鄕 가도, 도레이지東嶺寺, 마쓰다이라松平 가문, 고신야마庚申山, 나가세가와長瀨川 등은 모두 가공의 명칭이다. 간게쓰의 모델이 도라히코라면 이것들은 구마모토시 주변 및 호소카와 가문과 관계가 있을 것이다)의 하숙집을 나섰습니다. 저는 원래 시끄러운 곳이 싫어서 일부러 편리한 시내를 피해 인적이 드문 한촌의 농가를 잠시 조촐한 거처로 삼고 있었습니다."

"인적이 드물다는 건 너무 과장 아닌가?"

주인이 항의하자 메이테이도 불만을 토로했다.

"조촐한 거처라는 것도 과장 아닌가? 도코노마도 없는 다다미 넉 장 반짜리 방 정도로 하는 게 사실적이고 재미있지."

"사실이야 어떻든 언어가 시적이어서 느낌은 좋네."

도후 군만은 칭찬했다. 도쿠센은 진지한 얼굴로 물었다.

"그런 곳에 살았다니 학교에 다니는 게 힘들었겠어. 학교까지는 몇 킬로미터나 되었나?"

"학교까지는 500미터쯤밖에 안 되었습니다. 학교가 원래 한촌에 있어서……."

"그럼, 학생들은 대부분 그 주변에 하숙집을 얻었겠군."

도쿠센은 좀처럼 납득이 안 되는 표정이다.

"네, 대부분의 농가에 한두 명쯤 꼭 있었습니다."

"그런데 인적이 드물단 말인가?"

도쿠센이 정면으로 공격했다.

"네, 학교만 없다면 인적이 아주 드문 곳이지요……. 그래서 그 날 밤에는 손으로 짠 무명 누비옷 위에 금단추가 달린 교복 외투를 입고 외투에 달린 모자를 푹 뒤집어써서 되도록 사람들의 눈에 띄지 않으려고 주의했습니다. 때마침 감잎이 지는 계절이라 하숙집에서 난고 가도로 나가는 길에는 낙엽이 수북했습니다. 한 걸음 내디딜 때마다 바스락거리는 소리가 신경에 거슬렸는데, 누가 따라오는 것 같아 불안해서 견딜 수가 없었지요. 뒤를 돌아보자 도레이지의 울창한 숲이 어둠 속에서 검게 보였습니다. 도레이지는 마쓰다이라 가문의 위패를 모시는 절로, 고신야마의 기슭에 있는데 제 하숙집과는 100미터쯤 떨어진 아주 그윽하고 조용한 사찰입니다. 숲 위로는 쉴 새 없이 반짝이는 별빛이 달빛처럼 밝은 밤하늘로 은하수가 나가세가와를 비스듬히 가로지르고 있고, 그 끝은 뭐랄까요, 하여간 하와이 쪽으로 흐르고 있었습니다."

"하와이라니 좀 뜬금없군."

메이테이가 말했다.

"난고 가도를 200미터쯤 걸어가 다카노다이마치에서 시내로 들어가고, 고조마치를 지나 센고쿠마치를 돌고, 구이시로초를 옆으로 보며 도리초 1가, 2가, 3가를 순서대로 지난 다음, 오와리초, 나고야초, 샤치호코초, 가마보코초……."

"자네가 지나간 마을을 그렇게 다 일일이 말하지 않아도 되네. 결국 바이올린을 샀단 말인가 안 샀단 말인가?"

주인이 답답하다는 듯 물었다.

"악기가 있는 가게는 가네젠, 즉 가네코 젠베에 댁이니 아직 멀었습니다."

"멀든 가깝든 빨리 사기나 하게."

"알겠습니다. 그래서 가네젠 쪽으로 가서 보니 가게에는 램프가 쨍쨍하게 켜져 있고……"

"또 그놈의 쨍쨍인가, 자네의 그 쨍쨍은 한두 번에 끝나지 않으니 이야기가 진척되지 않는 거야."

메이테이가 예방선을 쳤다.

"아니, 이번 쨍쨍은 그냥 한 번뿐이니까 딱히 신경 쓰시지 않아도 됩니다. ……불빛을 통해 보니 예의 그 바이올린이 희미하게 가을 등불을 반사하여 몸통의 둥그스름한 부분이 차가운 빛을 띠고 있었습니다. 팽팽하게 당겨진 현의 일부만이 반짝반짝 하얗게 눈에 비쳤습니다……"

"묘사가 참 훌륭하군."

도후 군이 칭찬했다.

"저거다, 저 바이올린이다, 하고 생각하니 갑자기 가슴이 두근거리고 다리가 후들거렸습니다."

"홍."

도쿠센이 코웃음을 쳤다.

"나도 모르게 뛰어가 호주머니에서 지갑을 꺼내고 그 지갑에서 5엔짜리 지폐 두 장을 꺼내……"

"드디어 산 건가?"

주인이 물었다.

"사려고 했습니다만, 아니지, 잠깐만, 지금이 중요한 순간이다. 섣부른 짓을 했다가는 낭패를 보고 말 것이다. 그만두자, 하고 마지막 순간에 생각을 접었습니다."

"뭐야, 아직도 안 샀다고? 바이올린 하나 갖고 어지간히 질질 끄는군."

"질질 끄는 게 아닙니다. 아직 살 수 없었으니 어쩔 수 없는 노릇이지요."

"왜?"

"왜냐하면 아직 초저녁이라 오가는 사람들이 많았으니까요."

"사람이 200명이 오가든 300명이 오가든 그게 무슨 상관인가. 자네 참 이상한 사람이군."

주인이 불퉁거렸다.

"그냥 길 가는 사람들이라면 1,000명이든 2,000명이든 아무 상관 없겠지만, 소매를 걷어붙인 학교 학생들이 기다란 막대기를 들고 배회하고 있어서 쉽게 살 수 없었습니다. 개중에는 침전당沈澱黨이라 칭하며 늘 반에서 밑바닥을 기면서도 해맑은 녀석들이 있었으니까요. 그런 녀석들이 꼭 유도를 잘합니다. 그러니 함부로 바이올린에 손을 댈 수가 없었습니다. 무슨 봉변을 당할지 몰랐으니까요. 저도 바이올린이 갖고 싶었습니다만, 그래도 목숨은 아까웠거든요. 바이올린을 켜고 죽는 것보다는 켜지 않고 사는 게 행복합니다."

"그럼, 결국 사지 않았다는 얘기로군."

주인이 확인했다.

"아뇨, 샀습니다."

"참 감질나게 하는군. 살 거면 빨리 사. 싫으면 안 사도 되니까 빨리 마무리를 짓는 게 낫고."

"헤헤헤헤, 세상일이라는 게 어디 자기 생각대로만 되는 건가요."

간게쓰 군은 이렇게 말하면서 냉담한 표정으로 아사히 담배에 불을 붙여 피우기 시작했다.

주인은 지겨웠는지 훌쩍 일어나 서재로 들어가는가 싶더니 낡아서 너덜너덜한 서양 책 한 권을 들고나와 넙죽 엎드려 읽기 시작했다. 도쿠센은 어느새 도코노마 앞으로 물러나 혼자 바둑을 두고 있었다. 모처럼의 에피소드도 너무 질질 끄는 바람에 듣는 사람이 한 사람, 두 사람 떨어져 나가더니 남은 사람은 예술에 진심인 도후 군과 일찍이 시간을 잡아먹는 일에서 물러선 적이 없는 메이테이 선생뿐이었다.

담배 연기를 세상 속으로 후 하고 거침없이 길게 내뿜은 간게쓰 군은 곧 전과 같은 속도로 이야기를 이어 나갔다.

"도후 군, 나는 그때 이렇게 생각했네. 초저녁에는 도저히 안 되겠다, 그렇다고 한밤중에는 가네젠도 잠을 자는 시간이라 역시 안 된다, 어떻게든 학교 학생들이 집으로 돌아가고 가네젠도 아직 잠들지 않은 시간을 노리지 않으면 모처럼의 계획도 수포가 될 것이다, 하지만 그 시간을 적절히 가늠하는 것이 어려운 일이다, 라고 말이네."

"그렇지, 그게 어렵지."

"그래서 나는 그 시간을 대충 10시쯤으로 잡았네. 그래서 그때부터 10시까지 어딘가에서 시간을 보내야만 했지. 집에 돌아갔다가 다시 나오는 것도 귀찮고, 친구 집에 이야기를 나누러 가는 것은 어쩐지 마음이 꺼림칙해서 좋지 않고, 어쩔 수 없이 그 시간까지 시내를 산책하기로 했네. 그런데 평소에는 좀 걷다 보면 두세 시간은 어느새 가고 마는데, 그날 밤에는 시간이 어찌나 더디게 가던지, 일각이 여삼추라는 말이 이런 거구나 하고 절실히 느꼈다네."

이렇게 말하고 나서 정말 그렇게 느꼈다는 듯 일부러 메이테이 선생 쪽을 보았다.

"옛사람도 '기다리는 처지가 괴롭구나, 고타쓰여(우타자와부시歌沢節 〈와가모노我もの〉의 한 구절).'라고 노래한 적이 있으니까. 또 기다리게 하는 사람보다 기다리는 사람이 힘들다고도 하니까. 처마에 매달린 바이올린도 괴로웠겠지만, 방향을 잃은 정탐꾼처럼 우왕좌왕 갈피를 못 잡는 자네는 더 괴로웠을 거야. '처량한 몰골이 상갓집 개 같구나(《사기》에 나오는 말로 세상을 유랑하던 공자에 대한 표현).' 아니, 사실 집 없는 개처럼 딱한 것도 없지."

"개라니 너무 가혹하십니다. 이래 봬도 지금까지 개에 비유된 적은 한 번도 없습니다."

"난 왠지 자네 얘기를 듣다 보면 옛날 예술가의 전기를 읽는 듯한 기분이 들어 동정을 금할 수 없네. 개에 비유한 건 선생님의 농담이니 개의치 말고 이야기를 계속해보게."

도후 군이 위로했다. 물론 간게쓰 군은 위로를 받지 않아도 이야기를 계속할 생각이었다.

"그러고 나서 오카치마치御徒町에서 햣키마치百騎町를 지나고, 료가에초両替町에서 다카조마치鷹匠町로 나가 현청 앞에서 늙은 버드나무의 수를 헤아리고, 병원 옆에서 창문의 불빛을 세고, 곤야바시紺屋

橋 위에서 궐련 두 개비를 피우고, 그러고는 시계를 보았지……."

"10시가 되었던가?"

"안타깝게도 아직 안 되었습니다. ……곤야바시를 건너 강을 따라 동쪽으로 올라가다가 장님 세 명을 만났지요. 그리고 개가 자꾸만 짖었습니다, 선생님……."

"긴긴 가을밤에 강변에서 개 짖는 소리를 듣다니, 연극 조로군. 자네는 도망자 신분이야."

"무슨 나쁜 짓이라도 했나?"

"이제 하려는 참이었지."

"딱하게도 바이올린을 사는 게 나쁜 짓이라면, 음악학교 학생들은 죄다 죄인이겠어."

"사람들이 인정하지 않는 일을 하면 아무리 좋은 일을 해도 죄인이지. 그러니 세상에 죄인이라는 것만큼 믿을 수 없는 것도 없어. 예수도 그런 세상에 태어났으면 죄인이 되는 거 아니겠나. 호남아 간게쓰 군도 그런 곳에서 바이올린을 사면 죄인이지."

"그럼 양보해서 죄인이라고 해두죠. 죄인은 상관없지만 10시가 되지 않은 건 참 난처했습니다."

"다시 한번 마을 이름을 헤아리면 되지. 그래도 부족하면 다시 가을 햇살을 쨍쨍 비추면 되고. 그러고도 그 시간이 되지 않으면 또 곶감을 세 다스쯤 먹으면 될 터. 언제까지든 들을 테니 10시가 될 때까지 해보게."

간게쓰는 히죽히죽 웃었다.

"그렇게 선수를 치시니 항복하는 수밖에 없네요. 그럼, 한 단계 건너뛰어 10시가 되었다고 치지요. 마음속으로 정하고 있던 10시가 되어 가네젠 앞으로 가니 밤공기가 싸늘한 때라 그런지 번잡하던 료가에초도 거의 인적이 끊겨 맞은편에서 들려오는 나막신 소리마저 쓸쓸한 느낌이었습니다. 가네젠은 이미 큰 문은 닫혀 있었고, 겨우 미닫이 쪽문만 열려 있었습니다. 저는 왠지 개한테 쫓기는 심정으로 미닫이를 열고 들어갔는데, 기분이 좀 섬뜩했습니다."

이때 주인은 낡은 책에서 잠깐 눈을 떼고 물었다.

"자네, 바이올린은 산 건가?"

"이제 사려는 참입니다."

도후 군이 대답했다.

"아직도 사지 않았다고? 어지간히도 끄는군."

주인은 혼잣말처럼 중얼거리고 다시 책을 읽기 시작했다. 도쿠센은 묵묵히 흰 돌과 검은 돌로 바둑판을 거의 다 메웠다.

"눈 딱 감고 뛰어들어 모자를 뒤집어쓴 채 바이올린을 달라고 말하자 화로 주위에 몰려 잡담하고 있던 네댓 명의 점원들이 놀란 눈으로 약속이나 한 듯이 일제히 제 얼굴을 쳐다봤습니다. 저는 무심코 오른손을 들어 모자를 더 푹 눌러썼습니다. 이봐, 바이올린 달라니까, 라고 두 번째로 말하자 제일 앞에서 제 얼굴을 쳐다보고 있던 어린 점원이 네, 하고 분명치 않은 대답을 하고 일어나 가게 앞에 걸려 있던 바이올린 서너 개를 한꺼번에 가져왔습니다. 얼마냐고 묻자 5엔 20전이라고 했습니다."

"아니, 그렇게 싼 바이올린도 있나? 그거 장난감 아닌가?"

"다 가격이 같으냐고 물었더니, 네, 어느 것이나 다 똑같습니다, 다 공들여 튼튼하게 만든 것입니다, 하기에 지갑에서 5엔짜리 지폐와 은화 20전을 꺼내 주고는 준비해 간 보자기를 꺼내 바이올

린을 쌌습니다. 그러는 동안 가게 점원들은 하던 이야기를 멈추고 물끄러미 제 얼굴만 쳐다보고 있었습니다. 얼굴은 모자로 가리고 있었기 때문에 알아볼 염려는 없었지만, 어쩐지 조바심이 나서 한시라도 빨리 밖으로 나가고 싶어 견딜 수가 없었습니다. 간신히 보자기에 싼 꾸러미를 외투 속에 숨기고 가게를 나왔더니 점원들이 입을 모아 큰 소리로, 감사합니다, 라고 인사하는 바람에 등골이 오싹했습니다. 밖으로 나와 잠깐 둘러보니 다행히 아무도 없는 것 같았는데, 100미터쯤 떨어진 곳에서 두세 명이 온 동네가 떠나가라 시를 읊으며 오고 있었습니다. 이거 큰일 났다 싶어 가네젠의 모퉁이에서 서쪽으로 꺾어 도랑가를 따라 야쿠오지薬王師 길로 나가서는 한노키무라はんの木村에서 고신야마 기슭으로 빠져 가까스로 하숙집으로 돌아왔습니다. 하숙집에 돌아오니 어느덧 새벽 2시 10분 전이었습니다."

"밤새 걸었나 보군."

도후 군이 안됐다는 듯이 말했다.

"드디어 끝났구먼. 아이고 맙소사, 정말 지루한 주사위 놀이(도카이도東海道 53개소의 역참 등을 그린 말판을 쓰는 주사위 놀이)였어."

메이테이는 휴 하고 한숨을 내쉬었다.

"이제부터가 본론입니다. 지금까지는 서막에 불과하지요."

"아직도 남았단 말인가? 이거 쉬운 일이 아니군. 웬만한 사람은 자네의 끈질김에 다 나가떨어지겠네."

"끈질김은 그렇다 치고, 여기서 그만두면 부처님을 그려놓고 점안點眼을 하지 않는 것이나 매한가지니 조금만 더 얘기하겠습니다."

"물론 얘기하는 거야 자네 마음이지. 나도 듣기는 하겠네."

"구샤미 선생님도 들으시는 게 어떻습니까? 이제 바이올린은 샀습니다. 네? 선생님."

"이번에는 바이올린을 팔 참인가? 파는 이야기는 듣지 않아도 되네."

"아직 파는 대목은 아닙니다."

"그럼 더욱 들을 이유가 없지."

"이거 참 곤란하군. 도후 군, 자네뿐이야, 열심히 들어주는 건. 조금 맥이 빠지긴 하지만, 뭐 어쩔 수 없지. 대충 얘기하겠네."

"대충이든 아니든 상관없으니 천천히 얘기해. 아주 재미있어."

"고심하고 고심한 끝에 바이올린을 손에 넣었지만 우선 어디에다 두어야 할지부터 난감하더군. 내 방에는 꽤 많은 사람들이 놀러 오니 함부로 걸어두거나 세워두었다가는 금방 들통날 테고, 구멍을 파고 묻으면 다시 파내는 것이 귀찮을 테니 말이야."

"그렇겠지, 천장 안에라도 숨겨두지 그랬나."

도후 군은 속 편한 소리를 했다.

"천장은 없었네, 농가였으니까."

"그거 난감했겠군. 그래, 어디에 두었나?"

"어디에 두었을 것 같나?"

"모르겠네. 두껍닫이 안인가?"

"아닐세."

"이불로 싸서 벽장에 넣어두었나?"

"아니야."

도후 군과 간게쓰 군이 바이올린을 숨겨놓은 장소에 대해 이런 문답을 주고받는 동안 주인과 메이테이도 뭔가 열심히 얘기하고 있었다.

"이건 뭐라고 읽나?"

주인이 물었다.

"어디?"

"이 두 줄."

"어디 보자. Quid aliud est mulier nisi amicitiae inimica……(영국의 작가 토머스 내시의 작품《어리석음의 분석》에 나오는 말로 "아내는 우정의 적이 아니고 무엇인가?"라는 뜻이다). 이건 라틴어가 아닌가?"

"라틴어라는 건 알겠는데 무슨 뜻이냐고."

"그게 말이야, 자네가 평소에 라틴어를 읽을 줄 안다고 하지 않았나?"

메이테이도 위험하다는 걸 느끼고 슬쩍 피했다.

"물론 읽을 수 있지. 읽을 수야 있지만, 이게 무슨 뜻이냐는 거지."

"읽을 수야 있지만, 이게 무슨 뜻이냐는 건 좀 심하군."

"무슨 말을 하든 상관없지만 영어로 좀 번역해봐."

"해보라니, 명령도 아니고. 꼭 졸개한테 말하듯 하는군."

"졸개든 뭐든, 무슨 뜻이냐니까?"

"자, 라틴어 얘긴 나중에 하기로 하고 잠깐 간게쓰 군 얘기나 들어보세. 지금 중요한 대목이니까. 드디어 발각이 되느냐 마느냐 하는 위기일발의 아타카노세키安宅の関(아타카安宅는 이시카와현의 지명으로, 옛날 이곳에 관문이 있었다. 오슈奥州로 도망처 피하려는 미나모토노 요시쓰네 일행이 검문을 받았을 때 벤케이의 재치로 화를 면했다는 이야기가 전해진다)에 당도했단 말일세. ……간게쓰 군, 그다음엔 어떻게 되었나?"

메이테이는 갑자기 흥미를 보이며 바이올린 일행에 끼었다. 가 없게도 주인은 홀로 남겨졌다. 간게쓰 군은 이에 힘을 얻어 숨겨둔 장소를 설명한다.

"결국 낡은 고리짝에 숨겼습니다. 고리짝은 고향을 떠날 때 할머니가 작별 선물로 준 것인데, 확실히는 모르나 할머니가 시집올 때 가져온 것이라 합니다."

"그거 고물이군. 바이올린과는 좀 어울리지 않는 것 같은데, 그렇지 않나, 도후 군?"

"네, 좀 어울리지 않네요."

"어울리지 않는 건 천장도 마찬가지지."

간게쓰 군이 도후 군을 끽소리도 못 하게 했다.

"어울리지는 않지만 하이쿠는 되니 안심하게. '가을, 쓸쓸한 고리짝에 숨긴 바이올린이여.' 어떤가?"

"선생님, 오늘은 하이쿠가 좀 되시네요."

"오늘만 그런 건 아니네. 늘 마음속에 준비되어 있거든. 내가 하이쿠에 얼마나 조예가 깊은지 고인이 된 시키(소세키의 친구였던 마사오카 시키를 말한다.《나는 고양이로소이다》중편은 '죽은 친구 시키'에게 바쳐졌다) 선생도 혀를 내두를 정도였으니까."

"선생님, 시키 선생님과는 교분이 있었습니까?"

올곧은 성격의 도후 군은 진솔하게 질문을 던졌다.

"딱히 교분은 없어도 무선전신으로 내내 서로 마음을 터놓는 사이였네."

어처구니없는 말에 질린 도후 군은 입을 다물었다. 간게쓰 군은 웃으면서 다시 이야기를 이어 나갔다.

"그래서 숨겨둘 곳은 생겼는데, 이제 꺼내는 것이 문제였습니다. 그냥 꺼내기만 하는 거면 남의 눈을 피해서 보는 정도는 할 수 있지만 보기만 해서는 아무 소용이 없으니까요. 바이올린을 켜지 않으면 아무 도움이 되지 않는다. 하지만 켜면 소리가 난다. 소리가 나면 즉각 발각된다. 마침 무궁화 울타리를 사이에 두고 남쪽에는 침전당의 우두머리가 하숙하고 있으니 위험하기 짝이 없었습니다."

"곤란했겠군."

도후 군이 딱하다는 듯 맞장구를 친다.

"그래, 거참 곤란했겠어. 말보다는 증거인 소리가 나는 거니까, 고고노 쓰보네도 바로 소리 때문에 잘못되었으니까 말이네(다카쿠라 일왕이 총애하던 고고노 쓰보네는 왕비의 아버지 다이라노 기요모리의 미움을 사 사가노에 은거하고 있었는데 그녀를 찾아다니던 이가 그녀의 고토琴 소리를 듣고 찾아냈다고 한다). 뭔가를 훔쳐 먹거나 가짜 돈을 만드는 일이라면 그나마 사정이 나은 편이지만 음곡은 숨길 수 없는 것이니 말일세."

"소리만 나지 않으면 어떻게든 해보겠지만……."

"아니, 잠깐만. 소리만 나지 않으면, 이라고 했는데, 소리가 나지 않아도 숨길 수 없는 게 있다네. 옛날에 우리가 고이시카와에 있는 절에서 자취하던 시절, 스즈키 도주로라는 사람이 있었네. 이 도주로가 조미료로 쓰는 달콤한 맛술을 너무 좋아해서 맥주병에 그 맛술을 사 와 홀짝홀짝 즐겨 마셨지. 어느 날 도주로가 산책하러 나간 사이에, 그러지 말았어야 했는데, 구샤미가 조금 훔쳐 마셨네……."

"내가 언제 스즈키의 맛술을 마셨다는 건가? 마신 건 자네지."

주인이 느닷없이 소리를 버럭 질렀다.

"이런, 책을 읽고 있어서 괜찮을 줄 알았더니 역시 듣고 있었군.

하여튼 방심할 수 없는 사내라니까. '귀도 밝고 눈도 재다(입도 싸고 손도 재다는 말을 비튼 표현. 꼭 좋은 뜻은 아니다).'는 말은 딱 자네를 두고 하는 말 같아. 음, 듣고 보니 나도 마신 것 같기는 하네. 내가 마신 건 틀림없지만 들킨 건 자네 아닌가. ……이보게들, 들어보게. 구샤미는 원래 술을 마시지 못하네. 그런데 남의 맛술이라고 열심히 마셔댔으니 큰일 난 거지. 얼굴이 온통 시뻘겋게 달아오른 거야. 정말 눈 뜨고는 못 볼 꼴이었지……."

"닥치게. 라틴어도 읽을 줄 모르는 주제에."

"하하하하. 그래 도주로가 돌아와서 맥주병을 흔들어보니까 절반 이상이나 비었거든. 분명히 누군가 마셨다고 생각하고 둘러보니 이 친구가 구석진 곳에 붉은 진흙을 떡칠한 인형처럼 얼어 있지 뭔가."

세 사람은 저도 모르게 폭소를 터뜨렸다. 주인도 책을 읽으면서 쿡쿡 웃었다. 도쿠센 혼자 잘 두지도 못하는 바둑에 지나치게 몰입하다가 좀 지쳤는지 바둑판 위에 엎드려 어느새 쿨쿨 자고 있었다.

"소리가 안 나는 것으로 들킨 일이 또 있네. 옛날에 내가 우바코 姥子 온천에서 한 노인과 한방에 묵은 적이 있었네. 도쿄에서 포목점인가 뭔가를 한다는 노인네였지. 뭐 방을 같이 쓰는 것뿐이니 포목점이든 헌옷 가게든 상관없지만, 한 가지 곤란한 일이 생기고 말았네. 우바코에 도착한 지 3일 만에 내 담배가 다 떨어지고 말았거든. 다들 알고 있겠지만 우바코라는 곳은 산속에 달랑 집 한 채만 있는 곳이라 온천에 들어가 밥을 먹는 것 말고는 달리 할 일이 없는 불편한 곳이네. 그런데 담배가 떨어졌으니 난감할 수밖에. 원래 뭐가 있다가 없어지면 더 갖고 싶어지는 법이지 않나. 담배가 없다는 생각을 하자마자 평소에는 그렇지도 않았는데 갑자기 담배가 피우고 싶어 미치겠는 거야. 그런데 심술 맞게도 그 노인네는 보자기 가득 담배를 가지고 산으로 올라왔더라고. 그걸 조금씩 꺼내서는 사람 앞에서 책상다리를 하고 앉아, 피우고 싶지, 하고 약을 올리기라도 하듯이 뻐끔뻐끔 피워대는 거야. 그냥 피우기만 하는 거라면 참을 수도 있겠지만, 나중에는 연기로 도넛을 만들기도 하고, 위로 내뿜기도 하고, 옆으로 내뿜기도 하고, 또는 팔베개를 한 채 누워서 내뿜기도 하고, 코로 연기를 빠르게 들락거리게도 하더란 말이지. 그러니까 뽐냈다는 거야…….”

“뽐냈다는 게 뭐죠?”

“옷이나 장신구라면 뽐내는 거지만 담배 연기를 뿜으니까 뽐내는 거 아니겠나.”

“아, 예. 그런 고역을 견딜 바에는 차라리 달라고 하면 되지 않나요?”

“하지만 달라고는 못 하지. 나도 남자란 말이네.”

“달라고 하면 안 되나요?”

“될지도 모르지만 난 달라고 하지 않았네.”

“그래서 어떻게 했는데요?”

“달라고 하지 않고 훔쳤지.”

“아이고야.”

“그 노인네가 수건을 들고 목욕탕에 가길래, 이때다 싶어서 정신없이 연거푸 피웠네. 아아, 기분 좋다고 생각하자마자 장지문이 드르륵 열려서 이크, 하고 돌아보니 담배 주인이지 뭔가.”

“목욕탕에는 들어가지 않은 건가요?”

“들어가려다가 쌈지를 놓고 왔다는 걸 깨닫고 복도에서 되돌아온 거였네. 누가 쌈지를 훔쳐 간다고. 우선 그것부터가 무례였어."

"뭐라 할 말이 없네요. 담배를 훔쳐 피우는 솜씨가……."

"하하하하, 그 노인네도 꽤 안목이 높단 말이야. 쌈지는 그렇다 치고, 노인네가 장지문을 열자 이틀간 참다가 피워댄 담배 연기가 숨이 막힐 듯 방 안에 자욱한 게 아니겠나. 악사천리惡事千里라고 하더만 금방 들키고 만 거야."

"그 할아버지는 뭐라 하던가요?"

"과연 나잇값을 하더군. 아무 말도 하지 않고 궐련 50, 60개비를 얇은 종이에 싸더니, 실례이오만 변변치 못한 담배지만 괜찮으면 피우시지요, 하고는 다시 목욕탕으로 가더군."

"그런 게 에도 취향이라는 건가요?"

"에도 취향인지 포목점 취향인지는 모르겠지만, 그러고 나서 난 그 할아버지와 흉금을 터놓고 2주일을 아주 재미있게 지내다 돌아왔네."

"2주 동안 담배는 그 할아버지 신세를 진 건가요?"

"뭐, 그런 셈이지."

"이제 바이올린 얘기는 끝난 건가?"

주인은 책을 덮고 일어나면서 결국 항복 선언을 했다.

"아직입니다. 이제부터가 재미있습니다. 딱 타이밍이 좋으니 들어주시지요. 그리고 바둑판 위에서 낮잠을 주무시고 계시는 선생님, 성함이 뭐라 하였지요? 아, 도쿠센 선생님, 선생님도 같이 들으면 좋겠는데요. 저렇게 주무시면 몸에 해로울 텐데, 어떤가요? 이제 깨워도 되지 않을까요?"

"어이, 도쿠센, 일어나게, 일어나. 재미있는 이야기가 있네. 일어나라니까. 그렇게 자면 몸에 해로워. 자네 안사람이 걱정하겠어."

"어."

얼굴을 든 도쿠센의 염소수염을 타고 침 한 줄기가 길게 흘러내려 달팽이가 기어간 흔적처럼 또렷이 빛나고 있었다.

"아함, 잘 잤다. '산 위의 흰 구름 내 나른함을 닮았구나.' 아아, 기분 좋게 잘 잤다."

"잘 잔 건 다들 인정하니까 좀 일어나 보게."

"이제 일어나도 되는데, 뭐 재미있는 이야기라도 있나?"

"드디어 바이올린을…… 어떻게 한다고 했더라, 구샤미?"

"어쩔 셈인지 원. 도통 짐작할 수가 있어야지."

"이제 드디어 켤 참입니다."

"이제 드디어 바이올린을 켠다네. 이리 와서 듣게."

"아직도 바이올린인가? 난감하군."

"자넨 무현금을 켜는 축이니 곤란하지 않겠지만, 간게쓰 군이 끼익끼익 켜면 이웃들한테까지 들리니까 몹시 곤란하지."

"그런가? 간게쓰 군, 이웃들한테 들리지 않게 바이올린을 켜는 법을 모르는가?"

"모릅니다. 있다면 가르쳐주십시오."

"가르쳐주지 않아도 '노지백우露地白牛(넓은 들판에 서 있는 흰 소라는 뜻의 불가 용어로 번뇌 망상이 조금도 없는 청정무구한 경지를 말한다)'를 보면 금방 알 텐데."

도쿠센은 무슨 말인지 통 알 수 없는 소리를 했다. 간게쓰 군은 잠이 덜 깨어 저런 해괴한 소리를 한다고 생각하며 일부러 상대하지 않고 이야기를 이어갔다.

"가까스로 한 가지 묘책을 찾아냈습니다. 다음 날은 천장절이어서 아침부터 집에 있으면서 고리짝 뚜껑을 열었다 닫았다 하며 안절부절못하고 하루를 보냈습니다만, 드디어 날이 저물자 고리짝 밑에서 귀뚜라미가 울기 시작했을 때 큰맘 먹고 바이올린과 활을 꺼냈습니다."

"드디어 꺼냈군."

도후 군이 말했다.

"함부로 켰다가는 위험해."

메이테이가 주의를 주었다.

"먼저 활을 꺼내 손잡이에서부터 끝까지 살펴보니……."

"어설픈 칼 장수도 아니고 참."

메이테이가 놀렸다.

"실제로 이게 제 영혼이라 생각하자, 기나긴 밤 불빛 아래 사무라이가 칼집에서 시퍼렇게 날이 선 명검을 뽑을 때와 같은 기분이 드는 겁니다. 저는 활을 든 채 덜덜 떨었습니다."

"정말 천재야."

도후 군이 이렇게 말하자 메이테이가 덧붙였다.

"정말 발작이군."

"빨리 켜는 게 좋겠네."

주인이 말했다. 도쿠센은 난감한 표정을 지었다.

"감사하게도 활은 별문제가 없었습니다. 마찬가지로 이번에는 바이올린을 램프 옆으로 가져가 앞뒤를 꼼꼼히 살펴보았습니다. 그러는 5분 동안 고리짝 밑에서는 시종 귀뚜라미가 울고 있었다고 생각해주십시오……."

"뭐든지 그렇게 생각해줄 테니까 안심하고 켜기나 하게."

"아직 켜지는 않습니다. 다행히 바이올린도 상처 하나 없었습니다. 이거라면 문제없겠다고 벌떡 일어나……."

"어디 가는 건가?"

"좀 잠자코 들어주십시오. 그렇게 한마디 할 때마다 방해하시면 이야기를 할 수 없지 않습니까?"

"이봐, 다들 조용히 하라네, 쉬잇!"

"떠드는 건 자네밖에 없어."

"아, 그런가. 이거 실례했군. 경청하자고, 경청."

"바이올린을 옆구리에 끼고 조리를 꿰신은 채 사립문 밖으로 두세 걸음 나갔는데, 잠깐만……."

"저런 또 오셨군. 기어코 어딘가에서 정전이 될 거라고 생각했다니까."

"이제 돌아가 봐야 곶감도 없네."

"선생님들께서 그렇게 자꾸 훼방을 놓으신다면 정말 유감입니다만, 이제부터 도후 군 한 사람만을 상대로 할 수밖에 없겠군요. 들어보게, 도후. 두세 걸음 나갔다가 다시 돌아와서 고향을 떠날 때 3엔 20전에 산 빨간 담요를 머리에 뒤집어쓰고 램프를 훅 불어 껐더니 깜깜해져서 이제 조리가 어디에 있는지도 알 수 없게 되었네."

"대체 어디로 가려는 건가?"

"일단 들어봐. 겨우 조리를 찾아 신고 밖으로 나가니 별빛이 달빛처럼 밝은 밤에 떨어진 감잎, 빨간 담요에 바이올린. 오른쪽으로, 오른쪽으로 언덕길을 올라 고신야마에 접어드니 도레이지의 종이 댕 하고 담요를 통해, 귀를 통해, 머릿속으로 울려 퍼졌네. 도후, 몇 시쯤이었을 것 같나?"

"모르겠는데."

"9시야. 그때부터 가을 긴 밤을 혼자 오다이라大平라는 곳까지 산길을 900미터쯤 올라가는데, 겁이 많은 내가 평소라면 무서워서 견딜 수 없었을 텐데. 한 가지 일에 집중하니까 신기하게도 무섭다든가 무섭지 않다든가 하는 그런 마음 자체가 털끝만치도 들지 않더군. 그저 바이올린을 켜고 싶다는 생각에 가슴이 벅차오르기만 할 뿐이니 참으로 묘한 일이야. 오다이라라는 곳은 고신야마 남쪽에 있는데 화창한 날에 올라가 보면 적송 사이로 아랫마을이 한눈에 내려다보이는 아주 전망 좋은 평지라네. 넓이는 한 100평쯤 될까. 한가운데는 다다미 넉 장 크기쯤 되는 바위가 하나 있고, 북쪽은 우노누마鵜の沼라는 연못으로 이어져 있고, 연못 주위에는 세 아름이나 되는 녹나무가 울창하네. 산속이니까 사람 사는 곳은 장뇌樟腦를 채취하는 오두막 한 채가 있을 뿐이고, 연못 근처는 대낮에도 그다지 기분 좋은 곳이 아니야. 다행히 공병이 훈련을 위해 길을 닦아두었으니 오르는 데는 그리 힘들지 않았네. 가까스로 바위 위에 올라가 담요를 깔고 아무튼 그 위에 앉았네. 그렇게 추운 밤에 오른 것은 처음이었으니까 바위 위에 앉아 잠시 숨을 돌리자 주위의 적막함이 차츰 마음속 깊이 스며들더군. 이럴 때 사람의 마음을 어지럽히는 것은 단지 무섭다는 느낌뿐이니까, 그 느낌만 없앤다면 휘영청 밝고 차가운 기운만 남게 되지. 20분쯤 멍때리고 있으니 어쩐지 수정으로 만든 궁전에서 혼자 살고 있는 것 같은 기분이 들더군. 게다가 혼자 살고 있는 내 몸이, 아니 몸만 아니라 신기하게도 마음도 영혼도 모조리 한천 같은 걸로 만든 것처

573

럼 투명해져서 내가 수정궁전에 있는 건지, 내 마음속에 수정궁전이 있는 건지 알 수 없게 되었네…….”

“엉뚱한 데로 튀는군.”

메이테이가 진지하게 놀렸고, 뒤따라 도쿠센이 “흥미로운 경지로다.”라며 조금은 감탄한 듯한 모습을 보였다.

“만약 이 상태가 오래 계속되었다면, 저는 다음 날 아침까지 애써 가져간 바이올린도 켜보지 못하고 멍하니 바위 위에 앉아 있었을지도 모릅니다.”

“여우라도 출몰하는 곳인가?”

도후 군이 물었다.

“이렇게 자타의 구별도 없어지고 살아 있는 건지 죽은 건지도 갈피를 잡지 못할 때, 돌연 뒤쪽 오래된 늪 안쪽에서 꺄악! 하는 비명이 들렸네.”

“드디어 나왔군.”

“그 소리가 멀리 메아리치면서 온 산의 가을 나뭇가지를 태풍과 함께 휩쓸었다 싶을 때 퍼뜩 정신이 돌아왔네.”

“이제야 안심이군.”

메이테이가 가슴을 쓸어내리는 시늉을 했다.

“대사일번건곤신大死一番乾坤新(죽음의 직전까지 가야 새로운 경지가 열린다는 뜻)이라.”

도쿠센이 이렇게 말하고 눈짓을 했다. 간게쓰 군에게는 전혀 통하지 않았다.

“그러고 나서 정신을 차리고 주위를 둘러보니 적막에 휩싸인 고신야마에선 빗방울 떨어지는 소리 하나 들리지 않았네. 그런데 방금 그 소리는 뭐였을까 하고 생각했지. 사람 소리치고는 너무 날카롭고 새소리치고는 너무 크고 원숭이 소리치고는, 아니, 이 주변에 설마 원숭이는 없겠지. 그럼 뭐지? 뭘까, 하는 의문이 머릿속에서 일어나자 이를 해석하려고 지금까지 아주 조용히 있던 것들이 뒤죽박죽, 시끌벅적, 북적북적, 마치 콘노트 전하(콘노트의 아서 왕자. 1883~1938. 영국의 왕족으로 1906년 메이지 일왕에게 고타 훈장을 수여하기 위해 일본을 방문했다)를 환영할 당시 광란하던 도시 사람들의 모습처럼 뇌리를 이리저리 뛰어다녔네. 그러는 사이에 온몸의 모공이 갑자기 열리더니 소주를 내뿜은 털 많은 정강이처럼 용기, 담력, 분별, 침착 등으로 불리는 손님들이 쭉쭉 증발해버렸네. 심장이 늑골 아래에서 스테테코(코를 쥐었다가 떼는 시늉을 하면서 추는 우스꽝스러운 춤)를 추기 시작했지. 연에 달아 바람으로 소리 나게 하는 물건처럼 양다리가 부들부들 떨리기 시작했네. 이거 안 되겠다 싶어서 다시 담요를 머리에 휙 뒤집어쓰고 바이올린을 옆구리에 끼고 비틀비틀 바위에서 뛰어내려 산기슭을 향해 한눈 한번 팔지 않고 산길 약 900미터를 쏜살같이 달려 내려갔지. 그리고 하숙집에 도착해서는 이불을 둘둘 말고 자버렸네. 지금 생각해도 그렇게 섬뜩한 적이 없었네, 도후 군."

"그래서?"

"그걸로 끝."

"바이올린은 안 켜는가?"

"켜고 싶어도 켤 수 없지 않은가. 꺄악! 하고 비명을 지르는데. 자네도 필시 켜지 못했을 걸세."

"어째 자네 이야기는 뭔가 빠져 있는 것 같은 기분이 드는군."

"그래도 사실인 걸 어쩌겠나. 어떻습니까, 선생님?"

간게쓰 군은 득의양양하게 좌중을 둘러보았다.

"하하하하, 그거 훌륭하군. 거기까지 끌고 오느라 상당히 고심했겠어. 난 동방 군자의 나라에 남자 산드라 벨로니(영국의 소설가 조지 메러디스의 소설 《산드라 벨로니》의 여주인공)가 출현하나 싶어 지금까지 진지하게 듣고 있었네."

메이테이는 누군가 산드라 벨로니에 대해 물을 줄 알았는데, 뜻밖에 아무도 묻지 않자 스스로 설명했다.

"산드라 벨로니가 달밤에 숲속에서 하프를 안고 이탈리아풍의 노래를 하는 장면은, 자네가 바이올린을 안고 고신야마로 올라가는 것과 분위기는 비슷하지만 기량은 다르네. 안타깝게도 산드라 벨로니는 달에 사는 상아嫦娥(중국의 고대 전설에 나오는 여자로 서왕모의 불사의 약을 훔쳐 달의 세계로 도망쳤다고 한다)를 놀라게 했는데, 자네는 오래된 늪의 너구리 요괴한테 놀랐으니 마지막 결정적인 순간에 우스꽝스러움과 숭고함이라는 큰 차이를 낳은 거지. 정말 유감이겠어."

"그리 유감스럽지는 않습니다."

간게쓰 군은 의외로 태연했다.

"애초에 산 위에서 바이올린을 켜려고 하는, 그런 하이칼라한 짓을 하니 놀라게 되는 거 아닌가."

이번에는 주인이 혹평을 덧붙였다.

"훌륭한 청년이 귀신이 사는 동굴에서 살려고 하다니(무리에서 벗어나 편견에 사로잡힌 것을 말한다), 안타까운 일이로다."

도쿠센은 탄식했다. 간게쓰 군은 도쿠센이 한 말을 이해한 적이 한 번도 없었다. 간게쓰 군뿐만이 아니라 아마 아무도 이해하지 못했을 것이다.

"그건 그렇고, 간게쓰 군. 요즘에도 학교에 가서 구슬만 가나?"

잠시 후 메이테이 선생이 화제를 돌렸다.

"아뇨, 얼마 전에 고향에 다녀와서 잠시 중단한 상태입니다. 이제 구슬 가는 것도 싫증이 나서 사실 때려치울까 하고 생각하던 참입니다."

"하지만 구슬을 갈지 않으면 박사가 될 수 없지 않은가."

주인은 살짝 눈살을 찌푸렸지만, 간게쓰 군은 의외로 태평했다.

"박사 말인가요? 헤헤헤헤. 박사라면 이제 되지 않아도 상관없습니다."

"그러면 결혼도 미뤄지고 둘 다 곤란할 텐데."

"결혼이라니, 누구 결혼 말입니까?"

"그야 자네지 누구겠나?"

"제가 누구와 결혼한다는 겁니까?"

"가네다의 딸이지."

"네에?"

"딴청은, 그렇게 약속했잖은가."

"약속 같은 거 한 적 없습니다. 그런 말을 퍼뜨리는 거야 그쪽 마음이겠지만요."

"이 사람 참 멋대로군. 이보게, 메이테이. 자네도 그 일은 알고 있지?"

"그 일이라니, 코 사건 말인가? 그 사건이라면 자네와 나만 알고 있는 게 아니라 공공연한 비밀로 세상 사람들한테 쫙 퍼진 일 아닌가. 실제로 《요로즈초호萬朝報》(일본에서 1892년에 창간된 일간신문)

같은 신문사에서는 신랑 신부라는 표제로 두 사람의 사진을 지면에 실을 수 있는 영광을 언제쯤 누릴 수 있느냐고 성화를 부리며 나한테까지 문의하러 오는 통에 아주 귀찮을 정도네. 도후 군 같은 경우는 진작부터 〈원앙가〉라는 일대 장편시를 지어놓고 석 달 전부터 기다리고 있는데, 간게쓰 군이 박사가 못 되는 날엔 모처럼의 걸작을 썩히게 되지 않을까 걱정되어 죽겠다는군. 어이, 도후 군, 그렇지 않나?"

"아직은 걱정할 만큼 힘겹지는 않습니다만, 어쨌든 진심 어린 마음을 담은 작품을 발표할 생각입니다."

"거 보게. 자네가 박사가 되느냐 마느냐에 따라 사방팔방으로 엉뚱한 영향이 미치게 된다고. 정신 좀 차리고 구슬을 갈아주게."

"헤헤헤헤, 여러 가지로 폐를 끼쳐서 죄송합니다만, 이제 박사가 되지 않아도 됩니다."

"어째서?"

"어째서라뇨, 저는 이미 어엿한 아내가 있는 몸인걸요."

"어허, 참 대단하시군. 어느새 비밀결혼이라도 하셨단 말인가? 잠시도 방심할 수 없는 세상이네그려. 구샤미, 방금 들은 대로 간게쓰 군은 이미 처자가 있는 몸이라는군."

"아직 자식은 없습니다. 결혼한 지 한 달도 채 안 됐는데 자식이 있으면 어쩌라고요."

"대체 언제, 어디서 결혼했나?"

주인은 예심판사 같은 질문을 했다.

"언제긴요, 고향에 갔더니 떡하니 집에서 기다리고 있더군요. 오늘 선생님께 가져온 이 가다랑어포도 결혼 축하 선물로 친척한테서 받은 겁니다."

"고작 세 마리로 결혼을 축하한다고? 정말 짠돌이로군."

"아니, 더 많이 받았는데 그중에서 세 마리만 가져온 겁니다."

"그럼, 고향 여자일 거고, 피부도 까무잡잡하겠군."

"네, 새까맣습니다. 저에게는 안성맞춤이지요."

"그런데 가네다 쪽은 어떻게 할 생각인가?"

"어떻게 하고 말고 할 것도 없습니다."

"그래도 도리가 아닌 것 같은데. 그렇지 않나, 메이테이?"

"그렇지도 않네. 다른 데로 시집보내면 마찬가지니까. 어차피 부부라는 건 어둠 속에서 머리를 맞부딪치는 것과 같은 거거든. 요컨대 맞부딪치지 않아도 되는데 일부러 맞부딪치게 하니 쓸데없는 짓이라는 거지. 이왕 쓸데없는 짓이라면 누가 누구와 머리를 맞부딪치든 상관없는 일. 다만 딱한 것은 〈원앙가〉를 지은 도후 군 정도가 아닐까?"

"〈원앙가〉야 뭐 사정에 따라 이쪽에 맞게 고쳐도 상관없습니다. 가네다 씨 댁 아가씨의 결혼식 때는 따로 지으면 되니까요."

"과연 시인답게 자유자재로군."

"가네다 쪽에는 양해를 구했나?"

주인은 아직도 가네다 쪽을 신경 쓰고 있었다.

"아뇨, 양해를 구할 이유가 없는걸요. 제가 그쪽에 딸을 달라거나 청혼한 일이 없으니까요. 그냥 잠자코 있으면 됩니다. ……아니, 잠자코 있어도 됩니다. 지금쯤 정탐꾼이 열 명이나 스무 명쯤 달라붙어서 시시콜콜 보고했을 테니 다 알고 있을 겁니다."

정탐꾼이라는 말을 들은 주인은 갑자기 쓸쓸한 표정으로 말을 건넸다.

"음, 그렇다면 잠자코 있게."

그래도 성에 차지 않았는지 정탐꾼에 대해 다음과 같은 말을, 자못 대단한 의견인 양 늘어놓았다.

"방심하고 있을 때 남의 품속을 터는 게 소매치기요, 방심하고 있을 때 남의 마음을 낚는 게 정탐꾼이네. 모르는 사이에 덧문을 열고 들어와 남의 물건을 훔쳐 가는 것이 도둑놈이고, 모르는 사이에 남의 마음을 말로 읽어내는 게 정탐꾼이네. 다다미에 칼을 꽂고 강제로 남의 재물을 빼앗는 것이 강도요, 으름장을 놓아 남의 의지를 강제하는 것이 정탐꾼이네. 그러니 정탐꾼이라는 놈은 소매치기, 도둑놈, 강도의 일족으로 도저히 상종할 수 없는 족속이지. 그런 놈이 하는 말을 듣다 보면 세뇌되고 마네. 절대 지지 마."

"아니, 괜찮습니다. 비열한 정탐꾼이 1,000명, 2,000명 줄을 지어서 득달같이 습격해 온다 해도 무섭지 않습니다. 구슬 가는 데도가 튼 이학사 미즈시마 간게쓰 아닙니까?"

"이야, 다시 보이는군. 과연 신혼의 학사라 원기가 왕성해. 그런데 구샤미. 정탐꾼이 소매치기, 도둑놈, 강도와 동류라면 그 정탐꾼을 부리는 가네다 같은 사람은 뭐와 동류인가?"

"구마사카 조한 정도겠지."

"구마사카라니 안성맞춤이군. '하나로 보인 조한이 둘이 되어 죽었다(미나모토노 요시쓰네가 구마사카 조한 일당의 습격을 물리치고 조한을 칼로 두 동강을 내는 요쿄쿠의 한 장면이다).'고 하는데, 고리대금업으로 재산을 모은 건너편 골목의 조한 같은 놈은 고집쟁이에다 욕심쟁이라 몇 동강이 나더라도 죽을 염려는 없네. 그런 놈한테 걸리면 불행이지. 평생 화를 입을 거야. 간게쓰 군, 조심하게."

"뭐, 괜찮습니다. '어이쿠, 무시무시한 도선생이여. 수법은 이미 알고 있다. 그런데도 감히 쳐들어오겠느냐(노能의 곡명 〈에보시오리烏 帽子折〉에 나오는 장면).'라고 혼쭐을 내주지요, 뭐."

간게쓰 군은 태연자약하게 호쇼류寶生流(노가쿠能樂 유파의 하나)로 기염을 토했다.

"정탐꾼 얘기가 나와서 하는 말이네만, 20세기의 사람들은 대체로 정탐꾼처럼 되는 경향이 있는데 그건 무슨 까닭일까?"

도쿠센이 역시 그답게 당면한 문제와는 관계없는 초연한 질문을 던졌다.

"물가가 높은 탓이겠지요."

간게쓰 군이 대답했다.

"예술적 취향을 이해하지 못해서겠지요."

도후 군이 대답했다.

"인간에게 문명이라는 뿔이 나서 별사탕처럼 삐쭉삐쭉해졌기 때문이지."

메이테이가 대답했다.

이번에는 주인 차례다. 주인은 젠체하는 말투로 이런 이야기를 시작했다.

"그건 내가 진지하게 생각해온 일이네. 내 해석에 따르면 현대인의 정탐꾼적 경향은 바로 개인의 자각심이 너무 강해진 게 원인이야. 내가 자각심이라 명명한 것은 도쿠센이 말하는 견성성불見性成佛(자기 본래의 성품인 자성을 깨달아 부처가 됨)이라든가 자기는 천지와 동일체라는 깨달음 같은 것과는 다른 거네."

"이런, 이야기가 너무 어려워진 것 같군. 구샤미, 자네가 이렇게 거창한 주제를 혀끝에 올린 이상 나도 외람된 말이지만 나중에 현대 문명에 대한 불평을 당당히 말하겠네."

"마음대로 해. 할 말도 없는 주제에."

"그런데 있네. 그것도 많이. 지난번에는 형사와 순사를 신처럼 떠받들던 자네가 오늘은 또 정탐꾼을 소매치기, 도둑놈에 비교하다니 영락없이 모순의 화신이 아닌가. 나는 시종일관, 그러니까 내 부모가 태어나기 전부터 지금까지 한 번도 지론을 바꾼 적이 없는 사람이네."

"형사는 형사고 정탐꾼은 정탐꾼이지. 지난번은 지난번이고 이번은 이번이고. 지론이 바뀌지 않은 건 발전하지 않았다는 증거라고 할 수 있네. 가장 어리석은 사람은 바뀌지 않는다(《논어》의 유상지여하우불이唯上知與下愚不移, 즉 "가장 지혜로운 사람과 가장 어리석은 사람은 바뀔 리 없다."에서 온 말)더니, 딱 자네를 두고 한 말이군."

"참 각박하단 말이야. 정탐꾼도 그렇게 진지하게 나오면 귀여운 데가 있지."

"내가 정탐꾼이란 말인가?"

"정탐꾼이 아니니까 솔직하고 좋다는 걸세. 말싸움은 그만하지, 그만. 자, 그 거창한 다음 이야기나 들어보자고."

"요즘 사람들의 자각심이라는 것은 자신과 타인 사이에 확연한 이해利害의 골이 존재한다는 사실을 너무 잘 알고 있다는 거네. 이러한 자각은 문명이 발달함에 따라 하루하루 예민해지기에 결국에는 일거수일투족도 자연스럽게 할 수 없게 되지. 헨리(윌리엄 어니스트 헨리. 1849~1903. 영국의 시인, 비평가. 런던 문단에서 외다리인 헨리는 로버트 루이스 스티븐슨과 절친했던 사이로 《보물섬》의 외다리 선장 롱 존 실버의 모델로 알려져 있다. '나는 내 운명의 주인'이라는 취지의 시 〈인빅투스 Invictus〉가 대표작이다)라는 사람이 스티븐슨을 평하기를, 그는 거울이 걸린 방에 들어가 거울 앞을 지날 때마다 자기 모습을 비춰보지 않으면 성에 차지 않을 정도로 잠시도 자기를 잊을 수 없는 사람이라고 했는데, 작금의 추세를 잘 표현하고 있지 않은가? 잠을 자도 나, 잠에서 깨도 나, 가는 곳마다 이 내가 따라다니니 인간의 말과 행동이 인위적이고 좀스러워질 뿐이지. 스스로 옹색해지고 세상이 고통스러워질 뿐이라 마치 맞선을 보는 젊은 남녀 같은 심정으로 아침부터 밤까지 살아야 하는 거네. 느긋함이니 차분함이니 하는 말은, 글자는 있어도 의미가 없는 말이 되어버렸어. 이런 점에서 이 시대의 사람들이 정탐꾼 같고 도둑놈 같다는 걸세. 정탐꾼은 남의 눈을 속이고 자기에게만 좋은 일을 하려는 직업이니까 자연히 자각심이 강해지지 않으면 안 되지. 도둑놈도, 붙잡히지나 않을까, 들키지나 않을까 하는 걱정이 머릿속에서 떠나는 일이 없으니 자연히 자각심이 강해지지 않을 수 없고. 요즘 사람들은 자나 깨나 어떻게 하면 자신에게 이익이 되고 손해가 되는지를 계속 생각하니까 자연히 정탐꾼이나 도둑놈과 마찬가지로 자각심이 강해지지 않을 수 없네. 하루 종일 두리번두리번, 살금살금, 무덤에 들어갈 때까지 한시도 안심할 수 없는 것이 요즘 사람들의 마음이지. 문명의 저주야. 개똥 같아."

"허허, 재미있는 해석이군."

도쿠센이 말했다. 이런 문제가 나오면 도쿠센은 좀처럼 가만히 있지 못한다.

"구샤미의 설명은 내 생각을 그대로 말해준 거네. 옛사람들은 자신을 잊으라고 가르쳤지. 요즘 사람들은 자신을 잊지 말라고 가르치니, 완전히 달라. 종일 자신을 의식하며 살기에 한시도 태평한 때가 없어. 늘 초열지옥이지. 천하의 어떤 약도 자신을 잊는 것 이상의 명약은 없어. '삼경월하입무아三更月下入無我(중국 선승의 시를 모은《강호풍월집江湖風月集》에 실린 광문 화상의 시구 '삼경월하입무하三更月下入無何'의 하何를 아我로 바꾼 것으로 깊은 밤 달빛 아래에서 무아지경에 들어간다는 뜻이다)'란 이런 경지를 노래한 거야. 요즘 사람들의 친절함에는 자연스러움이 빠져 있네. 영국 사람들이 나이스nice 따위로 자부하는 행위도 의외로 자각심으로 가득 차서 넘칠 것 같네. 영국의 왕세자(빅토리아 여왕의 장남 에드워드 7세를 말한다)가 인도에 놀러 가 인도 왕족과 함께 식사할 때, 그 왕족이 왕세자 앞인 줄도 모르고 그만 자기 나라 식으로 감자를 맨손으로 집어 접시에 옮기고 나서는 얼굴이 시뻘게지며 크게 부끄러워했네. 그랬더니 왕세자는 아무것도 모른다는 얼굴로 자기도 손가락 두 개로 감자를 집어 접시에 옮겼다더군."

"그게 영국 취향입니까?"

간게쓰 군이 물었다.

"나는 이런 이야기를 들었네."

이렇게 말하며 주인이 뒤를 이었다.

"역시 영국의 어느 병영에서 있었던 일인데, 연대 장교들 여럿이서 한 하사관한테 식사 대접을 했네. 식사가 끝나고 손을 씻는 물을 유리 사발에 담아 내왔는데, 이 하사관은 연회에 익숙하지 않았는지 유리 사발에 입을 대고 벌컥벌컥 마셔버렸네. 그러자 연대장이 갑자기 하사관의 건강을 축원한다고 말하면서 자신도 핑거볼에 담긴 물을 단숨에 마셔버렸지. 그래서 그 자리에 있던 장교들도 앞다투어 유리 사발을 들고 하사관의 건강을 축원했다더군."

"이런 이야기도 있네."

잠자코 있는 걸 싫어하는 메이테이가 가세했다.

"칼라일이 처음으로 여왕을 알현했을 때, 궁정의 예법을 익히지 않는 기인인 그는 돌연 '어디 보자.'라면서 의자에 털썩 앉았네. 그런데 여왕 뒤에 서 있던 많은 시종이며 궁녀들이 다들 키득키득 웃기 시작하는 거야. ……아니 웃기 시작한 게 아니라 웃으려고 했지. 그러자 여왕이 뒤를 돌아보며 슬쩍 무슨 신호인가를 보내니까 많은 시종과 궁녀들이 어느새 다들 의자에 앉아서 칼라일이 체면을 구기지 않았다고 하는데, 참으로 세심한 배려가 돋보이는 친절이지 않은가."

"칼라일이라면 다들 서 있었다고 해도 태연히 앉아 있었을지도 모르지요."

간게쓰 군이 촌평을 시도했다.

"친절 쪽의 자각심은 뭐 괜찮지."

도쿠센이 이야기를 이었다.

"하지만 자각심이 있는 만큼 친절을 베푸는 데도 힘이 들게 돼. 딱한 일이야. 문명이 발달함에 따라 살벌한 기운이 사라지고 개인과 개인의 교제가 평온해진다고들 하는데, 그건 크게 착각한 거네. 자각심이 이렇게 강해졌는데 어떻게 평온해진단 말인가. 뭐 얼핏 보면 아주 조용하고 아무 일도 없는 것 같지만 서로는 굉장히 힘들거든. 스모 선수가 모래판 한가운데서 샅바를 붙잡고 버티며 움직이지 않는 것이나 진배없지. 옆에서 보기에는 지극히 평온해 보이지만 당사자들의 배는 불룩거리지 않는가."

"싸움도 옛날 싸움은 폭력으로 압박하는 것이라 오히려 죄가 덜했지만, 요즘에는 상당히 교묘해져서 자각심이 훨씬 더 커지는 거지."

메이테이 선생에게 차례가 돌아왔다.

"베이컨이 자연의 힘을 따라야 비로소 자연을 이길 수 있다고 했는데, 요즘의 싸움은 바로 베이컨의 격언대로 되고 있으니 신기할 따름이네. 꼭 유도의 기술 같은 것이지. 적의 힘을 이용하여 적을 쓰러뜨리려고 하거든……."

"또는 수력발전 같은 것이지요. 물의 힘에 거스르지 않고 오히려 그걸 전력으로 변화시켜 멋지게 도움이 되게 하니……."

간게쓰 군이 말하기 시작하자 도쿠센이 바로 그 뒤를 가로챘다.

"그러니까 가난할 때는 가난에 얽매이고 부유할 때는 부에 얽매이고 걱정스러울 때는 걱정에 얽매이고 기쁠 때는 기쁨에 얽매이는 거지. 재주가 많은 사람은 그 재주 때문에 무너지고, 지혜로운 사람은 그 지혜 때문에 무너지고, 구샤미처럼 짜증을 잘 내는 사람은 그 짜증을 이용하기만 하면 금방 뛰쳐나가 적의 속임수에 걸려들고……."

"옳소! 옳소!"

메이테이가 손뼉을 치자 구샤미 선생은 히죽히죽 웃으며 대꾸했다.

"이래 봬도 난 그렇게 쉽게 걸려들 사람이 아니야."

이 말에 다들 웃음을 터뜨렸다.

"그런데 가네다 같은 사람은 뭐로 망할까?"

"그 사람 마누라는 코로 망하고, 가네다는 업보로 망하고, 졸개들은 정탐으로 망하려나."

"그럼 딸은?"

"딸은, 딸은 본 적이 없어서 뭐라 말할 수는 없지만, 옷으로 망하거나 먹는 거로 망하거나 아니면 술로 망한다고 해야 하나. 설마 사랑으로 망하지는 않을 거고. 경우에 따라서는 〈소토바코마치 卒塔婆小町〉(간아미의 노가쿠 공연작으로 늙은 여자 이야기로 분류된다. 노쇠한 미녀 오노노 고마치를 주인공으로 하는 〈고마치모노小町物〉의 대표작이다)처럼 객사할지도 모르지."

"그건 좀 심하네요."

그녀를 기리며 신체시를 지은 도후 군이 이의를 제기했다.

"그러니까 '응무소주이생기심應無所住而生其心(《금강경》에 나오는 구절로 '마땅히 머무는 곳 없이 그 마음을 내어야 한다.'는 뜻이다)'이라는 건 중요한 말이네. 그런 경지에 이르지 않으면 인간은 괴로워서 못 견디지."

도쿠센은 자꾸 자기 혼자 깨달음이라도 얻은 듯한 말을 했다.

"그렇게 잘난 체하면 안 돼. 자네 같은 사람은 자칫 봄바람을 베는 번갯불에 맞아 거꾸로 쓰러질지도 몰라."

"아무튼 이런 기세로 문명이 발달해간다면 난 사는 게 싫네."

주인이 이런 말을 꺼냈다.

"망설일 거 있나, 그냥 죽으면 되지."

메이테이가 한마디로 갈파했다.

"죽는 건 더 싫어."

주인이 이해할 수 없는 고집을 부렸다.

"숙고하고 태어난 사람은 아무도 없지만, 죽을 때는 누구나 괴로워하는 것 같네요."

간게쓰 군이 격언을 인용해 쌀쌀맞게 말했다.

"돈을 빌릴 때는 아무 생각 없이 빌리지만, 갚을 때는 다들 걱정하는 것이나 마찬가지야."

이럴 때 바로 대꾸할 수 있는 이는 메이테이뿐이다.

"빌린 돈을 갚는 걸 생각하지 않는 이가 행복한 것처럼, 죽는 일을 괴로워하지 않는 이는 행복한 거지."

도쿠센은 세상의 번거로움에서 초연한 모습이다.

"자네 말대로라면 뻔뻔한 사람이 곧 깨달은 사람이겠군."

"그렇지, 선종의 가르침에 '철우면鐵牛面의 철우심鐵牛心, 우철면牛鐵面의 우철심牛鐵心(《벽암록碧巖錄》에 나오는 '철우지기鐵牛之機'라는 말을 비튼 것으로, 철로 만든 소처럼 꿈쩍도 하지 않는 마음이라는 뜻이다)'이라는 말이 있네."

"그래서 자네가 그 표본이라도 된단 말인가?"

"그렇지는 않네. 하지만 죽는 것을 걱정하게 된 것은 신경쇠약이라는 병이 발견된 이후의 일이네."

"아무리 봐도 자네는 역시 신경쇠약 이전의 백성이야."

메이테이와 도쿠센이 묘한 말을 주고받는 동안, 주인은 간게쓰와 도후를 상대로 열심히 문명에 대한 불만을 털어놓고 있었다.

"어떻게 빌린 돈을 갚지 않고 넘어가느냐가 문제야."

"그런 문제는 없습니다. 빌린 것은 갚지 않으면 안 되니까요."

"아니, 뭐, 이건 내 의견이니까 잠자코 들어보게. 어떻게 빌린 돈을 갚지 않고 넘어가느냐가 문제인 것처럼, 어떻게 죽지 않고 넘어가느냐가 문제네. 아니, 문제였네. 연금술이 그거지. 하지만 모든 연금술은 실패했네. 인간은 어떻게든 죽지 않으면 안 된다는 것이 분명해진 거지."

"그건 연금술 이전부터 분명했습니다."

"글쎄, 이건 내 의견이니까 잠자코 들으라니까. 알겠나. 어떻게든 죽지 않으면 안 된다는 사실이 분명해졌을 때 두 번째 문제가 생겨."

"아, 예."

"어차피 죽는다면 어떻게 죽는 게 좋을까. 이것이 두 번째 문제네. 〈자살 클럽〉(스티븐슨의 단편집 《신新 아라비안나이트》에 실린 한 단편)은 이 두 번째 문제와 함께 생겨야 할 운명이었지."

"그렇군요."

"죽는 건 괴로워. 그러나 죽지 못하면 더 괴롭지. 신경쇠약에 걸린 국민은 살아 있는 것이 죽는 것보다 훨씬 더 심한 고통이라네. 그래서 죽음을 걱정하는 거지. 죽는 게 싫어서 걱정하는 게 아니네. 어떻게 죽는 게 가장 좋을지 걱정하는 거야. 다만 대부분의 사람은 지혜가 부족하니까 자연 그대로 내버려두어도 세상이 괴롭혀 죽여준다네. 하지만 보통내기가 아닌 사람들은 세상으로부터 조금씩 괴롭힘을 당하며 죽어가는 것에 만족하지 않지. 반드시 죽는 방법에 대해 여러 가지로 고심한 끝에 참신한 방안을 내놓을 걸세. 그래서 향후 세계의 추세는 자살자가 증가하고, 그 자살자가 모두 독창적인 방법으로 이 세상을 하직할 게 틀림없어."

"상당히 뒤숭숭해지겠는데요."

"그렇지. 분명히 그럴 거야. 아서 존스(헨리 아서 존스. 1851~1929. 영국의 극작가)라는 사람이 쓴 희곡에 열심히 자살을 주장하는 철학자가 있는데……."

"자살했나요?"

"아쉽게도 하지는 않았네. 하지만 앞으로 1,000년만 지나면 모두 실행할 게 분명하네. 1만 년 후에는 죽음이라고 하면 자살 말고는 존재하지 않는 것으로 여겨지겠지."

"큰일이 나겠군요."

"그렇지. 분명히 그럴 거야. 그렇게 되면 자살도 상당히 연구가 축적되어 어엿한 학문이 될 것이고, 낙운관 같은 중학교에서도 정식 과목으로 윤리 대신 자살학을 가르치게 되겠지."

"이상하겠네요. 저도 들으러 가고 싶을 정도입니다. 메이테이 선생님, 들었습니까? 구샤미 선생님의 명론名論을."

"들었네. 그때가 되면 낙운관의 윤리 선생은 이렇게 말하겠지. 여러분, 공중도덕이라는 야만적인 인습을 지켜서는 안 됩니다. 이 세상을 사는 청년으로서 여러분이 첫 번째로 주의해야 할 의무는 자살입니다. 하지만 자신이 좋아하는 것은 타인에게 베풀어도 좋을 터이니 자살에서 한 걸음 더 전진하여 타살을 시도해도 좋습니다. 특히 저 재야의 가난한 학자 진노 구샤미 같은 이는 살아 있는 것이 상당히 고통스러워 보이니 하루빨리 죽여주는 것이 여러분의 의무입니다. 무엇보다도 옛날과 달리 오늘날은 개명한 세상이니 창, 언월도 또는 활이나 총 같은 것을 사용하는 비겁한 행동을 해서는 안 됩니다. 다만 넌지시 빈정대는 고상한 기술로 놀려대서 죽이는 것이 본인을 위한 공덕도 되고 또 여러분의 명예도 될 것입니다……."

"참 재미있는 강의입니다."

"아직 재미있는 대목이 남았네. 지금은 경찰이 인민의 생명과 재산을 보호하는 걸 가장 중요한 목적으로 하고 있지. 그런데 그때가 되면 순사는 개를 때려잡듯이 곤봉으로 세상의 공민을 박살 내고 다닐 걸세."

"왜 그렇죠?"

"왜라니, 요즘 사람들에게는 생명이 소중하니까 경찰이 보호해 주지만, 그때의 국민은 살아 있는 것이 고통이라 순사가 자비를 베풀어 때려죽여주는 거지. 하긴 눈치깨나 있다는 사람들은 대부분 자살할 테니까 순사한테 맞아 죽는 이는 아주 무기력하거나 자살할 능력이 없는 백치 또는 장애인뿐이겠지만. 그래서 순사한테 죽고 싶은 사람은 문간에 팻말을 걸어두는 걸세. 그냥 뭐, '죽고 싶은 남자 있음' 또는 '죽고 싶은 여자 있음', 이렇게 말이야. 그렇게 붙여두면 순사가 적당한 때 찾아와서는 원하는 대로 즉각 처리해주는 거지. 시신 말인가? 시신은 순사가 수레를 끌고 와서 실어 가면 되네. 또 재미있는 일이 생기고……."

"정말 선생님의 농담은 끝이 없군요."

도후 군은 혀를 내둘렀다. 그러자 도쿠센 선생은 평소대로 염소수염에 신경 쓰면서 느릿느릿 말하기 시작했다.

"농담이라고 하면 농담이지만, 예언이라고 하면 예언일지도 모르네. 진리에 철저하지 않은 자는 자칫 눈앞의 현상에 얽매여 물거품 같은 몽환을 영원한 사실로 인정하고 싶어 하는 법이라, 좀 엉뚱한 얘기를 했다 하면 금방 농담으로 치부해버리거든."

"'연작燕雀이 어찌 대붕의 뜻을 알리오', 이런 얘기네요."

간게쓰 군이 두 손 들었다는 듯이 말하자 도쿠센은 바로 그렇다는 표정으로 이야기를 이었다.

"옛날 스페인에 코르도바(아래의 스페인 남부 도시 코르도바 지역의 여자들이 목욕하는 이야기는 프랑스의 소설가 프로이페르 메리메의 《카르멘》에서 인용)라는 곳이 있었지……."

"지금도 있지 않나요?"

"있을지도 모르지. 옛날이니 지금이니 하는 문제는 제쳐두고, 아무튼 그곳에서는 저녁때 사원에서 종이 울리면 집집이 모든 여자가 강으로 나가 수영을 하는 풍습이 있었네."

"겨울에도 했나요?"

"그건 확실히 모르겠지만, 어쨌든 노소와 귀천을 불문하고 모두 강물에 뛰어들었지. 다만 남자는 한 사람도 뛰어들지 않고 그냥 멀리서 보고만 있었네. 멀리서 보고 있으면 해 질 무렵의 어슬어슬한 물결 위에 하얀 살갗이 희미하게 움직였지……."

"시적이네요. 신체시가 되겠는데요. 그게 어디라고 하셨죠?"

도후 군은 나체 이야기만 나오면 앞으로 몸을 내민다.

"코르도바야. 그런데 그 지방의 한 젊은이가 여자와 함께 수영할 수도 없고, 그렇다고 해서 멀리서는 그 모습을 보는 것도 확실하지 않은 것이 안타까워서 살짝 장난을 치기로 했지……."

"허어, 어떻게 말인가?"

장난이라는 말을 들은 메이테이가 반색했다.

"사원의 종지기한테 뇌물을 써서 일몰을 알리는 종을 한 시간 일찍 치게 한 거지. 여자들은 어리석은 존재인지라 종이 울렸다며 각자 강가로 모여들어 속옷 바람으로 풍덩풍덩 물속으로 뛰어들었네. 뛰어들긴 했는데 평소와 달리 좀처럼 해가 저물지 않는 거야."

"강렬한 가을 햇빛이 쨍쨍하게 쏟아졌겠군."

"다리 위를 보니 남자들이 쭉 늘어서서 바라보고 있고. 부끄러워도 어떻게 할 도리가 없으니까 얼굴만 붉혔다네."

"그래서?"

"그러니까 인간은 그저 눈앞의 습관에 미혹되어 근본 원리를 잊어버리기 쉬우니 조심하지 않으면 안 된다는 말이지."

"과연, 참 고마운 설교로군. 눈앞의 습관에 미혹되는 이야기를 나도 하나 해볼까. 얼마 전에 어떤 잡지를 읽었더니 사기꾼에 관한 소설이 있었네. 내가 여기서 서화書畫 골동품 가게를 열었다고 하세. 그러면 가게 앞에 대가의 족자나 명인의 도구들을 진열해놓을 거 아닌가. 물론 가짜가 아니라 명실상부한 진짜 상등품만 늘어놓는 거지. 상등품이니까 모두 아주 비싼 가격이 매겨지고. 그런데 유별난 손님이 와서 이 모토노부(가노 모토노부. 1476~1559. 무로마치 후기, 즉 16세기 초엽의 화가로 가노파의 새로운 화풍을 완성했다)의 족자가 얼마냐고 묻는 거야. 그게 600엔이라고 치세. 내가 600엔이라고 말하자 그 손님은 갖고 싶기는 한데 수중에 600엔이 없으니 아쉽지만 다음으로 미뤄야겠다고 하지."

"그렇게 말하기로 정해져 있었나?"

주인은 여전히 진지하게 물었다. 메이테이 선생은 시치미를 뗀 얼굴로 말을 이었다.

"그거야 소설 아닌가. 그렇게 말한다고 해두는 거네. 그래서 내가 그림값은 상관없으니 마음에 들면 가져가라고 하지. 그러면 손님은 그렇게는 할 수 없다고 망설이고. 그럼, 월부로 하자, 월부도 조금씩 오래 갚는 걸로, 어차피 앞으로 단골이 될 테니까…… 아니, 전혀 괘념치 않아도 된다, 한 달에 10엔쯤은 어떻겠느냐, 아니면 5엔이라도 상관없다. 내가 이렇게 아주 씩씩하게 이야기하는 거지. 그리고 나서 나와 손님 사이에 두세 마디 오가고, 결국 내가 가노 모토노부의 족자를 600엔, 단 매달 10엔씩 내는 조건으로 팔아넘기는 거지."

"타임스가 백과사전을 파는 것 같네요(당시 일본에서 《런던 타임스》 신문사가 브리태니커 백과사전을 월부로 판매한 것을 말한다)."

"타임스는 확실하지만, 내 경우엔 아주 불확실하네. 이제부터 교묘한 사기가 시작되니 잘 들어보게. 한 달에 10엔씩 600엔을 갚으려면 몇 년이 걸릴 것 같나, 간게쓰 군?"

"그야 5년이지요."

"물론 5년이지. 그런데 5년이라는 세월은 길다고 생각하나 짧다고 생각하나, 도쿠센?"

"일념만년一念萬年, 만년일념萬年一念(만 년이 한 생각 속에 들어 있고, 한 생각은 만 년 속에 있다는 뜻)이라고 했으니 짧기도 하고 짧지 않기도 하겠지."

"뭐야, 그거 '도가道歌(도덕이나 훈계의 뜻을 알기 쉽게 노래한 와카和歌)'인가? 상식 없는 도가로군. 그런데 5년간 매달 10엔씩 갚는 거니까, 손님은 예순 번을 납부하면 되는 거네. 하지만 습관이란 게 무서워서 예순 번이나 매달 같은 일을 반복하다 보면 예순한 번째에도 10엔을 또 납부하게 된다는 거지. 예순두 번째에도 10엔을 내게 되고, 예순세 번째, 예순네 번째, 이렇게 횟수를 거듭함에 따라 기한이 되면 아무래도 10엔씩 내지 않고는 영 기분이 찝찝하거든. 그 약점을 이용해서 나는 계속 매달 10엔씩 이익을 보는 거지."

"하하하하, 설마 그걸 잊어버릴 정도로 머리가 나쁘지는 않겠지요."

간게쓰 군이 웃으며 이렇게 말하자 주인은 조금 진지하게 나왔다.

"아니, 그런 일이 실제로 있었네. 난 대학 때 학자금으로 빌린 돈을 매달 계산해보지도 않고 갚아나갔는데 나중에는 그쪽에서 그만 내라고 하더군."

주인은 자신의 수치를 인간의 일반적인 수치처럼 공언했다.

"거봐, 그런 사람이 여기 실제로 있으니까 확실한 거라고. 그러니까 내가 아까 말한 문명의 미래기未來記를 듣고 농담이라고 비웃는 자는 예순 번이면 끝나는 월부를 평생 지불하고도 정당하다고 생각하는 무리인 거지. 특히 간게쓰 군이나 도후 군처럼 경험이 일천한 청년들은 내가 하는 말을 잘 듣고 속지 않도록 조심해야 해."

"잘 알겠습니다. 월부는 반드시 예순 번만 내겠습니다."

"아니, 농담인 것 같지만 실제로 참고할 만한 이야기네, 간게쓰 군."

도쿠센이 간게쓰 군을 향해 말했다.

"예를 들어 말하자면, 지금 구샤미나 메이테이가, 자네가 아무 말 없이 결혼한 것이 온당하지 않으니까 가네다인가 하는 사람한테 사죄하라고 충고한다면 자네는 어떻게 하겠나? 사죄할 생각인가?"

"사죄하는 것만은 용서하시기 바랍니다. 그쪽에서 사과한다면 몰라도, 제가 그럴 생각은 없습니다."

"경찰이 자네한테 사죄하라고 명령한다면 어쩔 텐가?"

"당연히 거절하지요."

"대신이나 귀족이 그런다면?"

"역시 거절하겠습니다."

"그거 보게. 옛날과 지금은 사람이 그만큼 달라졌네. 옛날에는 나라님의 위광이면 뭐든지 할 수 있었지. 그다음에는 나라님의 위광으로도 할 수 없는 일이 생기는 시대가 되었고. 지금은 제아무리 전하라도, 각하라도 개인의 인격을 어느 정도 이상은 무시할 수 없는 세상이 된 거네. 심하게 말하면 상대가 권력이 있으면 있을수록 무시당하는 쪽이 불쾌감을 느끼고 반항하는 세상이 된 거야. 그러니 지금은 옛날과 달리 나라님의 위광 '때문에' 오히려 할 수 없는 일이 생기는 새로운 세상이라는 거네. 옛날 사람이라면 도저히 생각할 수 없는 일이 당연시되는 세상이 된 거지. 세태나 인정의 변천이라는 건 아주 신기한 것이라서 메이테이의 미래기도 농담이라고 하면 농담에 지나지 않겠지만, 그런 현상을 설명하는 것이라고 하면 꽤 묘미가 있는 얘기 아닌가."

"그걸 알아주는 사람이 있으니 미래기를 계속 얘기하고 싶어지는군. 도쿠센의 설명처럼 요즘 세상에 나라님의 위광을 등에 업거나 200~300자루의 죽창에 의지해 억지로 뜻을 관철하려는 것은 마치 가마를 타고 기어코 기차와 경쟁하려고 안달하는, 시대에 뒤떨어진 고집불통…… 뭐, 벽창호인 고리대금업자 조한 선생쯤 되는 사람이니 잠자코 그 솜씨나 구경하면 될 일이지만…… 나의 미래기는 즉석에서 임시변통할 수 있는 작은 문제가 아니네. 인간 전체의 운명에 관한 사회적 현상이니까 말이지. 요즘 문명의 경향을 넓은 시야에서 곰곰이 살펴 먼 미래의 추세를 점치자면 결혼은 불가능한 일이 될 거네. 놀라지 말게. 결혼은 불가능해질 거야. 이유는 이러하네. 앞에서 이야기한 대로 요즘은 개성 중심의 세상이지. 가장이 한 가족을 대표하고, 군수가 한 군을 대표하고, 영주가 한 영지를 대표하던 시절에는 대표자 이외의 사람에게는 인격이 전혀 없었어. 있어도 인정받지 못했지. 그러던 세상이 확 변해서 모든 생존자가 개성을 주장하기 시작하고 누구에게나 너는 너, 나는 나라고 말하게 되었네. 두 사람이 길에서 만나면, 네가 인간이면 나도 인간이라며 마음속으로 싸움을 걸면서 지나치지. 그만큼 개인이 강해졌다는 거야. 개인이 평등하게 강해졌다는 것은 개인이 평등하게 약해졌다는 말이기도 해. 남이 나를 해치기 힘들어졌다는 점에서는 확실히 내가 강해졌지만, 좀처럼 남 일에 관여할 수 없게 되었다는 점에서는 확실히 옛날보다 약해진 거겠지. 강해지는 것은 기쁘지만 약해지는 것은 아무도 달가워하지 않으니까 남이 털끝만큼도 건드리지 못하도록 나의 강점을 끝까지 고수함과 동시에 적어도 남에 대해서는 털끝의 반만큼이라도 건드리고 싶으니까 남의 약점을 억지로라도 과장하고 싶어 하지. 이렇게 되면 사람과 사람 사이에 공간이 없어져서 살아가는 게 갑갑해져. 자신을 잔뜩 긴장시켜서 터질 것처럼 부푼 상태에서 괴로워하며 살아가는 거야. 괴로우니까 다양한 방법으로 개인과 개인 사이에서 여유를 찾게 되지. 이렇게 인간이 자업자득으로 괴로워하고, 괴로운 나머지 생각해 낸 첫 번째 방안이 부모 자식이 별거하는 제도라네. 일본에서도 산속에 들어가 봐. 한 집에 한 집안 사람이 한꺼번에 득실거리며 살고 있네. 주장해야 할 개성도 없고, 있어도 주장하지 않으니까 별문제는 없겠지만, 문명의 백성은 설사 부모와 자식 간에도 서로 자기주장을 하지 않으면 그만큼 손해니까 자연히 양자의 안전을 유지하기 위해서는 별거할 수밖에 없는 거지. 유럽은 문명이 발달했으니 이 제도가 일본보다 빨리 시행되었네. 간혹 부모와 자식이 함께 사는 예도 있지만, 아들이 아버지한 테 돈을 빌려도 이자를 내야 한다거나 남처럼 하숙비를 내기도 하지. 부모가 자식의 개성을 인정하고 존중해주니까 이런 미풍이 성립하는 거라네. 이런 풍습은 하루빨리 일본에 들여와야 해. 친척은 이미 떨어져 살고 있고, 부모와 자식은 요즘 들어 떨어져 살며 간신히 버티고 있는 것 같긴 하지만, 개성의 발달과 그 발달에 따라 이에 대한 존중도 한없이 커져갈 테니 아직도 떨어지지 않았다면 편하게 살 수 없을 거네. 하지만 부모 형제가 떨어져 사는 오늘날, 더는 떨어질 게 없으니 최후의 방안으로 부부가 떨어지게 되는 거지. 요즘 사람들은 한곳에 사니까 부부라고 생각하네. 이게 아주 잘못된 생각이야. 한곳에서 살기 위해서는 한곳에 있기에 충분할 만큼 개성이 맞아야 해. 옛날이라면 불만이 없었지. 이체동심異體同心이니 뭐니 하여 겉으로는 부부 두 사람으로 보이지만 실은 한 사람이었으니까. 그러니 해로동혈偕老同穴이니 하면서 죽어서도 한 구멍 속의 너구리처럼 한 무덤에 묻히는 거지. 야만적인 일이야. 그러나 지금은 그렇게 할 수 없네. 남편은 어디까지나 남편이고 아내는 어디까지나 아내니까. 그 아내가 여학교에서 치마바지(스커트처럼 전체가 통으로 된 바지. 메이지 시대 여학생들이 애용했다)를 입고 확고한 개성을 단련한 후 속발束髮(메이지 시대 이후에 서양의 영향을 받아 생겨나 유행한 트레머리)한 모습으로 몰려오는 상황이라 도저히 남편의 뜻대로 될 리가 없지. 또 남편의 뜻대로 되는 아내라면, 아내가 아니라 인형이니까 말이야. 현명한 아내일수록 개성은 무서울 정도로 발달하네. 발달하면 할수록 남편과 맞지 않게 되고, 맞지 않으면 자연히 남편과 충돌하지. 그러니 현명한 아내라는 이름이 붙은 이상, 아침부터 밤까지 남편과 충돌하는 거야. 참으로 다행스러운 일이지만, 현명한 아내를 맞이하면 할수록 부부가 괴로워하는 정도도 심해지는 거지. 부부 사이에 물과 기름처럼 확연한 경계가 있는데, 그것도 안정되어 그 경계가 수평선을 유지하면 그런대로 괜찮지만, 물과 기름이 서로 공작을 하니 집안은 대지진이라도 일어난 것처럼 들썩거리는 거지. 이쯤에 이르러서야 부부가 동거하는 것이 서로에게 손해라는 것을 깨닫게 되는 거라네."

"그래서 부부가 헤어지는 건가요? 걱정이네요."

간게쓰 군이 말했다.

"헤어지지. 분명히 헤어질 거야. 세상의 모든 부부가 헤어지겠지. 지금까지는 한곳에 사는 것이 부부였지만, 앞으로는 동거하는 자를 부부의 자격이 없는 자로 간주하게 될 걸세."

"그러면 저 같은 사람은 자격이 없는 축에 들겠네요."

간게쓰 군은 적절한 순간에 아내 자랑을 했다.

"메이지 시대에 태어난 걸 다행으로 알게. 나 같은 사람은 미래기를 얘기할 만큼 두뇌가 시류보다 한두 걸음 앞서 있으니, 마침맞게 지금부터 독신으로 있는 거네. 남들은 내가 실연한 탓이다 뭐다 떠들어대는데, 그들의 근시안적인 시야는 정말 가여울 정도로 천박한 걸세. 그거야 어쨌든, 미래기 얘기나 계속하도록 하겠네. 그때 한 철학자가 하늘에서 내려와 천지가 개벽할 진리를 주창하네. 그 진리는 이런 거라네. 인간은 개성의 동물이다. 개성을 죽이면 인간을 죽이는 것과 같은 결과에 빠진다. 적어도 인간의 의의를 완전하게 하기 위해서는 어떤 대가를 치르는 한이 있더라도 이 개성을 유지함과 동시에 발전시켜야 한다. 누습에 얽매여 마지못해 결혼을 집행하는 것은 인간의 자연스러운 경향에 반하는 야만적인 풍습이다. 개성이 발달하지 않은 몽매한 시대라면 모르겠지만, 문명화된 오늘날 여전히 이런 병폐에 빠져 부끄러운 줄도 모르고 반성하지 않는 것은 심각한 오류다. 고도로 개화한 오늘날 두 개의 개성이 보통 이상으로 친밀하게 연결되어야 할 이유가 있을 리 없다. 이처럼 명백한 이유가 있는데도 무식한 청춘남녀가 한때의 열정을 이기지 못하고 함부로 결혼식을 올리는 것은 심히 부도덕한 까닭이다. 나는 인간의 도리를 위해, 문명을 위해, 그들 청춘남녀의 개성을 보호하기 위해 전력을 다해 이 야만적인 풍습에 저항하지 않을 수 없다……."

"선생님, 저는 이 주장에는 전적으로 반대합니다."

이때 도후 군이 과감히 손바닥으로 무릎을 치며 말했다.

"저는 세상에서 사랑과 아름다움만큼 귀중한 것은 없다고 생각합니다. 우리를 위로하고, 우리를 완전하게 하며, 우리를 행복하게 하는 것은 바로 사랑과 아름다움입니다. 우리의 정서를 우아하게 하고, 품성을 고결하게 하며, 동정을 세련되게 만들어주는 것은 바로 그 둘입니다. 그러니 우리는 언제 어디서 태어난다고 해도 이 둘을 잊을 수 없는 것입니다. 이 둘이 현실 세계에 나타나면, 사랑은 부부라는 관계가 되고, 아름다움은 시가와 음악이라는 형식으로 나뉩니다. 그러므로 인류가 지구 표면에 존재하는 한 부부와 예술은 절대 사라지지 않을 거라 생각합니다."

"사라지지 않는다면 다행이겠지만, 지금 철학자가 말한 대로 분명히 사라지고 말 테니까 어쩔 수 없는 거라고 포기하는 거지. 뭐 예술이라고? 예술도 부부와 같은 운명으로 귀착될 걸세. 개성의 발달은 개성의 자유라는 뜻이겠지. 개성의 자유라는 의미는 나는 나, 남은 남이라는 의미일 테고. 그러니 예술 같은 게 존재할 수 있을 리가 없잖은가. 예술이 번창하는 것은 예술가와 향수자 사이에 개성이 일치하기 때문이겠지. 자네가 아무리 시인이라며 분발해도 자네의 시를 읽고 재미있다고 말하는 사람이 하나도 없다면, 딱한 일이네만 자네의 신체시도 자네 말고는 독자가 없어지는 것 아니겠나. 〈원앙가〉를 편작하는 건 시작도 못 할 테고. 다행히 메이지 시대인 오늘날 태어났으니 세상 사람들이 다들 애독하는 거겠지만……."

"아니, 그 정도도 아닙니다."

"지금도 그 정도가 아니라면 인문이 발달한 미래, 즉 아까 같은 위대한 철학자가 나와 비결혼론非結婚論을 주장하는 시대가 되면 아무도 읽어주지 않을 것 아닌가. 사람들 각자가 특별한 개성을 지니고 있으니 남이 지은 시문 같은 건 전혀 재미있어하지 않을 거라는 거지. 실제로 지금도 영국 같은 데서는 이러한 경향이 분명히 나타나고 있네. 현재 영국의 소설가 중에서 가장 개성이 뚜렷한 작품을 쓴다는 메러디스(조지 메러디스. 영국의 소설가, 시인)를 보게. 제임스(헨리 제임스. 소설가. 미국에서 태어났지만 생애의 대부분을 유럽에서 살며 유럽과 미국의 차이를 주제로 한 작품을 남겼다)를 보게. 독자가 아주 적지 않은가. 적을 수밖에. 그런 작품은 그런 개성을 지닌 사람이 아니면 재미있게 읽을 수 없으니 어쩔 수 없는 일이지. 이러한 경향이 점점 발달하여 혼인이 부도덕한 일이 되는 시대에는 예술도 완전히 사라지는 거지. 그렇지 않은가. 자네가 쓴 것은 내가 이해할 수 없게 되고, 내가 쓴 것은 자네가 이해할 수 없게 되는 날, 자네와 나 사이에 예술이고 뭐고 있을 수 없지 않은가, 그런 말이네."

"그야 그렇겠지만 저는 아무래도 직각적直覺的으로 그렇게 생각되지 않습니다."

"자네가 직각적으로 그렇게 생각하지 않는다면 나는 곡각적曲覺的으로 그렇게 생각할 뿐이네."

"곡각적일지도 모르겠지만……."

이번에는 도쿠센이 입을 열었다.

"아무튼 인간에게 개성의 자유를 허용하면 할수록 서로가 갑갑해진다는 것은 틀림없는 사실이네. 니체가 초인 같은 걸 들고 나온 것도 바로 그 갑갑함을 해소할 길이 없어서 어쩔 수 없이 그런 철학으로 변형한 것이지. 얼핏 그 사람의 이상처럼 보이지만 그건 이상이 아니라 불평이네. 개성이 발달한 19세기에 위축되어, 옆 사람에게 마음 놓고 좀처럼 몸을 뒤척이지도 못하니까, 에라 모르겠다 하는 심정으로 그런 난폭한 글을 휘갈긴 거지. 그래서 그걸 읽으면 장쾌하다기보다는 오히려 안됐다는 느낌이 드네. 그 목소리도 용맹하게 정진하는 목소리가 아니야. 아무리 봐도 원통하고 분하다는 소리지. 그도 그럴 것이, 옛날에는 위대한 사람 하나가 나타나면 세상의 모든 사람이 그 기치 아래 모여들었으니 얼마나 유쾌했겠나. 그런 유쾌함이 현실에서 일어났다면, 일부러 니체처럼 붓과 종이의 힘으로 그걸 책에 쓸 필요는 없었겠지. 그러니 호메로스의 작품도 〈체비 체이스〉(15세기경에 만들어진 영국에서 가장 오래된 담시. 잉글랜드와 스코틀랜드의 국경 분쟁으로 야기된 전투에 관해서 노래하고 있다)도 똑같이 초인적인 성격을 그리고 있지만, 느낌이 전혀 다른 거네. 쾌활해. 유쾌하게 쓰여 있지. 유쾌한 사실이 있고 그 것을 종이에 옮겨 쓴 거니까 쓴맛이 없는 거지. 하지만 니체의 시 대는 그렇게 되지 않아. 영웅 같은 건 한 사람도 나오지 않네. 나 온다고 해도 아무도 영웅으로 대접하질 않아. 옛날에는 공자가 단 한 사람이었으니까 공자도 세력을 떨칠 수 있었지만, 지금은 공자 가 여러 명이나 있어. 어쩌면 세상 사람들이 죄다 공자인지도 모 르지. 그러니 나는 공자다, 하고 뻐겨봤자 먹혀들지 않아. 먹혀들 지 않으니까 불만인 거고. 그리고 불만이니까 책에서만이라도 초 인 같은 걸 내세우는 거지. 우리는 자유를 원해서 자유를 얻었어. 자유를 얻고 나니 부자유를 느끼고 난처해지지. 그러니 서양 문 명 따위는 얼핏 좋아 보여도 실상은 틀러먹은 거야. 이에 비해 동 양에서는 옛날부터 마음을 수양했지. 그쪽이 옳아. 보라고 개성이 발달하니까 모두 신경쇠약에 걸리고, 그걸 수습할 수 없게 되었을 때야 비로소 '덕이 있는 왕의 백성은 마음이 편하다(《논어》에서 공자 가 요임금의 덕치를 칭송하는 말이다).'라는 말의 가치를 발견하게 되는 거지. '무위이화無爲而化(《노자》에 나오는 말이다)', 즉 성인의 덕이 크면 굳이 인도하지 않아도 백성들이 스스로 따라와 감화된다는 말을 무시할 수 없다는 걸 깨닫게 된다는 거야. 하지만 깨달아봤자 그 때는 이미 어쩔 도리가 없지. 알코올 중독에 빠지고 나서, 아아, 술 을 먹지 말았어야 했는데, 하고 생각하는 것과 같은 거거든."

"선생님들은 꽤 염세적인 말씀을 하시는 것 같은데, 저는 참 이 상합니다. 여러 가지 이야기를 들었는데도 아무런 느낌이 없거든 요. 어떻게 된 걸까요?"

간게쓰 군이 말했다.

"그거야 이제 막 아내를 얻었으니 그렇겠지."

메이테이가 곧장 해석을 내렸다. 그러자 주인이 불쑥 이런 말을 하기 시작했다.

"아내를 얻고 여자가 좋은 거라고 생각하면 엄청난 착각이네. 참고삼아 내가 재미있는 걸 읽어주겠네. 잘 들어보게."

조금 전 서재에서 꺼내온 낡은 책을 들고 주인이 말을 이었다.

"이 책은 아주 오래된 책이지만, 그 시대부터 여자의 나쁜 짓을 분명히 밝히고 있네."

"좀 놀랐습니다. 대체 언제 나온 책입니까?"

간게쓰 군이 물었다.

"토머스 내시(영국의 풍자 작가로 본문에 나오는 '옛 현인들의 여성관'은 《어리석음의 분석》에 나온다)라고 16세기 영국 작가의 저서네."

"정말 놀랍네요. 그 시대에 이미 제 아내에 대한 험담을 늘어놓은 사람이 있었습니까?"

"여자에 대한 여러 험담이 있지만, 그중에는 꼭 자네 아내한테 해당하는 얘기도 있으니 들어보는 게 좋을 걸세."

"네, 듣겠습니다. 고마운 일이네요."

"우선 옛 현인들의 여성관을 소개한다고 쓰여 있네. 자, 듣고 있나?"

"다들 듣고 있네. 독신인 나까지 듣고 있으니까."

"아리스토텔레스가 말하길, 여자는 어차피 쓸모없는 존재이니 아내를 맞으려면 덩치가 큰 여자보다는 작은 편이 재앙이 덜하니……."

"간게쓰 군의 아내는 덩치가 큰 편인가 작은 편인가?"

"쓸데없이 덩치만 큰 편입니다."

"하하하하, 그것참 재미있는 책이로군. 자, 그다음을 읽어보게."

"어떤 사람이 묻기를, 최대의 기적은 무엇인가. 현자가 대답하기를 정숙한 부인……."

"그 현자란 사람은 누군가요?"

"이름은 쓰여 있지 않네."

"어차피 실연당한 현자일 게 뻔하지."

"다음에는 디오게네스가 나오네. 어떤 사람이 묻기를, 아내는 언제 맞이해야 하는가. 디오게네스가 대답하기를, 청년은 아직 이르고 노인은 이미 늦다. 이렇게 쓰여 있네."

"술독에서 생각했군그래."

"피타고라스가 이르길, 천하에 무서운 것이 세 가지 있는데 불, 물, 여자다."

"그리스 철학자들도 의외로 경솔한 말을 했군그래. 나로 말하자면 천하에 무서운 게 없네. 불속에 뛰어들어도 타지 않고 물속에 들어가도 가라앉지 않고……."

도쿠센은 잠깐 말문이 막혔다.

"여자를 만나도 빠지지 않는 거겠지."

메이테이 선생이 구원병으로 나섰다. 주인은 재빨리 그다음을 읽었다.

"소크라테스는, 인간에게 가장 어려운 일은 부녀자를 다루는 일이라고 했다. 데모스테네스가 이르기를, 사람이 만약 그의 적을 괴롭히고자 한다면 자기 여자를 적에게 넘기는 것보다 좋은 계책은 없다. 가정의 풍파로 밤낮없이 그를 고달프게 하여 일어설 수조차 없게 하기 때문이다. 세네카는 부녀자의 무학無學을 세계의 2대 재앙이라 했고, 마르쿠스 아우렐리우스는 제어하기 힘든 점에서 여자는 선박과 비슷하다고 했으며, 플라우투스는 여자가 아름다운 옷을 화려하게 차려입는 성벽性癖은 타고난 추함을 감추려는 졸렬한 책략에 근거한 것이라 했다. 일찍이 발레리우스가 친구 아무개에게 글을 써서 이르기를, 천하에 여자가 몰래 할 수 없는 일이 없으니 바라건대 하늘이 가엾게 여겨 그대로 하여금 그녀들의 술책에 빠지지 않게 하기를. 그가 또 이르기를, 여자란 무엇인가, 우애의 적이 아닌가, 피할 수 없는 괴로움이 아닌가, 필연적인 해악이 아닌가, 자연의 유혹이 아닌가, 꿀을 닮은 독이 아닌가, 만약 여자를 버리는 것이 부덕이라면 그들을 버리지 않는 것은 더 큰 죄라 하지 않을 수 없다……."

"이제 됐습니다, 선생님. 어리석은 아내에 대한 험담을 듣는 건 이 정도로 충분합니다."

"아직 4, 5페이지 더 남았으니 이어서 들어보는 게 어떤가?"

"이제 그 정도로 해두게. 마나님께서 돌아오실 시간 아닌가."

메이테이 선생이 놀리자 다실 쪽에서 안주인이 하녀를 부르는 소리가 들린다.

"기요! 기요!"

"이거 큰일 났군. 이보게, 마나님이 집에 계셨군그래."

"후후후, 무슨 상관인가?"

주인이 웃으면서 말했다.

"제수씨, 제수씨. 언제 돌아오셨습니까?"

다실 쪽에서는 아무 대답이 없다.

"제수씨, 방금 한 얘기 들었습니까, 네?"

여전히 대답이 없다.

"방금 한 얘기는 구샤미의 생각이 아닙니다. 16세기 내시라는 사람의 주장이니 안심하세요."

"몰라요."

안주인은 먼 데서 짧게 대답했다. 간게쓰 군은 키득키득 웃었다.

"저도 모르고 실례했습니다. 하하하하."

메이테이 선생이 거리낌 없이 웃고 있는데, 거칠게 문이 열리는 소리와 함께 안내를 청하는 말도 없이, 실례한다는 말도 없이, 쿵쾅거리는 발소리가 들리는가 싶더니 객실 장지문이 난폭하게 열리며 다타라 산페이 군의 얼굴이 그 사이로 나타났다.

오늘 산페이 군은 평소와 달리 새하얀 셔츠에 갓 맞춘 프록코트를 입고 이미 알딸딸한 상태에서 오른손에 묵직하게 늘어뜨린 줄로 묶은 맥주 네 병을 가다랑어포 옆에 내려놓자마자 인사도 없이 털썩 주저앉았다. 편히 앉은 그 모습이 눈부신 무사 같다.

"선생님, 요즘 위장병은 어떻습니까? 이렇게 집에만 계시니 좋지 않은 겁니다."

"아직 좋지 않다고도 뭐라고도 하지 않았네."

"말씀하시지 않아도 안색이 좋지 않습니다. 선생님, 안색이 누렇습니다. 요즘엔 낚시가 좋아요. ……전 지난번 일요일에 시나가와에서 배 한 척을 빌려 다녀왔습니다."

"뭘 좀 낚았나?"

"한 마리도 못 잡았습니다."

"못 잡아도 재미있나?"

"호연지기를 기르는 거지요, 선생님. 여러분은 어떤가요? 낚시하러 간 적 있습니까? 재미있습니다, 낚시는. 광활한 바다를 작은 배로 돌아다니는 거니까요."

산페이 군은 아무에게나 말을 걸었다.

"나는 작은 바다를 큰 배로 돌아다니고 싶네."

메이테이가 말을 받았다.

"이왕 하는 낚시라면 고래나 인어라도 낚지 못하면 시시하지요."

간게쓰 군이 대답했다.

"그런 게 낚이겠습니까? 문학자는 상식이 없다니까."

"저는 문학자가 아닙니다."

"그런가요, 그럼 당신은 뭐 하는 사람입니까? 저 같은 비즈니스맨은 상식이 제일 중요하니까요. 선생님, 요즘 저는 상식이 무척 풍부해졌습니다. 아무래도 그런 곳에 있으면 주변 사람들이 그런 사람들이라 그런지 저절로 그렇게 됩니다."

"어떻게 되는데?"

"담배만 해도 그렇습니다. 아사히나 시키시마 같은 담배를 피워서는 영 체면이 서지 않습니다."

산페이 군은 이렇게 말하며 필터에 금박을 입힌 이집트 궐련(이집트산 담뱃잎으로 만든 영국제 궐련. 당시 일본에서는 고가의 외국 담배였다)을 꺼내 뻐끔뻐끔 피우기 시작했다.

"그런 사치를 부릴 돈은 있고?"

"돈은 없지만 조만간 어떻게 되겠지요. 이 담배를 피우면 신뢰가 엄청 달라집니다."

"간게쓰 군이 구슬을 가는 것보다 편한 신뢰라 좋구먼. 수고스럽지도 않고, 간편한 신뢰야."

메이테이가 간게쓰에게 이렇게 말하자 간게쓰가 뭐라 대답하기도 전에 산페이 군이 끼어들었다.

"당신이 간게쓰 씨입니까? 결국 박사가 되지 못했군요. 당신이 박사가 되지 못하니 제가 받기로 했습니다."

"박사학위를 말인가요?"

"아뇨, 가네다 씨 댁 따님 말입니다. 사실 안타깝게 생각합니다. 하지만 그쪽에서 꼭 거둬달라고 하도 사정을 하는 바람에 결국 받아들이기로 했습니다, 선생님. 그러나 간게쓰 씨한테는 도리가 아닌 것 같아서 걱정입니다."

"아무쪼록 괘념치 마시고."

간게쓰 군이 이렇게 말하자 주인은 애매하게 대답했다.

"자네가 맞이하고 싶다면 맞이하면 되는 거지."

"그것참 경사스러운 이야기로군. 그러니 어떤 딸을 두든 걱정할 게 아닌 거야. 누가 데려가나 했더니, 내가 아까 말한 대로 이렇게 훌륭한 신사 사위가 생기지 않았는가. 도후 군, 신체시의 소재가 생겼네. 당장 시작하게."

메이테이가 여느 때처럼 우쭐해하자 산페이 군이 도후 군에게 말했다.

"당신이 도후 씨인가요? 결혼식 때 뭔가 지어줄 수 있습니까? 금방 활판으로 찍어서 여러분께 돌리겠습니다. 《다이요太陽》(1895년에 하쿠분칸博文館에서 창간한 월간 종합잡지로 당시 널리 읽혔다)에도 실어달라고 하겠습니다."

"예, 까짓것 지어보겠습니다. 언제쯤 필요하십니까?"

"언제든지 좋습니다. 이미 지어놓은 것이라도 괜찮습니다. 그

대신 피로연 때 초대해서 대접하겠습니다. 샴페인을 마시게 해드리지요. 샴페인 마셔본 적 있습니까? 샴페인, 맛있습니다. ⋯⋯선생님, 피로연 때 악대를 부를 생각입니다만, 도후 군의 시에 곡을 붙여 연주하면 어떻겠습니까?"

"좋을 대로 하게."

"선생님, 곡을 붙여주시지 않겠습니까?"

"무슨 말도 안 되는 소리를."

"여기 계신 분들 중에 음악을 하실 줄 아는 분 없습니까?"

"낙제 후보자 간게쓰 군이 바이올린의 귀재네. 정중히 부탁해보게. 하지만 샴페인 정도로는 들어주지 않을 걸세."

"샴페인도 말이죠, 한 병에 4엔이나 5엔쯤 하는 건 좋지 않지만, 제가 대접하는 건 그런 싸구려가 아닙니다. 어디 한 곡 만들어주지 않겠습니까?"

"예, 예. 만들어드리고말고요. 한 병에 20전짜리 샴페인이라도 만들어드리겠습니다. 뭣하면 공짜로라도 만들어드리지요."

"공짜로는 부탁할 수 없지요. 사례는 하겠습니다. 샴페인이 싫으시다면 이런 사례는 어떻습니까?"

다타라 군은 이렇게 말하면서 윗도리 안주머니에서 일고여덟 장의 사진을 꺼내 팔랑팔랑 방바닥에 떨어뜨렸다. 상반신을 찍은 사진이 있다. 전신을 찍은 사진이 있다. 서서 찍은 사진이 있다. 앉아서 찍은 사진이 있다. 하카마를 입고 찍은 사진이 있다. 예복을 입고 찍은 사진이 있다. 높이 추켜올린 머리 모양을 하고 찍은 사진이 있다. 죄다 묘령의 여자 사진뿐이다.

"선생님, 후보자가 이만큼이나 있습니다. 간게쓰 군과 도후 군한테 사례로 이 가운데 누군가를 소개해줘도 됩니다. 이건 어떻습니까?"

산페이 군은 사진 한 장을 간게쓰 군에게 내밀었다.

"괜찮은데요. 꼭 소개해주세요."

"이쪽도 괜찮습니까?"

산페이 군은 사진을 한 장 더 내밀었다.

"이쪽도 괜찮네요. 꼭 소개해주세요."

"어느 쪽입니까?"

"어느 쪽이든 상관없습니다."

"바람기가 상당하네요. 선생님, 이 아가씨는 박사의 조카입니다."

"그런가?"

"이 아가씨는 성격이 정말 좋습니다. 나이도 어리지요. 이제 열일곱 살입니다. 이 아가씨라면 지참금이 1,000엔이나 있습니다. 그리고 이쪽은 지사의 딸이지요."

산페이 군은 혼자 떠들었다.

"그 아가씨들을 몽땅 얻을 수는 없습니까?"

"몽땅 말입니까? 욕심이 좀 과하군요. 일부다처주의자입니까?"

"다처주의자는 아닙니다만 육식론자이긴 합니다."

"뭐든 상관없으니, 사진이나 어서 치우게."

주인이 엄하게 꾸짖듯이 말했다.

"그러면 어느 쪽도 안 하겠단 말이지요?"

산페이 군은 이렇게 확인하면서 사진을 한 장 한 장 호주머니에 넣었다.

"뭔가, 그 맥주는?"

"선물입니다. 미리 축하할 겸 모퉁이 술집에서 사 왔습니다. 한 잔하시지요."

주인은 손뼉을 쳐서 하녀를 불러 마개를 따게 했다. 주인, 메이테이, 도쿠센, 간게쓰, 도후, 이 다섯 명은 정중하게 컵을 들어 산페이 군의 여자 복을 축하했다.

"여기 계신 여러분을 피로연에 초대하겠습니다. 다들 와주시겠습니까? 와주실 거지요?"

산페이 군은 매우 유쾌한 듯이 물었다.

"난 싫네."

주인은 바로 대답했다.

"왜요? 제 인생에 단 한 번뿐인 대사입니다. 참석하지 않겠다니요, 좀 몰인정하신 거 아닌가요?"

"몰인정한 건 아니지만, 아무튼 난 안 가."

"마땅한 옷이 없어서인가요? 하오리와 하카마 정도는 어떻게든 마련해보겠습니다. 사람들 앞에도 좀 나서는 게 좋을 텐데요, 선생님. 유명한 분들께도 소개해드리겠습니다."

"그건 딱 질색이네."

"위장병이 다 나을 텐데요."

"낫지 않아도 상관없어."

"그리 고집을 부리신다면야 어쩔 수 없지요. 선생님은 어떠신가요? 오실 수 있습니까?"

"나 말인가? 꼭 가지. 가능하다면 결혼식 증인의 영광을 누리고 싶은 마음이네. '샴페인 합환주여, 봄날 저녁'. ……뭐, 결혼식 증인이 스즈키 도주로라고? 역시, 내 그럴 줄 알았지. 아쉽지만 어쩔 수 없군. 증인이 둘이나 있을 필요는 없으니, 그냥 인간으로서 참석하겠네."

"선생님은 어떻습니까?"

"나 말인가? 일간풍월한생계一竿風月閑生計, 인조백빈홍료간人釣白蘋紅蓼間(소세키의 창작시로 '낚싯대 하나를 벗 삼아 풍류를 즐기네, 하얀 부평초와 붉은 여뀌꽃 피는 물가에서'라는 뜻이다)이라."

"그건 뭔가요?《당시선唐詩選》입니까?"

"나도 모르지."

"모르신다고요? 허 참. 간게쓰 씨는 와주시겠지요? 지금까지의 관계도 있고 하니."

"꼭 가겠습니다. 제가 만든 곡을 악대가 연주하는데 못 듣는 건 애석한 일이니까요."

"그렇고말고요. 당신은 어떻습니까, 도후 씨?"

"글쎄요. 저는 두 분 앞에서 신체시를 낭독하고 싶습니다."

"그거 유쾌하겠군요. 선생님, 저는 태어나서 이렇게 유쾌한 적이 없었습니다. 그러니 맥주를 한 잔 마시겠습니다."

산페이 군은 자신이 사 온 맥주를 혼자 벌컥벌컥 마시고는 얼굴이 벌게졌다.

어느덧 짧은 가을 해도 저물고, 담배꽁초가 뿔뿔이 흩어져서 어지러이 널려 있는 화로를 들여다보니 불은 진작에 꺼져 있었다. 그렇게 무사태평한 이들도 다소 흥이 떨어졌는지 도쿠센이 먼저 일어섰다.

"많이 늦었네. 이만 돌아갈까."

"나도 가야겠군."

이어서 다들 이렇게 중얼거리고 현관으로 나섰다. 연극이 끝나고 난 뒤의 텅 빈 객석처럼 객실은 쓸쓸해졌다.

주인은 저녁 식사를 마치고 서재로 들어갔다. 안주인은 쌀쌀함에 속옷의 깃을 여미고 빛바랜 옷을 깁고 있다. 아이들은 베개를 나란히 하고 잠들어 있다. 하녀는 욕실에 갔다.

근심이 없어 보이는 이들도 마음속 깊은 곳을 두드려보면 어딘가 슬픈 소리가 난다. 도통한 듯 보이는 도쿠센 역시 발은 지면 외에는 딛지 않는다. 무사태평해 보일지도 모르겠지만 메이테이의 세상은 그림 속 세상이 아니다. 간게쓰는 유리구슬 가는 일을 그만두고 드디어 고향에서 아내를 데리고 왔다. 이것이 순리다. 하지만 순리가 오래 계속되면 필시 지겨워질 것이다. 도후도 앞으로 10년쯤 지나면 무턱대고 신체시를 바치는 일이 잘못이라는 걸 깨닫게 될 것이다. 산페이는 물에 사는 사람인지 산에 사는 사람인지 판단하기가 쉽지 않다. 평생 샴페인을 대접하며 흐뭇해할 수 있으면 더할 나위 없겠다. 스즈키 도주로는 어디까지고 굴러갈 것이다. 구르다 보면 흙탕물도 묻는다. 흙탕물이 묻어도 구르지 않는 자보다는 말발이 세다. 고양이로 태어나 인간 세상에 살게 된 지도 어언 2년이 넘었다. 나로서는 이 정도로 식견을 갖춘 고양이는 다시없을 줄 알았는데, 지난번에 듣도 보도 못한 카테르 무르(에른스트 호프만의 소설 《수고양이 무르의 인생관》의 주인공 무르를 말한다. 소세키의 친구인 독문학자 후지시로 소진이 《신소설新小說》 1906년 4월호에 〈고양이 문사 기염록〉을 발표했는데, 이 글에서 후지시로는 소세키의 '고양이'를 언급하며 독일에는 이미 100년 전에 '선배'가 있었다고 야유했다)라는 동족이 불쑥 나타나 기염을 토하는 바람에 조금 놀랐다. 자세히 들어보니 실은 100년 전에 죽었는데 어쩌다가 호기심이 발동하여 나를 놀라게 하려고 일부러 유령이 되어 멀리 저승에서 출장을 왔다고 한다. 이 고양이는 어머니를 만나러 갈 때 인사의 징표로 물고기 한 마리를 물고 갔는데, 도중에 결국 참지 못하고 자신이 먹어버렸을 정도로 불효자이기에 당연히 재주도 인간에게 지지 않을 정도여서 한번은 시를 지어 주인을 놀라게 한 적도 있다고 한다. 이런 호걸이 한 세기나 전에 출현했다면, 나처럼 변변치 않은 놈은 진작이 세상에 하직을 고하고 무하유향無何有鄉(《장자》에 나오는 말이다. '있는 것이라고는 아무것도 없는 곳'이라는 뜻으로, 장자가 추구한 무위자연의 이상향을 말한다)으로 돌아가 한가로이 지내도 될 것이었다.

주인은 조만간 위장병으로 죽을 것이다. 가네다 영감은 욕심 때문에 이미 죽은 것이나 진배없다. 가을 나뭇잎은 거의 다 떨어졌다. 죽는 것이 만물의 업보라고, 살아 있어도 그다지 도움이 되지 않으니까 일찌감치 죽는 것이 현명한 일인지도 모른다. 여러 선생의 말에 따르면 인간의 운명은 자살로 귀착된다고 한다. 방심했다간 고양이도 그런 갑갑한 세상에 태어나게 된다. 무서운 일이다. 왠지 울적해졌다. 산페이 군이 사 온 맥주라도 마시고 기운을 좀 내야겠다.

부엌으로 갔다. 문틈으로 들어온 가을바람 때문인지 등불은 어느새 꺼졌지만, 달이 떴는지 창문에 그림자가 비친다. 쟁반 위에 컵이 세 개 놓여 있고, 그중 두 개에는 갈색 물이 반쯤 담겨 있다. 유리 안에 든 것은 뜨거운 물이라도 차갑게 느껴진다. 하물며 싸늘한 밤 달그림자에 비쳐 고요히 뜬숯 만드는 항아리와 나란히 놓인 액체이고 보니 입술을 대기도 전에 한기가 느껴져서 마시고 싶은 마음이 싹 가신다. 그러나 무슨 일이든 일단 해봐야 안다. 산페이 군은 저걸 마시고 나서 얼굴이 벌게져서 숨이 막히는 듯 더운 숨을 내뿜었다. 고양이도 마시면 기분이 좋아지지 말란 법도 없을 것이다. 어차피 언제 죽을지 모르는 목숨이다. 여하튼 목숨이 붙어 있는 동안 해볼 일이다. 죽고 나서 아아, 아쉽다고 무덤 속에서 후회해봐야 소용없는 일이다. 과감히 마셔보자, 하고 기세 좋게 혀를 넣어 할짝할짝 마셔보고는 깜짝 놀랐다. 어쩐지 혀끝이 바늘에 찔린 것처럼 찌르르했다. 인간은 무슨 별난 취향에 이런 썩어빠진 것을 마시는지 모르겠으나 고양이에게는 도저히 마실 게 못 된다. 아무래도 고양이와 맥주는 궁합이 안 맞는 모양이다. 이거 큰일이다, 하고 일단 내민 혀를 거두어들였다가 생각을 바꿨다. 인간은 입버릇처럼 좋은 약은 입에 쓰다고 하면서 감기에 걸리면 얼굴을 찡그리고 이상한 것을 마신다. 마셔서 낫는 것인지 그냥 나을 건 데도 마시는 것인지 지금껏 의문이었는데 마침 잘됐다. 이 문제를 맥주로 해결해보자. 마시고 뱃속까지 쓰면 그걸로 그만이다. 만약 산페이 군처럼 정신을 잃을 정도로 기분이 좋아지면 전무후무한 횡재이니 동네 고양이들에게 가르쳐줘도 될 것이다. 뭐 어떻게 될지 운을 하늘에 맡기고 해치우자고 결심하고 다시 혀를 내밀었다. 눈을 뜨고 있으면 마시기 힘드니 질끈 감고 다시 할짝할짝 마시기 시작했다.

참고 또 참으며 맥주 한 잔을 가까스로 다 마셨을 때 나에게 묘한 현상이 일어났다. 처음에는 혀가 찌르르하고 입안이 외부에서 압박받는 것처럼 고통스러웠는데 마시면서 점점 편해지더니 한 잔을 다 마셨을 때는 별로 힘들지도 않았다. 이제 괜찮겠다 싶어서 두 잔째는 힘들이지 않고 해치웠다. 내친김에 쟁반 위에 쏟아진 것도 걸레로 닦듯이 뱃속에 넣었다.

그러고 나서 잠깐 나는 내 상태를 살피기 위해 가만히 웅크리고 있었다. 몸이 점차 뜨거워졌다. 눈언저리가 발그레해졌다. 귀가 화끈거렸다. 노래를 하고 싶었다. 〈고양이, 고양이〉라는 노래에 맞춰 춤을 추고 싶었다. 주인도 메이테이도 도쿠센도 똥이나 처먹어라, 하는 기분이 되었다. 가네다 영감탱이를 할퀴어주고 싶었다. 가네다 마누라의 코를 물어뜯고 싶었다. 이런저런 것들이 하고 싶어졌다. 마지막에는 휘청휘청 일어나고 싶었다. 일어났더니 비틀비틀 걷고 싶었다. 이거 참 재미있군, 하고 밖으로 나가고 싶었다. 밖으로 나가자 달님에게 "안녕하세요?"라고 인사하고 싶었다. 정말 기분이 좋았다.

거나하게 술에 취한다는 게 이런 거구나, 하고 생각하면서 여기저기 정처 없이 산책하는 것 같기도 하고 아닌 것 같기도 한 기분으로 풀릴 대로 풀린 다리를 되는대로 옮기다 보니 왠지 잠이 쏟아져 내리는 것 같았다. 자고 있는 건지 걷고 있는 건지 알 수 없었다. 눈은 뜨고 있다고 생각하는데 눈꺼풀이 이루 말할 수 없이 무거웠다. 이쯤 되면 끝이다. 바다든 산이든 놀라지 않을 거라고 앞발을 앞으로 내밀었다고 생각한 순간 풍덩 하는 소리가 들려 깜짝 놀라는 사이에…… 당했다. 어떻게 당했는지 생각할 겨를이 없다. 그저 당했다는 것을 깨닫고 말고 할 것도 없이 그다음에는 엉망진창이 되고 말았다.

정신을 차렸을 때는 물 위에 떠 있었다. 괴로워서 발톱으로 닥치는 대로 긁었으나 긁을 수 있는 것은 물뿐이어서 긁으면 바로

물속으로 빠지고 만다. 할 수 없이 뒷발로 뛰어오르며 앞발로 긁었더니 빠드득 하는 소리가 들리고 발에 뭔가 닿는 느낌이 있었다. 간신히 머리만 내밀고 어딘가 둘러봤더니 나는 커다란 독에 빠진 것이었다. 이 독에는 지난여름까지 물옥잠이라는 물풀이 무성하게 자라 있었는데, 그 후 까마귀가 날아와 물옥잠을 죄다

쪼아 먹어버린 데다 목욕까지 했다. 목욕하면 물이 줄어든다. 물이 줄어들면 까마귀도 오지 않게 된다. 요즘에는 물이 너무 많이 줄어들어서 까마귀가 보이지 않는구나 하고 아까 생각했는데, 내가 까마귀 대신 이런 데서 목욕하리라고는 꿈에도 생각하지 못했다.

물에서 독 아가리까지는 12센티미터가 훌쩍 넘는 거리였다. 발을 뻗어도 닿지 않는다. 뛰어오를 수도 없다. 그렇다고 가만히 있으면 물에 빠지기만 할 뿐이다. 허우적거려봐야 독에 발톱만 닿을 뿐이고, 닿았을 때는 살짝 뜨는 것 같지만 미끄러지면 순식간에 쑥 빠지고 만다. 물속에 빠지면 숨이 막혀 바로 빠드득빠드득 긁어댄다. 그러는 사이에 몸에서 힘이 빠진다. 마음은 급한데 다리가 생각대로 움직여주지 않는다. 결국에는 물에 빠지기 위해 독을 긁어대는지, 긁어대기 위해 물에 빠지는 것인지 나 자신조차 알 수 없게 되었다.

그때 고통스럽게 숨을 헐떡이면서 이렇게 생각했다. 이런 가책

을 느끼는 것은 다시 말해서 독 위로 오르고 싶어 하기 때문이다. 오르고 싶은 마음은 굴뚝같지만 오를 수 없다는 것은 분명히 알고 있다. 내 다리 길이는 채 10센티미터도 되지 않는다. 설령 몸이 수면에 뜬다 해도, 거기서 있는 힘껏 앞다리를 뻗어도 15센티미터가 넘는 독 아가리에 발톱을 걸 방법이 없다. 독 아가리에 발톱을 걸 수 없다면 아무리 긁어대도, 안달해봐도, 100년 동안 몸이 가루가 되도록 애써봐도 절대로 나갈 수 없다. 나갈 수 없다는 것을 뻔히 알고 있는데도 나가려고 하는 것은 무리다. 무리를 통하게 하려니 고통스러운 것이다. 소용없다. 사서 고생하고 고문을 자청하는 것은 바보 같은 짓이다.

'이제 그만하자. 맘대로 해도 돼. 빠드득 긁어대는 건 이제 사양이다.'

앞다리도 뒷다리도 머리도 꼬리도 자연의 힘에 맡기고 저항하지 않기로 했다.

차츰 편해진다. 고통스러운 것인지 다행스러운 것인지 짐작할 수가 없다. 물속에 있는 것인지 방 안에 있는 것인지도 구별할 수 없다. 어디에 어떻게 있든 상관없다. 그냥 편하다. 아니, 편하다는 느낌 자체도 느낄 수 없다. 세월을 잘라내고 천지를 분쇄하여 불가사의한 태평함으로 들어선다. 나는 죽는다. 죽어서 이 태평함을 얻는다. 죽지 않으면 태평함을 얻을 수 없다.

나무아미타불, 나무아미타불. 고맙고 또 고맙도다.

하편 자서

《나는 고양이로소이다》의 하권을 활자로 찍어보니 페이지 수가 부족하다고 조금 더 써달라고 한다. 아마도 출판사 측에서는《나는 고양이로소이다》를 자유자재로 늘리고 줄일 수 있다고 생각하는 모양이다.

아무리 고양이라도 일단 독에 빠져 극락왕생한 이상 그렇게 값싸게 부활할 수는 없다. 페이지가 부족하다고 해서 호락호락 독에서 기어 나오는 것은 고양이의 체면에도 관계된 문제이니 이것만은 거절하기로 했다.

《나는 고양이로소이다》에서 고양이가 독에 빠졌을 때 소세키 선생은 책 속의 주인공 구샤미 선생과 마찬가지로 교사였다. 독에 빠지고 나서 몇 달이 지났는지, 물론 극락왕생한 고양이는 알 리가 없다. 하지만 이 서문을 쓰는 오늘, 소세키 선생은 더 이상 교사가 아니다. 주인 구샤미 선생도 지금쯤은 휴직이나 아니면 면직을 당했을지도 모른다.

세상은 고양이의 눈알처럼 빙글빙글 회전하고 있다. 불과 몇 달 안에 왕생할 수도 있다. 월급을 날려버릴 수도 있다. 세밀도 지나고 설도 지나고 꽃도 지고 또 새싹이 돋는 계절이 되었다. 앞으로 얼마나 회전할지 알 수 없다. 다만 영원히 변치 않는 것은 독 안에 든 고양이의 눈 속 눈동자뿐이다.

1907년 5월 19일

나쓰메 소세키 연보

※연보에 표기된 나이는 만 나이.

1867년(0세)

2월 9일(음력 1월 5일), 우시고메바바 시타요코초下横町(현재의 신주쿠구新宿區 기쿠이초喜久井町)에서 아버지 나쓰메 나오카쓰夏目直克(50세)와 어머니 나쓰메 지에夏目千枝(41세)의 5남 3녀 중 막내로 태어남. 본명은 긴노스케金之助. 나쓰메 가는 대대로 명문가였으나 당시 가운이 기울고 양친이 고령인 데다 형제가 많은 탓에 그의 출생은 환영받지 못함. 고물상에 수양아들로 보내졌으나 불쌍히 여긴 누나에 의해 생가로 돌아옴.

1868년(1세)

11월, 신주쿠의 명문가 시오바라 쇼노스케塩原昌之助의 양자가 되어 시오바라 성을 따름.

1870년(3세)

천연두에 걸려 얼굴에 곰보 자국이 남음.

1874년(7세)

4월, 양부의 여자관계로 가정불화가 일어나 양모와 함께 일시적으로 생가에 돌아왔다가 11월경 시오바라 가로 돌아옴. 그 무렵 공립 도다戶田 학교 부설 소학교에 입학.

1876년(9세)

양부모가 이혼하자 소세키는 시오바라 가에 적을 둔 채 양모와 함께 생가로 돌아옴. 5월, 공립 이치가야市ヶ谷 학교 부설 소학교로 전학.

1878년(11세)

2월, 친구 시마자키 류우島崎柳嶋 등과 엮은 회람잡지에 〈마사시게론正成論〉을 발표. 10월, 전학 간 긴카錦華 소학교(오차노미즈 소학교의 전신) 졸업.

1879년(12세)

3월, 도쿄부립 제1중학교 정칙과正則科(히비야 고교의 전신) 입학.

1881년(14세)

1월 21일, 생모 지에 사망(향년 55세). 그해 봄에 제1중학교 중퇴. 한학 공부(그는 한시를 애송할 정도로 한학에 일가견이 있었음)를 위해 사립 니쇼二松 학사로 전학.

1883년(16세)

9월, 대학 예비문豫備門의 수험에 대비해 간다神田 스루가다이駿河

台의 세이리쓰成立 학사에 입학하여 영어를 배움.

1884년(17세)

9월, 도쿄대학 예비문 예과豫科 입학. 같은 학년에 나카무라 요시코토中村是公, 하가 야이치芳賀矢一, 마사키 나오히코正木直彦, 하시모토 사고로橋本左五郎 등이 있었음.

1886년(19세)

4월, 대학 예비문이 제1고등중학교(훗날 제1고등학교)로 명칭 변경. 7월, 복막염으로 낙제했으나, 이 낙제가 전환점이 되어 졸업할 때까지 수석을 놓치지 않음.

1887년(20세)

3월에 맏형이, 6월에 둘째 형이 폐결핵으로 사망. 소세키는 급성 과민성 결막염에 걸림.

1888년(21세)

1월, 시오바라 성에서 나쓰메 성으로 복적復籍. 7월에 제1고등중학교 예과를 졸업하고, 9월에 본과 1부(문과)에 입학.

1889년(22세)

1월, 하이쿠 시인 마사오카 시키正岡子規와 교우 관계를 맺음. 5월, 시키의 한시 문집인 《나나쿠사슈七草集》에 비평을 쓰면서 처음으로 소세키를 필명으로 사용. 9월, 한시 기행문집 〈목설록木屑錄〉을 집필하고, 마쓰야마松山의 시키에게 보내 비평을 구함.

1890년(23세)

7월에 제1고등중학교 본과를 졸업하고, 9월에 도쿄제국대학 문과대 영문과에 입학. 문부성 장학생이 됨.

1891년(24세)

7월, 학업성적 우수자인 특대생特待生이 되었고, 이 무렵부터 본격적으로 하이쿠를 쓰기 시작함. 12월, 딕슨 교수의 의뢰로 일본의 고전인 《호조키方丈記》를 영어로 번역.

1892년(25세)

4월, 징병을 피하려고 홋카이도北海道로 호적을 옮김. 5월 6일, 도쿄 전문학교(현재의 와세다 대학교)의 강사가 됨. 6월, 〈노자의 철학〉(문과대학 동양철학 논문)을 씀.

1893년(26세)

3월부터 6월까지 《철학잡지》에 〈영국 시인의 천지산천에 대한 관념〉 연재. 7월, 도쿄제국대학 영문과를 졸업하고, 대학원에 입학. 10월, 고등사범학교(훗날 도쿄고등사범학교)의 영어 교사로 부임. 신경쇠약에 걸림.

1894년(27세)

2월, 결핵 징후가 있어서 요양에 전념.

1895년(28세)

4월, 고등사범학교의 교사를 그만두고 친구인 스가 도라오菅虎雄의 알선으로 마쓰야마松山 중학교의 교사가 됨(이때의 경험이 〈도련님〉의 소재가 됨). 12월, 당시 귀족원 서기관장인 나카네 시게카즈中根重一의 장녀 교코鏡子와 약혼.

1896년(29세)

4월, 마쓰야마 중학교를 사임하고 구마모토현熊本縣 제5고등학교의 강사로 부임. 6월, 자택에서 교코와 결혼식을 올림. 7월, 교수로 승진.

1897년(30세)

6월, 생부 나오카쓰 사망(향년 81세). 7월, 아내 교코와 함께 상경. 귀족원 서기관장 관사에 머물 때 아내 유산.

1899년(32세)

4월, 《호토토기스》에 〈영국의 문인과 신문잡지〉를 발표. 5월, 첫째 딸 후데코筆子가 태어남.

1900년(33세)

6월, 영어 연구를 위한 국비유학생으로 선발. 9월, 독일 기선 프로이센호로 요코하마에서 출항. 10월, 파리에 일주일간 체류하며 만국박람회를 관람한 뒤 월말에 런던에 도착하여 2년간의 유학 생활을 시작함.

1901년(34세)
1월, 둘째 딸 쓰네코恒子가 태어남.

1902년(35세)
극도의 신경쇠약으로 일본에서 미쳤다는 소문이 돌 정도로 고생함. 9월, 마사오카 시키 사망. 12월, 귀국 길에 오름.

1903년(36세)
1월, 고베神戸 도착 후 귀경. 4월, 제1고등학교 교수에 임명. 도쿄제국대학 문과대학 강사를 겸임하며 6월까지 〈문학 형성론〉 강의. 6월, 〈자전거 일기〉를 《호토토기스》에 발표. 10월, 수채화를 배우기 시작함. 11월, 셋째 딸 에이코栄子가 태어남.

1905년(38세)
1월, 《호토토기스》에 〈나는 고양이로소이다〉의 1장을 발표하며 큰 명성을 얻음. 〈런던탑〉을 《제국문학》에, 〈칼라일 박물관〉을 《학등學燈》에 발표. 4월, 《호토토기스》에 〈환영의 방패〉 발표. 10월, 《나는 고양이로소이다》 상편 출판. 12월, 넷째 딸 아이코愛子가 태어남.

1906년(39세)
1월, 〈취미의 유전〉을 《제국문학》에 발표. 4월, 〈도련님〉을 《호토토기스》에 발표. 9월, 《신소설》에 〈풀베게〉 발표. 10월, 《중앙공론》에 〈210일〉 발표. 11월, 《나는 고양이로소이다》 중편 출판. 빈번히

출입하는 문하생들의 방문을 10월부터 매주 목요일 오후 3시 이후로 정하며 '목요회'로 불림.

1907년(40세)
1월, 〈태풍〉을 《호토토기스》에 발표. 〈작물作物의 비평〉을 《요미우리신문》에 발표. 4월, 모든 교직에서 사임하고 아사히신문사에 입사, 전업 작가의 길을 걷기 시작함. 6월, 첫째 아들 준이치純一가 태어남. 23일부터 10월 29일까지 〈우미인초虞美人草〉를 《아사히신문》에 연재. 10월, 〈사생문寫生文〉을 《요미우리신문》에 발표.

1908년(41세)
1월 1일부터 4월 6일까지 〈갱부坑夫〉를 《아사히신문》에 연재. 《우미인초》 출판. 6월 13일부터 〈문조文鳥〉를 《오사카 아사히》에 발표. 7월 25일부터 8월 5일까지 〈몽십야夢十夜〉를 《아사히신문》에 연재. 9월 1일부터 12월 29일까지 〈산시로三四郎〉를 《아사히신문》에 연재. 12월, 둘째 아들 신로쿠伸六가 태어남.

1909년(42세)
1월 14일부터 3월 9일까지 〈긴 봄날의 소품永日小品〉 24편을 《오사카 아사히》에, 나머지 16편을 《도쿄 아사히》에 연재. 6월 27일부터 10월 14일까지 〈그 후〉를 《아사히신문》에 연재. 9월, 만철 총재 나카무라 요시코토의 초대로 만주 각지를 여행. 10월, 귀국 후 21일부터 12월 30일까지 〈만한기행〉을 《아사히신문》에 연재.

1910년(43세)

3월, 다섯째 딸 히나코雛子가 태어남. 〈문門〉을 1일부터 6월 12일까지 《아사히신문》에 연재. 8월, 위궤양으로 요양차 간 슈젠지 온천에서 인사불성의 위독 상태에 빠짐. 이를 '슈젠지의 대환修善寺の大患'이라 부름. 10월, 나가요長与 병원에 입원.

1911년(44세)

1월, 《문》 출판. 2월 21일, 문부성으로부터 문학박사 칭호 수여를 거절. 8월, 오사카 아사히신문사에서 주최한 강연회에 참석하기 위해 오사카에 갔다가 위궤양이 재발하여 입원. 9월 퇴원하여 귀경. 11월 29일, 다섯째 딸 히나코가 원인불명의 병으로 급사함. 훗날 소세키의 사체를 해부하는 원인이 됨.

1912년(45세)

1월 1일부터 4월 29일까지 〈피안 지날 때까지彼岸過迄〉를 《아사히신문》에 연재. 9월, 《피안 지날 때까지》 출판. 12월 6일부터 〈행인行人〉을 《아사히신문》에 연재(~1913년 11월).

1913년(46세)

1월, 심각한 신경쇠약이 재발. 2월, 강연집 《사회와 자신》 출판. 3월 말, 위궤양이 재발하여 5월까지 집에서 와병. 4월, 〈행인〉 연재 중단. 9월, 〈행인〉 연재를 재개하여 11월에 완결.

1914년(47세)

1월, 《행인》 출판. 4월 20일부터 8월 11일까지 〈마음 선생님의 유서〉를 《아사히신문》에 연재. 9월, 《마음》 출판. 위궤양으로 약 한 달간 몸져누움. 11월, '나의 개인주의'라는 주제로 가쿠슈인学習院에서 강연.

1915년(48세)

1월 13일부터 2월 23일까지 〈유리문 안에서〉를 《아사히신문》에 연재. 3월, 《유리문 안에서》 출판. 6월 3일부터 9월 4일까지 〈한눈팔기〉를 《아사히신문》에 연재. 10월, 《한눈팔기》 출판. 12월, 아쿠타가와 류노스케芥川龍之介, 구메 마사오久米正雄가 문하생으로 들어옴.

1916년(49세)

1월 1일부터 21일까지 생애 마지막 수필인 〈점두록点頭錄〉을 《아사히신문》에 연재. 18일, 류머티즘 치료차 유가와라湯河原 온천지에 가서 2월까지 요양. 4월, 당뇨병 진단을 받고 약 3개월간 치료. 5월 26일부터 12월 14일까지 〈명암〉을 《아사히신문》에 연재. 11월 22일, 위궤양으로 몸져누움. 병상 악화. 28일 뇌내출혈. 12월 2일, 두 번째 뇌내출혈에 의해 절대 안정. 9일 오후 6시 45분 영면. 12일, 장례식이 치러지고, 28일, 조시가야雑司が谷 묘지에 묻힘.

1984년~2004년

1000엔 지폐에 초상이 실림.

나는
고양이로소이다

한국어판 ⓒ 도서출판 잇북 2025

1판 1쇄 인쇄 2025년 12월 15일
1판 1쇄 발행 2025년 12월 18일

지은이 ┃ 나쓰메 소세키
옮긴이 ┃ 김대환
펴낸이 ┃ 김대환
펴낸곳 ┃ 도서출판 잇북

원서 본문 삽화 ┃ 나카무라 후세쓰
원서 표지 삽화 ┃ 하시구치 고요
디자인 ┃ 한나영

주소　　┃ (10908) 경기도 파주시 소리천로 39, 파크뷰테라스 1325호
전화　　┃ 031)948-4284
팩스　　┃ 031)624-8875
이메일　┃ itbook1@gmail.com
블로그　┃ http://blog.naver.com/ousama99
등록　　┃ 2008. 2. 26 제406-2008-000012호

ISBN 979-11-85370-79-8 03830